O GRANDE CÍRCULO

Livros de Maggie Shipstead

Astonish Me

Os Últimos Preparativos

O destino de duas mulheres colide ao longo dos séculos

O GRANDE CÍRCULO

MAGGIE SHIPSTEAD

Rio de Janeiro, 2022

O Grande Círculo

Copyright © 2022 da Starlin Alta Editora e Consultoria Eireli.

ISBN: 978-65-5520-902-0

Translated from original Great Circle. Copyright © 2021 by Maggie Shipstead. ISBN 978-0-5256-5697-5. This translation is published and sold by permission of Alfred A. Knopf a division of Penguin Random House LLC, the owner of all rights to publish and sell the same. PORTUGUESE language edition published by Starlin Alta Editora e Consultoria Eireli, Copyright © 2022 by Starlin Alta Editora e Consultoria Eireli.

Impresso no Brasil — 1ª Edição, 2022 — Edição revisada conforme o Acordo Ortográfico da Língua Portuguesa de 2009.

Dados Internacionais de Catalogação na Publicação (CIP) de acordo com ISBD

S557g Shipstead, Maggie

O Grande Círculo / Maggie Shipstead ; traduzido por Cibelle Marques. – Rio de Janeiro : Alta Books, 2022.
656 p. ; 16cm x 23cm.

Tradução de: The Great Circle
Inclui bibliografia.
ISBN: 978-65-5520-902-0

1. Literatura americana. 2. Romance. I. Marques, Cibelle. II. Título.

2022-1663 CDD 833
CDU 821.112.2-3

Elaborado por Vagner Rodolfo da Silva - CRB-8/9410

Índice para catálogo sistemático:
1. Literatura americana : Romance 833
2. Literatura americana : Romance 821.112.2-3

Produção Editorial
Editora Alta Books

Diretor Editorial
Anderson Vieira
anderson.vieira@altabooks.com.br

Editor
José Ruggeri
j.ruggeri@altabooks.com.br

Gerência Comercial
Claudio Lima
claudio@altabooks.com.br

Gerência Marketing
Andrea Guatiello
andrea@altabooks.com.br

Coordenação Comercial
Thiago Biaggi

Coordenação de Eventos
Viviane Paiva
comercial@altabooks.com.br

Coordenação ADM/Finc.
Solange Souza

Direitos Autorais
Raquel Porto
rights@altabooks.com.br

Produtoras da Obra
Illysabelle Trajano
Maria de Lourdes Borges

Assistentes da Obra
Beatriz de Assis
Henrique Waldez

Produtores Editoriais
Paulo Gomes
Thales Silva
Thiê Alves

Equipe Comercial
Adriana Baricelli
Ana Carolina Marinho
Daiana Costa
Fillipe Amorim
Heber Garcia
Kaique Luiz
Maira Conceição

Equipe Editorial
Betânia Santos
Brenda Rodrigues
Caroline David
Gabriela Paiva
Kelry Oliveira
Marcelli Ferreira
Mariana Portugal
Matheus Mello

Marketing Editorial
Jessica Nogueira
Livia Carvalho
Marcelo Santos
Pedro Guimarães
Thiago Brito

Atuaram na edição desta obra:

Tradução
Cibelle Marques

Copidesque
Marcelle Alves

Revisão Gramatical
Carol Oliveira
Natália Pacheco

Diagramação
Joyce Matos

Editora **afiliada à:**

Rua Viúva Cláudio, 291 — Bairro Industrial do Jacaré
CEP: 20.970-031 — Rio de Janeiro (RJ)
Tels.: (21) 3278-8069 / 3278-8419
www.altabooks.com.br — altabooks@altabooks.com.br
Ouvidoria: ouvidoria@altabooks.com.br

Para meu irmão

A minha vida, eu a vivo em círculos crescentes
sobre as coisas, alto no ar.
Não completarei o último, provavelmente,
mesmo assim irei tentar.

Giro à volta de Deus, a torre das idades,
e giro há milênios, tantos...
Não sei ainda o que sou: falcão, tempestade
ou um grande, um grande canto.

– Rainer Maria Rilke, *O Livro de Horas*

Se você cortasse qualquer esfera com uma lâmina e a dividisse em duas metades perfeitas, a circunferência do corte lateral de cada metade seria um círculo máximo: ou seja, o maior círculo que se pode desenhar em uma esfera.

O Equador é um círculo máximo, assim como cada linha longitudinal. Na superfície de uma esfera como a Terra, a distância mínima entre quaisquer dois pontos resultará em um arco, que é uma parcela do círculo máximo.

Pontos diretamente opostos um ao outro, como os Polos Norte e Sul, são interseccionados por um número infinito de círculos máximos.

Mapa do voo
de Marian, 1950

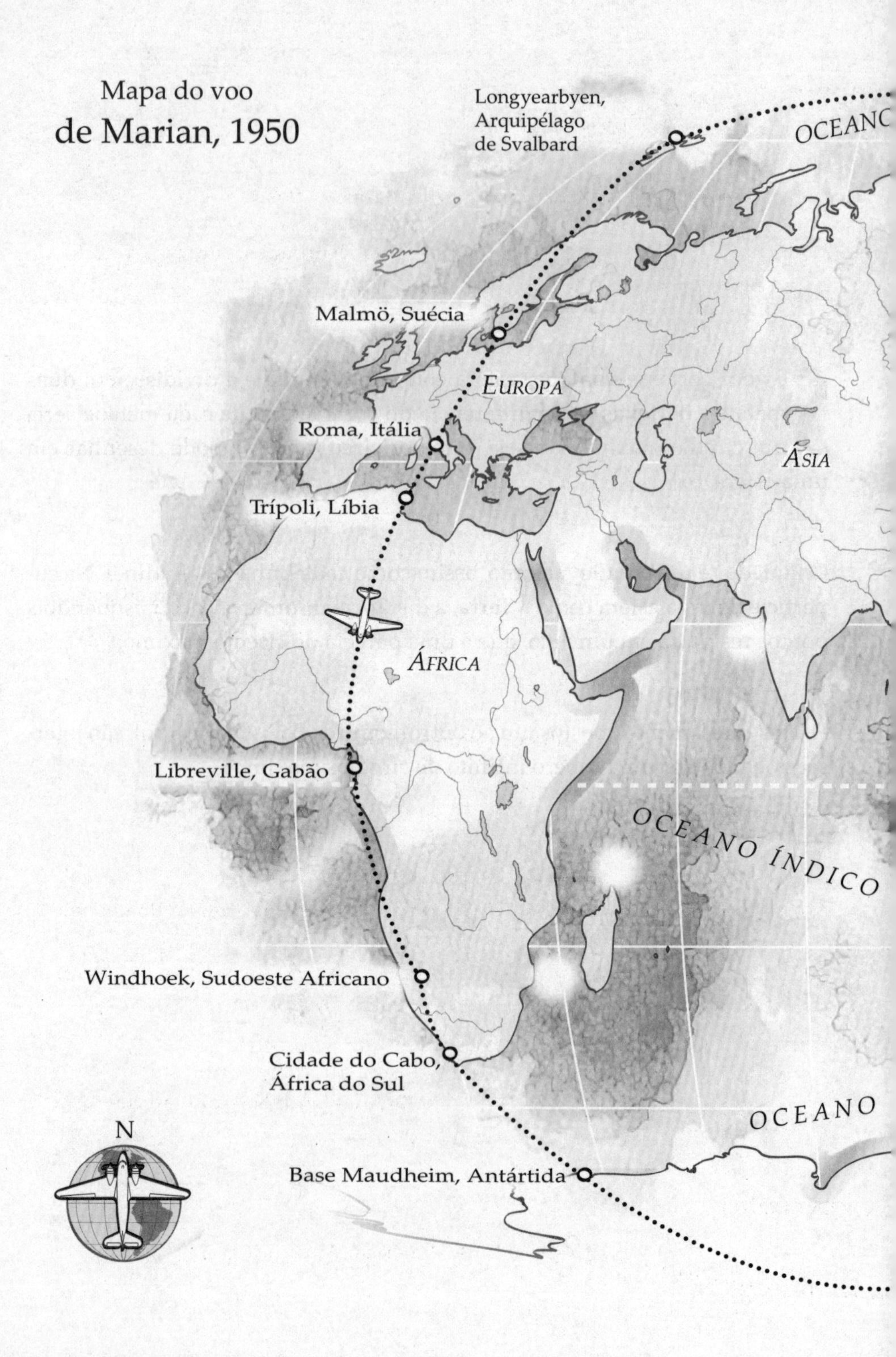

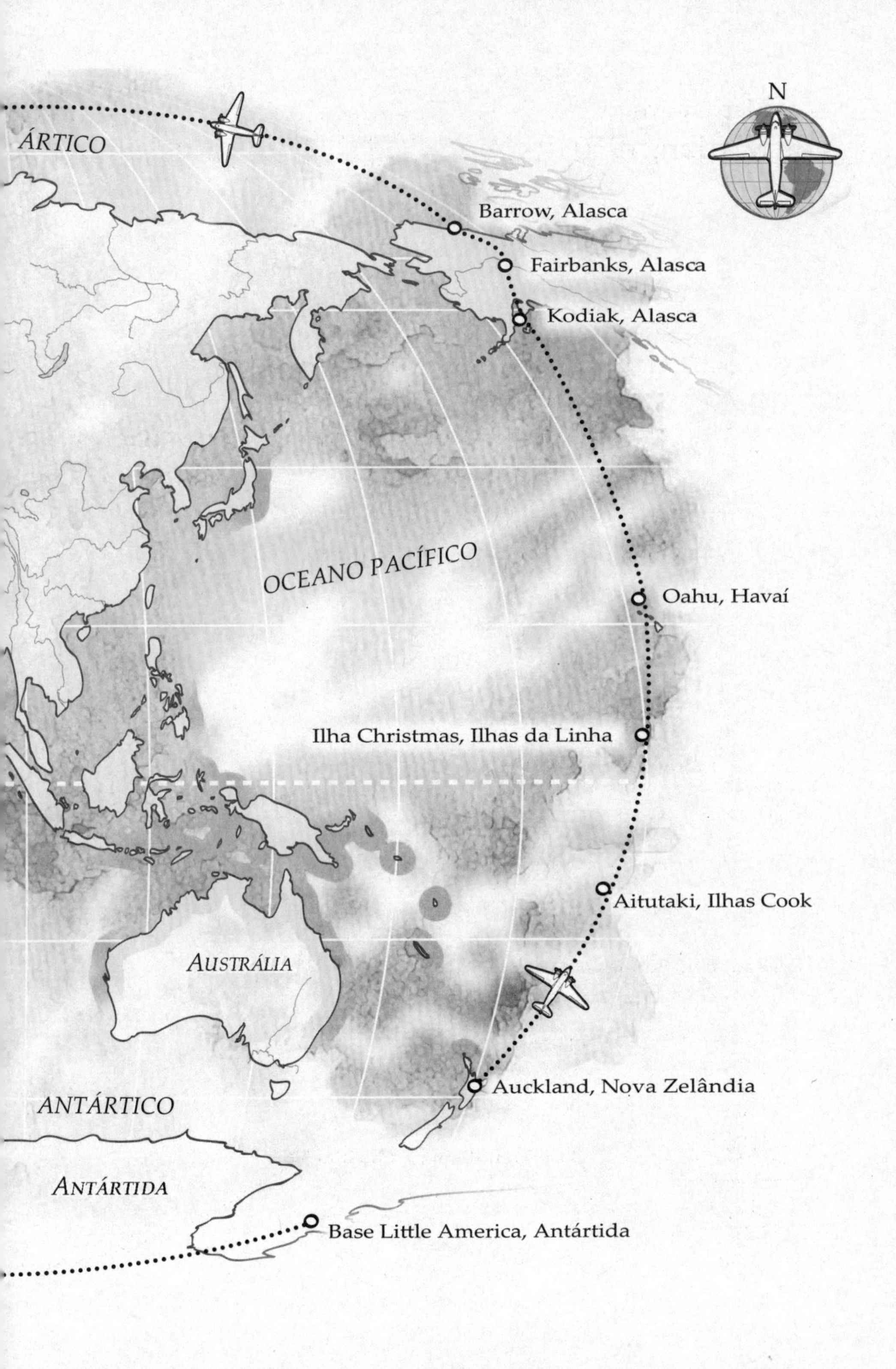
N
ÁRTICO
Barrow, Alasca
Fairbanks, Alasca
Kodiak, Alasca
OCEANO PACÍFICO
Oahu, Havaí
Ilha Christmas, Ilhas da Linha
Aitutaki, Ilhas Cook
AUSTRÁLIA
Auckland, Nova Zelândia
ANTÁRTICO
ANTÁRTIDA
Base Little America, Antártida

Little America III, Plataforma de Gelo Ross[1], Antártida
4 de março de 1950

Nasci para rodar o mundo. Meu destino era o firmamento, assim como o destino de uma ave marinha é o oceano. Algumas aves voam até o dia de sua morte. Tinha prometido a mim mesma que minha última descida não seria desgovernada ou sem rumo: eu mergulharia incisivamente, de cabeça, como um alcatraz — um mergulho determinado, mirando algo nas profundezas do oceano.

Estou prestes a partir. Tentarei remover a parte inferior e superior do círculo, aproximando-me do fim, para encontrar o começo. Gostaria que a linha fosse um meridiano harmonioso, um aro perfeito e conciso, mas, por necessidade, desviamos do nosso curso: o ordenamento indiferente das ilhas e aeródromos, a necessidade de abastecer o avião.

Não me arrependo de nada, mas vou, se me deixar levar. Só consigo pensar no avião, no vento e na beira-mar, tão distante, onde a terra começa novamente. O tempo está melhorando. Consertamos o vazamento da melhor forma possível. Partirei em breve. Odeio dias que nunca terminam. O Sol me rodeia como um abutre. Quero repousar sob as estrelas.

Círculos são fascinantes porque são infinitos. Qualquer coisa infinita é fascinante. No entanto, a infinitude também é dolorosa. Eu sabia que o horizonte jamais poderia ser alcançado, mas ainda assim o persegui. O que fiz foi loucura; não tive escolha senão fazê-lo.

Não é como imaginei. Agora que o círculo está quase fechado, o começo e o fim separados por um último e amedrontador pedaço de água. Acreditei que veria o mundo, porém há muito do mundo a ser visto, e vi pouco da vida. Acreditei que concluiria algo, mas agora duvido que algo possa ser concluído. Pensei que não sentiria medo. Pensei que me tornaria mais do que sou, porém,

---

[1] Entrada de texto final de *The Sea, the Sky, the Birds Between: The Lost Logbook of Marian Graves.* Publicado por D. Wenceslas & Sons, Nova York, 1959.

em vez disso, sei que sou menos do que pensava. Ninguém deveria ler isso. Minha vida é a única coisa que me pertence.

E apesar disso, e ainda assim.

Los Angeles
Dezembro de 2014

Só conheci Marian Graves porque uma das namoradas do meu tio gostava de me largar na biblioteca quando eu era menina, e uma vez peguei um livro aleatório cujo nome era mais ou menos *Brave Ladies of the Sky*. Meus pais simplesmente pegaram um avião e nunca mais voltaram, e comprovou-se que uma porcentagem razoável dessas mulheres corajosas sucumbira ao mesmo destino. Isso chamou minha atenção. Talvez eu estivesse procurando alguém para me dizer que um acidente de avião não era lá uma forma tão ruim de morrer — apesar de que, se alguém tivesse realmente me dito isso, eu acharia uma baboseira sem tamanho. O capítulo sobre Marian dizia que ela fora criada por seu tio, e, quando li isso, fiquei toda arrepiada, porque *eu* estava sendo criada (mais ou menos) pelo *meu* tio.

Um simpático bibliotecário encontrara o livro de Marian para mim — *The Sea, the Sky etc.* —, e eu me debrucei sobre ele como uma astróloga explorando uma carta celeste, o mapa do céu, na esperança de que a vida de Marian de algum modo explicasse a minha, dissesse-me o que fazer e como agir. Não entendi quase nada do que ela escreveu, embora sentisse uma vaga inspiração de transformar minha solidão em aventura. Na primeira página do meu diário, escrevi "NASCI PARA RODAR O MUNDO" em grandes letras maiúsculas. Porém, depois disso não escrevi mais nada, porque como se faz alguma coisa quando se tem 10 anos e fica o tempo todo ou na casa do seu tio em Van Nuys ou fazendo testes para comerciais de televisão? Após devolver o livro, praticamente me esqueci de Marian. Na verdade, quase todas as mulheres corajosas do céu foram esquecidas. De vez em quando, na década de 1980, passava um especial sinistro na TV sobre Marian, e um grupo de entusiastas inveterados até hoje continua maquinando teorias na internet, porém ela não seguiu o mesmo caminho de Amelia Earhart. Pelo menos as pessoas *acham* que sabem tudo sobre Amelia Earhart, ainda que não saibam. Realmente, é impossível saber.

O fato de ter sido largada na biblioteca com tanta frequência acabou sendo uma coisa boa, porque, enquanto outras crianças estavam na escola, eu ficava sentada em filas de cadeiras dobráveis nos infindáveis corredores dos *castings* da Grande Los Angeles para garotinhas brancas (ou de etnia não especificada, o que também quer dizer brancas), acompanhada por uma sucessão de babás e namoradas do meu tio Mitch, duas categorias que às vezes coincidiam. Penso que suas namoradas por vezes se ofereciam para cuidar de mim porque queriam que meu tio enxergasse o instinto maternal delas, achando que assim pareceriam mulheres perfeitas para casar. Só que essa não era uma estratégia lá muito boa para manter a chama do velho Mitch acesa.

Quando eu tinha 2 anos, o avião Cessna dos meus pais caiu no Lago Superior, entre o Canadá e os Estados Unidos. Ou presume-se que tenha caído. Nenhum vestígio foi encontrado. Meu pai, irmão de Mitch, estava pilotando, e eles estavam a caminho de uma estadia romântica no chalé de algum amigo, no meio do nada, para, segundo Mitch, reconectar-se. Eu ainda era pequena quando ele me contou que, na época, minha mãe vivia dando umas escapadas. Palavras dele. Não tenho certeza se Mitch acreditava na inocência da infância. "Mas eles também não desistiam um do outro", falava. Mitch definitivamente acreditava em frases de efeito. Ele começara dirigindo filmes bregas para a TV com títulos como *Love Takes a Toll* (sobre um cobrador de pedágio) e *Murder for Valentine's Day* (tente adivinhar sobre o quê).

Meus pais haviam me deixado com um vizinho em Chicago, mas o último testamento me deixava com Mitch. Na verdade, não havia mais ninguém. Nenhuma outra tia ou tio, e meus avós eram uma combinação de mortos, distantes, ausentes e pouco confiáveis. Mitch não era má pessoa, mas tinha impulsos oportunistas e hollywoodianos; assim, depois de alguns meses, cobrou um favor, e fui escalada para um comercial de compota de maçã.

Depois que ele contratou minha agente, Siobhan, trabalhei direto em comerciais e participações especiais em filmes de TV (interpretei a filha em *Murder for Valentine's Day*) — tanto que mal consigo lembrar de uma época em que não estivesse atuando ou tentando atuar. Para mim, aquela era a vida normal: colocar um pônei de plástico em um estábulo de plástico repetidas vezes enquanto as câmeras filmavam e algum adulto me dizia como sorrir.

Quando eu tinha 11 anos, depois que Mitch progrediu de filmes para TV para videoclipes e começou a se aventurar de forma tímida e entusiasmada no mundo do cinema independente, consegui minha grande estreia notória:

o papel de Katie McGee em um seriado infantil de comédia para TV a cabo chamado *The Big-Time Life of Katie McGee*.

No set, minha vida era imaculada e em tons pastéis, cheia de trocadilhos, enredos organizados e cômodos com três paredes sob um céu quente de holofotes. Eu exagerava de propósito nas risadas estridentes enquanto vestia roupas extravagantes da moda que mais me faziam parecer a manifestação de um *zeitgeist* pré-adolescente. Quando não estava trabalhando, fazia basicamente tudo o que queria, graças à negligência de Mitch.

Em seu livro, Marian Graves escreveu: *quando criança, meu irmão e eu fomos deixados à própria sorte. Eu acreditava — e ninguém me disse o contrário durante alguns anos — que era livre para fazer o que quisesse, que tinha o direito de ir a qualquer lugar que quisesse.* É provável que eu fosse uma pirralha ainda mais impetuosa do que Marian, apesar de sentir o mesmo. O mundo estava a meus pés, e eu tinha a liberdade de ir e vir. Quando a vida lhe dá limões, use-os para enfeitar seus martínis.

Aos 13 anos, depois que *Katie McGee* começou a vender como água devido à campanha de marketing e depois que Mitch dirigiu *Tourniquet*, fazendo mais sucesso do que drogas ilegais fazem entre os animados toxicodependentes chapados, ele pegou nosso dinheiro, e nos mudamos para Beverly Hills. Como eu não estava mais presa no Valley, o garoto que interpretava o irmão mais velho de Katie McGee me apresentou a seus amigos ricos e canalhas do ensino médio que andavam de carro por aí comigo, levando-me a festas e me atraindo para trepar. Mitch nem deve ter percebido minha ausência, porque em geral estava fora também. Não raro, esbarrávamo-nos, voltando para casa às 2h ou 3h da manhã, ambos trocando as pernas, e dizíamos oi só com acenos de cabeça, como dois participantes da mesma conferência agitada se cruzando num corredor de hotel.

Mas havia uma coisa boa: os tutores no set de *Katie McGee* eram pessoas decentes e me aconselharam a cursar uma faculdade, e, como gostei da ideia, fui para a Universidade de Nova York, a NYU, depois que a série acabou, com créditos extras significativos por ser uma semicelebridade da TV. Eu já havia feito as malas e estava pronta para me mudar quando Mitch sofreu uma overdose, e é provável que, se isso não tivesse acontecido, eu teria continuado em L.A. aloprando até morrer também.

Porém, aconteceu algo que não sei se foi bom ou ruim: depois de um semestre, fui escalada para o primeiro filme *Archangel*. Não raro, ficava imaginando o que teria acontecido se, em vez disso, tivesse concluído a faculdade, parado de atuar e sido esquecida, mas não poderia recusar a quantia astronômica de dinheiro que ganhei ao interpretar Katerina. Assim, todo o resto passou a ser irrelevante.

Na minha curta passagem pelo ensino superior, tive tempo de cursar Introdução à Filosofia e aprender sobre o panóptico, a prisão hipotética que Jeremy Bentham idealizou, onde haveria uma pequena guarita no centro de um anel gigante de celas. Só era preciso um guarda, que *poderia* vigiar você a qualquer momento, e a ideia de ser observado importava mais do que ser observado de fato. Mas, daí, Foucault transformou a coisa toda em uma metáfora sobre como, para disciplinar e subjugar uma pessoa ou população, só é preciso fazê-la pensar que pode estar sendo vigiada.

Dava para perceber que o professor queria que pensássemos no panóptico como algo assustador e medonho, porém, mais tarde, quando fiquei bastante famosa com *Archangel*, desejei que a máquina do tempo ilógica de Katie McGee me levasse de volta à sala de aula, para pedir que ele considerasse o oposto. No lugar de um guarda no meio, é você que está no meio, e milhares, talvez milhões de guardas estão observando-o — ou talvez estejam — o tempo todo, não importa aonde você vá.

Não que eu me atrevesse a perguntar qualquer coisa a um professor. Na NYU, todo mundo estava sempre me encarando porque eu era Katie McGee, contudo, parecia que me encaravam porque sabiam que eu não merecia estar lá. E talvez não merecesse mesmo, no entanto, não se pode medir a justiça em um ensaio clínico. Você não consegue saber se *merece* algo. Provavelmente não merece. Assim, acabou sendo um alívio quando abandonei a faculdade, para me dedicar ao filme *Archangel*, voltando a ter milhões de compromissos que eu não escolhia e um cronograma diário que não era decisão minha. Na faculdade, folheei o catálogo de cursos, tão grosso quanto um dicionário, em completa perplexidade. Eu perambulava pelo refeitório, olhando todas aquelas comidas diferentes, os buffets de salada, as montanhas de bagels, os potes de cereal e a máquina de sorvete, e senti que estava sendo convidada a solucionar algumas questões incomensuráveis, de vida ou morte.

Depois que estraguei tudo e que Sir Hugo Woolsey (que, por acaso, é meu vizinho) começou a falar comigo sobre um filme biográfico que produzia e tirou o livro de Marian da bolsa — um livro em que eu não pensara durante quinze anos — de repente, eu estava em uma biblioteca de novo, olhando para um livro fino de capa dura que podia encerrar todas as respostas. Seria ótimo ter respostas. Aparentemente era algo que eu queria, não que eu conseguisse decifrar o que queria. Não que realmente soubesse o significado da palavra querer. Na maioria das vezes, experimentei o desejo como um emaranhado de impulsos inconcebíveis e contraditórios. Queria sumir como Marian; queria ser mais famosa do que nunca; queria dizer algo importante sobre coragem e liberdade; queria *ser* corajosa e livre, mas sequer sabia o que isso significava — só sabia fingir saber, o que presumo ser atuação.

Hoje é meu último dia de filmagem para *Peregrine*. Estou sentada em um modelo do avião de Marian, pendurado em um sistema de roldanas e prestes a ser jogado em um tanque de água gigante. Estou vestindo um casaco de pele de rena que já pesa o bastante e ficará ainda mais pesado quando eu me molhar, e tento não deixar transparecer que estou com medo. Bart Olofsson, o diretor, chamou-me de lado antes, perguntou se eu queria mesmo fazer aquela cena, sem dublês, tendo em vista o que aconteceu com meus pais. *Acho que quero enfrentar*, afirmei. *Acho que preciso colocar um ponto final nisso.* Ele colocou a mão no meu ombro e fez sua melhor expressão de guru. *Você é uma mulher forte*, disse.

No entanto, não é possível encerrar situações. Por isso, estamos sempre tentando alcançar esse ponto final.

O ator que interpreta Eddie Bloom, meu copiloto, também está vestindo um casaco de pele de rena e maquiagem com efeito de sangue à prova d'água na testa, pois ele deve desmaiar com o impacto. Na vida real, Eddie geralmente se sentava atrás de Marian, porém, os roteiristas, dois irmãos agressivamente entusiasmados, com cortes de cabelo no estilo e a cara da Juventude Hitlerista, pensaram que seria melhor se Eddie aparecesse para o mergulho fatal. Claro, sem problemas, tanto faz.

Seja como for, a história que está sendo contada não é o que de fato aconteceu. Tenho consciência disso. Mas não diria que sei a verdade sobre Marian Graves. Só ela sabia.

Oito câmeras gravarão minha queda: seis fixas, duas operadas por mergulhadores. O plano é fazer a cena em uma tentativa. Duas, no máximo. A tomada custa os olhos da cara, e, visto que nosso orçamento nunca foi imenso e agora estávamos gastando mais ainda, você chega a um ponto em que a única alternativa é seguir em frente. Na melhor das hipóteses, a cena levaria o dia inteiro. Na pior, eu me afogo, acabo me tornando uma nota de falecimento, como meus pais, com a única diferença de que estarei em um avião falso e em um oceano fictício, sem ao menos tentar chegar a algum lugar.

— Tem certeza que quer fazer isso? — pergunta o coordenador de dublês de forma profissional, enquanto verifica o meu cinto e entre as minhas pernas, tateando as alças e as presilhas em meio aos pelos eriçados do casaco de pele de rena. Fiel ao seu tipo, sua expressão é sisuda, suas roupas, austeras, e me parece que ele sempre está disponível para serviços imperfeitos de reparos.

— Absolutamente — respondi.

Quando ele termina, o guindaste nos levanta, balançando-nos. No final do tanque, há uma tela difusora que forma uma espécie de horizonte com a água, e eu sou ela, Marian Graves, sobrevoando o Oceano Antártico quase sem combustível, e sei que não posso sair de onde estou para chegar a outro lugar, pois estou no meio do nada. Pergunto-me o quão fria a água estará, quanto tempo até eu morrer. Analiso minhas opções. Penso sobre o que prometi a mim mesma: mergulharia como um alcatraz.

— Ação! — diz uma voz no meu ponto eletrônico, e empurro o manche do avião fictício como se fosse nos precipitar para o centro da Terra. O sistema de roldana nos levanta, e mergulhamos.

JOSEPHINA ETERNA

Glasgow, Escócia
Abril de 1909

Uma embarcação inacabada. Um casco sem chaminés, enjaulado em sua carreira de lançamento por um pórtico de aço acima e um berço de madeira abaixo. Para além da popa, sob as quatro flores impotentes das hélices expostas, o Rio Clyde fluía coberto de folhagens sob a luz do Sol inesperada.

Da quilha à linha d'água, a embarcação era vermelha como ferrugem e, mais acima, especialmente pintada para o lançamento ao mar, era branca como uma noiva. (O tipo de branco apropriado para artigos e fotos de jornal.) Após todos os flashes fotográficos cessarem, após ser ancorada sozinha no rio para preparação e provas do mar, os homens ficarão de pé em tábuas penduradas por cordas grossas nas laterais e pintarão as placas e rebites do casco de preto lustroso.

Suas duas chaminés serão içadas, parafusadas e amarradas no lugar. O convés será revestido de teca, e os corredores e salões, decorados com painéis de mogno, nogueira e carvalho. Haverá sofás e namoradeiras e espreguiçadeiras, camas e banheiras, paisagens marítimas em molduras douradas, deuses e deusas em bronze e alabastros. A primeira classe terá porcelana com bordas douradas, decoradas com âncoras de ouro (o emblema da L&O Lines). Para a segunda classe: âncoras azuis, borda azul (a cor da linha azul). A terceira classe terá que se contentar com louças brancas, e a tripulação, com pratos de estanho. Chegarão vagões repletos de cristais, prata, porcelana, tecidos adamascados e veludo. Os guindastes içarão três pianos a bordo, que ficarão pendurados em redes como animais rígidos e pesados. Uma floresta de palmeiras em vasos passará pela escada de acesso da embarcação. Os lustres serão pendurados. As cadeiras de convés com dobradiças que mais parecem mandíbulas de jacaré ficarão empilhadas. Mais tarde, o primeiro carregamento de carvão será despejado por meio das aberturas baixas do casco, em casamatas abaixo d'água, longe de toda a pompa. No fundo das fornalhas da embarcação, o primeiro fogo será aceso.

Contudo, no dia de seu lançamento ao mar, a embarcação não passava de uma casca, uma cunha de aço desnuda e sem conforto. À sombra dela, uma multidão se acotovelava: trabalhadores navais se aglomeravam em uma massa desordeira e rumorosa, famílias de Glasgow se sobressaíam em meio ao espetáculo, garotos maltrapilhos de rua vendiam jornais e sanduíches. Um céu azul intenso pairava sob as cabeças como um galhardete. Em uma cidade de nevoeiro e fuligem, um céu deste só poderia ser um bom presságio. Uma fanfarra tocava.

A Sra. Lloyd Feiffer, Matilda, esposa do novo proprietário estadunidense da embarcação, estava em uma plataforma ladeada com bandeirolas azuis e brancas, com uma garrafa de uísque escocês debaixo do braço.

— Não deveria ser champanhe? — perguntou ao marido.

— Não em Glasgow — respondeu ele.

Matilda deveria quebrar a garrafa contra a embarcação, batizando-a com o nome que dificilmente suportava lembrar. Estava impaciente pelo estilhaçar catártico do vidro, para cumprir sua tarefa logo, mas, por ora, só podia esperar. Houve um pouco de atraso. Lloyd estava inquieto, fazendo comentários pontuais ao arquiteto naval, que parecia paralisado de ansiedade. Alguns ingleses de chapéu-coco insatisfeitos circulavam pela plataforma, assim como dois escoceses do estaleiro e vários outros homens que ela não conseguia reconhecer.

Metade do navio já estava construído quando a L&O Lines, fundada em Nova York pelo pai de Lloyd, Ernst, em 1857, e herdada por Lloyd em 1906, adquiriu a frágil linha inglesa que o encomendara. (Tinha *a* encomendado, Lloyd sempre a corrigia, como se a embarcação tivesse vida própria, porém, para Matilda, navios eram apenas navios ou embarcações.) A blindagem já havia sido iniciada quando o dinheiro acabou, mas foi retomada assim que os dólares de seu marido foram convertidos em libras esterlinas e depois em aço. Os homens de chapéu-coco, vindos de Londres, conversavam melancolicamente entre si sobre o clima radiante, sobre a construção do navio, discutiam a respeito das plantas do estaleiro e como haviam escolhido um nome sensato para a embarcação, de que Lloyd desdenhara. E tudo isso para que um dia se tornasse obsoleta: homens cujas esposas eram adúlteras em chapéus cuidadosamente escovados, em uma plataforma decorada com bandeirolas que tremulavam ao vento, a marchinha animada da banda de fanfarra borbulhando em volta de seus pés. A carreira de lançamento fora untada com sebo, para lubrificar o caminho da embarcação, e Matilda podia sentir o cheiro denso de animal impregnando suas roupas, alastrando-se sobre sua pele.

Lloyd queria um novo navio a vapor, para revitalizar a L&O. Quando Ernst morreu, a frota estava desgastada e ultrapassada, em sua maioria navios mercantes a vapor operando no comércio costeiro, além de alguns cargueiros com viajantes que rasgavam lentamente as águas do Atlântico e veleiros comerciais esgotados que ainda operavam nas rotas de grão e guano do Pacífico. Esta embarcação não seria a maior, ou mais rápida, ou o navio a vapor mais opulento da Europa — não seria nenhuma ameaça aos gigantes da White Star Line que estavam sendo construídos em Belfast —, mas Lloyd afirmara à Matilda que seria uma aposta respeitável no lago dos peixes grandes e abastados.

— Quais são as novidades? — rosnou Lloyd, surpreendendo-a. A pergunta fora dirigida a Addison Graves, *capitão* Graves, que estava parado ali perto — aproximando-se, na verdade, embora seu instinto habitual parecesse formular uma desculpa antecipada devido ao seu tamanho. O homem era magro, quase esquelético, mas tinha ossos enormes e pesados como porretes.

— Temos um problema com o mecanismo de controle — respondeu-lhe o capitão. — Não deve demorar.

Lloyd franziu a testa para a embarcação.

— É como se ela estivesse acorrentada. Seu destino é o mar, não acha, Graves? — perguntou Lloyd, tomado repentinamente pelo entusiasmo. — Você não acha que ela é absolutamente majestosa?

A proa da embarcação se erguia à frente deles, afiada como uma lâmina.

— Ela será uma boa menina — respondeu Graves de forma amena.

Ele seria o primeiro capitão do navio. Viera para o lançamento ao mar com Lloyd, Matilda e os quatro jovens filhos da família Feiffer — Henry, o mais velho aos 7 anos, Leander, o bebê de menos de 1 ano, e Clifford e Robert, os irmãos do meio. Todos estavam sendo cuidados por babás em algum lugar longe dali. Matilda tinha esperança de se aproximar de Graves na viagem. Ele não era rude, nunca fora descortês, mas seu comedimento parecia impenetrável. Mesmo suas tentativas de descobrir algo a respeito de seu trabalho não deram em nada. *O que o atraiu para o mar, capitão Graves?*, perguntou-lhe uma noite no jantar. *Basta ir longe o suficiente, em qualquer direção, e você encontrará o mar, Sra. Feiffer,* respondeu-lhe o capitão, e ela se sentiu repreendida. Para ela, ele passara a representar a impenetrabilidade básica da vida masculina. Lloyd o amava incondicionalmente, tanto que parecia não amar mais ninguém daquela forma, pelo menos, não Matilda. *Devo a ele minha vida,* afirmara Lloyd muitas vezes. *Sua vida não pode ser uma dívida,* respondeu-lhe certa vez Matilda, *caso contrário, ela não pertence a você, e nada foi salvo.* Mas Lloyd apenas ria, perguntando à esposa se ela já tinha considerado se tornar filósofa.

Quando jovens, Graves e Lloyd haviam navegado juntos em uma barca à vela. Graves trabalhara como marinheiro, e Lloyd, recém-formado em Yale, estava fingindo ser um. Ernst, o pai de Lloyd, havia dito que o filho precisaria pegar a manha do ofício (literalmente) se quisesse herdar a L&O. Quando o azarado Lloyd caiu no mar do Chile, Graves foi rápido e preciso o suficiente para lançar uma corda e puxá-lo de volta a bordo. Desde então, Lloyd sempre venerou Graves como um salvador. (*Mas você é aquele que pegou a corda,* dizia Matilda. *Aquele que suportou ser puxado.*) Depois do Chile, à medida que Lloyd ascendia dentro empresa, assim também era com Graves.

A plataforma não estava mais à sombra. A transpiração fazia com que o espartilho de Matilda grudasse e friccionasse sua pele. Aparentemente, Lloyd achava que a esposa nascera sabendo como batizar um navio.

— Basta quebrar a garrafa na proa, Tildy — afirmava. — É muito simples.

Ela saberia o momento certo? Eles se lembrariam de lhe contar? Tudo o que sabia era que teoricamente seria avisada (por quem, não tinha certeza) no momento em que o navio começasse a deslizar, e ela deveria quebrar a garrafa de uísque contra a proa, assim batizando a embarcação de *Josephina Eterna,* em homenagem à amante do marido.

Quando, meses antes, à mesa do café da manhã, ela perguntara a Lloyd como a embarcação se chamaria, ele lhe contou sem tirar os olhos do jornal.

A xícara de Matilda não estremeceu quando ela a repousou sobre o pires. Ao menos poderia se orgulhar disso.

Era jovem, não muito, quando Lloyd se casou com ela. Seu marido contava com 36 anos, e Matilda, com 21 anos, idade suficiente para saber que estava sendo escolhida por sua fortuna e potencial reprodutivo, não por amor. Tudo que pedira era que Lloyd se comportasse com discrição respeitosa. Havia lhe explicado isso antes do noivado, e ele ouvira com gentileza, concordando que havia muito a ser dito sobre a privacidade individual do casamento, sobretudo porque a vida de solteiro lhe convinha tão bem por tanto tempo. "Nós nos entendemos, então", disse ela e lhe ofereceu a mão. Solenemente, ele a apertou e depois beijou Matilda, na boca, por um bom tempo, e ela começou, apesar dos pesares, a se apaixonar. Falta de sorte.

No entanto, ela não voltaria atrás em sua palavra. Fez o melhor que pôde, conformou-se com as indiscrições de Lloyd, direcionando suas paixões para os filhos e a manutenção de seu guarda-roupa e de si mesma. Lloyd nutria certa afeição por Matilda, ela sabia, e era mais carinhoso na cama do que imaginava que alguns maridos eram, embora também soubesse que no fundo não fazia o seu tipo de mulher. Ele preferia mulheres temperamentais e insaciáveis, em geral, mais velhas que Matilda, não raro, mais velhas que ele próprio e, sem dúvidas, mais velhas do que o homônimo da embarcação, a tal Jo, morena e volúvel, que tinha somente 19 anos. Porém, Matilda sabia o bastante para entender que muitas vezes a amante era contra o desenlace matrimonial.

O nome do navio parecia uma retribuição medíocre à sua tolerância e generosidade, e, assim que conseguiu um momento sozinha, longe do tilintar barulhento da porcelana e dos olhos dos criados, derramou algumas lágrimas. Então, recompôs-se e seguiu em frente, como sempre.

Na plataforma, Lloyd se virou para ela, apreensivo:

— Está quase na hora.

Ela tentou se preparar. O gargalo era muito curto para que conseguisse manuseá-lo bem, ainda mais com as luvas de seda, e a garrafa acabou escorregando de suas mãos, caindo em um estalido surdo, perigosamente perto da borda da plataforma. Quando a pegou, alguém tocou seu ombro. Addison Graves. Gentilmente, ele pegou a garrafa.

— É melhor você tirar as luvas — disse ele. Assim que ela tirou, ele envolveu uma de suas mãos no gargalo e colocou a outra palma contra a rolha. — Assim — prosseguiu, demonstrando um movimento de arco lateral. — Não tenha medo de atirá-la com força contra a proa, porque dá azar se a garrafa não quebrar.

— Obrigada — murmurou Matilda.

Na beira da plataforma, ela esperou pelo sinal, mas nada aconteceu. A proa estava em seu lugar, o imenso nariz arrebitado de uma coisa presunçosa e altiva. Os homens conversavam entre si com urgência. O arquiteto naval saiu correndo. Ela esperou. A garrafa ficou mais pesada. Seus dedos doíam. No meio da multidão, dois homens começaram a discutir, causando tumulto. Enquanto ela observava, um atingiu o outro no rosto.

—Tildy, pelo amor de Deus! — Lloyd puxava seu braço. A proa estava se afastando. Tão rápido. Matilda não esperava que algo tão grande fosse tão rápido.

Ela se inclinou e arremessou a garrafa contra a parede de aço que se afastava. De forma desajeitada, por cima do ombro. A garrafa bateu contra o casco, mas não quebrou, apenas ricocheteou e caiu na carreira de lançamento, estilhaçando-se no concreto em um respingo de vidro e líquido âmbar. *Josephina* recuou. O rio se ergueu atrás da popa em um verde volumoso, desmanchando-se em espuma.

Atlântico Norte
Janeiro de 1914
Quatro anos e nove meses depois

Na calada da noite, *Josephina Eterna* rumava em direção ao Leste. Um broche incalculável em preto acetinado. Um cristal solitário na parede de uma toca escura. Um cometa majestoso rasgando o céu vazio.

Abaixo de suas luzes e cabines em formato de colmeia, abaixo dos homens labutando em um calor infernal e em meio à poeira negra, abaixo de sua quilha cravejada de crustáceos, passou um cardume de bacalhaus, uma horda densa de corpos arqueados na escuridão com os olhos esbugalhados, embora não se conseguisse enxergar nada. Abaixo dos peixes: pressão e frio, léguas de escuridão e deserto, alguns seres estranhos e luminescentes, à deriva, atrás de restos de comida. Depois, o fundo arenoso, o vazio, exceto por rastros sutis deixados por camarões robustos, vermes cegos, criaturas que nunca saberiam que algo como a luz existia.

Na noite em que Addison Graves desceu para jantar e encontrou Annabel sentada ao seu lado, era a segunda parada do navio em Nova York. Ele descera da ponte de comando para a desarmonia alta e esfuziante da sala de jantar, sem o entusiasmo do silêncio masculino. O ar estava quente e úmido, cheirava a comida e perfume. O frio do oceano embrenhado em seu uniforme de lã evaporou; sentiu imediatamente um comichão devido ao suor. Em sua mesa, ele se inclinou, com o quepe debaixo do braço. Os rostos dos passageiros emanavam uma ânsia predatória por sua atenção.

— Boa noite — disse enquanto se sentava, sacudindo o guardanapo. Raramente tinha satisfação em conversar, sobretudo quando se tratava da conversa fiada autoenaltecedora exigida por passageiros abastados ou importantes o suficiente para disputar cadeiras na mesa do capitão. De início, não se atentou a nada além do vestido verde-pálido de Annabel. Do seu outro lado, estava uma mulher mais velha, vestida de marrom. O primeiro de uma longa série de pratos espalhafatosos chegou, trazido da cozinha por garçons vestidos em fraques.

Lloyd Feiffer havia promovido Addison a capitão assim que herdou a L&O, quando o corpo de seu pai ainda nem tinha esfriado no túmulo. Durante um jantar de negócios no Delmonico's, Lloyd lhe dera o comando de um navio, e Addison apenas assentiu, não querendo trair sua euforia. Capitão Graves! O garoto miserável que tinha sido há muito tempo naquela fazenda em Illinois finalmente desapareceria para sempre, reduzido a nada sob a sola de sua bota polida, atirado ao mar.

Mas Lloyd estava um pouco preocupado.

— Você terá que ser *cordial*, Graves. Terá que *conversar*. Eles também te pagarão por isso. Não fique assim, não será tão ruim. — Ele fez uma pausa, parecendo impaciente. — Você acha que consegue?

— Sim — respondeu Addison, a cobiça dominando o pavor em seu coração. — Claro.

Os garçons circulavam, entregando tigelas de *consommé*. À direita de Addison, a Sra. Fulana ou Sicrana de vestido marrom estava relatando as histórias de vida de seus filhos em grandes detalhes e com um articular de palavras tão lento e proposital que mais parecia que estava lendo os termos de um tratado. O cordeiro com geleia de menta foi servido e comido. Depois, o frango assado. Na salada, durante um breve intervalo na recitação de sua vizinha, Addison se voltou, finalmente, para a mulher de vestido verde-pálido. Annabel, ela disse que seu nome era esse. Parecia muito jovem. Ele perguntou se seria a primeira vez dela na Grã-Bretanha.

— Não — respondeu ela. — Já estive lá diversas vezes.

— Então você gostou?

A princípio, ela não respondeu. Então, quando falou, seu tom era objetivo:

— Não muito, mas meu pai e eu decidimos que seria melhor se eu deixasse Nova York por um tempo.

Uma confissão intrigante. Ele a estudou atentamente. Sua cabeça estava baixa; ela parecia concentrada na refeição. Era mais velha do que ele pensara inicialmente, com vinte e poucos anos, e muito bela, embora a aplicação descuidada de seu blush e batom lhe conferisse uma aparência carregada e febril. Tinha cabelos cor de creme como a crina de um cavalo palomino e sobrancelhas e cílios tão claros que eram quase invisíveis. De repente, ela levantou os olhos e sustentou o olhar fixo dele.

As íris de seus olhos eram de um azul-claro, filigranadas com um cruzamento de anéis resplandecentes e iluminados, como rajadas solares. Neles, ele reconhecera uma proposta, ousada e inconfundível. Conhecia o olhar das mulheres no Pacífico Sul, que relaxavam na sombra com os seios nus, de prostitutas meio escondidas na penumbra dos becos da cidade portuária, das *karayuki-san* que o conduziam para quartos iluminados por candeeiros. Ele olhou de relance para o pai dela do outro lado da mesa, um homem rosado e magro, porém robusto, falando de modo tempestuoso, aparentemente alheio à filha.

— Você está detestando tudo isso — falou Annabel em voz baixa. — Conversar com essas pessoas. Sei disso porque também detesto.

Addison dispensou a sobremesa. Algo demandava sua atenção, perdoe-o. Ele deixou a sala de jantar, subiu dois lances de escada e saiu ruidosamente por uma porta — APENAS TRIPULAÇÃO —, direto para um pedaço aberto do convés, atrás da ponte de comando.

Ele apoiou os cotovelos no parapeito. Não havia ninguém por perto. O mar estava ligeiramente agitado. A linha de mármore da Via Láctea formava um arco no céu límpido e sem Lua.

Com educação, tinha negado detestar alguma coisa, afastado-se da jovem e perguntado a outra vizinha se ela tinha mais histórias divertidas sobre os filhos. No entanto, a presença contígua de Annabel continuava a consumi-lo por dentro. Vestido verde, cílios claros. Aquele olhar. Tão inesperado. Uma chama azul, inabalável e desconhecida.

Na ponte de comando, houve um certo alívio na atmosfera de atividades e, mais tarde, no bule de café da meia-noite levado para sua cabine, mas, ainda assim, a chama queimava. Na banheira, os joelhos ossudos se estendiam para fora da água. Ele deixou sua mão ser levada até a virilha, pensando nas bochechas coradas e nos fios soltos de cabelo claro na nuca dela.

Já passava da meia-noite quando ela bateu à sua porta. Ainda estava com o vestido verde, um fantasma. Não sabia como Annabel havia encontrado sua cabine, mas ela entrou apressadamente, como se o tivesse visto inúmeras vezes antes. Era menor do que ele pensava, sua cabeça alcançava apenas o meio do peitoral dele, e ela tremia de forma violenta. Sua pele estava azulada e muito gelada, e, nos primeiros minutos, ele mal suportou tocá-la por causa do frio.

Cidade de Nova York
Setembro de 1914
Nove meses depois

Os bebês estavam chorando. Annabel não se mexia. Ela estava de pé, na janela de seu quarto, na casa geminada de tijolos vermelhos de Addison (acabamento preto, porta preta com aldrava de metal, próxima do rio), olhando para um gato preto que dormia em uma janela do terceiro andar, do outro lado da rua. O gato sempre estava lá. Às vezes, sacudindo a cauda, ele observava os pombos ciscando nas calhas lá embaixo. Quando o gato sacudia a cauda, Annabel se sentia obrigada a balançar um dedo. Quando o gato parava, ela parava. À noite, deitada, sem sono, ela balançava o dedo até que ficasse dolorido e rígido. Um gesto de repreensão. Tique-taque.

Em surtos concomitantes, o choro culminava em picos furiosos.

Melhor não se afastar da janela e correr o risco de ter aquelas visões cada vez mais frequentes, acompanhadas do cheiro de enxofre, quando se aproximava dos gêmeos. Não deveria ir para a cozinha onde havia facas. Não podia se aventurar perto de travesseiros de plumas ou bacias de água. Não podia segurar os bebês nos braços, pois podia levá-los até a janela e soltá-los. *Pervertida*, ouvia a voz de sua mãe. *Pervertida, pervertida, pervertida.*

Durante uma de suas passagens pelo colégio interno, na manhã seguinte a uma nevasca, ela se moveu cautelosa e furtivamente em direção ao terraço de seu dormitório e adentrou em um mundo indecifrável, difícil de lidar e fragmentado. Cada folha de bordo no jardim central verdejante do colégio estava trancafiada em sua própria caixa de vidro bem ajustada, dentada com pingentes de gelo. Quando os bebês choravam, ela se tornava como aquelas árvores: primeiro enraizada, depois congelada. Ao que parece, seu pranto era tão recôndito e irrespondível quanto o lamento dos pássaros rodeando seus ninhos cheios de gelo.

Quando eles nasceram, Addison estava a bordo do *Josephina*. Annabel entrou em trabalho de parto no dia 4 de setembro, três semanas antes do previsto, e os gêmeos finalmente vieram ao mundo mais de um dia depois, uma verdadeira eternidade, antes do amanhecer do sexto dia, o primeiro da Batalha do Marne. Nenhum nome lhe ocorrera, e, quando a parteira sugeriu o nome Marian, e o médico James, Jamie, ela acenou com a mão, consentindo.

Para Annabel, o horror do nascimento se misturava com o horror da guerra, agora que sabia o que era gritar, sangrar. O nascimento havia se tornado o novo problema ao qual sua mente retornava quando abaixava a guarda. A bacia de água vermelha reapareceu, as facas e os fórceps do médico e as agulhas. Ela viu novamente os recém-nascidos roxos, ensopados de sangue e algo parecido com um creme mole. Eles eram tão pequeninos quanto cachorrinhos, e, ao vê-los, fora revisitada por seu primeiro horror, uma convicção passageira e desconexa de que o médico estava segurando seus órgãos nas mãos, que ela tinha sido eviscerada. A parteira havia lhe dito que o parto seria um martírio, porém, depois, a alegria a dominaria. Ou a mulher estava mentindo ou, mais provável, Annabel era uma mãe desnaturada.

Quando os bebês completaram cinco dias, Addison retornou. Ele ficou olhando para o berço com uma expressão perplexa e, em seguida, encarou Annabel onde estava deitada, fedendo a suor, com o cabelo empastado. Ela se recusava a tomar banho porque o médico lhe disse que a água morna estimularia a produção de leite e estava determinada a deixar que tudo secasse.

— Água fria, então — disse a enfermeira diurna. — Para acalmar suas partes.

Annabel havia dito que preferia morrer a tomar um banho frio.

— Sua tarefa é cuidar dos bebês, não de mim — afirmou. — Deixe-me em paz.

Seu comportamento combinava com o silêncio de Addison, e, no dia seguinte, ele partiu novamente.

— É só um caso de melancolia — continuou a enfermeira diurna. — Já vi isso antes. Você voltará a ser você mesma logo em breve.

Você mesma.

Veio-lhe à mente uma memória da escuridão sombria e enevoada de seus primeiros anos. A luz da Lua tingindo de azul as cortinas de seu quarto; o pai ao seu lado, segurando-a. Ninguém nunca a havia segurado. O calor de outro corpo era inebriante. Instintivamente, ela agarrou o traje de seda dele e o sentiu tremer. Neste momento, sua memória se esvaneceu.

Aos 7 anos, Annabel estava na despensa de sua casa em Murray Hill com o vestido levantado enquanto o filho da cozinheira, um menino de cerca de 11 anos, agachava-se à frente dela. Ouvem-se um grito entrecortado vindo da porta e um grande estrondo afobado. A presença da babá com seios avantajados, agitada e de saia preta dominava o pequeno espaço como um corvo preso em uma casa para pardais. O filho da cozinheira berrou ao ser espezinhado. A babá soltou um grito gutural, depois nada além de uma respiração ofegante enquanto arrastava Annabel escada acima e a trancava em um armário.

Em meio à escuridão, mas conseguindo enxergar, pelo buraco da fechadura, o outro lado do corredor que dava para o seu quarto, sua colcha amarela que cobria a cama e uma boneca largada de bruços no chão, ela perguntou à babá, atrás da porta:

— Fui uma menina má?

— Você sabe que foi — respondeu a babá. — Você é o pior tipo de garota. Deveria estar mais do que envergonhada.

O que havia além da vergonha? Annabel se questionava, agachada entre pás de lixo e latas de lustra-móvel. Se o que havia feito era tão abominável, por que era permitido que seu pai, o deus daquela casa, mais poderoso que até mesmo sua mãe ou a babá, tocasse a parte dela que o filho da cozinheira queria somente olhar, dando-lhe em troca um pedaço de doce de limão, aquela parte do seu corpo que a babá chamava de repolho? Este é o nosso segredo, seu pai lhe dizia sobre as visitas, e mamãe não deve saber, porque ficaria enciumada do quanto ele amava Annabel, do quanto Annabel o amava e do quanto eram afetuosos um com o outro.

No dia em que mostrou seu repolho para o filho da cozinheira, a mãe bateu em suas pernas e nádegas nuas e a chamou de *pervertida, pervertida, pervertida.*

O primeiro médico prescrevera banhos diários em água fria e uma dieta vegetariana.

A babá se negava a responder a quaisquer perguntas sobre a natureza da perversidade:

— Este tipo de conversa só vai incentivá-la.

Apesar de que, uma vez, quando Annabel perguntou se os repolhos dos meninos também faziam mal, a babá explodiu:

— Criança estúpida, meninos não têm repolhos. Eles têm cenouras.

A perversidade, supostamente, tinha a ver com vegetais.

Angustiada, sentindo-se culpada por motivos que não poderia explicar, Annabel começou, durante momentos não supervisionados em seu quarto ou no banho, a tocar seu repolho. A sensação entorpecia sua mente de uma forma agradável, um conforto envolvente, tinha até mesmo o poder de afastar pensamentos indesejáveis: o cordeiro escalpelado, por exemplo, que ela vira na cozinha com a língua de fora ou a mãe chamando-a de pervertida. Até ensurdecia os pensamentos a respeito do pai. Ele disse que estava tentando fazer algo de bom. Pois, se as visitas a deixavam morta de medo, isso deveria ser um indicativo de que havia algo de errado com ela. Tentaria ser melhor.

Aos 9 anos, Annabel acordou com uma lufada de ar gelado sob a luz matinal, sua colcha amarela sendo arrancada. A mãe estava de pé ao seu lado, segurando a colcha como uma capa de toureiro. Tarde demais, Annabel se deu conta de que suas mãos, enquanto dormia, foram parar debaixo da camisola. *Pervertida*, dizia-lhe a mãe, montando sobre ela como se fosse abater um animal. Na noite seguinte, a babá amarrou os pulsos de Annabel, e ela adormecera com os dedos entrelaçados como se estivesse rezando.

— Sua mãe é uma boa mulher — dizia-lhe o pai, dando palmadinhas de leve nas cordas amarradas em seus pulsos, mas sem desamarrá-las. — Mas não entende como queremos ser afetuosos.

— Eu sou pervertida? — perguntou Annabel.

— Todos somos um *pouco* pervertidos.

O segundo médico era velho e mais parecia um cão farejador bestial. Seus olhos tinham olheiras protuberantes, a pele era manchada, e os lóbulos das orelhas, compridos. Com uma pinça, ele retirou uma sanguessuga solitária de um pote de vidro e abriu sem cerimônia as pernas dela.

Um zumbido fez pressão em seus ouvidos. Uma luz branca ofuscante rodopiava como uma nevasca e fora dissipada por um solavanco luminoso de sais aromáticos. O médico saiu para falar com a sua mãe, deixando a porta aberta.

Hiperexcitação, ele disse. *Gravíssimo... Não é motivo para se desesperar ainda.*

Mais banhos frios e uma solução de Bórax a serem semanalmente aplicados. Ela deveria ser mantida longe de temperos, cores vivas, música rápida, qualquer coisa vívida ou estimulante. Antes de dormir, deveria tomar uma colherada de xarope de uma garrafa âmbar que a fazia cair em um sono profundo. Algumas manhãs, Annabel achava ter sentido um leve cheiro de tabaco em seu travesseiro, mas não se lembrava de nada.

No dia em que acordou, aos 12 anos, aterrorizada em lençóis ensanguentados, sua mãe lhe dissera que não morreria, mas o sangue viria todos os meses como um lembrete para ela sempre se resguardar contra, sim, de novo, toda hora: a perversidade.

Por volta dessa época, ocorreram dois outros incidentes: primeiro, percebera que há algum tempo não sentia cheiro de tabaco em seu travesseiro e, segundo, fora mandada para o colégio. A conversa animada das outras meninas, os livros e as orações noturnas delas, a saudade de casa e as cartas para suas respectivas mães, as danças alegres que praticavam umas com as outras, o alvoroço delas em relação aos cabelos e aos beliscões que davam em suas próprias bochechas para ficarem rosadas — tudo isso a fazia se sentir como um inseto pequenino correndo a passos apressados entre os sapatos das meninas. Em uma onda de fúria, compreendeu que não sabia nada do mundo. Ela tinha sido mantida longe dele.

Como reparar sua ignorância abissal?

Prestando atenção à sua volta. Ouvindo às escondidas. Examinando as coisas de forma minuciosa e esforçando-se para encontrar pistas. Escolhendo livros aleatoriamente da biblioteca, roubando mais livros das outras meninas, sobretudo os proibidos que escondiam. Lendo *O Morro dos Ventos Uivantes, A Ilha do Tesouro, Vinte Mil Léguas Submarinas* e *A Pedra da Lua.* Lendo *Drácula* e tendo pesadelos com o lunático zoófago do manicômio, Renfield, que alimenta as aranhas com moscas, os pássaros, com aranhas, e come os pássaros, desejando consumir o máximo de vidas possível. Roubando *O Despertar* e sonhando em entrar no mar, embora nunca tenha entrado em uma água que não fosse a da banheira. (Mesmo na escola, seus banhos são frios.) A partir desses livros, reunindo aos poucos teorias confusas sobre como existem outras noções de vergonha e perversidade além das de sua mãe. Percebendo que algumas mulheres desejam ser tocadas por homens. (As garotas suspiravam por causa de determinados livros, recostadas em seus travesseiros. *Tão romântico,* comentavam, mas não falavam com Annabel, pois a achavam esquisita.) Quando tinha certeza de que todas estavam dormindo, voltava a tocar o que ela não considerava mais seu repolho, mas uma coisa sua, não esverdeada e inerte, mas viva e selvagem. A sensação se tornava cada vez mais aguçada, um anzol pungente que se embrenhava em seus nervos como se estivesse em uma rede, puxando-a. Annabel se desmanchava em tremores e espasmos, batimentos acelerados e faíscas.

Uma vez por semana, um jovem ia ao colégio, para ministrar aulas de piano às meninas. Ele se inclinava sobre Annabel enquanto ela estava sentada no banco e, com seus dedos longos, tocava as notas agudas e graves. Ele era quase tão loiro quanto ela, com sobrancelhas arqueadas e curiosas e marcas de pente no cabelo. Um dia, ela pegou a mão dele e colocou em seu vestido, por cima de sua coisa. O assombro estampado no rosto dele a deixou desconcertada.

Malvista, fora enviada para um outro colégio, inferior. Porém, dentro de um mês, foi chamada para casa, porque sua mãe havia morrido. O pai a tratava com uma cortesia distante e ambígua, parecia sequer se lembrar que quisera ser "afetuoso" além da conta com ela. A babá havia partido, e, quando perguntou por ela, o pai disse que Annabel era grande demais para uma babá, não era? Annabel tomou um banho tão quente que parecia que havia sido cozinhada na banheira.

(Só mais tarde, ao ouvir por acaso uma fofoca no funeral, soube que sua mãe havia bebido um frasco inteiro de sonífero.)

Fora para um terceiro colégio, aquele com as folhas de bordo, a nevasca. O professor de história era mais velho que o tutor de piano e não tinha medo dela. Ele encontrava motivos para chamá-la em sua sala.

— Como um peixe fora d'água — falou, após tirar sua virgindade em um sofá flácido e gasto. — Consegui ver isso em você, vi que era assim, um peixe fora d´água.

— Como assim?

— Vi no seu olhar. Afinal, você não queria me seduzir?

— Acho que sim — respondeu, embora não soubesse muito *bem* o que queria fazer. Annabel simplesmente retribuía seus olhares, permitia que prosseguisse, sentia uma pressão sem graça e lancinante enquanto os dois permaneciam quase sempre vestidos. Logo após, ao atravessar o gramado do colégio, a tristeza que parecia ser consequência de qualquer contato humano se abatia sobre ela, e, como a experiência não fora desagradável, quando o professor a chamava mais uma vez, ela retornava de bom grado à sua sala. Ele deu de costas e mexeu suas partes, dizendo que aquilo tinha a ver com evitar um filho. Com a prática, ela conseguia sentir os tremores e espasmos oriundos da assistência lasciva do professor, sentia vez ou outra até os batimentos acelerados e faíscas, embora a tristeza depois persistisse.

— Vamos fugir — dizia ele, e, do sofá, Annabel o encarava, confusa por ele achar que haveria algum lugar para onde poderiam ir.

Não fora expulsa daquele colégio, mas terminou os estudos aos 16 anos e voltou para Nova York. Fez o melhor que pôde, abraçou uma vida de aparente respeitabilidade como consorte solteirona do pai, acompanhando-o em jantares, festas e em suas viagens. Ela tentou ser boa, afugentar a urgência de perversidade. Mas era tão incapaz de afastá-la quanto era capaz de seguir vivendo após decepar a própria cabeça. Encontrou amantes. Suas escolhas variavam.

— Talvez você devesse pensar em se casar — falou seu pai.

Ambos sabiam que ninguém em Nova York sonharia em casar com ela, apesar de sua riqueza.

O sexo lhe trazia alívio, sim, mas também desonra, boatos, desdém. Queria ser diferente, ser alguém que não transasse com os homens, que não era oprimida pela escuridão ou possuída pelo desejo. Mas ela fracassou. Fracassou em Nova York, fracassou em Londres ("Talvez um marido *britânico*", disse o pai), em Copenhague ("Talvez um marido *dinamarquês*") e Paris ("Talvez?") e Roma (ele não mencionou um marido italiano). Fracassou a bordo do *Josephina*. Pensava que nunca poderia ter um filho, tinha certeza de que seu ventre estava corrompido pela perversidade.

— Addison Graves — disse ao pai, depois de ter certeza da gravidez.

— Quem?

— O capitão. O capitão do navio.

Na noite em que conhecera Addison, seu pai tinha ido para a sala de fumantes depois do jantar, confiando Annabel à saleta das damas, de onde era fácil escapar. Annabel estava na popa do *Josephina*, contemplando as águas escuras, as nuvens prateadas de bolhas que brotavam das hélices. O medo se apoderou de seu corpo, e ela se agarrou ao parapeito. Imaginou a rajada de vento, o choque vindo do frio, as imensas lâminas cortantes, as luzes do navio em retirada.

Teria tempo de testemunhar o navio desaparecer no horizonte? Seria abandonada no centro de uma esfera negra estrelada, e sua última visão seria os pontos silenciosos de luz? Nada poderia ser mais solitário. Ou, pensou, mais verdadeiro. Em sua experiência, a proximidade de outros humanos não amenizava realmente a solidão. Ela se imaginou descendo, descendo, assentando-se no fundo do oceano. Um último banho frio para extirpar aquilo que a consumia.

O vento cortante atravessou o vestido. Nunca poderia prever quando sua força de vontade cederia, mas naquela noite a perversidade a salvou, afastando-a do rastro deixado nas águas pelo movimento da embarcação e atraindo-a para a cabine de Addison. No jantar, ele a enxergou como ela era. Sentira a força da aceitação dele como um tapa.

Talvez, sugeriu a enfermeira diurna, se segurasse os bebês, ela se lembraria de como eram bonitos. Era afortunada de ter dois filhos saudáveis, quando outras pessoas perdiam seus bebês ao nascer, pobres almas.

— Deus fez as mulheres para serem mães — completou a enfermeira.

— Se tiver algum bom senso, se é temente ao seu Deus, você os manterá longe de mim — disse Annabel, e a enfermeira, apavorada, pegou os bebês e saiu, fechando a porta do quarto atrás de si.

Na contramão do conselho do médico, ela colocou anúncios de amas de leite nos jornais antes do nascimento dos gêmeos e contratou as duas primeiras mulheres que se candidataram. Ambas alegaram ser casadas. Nenhuma das duas explicou como seus seios estavam com tanto leite que até sobrava, e Annabel não perguntou.

— Em minha opinião, a prática não está longe da prostituição — afirmou o médico. — Muitas vezes, essas mulheres colocam os próprios bebês nas condições mais deploráveis, para que possam vender o leite. Provavelmente, não são boas mulheres.

Mas a bondade não interessava a Annabel.

Ao amanhecer, quando ela deixou a cabine de Addison e voltou para a sua, seu pai estava acordado, sentado, no quarto, ao lado de um copo vazio e um cinzeiro cheio, ainda de gravata e fraque, esperando. A porta que dava acesso aos dois quartos estava aberta.

— Annabel — falou. Aparentava estar velho e cansado, conformado. — O que eu deveria ter feito diferente com você?

— Deveria ter me deixado dormir — respondeu-lhe, fechando a porta.

Cidade de Nova York
Outubro de 1914
Um mês depois

À primeira vista, Lloyd Feiffer de luto não era diferente do Lloyd Feiffer exultando felicidade. Seu casaco e chapéu eram impecáveis. O colarinho era tão branco e tão rígido, para ninguém botar defeito. O nó da gravata estava perfeito. Ele caminhava apressadamente.

No entanto, por um mês, o Lloyd Feiffer interpretando a vida e os hábitos de Lloyd Feiffer não passara de uma carapaça eufórica, uma efígie vazia. Dentro havia uma sombra, uma espiral de fumaça, um espírito sombrio espionando-o enquanto ele lia os manifestos e negociava os preços do carvão, almoçava caranguejo à Newburg e transava com sua amante. Antes, o que havia dentro dele, o homem jovial, mas sem escrúpulos, cheio de inteligência sarcástica e vigor incansável, parecia ter ido embora com o último suspiro de seu filho Leander.

Difteria. Aos 6 anos.

Matilda ainda não havia saído de seu quarto (separado do de Lloyd pelos vestiários e uma sala de estar compartilhada) e quase nada havia comido. Os meninos ainda vivos — Henry, Clifford, Robert — eram mantidos afastados pela babá, e Lloyd não sabia se eles passavam o tempo taciturnos, chorando pelos cantos, ou se gritavam e se estapeavam. Nunca se interessara pelos afazeres diários de seus filhos e não teria previsto que, ao perder um, uma dor lancinante surgiria, tenebrosa e primitiva como petróleo, de seu alicerce particular.

Henry, que tinha 12 anos, veio até ele em seu escritório uma noite e pediu educadamente para ser enviado ao colégio. Lloyd hesitou, dizendo que sua mãe precisava dele ali.

— Mas ela nem quer me ver — falou Henry. — Ela nunca responde quando bato na porta.

— As mulheres — disse Lloyd — recorrem às táticas teatrais quando desejam demonstrar a profundidade e a superioridade de suas emoções. A indulgência somente prolongará o espetáculo. Ela aparecerá quando perceber que não ganhará nada agindo assim.

O menino foi embora, abatido e cabisbaixo. De madrugada, cansado de ficar rolando, acordado, na cama, Lloyd atirou a coberta para o lado e saiu a passos largos pelos cômodos intermediários para o quarto de Matilda, com a intenção de repreendê-la por sua apatia, ordenar que se levantasse.

Mas Tildy, em sua cama, ergueu os braços, calada, e, antes que pudesse falar, Lloyd caiu nos braços da esposa e chorou em seu peito. Essa foi a primeira vez que chorou por Leander, exceto no dia em que o garoto faleceu, quando se curvou para mergulhar o rosto na banheira e chorou na água. Nem havia abraçado Tildy desde então... Não conseguia se lembrar. Ela afagou seu cabelo enquanto ele chorava, e ele chorou até cair no sono.

De manhã, saiu do quarto sem dizer uma palavra. Porém, na noite seguinte, voltou, e o aconchego da esposa reaqueceu seus ânimos. Na noite seguinte, levantou sua camisola e fez amor com ela.

Desde então, uma semana se passou, os dias e as noites adquiriam características opostas. O espírito sombrio governava durante o dia, e, à noite, o corpo da esposa o exorcizava. O que Tildy pensava sobre suas visitas, ele não sabia, mas, naquela manhã, quando saiu de casa, ela estava sentada à mesa do café com os meninos, pálida e em silêncio, mas ereta, entre os vivos.

O chofer de Lloyd o levou até o fim da Broadway, não muito longe de onde a Ilha de Manhattan mergulhava os pés na água. Após o nascimento de Robert, seu terceiro filho, Lloyd e Matilda venderam a casa no Gramercy Park e se juntaram à migração de almas elegantes rumo ao Norte, para uma nova casa na Rua Fifty-Second, prolongando o trajeto. Tinha pensado em realocar os escritórios da L&O, pelo menos aqueles localizados nos bairros residenciais — alguns de seus negócios já estavam sendo conduzidos no Chelsea Piers —, contudo, incomodava-o a ideia de se afastar da turba firmemente estabelecida e mancomunada de escritórios das companhias marítimas e das bilheterias localizadas no centro da cidade.

Mas, então, ficava preocupado em estar se tornando cabeça-dura como o pai. Mesmo quando a riqueza de Ernst começou a se acumular, ele se recusava a mudar a família do apartamento apertado na Rua Pearl. Tendo sofrido a mudança radical com a chegada de um filho, recusava-se a dar outra criança à esposa. Nos negócios, demorou para abrir mão dos barcos à vela e adotar as embarcações a vapor, cedia aos poucos e lentamente, não tinha imaginação. O pai só falava alemão em casa, só aceitava jornais em alemão, parecia não ter interesse no país onde se instalara além de sua capacidade gigantesca para produzir dinheiro.

Quando o relógio bateu 8h, o chofer parou em frente a um imponente edifício de pedra calcária, e Lloyd saiu. Ele ignorou o entusiasmo maçante de boas-vindas do porteiro e caminhou rapidamente pelo saguão com colunas até os elevadores. O nono andar estava deserto àquela hora da manhã. Nas paredes estavam pendurados mapas gigantescos, marcados com rotas e cravejados aqui e ali com alfinetes que sinalizavam a localização dos navios, ajustados diariamente. O pouco espaço que restou fora ocupado por pinturas emolduradas da frota L&O, sobretudo a embarcação *Josephina Eterna* e sua irmã mais nova, *Maria Fortuna,* batizada no lançamento ao mar em homenagem a uma soprano de meia-idade pela qual Lloyd tinha se apaixonado na época.

Na sala de Lloyd, as primeiras tiragens de jornais já haviam sido arrumadas na mesa pelo seu assistente, um jovem maravilhosamente discreto. Em geral, Lloyd pedia uma xícara de chá e os folheava com atenção, mas, naquele dia, ficou sentado, imóvel, encarando fixamente as manchetes sobre a guerra. Alemães saqueando a Bélgica. Trincheiras cavadas como sepulturas para os vivos. A guerra afundando no solo da Europa.

Um rompante explosivo de fúria, era como brasas corroendo suas entranhas. Desejava que a Alemanha perdesse a guerra, que fosse humilhada, que seu pai voltasse do mundo dos mortos para ver isso acontecer. Desejava que todos aprendessem o que era perder um filho. Desejava que um manto sombrio de aflição cobrisse todo o planeta.

Milhares haviam deixado Nova York, retornando ansiosamente aos seus países natais, para participar da carnificina. Imigração ao contrário. Porém, a onda de entusiasmo havia passado, e os navios da L&O estavam navegando para o Leste com menos da metade da capacidade. Lloyd se perguntava se Ernst teria voltado para a Alemanha, empunhado um rifle nas velhas mãos ossudas. Talvez. Ou teria encontrado alguma maneira dissimulada de ajudar a terra natal. Espionando, quem sabe, ou contrabandeando suprimentos e munições. Ou ele teria sido muito teimoso, muito lento para fazer qualquer coisa, até mesmo lucrar.

De repente, Lloyd se virou para olhar pela janela. A Oeste, tinha a vista estreita do Rio Hudson entre os prédios. Esperava vislumbrar *Josephina* quando ela passasse mais tarde, a caminho do Chelsea Piers. Então, pensou em tomar uma bebida com Addison Graves.

A germanidade de Lloyd era um incômodo. Seu nome do meio, Wilhelm, agora parecia incriminador, um ato de sabotagem corporativa por parte de seu pai. No entanto, esta guerra poderia oferecer novas oportunidades. Poderia haver um papel para ele, um papel a desempenhar. Ele não era o pai.

Então, a memória intrometida de Henry fechando a porta de seu escritório sem fazer barulho o perturbou, mas logo foi repelida.

— Como está a sua esposa? — perguntou Lloyd a Addison. Não suportava perguntar sobre os recém-nascidos, que haviam chegado apenas algumas semanas antes da morte de Leander, um golpe de sorte injusto e inesperado da vida.

Addison observava seu copo de uísque.

— Só Deus sabe, para falar a verdade. Ela passa o tempo todo na cama. A enfermeira diurna me falou que ela não tem nenhum interesse pelos bebês, não dá banho neles nem os alimenta. Também disse que às vezes as novas mães têm dificuldades, mas nenhuma a apavorou como Annabel. Ela chamou isso de "terrível melancolia".

— Essa terrível melancolia visitou a minha casa também. Eles deveriam marcar as portas, como faziam com a peste negra.

— Sinto muito. Você recebeu minhas condolências?

— Oh, provavelmente. Não faço ideia. — Lloyd preferia gim a uísque. Ele deu um gole. — Receio que nada disso importa, condolências e essas coisas, mas obrigado mesmo assim. O que Annabel tem para estar assim, triste? Há algo de errado com os gêmeos?

— Não, eles são totalmente saudáveis.

— Ela está doente?

— Ela não vai ao médico. Odeia médicos. Mas não acho que a enfermidade seja o problema, pelo menos, não coisa física. Ela parece estar quase de luto pelo nascimento, como se… Bem. Não entendo.

— Faça ela ir ao médico.

— Sim, talvez eu devesse fazer isso.

— Você passa muito tempo no mar.

— A bordo do navio, sei o que fazer, mas não fora dele.

Os ossos do rosto de Addison pareciam estar mais acentuados do que nunca, a pele sem vida pendurada entre as maçãs do rosto e o queixo, as sobrancelhas escurecendo os olhos. O espírito sombrio se agitou dentro de Lloyd, rancoroso com Annabel, que descansava indolentemente na cama, sobrecarregando o marido, negligenciando os filhos, certamente incapaz de imaginar o sofrimento suportado por ele e Matilda. De repente, ele ansiava por estar em casa, por sentir Matilda afagando seus cabelos. Nunca contara a Addison, mas, antes de se casarem, Lloyd encontrara Annabel algumas vezes em jantares da sociedade, ouvira boatos sobre ela tão sórdidos que pareciam inacreditáveis.

— Você é muito paciente — falou a Addison. — Diga a ela que se levante, que seja útil. As mulheres gostam de ser úteis. Lembre-a de como é sortuda. Dê a ela uma mudança de ares. Lembre-a de que está viva. — Ele sentiu o rosto ficar vermelho. Sua voz ficou ríspida. — Arranque-a daquela cama à força, se for preciso.

Addison ergueu os olhos. Havia algo ilegível em seu semblante. Vergonha? Preocupação? Baixinho, ele disse:

— Talvez você tenha razão.

Atlântico Norte
Dezembro de 1914
Seis semanas depois

Josephina Eterna ardia em chamas. Uma pira flutuante, uma jangada de fogo. Inclinou-se a estibordo — devagar e lentamente — como se estivesse libertando suas labaredas nas águas.

Águas negras e calmas. Uma densa névoa azul do amanhecer, dissipando o clarão do fogo.

Abaixo da superfície: um adorno de aço esfarrapado e rebites espatifados, a água invadindo as salas das caldeiras, apagando as fornalhas e afogando os fogueiros, inundando os porões dianteiros, subindo pelo encanamento e jorrando de pias, banheiras e banheiros, escorrendo pelos corredores e vertendo para os poços dos elevadores, água que — devagar e lentamente — puxava a embarcação para o lado e, rápida e violentamente, a proa para o fundo. Os motores estavam inoperantes, e as hélices, imóveis. A fumaça inflava das escadarias, como os ventos inflam as velas, e os passageiros em pijamas brancos inflavam juntos como velas brancas, fantasmagóricos.

Addison pretendia se afogar. Ele ficava estoicamente no convés, esperando a água subir e atingir os botões do casaco, submergir as ombreiras douradas do tipo dragonas, varrê-lo dali. Ao imaginar o momento derradeiro, sempre soube que trilharia o caminho honrado de um capitão, mas nunca imaginou que sua esposa estaria a bordo e, de modo algum, com dois bebês. Foi ele que insistiu que Annabel viesse junto. E quase precisou arrancá-la da cama à força, como Lloyd sugeriu. Algo precisava ser feito.

— Você não pode se afundar na tristeza para sempre — falou à Annabel.

— Não vejo por que não.

O ar fresco do mar lhe faria bem, ele disse confiante, sem nenhuma confiança. Addison ordenou: o navio, mudança de ares. Sem enfermeiras, disse. Ela deveria cuidar das crianças sozinha. Annabel cedeu. Ela havia subido a bordo com uma única mala, calada, sendo conduzida passiva e desajeitadamente.

De certo modo, a tentativa parecia bem-sucedida. Antes da viagem, Annabel não tinha cuidado dos bebês por um único dia, porém, uma vez forçada, de alguma forma soube como enrolá-los no cueiro, trocar as fraldas e tapar as bocas pequeninas com mamadeiras que continham uma mistura quente de leite de vaca, açúcar e óleo de fígado de bacalhau, feita de acordo com a fórmula de leite para bebês prescrita pela enfermeira noturna e trazida a qualquer hora da cozinha do navio. Addison poderia até sentir que sua decisão foi justificada se não fosse o modo atípico com que Annabel lidava com as tarefas maternas: o rosto inexpressivo, mecânica como uma operária. Certa noite, ele a encontrou de pé, na popa, olhando para as águas escuras.

Estavam em viagem há cinco dias quando a explosão ocorreu, restando um dia inteiro para chegar em Liverpool, percurso retardado pela neblina, navegando em uma região repleta de periscópios de submarinos e tomada de minas. Estavam a bordo apenas 523 passageiros, com capacidade total para acomodar o triplo deste número. A tripulação os superava.

Addison estava acordado quando aconteceu a explosão, antes do amanhecer. Enlouquecido pelo choro de um gêmeo enquanto Annabel alimentava o outro, ele agarrou a mamadeira e o bebê e os levou para a cama.

Assim que o bico de borracha da mamadeira estava em sua boca, a criança se aquietou e fixou os olhos claros no rosto do pai. Addison afrouxou o cueiro do bebê, e um par de mãos rosadas surgiu.

— Esse é qual? — perguntou.

De onde estava sentada, uma sombra velava o rosto de Annabel.

— Não sei — disse ela. — Isso não importa.

O corpinho do bebê ressonava no colo do pai. Seus dedos pequeninos cederam e se curvaram.

Antes de ouvir o estouro, Addison sentiu a mudança de pressão nos ouvidos. O som vinha de todos os lugares, atravessando o ar. A embarcação não parava de sacudir e parecia estar girando em redemoinhos. Ouviram-se um forte zunido, um silêncio interrupto e, em seguida, uma enxurrada de água. Um tremor excruciante seguido por uma calmaria.

— O que foi isso? — perguntou Annabel. Incisiva, sem temer.

Ele se vestiu às pressas.

Uma seção do parapeito de estibordo estava destroçada e retorcida; a fumaça e o vapor fizeram-no recuar quando foi dar uma olhada no que estava acontecendo. Um alarme de incêndio soava estridente e enlouquecidamente. Na ponte, ele ordenou à sala de máquinas que executasse o grau de movimento *STOP* no telégrafo náutico, embora os motores já estivessem parados. Ele enviou o chefe de quarto de navegação lá para baixo, a fim de investigar, já que a inclinação a estibordo era evidente. Addison ficou paralisado, olhando para as suas botas, calculando. A névoa pressionava as janelas da ponte como uma venda pressiona os olhos de alguém.

— Preparem os botes — falou ele. — Disparem o alarme geral.

Na sala de rádio, os operadores interceptavam as chamadas de socorro. Código Morse. A embarcação mais próxima, um navio mercante, estava a 30 milhas náuticas de distância e ESTAVA VINDO A TODA VELOCIDADE, mas demoraria duas horas para chegar.

Ele considerou o fogo, a inclinação a estibordo, a névoa azul, as águas negras.

— Abandonar navio — disse ao imediato, que gritou para os outros oficiais, que gritaram de volta. Um eco estranho que ficava cada vez mais alto ao invés de enfraquecer.

O convés dos botes estava caótico. Membros da tripulação com megafones berravam as instruções que se misturavam ao tumulto dos passageiros, as serviolas giravam, o vapor sibilava. Addison percorreu toda a extensão do navio, tentando impor ordem. Disse a si mesmo que só desviaria por um momento, apenas para assegurar que Annabel estivesse indo para os botes com os bebês e lhes daria uma despedida breve e estoica.

Ele abria caminho por meio da fumaça e da gritaria.

O simples fato de Annabel não estar na cabine lhe ocorreu como um sonho em câmera lenta. Os dois bebês enrolados nos cueiros gritaram na cesta. Annabel não estava na poltrona ou na cama. Não estava no banheiro, onde a água do mar jorrava dos acessórios. Os rostos dos bebês estavam roxos e contorcidos de tanto chorarem, suas línguas rosadas e esponjosas se retorciam dentro das bocas pequeninas, que esgoelavam. Ele abriu o guarda-roupa, mas é claro que Annabel não estava lá dentro. Saiu para o corredor, chamou por seu nome e, depois, gritou.

Há muito tempo, Addison havia se treinado para não hesitar. Se tivesse hesitado antes de lançar aquela corda ao mar para Lloyd, ele teria se afogado, nunca teria sido seu amigo. Contudo, agora hesitava, parado no meio da cabine, esperando que algo mudasse, que alguma solução aparecesse. Por fim, ainda hesitante, foi até o guarda-roupa e retirou a pistola do coldre, carregou-a e colocou no bolso do sobretudo. Ergueu os bebês da cesta, um em cada braço.

Ao descer pelas escadas basculantes, saiu por uma pesada porta de aço inclinada, pressionando o trinco com um cotovelo, empurrando-o com um ombro. As cabecinhas dos gêmeos inquietos balançavam, larvas desajeitadas. No convés dos botes, ele abria caminho por meio da multidão desesperada, em direção à popa, esticando o pescoço à procura de Annabel. Onde ela estava? A pergunta martelava na sua cabeça, ensurdecedora e implacável. Uma voz baixa, falando de alguma parte interior silenciosa dele, respondeu: "*Você não vai encontrá-la*". Se ela tivesse planos para retornar, não teria partido.

As pessoas se aglomeravam de forma alucinada em torno dos botes ainda não lançados ou em chamas ou despejados no casco a bombordo. Um buraco perigoso estava se abrindo entre os botes a estibordo e a borda da embarcação.

À medida que Addison passava, um bote que estavam descendo balançava nas próprias cordas, virando e tombando, lançando as pessoas em um mar já apinhado de gente. Addison não sentia quase nada por elas. Pessoas estavam morrendo, mas logo ele morreria também.

No Bote 12, ele parou. O buraco se abria cada vez mais. Aquele seria um dos últimos a ser lançado ao mar. Com um braço, apertou os bebês contra o corpo. Com o outro, sacou a pistola e disparou tiros para o ar.

Os passageiros gritaram e caíram, meio que em declive, como quando uma lufada de vento sopra a grama alta.

Addison abria caminho pelo convés, atropelando as pessoas, com a arma em punho. *Para trás,* disse-lhes, *para trás!* Ele conseguiu abrir um semicírculo de modo que aqueles que pulariam no bote tivessem espaço para saltar até a faixa de águas negras abaixo deles. Os tripulantes das serviolas, provavelmente condenados à própria sorte, tentavam manter o bote firme com os mastros do gancho. Os bebês choravam, mas Addison mal os ouvia.

Um por um, ele selecionou aqueles que iriam no bote, puxando-os para fora da multidão, sinalizando com um gesto de pistola quando era a vez deles pularem por cima do buraco. As mulheres e as crianças. As mulheres seguraram as saias e pularam. Nenhuma caiu. Ele começou a procurar por qual mulher entregaria seus filhos, em quem poderia confiar para sobreviver.

Quando o bote estava cheio, ainda não conseguia ver um rosto de que gostasse. Eram pessoas estranhas, somente mulheres com olhos estáticos e bocas que desatavam a tagarelar ou tremiam. Nos braços dele, bebês prestes a ficar órfãos. Ele se aproximou da borda, agarrando o cueiro de um dos filhos, preparando-se para entregá-lo. Não sabia qual era o gêmeo. Estava ansioso para se livrar do fardo, para sentir a água subindo.

Seu erro foi olhar para o rostinho do bebê. Sentiu um nó na garganta de vulnerabilidade e desonra. Bastou um olhar de relance para deixá-lo desorientado, como se tivesse sido atingido por um golpe no queixo. A água recuou, cuspindo-o para fora. Como poderia confiar seus filhos a mulheres desconhecidas em um bote pequeno e cambaleante? Como poderia enviá-los para atravessar um mar repleto de pessoas se afogando, que estenderiam a mão para agarrar os remos e bordas como monstros vindos das profundezas? Vislumbrou o bote salva-vidas virando, os cueiros brancos dos bebês se desvanecendo nas profundezas como mortalhas de lona com que ele, quando velejava, ajudara a embrulhar os cadáveres antes de jogá-los ao mar. Não, precisava saber se eles viveriam, para levá-los à terra ou à morte.

Addison abraçou os gêmeos contra o peito, deu dois longos passos e saltou para dentro do bote. As mulheres agrupadas recuaram, e ele quase caiu, meio que as pisoteou, seu corpo se curvava para proteger os bebês. Recuperando o equilíbrio, ergueu-se em toda a sua altura e rugiu para os rostos atônitos dos tripulantes:

— Desçam o bote!

Treinados para obedecer, lembrando-se da pistola, os homens desceram as polias que rangiam. O Bote 12, com sua carga de mulheres e crianças e um homem, afastou-se da multidão e da fumaça, descendo por meio das chamas que atiçavam as bordas das escotilhas como dedos de demônios aprisionados. Lentamente, aos trancos, abriu caminho através da água, onde pousou com um leve respingo.

Cidade de Nova York
Julho de 1915
Sete meses depois

Um novo rebento Feiffer, que veio ao mundo à noite após um breve parto. O bebê foi separado da mãe, desapossado de sua unicidade, banhado, enrolado e amamentado. George, nomeado em homenagem ao rei, um quinto filho, embora os cinco garotos Feiffer nunca fossem se reunir juntos nesta Terra.

Lloyd desabou ao lado de Matilda, impecável como sempre, mas com o colarinho desfeito, o pequenino George entre eles.

— Como se sente? — perguntou à esposa.

— Cansada — respondeu Matilda, em um tom de incredulidade por ter acabado de dizer aquilo. — Mas feliz. E aliviada por estar feliz. Tive esta onda de sentimentos com os outros, mas não sabia que isso ainda era possível.

Ele encostou um dedo na bochecha do recém-nascido. Desde que Matilda descobriu que estava grávida, não muito antes do naufrágio de *Josephina,* Lloyd fora, como um gesto de redenção e crendice, fiel. Havia encontrado, naqueles oito meses, uma paz monástica na vida com apenas uma mulher. (Ainda que não houvesse nada de monástico em como sua nova fortuna estava se acumulando graças à guerra, desaguando afortunadamente sobre a riqueza anterior.)

Fora negligente com *Josephina,* sedento e amador, motivado pela raiva de seu pai e luto por Leander, e pagou um preço terrível. Óbvio que as centenas de pessoas que morreram queimadas e afogadas pagaram um muito pior. E Addison Graves fora enviado para o Presídio Sing Sing.

Lloyd só queria contribuir com o esforço contra a Alemanha, fazer *alguma coisa,* e, quando seu amigo Sir Gerald de Redvers sugeriu que poderia contrabandear armamentos para a Inglaterra em seus navios, agarrou a ideia. Em sua urgência, não procurou aconselhamento o suficiente, não tomou precauções suficientes. Sequer disse a Addison o que estava nos caixotes, apenas pediu a ele — informou-lhe, na verdade — que fizesse vista grossa à ausência do manifesto da carga.

Mas, ele agora entendia, não se podia colocar armamentos em uma embarcação de modo tão displicente como se fossem rolos de tecido de algodão, embora não soubesse ainda o que tinha provocado o estouro. Os caixotes deveriam ser seguros o bastante. Lloyd tinha certeza de que estavam devidamente embalados; presumiu que estavam armazenados de forma correta. Outra coisa deve ter dado errado, porém não havia como saber o quê. Alguma coisa anormal. Algo que não podia ser culpa sua, não diretamente.

— Isso aconteceu porque não quebrei a garrafa — falou Matilda nos dias seguintes. — Amaldiçoei o navio.

— Não teve nada a ver com você.

— Você não deveria ter dado o nome em homenagem àquela garota.

— Você tem razão — reconheceu o marido. — *Desculpe-me.*

Lloyd não se recordava de ter se desculpado alguma vez com a esposa antes. A gravidez de Matilda foi a tábua de salvação à qual eles se agarraram durante o primeiro choque do *Josephina,* o pânico decorrente do toque do telefone antes do amanhecer, o total telegrafado dos resgatados e perdidos, as listas de nomes, as dolorosas análises das contagens, as fotografias dos conveses lotados dos cargueiros que haviam resgatado os sobreviventes, um deles era Addison Graves, vivo, com seus dois bebês.

Soube logo que Addison seria alvo da raiva insana do público ("Capitão Covardia", a imprensa o apelidara) e também que ele nunca falaria sobre os caixotes misteriosos deixados de fora do manifesto a pedido de Lloyd.

Mais uma vez, Addison o salvaria. Ele sentia muito — imensamente — pelo amigo, mas o que poderia fazer? Sem dúvidas, Addison não gostaria que a L&O quebrasse, compreenderia que o próprio Lloyd não deveria ir para a prisão. Matilda não sabia, é claro, sobre os caixotes destinados a Gerald de Redvers. Ela já havia perdoado muito Lloyd. Não podia esperar que o perdoasse por isso.

Quando o *Lusitania* naufragou cinco meses após *Josephina,* uma grave tragédia, sim, mas, também, Lloyd não podia negar, uma ajuda à sua própria situação. Quem poderia afirmar que os alemães também não torpedearam o *Josephina,* talvez até por engano no nevoeiro, e sequer perceberam? (Lloyd sugeriu essa teoria a alguns repórteres, pagando incentivos tentadores para aqueles dispostos a escrevê-la.) Havia também boatos de que o *Lusitania* estava carregando algum tipo de munição. As pessoas adoravam um conluio e não estavam erradas ao dizer que os porões dos navios eram bons lugares para se guardar segredos.

Desde o naufrágio, Lloyd evitava transportar armas. Não havia necessidade, de todo modo. A frota da L&O estava trabalhando sem parar, transportando aço, madeira serrada, látex, trigo, carne, suprimentos médicos, lã, cavalos, o que quer que fosse necessário. Adquirira alguns navios-tanque, o que, por sua vez, levou-o a desenvolver interesse suficiente pela indústria do petróleo. De forma discreta, abriu uma pequena subsidiária no Texas, apenas um modesto posto avançado experimental com alguns geólogos, alguns investidores de risco, um agente que negociava aluguéis em trechos de terras de ninguém. Liberty Oil, era assim que Lloyd estava chamando o empreendimento.

Maria Fortuna foi trabalhar como um navio de transporte de tropas para a Força Expedicionária Canadense, depois que ele ofereceu ao governo britânico uma taxa bastante generosa. (Não por puro altruísmo, pois ele ainda controlava os porões de carga.) A pintura impoluta da embarcação desapareceu sob um caos visual generalizado: listras e quadrados de xadrez extravagantes e ondas falsas projetadas para confundir os telêmetros. Bem possivelmente, em algum ponto, os Estados Unidos entrariam na guerra, e, quando isso acontecesse, seriam necessários mais navios. Lloyd estaria pronto.

Algumas de suas embarcações seriam perdidas, porém ele agora tinha menos receio da perda, estava vacinado contra ela. O espírito sombrio o havia deixado, ou talvez o tivesse absorvido sem perceber. A tristeza ainda pesava sobre ele, mas seu coração continuava a bater; sentia o ar entrando em seus pulmões, inchando e se contraindo. Seu colarinho era impecavelmente branco; ele caminhava apressadamente. Não tinha tempo para amantes, para as doces tardes amorosas. Precisava do decoro. (Apesar de suas melhores intenções, este ataque de fidelidade teria a mesma duração da guerra, não mais.) Tamanho apetite que tinha por variedade, ele canalizava nos negócios. Seria um titã. Estava no meio de um começo. O bebê adormecido, sentindo sua primeira brisa noturna, era filho de um novo Lloyd Feiffer.

Perto de Missoula, Montana
Maio de 1923
Oito anos e cinco meses após o naufrágio de Josephina

Marian e Jamie Graves caminhavam ao longo de uma trilha, acima de um córrego, Marian na frente, Jamie atrás, altos para a idade, quase idênticos, exceto pela trança da garotinha. Crianças loiras e magras passeando ligeiramente entre as árvores, atravessando o prisma de raios solares impregnados de poeira e pólen. Ambos usavam camisas de flanela e macacões enfiados em botas de borracha compradas para eles por Berit, a governanta norueguesa de seu tio. As botas faziam um som singular de batidas contra suas canelas. *Gup gup gup.*

Córrego abaixo, o tio Wallace estava sentado com suas aquarelas e um bloco de papel duro e grosso, para o qual estava transmitindo o córrego, as árvores, as montanhas. Onde o sol reluzia na água e nas rochas, ele deixava pequenas lacunas brancas. Não tinha consciência de nada além do movimento de seus olhos e do pincel. Quando pintava, sequer lembrava de ter recebido dois tutelados, de tê-los soltado no deserto como um par de cachorros que posteriormente retornaria. Caso se preocupasse com as crianças, não poderia pintar, então, não se preocupava.

Indo mais além do córrego, no antigo leito glacial do lago onde a cidade de Missoula se assentava, perto do curso inferior deste mesmo córrego, as Montanhas Rattlesnake, havia uma casa no estilo Queen Anne com telhado duas-águas, uma varanda telada e uma torre redonda. Nela moravam Wallace e os gêmeos e, na maioria dos dias, Berit, fazendo o possível para fugir da imundice e da miséria. Apesar do exterior estar malconservado, com pintura descascada e telhas faltando, e de a mobília ser velha e batida, Berit garantia que tudo ficasse, pelo menos, sem poeira, bem esfregado e bem polido. Nos fundos, um cavalo cinza e castrado chamado Fiddler tinha um único celeiro e um pequeno cercado para pastagem, e havia uma casa de campo que

Wallace oferecia aos amigos quando eles brigavam com as esposas ou ficavam sem dinheiro.

Nas intermediações da casa, as Montanhas Rattlesnake se desenrolavam abaixo da ponte ferroviária para se juntar ao Rio Clark Fork à medida que se alastravam pela cidade e se afastavam para o Noroeste. Assim que o Rio Clark Fork terminava no Lago Pend Oreille, os rios Blackfoot, Bitterroot e Thompson haviam se juntado também e, a partir do lago, tornavam-se o Rio Columbia e, do Columbia, desaguavam no Pacífico.

A água estava sempre fluindo para um lugar maior, de acordo com Wallace.

— Mas nada é maior do que o oceano — dizia Marian a ele.

— O céu é — afirmava Wallace.

Os gêmeos sabiam que, se continuassem subindo o rio, encontrariam uma velha choupana, depois, um trecho de água branca e, o melhor de tudo, um Ford Model T naufragado, enferrujado e sem capô, que, dependendo da altura do córrego, às vezes ficava na costa e outras vezes meio submerso.

Como o carro fora parar no córrego era um mistério. A trilha que as crianças percorriam era estreita e esburacada, propícia somente para viagens a pé ou a cavalo. Nem Wallace sabia o que aconteceu com o carro. Berit não sabia. Os amigos boêmios de Wallace da universidade davam palpites fantasiosos, mas, no final, não sabiam.

Depois que Marian e Jamie passaram pela choupana, começaram a se apressar, embora ambos tentassem não deixar transparecer. As mãos estavam nos bolsos, as posturas sugeriam uma caminhada sem pressa, contudo, as pernas se moviam mais rápido. Cada um queria se sentar atrás do volante avariado do Ford e fingir que dirigia. Quem não estivesse dirigindo desempenhava o papel de mecânico, bandido ou criado, todos excelentes, mas não tão bons como ser o motorista. Às vezes, para variar, o carro era um navio, e eles se revezavam, fingindo ser o pai ao leme. Às vezes, o navio afundava, e naufragavam juntos.

Os irmãos sabiam o que as pessoas falavam sobre o pai e ficavam zangados com ele por fazê-los enfrentar a vida como filhos de um famoso covarde. A mãe nunca entrava em suas brincadeiras.

Eles dobraram a última curva e saíram correndo, tentando ultrapassar um ao outro com os bracinhos magros, acotovelando-se em direção aos buracos e pedras (*GUP GUP GUP*). Mas, quando irromperam velozmente das árvores, em vez de se atirarem na corrida final, os dois pararam.

O córrego estava tomado pela neve derretida, e o carro havia sido puxado mais fundo para a água, submergindo as rodas e o que restou das tábuas de madeira. As rodas dianteiras remanescentes estavam presas nas rochas, embora não muito; o corpo do velho Ford T ondulava com o fluxo do córrego.

— Será como dirigir algo que está se movendo — falou Marian.

— Você não acha que o carro vai se desprender? — perguntou Jamie.

— Está com medo?

— Não, mas também não quero me afogar.

— Você nem vai se afogar, é apenas um córrego.

Jamie observou a água com dúvida. O meio marrom e escorregadio do córrego era irregular, instável, coberto de pedras submersas e com correntes que mais pareciam pontas gélidas de chicote.

— Em vez de brincar aqui, poderíamos brincar na choupana — disse Jamie.

— Você está com medo — desafiou Marian.

Como resposta, ele entrou no córrego. A água molhava o interior de suas botas, porém, ele avançava, esforçando-se como um homem arrastando uma pedra atrás de si. Em geral, nadavam nus, mas o carro não era nada bom para a pele, pois a carcaça era de metal pontiagudo com a ferrugem descascando, retalhos de couro duro e tufos de lã úmida agarrados a molas enferrujadas. Então: botas inundadas, macacão molhado. Jamie ergueu pesadamente uma perna até o estribo do automóvel e subiu no banco do motorista. A alavanca do freio se projetou para fora da água como um junco.

Marian não gostou da forma como o carro balançava sob o peso leve de Jamie, como a água branca batia no para-choque igual quando o Cadillac de Wallace fazia quando atolava na lama.

— Não precisa entrar! — gritou Jamie. — Não vou falar que você amarelou.

Só que Marian entrou no córrego. A correnteza era rápida, e o leito do córrego, desnivelado. Ela ergueu os braços, para se equilibrar. A água gelada entrou em suas botas.

— Chega para lá — disse Marian a Jamie quando chegou no carro.

— Você sempre dirige. Dá a volta.

— Mas é muito fundo lá.

— Sobe por cima, então.

Assim que Marian agarrou a borda do banco traseiro escangalhado, o carro tombou, e a roda dianteira direita se desprendeu das pedras. Ela se soltou, caindo de volta no córrego. A carroceria do carro girou de modo que a corrente a atingiu na lateral, subindo por cima das águas. Jamie ficou boquiaberto enquanto o carro balançava e, em seguida, deslizava em direção às águas mais profundas, a correnteza fluía mais livre. À medida que flutuava, o Ford rodopiava exaustivamente e avançava. O radiador desaparecia aos poucos sob a água.

O velho Ford não foi muito longe. Assim que as rodas ficaram presas nas rochas novamente, a água jorrou sobre Jamie. Marian, trotando ao longo da margem, chamou-o. A cabeça pálida do irmão desaparecia e ressurgia na corrente, esguia e pequena, sendo arrastada. Tropeçando na costa rochosa, Marian não conseguia acompanhá-lo e por um momento o perdeu totalmente de vista. Ofegante, abaixando-se sob os galhos, seguiu pela margem, numa curva. Lá estava ele, sentado em um banco de areia. Ensopado e respirando com dificuldade, o macacão escuro e pesado, sem as botas, Jamie se levantou. Então soltou um tipo de grito furioso e exultante que ela só ouvira homens adultos soltarem. Ele bateu os pés, pegou uma pedra e a arremessou no córrego, erguendo os braços ossudos. Marian foi tomada por uma inveja medonha. Ela queria ser aquela que tinha sobrevivido.

Vila de Ossing, Condado de Westchester, Nova York
Agosto de 1924
Um ano e três meses depois

Quando Addison saiu pelos portões do Presídio Sing Sing, seu advogado, Chester Fine, estava lá, esperando, usando um terno de três peças tipicamente amarrotado, absorto em um livro que segurava em uma das mãos. Chester pegou o trem da cidade e retornou nele com Addison, os dois observando o Rio Hudson passar em silêncio. Durante anos, Chester foi o único visitante de Addison. Lloyd Feiffer tinha aparecido num domingo, cedo, mas Addison se recusou a vê-lo. Mais tarde, o vendedor da cantina disse que Lloyd havia acrescentado US$40 à sua conta, porém, Addison teve o cuidado de não gastá-los. Lloyd também havia enviado algumas cartas que Addison jogou fora sem abrir e se ofereceu para comprar a casa de Addison por um preço inflacionado, segundo o recado que Chester retransmitiu ao capitão.

— O Sr. Feiffer me pediu para te dizer que é o mínimo que ele pode fazer — declarou Chester na sala de visitas lotada. Os dois homens estavam empoleirados em banquinhos de madeira, separados por uma divisória na altura da cintura, Chester em seu terno amarrotado, Addison em seu uniforme cinza. — Ele disse que quer fazer algo pelos gêmeos.

— Os gêmeos não precisam do dinheiro dele.

— Talvez precisem algum dia. E Feiffer nunca o criticou ou o usou como bode expiatório, pelo menos não publicamente. Ele nunca disse nada.

— Eu o tirei do mar uma vez, quando éramos jovens. Ele levou isso a sério. — Addison esfregou os olhos com a palma das mãos. — Não, venda a casa para alguém que não seja Feiffer. Venda tudo que conseguir vender na casa e se desfaça do resto.

— Tudo? Não há nada de valor sentimental? Nada da mãe que possa ser guardado para os gêmeos?

— Nada.

Quando Addison foi solto (seis meses antes, graças ao empenho persistente de Chester Fine), os US$43,66 que sobraram em sua conta na cantina lhe foram entregues em um envelope que ele enfiou no bolso. Fora isso, carregava somente uma pasta de papelão fina, amarrada com barbante.

No Grand Central Terminal, Chester Fine apertou sua mão, desejou-lhe boa sorte, despediu-se, entregou-lhe uma passagem de trem e foi embora com um aceno de chapéu. Addison olhou à sua volta. Uma luz pálida descia das altas janelas em um ângulo majestoso. Olhando ainda mais para cima, suntuosas gravuras douradas representavam as constelações, e um grupo de estrelas enfeitava um sereno céu azul-esverdeado. Passaram-se mais de nove anos desde que ele estivera sob as verdadeiras estrelas.

Por todos os lados, as pessoas se espalhavam pelo grandioso piso de mármore e moviam-se de maneira frenética pelos túneis como formigas apressadas. Elas eram desconcertantes, até mesmo assustadoras em maior número, a pressa, a prosperidade, a liberdade. Havia se acostumado a ser observado o tempo todo e, sem perceber, presumiu que, quando retornasse ao mundo, ainda seria o famoso capitão covarde do *Josephina Eterna*. Previra uma multidão eufórica que o ridicularizaria nos portões de Sing Sing, seria reconhecido e insultado aonde quer que fosse. Mas, em vez disso, deparou-se com estranhos alvoroçados e indiferentes. Sob o céu de estrelas pintado, com uma explosão lúgubre de prazer, Addison compreendeu que havia sido esquecido.

Comprou um sanduíche de presunto, jogou os US$40 de Lloyd Feiffer em um boné de pedinte, desceu por um túnel e embarcou no trem expresso 20th Century Limited para Chicago. Após esperar a maior parte do dia, sem se aventurar fora da estação, pegou um trem para Missoula.

Uma noite clara e abafada com uma Lua brilhante, quase cheia. Wallace Graves esperava na estação rodoviária. Havia trazido um dos cachorros domésticos, uma criatura malhada, preta e branca, de pernas compridas, e eles olhavam juntos para os trilhos enquanto o farol do trem reluzia e seu apito ficava mais alto. A locomotiva passou em uma rajada de calor e freios estridentes. Como uma tela, emolduradas por retângulos amarelos de borrões de luz que se arrastavam, as pessoas estavam de pé, colocando chapéus, juntando pertences. As portas se abriram, e vultos desceram; carregadores descarregavam as malas do vagão de bagagem. Wallace identificou a silhueta curvada e intimidante de Addison na plataforma. Ele ergueu a mão, e Addison acenou com a cabeça, como se cumprimentasse um conhecido, e não um irmão, sem encerrar um afastamento de quase duas décadas. Quando o abraçou, Wallace sentiu que estava segurando um esqueleto descomunal contra o peito.

— Onde estão suas malas? — perguntou Wallace.

Addison se inclinou, para cumprimentar o cachorro.

— Não tenho mala alguma.

— Você tem isso. — Wallace indicou o embrulho fino de papelão debaixo do braço de Addison. — O que tem nele?

Addison pigarreou.

— Suas cartas e as fotos que você enviou. E seus desenhos das crianças.

Addison nunca agradeceu pelos inúmeros retratos que Wallace havia lhe enviado, e, durante anos, Wallace imaginou que o irmão os tivesse jogado no lixo do presídio. Não passavam de meros rabiscos, esboços em tinta e aquarela, fáceis de fazer, porém, ainda assim, o pensamento de que qualquer uma de suas obras fosse destruída deu-lhe uma sensação de impotência e pavor. Agora, a fina pasta de papelão cuidadosamente amarrada fazia-o sentir um nó na garganta.

Quando Addison partiu de casa para o mar, Wallace era um garotinho, separado do irmão por dez anos e uma pequena lavoura de lápides sem nome debaixo de uma nogueira. Natimortos. Quando, onze anos depois, escapou de seus pais taciturnos e da vida árdua na fazenda árida da família, rumou para o endereço rabiscado no canto superior esquerdo das breves cartas anuais de Addison.

Uma casa de tijolos vermelhos perto do Rio Hudson. Mesmo quando jovem, Addison era calado e inescrutável, mas deixou Wallace viver com ele, entre sua escassa mobília e lembranças indistinguíveis de lugares tão remotos. Ele até pagou para Wallace frequentar a Escola de Belas Artes.

Wallace gesticulou em direção à estação:

— Vamos, por aqui.

Um extenso carro de passeio conversível, um Cadillac cinza, sua alegria especial, estava estacionado na frente. Wallace tinha originalmente ganhado o automóvel em um jogo de cartas durante uma maré de vitórias em 1913, mês em que vivia na estrada, rodando uma sucessão de cidades mineradoras onde jogava e apostava, ganhando não somente um carro, mas ouro suficiente para visitar todos os bordéis por onde passou e depois também para comprar uma casa. (Uma decisão acertada, mobilizar seus recursos financeiros na compra de um imóvel, já que ele passou por uma grande maré de azar em 1915.) Teve o cuidado de estacionar o carro sob um poste de iluminação, para que Addison pudesse admirá-lo melhor — o acabamento preto ainda brilhando, a capota dobrada para trás, os pneus grossos e recauchutados, úteis para sair *en plein air*[1], os bancos dianteiros e traseiros em couro preto, arranhados de modo extravagante por unhas de cachorro.

— Marian está encantada com o carro — falou a Addison. — Ela é divertida. Sempre a encontro lá fora, polindo ou xeretando o motor. Quando levo para o mecânico, eu a deixo lá também, para que possa assistir.

— Você falou isso em uma carta.

— É que você nunca respondeu. — Wallace abriu a porta do passageiro com um floreio, gesticulando para que o irmão entrasse. O cachorro entrou ziguezagueando primeiro e pulou para o banco de trás. — Você deve estar doido para ver os gêmeos. Eles queriam vir, mas eu disse que não deveríamos pentelhar você. É tarde demais também. Eles estarão dormindo, mas você pode dar uma espiada neles. Dormem na varanda quando não está frio. Bem, quando não está *rigorosamente* frio.

— Eu sei — falou Addison, fechando a porta. — Eu *li* as cartas.

— Mas não *respondeu*. — Wallace deu a volta e acomodou-se no assento do motorista. — Obrigado, entretanto, pelo, ah, apoio financeiro. Tem sido muito bem-vindo. — Ele ligou o carro. — Minha casa não é longe. — Afastando-se do meio-fio, continuou: — Fiz Jamie e Marian temerem a Deus, para não acordá-lo pela manhã. Eles se levantam extremamente cedo e costumam se divertir até uma hora apropriada. Sobem o córrego, sobem as montanhas. Nem sei por onde andam. Não quero passar a impressão de ser negligente, não conseguiria impedi-los, mesmo que tentasse. Eles costumam levar o cavalo. Você sabe dirigir?

— Não.

— Não tem muita serventia no mar, *né*?

— Nem na prisão.

— Creio que não. Você vai aprender rápido. Vou te ensinar. Marian praticamente já consegue dirigir, exceto alcançar os pedais e enxergar por cima do volante ao mesmo tempo. Ou é um ou outro. Jamie é menos interessado em

[1] Expressão francesa que se refere a uma técnica de pintura ao ar livre, para que, assim, capturem-se as diferentes nuances de luz. Muito popular na Europa do século XIX [N. da T.].

aprender, menos *insistente* em relação à aprendizagem, melhor dizendo. Em geral, ele é meio que um ancoradouro para os interesses de Marian. Não bate de frente. Ele é... veja bem, ele é um tanto delicado. Você vai ver. Agora, dirigir, assim que você pegar o jeito, conseguirá se locomover por conta própria. Podemos até encontrar um carro para você. Eu acho que você iria gostar de...

— Wallace — interrompeu Addison —, existe algum lugar onde possamos nadar?

— Nadar?

— Sim.

— Vejamos. — Wallace diminuiu a velocidade do carro, querendo agradar. Nem o Rio Clark Fork nem o Rio Bitterroot, não à noite. Uma ideia lhe veio à mente. — Talvez tenha um lugar. — Em seguida, virou à esquerda, para uma trilha de cascalho que se tornou uma estrada de terra. As árvores cresciam ao longo da estrada, embora não densamente, e o ar estava fresco. Um cervo passou saltitante, pego pelos faróis. Parecia flutuar sobre a estrada esburacada e sumiu. À medida que o carro chacoalhava aos solavancos, Addison ficou tenso, e Wallace teve que lutar contra o impulso de se desculpar. Como se o passeio tivesse sido ideia dele, como se tudo fosse ideia dele.

Wallace nunca quis ter filhos, nunca quis ser outra coisa que não fosse um solteirão e, ainda assim, não hesitou em responder afirmativamente à pergunta telegrafada de Chester Fine, para receber dois bebês que se tornariam dois filhos, ocupando sua casa, seu tempo, uma parte de sua atenção. Havia varrido seus desejos mais sórdidos para baixo do tapete, quase sempre fora da vista de todos. Tinha feito isso de livre e espontânea vontade. Observava Jamie e Marian em busca de pistas sobre a personalidade do próprio irmão, que nunca havia conhecido bem. Wallace se questionava se a teimosia de Marian vinha do pai ou da mítica Annabel, perguntava-se quem havia legado a Jamie seu temor quase debilitante pelo sofrimento animal. O garoto ficava abatido por conta dos pássaros que caíam do ninho, dos coelhos feridos, dos cães abandonados, dos cavalos chicoteados. A crueldade era indissociável da vida, Wallace tentava lhe explicar, mas Jamie não era facilmente persuadido ou consolado. Por isso, dificilmente havia menos de cinco cachorros em casa.

Apesar de Wallace estar ansioso para que Addison assumisse uma parte da responsabilidade pelas crianças, também ficou surpreso com o entusiasmo que sentiu por Addison ter (embora seco e sem meias palavras) aceitado sua oferta para ficar na choupana após ser solto e aliviado pelo irmão não planejar levar Jamie e Marian imediatamente embora. Não havia se dado conta de que estava com medo de perder os sobrinhos.

A estrada terminava em uma subida gramada e superficial, os faróis capturando do topo o vazio escuro.

— Lá embaixo tem um lago pequeno — falou Wallace, desligando o motor. O zumbido dos insetos crescia em tom descompassado.

Addison desceu do carro, deixou o paletó dobrado no assento, colocou o boné e caminhou em direção à água. Wallace o seguiu. Era somente um pequeno lago em forma de curva, uma meia-lua de lama deixada para trás quando o rio tomou um outro curso. A Lua flutuava no meio da amplitude do céu. Addison começou a tirar a gravata, puxando o nó, arrancando-a pela cabeça como se escapasse da corda do algoz em seu pescoço. Tirou a camisa com a mesma intensidade. À luz da Lua, Wallace podia ver as protuberâncias de sua coluna, as sombras sob as omoplatas. Addison tirou os sapatos, as meias, desafivelou o cinto e desabotoou os botões até a calça e a cueca caírem ao redor dos tornozelos, revelando suas nádegas pálidas. Entrou no lago com as pernas ossudas de garça. Quando a água atingiu suas panturrilhas, algo supostamente tomou conta dele, e Addison avançou no lago como uma fera enlouquecida, espirrando água e se movendo desembestado, mergulhando. O cachorro correu atrás dele, latindo.

Wallace tirou as roupas e seguiu o irmão mais lentamente, o fundo do lago sugava seus pés. Respirou fundo e desapareceu sob a água. Ao emergir, descobriu que podia ficar na ponta dos pés, mas só um pouco. Addison estava flutuando com os braços abertos, o peitoral se projetando para fora da superfície da água, os olhos fixos na Lua. O formato em V das orelhas do cachorro importunava seu rastro na água.

— Tudo bem? Era isso que você queria? — perguntou Wallace.

— Fiquei anos sem querer coisa alguma — respondeu Addison. — Mas, por ora, quero nadar.

Nos mais de nove anos que passou no Presídio Sing Sing, Addison pouco dormiu. Sua cela, de dois metros por um, feita de calcário escavado por prisioneiros há muito tempo mortos, era uma tumba na qual, depois do toque de recolher, ele permanecia completamente imóvel, totalmente acordado, ouvindo os roncos, murmúrios e ritmos masturbatórios dos oitocentos homens empilhados em seis celas acima, idênticas à dele. A bordo dos navios, sempre conseguia dormir, não importava o quão agitado estivesse o mar ou o quão desconfortável fosse o ancoradouro. Na prisão, a perseverança de sua consciência parecia um aspecto bastante austero de sua condenação, infligida não pelo tribunal, mas pela alma.

Addison também não conseguiu dormir na choupana, sequer desarrumou os lençóis brancos, tampouco o cobertor azul e branco da cama estreita arrumada pela ilustre Berit. Encontrou uma série de caixas e caixotes empilhados na casa. Wallace disse que eram para ele, que chegaram de um trem de carga um ou dois anos depois dele parar em Sing Sing. As etiquetas de envio estavam com o nome de Chester Fine. Após fechar as cortinas, Addison abriu um caixote ao acaso. Estava cheio de livros — seus livros — da casa em Nova York. Outros caixotes armazenavam coisas que havia acumulado em suas viagens: máscaras e esculturas, chifres de animais, tecidos, um casco de tartaruga, uma bandeja de servir do Brasil com asas de borboleta dispostas em círculos furta-cor debaixo do vidro. Noutro lugar, embrulhadas com cuidado e forradas, encontrou as pinturas que Wallace fizera em Nova York, que havia lhe dado em troca do aluguel. Navios atracados. Ruas apinhadas de gente. O Rio Hudson. A casa geminada de tijolos vermelhos.

Os promotores haviam reconhecido que o capitão Graves não infringiu, estritamente falando, nenhuma lei ao sobreviver. Contudo, salientaram que a *Convenção Internacional para a Salvaguarda da Vida Humana no Mar* exigia que o capitão permanecesse a bordo até que todos os passageiros fossem resgatados com segurança, caso contrário, seria acusado de negligência culposa. Além disso, Graves estava com uma arma em punho para evitar que os passageiros — até mulheres — embarcassem no bote salva-vidas, o que poderia ser interpretado como dolo eventual. Quinhentas e oito pessoas morreram, entre passageiros e tripulantes, queimadas ou afogadas, ou de frio, à deriva, em seus coletes salva-vidas. A principal hipótese era de que o fogo em um reservatório de carvão ganhou força por conta da poeira, que, por sua vez, incendiou e se alastrou por todo o porão do navio, desencadeando uma explosão violenta em uma das caldeiras, que detonou o casco de estibordo.

No máximo, rebatera Chester Fine, o capitão Graves tomou o lugar de uma pessoa no bote, pois, afinal de contas, estava carregando os próprios gêmeos, um filho e uma filha. Quem de nós poderia julgar um homem por salvar os próprios filhos?

Quem, então, questionavam os promotores, em última instância, foi o responsável pela explosão? E quem era o responsável pela atribuição da equipe? Quem era o responsável pela segurança e integridade do navio? Quem?

Só eu era o responsável, Addison disse a Chester Fine. Pediu-lhe que o declarasse culpado de tudo, não fizesse nenhum acordo em favor de sua penitência. Mas Chester, com seu jeito calmo e decidido, ignorou-o. Afirmou aos promotores que deveriam desconsiderar o furor público, pois este definharia. Disse que Addison um dia se arrependeria de se tornar um mártir. E por que salvar os gêmeos somente para abandoná-los novamente? Uma pena por homicídio culposo, todos finalmente concordaram. Dez anos no Hudson.

Assim, Addison se entocou no Presídio Sing Sing, sentindo algo parecido com alívio.

Wallace havia lhe enviado uma fotografia tirada no primeiro aniversário dos gêmeos: dois bebês em vestidos brancos sentados de modo sério em uma poltrona, com os cabelos claros e ralos cuidadosamente penteados. Recebeu também esboços de retratos, coloridos com aquarela. Addison nunca chegara a uma conclusão definitiva sobre qual gêmeo era qual e se sentia tolo demais para perguntar. Todos os anos, no aniversário deles, outra foto era enviada, e, lentamente, os bebês se transformavam em crianças altas e extremamente loiras. Marian, com seu olhar cético e sorriso relutante, tinha uma semelhança com Annabel que, juntamente às histórias de Wallace sobre sua teimosia, perturbava Addison. Jamie irradiava ternura sincera.

Alguma parte recôndita e reprimida de seu âmago acreditava que, se ele não tivesse levado Annabel e os gêmeos a bordo do *Josephina,* a explosão não teria ocorrido, embora, na verdade, restassem-lhe poucas dúvidas de que os caixotes de Lloyd eram os culpados. Ou que ele mesmo era o culpado por não exigir saber o que continham, por permitir que Lloyd acenasse com a mão e lhe dissesse que seria muito complicado declarar a carga no manifesto.

À medida que a noite se desvanecia em um cinza-estanho, Addison abriu as cortinas. As estrelas no céu se recolhiam uma após a outra, graciosamente, de uma forma até cordial, e uma memória se apossou dele: o amanhecer no *Josephina,* os passageiros que desfrutavam noite adentro, em trajes de gala, que se demoravam no convés ou nos corredores, tombando, cambaleando, animados. Addison sentiu o convés vibrar sob seus pés. Sentiu o cheiro do mar.

Não, era o cheiro da água do lago que sentia, no cabelo, na pele. Barro, e não sal.

Quando os primeiros raios arroxeados despontaram, duas pequenas figuras apareceram na varanda coberta com tela, e três cachorros saíram em seguida. As crianças vestiam pijamas azuis idênticos e, exceto pelo cabelo comprido de Marian, eram quase indistinguíveis de tão loiras e magras. Elas observavam a choupana como gazelas cautelosas. Addison ficou paralisado. Depois de um momento, Jamie se virou de lado, colocou a mão dentro da parte de baixo do seu pijama e soltou um arco de urina. Marian se virou para o outro lado, abaixou as calças e se agachou na grama. Os cães farejavam e se juntaram a eles, levantando as patas para fazer xixi. Quando terminaram, todos foram em direção ao local onde o cavalo estava.

O motor dentro do peito de Addison acabou acionando seus membros. Por insistência de Wallace, ele espiou pela tela da varanda adormecida à noite e viu as cabeças loiras dos gêmeos em seus respectivos travesseiros. Ele assentiu, perplexo, franzindo a testa, como as pessoas fazem quando lhe mostram um objeto valioso a ser admirado.

Ele rastejou para uma janela diferente. Marian estava de pijama, sentada, sem sela, no cavalo cinza, segurando as rédeas enquanto Jamie escalava o pequeno cercado para pastagem e deslizava atrás dela, os pés balançando descalços. Eles rumaram em direção ao córrego e foram embora ao mesmo tempo em que a silhueta do cavalo desaparecia entre as árvores e os cachorros trotavam atrás deles.

Addison não sabia ao certo se os gêmeos eram seus filhos, preferia acreditar que sim, pois não estava disposto a insultar Annabel dessa forma. Mas, agora, ele não tinha dúvidas. Podia ver isso nos braços e pernas das crianças, no formato dos pés, e de uma forma menos concreta — como o ar matutino se harmonizava ao redor deles. Acreditava também, categoricamente, que não tinha nada a lhes oferecer. Nunca saberia o que dizer ou como ser paternal e afetuoso. Só poderia decepcionar e magoar.

Lá fora, tudo estava silencioso. Antes de escapulir, lavou-se no lavatório e caminhou rapidamente pela estrada, pelo mesmo caminho que Wallace o havia conduzido. Restavam-lhe apenas US$3 no bolso, porém tinha mais dinheiro no banco em Nova York. Não era uma fortuna, mas o suficiente por enquanto.

Pouco depois do raiar do Sol, Addison embarcou em um trem para o Oeste.

LOS ANGELES, 2014

UM

Se não fosse o lance com Jones Cohen, eu não teria acabado interpretando Marian Graves. No entanto, não foi uma coisa que previ na época. Tudo que eu sabia era que tinha aquela sensação de aperto no peito, como se quisesse destruir o castelo de areia de alguém. Quando criança, essa sensação de aperto sempre tomava conta de mim. Quando estava no set, queria quebrar tudo, pisotear o estábulo de plástico, esmagar o pônei de plástico que estava dentro dele em pedacinhos, porém nunca me comportei assim até ficar mais velha. Não enquanto fosse Katie McGee e estivesse no banco de trás da Range Rover de alguém, descendo em zigue-zague a Interestadual 405, perigosamente, a 180 km/h, sem fazer nada além de rir e gritar de modo estridente, embora ainda me sentisse em pedaços, sendo reduzida a pó.

Em todo caso, não sei por que fui para casa com Jones. Na época, teria dito que era porque eu queria, mas, na verdade, não queria. Estava entediada, impaciente e irritada, mas isso não era nenhuma novidade, nada disso me fez pegar a mão de Jones e sair sob a chuva de holofotes. Estava cansada das luzes dos flashes, mas obviamente tudo que fiz foi me expor mais ainda a elas.

Não me lembro de tudo. Recordo-me de estar sentada com Jones na boate, em um sofá constrangedor de dois assentos que ficava isolado em sua alcova VIP, uma coisa fúnebre de aparência vitoriana com costas altas e pretas que se curvavam sobre nós como a asa de um besouro. Lembro-me do Johnny Cash tatuado em seu antebraço, de seus braceletes de couro e de seus anéis turquesa. Disseram também que eu estava *seduzindo-o*, que estava me oferecendo para o *famigerado mulherengo*, porém não me recordo se fui eu que sugeri que fôssemos embora ou ele. Não me lembro exatamente o que lhe disse, mas provavelmente o perturbei, insistindo para saber detalhes sobre as mulheres famosas que ele levava para cama. Talvez tenha sido sincera, depois energética e, em seguida, dócil e vulnerável. Recordo-me vagamente dele me dizendo que seu próximo álbum seria *despojado pra cacete*, somente ele e seu violão. E eu lhe disse que aquilo era *incrível* e *que era justamente o que ele deveria estar fazendo*, o que eu meio que sustento porque, apesar de a persona Jones ser um completo idiota, ele realmente é um ótimo guitarrista. O chão estava escorregadio. Lembro-me de ter escorregado quando estávamos saindo, já que eu estava usando um delicado par de sapatos de salto alto com glitter na lateral, ou quando passamos pelo sujeito mal-encarado do guarda-volume que cuidava do estoque de casacos desnecessários de L.A. em sua caverna com luzes vermelhas. Deve ter sido quando peguei a mão de Jones. A anfitriã nos disse para aproveitar nossa noite — garota bonita, voraz, olhava-me com inveja como se quisesse estar no meu lugar —, e a porta se abriu, e a noite era uma criança.

Mesmo bêbada, com tudo rodando e girando à minha volta, eu sabia que eles estariam esperando. Estariam aglomerados do lado de fora, com jaquetas pretas e estúpidos chapéus Kangol, falando merda de mim e fumando enquanto esperavam, alertas, suas motocicletas e vespas aos montes, ao redor do quarteirão. A porta se abriu, e suas câmeras disparavam flashes como longos focinhos pretos. Os obturadores tagarelavam; os flashes se abarrotavam. Eles se aproximaram até que quase me asfixiei com as luzes. Os homens de Jones os acotovelavam de volta, fazendo um túnel, para chegarmos até o carro. *Hadley! Jones! Hadley! Vocês estão juntos? Hadley, onde está Oliver? Vocês terminaram?* Nas fotos, meu vestido é muito curto. Estou embriagada, meio sorridente, furtiva, agarrada à mão de Jones. Pelo menos, mantive as pernas fechadas ao entrar no carro.

Eles nos seguiram até a casa de Jones em um enxame festivo de moscas, voando à nossa volta, lançando rapidamente luzes brancas contra a minha janela, embora estivesse com a película preta e brilhante do esmalte japonês. No carro, lembro-me de Jones soltando meu brinco com a língua, empurrando o gancho através do meu lóbulo até que o frágil emaranhado de diamantes se pendurasse em seu sorriso — um truque barato de festa, como dar um nó com a boca no cabinho da cereja[1]. Recordo-me de sua casa espaçosa com o teto

---

[1] Brincadeira feita em boates, festas e bares estadunidenses, com o intuito de demonstrar a destreza de sua língua. Caso seja bem-sucedido ou bem-sucedida em dar o nó no cabinho da cereja, você aparentemente beija muito bem [N. da T.].

cavernoso e os enormes quadros abstratos de sempre e todo o resto pintado de branco como o paraíso, como se fosse uma chacota. Lembro-me de uma tatuagem na parte interna de sua coxa, perto da virilha, que dizia, em letras minúsculas e sinceras: *"LOVE ME"*.

Oliver era casado quando o conheci. Estávamos fazendo o teste para o primeiro filme *Archangel*. Ele tinha 20 anos, e sua esposa, 42, uma diretora teatral de Londres que andava por aí com botas cravejadas de rebites e jaquetas assimétricas de estilistas japoneses *avant-garde*, tão aristocrática quanto um senador romano. Ele não a deixou por minha causa. Ele não terminou com ela de maneira alguma. De acordo com Oliver, após o segundo aniversário deles, ela declarou que a paixão havia minado, como um balão cheio que explode e se destrói.

Eu não estava acostumada com tantos flashes, até que Oliver e eu demos as mãos em público. Foi na estreia do segundo filme. Estávamos dormindo juntos há três meses, mas estávamos fartos de toda a espionagem midiática e de negar os boatos. Ele saiu do carro primeiro, e as milhares de mulheres enlouquecidas atrás das barreiras gritaram como se estivessem sendo queimadas vivas. Ao me buscar e me puxar para si sem largar minha mão, o barulho e os flashes provocaram em mim uma sensação corrosiva. Achei que seria vaporizada, nada sobraria, exceto minha sombra queimada no tapete vermelho. Nas fotos, meu olhar é de um criminoso de guerra enfrentando um tribunal. Oliver sorri, acena. As luzes eram instrumentos de sua beleza. Pessoalmente, ele é bonito em excesso, obviamente, mas, no filme, hipnotiza as pessoas. Entre o projetor e a tela, transforma-se em algo quase insuportável de se olhar.

No tapete vermelho, o barulho e os flashes não eram dirigidos a nós, não mesmo. Ao ficarmos juntos, estávamos materializando a história do filme, e as mulheres enlouquecidas queriam tanto que a história fosse real que se perderam. Uma seita dissidente extremamente radical eram aquelas que escreviam *fanfictions* eróticas pesadíssimas. Vasculhavam a internet, cavando um labirinto onde pudessem acumular seus anseios e alimentá-los como larvas.

Elas estavam se destruindo e sequer se davam conta disso. Não percebiam que, se a história lhes desse exatamente o que queriam, nunca gostariam dos livros. As pessoas gostam de histórias que as deixam um pouco frustradas, que despertam um anseio. Aquelas mulheres piradas queriam que o filme *Archangel* se enquadrasse em seus fetiches mais secretos, mas também queriam que a história permanecesse inviolada. Sempre que mudávamos alguma coisa nos filmes, elas entravam em contato. *A casa de Lizveth é azul-celeste, não verde--azulada, cretinos.* Ou *Gabriel está usando um gorro de urso quando ele e Katerina se beijam pela primeira vez, que deve ser BRANCO, e não CINZA, o que vocês deveriam SABER porque está assim no LIVRO.*

Não que eu e Oliver não fôssemos ambiciosos também. Os personagens estavam dentro de nós. Pensávamos que conseguiríamos surfar na onda de todas as aspirações e emoções de nossos papéis. Sentíamo-nos magnânimos quando estávamos juntos, como se estivéssemos cumprindo uma obrigação com a história que interpretávamos. Porém, as mulheres piradas também escreviam sobre a gente. Nós, as pessoas reais, Hadley Baxter e Oliver Trappman, atores de L.A., não Katerina e Gabriel, frutos da imaginação de Gwendolyn, que vivia no império inexistente de *Archangel*.

Uma vez, Oliver e eu lemos algumas *fanfictions* a nosso respeito, só para ver. No começo, rimos dos erros de digitação e depois ficamos quietos, eu sentada em seu colo enquanto líamos uma fantasia melosa e pegajosa sobre nós transando pela primeira vez. "Eu só quero você", Oliver me dizia naquela história, como Gabriel disse a Katerina mil vezes. "Para sempre." Mas, então, em um movimento que teria escandalizado o querido e gentil Gabriel, o Oliver da *fanfiction* puxava meu "vestido caro de grife de alta-costura" e me prensava contra seu "membro entumecido". *Trepa comigo, gemia Hadley. Oh, sim. Você é um astro de cinema tão gostoso e famoso. Amu tanto você.*

Oliver fechou o computador. Pela janela, vi um beija-flor aparecer, atraído pelas flores da ipomeia que crescia naquela parede da minha casa. Ele pairou e olhou para nós, intrigado, seu peito furta-cor ainda suspenso no ar, as asas quase invisíveis devido à velocidade. Estávamos sentados em uma encruzilhada movimentada de realidades. Pudemos sentir a brisa sublime.

"Amu tanto você", começamos a dizer um ao outro.

A palavra *nós* é mais segura do que a palavra *eu* quando se é íntimo, porém, é uma coisa instável, incerta, pronta para descartar você a qualquer momento ou deixá-lo vulnerável como o pronome *eu*, no final das contas. Quando você é um *nós*, também é um *eles*, um alvo a ser localizado e fotografado. Um prêmio. Uma presa, algo a ser perseguido e também uma mina a céu aberto a ser explorada. Fomos flagrados e fotografados juntos em Nova York, Paris, São Petersburgo, Cabo, Kauai, no Havaí, em um iate perto de Ibiza, aproveitando um *après-ski* em Gstaad, Suíça, no supermercado, no posto de gasolina, de ressaca no Umami Burger. Como uma mina a céu aberto, eles nos garimparam histórias, boatos, verdades e mentiras, mentiras e verdades, dicas de moda, dicas fitness, dicas de dieta, dicas de cabelo, dicas de relacionamento, fala sério, são apenas dicas. Avaliavam nossas roupas, classificavam nosso bronzeado, anunciaram que eu estava grávida de gêmeos, anunciaram, não, desculpe, deixe-me corrigir, que eu *queria* estar grávida de gêmeos, afirmaram que eu estava indo para a reabilitação, que estávamos noivos, que nosso noivado foi cancelado. Queriam saber o que havia na minha bolsa, no meu guarda-roupa, na minha lista de itens obrigatórios de beleza. Deturparam a nossa imagem, transformaram-nos em algo vazio a ser saqueado.

Ao sair daquela boate com Jones, acho que eu queria machucar aquelas mulheres enlouquecidas. Do alto da minha pompa embriagada, imaginei que tinha o poder de fazer seus mundos desmoronarem. Mas, como qualquer idiota poderia imaginar, elas suportaram o trauma muito bem. Eu estava destruindo meu próprio castelo de areia e, claro, pisoteando uma praia bonita, austera, plana e vazia.

O slogan do primeiro filme era *Ame uma vez, ame para sempre*. Para o quarto, o meu último, era *Caia uma vez, caia para sempre*. No pôster, um Oliver photoshopado e melancólico e uma Hadley photoshopada e amuada estavam sobrepostos em uma cidade digital bonita, mas sinistra, com o horizonte de cúpulas douradas polvilhadas de neve. Qual será o slogan do sexto filme? Do décimo? *Morra já, pelo amor de Deus, morra para sempre?*

Gwendolyn continua escrevendo. São sete livros agora. Contudo, mesmo antes de eu ser demitida, Oliver e eu estávamos envelhecendo mais rápido do que nossos personagens. Não poderíamos interpretá-los eternamente. Ou eu não poderia continuar sendo Katerina. Todo mundo sabe que os homens não envelhecem, pelo menos, não de um jeito que conte. Agora, estão gravando o quinto filme. A garota que me substituiu é uma adolescente.

O mais repugnante é que Oliver e eu trepamos pela primeira vez em um carro. Mas foi depois do Kids' Choice Awards, não de uma estreia. O primeiro filme da franquia *Archangel* ganhou tudo o que a garotada queria que ganhasse. Tem mentira mais deslavada do que *só quero você*? Ou *para sempre*? Quem foi a primeira pessoa a dizer que nada dura para sempre? Quem foi a primeira pessoa a perceber que o para sempre não tem o menor sentido?

DOIS

Na manhã seguinte em que fui para casa com Jones, as coisas de Oliver sumiram da minha casa. Meu guarda-costas e assistente disseram que o guarda-costas e assistente dele tinham vindo na calada da noite, para recolher tudo, depois que as primeiras fotos aparecerem online. Eu estava em casa há cinco minutos quando minha agente, Siobhan, ligou-me para ver como as coisas estavam e me questionar de forma educada no que eu estava pensando. À tarde, ela me retornou, para passar uma lista parcial das pessoas que estavam aborrecidas comigo. Ela mesma estava chateada — estava implícito, embora não ralhasse comigo do jeito que costumava fazer no início, quando nós duas nos sentíamos psicologicamente intimidadas se eu conseguisse um comercial de minipizza para micro-ondas. No ano passado, faturei US$32 milhões, e ela recebeu 10%. Quando você é tão famoso quanto eu, é como uma imensa criatura marinha planando no mar, um ecossistema próprio, alimentando uma colônia de rêmoras com o que sobra em seus dentes.

Alexei Young, o agente de Oliver, com quem trepei duas vezes por baixo dos panos e por quem ainda posso estar apaixonada, disse a Siobhan que Oliver estava com o coração partido e desolado, e ela me contou. A entidade geral do The Studio ficou chateada, especificamente o chefão, Gavin du Pré, em quem fiz um boquete contra a minha vontade. Os investidores ficaram aborrecidos, assim como Gwendolyn, autora dos livros da série *Archangel* e também diretora do quarto filme, que estava em pós-produção, e o cara que estava programado para dirigir o quinto.

— O Studio — disse-me Siobhan — está preocupado com o fato de as pessoas, os fãs, estarem levando essa notícia para o lado pessoal. O estúdio está preocupado que você tenha minado a ilusão romântica. Obviamente, toda a franquia depende dessa ideia de amor perfeito, e pensamos que…

Eu a interrompi:

— Não é minha culpa se as pessoas são estúpidas a ponto de não discernirem a realidade de uma história.

— Tudo bem, concordo, em partes. Mas posso argumentar que todos nós temos a responsabilidade de proteger a marca. O problema é que não posso afirmar às pessoas que você não desviou o foco do filme.

Não falei mais nada.

Siobhan me perguntou:

— Você já falou com Oliver?

— Não. Mas, diga-se de passagem, ele também me traiu. Já te contei isso.

— Mas nunca vazou na mídia. Se uma pessoa resolver pular a cerca e ninguém tira uma foto… Me escuta, não estou julgando, mas você poderia ter sido mais discreta. Vou reformular: você não poderia ter sido indiscreta. Em relações públicas, isso é equivalente a um atentado suicida. — Ela fez uma pausa. — Foi apenas um impulso desenfreado?

— Não é sempre assim?

Ela não disse absolutamente nada.

— Mas você quer saber o porquê — falei. — Não sei o porquê. Jones não passa de um babaca.

— Não diga isso a ninguém da imprensa. Ok. Veja, o que foi feito está feito. Todo mundo só quer uma atualização, alguma ideia de como vocês estão indo, assim podemos começar a trabalhar nas coisas, para que fiquem mais palatáveis e favoráveis.

— Ou seja, Oliver e eu temos que voltar?

— Sim.

A gargalhada que soltei foi tão estridente que por pouco alguém não teve que chamar a emergência para fazer a Manobra de Heimlich.

— Tudo bem — ela falou. — Uma última coisinha: Gwendolyn está aborrecida o suficiente para que o estúdio fique ainda mais aborrecido por causa dela.

— Quero mais que Gwendolyn se foda. Sério.

— Ela tem um zelo gigantesco com a própria criação.

— Eu não sou criação dela. Ela não é Deus.

— Não, mas a franquia dela fez o que você é e o que eu sou e rendeu muito dinheiro para outras pessoas. Tudo o que ela quer é se encontrar com você. Gavin du Pré pediu pessoalmente que você se encontrasse com ela e aplacasse a fera.

— Estou ocupada esta semana.

— Não, não está.

Desliguei na cara de Siobhan. O peso da seriedade desaparecia em um *smartphone*, com essa coisa de ficar apertando botões. Por um tempo, fiquei deitada na cama, fumando um baseado e assistindo a um *reality show* em que mulheres usando vestidos bandage do estilista Hervé Léger faziam *lifting* facial, tomavam martínis e falavam mal umas das outras. Algumas delas faziam tantos procedimentos estéticos no rosto que começavam a falar mole e enrolado, porque não conseguiam mexer os lábios. Com olhos arredondados pavorosos e narizes empinados, pareciam gatos transformados em humanos por um bruxo incompetente.

Eu me perguntei se poderia passar o resto da minha vida deitada nesta casa, assistindo TV. Questionei-me quanto tempo levaria para que o pé de ipomeia crescesse sobre as janelas; trancando-me dentro de casa.

Eu estava na iminência de ser escalada para o filme *Archangel* quando Gavin du Pré repousou sua xícara de café em nossa mesa e, muito tranquilo e educadamente, pediu-me para levantar e tirar a roupa.

Fiquei surpresa por uma fração de segundo e constrangida por ser otária o bastante para ficar surpresa depois daquilo. Estávamos a sós em uma suíte de hotel em Beverly Hills, um de frente para o outro em uma mesinha com uma toalha branca repleta de prataria com o café da manhã e um suporte com miniquiches, tortas e croissants, que Gavin sempre me dizia para comer, antes de me pedir para ficar nua.

— Prometo que você não vai engordar com um pequeno croissant — dizia. — Veja como é minúsculo. Experimente. Uma mordida não vai te fazer mal.

Não que eu nunca tivesse me deparado antes com esse tipo de verme. Eles povoam cada set e cada hierarquia executiva como se fossem comandados por algum tipo de sindicato local de vermes imundos. Porém, muita coisa estava em jogo, muita coisa mesmo. *Será um acontecimento decisivo*, Siobhan e eu tínhamos nos falado quando a reunião foi agendada. Nunca descobri se ela sabia para onde estava me enviando. Ela mencionou com todas as letras que Gavin era casado e tinha uma filha da minha idade — 18 anos, na época.

Gavin era um cinquentão de aparência inofensiva, meio desbotado, com lábios carnudos e claros, óculos de aro fino e lenços de bolso que se harmonizavam de modo artístico com suas gravatas.

— Preciso dar uma olhada em você mais de perto — disse ele, e decidi entender isso como uma necessidade profissional, não pessoal.

Nunca contei a Siobhan o que aconteceu, pois não queria que ela soubesse o que fiz. Meu tio Mitch tinha falecido havia alguns meses, e, embora ele não fosse um sujeito "presente" ou "protetor", tive uma nova e dolorosa sensação de solidão e desamparo. Nem sequer hesitei. Fiquei ali, nua, na frente de Gavin, e me virei, ajoelhando, quando ele pediu, e, quando ele tirou o pau para fora e disse, por gentileza, para chupá-lo, assim o fiz.

No dia seguinte aos acontecimentos de Jones Cohen, eu estava deitada ao lado da minha piscina, observando um círculo de abutres. O céu em L.A. é repleto de abutres. Às vezes, grandes tornados dessas aves em espiral sobrevoam as nuvens, mas, em geral, as pessoas não olham. Fiquei um pouco surpresa, quase me senti insultada por não haver nenhum helicóptero me espionando. Os paparazzi tinham permissão para usar aqueles pequenos drones amadores? Talvez não, porque, se tivessem, usariam. Isso deveria ser gravado em um brasão: *Se Pudéssemos, Usaríamos Drones.*

A campainha me apavorou. Achei que os paparazzi tinham escalado meu portão, decididos a invadir a casa. A campainha tocou mais uma vez. Esperei que minha assistente, Augustina, cuidasse disso até que me lembrei de que a tinha mandado para casa, insistindo muito para que levasse um pacote de comestíveis canábicos, apesar de ela não gostar de maconha. Meu guarda-costas, M.G., estava patrulhando o perímetro. Levantei-me e olhei para os monitores das câmeras de segurança. Meu vizinho, *o* venerável Sir Hugo Woolsey (*Venerável, venal, venéreo,* dizia ele), estava inclinado perto da câmera, acenando com uma garrafa de uísque escocês na mão e gritando:

— Canja de galinha para uma alma galanteadora! — esganiçava no interfone como se não confiasse no aparelho para transmitir ou amplificar sua voz. Hugo se veste como um Nabucodonosor hipster e mora com seu jovem e lindo namorado, por isso, sempre sou pega de surpresa quando ele faz coisas de velho ao usar tecnologia.

— Oi — falei, abrindo a porta. — Como você passou pelo portão?

— Você deu a senha a Rudy faz um tempo. Não se lembra? Ele trouxe uma pequena entrega para você. — Ele fez um gesto que imitava alguém fumando um baseado. As principais responsabilidades do namorado de Hugo, Rudy, eram manter a compostura e ficar por dentro das melhores *strains* de maconha disponíveis em toda a cidade para uso medicinal e de outra natureza. — Está um verdadeiro pandemônio lá embaixo — disse. — M.G. deveria ter um chicote e botá-los para correr.

Hugo calçava sandálias *huaraches* e vestia calças de elástico com estampas ikat azul e branco e uma camisa de linho laranja desabotoada, para mostrar um colar de garras de urso aninhado em seu peito com espessos pelos brancos. Para alguém com mais de 70 anos, ele é alto e impressionantemente musculoso, tem uma voz agradável, típico sotaque refinado, e é um dos diretores de cinema mais conceituados do mundo.

Ele nos serviu um copo de uísque.

— *Cin cin.* — Brindamos em italiano. — Rudy disse que a internet está pegando fogo. Falou que foi você que começou o incêndio.

— Foi merecido — falei e o segui para a minha maior sala de estar.

Ele se sentou no sofá e gesticulou de forma autoritária, para que eu me sentasse em uma das minhas poltronas.

— Oh, concordo.

Levantei meu copo.

— Obrigada por isso. Muito bom esse uísque.

— Você quer dizer extraordinariamente fabuloso, não tem de quê. Não o beberia com Rudy. Seria um desperdício para o tipo de paladar que ele tem. Seria como beber com uma criança. É melhor oferecê-lo a uma certa garota endiabrada. Queria ter certeza de que você estava entorpecendo sua dor com estilo.

— Meu foco agora são os opiáceos.

— Faça-me o favor, não tenha um surto. Isso seria uma besteira pavorosa da sua parte. Fora que, claramente, seria um terrível desperdício de talento.

— Eu estava brincando — falei. — Mas, claramente, já estou a meio caminho de um surto.

— Não, *nananinanão.* Jones foi o surto. Agora você está se recuperando.

— Já se passaram — calculei — 39 horas.

— Isso, meu amor, é uma oportunidade de ouro para... detesto esta palavra, mas, nesse caso, é oportuna... reinventar-se. Se não consegue enxergar como pode aproveitar esse momento em particular, então não tem imaginação, e estou extremamente desapontado com você.

— Não vejo como capitalizar esse momento em que todo mundo me odeia.

As mulheres enlouquecidas mandavam *tweets* me chamando de devassa, prostituta, uma verdadeira piranha. Eu merecia morrer, diziam, ficar sozinha para sempre, arder no fogo do inferno. Graças a Deus Oliver estava livre de mim, falavam. Do nada, os homens me diziam que eu era feia e incomível, mas também que merecia ser estuprada, que morreria entalada em seus paus. Essas pessoas pouco se importavam com a franquia *Archangel*. Eles simplesmente não podiam deixar passar a oportunidade de dizer a uma mulher que (a) eles nunca trepariam com ela e também (b) que eles a estuprariam até a morte. Eu era alvo de *trolls* e *haters*. Eu estava sendo pendurada em uma forca, para que toda a comunidade me apedrejasse. Eu havia cometido um ato de terrorismo contra aquelas malucas. Eu havia comprometido o modo de vida dessas pessoas. Aquelas mulheres piradas me diziam EM LETRAS MAIÚSCULAS E GARRAFAIS que queriam que eu sofresse, fosse varrida da face da Terra. Entretanto, verdade seja dita, elas queriam que eu consertasse tudo, desfizesse o que fiz, para que as coisas voltassem ao que eram antes.

Vez ou outra, alguém dizia *"ei, aguente firme, garota"*, e isso era o suficiente para que eu me desfizesse em lágrimas. Mas, daí, outra pessoa dizia que Mitch teve uma overdose por minha culpa ou que meus pais tinham sorte de estarem mortos, pois, assim, não teriam que se envergonhar de mim.

— Nem todo mundo odeia você — falou Hugo. — Apenas... Como você as chama? Malucas, enlouquecidas? Boa parte das pessoas não se importa nem um pouco com a franquia *Archangel* e, *muito menos*, com você. Não me olhe desse jeito. Isso é uma coisa boa. As pessoas que valem a pena provavelmente acham que você acabou de ficar mais interessante, mostrou um pouco de determinação. Não que Oliver não seja um bom rapaz, é um garoto belíssimo, mas sem vida demais para você. Decerto que entendo o apelo do rapaz lindo e supérfluo. Rudy não é o que você chamaria de difícil, mas, quer saber? Estou velho. Quero alguém jovem e leviano cujo desejo mais intenso e complicado seja diversão, sobretudo diversão que pode ser adquirida com dinheiro. É uma diferença importante. Você sabe que pouquíssimas pessoas podem ser genuinamente felizes com dinheiro? É muito raro. Rudy é o que me convém agora, mas, quando eu tinha a sua idade, queria algo totalmente épico que pudesse — ele rosnou e fingiu se rasgar ao meio — me desfazer em pedaços. — Sua voz infame ecoava pelo teto da sala.

Queria lhe contar sobre Alexei, mas Hugo era fofoqueiro. Então, falei:

— Não ouvi uma só palavra da boca de Oliver. Ele não me ligou para gritar comigo nem nada. Apenas silêncio. Meu agente diz que o agente dele falou que ele está desolado. Só que ele me traiu com pelo menos uma atriz e no mínimo uma modelo e Deus sabe quem mais, e eu superei isso. Toda essa encenação de coração partido é um pouco demais.

Hugo gesticulou com as mãos em recusa e, em seguida, dirigiu-me seu olhar mais penetrante e me perguntou:

— O que em Oliver a atraiu, antes de mais nada? O que viu nele? — perguntou Hugo mais incisivamente.

— Ele foi o único que compreendeu o que era viver à sombra da franquia *Archangel*. Sabe quando as pessoas dizem que você deve escolher alguém com quem gostaria de estar em uma trincheira, numa guerra? Mas, tipo, e se você já estiver em uma trincheira e a outra pessoa estiver lá também? Logo, vocês têm a trincheira em comum, o que não é nada demais. — Esvaziei meu copo. Hugo foi até a cozinha e voltou com a garrafa.

— Mas então? — perguntou, enchendo os copos. — Teria a trincheira perdido seu brilho?

— Ela ficou um tanto claustrofóbica.

Hugo passou um braço elegantemente ao longo do encosto do sofá, com o copo de bebida pendurado na ponta dos dedos.

— Esqueça o amor. Querida, sou um velho narcisista e egocêntrico, e não sua babá, então não me *importo muito* com o que você faz ou deixa de fazer. Só estou aqui porque não consigo deixar de me intrometer. Mas, como alguém que já se meteu em uma muita confusão bafônica ao longo dos anos, modéstia à parte, acredito que sou altamente qualificado para aconselhá-la.

— É diferente.

— Como é? Como assim?

— Para começar, você é homem. E não existia internet quando estava causando por aí.

— Ah, claro, você tem razão. É muito simples ser quem eu sou. — Ele fechou a cara. — Uma vez quase me casei com uma mulher. Com uma mulher!

— Nojento.

— Deixa eu perguntar, qual é a pior consequência possível disso tudo?

— Humilhação pública interminável. Sou demitida da franquia *Archangel* e nunca mais trabalho na vida.

— Não será interminável. As pessoas seguirão em frente mais cedo do que você imagina. Elas *realmente* não se importam. E você não precisa trabalhar. É riquíssima. Poderia largar tudo e comprar uma vinícola em algum lugar. Uma fazenda de cabras, caprinocultura. Uma ilha. Simples. Viver em paz. O que você *quer*?

Não consegui pensar em mais nada, minha mente estava a mil, correndo apressadamente como um animal acuado. Tudo em que eu conseguia pensar era que não queria continuar me sentindo como me sentia. Queria me sentir bem. Ocorreu-me uma imagem em que eu segurava um Oscar para cima, um auditório lotado em pé, aplaudindo-me.

— Eu quero mais — respondi. — Não menos. Quero trabalhar.

Hugo semicerrou os olhos, murmurando:

— Boa menina. Não existe motivo para você não ter mais.

— Na verdade, existem alguns. Ninguém em Hollywood dá a mínima se fui infiel a Oliver, mas vão se importar se fui desleal à marca.

Hugo suspirou de modo extravagante:

— Você precisa se livrar dessa ideia de *marca*. É *tão* enfadonho. Ainda que tudo isso não tivesse acontecido, eu teria dito para você desistir. Qual é a alternativa? Você continua atuando na franquia *Archangel* até ficar velha demais e eles discretamente te jogarem para escanteio em troca de alguém mais jovem? Pelo menos, agora você se estabeleceu como interessante e imprevisível, não uma mera jovem atraente que age como se fosse uma máquina. Todos estarão na expectativa para ver o que você fará a seguir. Você não é mais o fantoche deles. E as pessoas *amam* uma volta por cima.

TRÊS

Quando eu era adolescente e vivia semeando o caos, meu tio Mitch sugeriu que fizéssemos uma viagem, apenas nós dois, para qualquer lugar que eu quisesse. Ele achava que seria bom eu me ausentar. Além disso, também estava desempregado. Escolhi o Lago Superior, onde o avião de meus pais havia desaparecido.

— Isso é um pouco doentio, não? — perguntou Mitch.

Eu lhe disse que só queria ver. Queria mesmo — sempre quis — mas também queria ir a algum lugar onde não faríamos nossas coisas de sempre. Caso escolhêssemos um *resort* tropical de luxo, não seria bem um período de férias, visto que somente ficaríamos à toa por aí, enchendo a cara e procurando pessoas para sexo casual. Eu precisava dar um tempo dos meus padrões morais duvidosos.

Começamos pela cidade canadense de Sault Sainte Marie, fazendo todo o trajeto em sentido horário, 2.900 km em um Jeep Wrangler alugado de capota macia, cujo incômodo barulhento nos serviu de castigo justo por sermos descolados demais para alugar um sedã econômico. Nadei todos os dias, embora a água quase me matasse de frio. Não pude deixar de pensar no avião Cessna submerso em algum lugar do lago. Imaginava se partículas infinitesimais de meus pais estavam vagueando ao meu redor como vaga-lumes.

— Será que eles já viraram ossos? — perguntei a Mitch, gritando por cima da capota do jipe por conta da música alta do Pearl Jam que tocava na rádio canadense.

— Provavelmente — respondeu ele, gritando de volta. — Não sei quanto tempo isso demora.

— Por que ele aprendeu a pilotar?

— O quê?

— Meu pai. Por que ele aprendeu a pilotar?

— Não sei. Nunca perguntei.

— Por que você nunca perguntou?

— Não sei! — Ele parecia irritado, mas, depois, acalmou-se. — Ele não gostava de se explicar para ninguém. É coisa de família.

Mitch não era nada bom em se lembrar de se interessar por outras pessoas. Não é justo culpá-lo de qualquer coisa, porém ele se diferenciava da forma como alguns pais sempre repetiam os mesmos bordões para os filhos, do tipo "Trate os outros como você gostaria de ser tratado" ou "Ações valem mais do que palavras"; Mitch diria: "Você só vive uma vez". Falava isso quando abria uma cerveja depois de três meses sóbrio ou quando apostava alto em uma chance remota de algum cavalo na pista de Santa Anita. Ele era o típico cara Só Se Vive Uma Vez. Quando pequena, eu fazia os agentes de elenco rirem, repetindo como um papagaio estritamente o que Mitch me dizia sempre que me perguntavam se eu queria lhes mostrar o meu melhor sorriso ou estar em um comercial de um parque aquático. Eu nem me incomodava de dizer isso para os meus amigos asquerosos da era Katie McGee. Eles já sabiam.

Seja como for, Mitch nunca se chamou de pai.

Na costa norte do lago, fiquei sabendo, por meio dos cartazes informativos, que ali havia montanhas tão grandes ou maiores do que o Himalaia, talvez as mais altas que já existiram, mas que acabaram sofrendo erosão e viraram pó. O tempo derrubou aquele castelo de areia em particular. As geleiras raspavam nos rochedos e, depois, também desapareceram. Fiz outras perguntas a Mitch sobre meus pais, porém, na maioria das vezes, ele não sabia ou não conseguia pensar em nada interessante.

Uma noite, quando paramos em um restaurante, perguntei:

— E se eles não morreram?

Mitch estava apertando a lateral de um frasco de ketchup.

— Como assim?

— E se eles simplesmente fugiram para algum lugar e nunca mais voltaram?

Ele botou o ketchup de lado e me encarou com uma expressão seríssima, uma cara nada fácil de arrancar dele, ainda mais com o corte de cabelo *faux-hawk* à la David Beckham que ele usava na época.

— Hadley, eles não teriam feito isso com você.

— Ou com você?

— Eles morreram. Foi isso que aconteceu. Você precisa acreditar.

— Sim — falei. Eu sabia no que precisava acreditar, mas saber e acreditar não eram a mesma coisa.

Eu estava sentada em um lugar onde já houve montanhas maiores do que o Everest. Tudo era possível.

UMA HISTÓRIA INCOMPLETA DE MISSOULA, MONTANA

13.000 a.C. — fevereiro de 1927

Quinze mil anos atrás.

Uma calota polar avança do Norte. Um extenso dedo glacial se descoloca e se acopla ao Rio Clark Fork, a Oeste de onde um dia Missoula estará. Forma-se um lago que se torna volumoso e araneiforme, 5.000 km² e 600m de profundidade, espelhando a parte inferior sombreada das nuvens. O topo das montanhas se transforma em ilhas.

No lago, icebergs brotam, flutuam e ficam à deriva. Às vezes, rochas ficam aprisionadas dentro deles, sendo carregadas para o Sul, para bem longe: uma jornada de centenas de anos, talvez milhares. À medida que os icebergs derretem, as rochas submergem no leito do lago.

O lago fica cada vez maior, profundo, fixando suas garras e se aprofundando nas barragens de gelo até flutuar e se romper, libertando a água. Desmanchando-se, o lago se agita sobre o que um dia será os estados de Idaho, Oregon e Washington. Todo o processo se esgota em três dias, esvaziando o equivalente a dez vezes mais a força combinada de todos os rios de nosso planeta, ainda que nenhum cálculo estatístico possa refletir sua violência predatória, seu poder diluviano. Como homens robustos e alegres, as correntes lançam pedras gigantes e enormes pedaços de gelo no ar. Cânions são escavados, rebanhos são engolidos. Mastodontes e mamutes são arrebatados, afogados e arrastados para as águas imperturbáveis, assim como tigres-de-dente-de-sabre, castores do tamanho de ursos pardos, lobos horripilantes e bichos-preguiça gigantescos, toda aquela vasta diversidade animal já extinta.

Do Norte, as geleiras se arrastam de volta pelas montanhas até que o rio seja novamente obstruído. Mais uma vez, o lago enche. Mais uma vez, as barragens de gelo se rompem. A cada 2 ou 3 mil anos, o ciclo se repete, até que algo muda, e o gelo recua. No leito do lago vazio, onde cinco vales montanhosos se juntam como os membros retorcidos de uma estrela-do-mar, onde, um dia, a casa estilo Queen Anne com sua torre pontiaguda e alpendrada de Wallace Graves ficará, a relva cresce. As mudas de árvores se curvam ao sabor do vento.

Num dado momento: pessoas. Caçadores com ferramentas de pedra, caminhando da Sibéria, deixando para trás esculturas e pinturas nas cavernas. (O que acham dessa terra interminável a perder de vista que se desenrola à frente deles? Quem poderia imaginar uma esfera azul suspensa na infinitude negra?) As folhas rumorejam, os rios serpenteiam nos vales. Mais caçadores passam com ferramentas melhores, um modo de se comunicar mais sofisticado e mitos sobre um grande dilúvio. Tendas de pele de animal e canoas imitando o nariz de esturjão. Cachorros e cavalos.

Em 1805, os homens brancos entram em cena: os capitães Lewis e Clark rumam para o Oeste e voltam pelo outro lado dez meses depois, tendo visto o Pacífico.

Um cânion estreito e arborizado, bom para emboscadas, conduz, a leste do vale, a planícies repletas de bisões. Caçadores vindos do Oeste são atacados às vezes pelos povos das planícies, pessoas da Confederação Blackfeet[1], possessivas em relação aos rebanhos de bisões, e, como resultado, restos mortais e ossos são deixados para trás.

Mais uma vez, as pessoas brancas sorrateiramente aparecem. Os caçadores franceses de pele de animal chamaram o cânion de Porte de l'Enfer, situado na província de Québec, Saint-Narcisse-de-Rimouski, Canadá, por causa dos ossos. Hell Gate [Portão do Inferno].

Em 1855, o Tratado de Hellgate é assinado entre Isaac Stevens, o governador do território de Washington, e os povos indígenas locais (os Bitterroot Salish, os Pend d'Oreilles e os Kootenai). O documento é um belo exemplar da natureza

---

[1] Os termos Confederação Blackfeet/Confederação Blackfoot se referem aos grupos indígenas linguisticamente relacionados como os Peigan do Norte, os Peigan do Sul, a Nação Kainai e a Nação Siksika. Juntos, autodenominam-se *Niitsitapi* (Povos Originários). No estado de Montana, localizam-se os Peigan do Sul. Historicamente, os membros indígenas que formam essa confederação eram exímios caçadores de bisões. Todos os Blackfeet são Blackfoot, mas nem todos os Blackfoot são Blackfeet [N. da T.].

perniciosa, cheio de artimanhas e incompreensões mútuas, com promessas veladas de morte e danos. À noite, Stevens sonha com os sons da enxada e dos martelos batendo, com as emendas de um tratado e das casas de madeira dos colonos, forjadas a ferro e fogo.

O grande vilarejo de Hell Gate, com uma população irrisória, torna-se a sede do novo condado de Missoula no território de Washington (*Missoula* vem da palavra *Salish,* que significa águas geladas). Em pouco tempo, há tendas e cabanas com telhado de grama, algumas fazendas decrépitas, um típico *saloon* à la Velho Oeste, um correio, ladrões capturados por justiceiros. Em 1864, o condado de Missoula passa a fazer parte do novo território de Montana. Uma serraria e um moinho de trigo são construídos rio acima, e Hell Gate se transforma em uma cidade-fantasma em um piscar de olhos. Todos vão para Missoula Mills.

Mais casas, lojas e ruas. Bancos. Um jornal. Um forte para proteger a boa gente de Missoula contra os índios que ainda não foram exterminados. Em agosto de 1877, mais de setecentas pessoas da etnia Nez Perce atravessavam as montanhas de Idaho com seus cavalos, rebanhos e cães, fugindo do Exército dos Estados Unidos, em busca de um lugar onde ficariam em paz, um lugar que não existe mais.

Ao acamparem às margens do rio, foram acordados pelos soldados norte-americanos, que atiravam em suas tendas. Os soldados tentavam queimá-las e, mesmo com dificuldade de acender o fogo, continuavam tentando. Embora a maior parte do grupo indígena estivesse espalhada, algumas crianças estavam escondidas dentro das tendas, sob cobertores, e foram queimadas vivas. Os guerreiros se reagrupavam, atacavam. Os soldados recuavam. À noite, o grupo seguiu em direção ao que será o Yellowstone. Eles tentariam chegar ao Canadá, no acampamento de Sitting Bull [Touro Sentado, Sioux da etnia *Unkpapa*], porém a maioria não conseguiria. Este grande número de pessoas é enviado para Fort Leavenworth.

Em 1883, a última linha sangrenta da Northern Pacific Railway chega a Missoula pelo Oeste, sendo necessário estender e puxar quase 100 km, para encontrar os trilhos na rota dos Grandes Lagos, não a primeira linha transcontinental, ainda que muito boa, muito opulenta, muito útil no que diz respeito a povoar os territórios selvagens. Para cravar a conclusão da linha ferroviária, Ulysses S. Grant liga o continente a si mesmo com uma cavilha de ouro.

Mais homens chegam a Missoula, homens broncos, homens solitários, homens sedentos. Quer uma bebida? Quer uma garota? Tente a Rua West Front, siga a luz vermelha. Madame Mary Gleim, mulher corpulenta e temida, é dona de metade do lugar, talvez mais. Ela lhe arranjará uma garota de Chicago, uma garota da China, uma garota da França (pergunte por French Emma). Ela também pode conseguir chineses para você, caso precise de trabalhadores. Agora, se seus funcionários querem ópio, ela também consegue.

Missoula ganha uma central telefônica e eletricidade, torna-se uma nova cidade oficial em um novo estado oficial (Montana, 1889). Em suas terras, um fazendeiro fica intrigado com a pedra solitária que aparentemente caiu em sua propriedade.

Um trem atravessa as planícies. Wallace Graves, ávido por montanhas nunca antes vistas, está saindo de Nova York e indo para o Oeste. Wallace desce no Condado de Butte, fica lá por um tempo, uma cidade indômita, uma Torre de Babel, onde homens de lugares longínquos vão juntos para as minas de cobre, saem, gastam todo o salário nos *saloons* ou com as garotas do Beco de Vênus. Havia brigas na rua todo santo dia e todas as noites: mineiro contra mineiro, bêbados versus bêbados, irlandeses contra italianos, que, por sua vez, brigavam com os imigrantes do leste europeu, que brigavam com os suecos. Sindicalistas versus fura-greves.

Wallace passa a retratar as estruturas desordenadas das minas, os vultos acinzentados andando com seus baldes de estanho, os quadros de poço, as instalações com equipamentos da Mina Neversweat e suas sete chaminés esbeltas como cigarrilhas enterradas no chão. Mas o lugar, esta cidade, não é muito adequado para Wallace. Ele embarca em um comboio de trem rumo ao Oeste, desembarca em Missoula e se estabelece por lá.

Em 1911, Wallace e praticamente todo mundo da cidade se dirigiram a um campo perto do forte, para assistir a um piloto chamado Eugene Ely se precipitar para fora das montanhas em seu avião biplano Curtiss, rompendo a extensão fantasmagórica do antigo lago esquecido. Ely anima a multidão, libera as asas do avião. Nas proximidades, um grupo nativo Cree havia montado suas tendas. Eles estão montados em seus cavalos, observando a máquina.

— Em que mundo vivemos — comenta Wallace Graves com a namorada, segurando o chapéu contra a cabeça enquanto olha para cima.

Um trem atravessa as planícies. Addison Graves encara os retratos de seus filhos mais uma vez, segurando-os cuidadosamente pelos cantos, para não sujá-los.

Wallace sai para buscar o irmão para o café da manhã e encontra a choupana vazia. Nada havia mudado, exceto os caixotes abertos. Ele encontra suas antigas pinturas, vê que não são tão boas quanto se lembrava. Passa a repreender seu eu mais jovem por suas pinceladas rosadas, pela composição simples. As crianças estão na casa principal, de volta da cavalgada do amanhecer que ele não sabe que fizeram, pois não se preocupa com a maneira pela qual passam o tempo. Já estão de banho tomado e penteados (eles mesmos se penteiam!) e sentados, eretos, à mesa do café da manhã, posta por Berit, esperando pelo pai.

— Ele partiu — anuncia Wallace sem mais delongas, entrando. — Não deixou um bilhete, nada.

— Como assim partiu? Foi para onde? — pergunta Berit ao fogão.

— Simplesmente desapareceu.

— E as coisas dele? Levou também?

— Ele não tinha nada. — Wallace se lembra da pasta de papelão que o irmão levava consigo. Pelo menos, Addison tinha levado isso.

Jamie salta da mesa e sobe as escadas.

— Ele vai voltar? — pergunta Marian, reservada em sua seriedade.

— Não sei.

— Talvez ele tenha ido caminhar.

— Sinceramente, acredito que não. Está chateada?

Marian pondera.

— Achei que ele gostaria de nos conhecer. Mas teria sido pior se nos conhecesse e depois fosse embora.

— Não sei o que é pior nesse caso.

— Mas talvez ele volte.

— Talvez.

— Eu não gostaria que ele ficasse contra a própria vontade.

— Também acho — diz Wallace. Mas depois não se contém e destila palavras venenosas: — Deus me livre ele fazer alguma coisa contra a própria vontade!

— Então as coisas ficam como estão?

— Creio que sim.

— Tudo bem.

— Tudo bem se você estiver triste. Não vou ficar ofendido.

Marian olha pela janela e pergunta:

— Aonde você acha que ele foi?

— Não sei.

— Acho que ficaria mais triste se soubesse aonde ele foi.

Wallace concorda. Seria melhor apenas se perguntar o que o irmão teria escolhido em vez dos filhos.

— Sei o que quer dizer.

Por algum tempo, por algumas semanas, parece possível que Addison retorne. Mas as folhas se tornam laranjas, e as noites, frias, e ele não volta.

— Por que você acha que ele não ficou? — pergunta Jamie, sentado em um banquinho no estúdio de Wallace, na torre da casa. Em um rascunho de papel, o garotinho desenha com carvão peixinhos nadando no fundo de um rio rochoso. — Por que ele veio aqui mesmo?

— Eu não sei. — Em seu cavalete, Wallace segura uma paleta com tinta-óleo de odor acre, e há esboços pendurados ao seu redor. — Não o conheço muito bem. Nunca fomos próximos como você e Marian. Acho que ele pretendia ficar, mas ficou assustado. — Ele se inclina, para olhar o desenho de Jamie. — Ficou muito bom. Tenho a sensação de que a água se move ao redor dos peixes. Você fez isso de forma inteligente.

— Assustado com o quê?

O pincel de Wallace mordisca a tela. *Com vocês. Pelo fato de vocês existirem.*

— Estou apenas supondo. Acho que provavelmente ele não gosta da ideia de nos dever alguma coisa.

— Por que ele pensaria que nos deve alguma coisa?

Wallace larga o pincel.

— Você é um menino muito querido.

— Por quê?

— É apenas uma questão de perdão.

Com tranquilidade, Jamie diz para os peixes de carvão:

— Acho que eu não vou perdoar ele.

A vida segue como antes. Berit se esforça para manter tudo em ordem. Por mais que tente, não consegue fazer com que Marian use vestidos. O perrengue financeiro é constante. A universidade paga bem a Wallace, mas ele gosta de apostar. Os cachorros se amontoam e dormem pela casa.

Em seus quartos, onde raramente dormem, pois preferem a varanda, os gêmeos entulham um emaranhado barulhento de chifres e galhadas de alces e tesouros forrados com ossos e dentes. Ninhos de pássaros se desfazendo adornam os parapeitos das janelas, acompanhados de pinhas e pedras curiosas. As penas são fixadas nas paredes. Os gêmeos também recolhem artefatos humanos: pontas de flechas, pedaços de louça quebrada, balas de armas, pregos. Jamie faz desenhos do que encontra, organiza os itens de natureza morta e os desenha, usando cores com tons pastéis ou aquarelas que Wallace furta da universidade para ele.

— Lá vêm os naturalistas — comenta Wallace quando os sobrinhos voltam para casa à noite, exageradamente sujos e com os bolsos cheios. — Lá vêm os arqueólogos de volta da escavação.

Os gêmeos nem sempre frequentam as aulas. Caso faça um dia esplendoroso e ensolarado ou um dia tentador com neve, ficam perambulando por aí. Têm um amigo que brinca com eles, Caleb, mais selvagem do que os próprios gêmeos, alguns anos mais velho, filho de uma prostituta que mora em uma velha choupana caindo aos pedaços, logo abaixo das Montanhas Rattlesnake. (Gilda, mãe de Caleb, havia escolhido como sobrenome para si e para seu filho o nome do rio que flui do Sul e se junta ao Rio Clark Fork do outro lado da cidade: Bitterroot.)

Caleb é uma criança graciosa e astuta, com longos cabelos negros soltos nas costas, tão lisos e acetinados que as pessoas dizem que seu pai deve ser indígena ou chinês. Ele bate carteiras. Furta bebida caseira (*moonshine*) de sua mãe e doces e anzóis das lojas no centro da cidade. Odeia os homens que vêm à sua choupana, detesta o que a mãe faz com eles, mas não tolera que ninguém a insulte. Se lhe der na telha, Caleb é capaz de agredir Marian e Jamie a socos e pontapés, e no verão os três nadam nus nos rios e córregos.

Embora Marian e Jamie tenham ido à choupana de Caleb em momentos diferentes, para espiar pelas brechas das cortinas Gilda trabalhando, os gêmeos nunca discutiam o que viam. Jamie ficava incomodado pelo tamanho descomunal do homem perto de Gilda, pela forma com a qual o homem se atirava irracional e brutalmente contra o corpo dela. Os pequenos pés de Gilda vestidos com suas meias imundas balançavam com tamanha violência. O desamparo era algo que deixava Jamie transtornado. Ele resgata abelhas que estão se afogando no córrego, leva cachorros de rua para casa, alimenta filhotes de passarinho abandonados com um conta-gotas e depois faz Marian desmembrar minhocas para os bichanos. Com os pescoços enrugados e as bocas abertas, os passarinhos parecem velhos furiosos. Alguns vivem, outros morrem. Wallace pouco resiste aos cães e a outros bichos.

— Pobre alma — diz ele, olhando para um filhotinho de corvo que, de tão fraco, mal consegue levantar a cabeça.

— Chega de bicho! — fala Berit sempre que um novo animal aparece, mas, apesar disso, ela guarda os restos de comida para os cachorros. Jamie tem um pesadelo recorrente em que é obrigado a escolher entre atirar em Marian ou em um cachorro. Ele não come carne. E, mesmo que Berit fale que Jamie *morrerá* se não comer carne, o menino segue vivo.

Quando, no meio de todo aquele pandemônio, Gilda estende a mão friamente e ajeita o cabelo de volta no lugar, Jamie fica mais tranquilo.

Durante sua rodada para espiar Gilda pela janela, Marian certa vez ficou estarrecida pelo modo com o qual um homem (um homem diferente do que Jamie viu) havia se transformado em um animal ferino, pelo modo como seu rosto se contorcia e as costas arqueavam. Pelo modo com o qual ele empurrou Gilda para cama e, sem pensar, devorou freneticamente o que estava entre suas pernas. Por fim, depois de montá-la como um cachorro ou alce faria, o homem ficou imóvel. A fera que habitava o seu corpo desapareceu, e ele se tornou novamente um homem, um homem de aparência amigável que endireitava as roupas. Depois disso, Marian começou a estudar os homens — os comerciantes, vizinhos, amigos de Wallace, Wallace, o leiteiro, o carteiro — examinando seus rostos atentamente, em busca de feras selvagens.

Wallace sabe que Marian e Jamie se aventuram por aí, mas prefere saber as coisas por cima ou vagamente, sequer se preocupa se os sobrinhos possam retornar ou não. Wallace já tem as próprias aventuras. Não raro, sai depois de escurecer, para jogar pôquer, tomar um drinque em um bar clandestino ou em uma estalagem na estrada, encontrar-se com uma mulher. É um bêbado discreto, mas ardente.

Chega um cheque de um banco em Seattle, uma quantia razoável. A carta que o acompanha explica que o Sr. Addison Graves deseja que o dinheiro seja enviado periodicamente para custear as despesas das crianças. Wallace sai e perde a maior parte da quantia num instante, na sala de jogos de uma estalagem. (Um outro cheque gordo chegou uma vez, quando as crianças eram bem pequenas — pagamento da venda da propriedade do avô materno dos gêmeos. Wallace o usou para quitar uma dívida.) No caminho para casa, ao amanhecer, ele para e mergulha na lagoa onde havia levado Addison, porém, a água está fria e marrom, como uma infusão de chá, e ele não se sente purificado, apenas ensopado e coberto de espuma marrom. Emburrado, flutuando na água, reflete se o dinheiro de Addison foi ganhado recentemente ou se é alguma reserva de suas economias. Wallace acha que o irmão deve pensar melhor antes de lhe enviar tanto dinheiro de uma tacada só, mas, então, lembra-se que Addison não sabe absolutamente nada sobre seu vício em jogo.

À noite, a choupana destinada a Addison brilha como uma Lua hospitaleira e inabalável, visto que Marian fez dela o seu canto. Depois da breve visita do pai, ela mesma desempacotou todos os caixotes. Tantas maravilhas para se examinar: pinturas de Wallace, livros de todas as espessuras e tamanhos e mais — a gloriosa e desconcertante coleção de recordações exóticas. Algumas eram óbvias (tapetes, vasos), mas, outras, misteriosas, como o chifre espiralado de quase 2m de comprimento e pontas afiadas, embrulhado em estopa e acondicionado em um tubo comprido próprio. Ela apoiou o chifre em um canto atrás do fogão, deixando-o inclinado ali como o cajado esquecido de um feiticeiro. Ela gostaria de conseguir imaginar o pai comprando, digamos, uma tigela de madeira vermelha e preta específica, mas não sabe que tipo de cena visualizar. Uma cidade movimentada? Uma aldeia de pescadores solitária? Um lugar quente? Um lugar frio? Por que ele escolheu aquela tigela entre todas as tigelas do mundo?

Marian empilha os livros em colunas instáveis contra uma parede. Iria lê-los, decidiu, um após o outro, na ordem em que foram empilhados, e começa a fazer isso logo após seu aniversário de 10 anos. Aqui e acolá, depois de trabalhar no carro de Wallace ou consertar bicicletas para outras crianças, deixa algumas manchas de graxa nas páginas, mas decide que seu pai é o tipo de homem que não se importaria com isso. Durante o dia, carrega um livro para a escola ou para as montanhas. À noite, vai para a choupana e lê na poltrona perto do fogão. Será que seu pai havia se sentado naquela poltrona pelo menos uma vez? Antes dessa herança inesperada de livros, Marian não era uma leitora e não estava habituada a ficar parada por tanto tempo.

Não por acaso, o primeiro volume da primeira pilha é *Drácula*, e, como a mãe, Marian tem sonhos perturbadores com Renfield, o lunático que alimenta as aranhas com moscas, os pássaros com aranhas e, quando não consegue um gato para comer os pássaros, ele mesmo os come, vivos. Sonha com o homem-fera de Gilda e, no sonho, sabe que a fera é Renfield, o devorador. Claro que ninguém podia lhe contar que sua mãe também se assustara com a ideia de tamanho apetite. Ninguém nunca soube daquilo.

Entre os livros estão romances e algumas coleções de versos e alguns volumes de ilustrações de plantas, pássaros e animais rotulados em latim. Marian diz a Jamie que ele pode vir e olhar, mas não pode levar os livros a lugar algum. Há uma coleção de Shakespeare e um dicionário espesso que ela deixa por perto, para procurar palavras que não conhece. Contudo, principalmente, há relatos de viagens. Marian lê sobre tempestades e naufrágios, piratas e armadas, tripulações forçadas a comer seus colegas a bordo. (Renfield reaparece em seus sonhos.) Lê sobre as montanhas do Taiti que surgem do mar de águas quentes, seus cumes verde-esmeralda envoltos em nuvens, sobre as montanhas proibidas do Himalaia e as altas pastagens dos Alpes, onde sinos de vaca tocam. Marian lê sobre James Cook, Charles Darwin, Mary Kingsley, Richard Henry Dana e sobre Lewis e Clark caminhando pelo mesmo vale onde ela mora. Lê sobre os ventos no Estreito de Magalhães, que podem arrastar um navio a tal velocidade que a proa deixa um rastro nas águas, ventos que sopram as areias dos desertos árabes a centenas de milhas mar adentro em sufocantes nuvens laranjas. Lê sobre o Rio Congo, o Rio Nilo, o Rio Yangtze e o Rio Amazonas. Lê sobre crianças selvagens e nuas em climas quentes que brincam de olhar e tocar, brincadeiras não muito diferentes daquelas que Caleb às vezes propõe quando Jamie não está por perto. Lê sobre ondas que se elevam como montanhas, sobre calmarias enlouquecedoras, tubarões circulando à espreita, baleias que saltam em pleno oceano, vulcões que cospem fogo. Entre os livros não há algum que fale a respeito de garotinhas como ela, mas ela sequer percebe.

Ou seja, seu pai, além de fazer as próprias viagens, gostava de ler sobre as dos outros. Ele supostamente apoiava pessoas que viviam aventuras. Ela gosta do relato de Joshua Slocum sobre velejar pelo mundo sozinho em seu pequeno veleiro saveiro, o *Spray*, sentindo-se como um planeta diante de si mesmo. Ela gostaria de se sentir assim.

Porém, seus relatos favoritos são do extremo Norte e do extremo Sul, onde o cordame de navios se curva, afundando por conta da geada, e os icebergs azuis flutuam livremente, abobadados e com pináculos, como catedrais congeladas. Ela lê relatos de Fridtjof Nansen e Roald Amundsen e sobre o desaparecido Sir John Franklin, mas não se dá por satisfeita e pega mais livros da biblioteca, fartando-se das privações sofridas por Ernest Shackleton e Apsley Cherry-Garrard. Bravura nos polos parece algo simples e atraente. Se você for lá, ou tentar, é corajoso. Marian se depara com uma gravura de baleias narvais se aglomerando em um pedaço de água aberta em meio ao gelo do Ártico, batendo os chifres no ar como sabres em um combate corpo a corpo. Do canto atrás do fogão, ela pega o extenso chifre e sai pelo pátio coberto de neve até a casa principal.

Wallace está em seu estúdio, Beethoven tocando no fonógrafo. Ele pega o livro no colo e estuda a imagem.

— Sim, entendi — diz. — Acho que você tem razão.

— Uma presa ou chifre de narval — anuncia Marian. — Aqui, em Missoula, Montana.

Wallace encara a gravura mais uma vez.

— Elas estão brigando?

— O livro fala que estão respirando. Você acha que meu pai matou a narval que tinha essa presa aqui?

— Acho que provavelmente ele comprou a presa.

— Por que — pergunta ela a Wallace, inclinando-se sobre sua longa trança loira que cai sobre os ombros e a presa abobadada— tanto o Norte quanto o Sul são tão frios? Por que as estações mudam, e por que às vezes está sempre escuro e às vezes sempre claro?

— Não sei — responde ele. Folheia o livro, passando por imagens de esquimós, trenós puxados por cães, icebergs e baleias se contorcendo e batendo o rabo. Ele se pergunta se seu irmão tinha visto todas aquelas coisas. Marian não lhe parece mais uma criança, nem adulta. Ela tem um entusiasmo ávido que o irrita.

Marian volta, cruzando a neve, em direção à choupana suspensa no escuro como uma lanterna pendurada em um gurupés na proa de um veleiro. Mais de dois anos se passaram desde a breve estada de seu pai naquela choupana. Ela espera que mais de seus pertences sejam explicados pelos livros, que, quando tiver lido todos eles, consiga saber o que ele sabia. De um jeito ou de outro, assim ela o conhecerá. E, mais tarde, quando tiver crescido, irá aos lugares sobre os quais leu, verá as coisas por si mesma.

Noites e dias, verões e invernos.

PILOTOS BARNSTORMERS[1]

Missoula
Maio de 1927
Três meses depois

A manhã estava fria, mas o lombo de Fiddler aquecia as pernas de Marian. Ela cavalgava sem sela, as rédeas soltas, passando por baixo dos galhos de pinheiros que dispersavam a penumbra matinal. Quando Fiddler parou para abocanhar um pouco de capim, ela pressionou as costelas dele com os calcanhares nus.

Desde setembro, quando completou 12 anos, Marian se levantava quase todas as manhãs antes do amanhecer e colocava as correias no cavalo. Agora, Jamie dificilmente a acompanhava, talvez porque sentisse que Marian preferia ir sozinha. Dependendo de sua vontade, Fiddler e ela poderiam percorrer as margens do Rio Clark Fork ou do Rio Bitterroot, ou poderiam passear pela cidade, observando o trajeto da carroça do leiteiro que morosamente se arrastava, o percurso solitário de volta para casa dos trabalhadores noturnos e bêbados errantes. Se não nevasse muito, Marian poderia subir uma das montanhas ou cânions.

Nesse dia, ela se afastou das Montanhas Rattlesnake e subiu o Monte Jumbo à medida que as últimas estrelas se apagavam e o céu ficava azulado e brilhante. Fiddler subiu a trote a íngreme inclinação até o cume, onde parou e imediatamente começou a pastar. Uma baixa névoa cinzenta pairava no chão do vale, sendo transpassada pelos telhados e copas de árvores. Atrás de Marian,

[1] Pilotos que viajavam pelos Estados Unidos vendendo passeios de avião e fazendo acrobacias. Não raro, revezavam-se em grupos, que eram chamados de Circo Voador. Eram também chamados de pilotos de exibição ou dublês [N. da T.].

os raios do Sol nascente brincavam sobre as fileiras de montanhas em todo o vale, curvando-se lentamente e pousando sob Missoula, dispersando a névoa até que a simples e cristalina luz do dia resplandecesse na superfície do rio.

Empurrando os pés para frente, a fim de enganchar as rédeas, Marian se deitou no dorso de Fiddler com as mãos atrás da cabeça. Estava quase cochilando quando ouviu um som distante de um motor. Presumiu que vinha das aeronaves locais, visto que, depois da guerra, o frágil excedente de aeronaves modelo Jenny e Standard havia sido vendido a preço de banana e era pilotado, em sua maioria, por aficionados em aviação. O som vinha do Leste. Era alto. Marian se levantou no momento em que um biplano vermelho e preto sobrevoou, zunindo a toda velocidade, tão súbito e majestoso quanto um anjo anunciador, voando tão baixo que ela pensou que poderia tocar os pneus do trem de pouso.

Os Brayfogles Voadores. Era o que diziam os caracteres em branco e em *looping* na cauda de sua aeronave modelo Curtiss Jennies. Eram Felix e Trixie, refugiados do Circo Voador de Wilton Wolf, extinto depois que o governo estabeleceu regulamentações mais rigorosas, decidindo que os festivos shows aéreos locais, surgidos em todos os lugares após a guerra, envolviam pessoas demais rumando alegremente para a morte certa. Os Brayfogles estavam indo para o Oeste, para Hollywood, a fim de encontrar trabalho como dublês em cenas de ação.

Outros *barnstormers* já haviam passado pela cidade antes, vendendo passeios, fazendo acrobacias e saltando de paraquedas, porém, Marian nunca tinha prestado atenção neles, nunca lhe passara pela cabeça como um avião poderia sobrevoar as montanhas para além do horizonte, transportar pessoas *para outro lugar.* Talvez fosse necessária a perigosa proximidade do avião, de seu estrondo e do brilho cintilante e vermelho das asas para despertá-la da própria cegueira. Ou talvez aquele fosse o momento certo. Marian estava em uma idade em que o adulto futuro chacoalha a estrutura de uma criança como as barras de uma jaula.

Mais tarde, naquele dia, Wallace a levou no aeródromo aos pés do Monte Sentinel, que não era nada mais sofisticado do que um campo mais ou menos plano, marcado com cal e repleto de buracos de texugo. Ele mal parou o carro quando Marian desembestou como um animal indisciplinado, galopando pela grama em direção aos aviões estacionados.

A carenagem do motor da aeronave mais próxima estava aberta, e uma figura vestida em macacão de mecânico estava de pé em uma escada, examinando as válvulas e os cilindros. Outra figura, de calça e botas, descansava à sombra sob a grama debaixo da asa de outro avião distante, o rosto coberto por um chapéu de vaqueiro de aba larga, aparentemente adormecida. A pessoa na escada se endireitou e se virou, e Marian ficou boquiaberta ao perceber que era uma mulher. Uma bandana azul cobria seu cabelo; o rosto estava manchado de graxa. Ela balançava uma chave inglesa em uma das mãos.

— Olá — disse a mulher, olhando de cima para Marian e depois de volta para o campo, para Wallace. — Quem seria você?

— Eu sou Marian Graves.

— Veio ver os aviões? Nossa imensa esquadrilha de dois? — A mulher falava de um jeito melodioso e rebuscado. Ela puxou uma segunda bandana do bolso e enxugou o rosto, manchando-o ainda mais de graxa.

— Eu já tinha visto. Hoje pela manhã, eu estava com meu cavalo, e um sobrevoou bem em cima de mim. — Fiddler havia se assustado tanto que Marian quase caiu. Assim que se recuperou, outra aeronave passou, e, por mais que estivesse alta, foi o suficiente para aborrecer Fiddler mais uma vez.

— Eles parecem que voam muito baixo às vezes, não? Mas, sério, voamos mais alto do que você pensa. Segurança em primeiro lugar, a minha principalmente. — Ela parou. — Nossa, você quis dizer quando subimos a montanha? Era você, meu bem? Coitadinha, deve ter *morrido* de medo. Felix pode ser muito irresponsável.

— Não fiquei com medo.

— Fico feliz que tenha vindo, para que Felix possa se desculpar pessoalmente. Posso te garantir, com toda a certeza, que foi um acidente. Apenas um erro idiota. Fico feliz de ver que está bem.

Marian tomou coragem para dizer o que a havia consumido a manhã inteira:

— Eu gostaria de subir em um.

A mulher inclinou a cabeça, torcendo o nariz, com uma expressão estampada em seu rosto que Marian julgou sugerir compaixão.

— Receio que não faremos passeios até amanhã, e eles custam dinheiro, US$5. Precisamos pagar o combustível e tudo mais, é assim que ganhamos a vida. Sinto muito se Felix assustou você, mas não podemos fazer passeios com todo mundo que queira subir no avião, por mais que queiramos. Talvez possamos oferecer um desconto como um gesto de amizade, mas terá que perguntar ao seu pai se ele pagará. A menos que você tenha guardado um dinheiro. Você guardou? — A última pergunta foi feita com uma pontada de esperança.

— Ele é meu tio.

— Então você tem que perguntar ao seu tio.

Ao chegar, Wallace protegeu os olhos com uma das mãos e sorriu para a mulher:

— O que ela terá que me perguntar?

— Esta corajosa mocinha quer dar um passeio de avião. — Novamente, ela esfregou o rosto com a bandana, para tirar a graxa, mas desta vez com mais eficácia, e um rosto britânico comprido e afunilado apareceu.

— Posso? — exigiu Marian de Wallace, morrendo de vergonha de ter que perguntar. Ela e Jamie não recebiam nenhum tipo de mesada. Aparentemente, não ocorria a Wallace que os sobrinhos poderiam querer comprar alguma coisa, e, assim, seguindo as instruções de Caleb, os gêmeos recorriam a pequenos furtos, roubando doces, apetrechos de pesca e uma série de pequenos itens aleatórios das lojas no centro da cidade. Em uma rua movimentada, dentro de uma hora, Caleb conseguia de modo discreto roubar moedas suficientes dos pedestres para três entradas de cinema e um almoço em qualquer espelunca. Se eles tivessem qualquer dinheiro, logo gastavam, e, agora, no que parecia um terrível desleixo, Marian não tinha guardado nada.

— Quanto custa? — perguntou Wallace à mulher.

— US$5 por quinze minutos. US$4,50 para você, já que somos todos amigos agora. Uma pechincha.

Wallace sorriu para Marian, o mesmo sorriso contemplativo, mas evasivo, que ele dirigia ao belo céu azul, àquela estranha com o rosto manchado de graxa. Para a mulher, ele disse:

— Espero que não estejamos aborrecendo você. Marian teve um contato próximo com um de seus aviões esta manhã. Isso a impressionou.

— Coitadinha. Deve ter sido *tão* aterrorizante.

— *Não foi* — insistiu Marian. — Eu *gostei*. Você está tendo problemas com o motor?

— Não mais do que de costume.

— Entendo de motores. Eu que cuido do carro de Wallace, não é mesmo, Wallace?

— É, sim — disse Wallace à mulher. — Marian praticamente nasceu para ser mecânica.

— *Que coisa!*

A figura adormecida embaixo da outra aeronave se mexeu. Um braço bronzeado se esticou, expondo seu rosto, e um homem saiu de debaixo da asa e esticou as costas. Era esbelto, robusto e bigodudo e, ao atravessar a grama, andava vagarosamente, com as pernas arqueadas, indiferente à maneira como colocava o chapéu bem para trás na cabeça com uma das mãos ao mesmo tempo em que sacudia a grama da roupa com a outra.

— Felix — disse a mulher —, esta é a pobre garotinha montada a cavalo que você quase passou por cima.

— Você! — Ele parou com as mãos nos quadris. — Você é um obstáculo não identificado.

— Sinto muito.

— Está tudo bem. Eu poderia lembrar de não ficar me exibindo, se é que se pode falar isso quando ninguém está olhando. O que você estava fazendo lá tão cedo?

Wallace encarou Marian com interesse, como se nunca tivesse lhe ocorrido perguntar a ela.

— Apenas subo lá às vezes, para dar uma olhada.

— Justo. — O homem cumprimentou Wallace. — Felix Brayfogle. — Com um gesto, ele indicou a escada. — Minha esposa, Trixie. Os Brayfogles Voadores. — Felix apertou a mão de Marian em seguida, mas não a soltou conforme o esperado. Ele a encarou com um olhar duro. — Nada de falta de entusiasmo. Continue. Aperte firme. Você não vai me quebrar.

Marian apertou o mais forte que pôde, forçando seu pulso.

— Melhor assim. Quebrou um ou dois ossos. Então você gosta de motores? Quer ver este daqui?

— Querido — interrompeu-o Trixie —, estou meio ocupada aqui em cima, e só temos uma escada.

— Para cada problema existe uma solução — disse Felix. Ele conduziu Marian até a asa e a empurrou para cima do acabamento envernizado. — Suba nos meus ombros.

— Felix, faça-me o favor — queixou-se Trixie em voz alta e irritada.

— Vá em frente — falou à Marian. Ela se sentou na ponta da asa e subiu nos ombros de Felix. Sem saber onde colocar as mãos, agarrou a cabeça dele.

— Não sou muito grande?

— Nada, você é magricela e pequenina. — Felix a levou alguns passos até o nariz do avião. — Pronto, dê uma boa olhada. Mas tenha cuidado com meu cabelo, preciso dele.

O que Marian viu era como o motor de um carro, porém ainda mais admirável. Ela examinou os caminhos de combustível e água, percebeu as válvulas, hastes e parafusos ao mesmo tempo em que evitava cuidadosamente o olhar fixo e maléfico de Trixie, através do nó de metal. As lâminas da hélice de madeira lustrosa foram elegantemente inclinadas para segurar e direcionar o ar.

— É um Curtiss OX-5 — disse Felix entre seus joelhos. — Parece bom, mas vaza como uma peneira e consome muito combustível. Conseguiu dar uma boa olhada?

— Sim, obrigada — respondeu Marian, embora quisesse ver mais.

Felix a sentou na asa novamente e se virou para agarrar sua cintura e levantá-la.

— Viu — falou, dirigindo-se a Wallace —, por um acaso você não conhece algum lugar perto daqui que não nos passe a perna no combustível?

Marian se aproximou ainda mais da carenagem, estendendo a mão para acariciar o metal como se fosse um cavalo, e Wallace, observando-a, respondeu a Felix que o levaria a um bom posto de serviços se quisesse e depois voltaria com o combustível. Neste ínterim, Wallace poderia lhe mostrar alguns pontos na cidade, para colocar avisos anunciando o show aéreo e os passeios.

— E, apenas uma ideia, sinta-se à vontade para recusar, mas, se está procurando um lugar para ficar, ficaria feliz em hospedá-lo esta noite.

— Ora, isso seria ótimo — disse Felix.

— E você levaria Marian e o irmão para passear amanhã?

— Sem dúvidas.

— E você, tio Wallace? — gritou Trixie lá de cima. — Não quer passear de avião também?

Para Marian, a presença dos pilotos *barnstormers* transformou a casa. Por um lado, sentiu-se mortinha da silva de vergonha por conta do péssimo estado de conservação da casa, porque presumiu que os pilotos deviam estar acostumados com as melhores coisas da vida. Por outro, agora que Felix estava lá, ela parecia encasquetada com um rol de possibilidades radiantes. Ele também se transformava em um animal ferino? Será que o rosto dele se contorcia e ele rosnava enquanto agarrava Trixie? Havia segurado o cabelo de Felix entre os dedos, sentido os ombros dele embaixo de suas coxas. *Você é magricela e pequenina*. Então, ela era isso? Pensar nele a deixava trêmula, agitada. Marian logo o arrastou para lhe mostrar o carro de Wallace, levantou o capô a fim de revelar os ajustes e consertos que ela elaborou no motor. Ele foi gentil com ela por um instante e pareceu verdadeiramente impressionado por seu conhecimento do carro. Gostava do bigode dele e de sua cintura elegante, vestida em calças com cinto. Enquanto Felix tomava banho, ela passava pelo banheiro mais do que precisava, parando às vezes para pressionar o ouvido contra a porta, ouvir seus ocasionais respingos sucintos.

Claro que, naquele exato momento, Trixie apareceu. Ela usava um vestido azul da cor do céu, amassado, mais parecido com um saco, que deve ter saído da minúscula mala que era sua única bagagem. Ela avistou Marian e parou, seu sorriso era retraído e azedo. O cabelo, sem a bandana e úmido do banho, tinha o corte bob da moda da época, mas não combinava com seu rosto alongado. Usava um batom vermelho-escuro, quase roxo, e tinha delineado os olhos e marcado as sobrancelhas a lápis. Nada disso combinava com ela. Para Marian, quando ela tirou a roupa de mecânica, a imagem de Trixie foi desvirtuada.

— Se eu não a conhecesse, acharia que estava bisbilhotando — disse Trixie.

— Não tinha certeza se havia alguém lá dentro.

Trixie ergueu as sobrancelhas, contraindo os lábios roxos.

— A curiosidade matou o gato.

Nenhuma delas poderia explicar a hostilidade entre as duas. Marian suportou a investida espinhosa sem pestanejar, ficando com as costas contra a porta do banheiro (um tímido respingo, uma tosse baixinha) até que Trixie jogou o cabelo para trás e seguiu seu caminho.

Tirando Jamie, que comeu batata assada, todos comeram o guisado de veado de Berit no jantar.

— Você não gosta de guisado? — perguntou Trixie a Jamie.

— Ele não come carne — disse Marian.

— Ele também não tenha dentes — falou Caleb, que apareceu sem aviso prévio e sem ser convidado, como sempre. — Só tem gengiva dentro da boca dele. Por isso, só come batata. Ele engole elas sem mastigar. — A mãe de Caleb costumava gastar todo o seu dinheiro em bebida, e, quando ele não estava a fim de se defender sozinho, aparecia para comer nos Graves. Berit o repreendia, mas também protegia, alimentava-o com cubos de açúcar, frutas descascadas, colheradas de geleia. Afagava seus longos cabelos quando achava que ninguém estava olhando, a luminosidade obsidiana dos fios dele despertava alguma coisa inusitada em sua metódica alma escandinava.

— Ele não tem dentes — corrigiu Wallace. Ele só era severo quando se tratava do uso correto da linguagem.

— Não tem? — perguntou Trixie.

— Jamie tem dentes perfeitos — respondeu Wallace. — Caleb tem um senso de humor bizarro.

Trixie dirigiu um olhar ameaçador para Caleb e se voltou para Jamie:

— Nada de carne? Por que não?

— Carne não combina comigo — respondeu Jamie.

— Ele quer dizer que não combina espiritualmente com ele — explicou Wallace. — Matar animais para comer.

— Por que todo mundo fala em nome do bondoso menino? Ele parece ter língua, além de dentes. — Para Jamie, Trixie disse: — Você é muito gentil. Uma alma meiga.

Jamie, morto de vergonha, manteve os olhos na batata. Caleb riu.

Wallace afirmou ter ouvido no rádio que o jovem piloto Charles Lindbergh havia deixado Nova York pela manhã e fora visto sobrevoando Newfoundland, província canadense, à tarde, tentando ser o primeiro a atravessar o Oceano Atlântico, sem escalas.

— Dizem que ele está em algum lugar do oceano agora.

— Sobre o oceano, caso tenha sorte — disse Trixie. — Ou dentro do oceano, se a sorte o abandonar. — Ela sorriu de forma maliciosa, como se tivesse feito uma piada engraçada.

— Se ele fosse mais velho — disse Felix —, diria que é um suicida, mas, como é um garoto, digo que é realmente estúpido. As probabilidades de sucesso são pouquíssimas.

Marian tentava imaginar o mar, porém não conseguia. Pensava no azul do mapa, nas histórias dos livros de seu pai, mas a vastidão do oceano lhe escapava.

A sala de jantar tinha um papel de parede aveludado e uma mesa retangular com cadeiras que não combinavam. Um tipo de cristaleira que normalmente ostentaria prata ou cristal continha o excesso das coleções de rochas e ossos de Marian e Jamie. De uma garrafa simples de meio litro, Wallace serviu algo âmbar para Felix e Trixie (*moonshine* batizado com açúcar mascavo, mas, se quisessem pensar que aquilo era uísque, poderiam ficar à vontade).

— Como você aprendeu a voar? — perguntou Marian a Felix, cujo cabelo ainda estava úmido do banho. Ele vestia roupas grandes demais que pertenciam a Wallace, porque as dele foram lavadas por Berit e estavam secando no varal junto às de Trixie.

— Na França — respondeu. — Na guerra. Eu queria voar, e os franceses estavam dispostos a aceitar voluntários estadunidenses e treiná-los.

— Eu gostaria de ver uma guerra — falou Caleb.

Felix encarou Caleb, e parecia que uma longa distância estava percorrendo os dois, como se Felix estivesse deslizando para longe da mesa, recuando para outro lugar.

— Felix não gosta de falar sobre a guerra — comentou Trixie.

Felix aparentemente voltou ao normal.

— Eu decido sobre o que quero falar, obrigado.

Segundo Felix, seu treinamento foi no Sul, próximo à cidade francesa de Pau, nos Pirineus Atlânticos. Uma vez treinado, fora enviado para se juntar a um esquadrão de outros estadunidenses em Luxeuil-les-Bains, onde foram colocados em uma casa espaçosa, perto de uma instância hidromineral. Quando o tempo estava ruim, tomavam banhos quentes ou jogavam cartas e bebiam. Quando o céu estava limpo, partiam com o intuito de fazer reconhecimento ou procurar balões de observação, gigantes cinzas de hidrogênio que flutuavam acima do fronte.

— O melhor jeito de acabar com eles era voar bem de perto e lançar uma bomba incendiária de nossas pistolas — falou —, mas você podia explodir junto com eles quando iam para os ares.

O piloto havia presenciado homens sendo explodidos, mortos a tiros, pendurados em arame farpado, para que os ratos roessem seus corpos. Homens feridos se rastejando. Para onde pensavam que estavam indo? Eles rastejavam, para fugir da dor. Os homens podiam morrer de mais formas do que ele imaginava.

Uma vez, um cavalo sem ninguém correu para o hangar em seu aeródromo, sabe-se lá de onde, pavorosamente queimado, talvez tenha confundido o hangar com um celeiro. Eles atiraram na pobre criatura, para acabar com seu sofrimento.

— Certa vez, eu estava atirando em um alemão, e o motor pegou fogo, então ele subiu na asa e saltou. Ele estava vestindo um enorme casaco de pele marrom e parecia um urso despencando do céu. Não tinha paraquedas. Simplesmente decidiu que preferia cair do que morrer queimado. Acho que eu faria a mesma coisa. O avião voou um pouco sem ele, pegou fogo e, logo depois, destruiu-se. — Discretamente, Wallace voltou a encher o copo de Felix. — Mesmo assim — continuou Felix, levantando-se —, eu preferiria passar por tudo isso de novo do que me meter onde Lindbergh se meteu.

Os Brayfogles escolheram a choupana e a cama de solteiro em vez das camas nas varandas. Depois do jantar, Caleb saiu noite adentro, e Jamie e Marian foram mandados escada acima, para desaparecerem. Eles se ajoelharam na cama de Marian, uma cachorra *coonhound* castanho-avermelhada dormia aos seus pés, e ficaram observando pela janela Felix se sentar na cerca de Fiddler e fumar um cigarro na penumbra da noite. Quando o animal se aproximou, o homem estendeu a mão e acariciou a bochecha do velho cavalo.

— Imagine só ter um avião e ir para onde quiser — falou Marian.

— Por que ele nos contou sobre aquele cavalo que se queimou? — perguntou Jamie.

Em geral, a presença de Jamie dava à Marian uma sensação de harmonia e retidão, de tudo estar devidamente equilibrado. Sem o irmão, ela era como uma canoa muito delicada, à mercê da corrente. Ele era o mais calmo, menos impulsivo. O contraponto. Jamie não era exatamente parte dela, mas também não era uma pessoa diferente, não como Wallace, Caleb, Berit ou qualquer outra.

Porém, naquele momento, ela queria impacientemente se afastar. Não queria pensar no cavalo queimado, apenas em Felix.

— Você não pode fazer nada sobre o cavalo. Não pense mais nisso.

— Sabe — disse o irmão com veemência —, às vezes eu gostaria que as pessoas não existissem? Gostaria mesmo.

— Pessoas também morreram — falou Marian. Ela acariciou a cachorra adormecida, que se mexeu e se desenrolou ao seu lado, levantando uma perninha, para mostrar a barriga. — Milhares ainda, *né*?

— É, mas os cavalos não entendem nada disso.

Para Jamie, havia pouco consolo em observar seu próprio cavalo parado do lado de fora em uma noite agradável, levando uma vida confortável, pois podia imaginar de forma vívida o pânico e a confusão de Fiddler se o animal pegasse fogo, se fugisse da dor, sem conseguir escapar.

Marian, ainda encarando Felix, comentou:

— Me pergunto por que ele se casou com ela. Ela não é muito simpática.

— Nem ligo, nunca mais vamos ver eles mesmo — falou Jamie.

O mundo fora da janela — o celeiro limpo e a choupana, o céu opalino — parecia uma ilusão para Jamie, um pérfido véu sob o qual fervilhavam o sofrimento e a morte. Coisa que Marian não enxergava como ele, visto que a irmã somente apoiou o queixo na mão, no parapeito, encarando um estranho iluminado pela Lua cheia e sonhando em voar para longe de casa, onde estavam seguros, juntos, e aquilo o fez se sentir absurdamente sozinho.

Jamie lhe deu boa noite e foi para o seu quarto, seguido pela *coonhound*. A cachorrinha pulou na cama, andou em círculos e se acomodou. Tudo naquele animal suscitava o amor: suas orelhas compridas e macias, a pelagem negra se misturava com a avermelhada de seus flancos, a forma como ela esticava a ponta da cauda de maneira confortável sobre o focinho. Jamie não conseguia aceitar a magnitude do sofrimento no mundo. Esse sentimento lhe inflamava uma onda de calor e dormência, o coração acelerado batia descompassadamente, e sua mente ficava desorientada — uma sensação ínfima e ao mesmo tempo insuportável. A única maneira de viver era ignorar a dor, porém, mesmo quando desviava os pensamentos, Jamie ainda tinha consciência de tudo, como quem vive em uma cidadezinha, próximo a uma barragem, e está ciente de que ela pode se romper e causar um dilúvio a qualquer momento.

Tentando se acalmar, ele tirou o caderno de desenho de debaixo do travesseiro, sentou-se de pernas cruzadas e começou a desenhar a cachorrinha.

Marian se deitou na cama, contudo, não estava pronta para dormir. Pensava em Felix e revirava sua coleção de memórias do dia: os antebraços bronzeados e mãos calejadas, o cheiro de sabonete depois do banho, os ombros debaixo de suas coxas. Sentiu uma pressão entre as pernas. Ela apertou a palma da mão bem onde a sentia, levando um susto, já que uma centelha de faíscas explodiu dentro de si, como se um dente-de-leão tivesse sido soprado.

Lá embaixo, ouviam-se vozes fracas. Marian deslizou para fora das cobertas, contornou a porta e serpenteou ao longo do corrimão, para evitar os lugares da escada que rangiam. Wallace e Trixie estavam sentados na varanda, mais adiante da luz amarela da cozinha. Marian se agachou perto de uma janela aberta.

— De onde vieram todas as coisas daquela choupana? — perguntava Trixie. — Felix ficou bastante intrigado.

— Essas coisas pertenciam ao meu irmão — respondeu Wallace.

— Devo concluir que ele era algum tipo de explorador?

— De certa forma, sim.

— Ele morreu?

— Não sei. Acho que não. Marian gosta de ir até lá, para ler.

— Ela tem uma queda por Felix — falou Trixie. — Tão meiga. Fofo, até. Embora eu receie que ela pense que somos rivais.

— Ela não tem mãe. Não sabe se comportar perto das mulheres.

— As mulheres caem matando em cima do Felix. Sua sobrinha não é exceção. Fico exausta tentando afugentá-las.

— Ele me pareceu fiel na medida certa, não que eu saiba de alguma coisa.

— Imagino que sim, na *medida certa*. — Ela acendeu um fósforo e soltou uma baforada de fumaça. — Me diz, deve ter sido esquisito despejarem duas crianças na sua casa, do nada. Há quanto tempo você vive com eles?

— Desde que eram bebês.

— Você é uma pessoa boa por tê-los acolhido.

— Não sou. Acolhi por dever. Se eu fosse bom, eu teria… Não sei. Não sei o que teria feito. Prestar mais atenção neles. Ser melhor.

— Eu os teria deixado na escadaria da igreja. Em uma cesta de juncos, como Moisés.

— Ah — disse Wallace —, acho que Moisés foi deixado em uma cesta *entre* os juncos.

— Que seja, eu teria encontrado uns juncos.

A pele de Marian formigou como se estivesse queimada de Sol. Ela subiu furtivamente as escadas, fazendo uma série de recriminações a si mesma por nunca antes ter considerado a seriedade da imposição de seu pai sobre Wallace. Como pôde ter sido tão burra? Como não percebeu que Wallace não os queria? Porque Wallace era muito gentil para deixar aquilo transparecer. Ela subiu na cama e olhou para a janela iluminada da choupana. O choro irrompeu, mas ela tentava controlar cada lágrima. Desde que se entendia por gente, planejava partir de Missoula assim que tivesse idade o suficiente, mas, naquele momento, estava mais do que determinada, estava firme como a vela de um veleiro.

De manhã, Wallace levou todos para o campo, e, depois que os Brayfogles calibraram os pneus do trem de pouso dos aviões e completaram a água nos radiadores, os três membros da família Graves observaram Felix da cabine do piloto, junto de Trixie, conduzir suas aeronaves Jennies pelos buracos de texugo na grama. À medida que eles sobrevoavam o centro da cidade, Trixie subiu na asa inferior e se inclinou para fora, agarrando-se aos cabos do cordame e gritando em um megafone com sua melhor voz de animadora de circo: *Os Brayfogles Voadores! Apenas hoje! Especial Lindbergh somente US$4 por viagem! Vamos, subam no avião! Acrobacia com dois! Salto de paraquedas às 14h30!*

Depois que eles voltaram e pousaram, Trixie disse a Marian que entrasse na cabine do avião para um passeio.

— Duas garotas juntas no alto — disse Trixie mais para Wallace do que para Marian, que estava fazendo um péssimo trabalho em disfarçar sua decepção por não voar com Felix. Trixie usava um boné de couro e óculos de proteção, porém Marian estava com a cabeça descoberta, totalmente exposta, como desejava estar.

No momento em que Lindbergh aterrizou, ele já estava há 35 horas e 30 minutos voando e 58 horas sem dormir. Para não cair no sono, o piloto sobrevoava o mar rente o suficiente para sentir a maresia salina no rosto. As ondas ressuscitavam da escuridão como sulcos sendo arados na terra negra de um campo.

Confuso, Lindbergh havia sobrevoado em círculos o Aeroporto de Le Bourget. Os lagos de Paris eram como afluentes amarelos de tão brilhantes e sinuosos, circundando o que deveria ser um caminho de grama deserto, fechado à noite. Avistou carros, é claro. Cem mil pessoas dirigiram até Le Bourget, para vê-lo pousar.

Logo depois que Felix e Trixie concluíram seu show com o audacioso salto de paraquedas de Felix, a notícia da aterrissagem segura de Lindbergh chegou a Missoula. Felix havia pousado e estava recolhendo seu paraquedas quando os sinos da igreja tocaram e as sirenes soaram os alarmes. No aeródromo, a multidão se alvoroçou, murmurando sobre Lindbergh, mas ninguém sabia ao certo até que um homem alcoolizado apareceu em um veículo pequeno, buzinando sem parar e gritando: "Ele pousou! Ele aterrissou em Paris!"

As pessoas se abraçavam, jogando os chapéus e lenços para cima. Na França, a multidão no aeroporto quase desmantelou Lindbergh e sua aeronave por conta da exaltação desvairada. Milhares de pessoas tentavam tocar o homem alto e as asas incrustadas de sal.

Em Missoula, a estrada para o aeródromo ficou tomada de carros e bicicletas e pessoas a pé. Muitas delas queriam passear nos Jennies, tanto que tiveram que chamar o homem do combustível, que veio com o caminhão, para manter os Brayfogles abastecidos até o anoitecer. Todo mundo queria ficar mais perto dos aviões, do céu, queria admirar a cidade lá embaixo e fingir ser Lindbergh (Lindbergh, que teve permissão para dormir, enfim, na residência do embaixador em Paris, já comandava as rédeas de seu futuro duvidoso).

Contudo, antes, de volta àquela manhã, quando Marian estava prestes a subir com Trixie para voar, Lindbergh ainda sobrevoava algum lugar da Inglaterra.

— Desligue — gritou Felix, em pé, na frente do avião.

— Desligado — respondeu Trixie da cabine.

Felix agarrou a hélice e a girou algumas vezes. Ele assumiu uma posição firme e apoiou os pés no chão.

— Contato!

— Contato!

Felix balançou a hélice. À medida que o motor esquentava, ouviram-se alguns breves estouros, sons entrecortados, como quando se embaralham as cartas. Algumas nuvens de fumaça, um cheiro pungente. Em seguida, sacudidas rítmicas: o eixo de manivelas girando. O som das hélices era como uma chamada de corneta militar anunciando o voo. Marian observava pelo para-brisa enquanto as lâminas se tornavam invisíveis. Uma lufada de vento atingiu a cabine. O avião tremeu em seu lugar, querendo alçar voo. Ela apertou com força o largo cinto de segurança sobre suas pernas.

O avião deslizou para frente, ganhou velocidade e lançou-se sobre os barrancos e morros. A frente se inclinou e não sacudiu mais, apenas sobrevoou, a grama virou um borrão. Uma pressão ascendente vinha debaixo das asas. O avião subiu mais. O manche, os manetes de aceleração e os pedais do leme na cabine de Marian (que Trixie a advertira para não tocar) se moviam como se fossem manipulados por um fantasma. A terra desapareceu.

As pessoas e os carros se moviam pelas ruas de Missoula como peças de um jogo indecifrável. Sobre o rio, uma águia-pesqueira voou brevemente ao lado delas, segurando um peixe em suas garras. Descendo o vale, Trixie abruptamente subiu e, sem aviso, executou primeiro um *roll* e depois um *loop*. Ela voou alto, acima das montanhas, e girou a aeronave na altitude. O vale girava ao redor delas; o avião se moveu em torno de seu eixo; os cabos cantarolavam; gotas de água quente do radiador ferroavam o rosto de Marian. Trixie arrancou e subiu mais uma vez, voando mais alto, antes de mergulhar no ar. Marian sabia que deveria estar aterrorizada, que Trixie estava tentando fazer com que renunciasse a seu desejo de voar, mas, enquanto a terra se precipitava de baixo para cima e suas entranhas pressionavam suas costelas e seu corpo contra o assento, ela se sentia livre.

Missoula
Outubro de 1927
Cinco meses depois que os Brayfogles chegaram e partiram

Marian disse a Jamie:

— Preciso que você corte meu cabelo.

Jamie estava deitado em sua cama com um volume de gravuras de Audubon que Marian o proibira de tirar da choupana. Da porta, ela olhou para o livro, mas não fez comentários a respeito. Em uma das mãos, segurava a longa tesoura de Berit. Ela apontou a tesoura para o irmão e pediu:

— Por favor?

— Como vou cortar seu cabelo?

Ela puxou a trança sobre o ombro e, com os dois dedos, fingiu cortá-la na base.

— Desse jeito.

Jamie parecia horrorizado.

— Berit vai matar a gente.

— Mas não conseguiria colar meu cabelo de volta. Eu mesma vou cortar, se for preciso.

— Então corta.

— Você vai cortar melhor. — Marian queria companhia em sua decisão, a garantia de um cúmplice.

— Nunca cortei o cabelo de ninguém.

— Você sabe como deve ser a aparência das coisas.

— Não de cabelo.

— Por favor?

— Não!

Ela esticou a trança com uma das mãos e, com a outra, ergueu a tesoura atrás da cabeça.

— Você não faria — disse Jamie.

Os tendões em seu pulso se sobressaíram ao mesmo tempo em que as lâminas da tesoura mastigavam o cabelo junto ao som triturante. A trança loira caiu na sua mão como um ramalhete de flores sem vida. Marian tocou a nuca mutilada, sentiu um pedaço recém-cortado nas costas com fragmentos longos brotando ao redor como ervas daninhas. O resto caiu em volta das orelhas, em tufos. Ela queria elegância, sentir-se livre, não aquilo. Estampada no rosto de Jamie, a diversão lutava contra o horror.

— Agora você fez — comentou ele.

A raiva tomou conta dela.

— Você não me ajudou! Você deveria ter me ajudado!

Marian correu pelas escadas abaixo, direto para a choupana, impotentemente furiosa. Parecia que Jamie tinha a obrigação de ceder a seus caprichos. O irmão deveria ter reconhecido sua determinação inabalável e feito o que ela pediu. De certo modo, cortou o cabelo com a tesoura para puni-lo por duvidar de que ela iria até o fim.

Na choupana, Marian se sentou na poltrona e acariciou a nuca com ternura. Dificilmente chorava e somente caía no choro quando sabia que ninguém estava por perto (na manhã em que seu pai foi embora, só chorou depois de ir com Fiddler até as Montanhas Rattlesnake), porém, naquele momento, arriscava chorar um pouco antes de passar a mão sob o nariz e levantar-se para acender o fogão à lenha. Sabia que Jamie logo viria para consolá-la, e tudo ficaria bem novamente.

No teto da choupana, estava pendurado um esquadrão de aviões de papelão e de papel de seda. Depois que os Brayfogles partiram, Marian leu tudo que conseguiu sobre pilotos e voos na bela biblioteca Carnegie de tijolos de Missoula. Desde Lindbergh, o país inteiro estava contagiado com a febre da aviação, e, além das colunas de cobertura diária nos jornais, novos periódicos continuavam a surgir. Na parte de trás de uma revista que prometia "Histórias Ousadas Sobre Aeronaves e Voos", ela encontrou instruções e moldes para fazer um modelo de um biplano Standard. Aquele primeiro não ficou muito bom — as asas ficaram tortas e salpicadas com impressões digitais pegajosas; os suportes ficaram envergados —, mas ela montou outro e outro, com a atenção que ansiava dedicar às aeronaves reais, e, após algum tempo, os modelos ficaram perfeitos.

Nas primeiras semanas pós-partida dos Brayfogles, em algum momento, enquanto estava presa à Terra e se lamentando na choupana, perdida em memórias inebriantes do vale girando abaixo, da alta vibração harmônica do cordame do avião, percebeu o fato óbvio de que não conseguiria se tornar tão cedo uma piloto. Ela precisava ser mais velha. Não muito mais velha, porém mais velha que 13 anos. Talvez 14 ou 15 — acreditava que assim teria idade suficiente para que suas intenções não parecessem hilárias. Precisaria também de um professor de voo e de um avião, mas não tinha dúvidas de que isso se concretizaria.

Outra verdade inquestionável lhe ocorreu: se não era capaz de pagar Trixie por um passeio, certamente não seria capaz de pagar pelas aulas adequadas, então começou a procurar por uma renda mais confiável do que aquela vinda de pequenos roubos. Dezesseis anos era a idade para trabalhar de verdade; catorze se você tivesse um certificado de conclusão da escola, coisa que não tinha. Os bibliotecários lhe pagariam dez centavos de dólar por cada carrinho de livros que colocasse nas prateleiras, porém, mesmo com milhares de carrinhos, isso não seria o bastante. Os fazendeiros não contratariam uma garota para colher maçãs ou ordenhar vacas quando havia meninos procurando os mesmos empregos. As oportunidades eram limitadas, mas encontraria um jeito, porque *seria* uma piloto. Não conseguia entender por que os outros não enxergavam o que ela poderia se tornar, que ela não garantiria o próprio futuro usando roupas atraentes ou chamativas. A crença de que um dia voaria se entranhou em seu mundo, apresentou-se como verdade absoluta.

Foi Caleb que veio ao chalé, não Jamie. Ela adormeceu na poltrona e acordou com ele de pé sobre ela, roubando o livro de Audubon debaixo de seu braço. O cabelo dele estava preso em uma trança mais grossa do que a que ela havia cortado. Quando perscrutou a nuca de Marian, Caleb teve um ataque de riso — quase um relincho.

— O que você fez?

— Queria meu cabelo curto.

Temia que ele perguntasse por quê. Explicar seria impossível. Porque caroços doloridos começaram recentemente a deformar seu peito? Porque havia lido em um dos livros de seu pai sobre freiras raspando a cabeça ao entrarem para o noviciado e porque queria se marcar com a seriedade de seu desejo de voar? Porque queria se livrar de tudo, ser aerodinâmica, limpa e veloz?

Caleb não perguntou o porquê. Largou o livro e disse:

— Você estava chorando porque cortou o cabelo ou porque cortou muito mal?

— Eu *não* estava chorando.

Ele sorriu, condescendente.

Ela passou a mão pelo pescoço nu e disse:

— Porque cortei muito mal. — Ficou aliviada ao reconhecer a verdade. — Será que você pode me ajudar?

— Não sei como pode ficar pior. Jamie estava com medo demais para tentar.

Eles forraram o chão com jornal, e Marian se sentou no meio. Com cuidado, devagar, usando um pente e somente as pontas da tesoura, ele começou a cortar.

— Corto o cabelo de Gilda às vezes.

— Corta?

— Só aparo as pontas. Nunca cortei uma bagunça como essa. Qual comprimento você quer?

— Igual dos garotos.

— Eu sou um garoto, e o meu é mais longo do que o seu era antes.

— Você entendeu. Bem curto.

— Tudo bem — disse Caleb, aparando o cabelo de Marian. — Você já se veste como um menino, depois desse corte, as pessoas pensarão que você é realmente um garoto.

— Não faz mal.

— Você não quer ser uma garota?

— Você gostaria de ser uma garota?

— Claro que não.

— Pois é.

— Mas às vezes gostaria de ser completamente branco.

Marian sentiu o metal frio contra o pescoço, o arranhão do pente, o toque sem pressa das pontas dos dedos de Caleb.

— Por que você não corta sua trança, então?

— Ter o cabelo curto não vai me deixar branco.

— Não, mas ter o cabelo comprido faz você parecer mais diferente do que já é.

— Eu não sou nunca... Eu nunca vou ser completamente branco, então nem adianta. Não me importo com o que as pessoas pensam, e elas devem saber disso.

— Então você se importa com o que as pessoas pensam.

— Não.

— Mas se preocupa que elas saibam que você não se importa com o que pensam.

— Tudo bem, talvez eu me importe um pouco.

Após um instante, Marian falou:

— Talvez eu esteja cortando meu cabelo pelo mesmo motivo que você não corta o seu.

— Talvez.

O silêncio reinou, exceto pelo ruído das lâminas das tesouras. Caleb disse:

— Uma vez, ouvi uma história sobre uma mulher que realmente virou um homem.

— Como assim virou um homem?

— Ela era do povo Kootenai. Um velho de Shacktown me contou. Ele falou que, há cem anos, uma mulher se casou com um homem branco por causa de um acordo entre indígenas e comerciantes, mas se comportou de forma selvagem e foi mandada embora. Ela voltou para seu povo e disse a eles que os homens brancos a haviam transformado em um homem. Depois disso, ela era um homem.

— Você não pode *simplesmente* virar um homem.

— Ela até tomou uma esposa. Também se deu nomes diferentes. O único de que me lembro é *Sitting-in-the-Water-Grizzly* [Urso-Pardo-Sentado-na-Água].

— O que aconteceu depois?

— Ela disse às pessoas que era um profeta. Contrariou muita gente, e, por fim, alguém a matou e arrancou seu coração. — Caleb largou a tesoura e disse: — Você não vai ganhar nenhum concurso de beleza, mas está melhor do que antes.

Ela passou a mão na nuca. Seu cabelo estava mais suave do que antes.

— Não tem nenhum espelho aqui.

— Você não confia em mim?

— Confiaria mais em um espelho — disse, levantando-se e tentando olhar seu reflexo na janela. Tudo que conseguiu distinguir foi uma cabeça pequena, redonda e loira. — Qualquer coisa é melhor do que estava antes.

Caleb ficou repentinamente inquieto, catou o jornal que forrava o chão e o amassou até formar uma bola que jogou no fogão à lenha.

— Não quer saber quanto cobro pelo corte de cabelo?

Marian sentiu um nervosismo bem naquela parte debaixo. Haviam se passado alguns anos desde que eles "jogaram" um daqueles jogos, mas Caleb estava se comportando inquieta e provocadoramente, como costumava agir antes de propor um deles. Jogos de cativeiro, jogos em que as regras envolviam tirar a roupa, tocar.

— Você simplesmente nunca consegue fazer um favor a um amigo?

— Claro que consigo, às vezes. Mas já te fiz muitos favores.

Um cheiro forte emanava do fogão.

— Caleb! — falou Marian — Por que você jogou isso com todo o cabelo dentro do fogão? Cheira mal.

— Então, o preço pelo favor é um beijo.

Beijar nunca fez parte de nenhum de seus jogos. Ela riu, mais chocada do que se Caleb tivesse sugerido que se despisse.

— Não é que eu esteja a fim de você — assumiu Caleb. — Quero praticar para quando eu for beijar uma garota de verdade.

— Muito obrigada!

— Não há de quê. Hora de pagar o favor. — Marian ficou estática, enquanto Caleb soltava um suspiro exagerado e se aproximava dela, destemida e petulantemente, encarando seu rosto. Parecia impossível pressionarem os lábios uns contra os outros, mas aconteceu. Ele os pressionou contra os dela, com força. Marian selou o beijo, apertando os lábios contra os de Caleb, e se afastou. Ele deu um sorriso torto, malicioso.

— Da próxima vez que você quiser cortar o cabelo, terá que beijar melhor do que isso.

— Da próxima vez que eu quiser cortar o cabelo, vou ao cabeleireiro.

— Alguém tem que te ensinar a beijar.

— Não, não tem.

— Não seja medrosa.

— Não sou.

— É, sim. Você está tremendo de medo, posso ver.

Marian se obrigou a parar de tremer.

— Talvez eu simplesmente não queira te beijar.

O sorriso malicioso voltou.

— Não é isso.

Após Caleb ir embora, ela se sentou e acariciou a cabeça. Uma pressão cresceu entre suas pernas. Marian colou a mão lá. Centelhas, penugem como a de um dente-de-leão. Ela *era medrosa*? Não tinha certeza se havia sentido medo ou apenas vergonha. Se tivesse retribuído o beijo de Caleb, deixado a língua dele entrar na sua boca, teria aceitado que queria ser beijada, teria *aceitado*, de modo geral, ser beijada. Mas ela queria ser beijada? Sentiu mais uma vez a pressão. Suspeitava que tinha mais medo de aceitar do que o ato em si.

Passou a mão nos cabelos curtos novamente, sentiu uma pontada de orgulho misturada com a pressão que a apertava como um parafuso sendo posto no lugar. Seu cabelo era uma decisão oficial, não uma aceitação. Todas as coisas deveriam ser decisões, não aceitações. Pressionou a mão no meio de suas pernas, como se montasse um cavalo colina acima, balançando nele. Logo viu que não conseguia movimento o suficiente e foi montar o braço da poltrona, pensando no homem que havia se transformado no animal ferino com o rosto entre as pernas de Gilda, devorando-a, pensou em Felix Brayfogle segurando seus tornozelos, na boca de Caleb, insistindo até esvaziar a mente por completo.

UMA HISTÓRIA INCOMPLETA DE SITTING-IN-THE-WATER-GRIZZLY

1790-1837

Ela nasceu no final do século XVIII, no que um dia seria o estado de Idaho, próximo a um acampamento de inverno do povo nativo Kootenai. Ela basicamente despencou de sua mãe, que andou e se agachou, andou e se agachou a noite toda até sentir a lufada do ar gelado da madrugada que, como uma bofetada, fez com que ela gritasse. Nascia uma garota comum, pelo jeito dela.

A história é um quebra-cabeça em que faltam peças, contraditória, uma miscelânea de fofocas tanto de homens brancos quanto de nativos, quase convertida em mito.

Chegado o momento de se casar, ela tem 13 anos, uma garota encorpada e de temperamento explosivo. Sabe como coletar e preparar comida, como tecer tapetes de junco, como fazer centenas de outras coisas. Porém, nenhum homem a quer como esposa. Rejeitada, faz buracos na canoa de nariz de esturjão do homem de quem mais gosta.

Um grupo de homens brancos está passando nas imediações, o séquito do comerciante e cartógrafo David Thompson, e à noite ela deixa o acampamento e se embrenha pela floresta.

Pela manhã, o criado de Thompson, chamado Boisverd, sai de sua tenda e depara-se com uma garota nativa encarando-o. A princípio, teme que possa ser um fantasma, mas ela cai de joelhos, rastejando pela terra e pelas pedras até ele. Boisverd esperou toda a sua vida por uma mulher que fizesse justamente aquilo.

A nova esposa de Boisverd, a garota que emergiu da floresta, não é um problema no começo. É mais disposta do que nunca a ajudar no acampamento, ávida na cama, ela nunca se cansa. Quando os homens mal conseguem marchar adiante pela floresta, ela corre animadamente por entre as árvores. Aprende inglês rápido e um pouco de francês. Ri quando os homens atiram em animais e erram. Quando eles têm que atravessar um rio, tira a roupa sem se envergonhar e entra na água e se depara descaradamente com os olhos dos homens.

Muitos dos homens de Thompson não têm esposas, e Madame Boisverd se revela generosa e serviçal, forte e incansável. Todas as noites, ouve-se sua risada estridente em uma tenda diferente, embora Boisverd a agrida por isso, ou tente. Ela revida, deixa-o com os olhos roxos e lábios inchados para combinar com os dela.

Ela tem que ir embora, David Thompson diz. Ele receia que Boisverd possa matá-la e não quer qualquer aborrecimento. Ela deve retornar para o seio de seu próprio povo.

Mais uma vez, ela se embrenha na floresta. Não sabe onde seu povo está, exatamente. Demora um pouco para descobrir. Com uma arma que roubou dos homens brancos, caça para comer. Espreitando por entre as árvores, imagina-se como uma guerreira, e uma ideia começa a tomar forma. Mais do que uma ideia — uma verdade, antes despercebida.

No final das contas, quando se reúne novamente ao povo Kootenai, ela declara que os homens brancos têm poderes sobrenaturais e que usaram esses poderes para transformá-la em um homem.

Ela começa a se vestir como um homem. E este homem se dá um novo nome: *Gone-to-the-Spirits* [Ir-para-o-Estado-de-Elevação]. Ele caça e pesca, recusa-se a fazer as tarefas das mulheres. Pega um cavalo e sua arma e se convida para um ataque. Os guerreiros dizem para ele ir embora, mas ele os segue, acampando na escuridão do lado de fora do círculo deles. Na batalha, consegue três cavalos e dois escalpos. Nada mal mesmo.

Um homem quer uma esposa. *Gone-to-the-Spirits* começa a abordar garotas que sabem coletar e preparar comida, como tecer, mas elas não querem saber dele. Ele esbraveja e se enfurece. Alega que os poderes sobrenaturais dos homens brancos foram passados para ele, que todos deveriam pensar com cuidado antes de contrariá-lo, pois sabe-se lá quais castigos poderia invocar.

Existe até uma palavra: *berdache*. Não é perfeita, muito pelo contrário: é uma palavra francesa para catamita. Significa um garoto apadrinhado sexualmente por um homem mais velho, um parceiro passivo, derivada de um emaranhado em espanhol e italiano e de uma antiga palavra persa para escravo. Caçadores, comerciantes e exploradores brancos, desde a época de suas primeiras incursões entre os nativos, depararam-se com pessoas que não eram exatamente homens nem exatamente mulheres. Que nomes dar a elas? Alguma alma deu de ombros e propôs um insulto meio esquecido que sua mãe em Montreal usava para se referir ao seu irmão mais velho. O uso ofensivo da palavra se disseminou, estabelecendo-se.[1]

Gone-to-the-Spirits entra e sai dos diários de comerciantes e exploradores. Oferta profecias aos nativos. Começa como um simples ato de se vangloriar. Afirma a todos que não apenas se transformou de mulher para homem, mas que também tem outros poderes sobrenaturais. Como a profecia.

Vejamos algumas delas.

Por exemplo, alguns gigantes estão chegando. Em breve. Eles inundarão a terra e varrerão todas as tribos. A varíola também está chegando. De novo. A doença vem com os homens brancos. De novo. Mas, por sorte, *Gone-to-the-Spirits* pode realizar rituais de proteção. Pelo preço certo.

Com cautela, as pessoas lhe dão presentes em troca de seus rituais, mas, como não gostam das profecias, também não gostam dele.

Ele se torna mais popular quando começa a profetizar um grande chefe branco que está zangado com os outros homens brancos de menor importância, aqueles que eles já conhecem, porque lhes disse para distribuir seus tesouros, não negociá-los. Ele logo enviará riquezas e presentes como um pedido de desculpas e punirá os outros por sua ganância. Em breve.

Quando conheceu sua esposa, ela estava sentada à beira de um lago. Como não estava realizando nenhum tipo de tarefa, a estranha visão de uma mulher

---

[1] Os colonizadores, desde o século XVI, deparavam-se com papéis de gênero nos povos nativos norte-americanos e canadenses que diferiam essencialmente da sociedade branca europeia. Desse modo, passaram a empregar o termo pejorativo *berdache*. Mais tarde, em 1990, o antropólogo Wesley Thomas criou o termo *two-spirit* [dois-espíritos] em um encontro internacional de gays e lésbicas indígenas em Winnipeg. O termo foi cunhado para diferenciar e distanciar os povos indígenas norte-americanos das primeiras "nações" de povos não nativos. O intuito era desencorajar o uso pejorativo da palavra *berdache*, já que ela suscitava conceitos europeus sobre papéis de gênero completamente divergentes daqueles que existem e existiam entre os diferentes povos nativos [N. da T.].

que não está ocupada o fez pensar que ela não tinha nenhum outro homem. Ele joga pedras na água enquanto conversam. Seu marido a abandonou. Ela está decidindo o que fazer.

Ele pergunta: Você quer um novo marido?

Gone-to-the-Spirits confecciona um falo de couro de búfalo e pensa que pode enganar uma esposa, porém a dele não é tola. Ela é, como ele, barulhenta quando ri, brigona. Na primeira noite, agarra o membro falso de suas mãos, rindo do tamanho ilusório. Antes que ele pudesse detê-la, ela puxou sua camisa, para rir dos seus seios. Ele a segura com força e encontra uma forma de se pressionar e se esfregar contra ela que dê prazer a ambos.

Ela se junta a ele, viajando e profetizando. Conta a alguém sobre o falo de pele de búfalo, e logo todos ficam sabendo. *Gone-to-the-Spirits* suspeita que ela está dormindo com outros homens e bate nela, por mais que ela negue ter se desviado. Ela não quer nada com quem tem um pênis, insiste. Será que não deixou isso claro?

Eles acabam em Astoria, na costa do Oregon.

Em seus diários, os comerciantes astorianos percebem a chegada de marido e mulher, vestidos como nativos das planícies, com mantos de couro, mocassins e perneiras. O marido fala inglês e francês, um bocado de cree e um pouco de algonquino, outras línguas nativas também, porém nenhum dos dialetos costeiros. Ele deixa os astorianos boquiabertos ao desenhar um mapa preciso dos rios e montanhas do Leste. Se algum homem se aproxima de sua esposa, torna-se agressivo, até puxa a faca. Gosta de apostar. E não consegue maneirar na bebida. Aprende os dialetos costeiros.

David Thompson aparece em algum momento. Não posso acreditar, ele diz, surpreso. Se não é a Madame Boisverd.

Os astorianos ficam perplexos, perguntando-se como não viram que ele era "ela". *Gone-to-the-Spirits* estica a mão em direção à faca, mas, na verdade, está satisfeito por ter encontrado este homem branco novamente, por ter a chance de mostrar que não está mais em seu poder.

Julho de 1811. Todo mundo decide subir o Rio Columbia. Thompson está voltando para o Canadá; os astorianos planejam erguer um entreposto comercial no interior; *Gone-to-the-Spirits* oferece seus serviços como guia.

Um dia, enquanto o grupo viaja rio acima, eles encontram quatro homens lhes esperando com sete salmões enormes para negociar. As mandíbulas inferiores dos peixes haviam sido atravessadas por varas que repousavam sobre os ombros dos homens; as caldas arrastavam no chão. É verdade, perguntaram a David Thompson, lançando olhares sombrios para *Gone-to-the-Spirits*, que você está trazendo a varíola? E também que gigantes varrerão nossos acampamentos e aldeias?

Não, diz Thompson. Não, não, não. Certamente não.

Em seu diário, Thompson escreve: *Eu lhes disse para não se alarmarem, pois os homens brancos que chegavam não traziam a varíola, e os nativos eram fortes para viver, e... Tal como era nos dias de seus avós é agora e continuará a ser da mesma forma para seus netos.*

Só que as coisas não seriam nada iguais para os netos dos nativos.

Em algum momento, o grupo se divide. Thompson ruma para o Norte, contando a história do *berdache* enquanto percorre seu caminho — uma anedota garantida, sempre um sucesso. Os astorianos prosseguem para o Leste, *Gone-to-the-Spirits* e a Sra. *Gone-to-the-Spirits* os acompanham. Graças a profecias otimistas, a casa *Gone-to-the-Spirits* prospera e passa a ter 26 cavalos repletos de mercadorias. Uma noite, o casal parte sem uma palavra de despedida e, por um tempo, passa despercebido pelos homens brancos.

Quando reapareceu, *Gone-to-the-Spirits* tinha uma nova esposa, mas havia perdido os 26 cavalos e começa a frequentar o posto comercial Flathead, perto de Missoula. Há relatos dele nos diários dos homens brancos como Bundosh. Ou Bowdash. Ele acompanha grupos Kootenai para negociar peles e conseguir bebidas alcoólicas, o que desperta a atenção para sua pessoa. Por dinheiro, passa a traduzir os idiomas flathead e blackfoot.

Conta-se uma história: *Gone-to-the-Spirits* estava viajando com um bando de guerreiros. Ao atravessar os rios, sempre ficava para trás, e outro homem ficou desconfiado e se escondeu nas árvores, para vê-lo se despir. Acabou vendo que *Gone-to-the-Spirits* tinha seios e nenhum pênis, embora afirmasse ter se transformado completamente em homem. *Gone-to-the-Spirits*, nu, na água, avistou o espião e se agachou, escondendo-se. Mais tarde, quando chegaram ao Lago Pend Oreille, o chefe disse que os guerreiros poderiam escolher novos nomes se quisessem, já que seus ataques não tiveram êxito e eles precisavam de algo para esconder aquele insucesso.

— Serei então *Sitting-in-the-Water-Grizzly* — disse *Gone-to-the-Spirits*, tentando tirar o melhor proveito de uma situação ruim.

— Você pode até se sentar, mas não é um urso — disse o espião. *Sitting-in-the-Water-Grizzly* sacou a faca, porém foi expulso antes que qualquer sangue fosse derramado.

Ele se torna um improvável mensageiro da paz, percorrendo os povos nativos, traduzindo. *Berdaches* são intermediários naturais, nada demais. (Atualmente, são chamados às vezes de dois-espíritos.)

Em 1837, um bando Flathead é cercado por um grupo Blackfeet. *Sitting-in-the-Water-Grizzly* traz uma mensagem enganosa aos Blackfeet, com o intuito de ganhar tempo enquanto o bando Flathead foge.[2]

Quando os guerreiros Blackfoot entendem que foram enganados, eles o apunhalam no estômago.

Outra história: os ferimentos de *Sitting-in-the-Water-Grizzly* continuam cicatrizando como se fossem mágica até que um guerreiro tem a ideia de fazer um corte profundo, tirando um pedaço do coração. Depois disso, quando seu coração não está mais inteiro, os ferimentos param de cicatrizar, e *Sitting-in-the-Water-Grizzly* morre.

— Então ele não tinha poderes — dizem algumas pessoas quando ouvem a história. — Morreu como qualquer outra pessoa morreria. Assim, podemos desconsiderar tudo o que ele disse, porque não sabia mais do que nós.

Mas outras pessoas dizem:

— Ouvi dizer que seu corpo ficou muito tempo na floresta sem se decompor, e nenhum animal ou pássaro o tocou. Isso é estranho, não é? Talvez signifique alguma coisa.

— Talvez — dizem as pessoas. — Pode ser. Quem sabe.

---

[2] Segundo a Indian Country Today, plataforma digital sem fins lucrativos, há uma diferença entre os Blackfeet e os Blackfoot: "Todos os Blackfeet são Blackfoot, mas nem todos os Blackfoot são Blackfeet. Historicamente, a Confederação Blackfoot consistia em quatro grupos. De Norte a Sul, estão os Siksika, ou Blackfoot, ao lado de Kanai, ou Blood, depois temos os Apa'tosee ou Northern Pikuni e, mais ao Sul, estão os Blackfeet Nation de Montana, os Amskapi Pikuni [N. da T.].

GRACE KELLY

QUATRO

Pouco antes de terminarmos, Oliver e eu colocamos nossos chapéus e óculos escuros e saímos no meio do dia, para assistir a um filme de super-heróis, o nono de uma franquia. Ele já tinha visto todos, eu, nenhum. Sentei-me no escuro junto de minhas balas Red Vines até sentir uma dor incômoda em meus dentes de tanto mascá-las, ao mesmo tempo em que assistia a um violento sonho febril com semblantes radiantes, corpos caindo e se levantando, prédios desmoronando, máquinas entrando em colapso e rajadas de fogo. Em algum lugar de um cômodo escuro, havia uma maleta trancada e, dentro dela, um frasco de misteriosa luz branca, e quem quer que botasse as mãos nele seria capaz de salvar ou destruir o mundo.

A fantasia, comentei com Oliver, é que você — você, Dr. Cinéfilo — pode adquirir poderes extraordinários e sequer se dar conta disso, ou pode, de uma hora para outra, transformar-se em alguém ciente desses poderes. Porém, a fantasia também tem a ver com controle. Forças indomáveis se apoderam de destemidos corpos humanos ou são comprimidas em frascos ou transportadas em maletas. O fim de tudo é guardado dentro de uma pequena bola de luz.

— Pois é, acho que sim — disse Oliver. — Mas, principalmente, gosto de como a história continua aumentando. Não basta apenas um universo. É um universo *estendido*. Você nem sabe mais quantos universos podem existir.

Falei que não existia universo estendido algum. Ou era um universo ou não era. Nada poderia ir *além* do infinito.

— É apenas uma maneira de dizer — falou Oliver.

• • •

Fui arrastada para uma reunião humilhante com alguns executivos do estúdio e condenada a almoçar com Gwendolyn, a autora de *Archangel*, para tentar acalmá-la. Vejamos o que faremos daqui por diante, disseram. Os executivos continuavam a se referir de modo ameaçador às decisões futuras que deveriam ser tomadas, e Siobhan fez o possível para defender meu direito a uma vida pessoal, mas nenhum deles se importava. Emburrada, sentei-me, sem dizer uma palavra até que, ao ser perguntada, falei: não, *não* sei onde estava com a cabeça quando me envolvi com Jones, e, não, eu *não achava* que Oliver e eu reataríamos, e, sim, *foi* uma péssima ideia sair da boate pela porta de frente.

Em Hollywood, o almoço é onde os sonhos são idealizados e destruídos; qualquer coisa pode acontecer na hora do almoço; o almoço é o alfa e o ômega, o princípio e o fim. Nos bastidores de cada filme, há uma montanha de atum picante, um oceano de garrafas San Pellegrino de água. Nada de sobremesa para mim, mas você tem um café gelado? Com leite de amêndoa. Obrigada.

Quando cheguei, Gwendolyn já estava sentada. Seu cachorrinho branco e peludo estava sob sua cadeira, vigiando os pés de todos. Como levava o cachorro para todos os lugares, Gwendolyn sempre escolhia restaurantes com terraços, e esse em particular ficava em um arborizado de um hotel, com guarda-sóis castanho-avermelhados angulados que mais pareciam velas de um navio pirata. Sem esboçar um sorriso, ela observou enquanto eu me aproximava, com as mãos cruzadas no colo, seu salto plataforma mal tocava o chão. Gwendolyn tem 1,50m de altura, no máximo, e eu me sinto como uma cortesã que conseguiu uma audiência com alguma rainha mirim cruel.

A onda de entusiasmo que me seguiu pelo terraço deve ter incomodado Gwendolyn, ainda que todos estivessem falando sobre como eu era vagabunda e só tentassem tirar disfarçadamente uma foto minha.

— Oieee, Gwendolyn — cumprimentei com uma voz lenta e chapada. — Ei, cãozinho — falei para o cachorro, seus olhos negros queimando de exaltação e ansiedade.

Em geral, Gwendolyn faria um grande estardalhaço, levantaria e envolveria seus bracinhos em volta dos meus ombros, colocaria as mãos na cintura a uma distância quase quilométrica enquanto eu me curvaria para cumprimentá-la desajeitadamente e ela diria algo como "Vejam minha belíssima menina". Como estava na casa dos 40 anos, não sei por que sempre falava comigo como se fosse a minha avó.

Desta vez, no entanto, ela ficou sentada lá e me encarou como se fosse a Medusa, tentando me transformar em pedra. Ou talvez não pudesse mover o rosto. Ela está começando a fazer cirurgias plásticas. Em vinte anos, terá a pele toda inchada e os olhos saltados para fora.

— Eu já entendi, ok? — falei em resposta ao seu silêncio enquanto me jogava na cadeira. — Tudo. — O garçom estava em cima de mim, ajeitando meu guardanapo no colo, entregando-me a carta de vinhos e mostrando-me todas as opções de água.

O cachorro de Gwendolyn soltou um latido, e ela arrastou a cabeça minúscula dele para o seu colo, dizendo:

— Ele acha que é grande.

Toda pessoa que tem um cachorrinho faz exatamente a mesma piada, igualzinha, toda vez.

— Deve ser difícil ser tão idiota assim — falei e pedi uma vodca soda.

— Acho que alguém andou ocupada, não? — disse Gwendolyn quando o garçom saiu.

— Eu? — Fiquei emburrada e considerei, tipo, o que estava acontecendo comigo? — Na verdade, não. Estou basicamente em prisão domiciliar. Oliver sempre disse que eu deveria ter uma pista de boliche subterrânea, e, agora, eu gostaria mesmo de ter uma.

— Não espere que eu sinta pena de você.

Um fato relevante sobre Gwendolyn: ela começou a escrever a série de livros *Archangel* porque sonhou com o Arcanjo Gabriel, uma baita fantasia sexual idiota, e apaixonou-se por ele. Gwendolyn trabalhava no turno da noite, em algum *resort* onde as pessoas fazem conferências sobre dispositivos médicos e softwares de administração. Passava a maior parte do tempo sentada atrás de uma mesa, lendo livros enormes sobre dragões e bruxos sensuais. Acabou criando um mundo mágico e distópico pseudorrusso e criava para si mesma histórias sobre um amor adolescente proibido. Então, um belo dia, ligou o foda-se e começou a colocar tudo no papel. Em termos financeiros, foi uma boa decisão.

Outro fato relevante: assim como todas as mulheres enlouquecidas pela franquia, Gwendolyn confundiu Oliver, o ator, com Gabriel, o personagem, e apaixonou-se por ele. Ela ficava toda alvoroçada, iluminava-se mais do que fogos de artifício quando Oliver estava por perto, borbulhava como champanhe, imprevisível e macabra, flertando de modo incansável e repulsivamente maternal. Acho que pensou que, só porque Oliver havia se casado com uma mulher mais velha, ela teria uma chance. Mas a ex-esposa de Oliver era descoladíssima e estilosa, como David Bowie ou Charlotte Gainsbourg, pessoas acima de qualquer idade. Além do mais, Oliver era um adolescente quando conheceu sua ex, romântico e suscetível, e agora era uma estrela de cinema que passava o tempo com outras estrelas de cinema e que traía estrelas de cinema com modelos e cantoras e, provavelmente, pessoas normais e aleatórias também.

— Vou ser honesta — disse Gwendolyn. — Estou profundamente preocupada com a maneira como você está representando a franquia *Archangel.*

— Não faço ideia do que você quer dizer.

— Me poupe, Hadley — disse ela com uma voz grave e áspera que eu nunca tinha ouvido antes, como se estivesse prestes a se transformar em um monstro.

— Eu só… — De repente, eu estava cansada demais para continuar provocando Gwendolyn. — Eu tinha 18 anos quando fui escalada para o filme. Não sabia no que estava me metendo.

— Ah, claro, como você poderia prever que se tornaria extremamente rica e famosa só porque fez o teste para uma franquia de filmes, adaptação de uma série de livros *bestsellers* que vendem como água no deserto? Como você poderia ter previsto uma coisa dessa?

— Eu sei, mas não é como ser uma celebridade normal, é como um tsunami de fama crescente.

— Não acho que você deva fazer pouco caso dos tsunamis de fama — disse ela.

O garçom se materializou com a minha vodca soda, todo animado e profissional, como se não tivesse percebido o quão tensas estávamos, como se não tivesse esperado o momento mais estranho possível para aparecer.

— Vocês querem fazer o pedido?

— *Cheeseburger*, sem pão — pedi.

— Batata frita ou salada?

— Cara, se eu fosse comer batata frita, não pediria o *cheeseburger* sem pão.

Ele contraiu os lábios e registrou alguma coisa em seu tablet.

— Salada de atum, sem *wontons*, e molho à parte — pediu Gwendolyn, empurrando o cardápio de volta para o garçom. Quando ele se foi, disse: — Acha que não sei o quanto a fama é complicada? Tenho um guarda-costas o dia inteiro na minha casa. As pessoas simplesmente aparecem do nada, exigindo dinheiro. Tenho sofrido *muita* pressão para escrever.

— Não é a mesma coisa que Oliver e eu. As pessoas não compram revistas porque você está na capa. Ninguém tira uma foto sua quando você abastece o carro. Ninguém quer hackear seu celular porque você tem fotos nuas. Seja como for, você não sofre *esse tipo* de pressão para escrever. Apenas pare. Pare com isso.

— Meus leitores querem mais. Faço isso por eles.

— Ah, fala sério.

— Você não seria nada sem mim. — O cachorro dela, cuja cabeça Gwendolyn acariciava com tanta força até o branco dos olhos dele aparecerem, começou a ganir. — Seria um rosto em uma lancheira que ninguém compraria, nem em um brechó. Não passaria de uma garota morta em *CSI*. Uma perdedora trocando sexo oral por fotos autopromocionais. Eu criei um universo inteiro. Inventei uma história que vale bilhões de dólares. O que você já fez? O que você *criou* na sua vida?

Antes disso, eu não havia decidido o que faria, se apaziguaria as coisas ou alimentaria a fogueira com gasolina, mas, naquele instante, tive um momento de clareza. Inclinei-me para frente.

— Sempre que alguém lê os seus livros ou mesmo menciona uma das suas obras, sabe qual a primeira pessoa que vem à mente dos leitores? Eu.

Eu não sabia que uma mulher tão pequena pudesse emanar tanta fúria. Era palpável. Ela soltava fogo pelas ventas. Gwendolyn era como uma cápsula espacial reentrando na atmosfera.

— Ok — anunciou o garçom, de pé. — Salada de atum e *cheeseburger*. Sem *wontons*, sem molho, sem pão, sem batata frita. — Ele serviu os pratos. — Mais alguma coisa que eu possa fazer pelas senhoritas?

— Não, obrigada. — Dei o meu melhor sorriso de Celebridade-Sendo-Amável. Quando ele saiu, levantei-me. — Tem sido uma interação agradável e profissional, mas tenho que ir. — Ela me olhou de cima, sem saber como transparecer melhor toda a sua fúria. Tirei do bolso um pendrive e o coloquei sobre a mesa. — Uma lembrancinha para você.

CINCO

É mais ou menos isso que você está pensando. Oliver e eu gravamos algumas cenas quentes no celular. Tem a gente desfocado, acotovelando-se, *close* de narinas, axilas e papadas, e, em certo momento, o celular caiu da cama. Não são as melhores imagens gravadas do nosso universo estendido. Lembro-me de que Oliver fez uma pausa, durante a qual fiquei esperando até que ele fizesse outro *close* do pau dele, como se ele fosse o Hitchcock, e o pau dele, a Grace Kelly. Eu queria excluir o vídeo assim que terminássemos, mas Oliver não deixou.

— Sou sentimental — disse ele. Assim, fizemos duas cópias em *drives* USB seguros, sem possibilidade de hackear.

— Destruição mútua garantida — falei, embora nem pensasse em divulgar aquilo.

Na noite anterior ao meu almoço com Gwendolyn, assisti ao vídeo antes de fazer a cópia. Talvez eu estivesse um pouco bêbada, porque depois liguei para Oliver, mas ele não atendeu. Achei que deveria sair, mas não conseguia pensar em lugar algum. Achei que deveria transar com alguém, mas a única pessoa com quem queria transar era Alexei, e isso não aconteceria de jeito nenhum.

— Este não é quem eu sou — disse-me ele quando botou um fim no nosso breve caso. — Eu não faço isso.

— Sinto dizer — falei —, mas você já fez.

Eu sabia que Alexei era um excelente agente, uma avalanche, uma máquina de ganhar de dinheiro, mas também um *homem de família*. Alexei a escolheu, sua esposa, e as crianças, o filho e as duas filhas. Digo isso como se fosse algo estarrecedor, porém, só transamos duas vezes. Uma vez na Nova Zelândia e outra vez em L.A. O que eu esperava? Que ele desistisse da família por causa de mim? Que se metesse em um escândalo de grandes proporções? Que engatasse um relacionamento com uma garota que sequer havia concluído a faculdade? Será que eu queria mesmo que ele fizesse isso?

— Você não entende — falou Alexei. — Eu não tenho o benefício da dúvida. Nunca tive. Se nosso envolvimento vazar, vou sofrer campanhas difamatórias inimagináveis. E vai ser infinitamente pior, porque não sou branco.

— Você está preocupado com o que as outras pessoas pensam? — perguntei.

Ele me encarou como se eu tivesse falado grego.

— Sim — respondeu.

Nosso lance começou quando eu estava gravando o segundo filme da franquia *Archangel*, na Nova Zelândia, lugar onde era a colônia menos congelada de Archangel, Murjansk. Alexei tinha vindo para ver como as coisas estavam com Oliver, mas Oliver lhe disse para ir se divertir em vez de ficar no set. Oliver disse que eu deveria ir também, já que era o meu dia de folga. Aproveite bastante, disse-me. Alexei sugeriu que visitássemos um sistema de cavernas onde você veste uma roupa de neoprene e flutua em uma boia, um lugar totalmente escuro, exceto por larvas que emitem uma luz azul, chamadas pirilampos. Elas vivem no teto e nas paredes das cavernas. Suas caudas brilham como estrelas e atraem moscas e mosquitos quando eclodem. Os pobres insetos pensam que estão voando noite afora quando, na verdade, estão somente indo em direção à morte.

Na escuridão, minha boia bateu de leve contra a de Alexei, e agarrei seu braço frio vestido de neoprene, como um barco se atraca ao outro. Os únicos sons que ouvíamos eram o gotejamento e o marulhar dos respingos, o farfalhar da água cristalina, a nossa respiração ecoando pacificamente. A água negra refletia os milhares de pontos luminosos daquelas criaturas. Giramos lentamente. Fechei os olhos e, quando os abri, senti como se estivesse encarando o centro do mundo. Meus olhos doíam, e a pele de meu rosto estava rígida de tanto olhar.

— Você sentiu? — perguntou-me Alexei mais tarde, quando estávamos no carro, voltando para o hotel. — Você sentiu que estar naquela caverna ou no espaço sideral era a mesma coisa? Como se a diferença entre estar em um ou em outro simplesmente não importasse?

Virei-me para ele, animada, com medo de que minha animação me fizesse parecer infantil. Contudo, seu rosto refletia de volta meu próprio entusiasmo, minha autoconsciência por estar tão extasiada com uma armadilha para turistas. (Nossas roupas de neoprene, boias e as camisas polo dos funcionários estampavam "Venha Se Aventurar Nas Cavernas de Larvas Brilhantes".) Nossa própria luz tomou conta do carro.

— Exatamente — falei. — Foi exatamente assim que me senti, no céu, embora fosse uma caverna.

Contei a Alexei que, quando criança, achava que as estrelas eram perfurações no céu, meras alfinetadas em algum outro universo circundante feito apenas de luz.

Ele me contou que seu pai gostava de dizer que as estrelas eram lanternas penduradas no passado, a fim de que os perdidos conseguissem encontrar o próprio caminho.

— Ele achava que isso era muito sábio — disse Alexei.

Naquela noite, chegamos atrasados para jantar com Oliver, porque estávamos na cama. Porém, não estávamos transando quando perdemos a noção do tempo. Quer dizer, transamos, sim, mas ficamos, ali, deitados, batendo papo, empreendendo as primeiras escavações despreocupadas e alegres, quando tudo a respeito de alguém é novo e desconhecido, antes de você recorrer às picaretas e cinzéis, antes de burilar tediosamente as partes vulneráveis e desenterrar as escondidas. Eu queria saber de tudo. Queria contar tudo... Do quarto, sequer percebemos a luz do dia desvanecendo, porque a luz da chama entre nós queimava intensamente.

— Parece que vocês se deram bem — disse Oliver depois, em uma cama diferente do mesmo hotel, acariciando minha barriga, tentando fazer com que me interessasse por sexo, o que funcionou, porque eu ainda estava excitada.

— Ele é um cara legal, o dia foi bem legal.

Ao retornar para L.A., Alexei me perguntou se poderia ir até a minha casa, para me trazer o almoço, e eu me depilei inteira, fiquei agitada, obcecada com o que vestir (shortinhos ou uma camisa de idosa de botão?). Troquei os lençóis, dei a tarde de folga para Augustina, mas, enquanto estávamos sentados à beira da piscina, comendo as refeições saudáveis que ele trouxera de um restaurante fino, Alexei me disse que precisávamos colocar um ponto final naquilo.

— Este não é quem eu sou — falou. — Não costumo fazer isso. Eu tenho uma família

Perguntei-lhe por que ele tinha transado comigo, antes de mais nada.

— A carne é fraca — respondeu-me.

Olhei para o avocado e os grãos de amaranto em minha tigela, para as delicadas flores de buganvílias flutuando na superfície da piscina como barquinhos carmins. Em retrospecto, acho que Alexei pensou que a fraqueza era mais fácil de admitir do que a chama luminosa de nossa caverna particular. Talvez ele já tivesse maquinado qual versão da história sua esposa acharia mais simples de perdoar, caso nos descobrisse: um deslize momentâneo de discernimento ou uma paixonite aguda? Talvez estivesse analisando a versão com a qual preferia conviver. Ou estivesse dizendo a mais pura verdade, e, neste ínterim, eu me esforçava avidamente para encontrar uma constelação de estrelas falsas.

Fiz um gesto impotente.

— Se é assim que você se sente

— Não, não é assim que me sinto, mas é assim que tem que ser.

Naquele momento, eu precisava fazer alguma coisa para tirar de dentro de mim o que eu estava sentindo, então fiquei na frente de Alexei, entre suas pernas.

— Hadley — falou com uma voz resignada, mas segurou a parte de trás das minhas coxas e descansou a testa na minha barriga. Alexei havia tirado o paletó, e seus *dreadlocks* estavam amarrados em um belo arranjo que descia pelas costas, contrastando com a imaculada camisa branca. — Para ser sincero, acho que é porque você é o fruto proibido — murmurou, quase que para si mesmo. — Tudo em você é proibido, me atrai, e, sem isso…

— Eu seria sem graça e repugnante, e não cheia de vida e apetitosa. — Fiquei encarando o canto mais distante do quintal, onde meu paisagista, um *expert* em plantas resistentes à seca, havia plantado pés de *yucca schidigera* de pontas e serrilhadas, muitos pés de agave e de palmeiras que mais pareciam soldados em marcha brandindo suas armas.

— O quanto disso é só desejo? — As mãos de Alexei se moviam entre as minhas pernas.

— Acho que nunca saberemos.

E, assim, essa foi a segunda vez que transamos. Era Alexei a quem eu queria quando dei todo aquele vexame na boate com Jones.

CASA DA VIRTUDE

Missoula
Maio de 1929
Um ano e meio depois de Marian cortar o cabelo

O dia havia esquentado, e predominava uma sensação (meio que um ruído) de degelo logo abaixo do chão, de lento gotejamento da neve. As águas negras do rio, exposto pela metade, fluíam pelas margens estreitas e pálidas.

Porém, à noite, o frio tomou conta da cidade e mais uma vez se intensificou. As nuvens cobriram as montanhas, prometendo mais neve.

Uma caminhonete de entrega cujas placas anunciavam PÃES E BOLOS PADARIA STANLEY sacolejava pelos trilhos ferroviários, longe da cidade. Ao volante, Marian dirigia em velocidade baixa, acompanhando os sulcos congelados e acomodados de neve pelos pneus anteriores, contornando tranquilamente as partes escorregadias. Não podia atolar na neve ou na lama, pois, em geral, não deveria chamar atenção para a inusitada motorista de entrega, que era uma garota de 14 anos, alta como alguns homens, magra, vestida com um macacão, um casaco de pele de carneiro e um cachecol marrom tricotado por Berit. Ela cobria o cabelo cortado com um boné. E, apesar de a polícia ter ganhado o suficiente para não perturbá-la, ser indiscreta não era nada bom. Sim, Marian fazia entrega de pães e bolos, mas, também, outras mercadorias. Sob as capas de tecido rústico das cestas de entrega, com o logotipo do Sr. Stanley, escondiam-se garrafas de bebida alcoólica.

A bebida alcoólica se tornou a solução.

Após cortar o cabelo e ser confundida com um menino (ela basicamente murmurava e ficava sempre de cabeça baixa), os fazendeiros às vezes a contratavam como mão de obra barata, porém colher maçãs e cortar caules de abóbora davam pouco dinheiro. Colocar livros na estante dava menos ainda. As únicas ideias de Marian para ganhar o dinheiro de que precisava (para abrir uma oficina mecânica, por exemplo) não eram o tipo de coisa que uma garota de 14 anos, por mais destemida que fosse, pudesse fazer.

Enquanto estava deitada na varanda, tentando pegar no sono, após um dia de trabalho no campo, queimada de sol e com os braços doloridos, um lampejo de memória lhe ocorreu. Uma vez, Caleb vendeu garrafas vazias para um contrabandista de bebidas alcoólicas no vale. Ganhara o suficiente para ficar comendo doces por semanas, mas o trabalho lhe parecia enfadonho. *Não quero ficar revirando lixo para aquele velho rabugento,* dizia ele. Porém, Marian não se importava em vasculhar o lixo.

O nome do contrabandista era Potshot Norman, supostamente; ela conhecia a choupana dele e o galpão onde mantinha a destilaria. Ao se embrenhar na floresta, Marian sentiu o cheiro de purê. Assim, reuniu toda a coragem que tinha e bateu na porta, que se abriu, revelando cabelos brancos cheios e rebeldes e uma barba ao redor de olhos assustados e observadores.

— Hein? — perguntou, como se Marian já tivesse falado, e ele não tivesse ouvido.

— Você precisa de garrafas, senhor? Posso conseguir elas, se precisar.

Ele assentiu com a cabeça, mordendo os lábios.

— Garrafas são sempre necessárias, não é mesmo?

Uma moeda de dez centavos por galão, uma de cinco por litro e dois centavos e meio por meio litro. Marian se enfiava de modo furtivo nos becos atrás dos bares clandestinos, nas lojas de refrigerante e farmácias, nas imediações do lixão da cidade, nos quintais caóticos dos bêbados. Enchia sacos com garrafas vazias, verdes, âmbar e claras. Algumas ainda estavam com os rótulos. Uísque canadense *premium*. Gim britânico *premium*. A maioria daqueles rótulos era provavelmente falsificada, impressos por contrabandistas, mas alguns eram autênticos, mesmo que a bebida em si fosse batizada com água e álcool de cereais. Potshot, sempre cuidadoso, fervia as garrafas, para remover os rótulos, antes de enchê-las com seu uísque caseiro ilícito de reluzente cor branca. Marian trocava seus sacos de garrafa por notas e moedas. Acabou que Potshot lhe disse que não precisava mais de garrafas por um tempo e a encaminhou para o Sr. Stanley, o padeiro, que, maravilhado, comprava as garrafas que ela tinha.

Certo dia, o Sr. Stanley estava fumando na porta dos fundos de sua padaria enquanto Marian retirava os sacos barulhentos do carro de Wallace. (Pão assando, purê de grãos fermentando — cheiros que podem ser bastante confusos, embora Stanley tivesse outros alambiques clandestinos escondidos pelo vale.) Ele lhe perguntou:

— Gostaria de expandir seus negócios, rapaz?

— Sempre quero expandir meus negócios — respondeu. Tendo uma breve crise de consciência, falou: — Você sabe que não sou um menino, *né*?

— Tem uma menina debaixo desse boné? — Ele se abaixou, para espiar por baixo da aba do boné. Olhos semicerrados, uma nuvem de fumaça, pó de farinha nos antebraços peludos. Marian tinha certeza de que ele estava zombando dela, fingindo que acreditava. — Tudo bem. Então, gostaria de expandir seus negócios, mocinha?

Ao cruzar os trilhos ferroviários, Marian já havia feito entregas em seis casas, um clube de veteranos, dois consultórios médicos e quatro restaurantes. O céu do entardecer havia se curvado à neve não caída. A cada parada, entregava cestas, algumas apenas com bolos e pães, outras somente com bebidas, algumas com ambos. Marian batia nas portas; descia nas adegas; recolhia dinheiro de determinadas casas de pássaro e árvores ocas, entregando e deixando as garrafas de bebida para trás. Stanley não a deixava fazer grandes entregas em bares clandestinos e estalagens de beira de estrada, visto que isso exigia um disfarce mais cauteloso, horários mais imprevisíveis e risco de sequestro. O padeiro preferia que Marian entregasse os pedidos menores. Ela enchia aos poucos a bolsa pendurada em seus ombros com notas e moedas e, após cada rodada, entregava o dinheiro a Stanley, que separava algumas notas para ela, que Marian levava para casa e armazenava em um de seus esconderijos na choupana (livros ocos, uma bolsa abotoada na parte de baixo da poltrona). Stanley não se importava que ela fosse uma garota, pois os outros homens que faziam entregas furtavam bebida e tentavam roubar seu dinheiro. Marian não fazia nada disso.

No verão anterior, ela disse a Wallace que pretendia deixar a escola após seu décimo quarto aniversário. No estúdio, Wallace colocou o pincel de lado e limpou as mãos com um pedaço de trapo.

— Mas por quê, Marian? Tem tanta coisa para aprender — disse Wallace.

— Quero trabalhar. Já comecei a dirigir a caminhonete de entrega do Sr. Stanley.

Wallace se acomodou em uma poltrona, gesticulando para que Marian se sentasse na outra.

— Eu soube.

Wallace não a questionaria sobre o que entregava. Preferia não saber; já sabia de todo jeito. Ela prosseguiu:

— A lei diz que só tenho que terminar a oitava série, e não é justo que você ainda tenha que cuidar de mim e do Jamie quando nem queria a gente. Vou te pagar uma boa grana pela hospedagem e alimentação.

Wallace piscou os olhos como se Marian tivesse batido palmas na frente de seu rosto, despertando-o de um transe.

— Como assim, eu não queria vocês?

— Você já está fazendo uma boa ação. Não escolheu viver desse jeito.

— Isso não é verdade. Marian, você é estimada.

— Você não queria a responsabilidade.

Wallace olhou ao redor para suas pinturas inacabadas, para a bagunça de pincéis e tubos de tinta. Sem consciência, conferiu as horas no relógio, na esperança de se lembrar de um compromisso conflitante.

— E o que você acha que vai fazer sem estudo? Entregas para Stanley pelo resto da vida?

Marian já havia lhe dito mais de mil vezes.

— Vou ser piloto.

Wallace já estava desgostoso com aquilo.

— De novo isso?

— Preciso guardar dinheiro para as aulas de voo, mas vou te pagar US$5 por semana pela hospedagem e pela comida. Se eu não pagar, se não conseguir fazer isso, volto para a escola. — Não mencionara a Wallace que já havia perguntado a todos os pilotos da cidade se lhe dariam aulas, e nenhum tinha topado. Agora, havia um aeródromo de verdade perto do parque de diversão, com alguns pequenos hangares e escritórios e uma bomba de combustível.

Mesmo que nenhum professor quisesse lhe ministrar aulas, Marian sabia que o seu chegaria. Ela sabia.

Notou que a promessa de US$5 por semana despertara o interesse de Wallace, mas ele não parava de repetir:

— Uma piloto. — Ele pensou por um instante. Suas mãos estavam salpicadas de tinta e repousavam sobre os joelhos. — Sei que você gosta de aviões, só que, Marian, não querendo ser indelicado, mesmo que você aprenda a voar... Para quê? Você quer ser como a Trixie dos Brayfogles, vivendo com uma mão na frente e outra atrás? Quer envelhecer sem casa, sem filhos, a Deus-dará? O elegante marido dela, se eles realmente forem casados, coisa que duvido, vai abandonar ela em algum momento, e o que será dela? Qual você acha que é o destino de uma mulher assim?

— Tenho que ser uma piloto. Serei uma quer eu vá para a escola ou não.

— Então, pelo menos, frequente a escola.

— Você fugiu para ser artista, mesmo que não fosse viável.

— No meu caso foi diferente.

— Por que seria?

— Não seja obtusa, Marian. Porque sou homem.

— Não se preocupe comigo. Você nunca se preocupou. Não precisa começar agora.

Wallace estava encarando uma de suas telas: uma encosta de relva amarelada, uma faixa de nuvens.

— Se você e Jamie não tivessem vindo... — Ele se calou e começou de novo: — Às vezes, talvez eu deseje ser totalmente livre e desimpedido, mas, se fosse, nem sei o que seria de mim. Estou tentando te dizer que acho que foi bom vocês terem vindo, que eu tinha que ser responsável por alguém, ainda que não fosse sempre... atencioso. — Ele suspirou e, com o semblante desacorçoado, fechou os olhos. — Marian, a verdade é que estou envergonhado, mas não posso te obrigar a frequentar a escola ano que vem, se você não quiser.

— Não pode?

— Não.

Ela deu um pulo e se curvou para abraçá-lo e beijar sua bochecha.

— Obrigada, Wallace. Muito obrigada.

— Não me agradeça, criança. Eu te desapontei.

Dirigindo a caminhonete de Stanley, Marian estava a caminho do bordel de Miss Dolly. Os primeiros flocos preguiçosos de neve atravessavam a luz dos faróis.

Abatida e gorducha de tão roliça, Miss Dolly entrincheirou-se e manteve seu *bordello* na Rua West Front, mesmo depois da limpeza de 1916 ter fechado quase todos os prostíbulos. Por anos, suas pombinhas ciscavam reservadamente em seu maculado pombal, num quarteirão que antes era escuro e pacato. Garotas de todos os bordéis, casas que fecharam, eram obrigadas a trabalhar em camas sujas de fuligem num porão sem luz, a botar a cabeça de fora para espiar atentamente os becos como se fossem esquilinhas no cio. As garotas de Miss Dolly fariam qualquer coisa para fugir dessas camas e do trabalho hercúleo, embora se ressentissem do quanto Miss Dolly cobrava pelo aluguel, pela comida, pela água para lavar roupa e tomar banho e por esquentarem os modeladores de cachos no fogão e por tudo em que conseguisse pensar.

Miss Dolly aguentou firme no centro da cidade mesmo depois de os chineses partirem e levarem consigo suas lojas de macarrão, as lavanderias e os herbanários, que evitavam que suas garotas procriassem como coelhos. Aguentou firme depois que mecânicos, tapeceiros e o Exército da Salvação se mudaram para o quarteirão, depois que a outrora bela casa da luz vermelha ao lado fora comprada por um fabricante de salsichas. Mantinha suas garotas fora da vista das janelas frontais, onde costumava se sentar e chamar os transeuntes, batendo no vidro com agulhas de tricô ou dedais. (Nos bons e velhos tempos, ouvia-se um barulho maravilhoso nas noites de pagamento, tão alto quanto o martelo de um mineiro e ainda mais lucrativo. Miss Dolly ficava até com os olhos marejados, só de ouvir o tilintar dos copos e dos jogos de dados.) Porém, um incêndio, pelo qual às vezes culpava misteriosamente a polícia e uma concorrente falida, e outras vezes as mulheres que eram contra a bebida e o vício, finalmente resultou na sua mudança para uma casa de tijolos reservada, no lado norte da ferrovia. Não havia nenhuma placa na frente indicando que ali era uma casa de mulheres, nem sinalizando a disponibilidade de acompanhantes. Os clientes sabiam bem que deveriam entrar pelos fundos.

Quando chegou o mais perto que conseguiu da casa de Miss Dolly, Marian estacionou a caminhonete, descarregando e empilhando as duas cestas com o pedido semanal em um trenó com armação. Descendo a rua escura, ela se arrastou penosamente, puxando o trenó atrás de si.

Uma das garotas, Belle, abriu a porta da cozinha.

— Você! — exclamou à Marian. — Entre! — Belle ainda não estava maquiada para os clientes, porém usava um simples vestido azul de cintura baixa com meias de lã e uma manta cinza, o cabelo preso em um coque baixo. O blush pesado nas bochechas e o kajal nos olhos bastavam para sugerir sua profissão.

Marian carregava uma das cestas nos braços.

— Tem outra no trenó. — Belle saiu correndo de chinelos e voltou rapidamente com a segunda cesta, conduzindo Marian para a cozinha.

— Que bom que você chegou. Estávamos quase sem nada — falou Belle. Ela sempre dizia aquilo, supostamente alheia à precisão com que Miss Dolly distribuía o suprimento de cada semana. Miss Dolly também comprava bebida importada de um revendedor ilegal de verdade, uísque e gim *premium* autênticos para aqueles que gastavam a rodo, porém, a maioria de seus clientes ficava contente em beber o *moonshine* barato do Sr. Stanley. — Sente-se e fique um pouco. Dolly não está aqui.

Marian deveria ter ido embora, mas sempre se sentia lisonjeada com a atenção das garotas de Miss Dolly. Tirou o casaco e o boné e sentou-se à mesa.

— Dolly deixou o dinheiro do pedido?

— Sabe que *eu* não faço ideia. — Belle olhou rapidamente em uma das cestas e soltou um gritinho, arremessando longe a capa de tecido rústico. Uma torta de creme repousava em cima das garrafas. Na outra cesta, para seu grande deleite, descobriu meia dúzia de bolinhos de creme, cada um lacrado em sua própria embalagem de papel-manteiga. Presentes para as garotas do Sr. Stanley, que as visitava de vez em quando. — Vamos comer um — declarou Belle. — Só um, vamos dividir.

Belle se levantou e, pegando uma faca, dividiu o bolinho em dois. Vorazmente, pegou o doce com uma das mãos — tinha as unhas feitas — e o devorou. Marian mordeu o seu bolinho, e, tanto a massa quanto o creme, frio por conta da caminhonete, estavam consistentes e deliciosos.

Ainda mastigando, Belle semicerrou os olhos para Marian. As garotas de Miss Dolly estavam tão acostumadas com rostos maquiados e cabelos cacheados que a juventude pueril e de menino de Marian lhe parecia imprópria e perturbadora. Belle estendeu e roçou a mão no cabelo de Marian, tentando separá-lo com a ponta dos dedos.

— Eu já disse, você deveria parar de cortar o cabelo tão curto, é estranho.

— Eu gosto.

— Seu tio não se importa que você corte? — Wallace era conhecido na casa de Miss Dolly.

— Ele não tenta me impedir, mas a nossa governanta tenta. Ela esconde a tesoura.

— Você mesma corta?

— Não, meu amigo Caleb corta.

Belle a empurrou de leve com um ombro, toda animada.

— Se você deixa ele cortar o seu cabelo, ele deve ser um bom amigo. Eu não deixo ninguém chegar perto do meu, tirando Cora. Ela leva jeito. Vivo dizendo que deveria parar com essa vida e se tornar cabeleireira.

Marian pensou em seu último corte de cabelo, em Caleb encarando o torso nu dela em seguida, enquanto seu pescoço e ombros ainda estavam pinicando por causa dos fios cortados.

Perto das garotas de Miss Dolly, a curiosidade de Marian ficava aguçada. Ela observava como aquelas mulheres vestidas em pequenos trajes de babados remendados faziam um alvoroço, como, em um piscar de olhos, mudavam de um semblante sensual e de mulher fatal para fisionomias cabisbaixas, entediadas e lânguidas. A atração, a densidade de suas feminilidades a intrigava, mesmo que ela preferisse fingir, mais ou menos, ser um garoto. As garotas de Dolly eram fofoqueiras, preguiçosas e complicadas, mas algo sobre elas lhe parecia *fundamental*. Elas eram uma pista para um mistério que Marian ainda não sabia que existia.

Por um tempo, o preço cobrado por Caleb pelo corte de cabelo era somente beijá-la. Marian deixou a língua dele entrar na sua boca, sentindo a desconhecida umidade muscular. Depois do corte de cabelo mais recente, ele desabotoou a camisa dela e a tirou pelos ombros com a maior serenidade, encarando seus seios nus. Ela se sentiu como aquelas pinturas em que Jesus é açoitado, e seu coração, exposto, irradiando luz. Mas, quando Caleb estendeu a mão e roçou o mamilo dela com o polegar, Marian o empurrou para longe, e ele riu daquele mesmo jeito que costumava rir quando batia uma carteira.

Belle se levantou, foi até a pia da cozinha e molhou as mãos antes de trabalhar com mais vigor no cabelo de Marian, repartindo e alisando-o.

— Não ficou bom — disse. — Preciso de um pente e um pouco de brilhantina. Espere um pouco.

Sozinha na cozinha, Marian ouviu os passos de Belle subindo as escadas. Ouviu também um murmúrio distante de vozes. Uma panela no fogão exalava um cheiro acebolado. Ao lado do fogão, uma porta que se abriu conduzia às escadas do porão. Dela, a Sra. Wu saiu. Era muito magra, tinha um rosto pequeno e redondo e cabelos grisalhos. Ela olhou de relance para Marian sem esboçar surpresa, foi até o fogão e mexeu o ensopado com uma colher de pau. Em seguida, tirou algumas notas do bolso do avental e as entregou, dizendo "De Miss Dolly", antes de desaparecer, voltando ao porão.

Ouviram-se passos retumbantes vindos de cima. Belle irrompeu na cozinha.

— Suba aqui. Não tem ninguém, apenas algumas garotas. Vamos te dar um banho de estilo e te vestir, para nos divertir. O que acha? Diz que sim.

— Sim — concordou Marian. A caminhonete de Stanley podia esperar. Só restavam mais algumas entregas para fazer.

— Ótimo! — Belle tirou uma garrafa que estava debaixo da torta de creme. Cinco doses de *moonshine* se transformaram em um copo. Ela completou a garrafa com água, tampou-a com uma rolha e a colocou de volta no lugar.

No andar de cima, Belle arrastou Marian por um corredor escuro. Ao empurrar a porta, Marian se deparou com um quarto minusculamente pequeno, banhado por uma luz rosada: uma echarpe rosa estava sobre um abajur, e o papel de parede era estampado com rosas e lírios. Cora estava deitada de bruços em uma cama por fazer, com os tornozelos levantados e cruzados, lendo um livro. Uma garota chamada Desirée estava sentada em frente a uma penteadeira, escovando os cabelos negros, soltos em suas costas. Vestia uma calçola pequena, mas soltinha, e seu rosto era contraído como um botão de rosa. Mal havia espaço para todas elas. Pedaços de cetim e seda pendiam das gavetas de uma pequena cômoda como videiras.

— Como *devemos* aprontá-la? — perguntou Belle sobre Marian.

Atacando Marian, as garotas arrancaram suas roupas num instante. Acostumadas à nudez, não ficavam incomodadas, e Marian tampouco, apesar de rirem de suas cuecas masculinas. Belle tomou um gole de *moonshine* e entregou o copo a Desirée, que bebeu e passou para Cora, que, por sua vez, passou o restante para Marian, que tomou tudo. Quando mais nova, antes de Caleb começar a cortar seu cabelo, Marian costumava nadar nua com ele e Jamie, na época da pureza pré-lapsariana. Era como um ritual para se desnudar de tudo, uma gênese do vazio. Ela apertou a bolsa de dinheiro contra o peito nu.

— Acha que queremos o seu dinheiro? — perguntou Desirée. — Me perdoe pelas risadas.

— Apenas não posso perder ele.

— Ganhamos o nosso próprio dinheiro.

— Quanto vocês ganham?

— Depende. Mais do que você, pode apostar. — Marian nunca havia considerado aquele tipo de renda. Gilda, a mãe de Caleb, sempre pareceu paupérrima. Sabe-se lá quanto ela ganharia se não bebesse tanto.

— Seus peitinhos já começaram a crescer, não? — perguntou Cora. Sotaque irlandês.

— Onde? Não vejo nada — falou Desirée.

— Estão aí — disse Cora. — Pegue a sua lupa. — Para Marian, disse: — Por um acaso, você já menstruou?

Marian, apesar de ler muito, não fazia ideia do que a garota estava falando. Assim, em um quarto rosa mais parecido com um bloco pequenino de quartzo, ela aprendeu com uma prostituta sobre a maldição mensal, e, pelo jeito que Cora falava, tomada pelo medo de não ganhar dinheiro, aquilo era mesmo uma maldição. Vestida com um misto de roupa íntima preta de Desirée e uma espécie de robe-penhoar de cor marfim, meias com cintas-ligas e um sapato de salto alto, Marian encarou seu reflexo no espelho da penteadeira ao mesmo tempo em que as garotas retocavam seu cabelo com brilhantina e se esmeravam em sua maquiagem: pó de arroz no rosto, blush nas bochechas e kajal nos olhos.

— Menstruar dói? — perguntou Marian à Belle.

— Nem tanto. Algumas meninas sofrem de cólicas terríveis. Você deve tomar cuidado porque, a partir do momento em que sua menstruação descer, você pode arrumar um filho. Sabe o que quero dizer, não sabe?

Marian sabia.

— Mas, se isso acontecer, venha nos visitar que a Sra. Wu resolve.

— Resolve como?

— Um bocado de ópio e algumas ervas — respondeu Desirée, empoleirando-se na penteadeira e agarrando o queixo de Marian. — Antigamente, a Sra. Wu era uma das garotas de Miss Dolly. Ela começou a exercer uma atividade secundária, para que nenhuma de nós se metesse em problemas

— Ela se casou? — perguntou Marian, pensando na Sra. Wu. Todas riram.

— Abre só mais um pouquinho a boca — pediu Desirée. Um batom vermelho percorreu os lábios de Marian. Desirée se inclinou para trás, a fim de inspecioná-la. — Podia ser pior.

O reflexo de Marian espelhava uma pessoa vagamente familiar. O branco de seus olhos parecia exageradamente brilhante dentro daqueles fossos delineados de kajal. As sardas desapareceram sob a maquiagem. Seu rosto era ao mesmo tempo delicado e áspero, seus traços, nítidos, mas ainda não totalmente definidos.

— O que eu faço agora?

— Agora nós a oferecemos a quem pagar mais — respondeu Cora, apertando o bulbo de um frasco de perfume, espirrando gotas aromáticas no dorso de Marian. — Muitos cavalheiros andam à procura de alguém como você. Quantos anos você tem, afinal?

— Catorze e meio.

— Mais velha do que eu quando comecei nessa vida. Ainda é virgem?

— Quanto me pagariam?

— Você não deveria fazer isso. Não você — disse Belle.

— Ela pode ganhar dinheiro — falou Cora.

— Você está se colocando como fonte de inspiração? — perguntou Desirée.

Cora parecia irritada.

— Por um acaso, ainda estou dividindo um quarto com oito irmãos? Não vivo em um curral que fede a esterco.

— Agora — disse Belle à Marian —, coloque a mão no quadril desse jeitinho e diga: "Olá, senhor, precisa de companhia?"

— Olá, senhor — disse Marian solenemente —, precisa de companhia? — As garotas caíram na risada.

— Só ser for companhia para um cortejo fúnebre, do jeito que você perguntou — disse Desirée.

— Sente-se desse jeito — instruiu Cora, arqueando as costas e olhando por cima do ombro. — E diga: "Não há xoxota como essa." — Marian obedeceu, corando, instigada por todas aquelas risadas, pelos palavrões, pelos vislumbres de si mesma no espelho.

De repente, a campainha tocou. Alta e retumbante. Todas se assustaram e ficaram caladas.

— Não dá nem *pra* se divertir em paz — falou Cora.

— Ninguém tinha hora marcada — pontuou Belle.

— Homens, eles não *precisam* marcar hora — disse Cora, e, em seguida, elas ouviram os sons abafados da Sra. Wu deixando alguém entrar.

— Droga. — Desirée se levantou mais do que depressa e começou a vasculhar uma gaveta. — É para mim. Esqueci.

— Cora pode ir no seu lugar — falou Belle.

— Não, é Barclay Macqueen. Ele é difícil de agradar.

— Ah, nossa, obrigada pelo voto de confiança — retrucou Cora.

— Não é isso, não. Ele gosta de tudo do jeito dele. Desce lá, Belle, e enrola ele um pouquinho. Cora, me ajuda a prender o cabelo.

— É Barclay Macqueen? — perguntou Marian.

Cora já estava fazendo um coque em Desirée.

— Você conhece ele?

— Sei quem é.

— Leva a menina — instruiu Desirée a Belle, tirando uma ponta de batom vermelho de um tubo.

Marian pegou suas roupas do chão.

— Vamos, Marian — disse Belle, tentando rebocá-la. — Tenho que descer. Se ele for embora, Miss Dolly vai ficar uma fera.

— Me sinto um peixe fora d'água vestida desse jeito.

Belle a observou.

— Vamos ver qual vai ser a reação dele quando te ver.

— Não posso — falou Marian, recuando, mas Belle a puxou pelo braço.

— Vamos só pregar uma peça. Vai ser engraçado, você vai ver. Os homens não conseguem se segurar. Fala o que te ensinei sobre sua xoxotinha. É um desafio. Se você topar, vou te dar um bolinho de creme inteiro.

No andar de baixo, Belle pegou as roupas das mãos de Marian e as jogou em uma sala de visitas escura, antes de passar apressadamente por uma porta articulada que dava para os fundos da casa. Marian seguia atrás, apoiada nos lambris do corredor. Através da porta, avistou as pernas cruzadas de um homem sentado, um sapato preto engraxado que pendia de um gracioso tornozelo. Um sapato, não uma bota, a despeito da neve. A porta se fechou. O corredor estava escuro, exceto por uma arandela elétrica na parede.

— Mil desculpas por te deixar esperando, Sr. Macqueen. Desirée vai descer daqui a pouco — falou Belle, em um tom bastante solene.

Então, ouviu-se uma voz grave, uma pitada de sotaque não muito diferente dos mineiros escoceses, porém mais limpo, mais suave:

— Sempre me disseram que a paciência é uma virtude, e esta é uma casa da virtude, não é mesmo?

Desde que começou a dirigir para Stanley, Marian ouvia o nome de Barclay Macqueen. Um fazendeiro e pecuarista, teoricamente. Do Norte. Seu pai, um escocês, tornou-se um dos primeiros barões de gado do estado, antes mesmo de haver necessidade de cercas. Sua mãe era da etnia Salish, da Flathead Reservation. Quando algum infortúnio impedia que os comerciantes ilegais e contrabandistas de bebida exercessem suas atividades, quando uma batida, explosão ou uma remessa era interceptada, os rumores sussurravam o nome de Barclay Macqueen. O FBI havia prendido o velho Potshot há pouco tempo, destruído sua destilaria e uma dúzia de outras medíocres em Missoula, e corriam boatos de que os federais haviam sido alertados como parte de um acordo com Barclay Macqueen. O Sr. Stanley não sabia por quanto tempo mais seria poupado. Segundo as más-línguas, Barclay Macqueen conhecia todos os artifícios possíveis e inimagináveis para controlar as rédeas de seu lucrativo negócio. Ele transportava bebidas com sucesso em automóveis, trens, mulas, cavalos, mochilas nas costas das pessoas, canoas; os tentáculos de suas operações alcançavam todas as cidades do estado de Montana, Washington, Idaho e Dakotas; o homem tinha mais bares clandestinos, lojas parceiras e estalagens de beira de estrada do que alguém podia imaginar; sua folha de pagamento estava repleta de policiais, advogados, federais, tripulações de trens, vereadores, parlamentares, juízes, todos os fiscais do país; tinha bebidas armazenadas em todos os lugares, desde minas a porões de igrejas e depósitos próprios. Diziam por aí que suas milhares de cabeças de gado e propriedades rurais gigantescas não passavam de um hobby. Diziam que a maioria das pessoas que trabalhava para Barclay Macqueen nem sabia de nada.

— Se é virtude que procura, podemos te oferecer. Podemos te oferecer qualquer coisa que quiser, Sr. Macqueen — disse Belle, tomada por uma animação exagerada.

— Talvez outro dia. Desirée vai ficar pronta em breve?

— Me deixa verificar. — Belle saiu de imediato da sala e passou por Marian como um relâmpago, encolhendo afetadamente os ombros.

— Belle, o que é que eu faço? — sussurrou Marian.

Belle parou no meio da escada e se inclinou sobre o corrimão, sussurrando de volta:

— Diz oi. Diz também que está pensando em entrar no jogo.

Belle estava somente zombando dela, porém Marian, já aborrecida, considerou. Por que não? Por que não financiar suas aulas de voo às custas da luxúria dos homens? Pensou novamente em Gilda, recordou-se do animal ferino. No final do corredor, um relógio de pêndulo assinalava cada segundo com um som, como se fosse um estalar de língua em desaprovação. Marian poderia ter entrado na sala de visitas da frente, vestido o macacão e ido embora, mas a curiosidade a petrificou. Ouviu um ruído impaciente. Eram sapatos batendo no chão. Deu alguns passos, e a porta foi aberta.

O que Barclay viu?

A luz lhe revelou uma figura alta e magra. Olhos azul-claros anelados de preto, pescoço delicado, pernas embrulhadas suavemente em cintas-ligas, mesmo sem preenchê-las por completo, sapatos de verniz pretos como cascos abaixo dos calcanhares estreitos. Uma cabeça pequena sustentava um casquete reluzente de cor marfim. Tinha os pulsos finos e os dedos alongados. Notou que ela se assustou. Em seus olhos, viu medo e depois uma centelha de alguma coisa que ardia — como um instinto animalesco. Rebeldia. Não a enxergava como uma criança. Por que veria uma criança numa casa daquelas? Pensava em Desirée, no fogo e na excitação que o queimavam por dentro.

O que Marian viu?

Um homem requintado de terno preto. Os punhos de sua camisa eram brancos e engomados, e, do bolso do colete preto, pendia a corrente de um relógio de ouro. O cabelo também era preto, cortado precisamente e besuntado com óleo. Herdara o nariz largo da etnia Salish, lábios carnudos, bochechas firmemente arredondadas e salpicadas de sardas. Tinha pele morena e olhos azuis-escuros. Não era muito bonito. Em seu rosto, os olhos ficavam em uma posição muito baixa, e o queixo era musculoso como o de um cão briguento. Ela viu que ele a tinha visto, sentiu como sua presença capturou o olhar dele.

— Quem é você? — perguntou Barclay.

Belle estava descendo as escadas com Desirée, que usava um vestido modesto cor de creme por cima de qualquer que fosse o arranjo de fitas de seda e babados que estivesse embaixo. Marian se esquivou, segurando-se na parede, e Barclay a seguiu. Tinha sido estúpida ao pensar que poderia fazer o que Belle e as outras garotas faziam. Uma criança boba, toda arrumada.

Sem saída, olhou para Belle, que aparentemente tentava não rir. Não podia dizer que era ela mesma, Marian Graves, não quando estava montada e pintada daquele jeito, não quando Barclay a encarava daquela forma. Não havia resposta.

— Ela não passa de uma criança, não é uma das nossas — falou Desirée, pegando o braço de Barclay.

Ele não repeliu Desirée, mas também não reagiu ao toque dela. Barclay ainda estava olhando para Marian. Belle olhava para ela também, mordendo o lábio, os olhos lacrimejando, pois tentava segurar o riso. Desirée parecia furiosa. Alvo de três olhares, Marian se sentia encurralada por cães de caça, como uma raposa.

— Podemos? — perguntou Desirée, levantando a voz.

Barclay cedeu. Marian se encostou na parede, desviando o olhar à medida que ele passava, sentindo o cheiro do óleo do cabelo dele e de alguma outra fragrância suavemente ácida. Não estava acostumada com homens perfumados. Os passos dele diminuíram de forma lenta. Marian sabia que ele queria que ela levantasse a cabeça e sustentasse o seu olhar, mas ela não fez isso.

— Ela não passa de uma criança. Marian, vai embora — falou mais uma vez.

— Marian — repetiu ele.

Marian não ergueu os olhos, não até que Barclay e Desirée finalmente subissem as escadas e uma porta se fechasse. Belle morria de tanto rir.

— Senhor amado, você está encrencada — disse Belle, ofegante.

Marian disparou para a sala da frente, arrancou o robe e as roupas que estava vestindo febrilmente, arrancou a cinta-liga e os sapatos. *Como assim, estava encrencada?* Catou a camisa e vestiu de volta o macacão, calçando suas botas. Nem se preocupou em amarrá-las e, passando como um furacão por Belle, entrou direto na cozinha, para pegar o casaco, o cachecol e as cestas vazias. A Sra. Wu se afastou do fogão e observou o rosto pintado de Marian, primeiro, surpreendida, depois, tristonha.

— Isso não é nada, nada bom.

Marian chegou em casa antes que começasse a nevar para valer. Subiu para lavar o rosto. Seus olhos ardiam por causa do sabonete, mas, não importava o quanto esfregasse, não conseguia tirar os últimos vestígios de kajal.

Berit havia feito uma torta de frango que Marian comia em silenciosa agitação. Para Jamie, havia cenouras e cebolas cozidas, pois Berit ainda tentava puni-lo por não comer carne. Wallace estava fora, em algum lugar. Jamie contava à irmã sobre ter subido o Monte Jumbo naquela tarde.

— Não vi nenhum alce. Tudo que fiz foi isso — disse Jamie, abrindo seu bloco de rascunhos com o desenho de um esquilo escalando o tronco de uma árvore. As linhas de carvão delineadas eram abundantes, mas certeiras, e Marian conseguia sentir a aspereza da casca do tronco, as garras minúsculas do animal se abrindo, o bamboleio daquele corpo que arranhava.

— Sabe alguma coisa sobre Barclay Macqueen? — perguntou Marian com a boca cheia de torta.

— Você saberia mais do que eu — respondeu Jamie. Marian sabia que o irmão se preocupava com o trabalho dela, embora gostasse do fato de que agora tinham dinheiro para comprar doces e ingressos de cinema. No Natal, ela lhe dera um binóculo maravilhoso e um conjunto de aquarela. — Por quê?

— Eu conheci ele. Mais ou menos. Trombei com ele. — Queria explicar como o ar havia se impregnado com a agitação que brotava entre eles, que saía dele e se chocava contra ela, porém, Marian sabia que, se descrevesse o encontro para o irmão daquele jeito, faria parecer coisa nenhuma ou muita coisa.

— Onde?

— Na casa de Miss Dolly — respondeu Marian.

Ele corou.

— Não é certo que você frequente lugares como esse.

— Ninguém me viu. A não ser que alguém já estivesse lá, e, nesse caso, esse alguém não deveria ser tão arrogante.

— As pessoas comentam, sabe.

Marian levantou os olhos.

— Comentam o quê?

— Que você trabalha para um contrabandista de bebida.

— Trabalho mesmo. Fazer o quê?

— O que é isso em volta dos seus olhos? Você está parecendo um guaxinim.

Violentamente, ela raspou o prato com o último pedaço de torta. Mesmo que conseguisse explicar, o irmão não entenderia.

— Não me importo com o que as pessoas comentam.

Quando saiu para a choupana, grandes flocos brancos de neve como mariposas se precipitavam e esvoaçavam pelo ar. Marian tentou ler, mas sua mente vagueava para fora de si mesma, voltava para a casa de Miss Dolly. Sentada na poltrona, ela estava completamente imóvel, porém a lembrança de Barclay Macqueen a envolvia como uma serpente. Vestiu o casaco e saiu mais uma vez, noite e neve adentro. À medida que caminhava em direção à cabana de Caleb, metendo-se na neve, seu coração batia tão forte que ela podia sentir a pulsação no pescoço. Um zunido enevoado a rodeou, asas invisíveis de um beija-flor. Mas as luzes do quarto de Caleb estavam apagadas, e, quando bateu no vidro, ele não apareceu.

Missoula
Maio a julho de 1929
Dois meses depois de Marian conhecer Barclay Macqueen

Em uma manhã de domingo, Jamie estava cochilando na cama, aproveitando a brisa fresca da madrugada em seu cabelo e os raios solares que batiam nas suas pernas cobertas quando os cachorros começaram a pular e latir, correndo pela porta da varanda, para cumprimentar Wallace, que estava se aproximando da entrada da casa. Jamie observou Wallace cambalear em meio ao turbilhão de animais sem parecer notá-los, como um homem empenhado em se afogar de modo imprudente na neve, como um limpador de neve. Seu colarinho estava aberto; o chapéu, torto na cabeça. Como tinha saído na noite anterior de carro, ele devia ter ficado sem gasolina ou atolado em uma vala, já que estava a pé. Em manhãs como aquela, Wallace ficava imprevisível. Ou subiria para o quarto sem dizer uma palavra e não sairia de lá até o jantar, ou contaria a Jamie uma enxurrada de longas histórias, animadas e desconexas, ou começaria a se queixar amargamente de alguma ligeira injustiça infligida a ele numa mesa de jogo, ou imploraria perdão por alguma ofensa desconhecida, ou alguma combinação de tudo isso. Mas, desta vez, não contou história alguma.

Wallace abriu a porta de tela da varanda e desabou na cama de Marian, exalando suor azedo e bebida. Um cachorro havia conseguido entrar com ele, mas os outros ficaram presos do lado de fora, ladrando e choramingando até que Jamie se levantasse, para deixá-los entrar.

— Onde está a sua irmã? — perguntou Wallace.

Ele não estava tão bêbado quanto parecia.

— Dirigindo para Stanley — respondeu Jamie, enfiando-se embaixo das cobertas.

— Eu sei que é para Stanley — disse Wallace, de mau humor. — Ela não poderia estar dirigindo meu carro.

— Seu carro quebrou em algum lugar?

Wallace ignorou a pergunta.

— Você conhece Lena? A caçadora?

— Lena?

— Ela é musculosa como um homem e veste roupas de homem. Ela fuma charuto.

Jamie sabia a quem Wallace se referia, embora não conhecesse o nome.

— Já vi ela.

— É feia de doer.

Jamie se lembrava bem da fisionomia dela: traços brutos, papada, sobrancelhas espessas e um nariz salpicado como um granito rosa. Ela *era* feia, mas dizer isso parecia cruel. Wallace continuou:

— Uma mulher feia é tão repugnante. Um homem feio é até desagradável, mas ele ainda pode ser alvo de interesse estético. Uma mulher feia é desconcertante. — Um último cachorro havia ficado do lado de fora e estava latindo. — Ah, pelo amor de Cristo! — disse Wallace, levantando-se e deixando que ele entrasse. — Pronto. Feliz? — Ele se deitou. — Na noite passada, Lena disse que agora trabalha com um rifle, não mais com armadilhas. Spokane Fred também estava jogando, naquele lugar cheio de vagões perto do Lolo. Você sabe onde é? — Jamie balançou a cabeça em um sim, entendendo que Wallace queria se referir a uma estalagem específica à beira da estrada, ao Sul, construída a partir de dois vagões de carga. — Você conhece Spokane Fred? — Wallace tinha uma familiaridade passageira com a maioria dos jogadores libertinos de Missoula. Eles substituíam os velhos amigos de Wallace da universidade, aqueles que costumavam aparecer e discutir ideias quando Jamie e Marian eram pequenos, mas que, em algum momento despercebido, pararam de visitá-lo.

— Fred perguntou o porquê, e Lena disse que não gostava de pegar mães lactantes por engano na primavera. Então um desconhecido que estava jogando com eles falou: "Deve ser caro ser sentimental." Mas Lena disse para ele que, se os filhotes morressem agora, ela não poderia caçar eles depois.

Jamie estava perplexo demais com o rumo daquela conversa, até mesmo para sentir seu habitual surto de aversão à caça.

— Parece que ela é mais precavida do que a maioria das pessoas. Onde está o carro mesmo? Nesse Lolo?

Wallace estava encarando o teto da varanda com as mãos atrás da cabeça.

— Você acha que, se Marian pilotar, ela vai acabar como Lena?

— Você quer dizer feia?

— Sim, acho que sim. Durona e sozinha, com um charuto enfiado na boca. Imagino que a natureza de Lena seja mais bruta do que a de Marian, mas Marian… Já tenho problemas para imaginar ela em um vestido. Consegue imaginar Marian vestida de noiva? — Wallace se engasgou de tanto rir, tossindo.

— Temos apenas 14 anos — ressaltou Jamie.

— Eu sei, eu sei. Ainda não é tarde demais. — Wallace se apoiou no cotovelo e olhou para Jamie. — E se você tivesse uma conversinha com ela?

— Ela ia me dar um soco.

— Hum. — Wallace caiu de bruços. — Você deve ter razão. Gostaria que Berit ainda estivesse aqui.

Wallace havia atrasado o pagamento de Berit tantas vezes que ela acabou indo trabalhar para a esposa de um professor, em um casarão ao sul do Rio Clark Fork, embora houvesse vertido algumas raras lágrimas norueguesas quando abraçou os gêmeos para se despedir. Antes de partir, ela ensinara Jamie a cozinhar alguns legumes. Claro que ele se recusava a cozinhar carne, porém não se importava em fritar um peixe se outra pessoa o pescasse e o limpasse. Assim, às vezes Caleb ou Marian traziam trutas. Ela também conseguia pão na padaria de Stanley e, quando o dinheiro que Jamie conseguia extrair de Wallace não era suficiente, completava o que faltava. Jamie cuidava de uma horta inspirada na que Caleb tinha. Não raro, uma loja de lembrancinhas em um hotel no centro da cidade vendia um de seus desenhos, ainda que guardasse o dinheiro para si mesmo. Ele tentou manter a casa limpa, contudo, como nem Marian nem Wallace pareciam perceber ou se importar com a sujeira e a desordem generalizada, estava desistindo da limpeza aos poucos.

— Berit sempre tentava fazer Marian usar um vestido. É impossível — falou Jamie.

Wallace não disse nada, mas cobriu o rosto com as mãos.

— Wallace?

— Preciso que você faça uma coisa por mim. Preciso que conte uma coisa para Marian quando ela voltar para casa. Eu não consigo — falou Wallace, com a voz frívola contra as palmas das mãos.

— Contar o quê?

— Perdi o carro.

— Como assim perdeu o carro? Onde?

— *Perdi.* Apostei no jogo, na noite passada.

Jamie não se conteve:

— *Por quê*? — explodiu. — De todas as coisas para apostar!

Wallace se sentou, balançando as pernas sobre o chão. As mãos estavam penduradas entre os joelhos.

— Mas eu estava ganhando. Bem, primeiro estava perdendo. — Foi quando ele sentiu sua sorte mudar, como o vento batendo em um cata-vento. Com uma trinca, ganhou algumas fichas em uma rodada. Em seguida, ganhou novamente, reis, e uma quantidade de fichas maiores com um *flush*. Além de Lena e Spokane Fred, havia um desconhecido jogando, um sujeito ruivo que vestia um sobretudo pomposo com gola de pele. O desconhecido apareceu com uma garrafa de uísque canadense, uísque autêntico, e propôs um brinde. Mas a falta de prudência tomou conta dele. — Não era provável que eu ganhasse a próxima rodada, mas eu sabia que podia. E ganhei. Sabia que deveria perder algumas vezes e dar o fora dali, mas não consegui perder nem quando me *esforçava*. — As fichas se aglomeravam ao seu redor como passarinhos rebeldes que tinham Wallace como alvo. — Foi quando aquele desconhecido me perguntou se eu era o tio da garota que entregava bebida para Stanley. Eu disse que não sabia do que ele estava falando. Mas, daí, ele me perguntou se eu não era Wallace Graves. E ele sabia o nome de Marian.

Wallace fez uma pausa.

— Ele me tirou do sério. Comecei a pensar em Marian, em quando vocês eram pequenos, pois eu só me preocupava que vocês retornassem uma hora ou outra para casa com todos os membros no lugar, só que, agora, aparentemente tenho que me preocupar com a *reputação* dela. Eu deveria ter ido embora. Sabia que a sorte ia me abandonar.

Contudo, Wallace não foi embora e perdeu, não uma, não duas, mas inúmeras vezes. Perdeu rancorosa, sombria e determinadamente. Wallace perdeu todas as fichas de aposta e inúmeras promissórias de reconhecimento de dívida e, depois, perdeu o Cadillac cinza. O desconhecido com cabelos de fogo e casaco de gola de pele havia ganhado. E, por mais que o carro, naquele momento, fosse antigo, era o último remanescente, além da casa, da grande maré de vitórias de 1913, e só continuava funcionando devido aos cuidados devotados de Marian. Talvez por isso Wallace tenha se permitido apostar o carro: por vingança, porque Marian sentiria essa perda com mais intensidade. A falta de sorte, acreditava Wallace, não passava de uma espécie lúgubre de estado de espírito que brotava de uma fonte interna, e Marian — a forma como Lena a lembrava, a menção inquietante de seu nome pela boca de um desconhecido — era a causa daquele estado de espírito e, consequentemente, também de sua derrota.

— Não temos dinheiro para comprar outro carro — concluiu Wallace, enxugando o nariz com o punho. — Você pode contar o ocorrido para ela? Preciso me deitar agora, mas você conta?

Quando Marian retornou para casa, Jamie obedientemente contou à irmã que Wallace perdera o carro, aguentando a fúria inicial dela e impedindo-a de arrancar o tio da cama para humilhá-lo. Marian exigiu saber por que Jamie não estava com raiva. Ele disse que os dois não podiam ficar com raiva ao mesmo tempo.

— Então, se eu não ficasse, você ficaria? — perguntou Marian.

— Talvez, não sei — respondeu Jamie.

A verdade é que os irmãos gêmeos eram como duas comportas adjacentes em um canal: uma comporta se abria na outra, despejando o excesso de sentimentos, buscando o equilíbrio, ainda que Marian fosse a comporta que corria o risco de transbordar, e Jamie, a que absorvia todo esse excesso, levantando a irmã quando ela era tragada para águas profundas. As pessoas achavam que o fato de serem gêmeos tornavam-nos iguais, mas era equilíbrio, e não igualdade, que ela sentia. Naquela noite, deitados em suas camas, na varanda, Marian lhe perguntou:

— Por que você acha que ele aposta tanto? A gente teria dinheiro suficiente se ele não jogasse.

— Não acho que a intenção dele seja perder. Acho que ele não consegue se controlar. — Ouvia-se a voz de Jamie na escuridão.

— Você não ia considerar parar de jogar se estivesse jogando todo o seu dinheiro fora?

— Acho que ele gosta de sentir a adrenalina.

— Que adrenalina? Ele nunca ganha.

— Se ele parar de jogar, não vai ganhar também. Penso que ele gosta de se agarrar à esperança.

— A esperança não devia ser tão cara.

— Você bem sabe que ele está arrependido.

Quando Marian se virou, sua cama rangeu.

— Sei, sim. Ele até chorou um pouco quando finalmente parou de se esconder de mim. Não parava de repetir que tinha entrado em uma situação delicada. Foi tudo que me disse. Nem falou quem ficou com o carro, apenas disse que foi um desconhecido.

— Mas isso pouco importa, *né*? Melhor nem saber. Talvez você veja alguém circulando com o carro por aí.

— Acho que não. Ninguém além de mim se daria ao trabalho de ter um carro como aquele.

Após hesitar um pouco, Jamie disse:

— Mas você sabe que o carro *era* de Wallace. Ele era o dono, poderia apostar o carro em uma mesa de jogo se quisesse.

— Mas ele apostou sem motivo algum. Em troca de nada. Apostou apenas para perder.

No dia seguinte, Marian vasculhou seus esconderijos na choupana, recolhendo a maior parte do dinheiro que estava guardando para ter aulas de voo, o que havia ganhado em cada garrafa, cesta por cesta, e foi à cidade, para comprar um Ford usado de um mecânico que conhecia. Ele era um cliente de Stanley. Sua esposa era muito atraente, e ele havia feito a Marian uma boa oferta. As pessoas a tratavam de maneira diferente agora que ela conhecia os segredos delas.

Ela comunicou a Wallace que ele poderia dirigir o Ford com algumas restrições. Caso fosse beber ou jogar, teria que caminhar, arrumar uma carona ou comprar a porcaria de um carro. Se Wallace mentisse, ambos sabiam que Marian descobriria. Disse-lhe também que, a partir daquele momento, pagaria somente US$3 por semana pela hospedagem e comida. O resto seria o aluguel do carro dela.

A tristeza que sentia pelos esconderijos da choupana, por sua caixinha de tesouro vazia, eclipsava a satisfação de ter comprado um estiloso Ford preto, de ter sua própria coisa com rodas e motorizada. Pelo lado positivo, isso aliviou um pouco a dívida que tinha com Wallace. Agora as despesas eram toleráveis. Jamie e ela poderiam ter sido impostos como fardos a Wallace, mas ele também conseguia arrumar os próprios fardos. Sem os gêmeos por perto, poderia ter chegado ao fundo do poço há muito tempo. Talvez Marian e Jamie tivessem mantido Wallace longe o bastante do abismo.

Os aeromodelos pendurados na cabana pareciam desamparados: doces relíquias da fantasia de uma criança. Voar, razão absoluta pela qual trabalhava tanto, fora quase esquecida, à medida que ela labutava com o intuito de repor o que havia gastado. Mas o dinheiro demorou a vir. Os negócios do Sr. Stanley estagnaram. O pessoal do FBI, desesperado para transformar a Lei Seca em algo diferente de um fracasso retumbante, estava fechando o cerco. Stanley estava sendo minado, insinuava ele, por Barclay Macqueen.

Desde a noite com Barclay Macqueen, Marian fazia as entregas na casa de Miss Dolly o mais depressa possível, nunca se aventurando além da cozinha.

— Por que está tão magoada? — quis saber Belle quando Marian se recusou a ser vestida e maquiada novamente. — A gente só se divertiu um pouco. Ninguém tocou na sua pureza.

— Não estou magoada. Tenho muitas entregas para fazer, só isso — respondeu Marian.

Ela não tinha certeza do que estava sentindo, mas sabia que ia além do fato de estar magoada. Quando pensava em Barclay Macqueen, sentia arrepios; seu coração ficava acelerado; sentia um frio na barriga, como se suas entranhas fossem puxadas em diferentes direções. À noite, quando se preparava para dormir na varanda, pensava às vezes em Caleb beijando-a, tirando sua camisa pelos ombros, porém, ultimamente, sua mente divagava para Macqueen, para como ele a prendeu contra o lambril do corredor somente com o olhar, como perguntou *"Quem é você?"*

Marian arrumou um segundo emprego, fazendo entregas com o Ford para restaurantes. O filho de Berit, Sigge, que havia se tornado um agente da Lei Seca, foi até a casa de Wallace certo dia e alertou que o Sr. Stanley seria alvo de uma batida policial. Ela tentou dar a Sigge todo o dinheiro que tinha, mas ele rejeitou a oferta, dizendo:

— Não sou corrupto. Sei bem que as coisas não são fáceis para você.

O FBI encontrou somente pães e bolos na padaria do Sr. Stanley.

Era um dia quente de junho. Caleb apareceu quando Marian estava do lado de fora da casa, reparando o motor do Ford.

— Eu vou nadar — disse Caleb, encostando-se no carro. — Você pode me acompanhar, se quiser. — Ele deu o sorriso mais encantador que conseguiu. — Pode até me dar uma carona se me oferecer com jeitinho.

— Jamie vai estar em casa em uma hora. Ele vai querer ir conosco também.

Caleb encarava Marian com o mesmo olhar de quando começou a cobrar para cortar o cabelo dela.

— Não estou a fim de esperar uma hora.

Marian pensou em mentir. Pensou em falar que precisava trabalhar, porém, sabia que ficaria sentada, lamentando-se, depois que Caleb fosse embora, envergonhada por não ter sido corajosa. Ele estava observando-a, esperando. Pegou uma caixa prata repleta de cigarros feitos à mão e acendeu um para si e outro para Marian.

— Que chique — comentou Marian sobre a caixa prata.

— Levei um cara endinheirado para caçar — falou Caleb. Os olhos dele ainda encaravam Marian. Ele sabia que ela estava com medo.

— Tudo bem, vamos — anunciou Marian.

Marian seguiu em direção ao Oeste, saindo da cidade, indo para o Sul, onde a Cordilheira Bitterroot serpenteia em curvas fechadas pela planície. Caleb assobiava enquanto eles seguiam, sacolejando pelo caminho. Ele tirou um cantil do bolso e o ofereceu a ela. O *moonshine* desceu queimando pela garganta de Marian. Ela se encolheu e lhe devolveu o cantil.

— Você precisa cortar o cabelo — afirmou Caleb, estendendo a mão para tocar o pescoço de Marian com um dedo.

— Agora não — disse ela, afastando a cabeça.

Marian estacionou entre as árvores. Os raios solares banhavam os galhos cítricos. Enquanto caminhavam em direção à água, Caleb perguntou:

— Jamie vai continuar indo *pra* escola no próximo ano?

— *Ué,* por que você não pergunta *pra* ele?

— Não vejo ele ultimamente. Estou sempre por aí. — Caleb estava passando mais tempo nas montanhas, às vezes sozinho, não raro como guia de caça para homens que o pagavam para encontrar os animais e atirar nesses mesmos animais quando erravam, fingindo que haviam acertado o alvo, quando, na verdade, era Caleb que acertava. Marian havia lhe comprado um belo rifle e recebera o pagamento com ainda mais rapidez do que o prometido. As pessoas falavam de Caleb, do rapaz de 17 anos que sempre sabia onde os animais estavam. Comentavam sobre a letalidade serena com que ele atirava. Segundo Caleb, apesar de Wallace sempre condená-lo pelo mal uso da gramática, isso o havia ajudado em seus negócios. Agora, Caleb se comunicava melhor.

— A gente devia ter esperado ele, então — ponderou Marian. Mas, quando Caleb não respondeu, ela lhe perguntou: — Você acha que Jamie é mole para caçar?

Caleb refletiu antes de responder:

— Da última vez que fomos pescar, demos de cara com alguns garotos que haviam enrolado um cachorro em um cobertor e estavam atirando pedras nele. Tive que impedir Jamie de matar o garoto que não conseguiu fugir. Então, não, não acho que ele seja mole.

Marian se lembrou do ocorrido. O cachorro vivia com eles agora, rastejando atrás de Jamie como uma pessoa escravizada, observando-o de baixo de mesas e camas. Aquele menino tinha ido parar no hospital. Jamie teve sorte de o pai do garoto ter um passado duvidoso e nenhum interesse em envolver a polícia. Caso contrário, poderia ter sido enviado para a escola correcional em Miles City.

Achei que estava levitando, Jamie havia dito. *Estava tão furioso que poderia ter matado aquele garoto e não me sentiria nem um pouco mal. Eu queria matar ele.*

Você deu uma lição nele, Marian havia dito.

Não, não dei. Algumas pessoas são monstruosas e nunca vão deixar de ser.

Quando chegaram à beira do rio, havia uma piscina natural protegida contra a correnteza. Caleb se despiu diante dos olhos de Marian, mas ela se escondeu atrás de algumas árvores. A privacidade era sinônimo de velocidade. Nua, precipitou-se água adentro, tentando se cobrir com as mãos. Ao mergulhar, soltou um grito estridente. Machucou os pés nas pedras. Encolheu-se, afobada e sem fôlego por causa do frio, batendo os dentes. Caleb estava de pé, a água batia em seu peitoral, e, sob a superfície, seus braços se moviam como arcos amplos, como se estivesse esticando os lençóis de uma cama. Ele se aproximou dela. Esteve segurando o cantil embaixo d'água e naquele momento o oferecia a Marian, pingando. Ela tirou a tampa e tossiu ao beber o *moonshine* gelado.

Caleb inclinou a cabeça para trás, submergindo os longos cabelos. Suas clavículas se esticavam contra a pele.

— Sabia que fui visitar uma das garotas de Miss Dolly? Guardei um dinheiro.

Marian tentou esconder seu impulso de se afastar.

— Por que eu saberia disso?

— Achei que elas tinham te contado. Por que está irritada?

— Não estou *irritada*. Que garota?

— Belle.

Marian não queria fazer uma cara de nojo, mas fez.

— O que foi? — queria saber Caleb. — Ela é a mais bonita.

— Ela é apenas… — Marian queria dizer *banal*, como se fosse uma personagem arrogante de um livro. Mas quem ela pensava que era? Estava nua em um rio, com um garoto.

— Ela é apenas o quê?

— Deixa para lá. Você falou para ela que me conhecia?

— Sim. Ela me perguntou se era eu que cortava o seu cabelo, e eu disse que era.

Marian ficou indignada.

— Por que você disse isso?

— Por que não diria?

Ela não sabia bem o porquê.

— Acho que você não deveria procurar prostitutas.

— Por que não?

— Você sabe por quê. Também achei que não gostasse de beber.

— Não abre a boca para falar da minha mãe.

Ambos se encararam ferozmente, a água batendo nos queixos, lábios roxos de frio.

— Desculpe-me — pediu Marian.

Ela percebeu que Caleb decidiu não ficar com raiva. De forma dissimulada, ele falou:

— Belle me ensinou coisas.

— Que coisas?

— Ela me disse que é bom saber como deixar uma garota feliz. Agora, se eu quisesse ser feliz, era melhor ver ela. Me disse que as outras garotas vão se preocupar mais em ser respeitáveis e não vão ser nada divertidas.

— Não estou preocupada em ser respeitável — disse Marian sem pensar.

Aquele velho e conhecido sorriso de batedor de carteira.

— Você quer me fazer feliz?

— Não. — Marian não tinha bem uma palavra para descrever a parte dela que estava ganhando vida, pulsando. *Xoxota,* lembrou do que as meninas de Miss Dolly falavam. *Xoxotinha,* elas diziam. *Xaninha, pombinha, borboletinha.* Não parecia certo falar nenhuma dessas palavras. — Que coisas?

— Você se refere ao que ela me ensinou?

Marian fez que sim com a cabeça. Caleb se aproximou, levando-a para águas mais rasas. Ele se inclinou e abocanhou um dos seios dela. A sensação era mais vigorosa do que agradável, um circuito fechado. Estavam de pé, juntos, com os troncos fora da água, ele se curvando sobre os seios de Marian. Ela sentiu a ereção. Assistia, fascinada, o ponto onde sua carne desaparecia na boca dele. Caleb não a devorava como a fera que vira entre as pernas de Gilda. Ele era mais gentil, premeditado. E foi Caleb que se afastou, não ela.

— Você gostou?

— Não sei. — Marian não podia admitir que tinha gostado.

Caleb continuou se movendo em direção à Marian, porém, ela continuava a se afastar, e, assim, eles traçaram um círculo na água.

— Belle me disse que Barclay Macqueen gostou de você e que Desirée ficou com ciúmes. Isso é verdade?

— E se for?

— Você sabe quem ele é?

— Claro que sei.

— Você deixaria que ele fizesse coisas com você?

— Nunca mais vou ver ele de novo.

— Então, deixaria.

A ideia de Barclay Macqueen tocá-la parecia absurda, irreal.

— Mas que pergunta estúpida.

— Então, *deixaria.*

Ele parecia sério, apreensivo, como se fosse fazer outra pergunta, mas, em vez disso, falou:

— Não quero que você seja minha namorada nem nada disso.

Estaria Caleb dizendo a verdade?

— Ótimo, porque não quero ser a sua namorada.

— É só diversão, então — disse ele, e, debaixo d'água, sua mão se aproximou de Marian, mas ela se afastou.

— Estou com frio — concluiu ela e saiu da água, sentindo os olhos dele fixos no seu traseiro, mas não se importando. Marian vestiu as roupas sem se secar, retornou por entre as árvores e foi embora. Não se preocupava em deixá-lo sozinho tão longe da cidade. Qualquer lugar era bom para Caleb.

À noite, no banho, estudou os próprios seios, um agora mais experiente do que o outro, pequeninas alfinetadas vermelhas e visíveis ao redor do mamilo, onde a boca de Caleb havia deixado uma escoriação.

Era uma reluzente tarde de junho que se desvanecia no início da noite. Marian bateu na porta dos fundos de uma casa perto do Pattee Canyon, no final de uma ampla e estreita trilha que cortava a floresta. A casa era bonita, mas não grande, recém-pintada de verde, com acabamento branco. Não tinha vizinhos próximos. Nunca havia feito uma entrega lá antes.

De repente, Barclay Macqueen abriu a porta. Marian simplesmente ficou boquiaberta. Ele usava uma camisa branca e um colete preto. Barclay deu um sorriso de lado, dizendo:

— Olá. Quem é você?

Marian não conseguiu identificar o que ele queria dizer com aquele tom de voz, se estava perguntando mesmo seu nome pela primeira vez ou se estava fazendo uma alusão ao corredor da casa de Miss Dolly.

— Sou Marian Graves.

— Olha só, parece que alguém me respondeu desta vez.

Ele se lembrava dela. Claramente, lembrava.

— Vim fazer uma entrega.

— Pode deixar comigo. — Ele pegou as cestas de suas mãos. Havia quatro garrafas de *moonshine*. Ele tinha feito o pedido apenas para que Marian fosse entregá-lo, isso estava muito claro, já que era ela que fazia as entregas. — Entra, para que eu possa te pagar.

— Eu espero aqui mesmo. — Pela porta aberta, viu um homem ruivo sentado à mesa da cozinha, lendo um jornal. Ele ergueu os olhos e voltou a ler. Marian já o tinha visto antes, pela cidade.

— Entra — falou Barclay mais uma vez, achando graça. — Ou vou reclamar com Stanley sobre o favoritismo de seus entregadores de bebidas que visitam as garotas de Miss Dolly, mas não a mim.

Estarrecida, Marian ficou bem onde estava.

— Esse é o Sadler — falou Barclay sobre o homem ruivo. — Ele não morde. Tem certeza que não quer entrar? Não quer ver a minha casa?

Sadler a observava, sorrindo de leve, com frieza.

— O que essa casa tem de tão especial?

— Ela é minha, por isso.

— Aparentemente, daria muito trabalho ver tudo que você tem.

— Então a mocinha tem ouvido os boatos. Não tem problema, pode esperar aqui. — Ele desapareceu brevemente, voltando com a cesta vazia, fechando a porta que dava para ver Sadler lendo seu jornal. — Passo muito tempo em Missoula e não gosto de me hospedar em hotéis, por isso comprei essa casa. — Barclay tirou uma cigarreira de ouro e um isqueiro do bolso e sentou-se na beira da varanda, estendendo seus sapatos pretos pela grama. Ele deu um tapinha nas tábuas ao seu lado. — Sente-se um instante. Você fuma?

Marian se sentou.

— Às vezes.

Barclay acendeu um cigarro para ela, já preparado, não enrolado à mão, e depois acendeu um para si. Marian reparou que as mãos dele tinham um pouco de sardas e que as unhas eram limpas e cuidadosamente aparadas. Pensou na cigarreira de Caleb, nele abocanhando um de seus seios. Caleb não era tão diferente daquele homem, era menos controlado, tinha menos compostura. Caleb basicamente não tinha unhas de tanto que as roía.

— Acabei de voltar de Chicago. Já esteve lá antes?

— Só a bordo de um trem, quando era bebê.

— Já esteve alguma vez fora de Missoula, tirando quando era bebê?

— Já estive em Seeley Lake, e meu tio me levou para Helena, uma vez.

— Mas não fora de Montana? — Marian balançou a cabeça em sinal negativo. — Bom, Montana é um bom lugar. Tão bom quanto qualquer outro que já visitei.

— Queria visitar outros lugares.

— Outros lugares são sobrevalorizados, na minha experiência.

— Quais lugares você já visitou?

— Muitos.

— Fora dos Estados Unidos?

— Sim, sim.

— Já esteve no Ártico?

— Não, Deus me livre. Parece medonho. — Barclay observou a reação dela. — Você gostaria de ir? Não acha que é muito solitário?

— Eu não me importaria.

Ele esboçou um sorriso maroto ainda mais no canto da boca.

— Já cansei de ser solitário, acho.

Marian assentiu, sem saber muito o que falar.

— Não vai perguntar por que me sinto solitário?

— Muito bem.

— Pode perguntar.

— Por que se sente solitário?

— É uma condição crônica. Meu pai me mandou para longe, para a Escócia, lugar de onde veio, quando eu era muito pequeno. Me mandou para uma escola perversa, escura e deprimente, administrada por pessoas perversas, escuras e deprimentes. Pessoas de almas escuras e sombrias, não a cor da pele, pois eram extremamente brancas. Sempre fui considerado uma curiosidade. Moreno demais para um escocês, branco demais para um Salish. Minha mãe é da etnia Salish. Você sabia disso?

Debaixo de sua prudente desenvoltura, Marian percebeu um tremor colérico quase imperceptível, como quando uma linha de pesca se estica ligeiramente após fisgar o peixe.

— Sabia.

— Você anda perguntando a meu respeito?

— Não — negou Marian com veemência. — Ouvi por aí.

Barclay parecia se divertir.

— Isso quer dizer que você sabe meu nome, apesar de eu ter sido grosseiro e não me apresentado.

— Você é Barclay Macqueen.

— O que mais sabe a meu respeito?

— Você cria cabeças de gado no Norte.

— O que mais?

— É um homem de negócios.

— Que tipo de negócios?

Marian o encarou e deu um trago no cigarro. Aquele tabaco era mais suave do que qualquer coisa que já havia fumado. Era mais forte também.

— Você cria gado, como eu disse.

— O que mais você sabe?

— Mais nada.

— Você entende de discrição. Isso deve ajudar nos seus negócios. — Ele lhe dirigiu um olhar de soslaio. — Seus negócios com o padeiro. — Marian sorriu, mas desviou o olhar, para que Barclay não visse. — O que as garotas de Miss Dolly falam a meu respeito?

Receosa, porém atrevida, Marian respondeu:

— Falam que você gosta de tudo do seu jeito.

Ele tinha um tipo de risada agressiva e alucinada.

— É verdade. Gosto mesmo. Por que não deveria gostar? Todo mundo deveria saber o que quer. — Seus olhos percorreram o rosto de Marian por completo. — Marian Graves, o que você mais deseja no mundo?

Ninguém jamais havia perguntado aquilo para ela. Pilotar. Ser piloto. Ser piloto. Era tão simples falar que queria ser piloto, bastavam duas palavras. Porém, ela apenas respondeu:

— Não sei.

— Às vezes, discrição excessiva se torna um empecilho. — Quando ela não respondeu, Barclay continuou: — Se não vai me dizer o que quer, então não posso te ajudar a conseguir. E eu quero te ajudar.

— Por quê?

— Fui com a sua cara. — Ele jogou o cigarro no chão e o apagou com a sola de um dos sapatos pretos e engraxados. — Gostaria de saber o que sei a seu respeito?

Quase sussurrando, Marian respondeu:

— Sim.

— Seu pai era o capitão do *Josephina Eterna*, mas acabou sendo preso. Sua mãe desapareceu. Você e seu irmão foram enviados para morar com o seu tio, Wallace Graves, que, na minha opinião, é um excelente pintor, apesar de ser cachaceiro e péssimo jogador. Impressionada? Sei também que você ainda não tem nem 15 anos. Sei que é uma boa motorista e mecânica e que trabalha como entregador para Stanley. Entregadora. Ao que parece, o padeiro gosta da sua originalidade. Para ele, você é uma espécie de troféu. Stanley tem estilo para um reles João-ninguém. Você não furta, você não fala. Agora, quanto ao motivo de não estar encrencada com os federais ou coisas do tipo, se deve, em parte, à sorte e, em parte, ao fato de os agentes da lei serem preguiçosos e corruptos. E, nos últimos meses, em parte, graças a mim.

Marian tentava não demonstrar o quanto estava atordoada.

— Tudo isso porque vou com a sua cara. Mesmo agora que está disfarçada como um garoto, embora seja pouco convincente, ainda vou com a sua cara. Você tem uma espécie de apelo shakespeariano. Você não vai entender o que quero dizer.

— Quer dizer *Noite de Reis*?

— E também *Do Jeito que Você Gosta*. E *O Mercador de Veneza*. Pensei que não frequentasse a escola.

— Existem outras formas de aprender as coisas.

— É verdade.

Marian apagou o cigarro com a sola da bota e jogou a bituca fora. O nervosismo deu lugar a um pressentimento acumulado, deliberado. Sabia, sem ao menos saber, como ele queria que ela fosse. Divertida, arredia, pouco resistente. Estava ciente de que segurava com força o degrau em que estava sentada e da forma como ele observava quando ela esticava as pernas.

Barclay continuou:

— A princípio, o que não consegui entender completamente foi o porquê de você dirigir para Stanley. Sim, entendo que é por dinheiro, mas boa parte das garotas da sua idade não são tão atraídas por dinheiro a ponto de largar a escola e se aventurar a trabalhar como entregadora clandestina de bebida. E, como seu irmão ainda está na escola, o incentivo não pode ter vindo do seu tio, senão ele também teria feito seu irmão sair da escola e trabalhar. Como estou me saindo?

— Bem.

— Bem. Já basta. Vou dividir com você algumas hipóteses que tenho e sobre o que concluí, daí você pode me corrigir se eu estiver equivocado — anunciou Barclay enquanto a observava. — Achei que, talvez, você estivesse encarregada de ajudar seu tio com as dívidas, que não param de se acumular. Ele nunca para de se endividar. Mas, pelas minhas pesquisas, você não tentou pagar ninguém. Então pensei que, talvez, estivesse atrás de aventuras. Caso contrário, por que deixaria as garotas de Dolly te vestirem daquele jeito? Você gosta de estar disfarçada, quer como uma prostituta quer como um garoto.

— Isso não é um disfarce. É prático.

Barclay sorriu brevemente, com indulgência.

— Achei que poderia estar guardando dinheiro para fugir. Mas, então, comprou um carro e não foi a lugar algum. Assim, concluí que a questão não era o carro. Você queria comprar outra coisa. Então me ocorreu que você estava importunando algumas pessoas no aeródromo. Discretamente, fiz algumas perguntas e descobri que, sim, você andava por lá, desde o pouso de Lindbergh, coisa que foi há dois anos, perturbando os pilotos para que alguém te desse aula de voo. Mas ninguém vai te dar aula.

Marian não esperava que ele fosse tão meticuloso a ponto de descobrir seu desejo mais profundo. Não sabia que seu desejo era algo que poderia, com bastante paciência e empenho, ser desenterrado.

— Isso deve ser frustrante — falou ele, com tanta delicadeza —, ainda mais para alguém que deseja pilotar com todas as forças.

Ela estava com medo. O medo não vinha do nervosismo de antes ou da agitação que sentira no rio com Caleb. Não era uma apreensão normal, mas um temor ininteligível, um tipo de resistência primitiva àquilo que produzia faíscas entre eles.

— Não quero pilotar — falou Marian. — Foi apenas algo que me passou pela cabeça por um tempo. Achei que aprender a voar seria uma aventura.

— Gostaria que você confiasse em mim, Marian.

— Em um contrabandista de bebida que conheci em um bordel?

Marian queria que o comentário soasse como uma piada, como um alívio, contudo, havia avaliado mal. Barclay ficou emburrado.

— Sou fazendeiro e pecuarista — falou com calma. — Importante lembrar.

Uma coruja deslizou sobre eles. Bateu asas entre as árvores e desapareceu. Barclay a observava com desconfiança. A mudança de humor dele a deixava pouco à vontade. Queria cair em suas graças novamente.

— Eu estava cansada da escola e queria ganhar um pouco de dinheiro. Wallace nunca quis ter filhos, mas acolheu a gente porque tem um bom coração. Não havia mais ninguém. Eu só queria retribuir, ajudar.

— Mas o que você quer para si? Além dessa ambição de "ajudar"?

— Não sei. Nada. As coisas de sempre.

Barclay se inclinou em sua direção.

— Não acredito nem um pouco nisso.

Marian estava ciente da virilidade, do alcance da virilidade dele, da certeza com que seus sapatos pretos estavam plantados no chão, do mesmo cheiro que tinha sentido na casa de Miss Dolly, algum tipo de óleo para cabelo ou perfume, ácido e almiscarado. Perguntava-se quantos anos ele tinha. Não conseguia adivinhar. (28 anos.)

Barclay deu um sorriso matreiro de lado novamente.

— Em suas pesquisas, você descobriu que eu tinha apenas 19 anos quando meu pai morreu? Voltei para casa após passar um ano em uma universidade na Escócia. Ele deixou tudo para mim. A fazenda, mas também a responsabilidade de cuidar da minha mãe e da minha irmã, e, para minha grande surpresa, também muitas dívidas. Pensei que deveria ter algum mal-entendido. Um dos maiores proprietários de terra do estado, um homem que se destacou por ser devoto, comedido, que vivia de modo confortável, mas sem extravagâncias. Eu não conseguia entender como ele poderia ter tantas dívidas até que comecei a esmiuçar a papelada. Não passava de má administração. A coisa mais simples do mundo. Ele confiou nas pessoas erradas. Fez investimentos ruins. Cavava a própria cova, afundava-se aos poucos em um belo poço, cada vez mais profundo e escuro. Felizmente, foi parar em uma cova de verdade, antes que pudesse nos afundar ainda mais. Não suportaria contar para minha mãe. No final, nem precisei. Ocorreu que eu tinha um talento especial para identificar oportunidades, e isso foi há oito, nove anos, época de grandes oportunidades.

Os primeiros dias da Lei Seca. Barclay olhou para Marian, para ter certeza de que ela estava acompanhando.

— Tirei a minha família do fundo do poço e continuei trabalhando. Queria ter certeza de que nunca mais voltaria àquela situação. Encontrei os homens que ajudaram meu pai a cair no fundo do poço e destruí a vida deles. — O sorriso de lado. — Não que eles soubessem quem eu era. Prefiro uma abordagem indireta. — Ele ficou abruptamente soturno. — Estou dizendo isso porque quero que você saiba que compreendo o que é ser sobrecarregado pelos erros de outra pessoa quando você é jovem. Sei o que é ser subestimado. Mas ser subestimado pode ser uma oportunidade, Marian, se você souber aproveitar. Consegue entender?

Em sua experiência, ser subestimada não a levou a lugar algum, muito menos à cabine de piloto de um avião. Ainda assim, disse:

— Acho que consigo.

— Quando te vi pela primeira vez... Não sei como dizer isso... Te enxerguei como alguém que eu precisava conhecer. Você me fascinou. Caso contrário, eu não teria... — Barclay parou de falar e começou a arranhar a grama com o sapato, de forma melancólica. — Conheço garotas o tempo todo. E, normalmente, nem lembro mais delas. Se você fosse apenas mais uma, eu já teria me esquecido de você também. Achei que te esqueceria. Até esperei que sua memória se apagasse da minha mente, mas, em vez disso, você está sempre aqui. — Ele bateu na têmpora com um dedo. — Só bastou que eu te visse de relance. Alguma vez você já pensou em mim?

Recordando-se de quando pensou em Barclay, do jeito que pensava nele, Marian corou.

— Tenho que ir embora — disse, levantando-se e pegando a cesta.

Barclay estendeu a mão e agarrou a perna de Marian, logo abaixo do joelho, através de suas calças compridas. A pegada dele era forte, como as garras de um animal.

— Marian, tudo que quero é te conhecer melhor, ser seu amigo — disse, recompondo-se, soltando-a e encarando o seu rosto. — E, já que somos amigos, quero te dar um breve conselho. Caso esteja dando dinheiro a Wallace, é melhor jogar no rio. Averiguei o quanto seu tio deve. Ele nunca vai ser capaz de pagar, e, em algum momento, as dívidas vão ser cobradas. Eu poderia ajudar.

Marian desejava perguntar o quanto exatamente Wallace devia e para quem devia. As dívidas do tio mais pareciam um poço sem fundo onde ela sempre estava sondando, ouvindo o barulho das pedras caindo.

— Só porque eu estava vestida como uma prostituta não significa que eu seja uma.

O semblante de Barclay não mudou.

— Não esquece que você sempre pode me procurar.

Quando chegou à casa de Barclay, Marian não tinha nenhuma razão para ficar curiosa a respeito do imóvel, mas, ao sair de lá, parou por um instante, contemplando a garagem verde e branca do lado de fora e ao lado da qual havia estacionado a caminhonete de Stanley. Sua arquitetura lembrava um estábulo em miniatura, com espaço o suficiente para dois carros e portas de correr fechadas a cadeado. Havia duas pequenas janelas quadradas em cada lado comprido, e ela pensou que, se encontrasse algo para se apoiar, conseguiria ver o que tinha lá dentro. Estava curiosa para saber qual carro Barclay dirigia. Já tinha visto carros de contrabandistas de bebida por aí, aqui e ali, possantes Packards, Cadillacs ou Studebakers, o modelo Whiskey Sixes, e ouvira histórias sobre motores turbinados, pisos falsos e assentos personalizados, tanques de gasolina blindados, rodas especiais para dirigir em trilhos de trem e em pontes ferroviárias de madeira e sobre cavaletes.

Havia um balde e um caixote de madeira do lado de fora da garagem. Assim, Marian empilhou os dois e subiu, apoiando as mãos contra a janela. Lá dentro, havia um carro que ela vira apenas em revistas, mas nunca pessoalmente, um Cadillac Brougham preto e reluzente da Pierce-Arrow, comprido e mais baixo, com estribos largos, capotas rasantes e pneus de faixa branca. Um arqueiro prateado no capô apontava sua flecha para o mundo que se aproximava. Toda sua confusão relacionada a Barclay foi, naquele momento, substituída por um desejo ardente de levantar o capô daquele carro e olhar o motor de oito (Deus, oito!) cilindros. Um impulso desenfreado de bater mais uma vez à porta de Barclay e perguntar se podia ver o veículo se apoderou dela. Sabia que ele cederia, talvez, quem sabe, até mesmo permitisse que ela o dirigisse, mas, aí, já teria começado a ficar em dívida com ele.

Estava tão maravilhada que, a princípio, nem se deu conta do segundo automóvel do outro lado do Pierce-Arrow, nas sombras, quase todo coberto, exceto onde a lona tinha ficado presa na frente, mostrando um pouco de tinta cinza e um para-choque que ela conhecia muito bem.

• • •

— Não quero mais fazer entregas naquela casa — disse ela a Stanley. — Outra pessoa pode fazer isso.

Stanley parecia esgotado. Seu cabelo estava coberto com pó de farinha, e suas mãos enormes se entrelaçavam sobre o avental. Ele vinha enchendo os bolsos de dinheiro desde que a Lei Volstead fora aprovada, porém Marian não tinha ideia de como ele gastava. Morava na mesma casa de antes, trabalhava todos os dias na padaria. Sua esposa usava roupas comuns. Ele devia esconder todo o dinheiro em algum lugar.

— Tem que ser você. Ele pediu especificamente por você. Ele não fez nenhuma gracinha, fez? Porque, se não fez, você tem que fazer a entrega. Faz isso por mim, certo? Eu me arrisquei muito por você, acreditei muito em você. Ele me destruiria em um piscar de olhos se quisesse, e ele pediu por você especialmente. Estamos entendidos?

O que ela poderia dizer?

Marian só se recordava de uma noite em que não tinha conseguido dormir. Na noite em que seu pai voltou para casa, tinha ficado acordada na varanda enquanto Jamie cochilava na outra cama. Ele estava tão ansioso quanto ela, talvez até mais, porém, de alguma forma, o irmão caiu no sono, e, desse modo, apenas ela ouvira a voz de seu pai, baixa e indistinta. Somente Marian havia visto o vulto na janela da choupana quando ele fechou as cortinas. À luz da Lua, a grama alta entre a casa e a choupana parecia ter pontas de prata, como a pele de um lobo.

Desde então, por quase cinco anos, dormira fácil e profundamente todas as noites — *Você dorme como um anjo*, dizia Wallace —, mas, naquele momento, estava acordada novamente, pensando em Barclay Macqueen, ouvindo a respiração de Jamie. Uma estranha saudade do irmão tomou conta dela. Como era possível sentir saudade de alguém que estava dormindo bem ali, ao lado, em uma cama estreita, quase perto o suficiente para tocá-lo? No entanto, o irmão parecia ao mesmo tempo impenetrável, inalcançável, como algo que vemos de relance quando estamos a bordo de um trem em movimento, apagando-se velozmente no horizonte.

Barclay Macqueen. Ao fechar os olhos, Marian se viu na janela de Gilda espiando a fera, pela janela da garagem de Barclay, olhando aquele pedaço de capô cinza. Por que ele estava com o carro? Para piorar sua situação? Para tirar alguma coisa dela? Ou ele se ofereceria para devolvê-lo como parte de algum acordo futuro? Jamie lhe diria para não se envolver com Barclay. Diria que estava com um pressentimento ruim, e ela se esforçaria para explicar que também estava com um pressentimento ruim, como se estivesse em um rio à deriva sendo arrastada em direção a uma cachoeira, em pânico, apesar de também estar sentindo uma curiosidade desmedida e totalmente irresponsável. Em sua cama, tocou o pequeno hematoma que ele havia deixado quando agarrou sua panturrilha, sentindo uma dor incômoda e um prazer mais intenso.

Marian arrancou a coberta, calçou as botas e saiu da varanda. Uma Lua quase cheia despontava no céu. Na escuridão, caminhou a passos firmes até a cabana de Gilda. Nada aconteceu quando bateu na janela do minúsculo lugar onde Caleb dormia. Havia somente os reflexos da Lua. Caleb deveria estar nas montanhas. A luz da janela de Gilda também não estava acesa, mas, quando Marian se virou, a fim de retornar para casa, viu uma sombra na grama. Caleb estava dormindo do lado de fora, em um saco de dormir.

Não sentia medo, apenas uma determinação indistinguível vinda da necessidade. Enfiou-se ao lado de Caleb com a mesma urgência de um soldado entrando em uma trincheira. Ele acordou assustado, mas ela pressionou a boca contra a dele antes mesmo que ele pudesse falar. Ele relaxou. Já havia entendido. Ela tirou o pijama, e ele ficou pelado num instante. Caleb sempre pareceu uma pessoa pronta para ficar nua a qualquer momento. Ele a virou de barriga para cima. Marian sentiu a pressão do membro dele contra ela, farejando alguma coisa, violador, e, em seguida, uma pressão lancinante, calor e a sensação de ter sido invadida por uma lâmina sem corte. Marian constatou a dor e a estranheza como se tivesse se desprendido do corpo, observou a maneira como os cabelos negros de Caleb deslizavam sobre os ombros, o subir e descer dos quadris dele entre os joelhos dela. Imaginou os quadris de Barclay, os ombros de Barclay, a respiração de Barclay contra seu pescoço. Como não sabia o que fazer com as mãos, pressionou-as contra a grama.

Acabou rápido. Ela não sentiu prazer, mas alívio. Ao se levantar e se vestir, disse:

— Ainda não quero ser sua namorada — falou, olhando para ele, deitado, esticado sob a luz do luar como um gato esguio. Marian sabia que aquilo era verdade; Barclay tornara aquilo verdade.

Os dentes de Caleb brilhavam.

— Não se gabe tanto.

Marian cutucou as costelas dele com o pé.

— Imbecil — disse e começou a ir para casa, mais sonolenta e letárgica a cada passo.

Pela manhã, pela primeira vez: havia menstruado.

Missoula
Setembro de 1929
Dois meses depois

Olhando a lista de entrega que o Sr. Stanley lhe dera, Marian perguntou:

— No aeródromo?

— Pedido especial. Um cavalheiro chamado Marx — respondeu Stanley.

— Conheço todo mundo no aeródromo, e ninguém se chama Marx.

— Ele foi indicado.

— Por quem?

— Por alguém bom o suficiente para mim, e, se é bom para mim, é bom para você.

Quando ela chegou ao aeródromo, dois pilotos estavam sentados em dois barris de combustível do lado de fora do escritório geral, encostados na lateral enrugada, cochilando ao Sol. O céu da tarde era de um azul-intenso, sem nuvens. Se fosse eles, estaria voando. Ela gritou pela janela da caminhonete:

— Alguém conhece o Marx?

Eles despertaram.

— Sim, é o cara novo. Veja se ele está no hangar, lá no final — respondeu um deles.

— Tem alguma amostra grátis hoje, Marian? — perguntou o outro.

— Tenho alguns pães amanhecidos.

— Que tal um pouco de bebida?

— Depende, você vai me levar para voar?

— Depende.

Marian bateu de leve os dedos no volante.

— Tenho que encontrar Marx primeiro.

O piloto encolheu os ombros.

— Até lá, já terei ido para casa.

Marian dirigiu até o hangar maior e mais novo. Lá dentro, podia sentir um frescor arejado e ver as grades das janelas de vidro fumê. Na outra ponta, grandes portas deslizantes davam para a pista, e o retângulo de luz cintilante era entrecortado pelas compridas asas laranjas de uma aeronave, a frente apontada para fora, a fuselagem preta descia e terminava numa cauda laranja.

— Oi — disse um homem sentado em uma cadeira de acampamento sob a asa de bombordo, lendo um jornal, os pés escorados no degrau de uma escada. — Você deve ser a famosa entregadora de Stanley.

— Quem é que quer saber?

Deixando o jornal cair no colo, ainda com os pés escorados, ele majestosamente estendeu a mão suja, grande demais para seu braço magro, com dedos de pontas largas como as de um sapo.

— Do tipo durona, hein? Prazer, sou Trout Marx.

— Marian. — Ela equilibrou a cesta em seu lado esquerdo e se inclinou para apertar a mão dele, segurando com firmeza, pensando nostalgicamente em Felix Brayfogle. Aquele homem era feio para burro. Nenhum mistério sobre a origem de seu nome. A boca era curvada para baixo e quase impossivelmente larga, na verdade, era mais parecida com a de uma garoupa do que com a de uma truta. Ao falar, ele revelou uma serra amarelada de dentes tortos. O pouco que sobrava de seu rosto não ajudava muita coisa: as pálpebras eram caídas, embora uma mais do que a outra; as orelhas eram curtas, abas escavadas presas nas laterais da cabeça grande e redonda; e ele era totalmente careca. No entanto, tinha um jeito calmo e alegre e um charme de duende. — Que bela aeronave.

— Gosta de aviões?

— Sim.

— Já esteve em um, lá em cima?

— Algumas vezes.

— Já tentou pilotar um?

— Ninguém nunca me deu essa chance.

— Não? Por que não?

Não era necessário explicar o óbvio. Marian largou a cesta e caminhou debaixo da asa, examinando a estrutura sutilmente envernizada. O avião era novo o bastante, pois tinha um leve cheiro de banana, anedota química feita por alguém que diluía os solventes na aplicação de verniz. Ela fechou os olhos e inalou o cheiro.

— Parece que você está cheirando um buquê de rosas — falou Trout.

— É melhor do que rosas.

Ela deu a volta com o intuito de inspecionar a hélice prateada e as linhas avermelhadas em formato de raios de Sol, escurecidas pela graxa dos cilindros do motor. Pressentia que, se jogasse as cartas de forma certa, ele poderia aceitá-la como aluna; tinha que tomar cuidado para não dizer nada que o fizesse rejeitá-la como uma criança ou porque era uma garota.

— Qual é o fabricante?

— É um motor da Pratt and Whitney Wasp, 450 cavalos de potência. Uma baita melhoria.

— Velocidade máxima?

— Eles falam que chegam até 140, mas andei pilotando mais rápido que isso, e não pegou fogo nem nada. Essas luzes foram personalizadas, é bom para pousar à noite.

— Você faz muitos pousos noturnos?

— Alguns. Você sabe uma coisa ou outra sobre aviões, *né*?

— Leio horrores.

— Sério? O que você lê?

— Todas as revistas sobre aviação. Leio jornais e livros. — Como já tinha o olhar apurado, Marian logo captava as referências de mulheres que pilotavam e, assim, estudava suas façanhas como se estivesse tentando prever o futuro com borras de café. Não as idolatrava como os pilotos do sexo masculino, porém as invejava tão naturalmente que às vezes esse sentimento culminava em pura antipatia. As fotos obrigatórias das pilotos se maquiando na cabine lhe causavam repugnância, e todo o alvoroço em torno de Amelia Earhart, que recebeu o crédito por ser a primeira mulher a cruzar o Atlântico de avião, embora tivesse sido somente passageira do *Friendship*, confundia e irritava-a. Preferia idolatrar as aeronaves.

E preferia também Elinor Smith, que tirara sua licença de piloto aos 16 anos e, aos 17, em um biplano Waco 10, sobrevoou as pontes Queensboro, Williamsburg, Manhattan e Brooklyn, um percurso desafiador. (E lá estava Elinor em todos os jornais depois disso, passando a maldita maquiagem.) Em seguida, Elinor estabeleceu um recorde de voo solo de resistência, quase treze horas e meia, e, depois que alguém quebrou esse recorde, ela foi lá e o quebrou de novo. Vinte e seis horas e meia em um grande avião Bellanca

Pacemaker. E não parava por aí: depois ela estabeleceu um recorde de velocidade para mulheres: 190,8 milhas por hora.

— Que tipo de livro? — perguntou Trout mais uma vez.

— Você sabe, de pilotos. Sobre pilotos. — E, com orgulho, disse: — Li até um sobre teoria de voo.

— Sobre o que falava?

— Isaac Newton e o Teorema de Bernoulli, esse tipo de coisa.

— Teorema de Berno-quem? Nunca ouvi falar disso. Do que se trata? — perguntou Trout.

Marian, que pretendia somente fazer uma alusão viva e sabida, subiu no suporte do trem de pouso e espiou pela janela lateral da cabine. A comprida fuselagem estava vazia, exceto por dois assentos de vime pregados ao chão, lado a lado, nos controles.

— É difícil de explicar, mas tem a ver com o modo como o ar puxa o avião para cima. — Ela esperava que ele não a pressionasse.

— Bom, faz um tempo que piloto, e nunca ouvi falar disso. — Ele colocou o jornal de lado e se levantou ao mesmo tempo em que Marian desceu do suporte. Ele era apenas da altura de seus ombros, mas parecia forte. Robusto. — Vai querer subir ou vai ficar parada aí, babando? O tempo está bom.

Por um momento, Marian encarou o avião intensamente.

— Eu tenho dinheiro. Se você estiver disposto a me ensinar umas coisas, posso pagar uma aula.

Com as mãos nos bolsos, ele sorriu largamente, mostrando todos os seus pavorosos dentes amarelos.

— Que bom. Dinheiro é sempre bem-vindo. Mas essa aula vai ser gratuita. A aeronave já está abastecida. Só preciso que me ajude a taxiar.

Para uma máquina tão grande, o avião se movia facilmente. Cada um deles tomou um lado e empurrou um suporte de asa como se estivessem empurrando um arado para lavrar a terra, sendo banhados pelo dia luminoso. Em suas veias corria tanta adrenalina que Marian sentia a própria alma desnudada. Lá estava o seu professor. Sempre soube que ele chegaria.

— Você sabe como fazer uma inspeção externa? — perguntou ele, protegendo os olhos contra o Sol e olhando para Marian.

— Só na teoria.

— Como o Teorema de Ber-sei-lá-quem? Aqui, as coisas são mais simples. Você dá uma boa verificada na aeronave e se certifica de que ela não tenha buracos e nenhum vazamento de óleo em lugar algum. Você verifica os pneus. Só isso.

O Travel Air provou não ter buracos ou vazamentos evidentes, assim, Trout abriu a porta da cabine, perto da cauda, e disse a Marian que se sentasse à direita.

— Estibordo — falou Marian.

— Ah! Temos um Ber-não-sei-das-quantas!

Marian se curvou enquanto subia o piso em declive da cabine. O interior cheirava à gasolina. No piso, viam-se os buracos dos parafusos dos assentos que estavam ali antes. No lugar, havia alças de lona e ganchos de metal.

— Você transporta muita carga?

— Um pouco — falou Trout, subindo atrás dela.

Após se acomodarem e se acotovelarem por conta da cabine apertada, mesmo para um homem pequeno e uma garota magrinha, ele apontou para instrumentos colocados do painel:

— Aqui temos o medidor de combustível, a bússola, o altímetro, o tacômetro, a pressão do óleo, o relógio.

— Eu sei o que é um relógio.

— *Tá* vendo? Você é um baita gênio. Temos o indicador de velocidade do ar, o indicador de taxa de subida… — Ele lhe mostrou as alavancas, os pedais, os manches um do lado do outro, a manivela acima de suas cabeças que ajustava o estabilizador horizontal, os freios que só podiam ser acionados do lado dele. — Você não precisa decorar tudo de imediato.

Mas ela decorou.

Jamais havia subido em um avião que não exigisse que alguém girasse a hélice. Um disco fazia o motor elétrico girar, e o motor ligou, gerando uma nuvem de fumaça que subiu e depois se dissolveu. Alguns estampidos engasgados se transformaram em solavancos desnivelados. Era como sacudir pedrinhas em uma lata. Depois, transformaram-se em trotes impacientes de um cavalo galopando e, em seguida, em uma respiração ofegante, metálica e contínua. A hélice virou um borrão.

— Seria melhor um biplano para aprender o básico — berrou Trout por causa do barulho —, mas não tenho um no momento. A ideia é a mesma.

Trout fez com que ela operasse o leme de direção enquanto taxiavam, e Marian sentiu a guinada desajeitada do avião no solo.

No final do campo, Trout parou para verificar os medidores e enfiar um pedaço de tabaco na boca antes de empurrar a manete para frente. Eles sacudiram e deslizaram, ganhando velocidade. Marian sentiu a flutuabilidade do avião, o modo com que os pneus cravavam cada vez menos na grama. A fuselagem se nivelou quando a roda traseira se ergueu. Trout puxou o manche, e o avião se separou do solo.

— Ok, agora vou diminuir a velocidade — disse Trout, empurrando devagar o manche para frente. — Ela pode se inclinar mais, mas a gente não precisa fazer isso aqui. Nas montanhas, você tem que se inclinar de forma mais íngreme, mas aqui não temos nada além de espaço. — Lá embaixo, no fundo do vale, viam-se os hangares, os aviões em forma de cruz estacionados na grama, os grandes barracões do parque de diversão e o circuito oval de corridas.

Trout ajustou a manete e acionou o estabilizador.

Um novo medo a dominou: e se ela não tivesse aptidão para voar? A visão de si mesma como piloto era tão convincente que havia esquecido que não sabia voar, que teria que aprender. Pela primeira vez, o peso da decisão de abandonar a escola a deixou apreensiva.

— Ok — falou Trout —, assuma.

— O que eu faço?

— Basta tentar nivelar e deixar o avião reto.

Aquilo se provou mais difícil do que parecia, e ela teve que ajustar os controles conforme as instruções de Trout. Sentia uma estranheza onipresente por estar no ar, trabalhada por forças invisíveis, sempre se esforçando para manter o equilíbrio. O avião estava vivo, o ar estava vivo. Lá embaixo, sua cidade também estava viva, porém de maneira inexplicável, como um formigueiro: cheio de atividades minúsculas e frívolas.

— Quer tentar uma curva? — perguntou Trout. — Você assume o manche, e eu controlo o leme de direção.

— Consigo fazer os dois.

— É complexo.

— Eu sei o que é uma curva coordenada.

— Saber e fazer são duas coisas diferentes, mas, se você consegue, vai em frente.

O medo de Marian desapareceu. Não havia lugar para ele. Ela pressionou o pedal com o pé direito, girou o manche lentamente para a direita e tentou se equilibrar. O avião se inclinou e virou. Mas, é claro, aquilo tinha sido feito para voar, e os controles, para serem *controlados*. Mas, ainda assim, o fato de ela ter dito a um avião o que fazer e ele ter obedecido era algo transcendental. De sua janela lateral, viam-se as linhas negras e sinuosas das Montanhas Bitterroot, das copas das árvores. Do solo, o padrão daquilo tudo era invisível: a forma com que o rio fluía ao longo do vale em eventuais curvas, como quando se lança uma linha de pesca, o modo com que a água sempre se incorporava e depois se dividia e era separada por bancos de areia. A vista privilegiada trazia a falta de clareza também. Perdiam-se todos os detalhes, o mundo reduzido a uma colcha de retalhos. As árvores eram todas iguais. Os campos pareciam uniformemente planos e verdes.

— Acione mais um pouco o leme de direção — instruiu Trout. — Você sente como se estivesse escorrendo? — perguntou, cuspindo a gosma de tabaco em uma lata de café.

Assim que Marian pegasse equilíbrio e velocidade com o avião, as montanhas tomariam forma, e ela teria que fazer a curva mais uma vez, voando ao redor do vale como uma bolinha de gude dentro de uma tigela.

Quando aterrizaram, o motor foi desligado, e a hélice parou. Quase chegando ao hangar, Trout falou:

— Você tem talento nato para voar.

Alegria. Só alegria. Mal sabia Trout que tinha acabado de dizer as palavras que Marian mais desejava ouvir.

— Tenho? — perguntou ela, esperando que ele se explicasse melhor.

— Já tive alunos piores — disse, fazendo um gesto para ela descer.

Agora que havia voado, o Travel Air parecia diferente. Marian então conhecia a sensação do manche e dos pedais, o pontapé rítmico do motor quando soltava faíscas, a aparência da asa laranja apontando para o rio enquanto ela voava em torno dele. Estava se concentrando ao máximo para absorver totalmente o fato milagroso de que ela — ela, Marian Graves — estava pilotando uma aeronave, mas, então, quando a ficha caiu, ficou tonta.

— Voar só tem um problema: é *anti*natural — falou Trout. — Precisamos nos treinar para não seguir nossos instintos e precisamos desenvolver novos. Um exemplo simples, digamos que o avião entre em estol e você começa a perder altitude, o que você faz?

— Empurro o manche para frente e mergulho para recuperar a velocidade.

Trout concordou.

— Você deve ter lido isso em algum livro, mas, lá em cima, as coisas são diferentes. Quando isso acontece, a última coisa que você quer é mergulhar no céu, mas tem que fazer isso. Tem que apontar o nariz do avião justamente na direção *pra* qual você não quer ir. Leva tempo para desenvolver a mentalidade de um piloto. Tem que ter paciência. E uma confiança inabalável. Quando está lá em cima, você não pode ficar nervosa e parar de voar.

— Eu sei.

— Não, não sabe. Não sabe mesmo.

Será que ele estava prestes a lhe dizer para desistir? Ainda que tivesse falado que ela tinha talento nato? Será que ele havia identificado alguma incapacidade significante nela? O silêncio reinava em todo o vale. Nada de vento. Nem os passarinhos cantavam.

Por fim, ele perguntou:

— Então, o que achou?

A boca de Marian estava seca.

— Sobre o quê?

— Quer continuar com as aulas de voo?

Por um momento, ela não teve certeza se conseguiria responder.

— Me diz o seu preço, e eu vou encontrar uma maneira de te pagar.

Trout sorriu para ela, com as pálpebras caídas e enrugadas, quase fechando os olhos por conta da curva que sua boca gigante fazia.

— Tenho boas notícias para você. Mais do que boas. Tão boas que você mal vai acreditar — disse, fazendo uma pausa dramática.

— Acreditar no quê?

— Alguém quer bancar as suas aulas. Você não vai ter que gastar um centavo.

Por um momento, Marian ficou completamente desorientada, mas, com a mesma rapidez, tamanha desorientação foi substituída por certeza.

— Não — disse ela.

A enorme boca de peixe de Trout se curvou.

— Como assim não?

— Não.

— Marian! — Ele colocou as mãos nos ombros dela, sacudindo-os suavemente. — Isso é uma *boa* notícia. Você tem um benfeitor.

— Quem é ele?

— Para dizer a verdade, essa pessoa prefere o anonimato.

— Barclay Macqueen.

Trout ficou sério, de cara fechada.

— Não conheço esse nome.

— Só pode ser ele, mais ninguém. Não. Tenho que pagar do meu jeito.

— Receio que isso não seja possível. — Ao que parece, Trout estava sinceramente arrependido.

— Meu dinheiro não tem o mesmo valor que o de Barclay? — Claro que não tinha.

— Não sei de quem você está falando.

— Ele achou que eu não ia adivinhar. Não tenho uma multidão de gente brigando para pagar as coisas para mim. Ultimamente, só uma pessoa tenta fazer isso.

— Por que você não pode apenas aproveitar o presente?

Marian se virou, dizendo:

— Prazer te conhecer. Obrigada pela lição.

Trout ergueu as mãos.

— Tudo bem. Ele disse que talvez você não aceitasse a oferta de início, mas também disse que mudaria de ideia.

Marian pensou por um minuto.

— Ele é o dono do avião, não é?

— Tecnicamente, o dono é o Sr. Sadler. Ou seja, receio que não posso permitir que você pague pelas próprias aulas. Se o avião fosse meu, você pagaria. Se eu tivesse um avião como esse, faria muita coisa. — Parecia que ele ficava ainda menor enquanto falava, curvando-se dentro de si. De repente, Trout saiu a passos largos em direção ao hangar, suas perninhas andando de modo frenético.

Marian não o seguiu. Queria ficar sozinha com o avião. O motor ainda exalava calor e cheirava a óleo. Ela abaixou a cabeça e apoiou a mão na hélice como se fosse a tampa de um caixão. Se Barclay quisesse ser generoso, teria lhe oferecido o avião e permitido que ela pagasse a Trout uma quantia razoável para ter aulas. Poderia assim se tornar piloto à sombra da ditosa ilusão da autossuficiência. Mas, não, ele queria que ela soubesse que estava em dívida com ele. Por que, exatamente, não sabia, mas sabia o bastante para ser cautelosa.

— Elas não estão geladas — falou Trout atrás dela. Estava segurando duas garrafas de cerveja da cesta que Marian havia entregado. — Mas, depois de um primeiro voo, você precisa beber algo para comemorar.

Marian pegou uma.

— Obrigada.

— Vamos sentar um pouco — disse ele, sentando-se. Marian se sentou de pernas cruzadas ao lado dele. A cerveja era puro malte e estava morna. — Lembro-me de como era querer ser piloto.

Os primeiros raios do pôr do sol refletiam na superfície do avião.

— Desde o início, quando ninguém queria me dar aula, eu tinha certeza que era porque meu professor ainda não tinha chegado. Achei que ele simplesmente ia aparecer um dia e voar pela cidade do mesmo jeito que o primeiro piloto que conheci fez. Então, quando você disse que me levaria… — Desanimada, tomou mais um gole.

— Por que não deixar as coisas acontecerem do jeito que ele quer? Eu ganho dinheiro. Você aprende. Ele pode ser o seu patrono. Todo mundo fica feliz.

— Ele não está fazendo isso porque tem um bom coração.

Os raios de Sol refletidos no avião foram diminuindo até desaparecerem. Começou a esfriar.

— Talvez essa situação tenha a ver com o que eu estava falando sobre voar — disse Trout calmamente. — Você talvez tenha que contrariar seus instintos. E, por mais que queira se afastar, só vai conseguir lidar com isso se fizer o oposto.

— Eu deveria fazer o oposto para me afastar de Barclay? — perguntou Marian, encarando Trout.

Ele não conseguiu sustentar o olhar de Marian e ergueu mais uma vez as mãos.

— Não tenho nada a ver com isso, mas acho que ele tem boas intenções — disse, olhando de volta para Marian. — Você não acha?

— Não faço a mínima ideia.

— Posso ser sincero com você, Marian?

— Claro.

Trout pigarreou, e sua enorme boca se contraiu em uma careta.

— Você estaria me fazendo um grande favor. Ele colocou na cabeça que eu deveria te ensinar a pilotar. Sou um bom professor. Sou mesmo. Faço outros voos para ele. Transporto coisas para o Norte. Entendeu o que quero dizer?

Claro que Marian havia entendido. Não era de se admirar que não houvesse assentos para passageiros. O avião servia para trazer bebida do Canadá. Ela balançou a cabeça em sua própria ininteligência.

— Não? — perguntou Trout.

— Sim, entendo. Só me sinto... idiota.

Com a ponta da garrafa, Trout apontou para o avião:

— Você pode acoplar esquis no avião, útil para o inverno. Pode acoplar flutuadores e pousar na água. O que transporto é somente uma gota no oceano, mas seu amigo é astuto o bastante para saber que, de pouco em pouco, logo se alcança muito.

Esquis! Marian se esqueceu momentaneamente de seu conflito, tão emocionante lhe parecia aquela ideia.

— Você pousa com esquis?

— Aprende a voar comigo, e você também vai pousar com esquis.

Uma nova visão para se refletir e idealizar: Marian pilotando o Travel Air, sobrevoando uma campina plana e nevada, deixando um rastro flamejando na neve ao aterrizar.

— Tenho mulher e filhos. Eu ficaria em dívida com você. — Os lábios de Trout fizeram uma longa curva tristonha. De dentro da jaqueta, ele tirou um caderno e um lápis e os entregou a Marian. — Olha, é aqui que você registra os voos.

As páginas do diário de bordo tinham linhas e cabeçalhos como Data, Aeronave, Registro da Aeronave, Tipo de Motor, Condições Meteorológicas, Duração e Observações. Trout entregou-lhe uma caneta.

— Vai, preenche a primeira linha.

Quando Marian parou na duração, Trout disse:

— 37 minutos. Coloque "aulas" na parte de observação. Minha nossa, sua caligrafia é horrorosa.

Quando ela tentou lhe devolver o diário, Trout recusou:

— Não, é seu. Quase ia me esquecendo. Feliz aniversário.

— Foi ontem.

Jamie e ela tinham 15 anos.

Marian saiu do aeródromo e foi direto para a casa verde e branca de Barclay. Bateu na porta da frente e continuou a bater até que Sadler a abriu.

— Ele não se encontra — anunciou Sadler.

— Fala para ele que tenho uma condição — pediu Marian.

— Quê?

— Quando eu estiver capacitada, diz que vou trabalhar para ele transportando bebidas. Não preciso de caridade.

— Ele não vai aceitar.

— Sem problemas. Como eu disse a ele, eu nunca quis aprender a voar mesmo. — Eles se encararam, e Marian logo intuiu o quanto Sadler não gostava dela por complicar seus deveres. Nada disso era culpa dela, até queria lhe dizer. Barclay poderia simplesmente tê-la deixado em paz. — Você vai dizer a ele?

Sadler esfregou o rosto como se estivesse avaliando a própria barba.

— Quer um conselho?

A pergunta esgotou as forças de Marian.

— Como posso querer um conselho se nem consigo entender o que está acontecendo?

Sadler a observou por um longo momento e disse, fechando a porta:

— Vou dizer a ele.

Conforme retornava à padaria de Stanley, Marian pisou no acelerador. A velha e apertada caminhonete de entrega balançava enquanto ela fazia as curvas. Com uma sensação de vertigem, imaginou-se puxando o volante, como um manche, sentindo os pneus se separarem da estrada. Barclay aceitaria. Sabia em seu íntimo que aceitaria. Não era bem o que ele queria, poderia descumprir suas promessas, mas não o deixaria fazer isso. Aprenderia a pilotar e, depois, trabalharia como piloto. Uma sensação intensa de arrebatamento se agitava dentro dela. Felicidade. Era felicidade.

EXTERIORIZE, EXTERIORIZE

SEIS

Uma vez, quando tinha 15 anos e estava em uma pausa nas gravações de *Katie McGee*, meu asqueroso amigo Wesley e eu pegamos o Porsche de Mitch na calada da noite e fomos até o deserto, para tomar ácido e assistir o nascer do sol. Pensávamos que ficaríamos deitados nas pedras sob o céu estrelado, mas estava frio e ventava muito, então acabamos sentados no carro com o aquecedor ligado. Após o efeito das drogas, não gostei nada da aparência do rosto dele. Eu tentava me concentrar em qualquer coisa que não fosse ele, porém, seu rosto horroroso chegava cada vez mais perto, sombrio, branco e fino como uma folha de papel, como se alguém estivesse empurrando um ninho de vespas contra mim. O amanhecer rasgou a noite como um bisturi, surgindo por entre uma fenda vermelha, banhando as silhuetas das árvores espinhosas de Josué, que estendiam seus galhos frondosos contra os primeiros raios de Sol.

Quando voltei para casa, Mitch, que estava passando por um de seus períodos de sobriedade, estava deitado à beira da piscina com o jornal.

— Cadê o meu carro? — perguntou ele quando me joguei na espreguiçadeira ao seu lado.

— Fomos ao deserto. Wesley e eu queríamos ver o nascer do sol. Nada de mais.

— Quantos anos tem Wesley?

Não respondi. Eu realmente não sabia. Mitch virou uma página do jornal. Depois de um tempo, perguntou com calma:

— Você não acha que está um pouco descontrolada?

Normalmente, eu teria me irritado com sua hipocrisia, mas, como me parecia uma pergunta genuinamente curiosa, como se ele não soubesse a resposta, pois nunca esperei que ele fosse me perguntar coisa alguma, e como eu havia ido para o deserto esperando ter uma experiência transcendental e havia tido uma experiência pavorosa, respondi:

— Não sei, talvez.

Ele virou outra página do jornal.

— Sabe, você não precisa passar por essa fase rebelde. Basta pular ela.

Mas eu precisava. Eu não via outro jeito. Precisava purgar todos os meus sentimentos guardados, viver como se não houvesse amanhã, sem pensar nas consequências.

— Só se vive uma vez — eu disse para Mitch.

Gwendolyn não vazou o *sex tape*, mas, ainda assim, fui demitida. Fui demitida tão rápido que não pude deixar de ficar atônita com a rapidez da vingança dela.

Gavin du Pré me ligou pessoalmente.

— Você sabe quem está falando? — perguntou ele.

— Sim — respondi.

— Sabe por que estou ligando? — A voz dele estava tão baixa, tão impassível que era um verdadeiro milagre que algum som saísse de sua boca.

— Talvez eu saiba.

— Gwendolyn está ameaçando vazar uma *sex tape* sua com Oliver, a menos que eu te demita. E adivinha onde ela conseguiu essa *sex tape*?

— Comigo?

— Isso mesmo. Com você. Então, olha, Hadley, estou em uma situação delicada. O que você faria no meu lugar? O que você faria se tivesse dado a uma atriz a oportunidade da vida dela e ela te retribuísse sendo *imensamente* ingrata e desrespeitosa?

— Se eu fosse você — respondi —, e, olha, mesmo nem te conhecendo tanto, mas pelo que conheço, provavelmente ia oferecer algum tipo de condição que envolvesse chupar o meu pau para chegarmos em um acordo.

Gavin du Pré se calou. Parecia o silêncio de um filme de terror, aquele tipo de silêncio que antecede a cena em que alguém aparece do nada e o apunhala até a morte.

Por fim, ele disse:

— Não sei do que você está falando, mas, se fizer esse tipo de insinuação caluniosa em público, vai ter que arcar com um processo extremamente prolongado e danoso à sua carreira que exporia tudo que você já fez e todo mundo. E, sim, você está demitida, e vou fazer de tudo para que sua carreira vá por água abaixo. Vou acabar com você.

Desliguei o celular e fui para uma sala sem janelas no andar de baixo da minha casa, uma espécie de sala de projeção com decoração marroquina. Deitei-me em um grande travesseiro com borlas e assisti a um programa sobre uma mulher que restaurava casas velhas caindo aos pedaços. Era uma mulher pequena e forte que usava uma pistola elétrica de pregos sem parar. As casas sempre terminavam com banheiras cujos pés tinham formato de garra, tipo banheiras vitorianas, lambris e ladrilhos de metrô. Pelas fotos que vi de quando eu era bebê, a casa dos meus pais fora de Chicago parecia um dos projetos do programa, se ela o tivesse abandonado pela metade. Em uma foto, minha mãe está me dando banho em uma banheira vitoriana, mas dá para perceber que o piso de linóleo está descascando e perdendo a cor. Em outra, dá para ver belos pisos de madeira, mas também um futom de aparência triste coberto com um lençol amarrotado. Não faço ideia de por que eles não arrumaram melhor o imóvel. Meus pais tinham uma grana, o bastante para comprar o avião Cessna que acabou matando-os. Não sei se eles queriam viver daquele jeito ou simplesmente não tinham grana suficiente para mudar.

Acabou que adormeci.

Na manhã seguinte, a notícia já havia se espalhado em todos os meios de comunicação, desde o *The Hollywood Reporter*, sites de fofoca, até a CNN, um circo midiático e peçonhento, tudo regado a doses generosas de chantilly. Tive três mil notificações no Twitter. "Novidades", tuitei. "Nada dura para sempre. Vamos partir para outra". Em seguida, apaguei minha conta e desliguei o celular.

Claro que minha intenção era enfurecer Gwendolyn, ostentar que eu não apenas tinha o que ela mais queria, como também havia jogado fora. Eu sabia que esse era o resultado provável, ainda que estivesse estropiada, cambaleando como um cavaleiro de desenho animado que acaba de ser carbonizado por um dragão.

Eu estava deitada no sofá, assistindo a um programa imobiliário diferente, um em que pessoas irracionais compram casas baratas em lugares tediosos, recebendo pequenas doses de endorfina de estranhos aleatórios que tomavam decisões, quando Augustina me lembrou que eu tinha agendado uma sessão com meu personal trainer. Eu deveria estar entrando em forma para o quinto filme, comendo nada além de peixe e couve, pensando somente no meu tríceps, mas isso não tinha importância agora.

— Você pode cancelar — disse Augustina — Ele entenderia.

Mas eu precisava tirar a bunda do sofá. Falei que iria sozinha, de carro. M.G. estava armado. Na garagem, acelerei devagar, com cuidado, atenta aos processos judiciais, enquanto saía da minha toca. Eles encheram as janelas do meu carro com lentes. As mãos dos paparazzi colaram no vidro como estrelas-do-mar.

— Você quer que eu faça eles recuarem? — perguntou M.G. Ele só abria a boca quando era absolutamente necessário. Em geral, era somente uma presença furtiva com a cara fechada, perto de mim. Mas eu disse que não, que estava tudo bem.

Um fotógrafo se jogou de barriga sobre o capô do carro para tirar fotos do meu rosto. Dei uma freada brusca, para que ele saísse de cima do carro, e gritei: "Saia de cima da porra do meu carro!" Mesmo com as janelas fechadas, dava para ouvir o barulho das câmeras fotográficas. Um enxame de insetos robóticos, apostando alto de cima de suas motocicletas. Cem projetores de filmes antigos rodando ao mesmo tempo.

Exteriorize, disse meu personal trainer. *Exteriorize*. Eu deveria olhar no espelho e exteriorizar, em minha mente, o corpo que eu desejava. Segurando os pesos, inclinei-me para a frente, dobrei os joelhos, abri os braços para fora e para cima. Meu treinador chamava aquilo de exercício borboleta. Tentei imaginar o corpo que queria, porém tudo que vi foi uma borboleta tentando voar lentamente pelo ar pesado e pantanoso.

— Espinha ereta, trave os glúteos e o abdômen — dizia meu treinador.

Há algum tempo, tive um psiquiatra, por um curto período, que me disse para imaginar um tigre radiante sempre que eu duvidasse de mim mesma, para imaginar que o tigre era minha fonte de força, minha essência. Eu deveria imaginar o tigre brilhando cada vez mais forte e uma espessa camada de poeira caindo sobre todo o resto, até que o mundo inteiro ficasse cinza, menos o meu tigre. O tigre era como o frasco de misteriosa luz branca naquele filme de super-herói. O tigre era a fantasia. O tigre era eu. O tigre era tudo menos eu.

Todo mundo sabe que Los Angeles é uma cidade de negacionistas. Todo mundo sabe que Los Angeles é a cidade do silicone e dos preenchedores Restylane, dos carismáticos pregadores de bicicleta ergométrica e dos gurus de *kettlebell training*. A cidade dos cristais que curam milagrosamente, das tigelas tibetanas cantantes, dos probióticos e sucos detox, das colonterapias e de ovos de jade que você enfia na vagina e das poções milagrosas sem comprovação científica que você polvilha na sua sobremesa feita com coco e chia. Nós nos purificamos para a vida como se estivéssemos mortos. Los Angeles é uma cidade que tem mais medo da morte do que qualquer outra. Eu disse isso a Oliver uma vez, e ele me disse que eu estava sendo um pouco negativa. Disse isso a Siobhan, e ela me deu o nome de um psiquiatra. Falei isso ao psiquiatra, e ele me perguntou se eu achava que as pessoas estavam erradas em temer a morte. Falei que não achava que o medo fosse o problema, mas, sim, o esforço para não morrer. Disse que achava que as pessoas deveriam se esforçar para aceitar a morte, não desafiá-la.

— Hmmm — disse o psiquiatra. — Imagina um tigre.

SETE

Eu estava flutuando em uma boia na minha piscina. Sentia-me atordoada, como uma presa capturada por alguma ave de rapina que depois é solta pelos ares, um coração batendo dentro de um corpo inerte e estatelado. Com os olhos fechados, eu via uma cor laranja-sangue brilhante. Devo ter pegado no sono, ou quase, pois ouvi uma voz superbritânica dizendo:

— Você não devia dormir na piscina — falou Sir Hugo, assustando-me, e caí da boia. Tudo virou um borrão azul. Quando a água entrou no meu nariz, senti uma ardência me queimando por dentro. — Não achei que você estava realmente dormindo — constatou ele quando emergi da água. Hugo estava segurando uma garrafa de uísque pela metade e dois copos e tinha uma bolsa de lona sobre o ombro. — Augustina me deixou entrar.

Eu me arrastei até a borda.

— Eles ainda estão lá embaixo?

— Os fotógrafos? Ah, sim.

Enrolei-me em uma toalha, e nos sentamos à mesa onde uma vez comi tigelas de cereal com Alexei. Hugo serviu o uísque e ergueu o copo.

— Para um final.

Brindei.

— Agora, minha menina — disse ele, rosnando delicadamente —, o que você quer fazer? Vai tirar uma folga?

Imaginei o que faria com uma folga. Ficaria flutuando na piscina, fumando maconha, exteriorizando o corpo que queria, imaginando meu tigre, assistindo aos programas em que pessoas reformam casas, aguardando que alguma coisa acontecesse. Não era *des*agradável. Contudo, minha mente me refutava. Eu me via mais uma vez segurando um Oscar, visão que influenciava de modo negativo aqueles pensamentos incompletos e lacônicos, como em um desenho animado quando um cofre esmaga o gato. Eu estava no palco, erguendo a estátua acima da minha cabeça, vivendo o sonho padrão de todos em Hollywood. Meu braço e meu ombro pareciam perfeitamente tonificados. Uma multidão de gente estava de pé, até Gavin du Pré. Alexei também estava lá, um pouco melancólico.

— Prefiro seguir em frente — falei.

— Ótimo. — Ele parou por um segundo e respirou tão fundo que seu nariz achatou, sinal de que estava prestes a recitar alguma coisa. — Há momentos em que os homens são donos de seus destinos. A culpa, meu caro Brutus, não é das estrelas, mas de nós mesmos, se nos rebaixamos ao papel de instrumento.

— Os *homens* são donos de seus próprios destinos.

— As mulheres nunca são donas de seus destinos nesses versos.

— Nunca, cara.

— Tenho uma coisa para você. Está esgotado, então não seja descuidada. — Ele tirou um livro da bolsa e me entregou. A capa era dura e elegante, com uma luva cor de mostarda esfarelando nas bordas. Na capa, havia uma ilustração de um avião sobrevoando o oceano, o sol atrás dele e alguns M esticados, grafados superficialmente, espalhados para sugerir pássaros que voavam. O título estava escrito em itálico, de maneira elegante: *The Sea, the Sky, the Birds Between: The Lost Logbook of Marian Graves.* O cheiro da biblioteca pública de Van Nuys veio até mim, e eu quase podia sentir o pufe de vinil zoado que ficava no cantinho de leitura das crianças.

— Já li esse livro.

As sobrancelhas arqueadas de Hugo se ergueram.

— *Leu?*

— Não fica tão chocado, eu leio.

— *Lê* mesmo?

— Haha. Fiquei muito impressionada com ele quando era criança. Me senti representada, solidariedade entre órfãos, sabe? Sou do time Criados Pelos Tios. Achei que ele estaria cheio de mensagens ocultas, como cartas de tarô ou alguma coisa do tipo.

— Ah, sim — concordou Hugo. — Imagino que sim. Wee Hadley, a bibliomante, esmiuçando o texto em busca de sinais e presságios. É o tipo de livro perfeito para isso, não é? Principalmente as partes misteriosas. O que isso te diz?

— Nada.

— Isso não me surpreende. Na verdade, fico mais intrigado em saber se ela queria que o diário fosse lido ou não. Penso comigo que o fato de ter deixado ele para trás *sugere* que, no mínimo, ela não tinha coragem de destruir ele. O que você acha?

Pensei em mentir, porém, em vez disso, admiti:

— Não me lembro muito bem. Acho que eu tinha 10 ou 12 anos quando li.

— Então relê. E depois lê isso. — Ele tirou outro livro da bolsa, uma brochura. Na capa havia uma foto, uma imagem suave da parte de trás da cabeça de uma mulher enquanto ela olhava para um avião prateado, estacionado em uma extensão plana e branca. Uma gola de pele se erguia contra seu pescoço. Aparentemente, a revista *People* tinha usado, em relação à obra, as palavras *Irresistível... Deslumbrante... Ousado.*

Li em voz alta:

— *Wings of Peregrine: A Novel.* De Carol Feiffer.

— Para ser sincero — ele balançava as mãos —, não é um livro muito bom. Não tem a profundidade que se deseja, e a prosa às vezes é deplorável. Mas é a base para isso. — Da bolsa, ele tirou um maço de papel preso com um clipe grande e o jogou sobre a mesa. Um roteiro. Na folha de rosto, estava estampado em diagonal o nome da produtora de Hugo. — É dos irmãos Day. Bart Olofsson já foi escalado como diretor. Eles criaram algo bastante inesperado, meio na vibe dos irmãos Coen, um pouco burlesco, mas não tão sombrio. Com uma pitada de exagero, mas ainda emocionante.

— Quantos irmãos. Não vai tirar mais nada dessa bolsa, *né*? Acabou a lição de casa?

Ele virou a bolsa e a sacudiu.

— Nenhuma página a mais.

Fui dar uma conferida no roteiro.

PEREGRINE

escrito pelos

Irmãos Day

Baseado no romance Wings of Peregrine

de Carol Feiffer

Eu conhecia os irmãos Day. Kyle e Travis, gêmeos loiros com cortes de cabelo nazistas que apareciam no tapete vermelho fumando seus *vapers*. Apesar de não terem nem 30 anos, haviam produzido uma série excêntrica, violenta e original para a HBO, ambientada na cidade de Reno. Estavam fazendo bastante sucesso. Bart Olofsson havia produzido um filme indie bastante comentado, queridinho do Festival Sundance de Cinema, e depois três filmes de super-heróis, então era bem provável que este vendesse muito. Essas pessoas eram consideradas legais, e trabalhar com elas poderia fazer com que me considerassem legal também.

— De quem foi a ideia?

Hugo fez uma careta.

— É aí que a coisa complica. Os irmãos Day foram contratados e patrocinados pelo filho da mulher que escreveu o livro.

— Isso não ficou nada barato.

— Não, mas eles não teriam abraçado a ideia se não gostassem do projeto. Ou seja, eles gostaram. O nome do cara é Redwood Feiffer. Ele quer ser produtor. E já conhecia os irmãos Day por ser jovem, badalado e podre de rico. Ele é um Feiffer Feiffer.

— O que seria um Feiffer Feiffer?

— Tipo a Fundação Feiffer. O Museu de Arte Feiffer. O pai faleceu, o pai de Redwood; ele e a mãe estavam divorciados há anos. Seja como for, o pai morreu, e Redwood ficou com a maior parte da fortuna. Petróleo, acho? Talvez produtos químicos. Essas coisas horrorosas. A mãe do pai dele, Carol, escreveu esse livro. E aqui entra em cena a parte interessantíssima: a avó paterna dele não somente publicou o livro de Marian na década de 1950, como pagou *para que ela voasse*. A família inteira está envolvida na história. E Redwood é tipo o "bom samaritano das causas perdidas e criativas". Muito animado.

Logo, eu já havia entendido do que se tratava.

— Ou seja, ele quer algo diferente do rico desocupado. Ele acha que vai reinventar Hollywood.

— Sim, é basicamente o plano dele.

Não havia emoção em suas palavras. Por exemplo, como quando um general planeja um ataque aéreo e consegue estimar o número de vítimas civis. Tipo, um pouco de dureza profissional com o intuito de prevenir a compaixão. Em Los Angeles, sempre há um bando de garotos podres de ricos circulando, usufruindo de fortunas que sequer acumularam, como se tivessem nascido nos céus e tivessem sido criados em ninhadas pelas mãos dos fantasmas de seus ancestrais. Todos dizem a mesmíssima coisa, querem fazer *bons* filmes: projetos escolhidos pela qualidade do roteiro, visão atraente, voz original, etc., e *não* baseados em prospecções do mercado asiático. Querem reinventar algo que não quer ser reinventado, querem *desmantelar* um sistema de alcance mundial, mais complexo, predatório e consolidado do que eles imaginam. O plano deles é esse. Mas o de Hollywood é devorá-los vivos lentamente, de garfo e faca, tão devagar que, a princípio, eles nem se dão conta. Tudo começa com pequenas mordidas. As grandes ficam para o final.

Mas, para ser justa, Hugo também queria fazer bons filmes. Ele só precisava do dinheiro de outras pessoas para tal.

— É ele que está bancando o filme? — perguntei.

— Ah, não. Mas uma boa parte. E, francamente, como não podemos bancar as locações, aviões e CGI, recorremos à Sun God. — A Sun God Entertainment tinha o respaldo de fundos de *hedge* e ambicionava produzir filmes que eram caros demais para serem independentes, mas não o bastante para os estúdios. — Eles assinaram o contrato, e, agora, talvez tenha somente uma ligeira superabundância de quem come a maior fatia do bolo, mas acho que isso pode dar certo. Com a estrela certa, obviamente. — Ele piscou. — Não podemos te pagar muito.

— Defina muito.

— Podemos pagar a média. E alguma coisa no final.

— Siobhan vai *amar* isso.

— Dane-se Siobhan. Você não precisa de dinheiro. Esse é o momento para provar aos pessimistas maledicentes a sua capacidade. — Hugo estava falando com um tom de voz quase autoritário, como se eu fosse um exército medieval que ele estava tentando mobilizar a fim de dizimar outro exército que avançava sobre alguma charneca.

Mas do que eu era capaz? Eu sequer sabia. Imaginei-me ganhando o Oscar novamente. Eu merecia um Oscar? Não, mas quem é que de fato merece? *Exteriorize.* Hugo bateu as mãos nas coxas e se levantou.

— Pense nisso — disse, e eu o acompanhei até a saída. Mas, quando ele estava saindo pela porta da frente, falei:

— Preciso te dizer que Gavin du Pré está com raiva de mim. Talvez isso seja um inconveniente.

— Ele não está envolvido na produção.

— Mesmo assim, ele quer se vingar.

— E como é que você sabe que ele tem raiva de você?

— Tive essa impressão ontem, quando ele me disse que ia destruir a minha carreira. Ele disse exatamente assim… — Fiz a minha melhor voz estridente de vilão de quadrinhos e cerrei os punhos: — "Vou acabar com você."

Para minha surpresa, Hugo apenas riu.

— Você sabe quem é o mandachuva da Sun God?

— Ted Lazarus, não é?

— Você sabia que Ted Lazarus e Gavin du Pré se odeiam?

— Sei por cima.

— Você sabe por quê?

— Não.

— Gavin trepou com a esposa de Ted. Então está tudo bem. Tudo certo. Todo mundo vive querendo destruir uns aos outros. — Hugo pegou minha mão. — Esse vai ser um papel *muito* bom para você, minha querida. Vai te glorificar como atriz. — Ele beijou minha mão com um estalo alto e saiu andando. Enquanto aguardava meu portão abrir, ele se endireitou e, em seguida, conforme o portão se abria, curvou-se em uma reverência para os paparazzi, que o aplaudiram.

OITO

Depois que Hugo foi embora, entrei na banheira e abri o livro de Marian.

NOTA DO EDITOR

O texto contido nas páginas seguintes, leitor, percorreu uma jornada inacreditável antes de chegar às suas mãos.

Com certeza, pensei comigo mesma.

Em 1950, Marian Graves, uma piloto talentosa e autora deste pequeno volume, desapareceu junto de seu copiloto, Eddie Bloom, enquanto tentava circum-navegar o globo longitudinalmente, atravessando os Polos Norte e Sul. Eles foram vistos pela última vez em Queen Maud Land, no leste da Antártida, quando reabasteceram em Maudheim, o acampamento da Expedição Antártica Norueguesa-Britânica-Sueca. De Maudheim, deveriam ter voado até o continente, atravessando o Polo Sul, até a Plataforma de Gelo Ross, onde estavam os restos das várias bases construídas e utilizadas durante as expedições do Almirante Richard E. Byrd à Antártida, todas apelidadas de "Little America". Ainda que as bases estivessem abandonadas, o combustível que estava lá armazenado era mais do que suficiente para reabastecer o avião, o *Peregrine,* antes de Marian e Eddie empreenderem a última etapa de sua jornada, com destino à Nova Zelândia. Tragicamente, após a partida de Maudheim, nem piloto, nem copiloto, nem aeronave foram vistos de novo. Por quase uma década, ficamos sem saber o paradeiro deles. A maioria das pessoas presumiu que *Peregrine* havia caído em algum lugar impiedoso, Antártida adentro.

Agora, graças a uma descoberta espantosamente fortuita, sabemos que Marian e Eddie de fato chegaram à Plataforma de Gelo Ross. No ano passado, enquanto pesquisas eram feitas como parte colaborativa do Ano Geofísico Internacional, os cientistas que exploravam os restos enterrados da Little America III encontraram não somente os artefatos esperados da expedição de Byrd de 1939 a 1941, assim como um estranho pacote de borracha amarela. Eles chegaram à conclusão, para a sua grande surpresa, que era o tipo de colete salva-vidas de aviação conhecido como Mae West, que fora cuidadosamente enrolado ao redor do diário manuscrito de Marian com suas reflexões esporádicas e fragmentadas do voo: o manuscrito deste mesmo livro.

Receio não poder elucidar os motivos pelos quais Marian deixou para trás seu diário (e, de modo sinistro, um de seus dois coletes salva-vidas). Talvez ela tenha ponderado a chance de chegar à Nova Zelândia vs. a chance de futuros visitantes da Little America encontrarem o livro e tenha descoberto, de modo apavorante, após refletir muito, que a última possibilidade era mais provável. Podemos considerar um golpe de sorte que a base ainda existisse. Os icebergs estão incessantemente rompendo ou desmoronando a Plataforma de Gelo Ross, e metade da Little America IV, um acampamento mais recente de 1946 a 1947, já foi tragado pelo mar.

Por mais extraordinária que possamos achar a descoberta de que Marian voou para além do que era conhecido antes, percorrendo apenas 2.600 milhas náuticas a menos que uma circum-navegação Norte-Sul concluída, essa descoberta também carrega consigo uma verdade nua e crua: Marian Graves e Eddie Bloom decolaram da Antártida e se perderam. Apesar das teorias fantasiosas defendidas por alguns, podemos ter certeza de que eles jazem juntos nas profundezas das águas frias e tempestuosas, em uma tumba sem paredes, um lugar que permanece solitário além da imaginação, a despeito dos centenas de milhares que ali repousam em eterno descanso.

Recentemente, os escritórios D. Wenceslas & Sons têm sido palco de debates acalorados sobre se Marian teria desejado ou não que este manuscrito fosse publicado, sem ter a chance de editar e revisá-lo. A intenção do manuscrito era ser uma mensagem póstuma em uma garrafa? Ou ela estava abrindo mão de suas próprias palavras? Sem sombra de dúvida, tanto na conversa antes do voo quanto nas próprias páginas, para mim, Marian parecia ter sentimentos antagônicos a respeito de que seus escritos fossem lidos. Porém, como argumentei para meus colegas, se ela não quisesse que essas páginas fossem lidas, por que então não as destruiu, como poderia ter feito? Não chegamos a um consenso, e ela não deixou instruções, somente o próprio diário, abandonado em um lugar hostil e congelado. O que Marian nos deixou se assemelha mais a um esqueleto de um futuro livro do que a um livro propriamente dito, mas achei que ela preferiria que fosse publicado como está, em vez de embelezá-lo ou editá-lo. Além de simples correções de ortografia e gramática, não editei o que ela escreveu, pois o risco de deturpar seus pensamentos e intenções superava meus impulsos de sistematização gramatical.

Fico feliz por ter conhecido Marian. Gostaria que ela ainda estivesse conosco, mas sou grata por sua decisão, tomada há muito tempo naquele lugar desolado, de deixar um registro de seu último voo. Embora o registro, como o próprio voo, permaneça incompleto, pelo menos, aproximou-nos do fim.

Porém, como Marian ressalta neste texto, círculos são infinitos.

Boa viagem a todos,

Matilda Feiffer
Editora

1959

UMA HISTÓRIA INCOMPLETA DE MARIAN: DOS 15 AOS 16 ANOS

Setembro de 1929 a agosto de 1931

No mesmo mês em que Marian completa 15 anos e faz seu primeiro voo com Trout, um piloto de teste decola de um aeródromo em Garden City, Nova York. Ele já era conhecido por recordes de velocidade, acrobacias e voos de longa distância e, em menos de treze anos, será mais famoso ainda, depois de liderar dezesseis bombardeiros em um audacioso ataque contra o Japão, em plena luz do dia.

Jimmy Doolittle faz um círculo e pousa. É um voo breve, somente quinze minutos, rotineiro, exceto pelo capô fosco sobre a cabine, isolando-o de tudo, menos dos instrumentos. Voar às cegas, é assim que se chama. Alguns dos instrumentos são experimentais, entre eles o giroscópio de Sperry, seu horizonte artificial. Agora, com essa recente ferramenta, o avião (você) é sobreposto a uma esfera com um eixo cardan. Essa esfera é metade preta, na parte de baixo, e metade azul, na parte de cima (a terra, o céu) e serve para que o piloto se oriente em relação ao nosso planeta. Este objeto possibilitará o futuro. Antes, se as condições climáticas não fossem favoráveis, os pilotos não voavam, ou seja, era difícil programar os voos. Mais ou menos. Porém não existia nenhuma companhia aérea confiável. Os pilotos do serviço postal se arriscavam; muitos morriam. Antes, se você perdesse o solo de vista por tempo suficiente, provavelmente estaria encrencado. Se voasse por entre as nuvens, provavelmente acabaria em uma espiral e nem se daria conta do que estava acontecendo até ser tarde demais. Para cima, para baixo, esquerda, direita, Norte, Sul — um emaranhado horripilante, arrastando-o para fora do céu. Quando saíam ilesos desse emaranhado, os sobreviventes descreviam um estado de desorientação extrema.

Mas, quando Doolittle aparece com a invenção de Sperry, diversos pilotos, a despeito de seus muitos irmãos que acabariam morrendo em uma dessas espirais, não acreditam que tal instrumento seja necessário e se ofendem até mesmo com a sugestão de seu uso. Os mais prudentes observam com atenção os indicadores, para ter certeza de que não estão mudando de rumo por engano, porém, se você se distrair e começar a entrar em uma espiral, esses indicadores não servem de muita coisa. Os sortudos (entre eles, Trout) viviam dizendo uns aos outros que os pilotos mortos haviam morrido justamente porque não tinham aquela "coisa" enigmática e mágica.

A velha máxima entre os pilotos diz, meio que ao pé da letra, que você tem que voar sentindo o movimento da aeronave em seu assento. Ou seja, voar sem instrumentos, confiando nos seus instintos. Significado: um piloto de verdade sente cada movimento do avião no assento onde coloca o traseiro.

Mas é o seu ouvido interno, não o seu traseiro, que é o problema. E seu ouvido interno mente.

Um homem com os olhos vendados e rodando lentamente em uma cadeira giratória pensará, quando a cadeira diminuir a velocidade, que ela parou. E, quando a cadeira parar, ele pensará que começou a girar para o outro lado. O erro ocorre lá no fundo do ouvido, entre as minúsculas células ciliadas e o fluido que se espalha pelos canais semicirculares do labirinto ósseo. Eles são os minúsculos instrumentos internos impossivelmente frágeis que detectam a guinada, a inclinação e o giro da cabeça humana — engenhocas pequenas e maravilhosas, com certeza, mas que deixam a desejar quando o assunto é voar.

Imagine um biplano. Se entregue aos próprios mecanismos, o avião começará naturalmente a se inclinar, entrando aos poucos em uma curva equilibrada e traiçoeira que um piloto nem sempre consegue perceber. Nem sempre é possível perceber se o horizonte real está ofuscado pela escuridão ou pelas nuvens. Nem seu traseiro, tampouco seu ouvido interno, se encarregará de detectar uma curva equilibrada caso você esteja em uma por tempo suficiente, e, sem a ajuda dos instrumentos adequados, você pensará que está voando em linha reta e de forma nivelada. E o nariz do avião se chocará contra o solo; seu caminho se estreitará, começará a se assemelhar a um funil. Hoje em dia, é possível verificar se sua velocidade no ar aumentou e a altitude diminuiu, se o motor está fazendo barulho e se os cabos de sustentação estão rangendo, se os indicadores estão se movendo e se você está sendo pressionado contra o assento e, sem um horizonte artificial, você pode concluir que o avião está em um mergulho (velocidade aumentando, altitude diminuindo), não em uma curva. Neste ponto, o avião pode estar inclinado para a vertical ou mais além, pode até estar de cabeça para baixo, e, quando você puxa o manche para cima, para levantar o nariz, apenas estreita ainda mais a curva.

É a chamada espiral da morte.

Agora, uma dessas três coisas pode ocorrer: você sairá da nuvem com tempo suficiente para entender onde está o solo, nivelar as asas e arrancar. Ou o avião se quebrará sob a pressão. Ou você descerá em espiral diretamente ao encontro do solo, ou do oceano, ou seja lá do que estiver lá embaixo.

Com os instrumentos adequados, você tem a chance de nivelar as asas, ainda que as nuvens desçam céu abaixo e toquem o solo como a bainha de pura seda do manto alvo e diáfano usado por Deus. Contudo, acertar a direção, mesmo com o horizonte artificial, não é fácil. O céu está repleto de armadilhas e provações. Os pilotos relatam que, ao atravessarem as nuvens, seus instrumentos enlouqueciam, embora isso não seja verdade — os próprios corpos dos pilotos mentem, não os indicadores. Seu ouvido interno fica à vontade quando você entra em uma espiral. Mesmo depois de se desvencilhar dela, quando os instrumentos lhe informam que você está voando em linha reta e de forma nivelada, e você está mesmo, seu ouvido se engana. Você é o homem de olhos vendados na cadeira giratória. O fluido dentro daquele labirinto ainda está em espiral, e as minúsculas células sensoriais ciliadas insistem que você também está. Seu ouvido praticamente implora para que você manobre mais para o lado, saindo da espiral. Às vezes, os pilotos ouvem e se colocam de volta nela. Um nevoeiro de esquecimento oculta o solo, a verdade.

É difícil acreditar nos instrumentos, naquele conjunto de janelinhas desalmadas no painel, é difícil não ouvir a insistência do próprio corpo, tão certa quanto viver e respirar, de que você, como em um funil, precipita-se para a morte.

Mas você não morre. É somente uma pessoa com vertigem dentro de uma nuvem. Apenas isso.

No segundo mês após Marian completar 15 anos, outubro, a Bolsa de Valores de Nova York entra em colapso. Quinta-feira negra. Terça-feira negra. Tudo em espiral. Tudo desmoronando.

Contudo, Marian mal repara. Wall Street parece um lugar tão distante, afinal, ela está voando.

Lá de cima, alto o bastante, as montanhas com suas manchas flamejantes de outono se assemelham a rochas cobertas de líquen, brilhantes e nodosas, e Marian se dá conta de que elas na verdade não passam de rochas, reduzidas ao tamanho de um mosquito. Qual é mesmo a diferença entre ela e um mosquito? Qual a distância entre os planetas? Em relação ao tamanho do Sol?

Não, você não pode voar todos os dias, Trout lhe diz quando ela pergunta. Não cedo demais. É necessário dar um tempo para que seu cérebro absorva as coisas.

Seja como for, Trout não pode lhe dar aula todos os dias. Ele tem que voar até o Canadá, para buscar bebida em algum povoado, em condições inadequadas, e aterrizar em alguma pista de pouso estreita, escondida nas montanhas. Lá, homens com carros possantes estão aguardando, a fim de distribuir a carga em pontos desconhecidos. A nação está com sede. O país inteiro quer beber, para esquecer suas preocupações. Caso Trout pouse depois do pôr do sol, os contrabandistas iluminarão a pista com os seus faróis, formando um pequeno retângulo verde e brilhante no vasto nada à sombra das montanhas.

Marian continua fazendo entregas para Stanley. E quase provoca um acidente quando freia do nada ao dobrar uma esquina, sonhando acordada que estava operando um leme direcional.

Segundo Trout, praticar é tudo que ela precisa para ser competente. Agora, para ser boa, Marian precisa praticar mais e mais, ter um pouco de habilidade natural e uma paciência de Jó. Para ser ótima? Trout encolhe os ombros. Nem todo mundo tem dom para ser ótimo.

Ela não lhe diz que está decidida a ser a melhor. Trout provavelmente diria que não existe tal coisa, que ela pode muito bem estar decidida a se tornar um pássaro de verdade, e até pássaros se perdem ou são apanhados pelas intempéries, entram nas coisas, erram o caminho até acabarem colidindo.

Após seis aulas de uma hora cada, Marian faz voos-solo. Trout acredita que é melhor que ela faça esses voos mais cedo, e não ao anoitecer, para acumular mais experiência.

— Basta voar do mesmo jeito — diz ele.

Marian voa alto e fica sozinha no céu, mas está tão concentrada que nem consegue se entusiasmar. A voz de Trout se alojou em sua cabeça, fazendo-lhe companhia. Ela quica ao pousar, e Trout acena para que ela levante voo novamente. Marian voa em círculos, alinha, ainda quica um pouco a aeronave no chão. A terra abaixo, tão confiável e imóvel quando pisa sobre ela, transforma-se em uma coisa trêmula e instável na aproximação final. Ele acena. De novo. Mais uma vez.

— Se você vai voar de verdade pelas montanhas, tem que ser habilidosa o bastante para aterrizar em lugares minúsculos. Do contrário, vai despencar de um penhasco ou sair arrastando as árvores — afirma Trout.

— *Quando* eu vou voar de verdade pelas montanhas? — pergunta Marian, fingindo impaciência, embora saiba que não está minimamente preparada para pousar em qualquer lugar, exceto em uma pista plana com muito espaço aberto.

— Não tão cedo — responde ele.

Com um giz, ele risca uma linha na pista de pouso de Missoula. Marian terá que pousar o mais depressa que consegue para acertá-la. De acordo com Trout, os pilotos que voam pelas montanhas precisam saber aterrizar rapidamente. Ele quer que Marian aterrize 15m longe da linha marcada, que acerte nove de cada dez tentativas. Todas as ambições dela têm a ver com exatidão, precisão, nervos de aço e sentir cada movimento do avião no assento onde coloca o traseiro.

• • •

E, claro, há Barclay Macqueen.

— Trout me disse que preciso me livrar dos meus velhos instintos e substituir eles por novos — diz-lhe ela na varanda dele, com a cesta de entrega esquecida a seus pés. — Porque, se fizer o que parece natural, você pode morrer.

— Eu não faço isso.

— Tipo, se você estiver se aproximando, não dá para simplesmente apontar o nariz do avião para o solo, porque isso vai aumentar a velocidade, e, daí, você sai voando para longe como um balão de ar quente. Ou, se você não fez uma curva fechada o suficiente para alinhar, não dá para operar o leme direcional, ou você entra em uma espiral. Trout falou que assim posso evitar entrar em uma espiral da morte e não causar problemas para ninguém.

— Parece perigoso.

— Claro que é perigoso.

Ao retornar para ter a segunda aula com Trout, Marian sabia que estava aceitando o patrocínio de Barclay e, consequentemente, sua presença e também a pergunta sem resposta sobre o que ele exigiria em troca. No entanto, ela disse a si mesma que, ainda que não tivesse retornado para o aeródromo, Barclay teria arrumado um jeito de se infiltrar na sua vida de qualquer maneira.

— Você não sente medo? — pergunta Barclay.

— Não. Quer dizer, às vezes sinto um pouco, mas vale a pena.

— Para ser sincero, prefiro que você fique aqui, no chão mesmo.

Com medo, Marian acha que Barclay dirá exatamente o que pareceu dizer: ele prefere que ela fique presa ao solo e, assim, irá impedi-la de voar. Mas Barclay morde um dos bolinhos de creme enviados por Stanley, e o açúcar de confeiteiro dá um banho em seu colete preto.

Nem Barclay nem Marian tocavam no assunto de que ele estava bancando as aulas de voo. Por um lado, ele nunca mencionou o recado que ela dera a Sadler, o plano para pagá-lo, nem que ela considerava aquilo um acordo tácito. Por outro, Marian nunca lhe contou que sabia que o carro de Wallace estava na garagem dele. Nunca mais falaram sobre Miss Dolly. Os dois simplesmente fingiam que haviam começado uma amizade, a entregadora de bebidas e seu amigo fazendeiro endinheirado. Contudo, aquele estado de negação teria vida curta. Marian sentia o peso do desenrolar daquela situação em seus ombros.

Ela espera, mas Barclay continua comendo o bolinho. Ele se lambuza com mais açúcar, que gruda em seu queixo, e, quando Marian percebe que ele não parará de bancar suas aulas, fica boba de ternura. Ela estende a mão para acariciar o queixo de Barclay, porém ele agarra seu pulso, segurando sua mão.

• • •

Lá em cima, a vida é inexoravelmente mais tridimensional do que no solo. Marian deveria ficar atenta aos três eixos do avião, onde ele está no espaço, onde estará no próximo segundo e no próximo minuto. Trout a fazia decolar e pousar, decolar e pousar, surgindo e desaparecendo no horizonte, acelerando e desacelerando, até que tudo isso começasse a parecerem funções de seu próprio corpo. Ela aprendeu a sobrevoar a curta distância de uma tenda, diminuindo a velocidade do planeio o suficiente para que os controles ficassem com folga, na medida certa, de modo que o empuxo fosse aproveitado pela aeronave. Aprendeu a perder a altitude em um vento cruzado, a famosa glissada lateral (ainda que, na maioria das vezes, não conseguisse chegar perto o suficiente da linha marcada por Trout).

Marian nem se surpreendia mais com as ruas e edifícios de Missoula em miniatura. A cidade mais parecia com o padrão de tecelagem de um tapete qualquer.

— Já basta de círculos — declarou Trout um dia. — Vamos para outro lugar.

Eles voam até o Lago Flathead e retornam. Não era assim tão longe, mas já era alguma coisa. Em seu diário de bordo, pela primeira vez, ela escreve na coluna de observações: "Cruzando o estado".

Em seu diário de bordo, "cruzando o estado" aparece com frequência. Trout a instrui a voar pelos trilhos ferroviários, estradas e rios, seguindo a bússola e o relógio. Marian fica com um mapa em um joelho e, no outro, um bloco de notas, para fazer cálculos. Ela acaba descobrindo que o ar é mais suave ao amanhecer e ao anoitecer e aprende a estar sempre procurando onde pousar se o motor falhar.

Ela não compreendia o vazio despovoado de Montana, nunca tinha perdido a ideia fantasiosa de que, uma vez que voasse alto o suficiente, iria se deparar com uma vista esplêndida do resto do mundo. Mas, até agora, só tinha visto vales e montanhas, árvores e árvores, e mais árvores, o Sol se desvanecendo. Marian ansiava por algo diferente.

Quem sabe eles poderiam sobrevoar o mar, ela sugere a Trout.

Tudo no seu devido tempo, diz ele.

Um belo dia, em algum lugar entre Kalispell e Whitefish, Trout aponta para um telhado em um vale e diz:

— Aquela é a Bannockburn.

— O que é Bannockburn?

— Pensei que você sabia. É a Fazenda Macqueen.

Uma grande casa com chaminés, rodeada por montanhas e vales verdejantes.

— Até onde essas terras vão?

— Ah, não sei. Acho que vão longe.

Bannockburn, Jamie disse à Marian mais tarde, é o nome de um poema a respeito de uma batalha que os escoceses venceram contra os ingleses. Ele tinha lido na escola e encontrou o poema em um livro. Era de Robert Burns.

Em Bannockburn, os ingleses tramavam,
Mas os escoceses perto dali aportavam,
Esperando os primeiros raios de sol que brotavam…

— O que aconteceu depois dessa batalha? — perguntou Marian a Jamie.

— Os escoceses se tornaram independentes, por um tempo.

É chegado o dia, é chegada a hora era a frase de Robert Burns que martela na cabeça de Marian.

Certa tarde, Marian faz um voo-solo mais longo que o planejado e, sozinha, voa para Oeste, em direção ao Sol poente. Em seu encalço, a escuridão a perseguia, alastrando-se sobre a abóboda celeste até se transformar em uma faixa vermelho-ferrugem à frente. Ao retornar, as estrelas se aglomeravam na retaguarda. Trout pede aos caras do aeródromo que iluminem a pista com seus faróis, para que Marian consiga pousar. Trout se sente aliviado demais para ficar bravo com ela, porém muito bravo por se sentir aliviado.

— Se você morresse, em quem acha que ele ia colocar a culpa? — perguntou à Marian.

Outubro se transforma em novembro. As árvores ficam douradas, e as folhas dos álamos se parecem com damascos frescos. A natureza se inflama e cintila.

Na choupana, um pouco de dinheiro desaparece dos esconderijos de Marian. Wallace, é claro. Ela guarda o resto no banco, embora pareça esquisito depositar seus ganhos ilícitos em um lugar tão obediente à lei. Alguns dos livros mais antigos e ricamente ilustrados de seu pai desaparecem logo em seguida, e algumas das quinquilharias mais valiosas. Um cavalo de jade. Um colar de contas de marfim esculpidas em filigrana.

— Onde elas estão? — pergunta Marian a Wallace, no estúdio, exigindo saber. — Para quem você vendeu? — Ela tinha certeza de que o tio vendera tudo para Barclay Macqueen. Os cavaletes estão sem telas. Nem pintar mais, ele pintava. Pelo que sabia, também não estava indo para a universidade, porém, não sabia se tinha sido demitido ou somente parado de ir mesmo. A poeira cobria as manchas sólidas de tinta seca em suas paletas.

Afundando-se entristecido em uma poltrona, Wallace veste seu roupão por cima de uma camisa sem gola, aberta no pescoço. Está descalço e de ressaca e, com uma das mãos, apoia a cabeça em um braço da mobília. Marian se debruça sobre ele, e Jamie se esgueira atrás da porta.

— Enviei para um vendedor de coisas excêntricas em Nova York. Uma pessoa que conheci quando morava lá. O cavalo era muito valioso — responde Wallace.

— Vou comprar de volta. Quando te ofereceram por ele?

Wallace cita uma quantia astronômica. Marian não tem dinheiro para comprar de volta.

— Não era seu para vender.

— Marian, também não era nosso — fala Jamie.

Ela encara Wallace de forma ameaçadora.

— Por que você não pinta mais quadros e passa a vender *eles*? *Supostamente*, você é um pintor.

Wallace se encolhe na poltrona.

— Perdi minha habilidade de pintar.

— Perdeu coisa nenhuma, você só precisa subir as montanhas como costumava fazer — pontua Jamie.

Wallace balança a cabeça.

— Já tentei. Eu tento, mas não sai nenhuma pintura. É como se o braço que usava para pintar tivesse sofrido uma amputação.

— Não pode ser. O problema está na sua cabeça.

— Mas é claro que está na minha cabeça — afirma Wallace. — Faça *você*, então, já que é tão simples. Eu vejo seus esboços. Vai em frente e faça pinturas que as pessoas queiram comprar.

— As pessoas compram as aquarelas de Jamie — pondera Marian. — Ele vende elas na cidade.

Wallace, mesmo recolhido em sua humilhação e desalinho, faz uma careta de desdém. Agora que os desenhos e aquarelas de Jamie se tornaram muito bons, pelo menos aos olhos de Marian, Wallace as ignora.

— Pelo menos, eu estou tentando. Pelo menos, Marian está tentando — diz Jamie.

— Eu também estou tentando. Lamento se minhas tentativas não impressionam. Você usava aquele cavalo de jade? Ora, faça-me o favor, diz, onde você usava ele?

— Já chega — fala Marian. — O que está feito, está feito. O que você fez com o dinheiro?

— Eu precisava quitar algumas dívidas. Urgentemente. — A bochecha de Wallace agora estava amassada contra a palma da mão, como se sua cabeça estivesse ficando cada vez mais pesada.

— Algumas, mas não todas?

— Não, todas, não.

Marian fecha a porta da choupana.

Novembro se transforma em dezembro.

O almirante Richard E. Byrd, um navegador famoso por sobrevoar o Polo Norte com o piloto Floyd Bennett em 1926, atravessa o Polo Sul. Futuramente, após sua morte, haverá um consenso de que ele e Bennett provavelmente não tinham chegado ao Polo Norte (registros apagados do sextante no diário de Byrd, perguntas sem respostas sobre a velocidade máxima do avião, o tempo decorrido). No entanto, Byrd e sua tripulação realmente sobrevoaram o disco branco brilhante do Planalto Antártico até o Polo Sul em um avião nomeado em homenagem a Bennett, que já está morto.

Em Missoula, o céu estava nublado e carregado, a terra esperando silenciosamente pela neve. Alguns flocos de neve começam a cair e, depois, transformam-se em uma película branca, espessa e lisa. As árvores e as pedras parecem ter pequenas escoriações.

Caso as nuvens estejam muito baixas, Trout balançará a cabeça em negativa, mandando Marian embora. Não raro, as nuvens aparecem quando eles já estão em pleno voo, criando camadas nebulosas que se fecham ou paredes que se erguem, bloqueando o caminho.

— Lá dentro das nuvens não tem nada cinza. Às vezes você sente que nem existe, ou que o mundo não existe — diz Marian a Jamie.

— Parece horrível.

— Mas, quando você sai do outro lado, tudo fica mais claro, como se tirassem uma venda dos seus olhos.

Às vezes, quando emerge das nuvens, ainda que Marian esteja concentrada para manter o avião nivelado, as asas ficam perturbadoramente tortas.

— Eu saberia se estivéssemos muito desnivelados — fala Trout a Marian. — Você tem que aprender a sentir isso. Sinta o movimento da aeronave no seu assento.

Contudo, as asas também se inclinam quando Trout está pilotando. Aparentemente uma força maligna vive nas nuvens, alguma coisa que faz com que as asas se inclinem e fiquem tortas somente para ostentar o seu poder. Além do mais, se Trout confia tanto no movimento que sente em seu assento, Marian se questiona por que, quando a nuvem é perigosa, ele simplesmente manobra o avião e pousa assim que pode.

Às vezes — de modo imprevisível e não com tanta frequência — Marian acorda na varanda com um vulto escuro, de pé sobre ela, tocando seu ombro. Ela nunca se assusta, pois sabe, antes mesmo de acordar, que é Caleb. Será que Jamie vê quando ela se levanta e os dois seguem juntos para a choupana? Se vê, não deixa transparecer.

— Você faz isso com Barclay Macqueen? — pergunta Caleb na cama estreita da choupana. Eles estão amontoados, deitados de costas. Perto do teto, as asas de seus aeromodelos empalidecem com a luz da Lua.

— Eu não faço nada com ele.

— Mas vai ver ele.

— Como sabe disso?

— Todo mundo sabe.

— Eu só entrego o que ele encomenda de Stanley.

— Por que *ele* precisaria encomendar bebidas do Stanley? Ele tem todas as bebidas do mundo à sua disposição.

— Ele nem bebe.

— Um contrabandista de bebida que não bebe?

— Ele se comporta como se fosse grosseiro mencionar que ele é um contrabandista. A gente finge que ele não é. E também finge que ele não banca minhas aulas de voo.

Caleb coloca a mão entre as pernas de Marian.

— O que será que ele ia dizer sobre isso?

As asas da imaginação de Marian voam para longe, retornando como uma onda de desejo ardente, como se fossem o clarão de um incêndio florestal visto do horizonte.

— Ele não ia dizer nada, porque eu nunca contaria *pra* ele.

— Você gosta dele?

— Por que quer saber? — pergunta Marian. Caleb a toca com mais determinação. Ele pega o envelope com camisinhas que colocou no parapeito da janela. Eles se protegem quando podem, caso contrário, Caleb ejacula fora. A possibilidade de terem um bebê os faz rir de tanto nervoso.

— Claro que gosta. Ele é o cara que possibilita que você voe.

— É mais do que isso.

— Então você gosta dele.

— Shhhh!

— Mas gosta disso também.

— Shhhh!

No inverno, Marian aprende a pousar com os esquis. Não é tão difícil, embora calcular a altitude seja complicado, já que um campo de neve parece o mesmo a 3m ou a 100m. Às vezes, o momento do contato com o solo a pega de surpresa. Depois, é necessário usar os reversores para parar o avião, já que os esquis não têm freios.

— Senta e fica um pouco — diz Barclay. Nos meses frios, eles se sentam à mesa da cozinha. Ela nunca tem certeza se Sadler está em algum lugar da casa, ainda que, de vez em quando, o ranger dos assoalhos o denuncie. Barclay tem o cuidado de não tocá-la, mas, perto dele, o corpo de Marian fica receptivo. A presença dele a preenche. Ela sente que acabou de sair das nuvens para um mundo pulsante e revelador. — Me conta sobre o voo — pede ele.

Marian lhe conta tudo nos mínimos detalhes, satisfeita por ter a chance. Jamie se aflige com os perigos, com Barclay. Caleb não tem paciência para detalhes técnicos. Falar com Wallace é como falar com uma porta bêbada de gim. Mas Barclay ouve até mesmo as coisas técnicas mais complexas.

Ele nunca subiu em um avião, pois não gosta da ideia.

Marian lhe diz que um dia o levará para voar e que ele gostará. Que ele mal poderá acreditar na vista lá de cima.

Barclay lhe diz que fica satisfeito com a vista de um carro.

Ele faz perguntas mais abrangentes sobre a vida dela. Apesar de educado, é obstinado, como um repórter.

— Então, esse piloto *barnstormer* — começa ele — com esse nome ridículo.

— Felix Brayfogle. Não é ridículo.

— Então, esse tal de Frederick Boarsnoggle sobrevoa quase em cima de você, quase faz você sofrer um acidente de cavalo, e, depois disso, você quer pilotar aviões.

— Sim, do fundo do meu coração, sem sombra de dúvidas.

— Minha nossa… Mas por quê?

— Não sei.

— Você deve saber.

— Sabe quando você me disse que eu era alguém que você precisava conhecer desde o momento em que me viu? Mesmo quando você não fazia ideia de quem eu era? — Ele concorda. — É a mesma coisa. — Amor, Marian queria dizer. Um amor que surgiu do nada.

— Não pode ser a mesma coisa.

— Talvez não. Mas eu também queria conhecer outros lugares e percebi que com um avião isso seria possível.

— Ainda insisto: você vai descobrir que Montana é um lugar tão bom quanto qualquer outro.

Marian se esforça para fazer com que Barclay veja as coisas do jeito que ela vê.

— Já estou farta de me preocupar com Wallace. Eu costumava me sentir tão culpada por Jamie e eu sermos um fardo para ele, mas, ultimamente, mal posso confiar que ele cuide dele mesmo.

— E quanto a Jamie?

— Eu ia me sentir mal se deixasse tudo nas costas dele.

— Digo, você ia sentir falta dele?

— Bastante.

Barclay fica sério.

— Já te disse que tenho uma irmã? Kate? Eu gostaria de proteger a vida dela em minhas mãos como se protege algo extremamente frágil que pode quebrar, fazer tudo que estivesse ao meu alcance para proteger ela. É um fardo. Tanto o desejo de proteger quanto a impossibilidade disso.

— É disso que estou falando. A vida poderia ser melhor se eu não precisasse me preocupar com ninguém.

Barclay se inclina para frente. Seus braços estão cruzados sobre a mesa.

— Isso não é verdade, porque seria a mais completa solidão.

Na primavera, Marian aprende a pousar à noite. Luzes foram instaladas no campo-aeródromo.

Trout a ensina a operar com cuidado o leme direcional e girar em um *looping* no solo, para desviar dos obstáculos que se aproximam. Agora, Marian consegue se aproximar da linha de giz e às vezes pousa bem em cima dela.

Maio de 1930: Amy Johnson, de 26 anos, filha de um comerciante de peixes de Yorkshire, voa sozinha do Aeródromo de Croydon, ao sul de Londres, rumo a Darwin, Austrália, em um De Havilland Gipsy Moth. Ela voou dez mil milhas em um biplano aberto, a 80 km/h, enfrentando as piores intempéries. Ou o clima era escaldante ou gélido. Ou ela sofria queimaduras do Sol ou fedia à gasolina. Quando Amy decolou, tinha somente 84 horas de experiência de voo e nenhuma destreza para aterrissagem. Contudo, era engenheira geotécnica e entendia de motores. Perto de Bagdá, uma tempestade de areia a força a descer, e ela se senta na cauda do avião com sua espingarda, os óculos cobertos de areia, ouvindo o que poderia ser uivos de cães selvagens ou somente o vento. Amy quebra o recorde de velocidade em Karachi, Paquistão, mas quebra também uma asa. O conserto leva um tempo. Em Ragum, Birmânia, quebra outra asa, o trem de pouso e a hélice. Mais consertos. A viagem demora ao todo dezenove dias e meio, e Amy passa as últimas horas enfrentando os ventos contrários por 500 milhas, atravessando o Mar de Timor, preocupada com o combustível. Assim, ela chega a Darwin e também à fama, porém não quebra o recorde de velocidade que tanto queria.

À medida que o décimo sexto aniversário de Marian se aproxima, Trout anuncia que é hora de voar de verdade pelas montanhas. Finalmente. Eles sobrevoam os desfiladeiros e navegam pelas rajadas ascendentes sobre as cordilheiras. As copas das árvores deslizam por baixo das rodas do trem de pouso. Marian descobre que há outra paisagem acima das rochas e das árvores, uma topografia invisível feita de vento. Ela aprende que, se não voar direto a favor dos ventos que sopram em sentindo paralelo às cordilheiras a tempo, o ar se transformará em areia movediça, sugando-a para baixo.

Para praticar os pousos, eles vão a algumas das áreas selvagens onde Trout entrega a carga para os contrabandistas. Marian tem que pousar numa pista curta, muito curta.

Trout lamenta não poder lhe ensinar acrobacias mais avançadas.

— Garotas grandonas como essas não levam jeito para acrobacias — diz ele sobre a aeronave Travel Air. — Mas você precisa praticar, pois, se as coisas derem errado, você não perde a calma porque já vai saber manobrar e girar em todas as direções possíveis.

— Trout me disse que preciso praticar acrobacias e giros, para saber manobrar em todas as direções — diz Marian a Barclay. — Ele diz que um piloto precisa aprender a não entrar em pânico. Diz que assim respondemos mais rápido.

Marian sabe o que está fazendo, o que está pedindo e o que acontecerá. Em poucas semanas, ela chega ao aeródromo, e lá está, ao lado do Travel Air, um biplano Stearman amarelo e brilhante, novinho em folha. Trout estampa um sorriso de orelha a orelha no rosto, lembrando mais uma rede maltrapilha de descanso. Mas, enquanto caminham ao redor do avião para admirar tamanha elegância reluzente, o conjunto arrojado de asas, ele pergunta baixinho:

— Criança, tem certeza disso?

Neste momento, Marian começa a entender por que Wallace se afunda em dívidas. É a última coisa que peço, repete para si mesma. Depois disso, estará pronta para cruzar o país de avião e começar a quitar suas próprias dívidas.

— Pelo menos, assim vou aprender algumas acrobacias — responde ela a Trout.

Trout se senta na cabine de piloto da frente, e Marian, na de trás. Ambos usam capacetes, óculos e paraquedas amarrados nos ombros. O Stearman tem um manche-bastão em vez de um manche tipo volante, e, a princípio, Marian acha aquilo estranho. ("Puxa do cotovelo, entre as pernas, não do ombro, ou você vai fazer outro ângulo", instruiu Trout. "Você tem que aprender a sentir. Nossa grande instrução teórica.") Ela gosta de como a cabine aberta se ajusta perfeitamente ao seu redor, como suas pernas se estendem para encontrar os pedais do leme. Gosta de sentir o vento no rosto.

Na terceira vez com o avião novo, o manche estremece em sua mão — Trout sinaliza que quer assumir o controle. Ele sobe alto, começa a mergulhar. Como Trixie Brayfogle, ele faz um *loop*, mas, desta vez, Marian não está observando o céu e o solo lá embaixo. Ela olha os medidores. Eles se nivelam novamente. Sem se virar para olhá-la, Trout levanta as duas mãos, para dizer que ela pode assumir o manche. Ele já tinha falado a respeito: a altitude e velocidade no ar necessárias, os RPMs, os limites de todas essas coisas, a leveza e lentidão que ela sentiria no céu, o mergulho de volta para o solo.

— Um *loop* é somente mais uma curva, só que virada para cima — afirma ele.

Ela sobe e começa a mergulhar.

— Fiz um *loop* no céu — conta ao irmão. — Na verdade, três. — O coração de Marian está acelerado, como se ela estivesse confessando um segredo, ainda que não estivesse contando o que fez quando foi visitar Barclay depois do voo e como, quando ele abriu a porta, ela se pendurou no seu pescoço e tascou-lhe um beijo.

Depois de uma longa pausa, a contragosto, Jamie pergunta:

— Como foi?

— Promete que não vai rir…

— Talvez.

— Mas eu me senti como se fosse um ponto fixo, usando o manche para fazer o resto do mundo girar ao meu redor. Eu era literalmente o centro do universo.

Jamie ri.

— Você se sente assim o tempo todo.

Marian ri também.

— Talvez *eu seja* o centro do universo. Já pensou?

— Você não está preocupada com o que Barclay quer em troca?

— Sim, mas minha maior preocupação é que não sei exatamente o que ele quer.

— Para mim, é óbvio.

— Se tudo o que ele quisesse fosse me levar para cama, eu ia ficar aliviada. Ia ser mais simples. — Marian sabe o que Barclay quer ou acha que sabe.

Você tem que aprender a sentir. O mergulho a deixara pesada; mas, em seguida, no topo do *loop*, sentiu-se livre, mesmo presa ao cinto de segurança.

Barclay a agarrou contra o corpo, levantando Marian até que as botas dela não tocassem mais o chão. Com os lábios prensados contra os dele, com o corpo atracado contra o dele e nem mesmo a garantia de que o chão da varanda estava sob seus pés, o impulso determinado que a impelira a beijá-lo se transformou em um alerta, uma sensação de claustrofobia. Barclay parecia ter perdido os sentidos, além de não dizer uma só palavra e não enxergar nada à sua frente, como um salmão rio acima, impulsionado pelo instinto. Ela se contorceu para se libertar de seus braços, e, por um ou dois segundos, parecia que ele não a deixaria escapar. Ela se retorceu inteira, arqueando as costas, e o movimento pareceu acordá-lo. Barclay a largou tão abruptamente que Marian tropeçou.

— Me desculpe — disse Barclay, sem fôlego, erguendo as mãos como se para provar que estava desarmado. — Você me surpreendeu. Eu não estava preparado para isso.

Marian tentou se equilibrar.

— Está tudo bem.

Ambos olharam para qualquer lugar, menos um para o outro. Marian foi se sentar à beira da varanda, e ele a seguiu, sentando-se ao lado dela.

— Vim para dizer que fiz um *loop* no céu hoje.

— Fiquei sabendo que Trout comprou um avião novo. Um bom para fazer acrobacias. — Barclay sorriu majestosamente.

— Ele disse que o Sr. Sadler queria outra aeronave para a sua coleção. — Essa foi a insinuação mais próxima que Marian fez ao patrocínio de Barclay, a mais ousada de suas incursões em direção à verdade.

— Sadler é um grande entusiasta de aviação — disse Barclay.

— Ele tem um gosto refinado para biplanos.

— Ele diz que tem um piloto promissor.

O prazer que Marian sentiu ao ouvir outra pessoa confirmar suas habilidades como piloto beirava o êxtase. Barclay lhe dera Trout; ele lhe dera um avião e naquele momento estava acreditando nela.

— Está preparado agora?

— O suficiente. Por quê?

Este beijo não fora uma camisa de força como o anterior, mas, sim, um encontro. Marian estava ciente da respiração lenta de Barclay, de como, quando ele se inclinou um pouco para longe, ela o seguiu sem querer. Algo a acorrentava a ele, um puxão brusco, forte e áspero como uma corda.

Barclay se afastou dela.

— Não consigo jogar esse jogo, Marian. Não podemos começar a fazer isso. É melhor você ir embora, e, da próxima vez que vier, vamos voltar a nos comportar como antes.

Teria sido o momento de perguntar o que ele queria dela. Contudo, Marian não precisava nem perguntar.

— Ele quer se casar comigo — diz ao irmão.

— Ele falou isso?

— Eu simplesmente sei. Isso faz você se sentir melhor?

— Não.

— Nem eu.

— Por que ele ia querer se casar com você?

— Nossa, obrigada pelo apoio!

— Fala sério! Por quê? Você é só uma criança.

— Não sou.

— Claro que é.

Enxerguei você como alguém que eu precisava conhecer.

— Acontece que eu chamei a atenção dele de certa forma, e, quando Barclay encasqueta com uma ideia, não desiste tão fácil.

— Pelo menos, vocês têm uma coisa em comum. Você *vai mesmo* se casar com ele?

A sensação eufórica do primeiro *loop* passou; resta-lhe apenas a da descida, do mergulho com o avião. Marian gostaria que Jamie lhe falasse para não fazer aquilo, que ela não precisava. Gostaria que o irmão insinuasse que Barclay a estava comprando, assim ficaria furiosa com a ideia e acabaria abrindo mão dele. Gostaria que ele perguntasse se ela ama Barclay, pois diria que achava que sim. E ela o ama mesmo, talvez, ou, pelo menos, deseja-o intensamente, mas também se sente presa em uma armadilha cujas dimensões e engrenagem desconhece.

Porém Jamie sabe que não deve perguntar nada. À luz da Lua, Marian pode vê-lo olhando para ela com a melancolia de quem cuidou e libertou um animal selvagem, esperando que ele encontre seu caminho de volta por conta própria.

— Acho que seria melhor — responde ao irmão.

Mais um setembro. Marian tem 17 anos e agora voa todos os dias. Quando não pode voar por causa do tempo, vive atrás dos mecânicos e aprende a fazer consertos.

— Como um peixe na água — fala Trout sobre seu talento para acrobacias. É assim que Marian se sente, também, fazendo acrobacias: como se tivesse sido entregue à sua própria natureza após uma cruel separação. Nenhum pensamento a invadia, nem Barclay, nem Caleb, Wallace ou Jamie. A bordo do biplano, ela é sempre o centro fixo do universo, girando em torno de si mesma com manche e leme.

Manobra parafuso: voe bem alto, desacelere quase até a condição de estol. Pise fundo no leme direito, puxe o manche para trás e para a direita. Gire para baixo, ouça o estrondo do motor, cauda para cima, violência na descida. Lá embaixo, o solo rodopia como quando se gira um guarda-chuva.

Manobra *tonneau* lento: mantenha o nariz apontado para um ponto fixo, empurre o manche para a direita. Quando as asas ficarem verticais, inicie o controle cruzado com o leme esquerdo. Solte o leme esquerdo, empurre o manche para frente. Você ficará pendurado nas alças à medida que o avião vira de cabeça para baixo; seus pés podem cair dos pedais do leme, não deixe isso acontecer. Em seguida, tudo parece uma imagem espelhada, de tão rápido, e não confie no motor quando ele está de cabeça para baixo. É como andar com duas bicicletas: com uma você anda com as mãos em uma direção e, com a outra, anda com os pés, só que na direção oposta.

Manobra curva de estol: Trout se recusou a ensinar essa manobra. Desse modo, Marian a estuda e tenta fazer sozinha. Ela inclina o avião verticalmente até a velocidade aerodinâmica se reduzir a nada. Em seguida, pouco antes da gravidade apanhá-la, manobra o leme totalmente para a esquerda, para dar uma pirueta sobre a ponta da asa, manobra o manche direito e depois para frente, gira até focalizar o nariz do avião na direção do solo, soltando a alavanca.

Trout fica furioso, pois já viu bons pilotos colidirem contra o solo ao fazer esta manobra. Ele não permitirá que Marian voe por uma semana, não até que ela lhe traga algumas garrafas de *moonshine* e lhe prometa nunca mais fazer aquilo de novo. Ambos sabem que ela está mentindo, mas eles dão uma trégua.

Obviamente, Marian não se contenta apenas com uma curva de estol. Ela aprende a fazer a manobra de Immelmann, a manobra de Bunt e uma série de piruetas malucas: *tonneaus* e *chandelles*, e todas encadeadas, uma atrás da outra, conforme voa milhares de quilômetros de distância, atravessando Missoula, descendo e subindo do lago glacial perdido.

Os pilotos de entrega e os entusiastas locais esquecem que se recusaram a ensiná-la a voar. Eles a chamam de Baronesa Vermelha e Lindy Girl [Garota Lindy]. Querem que Marian vá para Spokane, Washington, para competir em um show aéreo, porém ela não tem licença para voar, e Barclay não gostaria que ela chamasse atenção para si.

Quando esfria, um casaco de lã e botas pesadas aparecem, de modo que ela pode continuar voando no Stearman aberto.

Outro inverno. Mais pousos com esquis. Mais voos pelas montanhas. Passando aperto ao atravessar as nuvens, copas de árvores roçando nos esquis, por pouco não acertando as escarpas rochosas.

Em março, Elinor Smith, que sobrevoou as pontes do Rio East, atinge 25 mil pés de altitude sobre a cidade de Nova York em um avião Bellanca supercarregado, tentando reconquistar um recorde de altitude. Mas a geada acaba inutilizando seu tubo de respiração. Algo dá errado, alguma coisa se desacopla ou o sistema de ar comprimido para emergência falha. A escuridão a envolve como um manto. Como a piloto perdeu a consciência, o avião desce mais de seis quilômetros. Seiscentos metros do solo, Elinor volta à consciência, consegue manobrar com uma glissada lateral e pousar em um pedaço de terra aberta, empinar o nariz da aeronave e ir embora.

— Isso foi audacioso — comenta Trout.

Uma semana depois, Elinor tenta mais uma vez, atingindo 32 mil pés de altitude. Marian, doente de inveja, consegue atingir 15 mil pés com o Travel Air. Até mais. E, apesar do limite ser 16 mil pés, ela acha as especificações um tanto conservadoras. O motor engasga, pula e estala. Ela tenta estabilizar o avião, mas não consegue planar. É como se estivesse galopando em um cavalo de três pernas. Com medo, acaba descendo.

— Você teve sorte — fala Trout quando Marian confessa o que fez. — Se subir demais, pode ficar bêbada. Tem uma espécie de loucura lá em cima. Você vai começar a ver coisas. Vai pensar que alguém está no avião ao seu lado. De canto de olho, vai ver outro avião logo depois da sua asa, quando, na verdade, não tem nada lá.

Marian precisa fazer alguma coisa. Vive dizendo isso para Caleb, para Jamie, diz de forma cautelosa e com cuidado para Barclay. Agora, realmente sabe pilotar um avião. Trout a treinou tanto, mas tanto, fazendo-a pousar nos trechos mais estreitos e nas estradas de cascalho das montanhas que, provavelmente, ela era capaz de pousar e alçar voo de um mourão de cerca como um falcão.

— Eu poderia atravessar o estado voando — insiste Marian para Trout. — Quero ser útil.

— Eu treinei tanto — diz para Caleb —, mas para quê? Eles não me deixam ajudar na distribuição de bebidas. Não posso competir em shows aéreos de acrobacia sem licença. Não posso *ir* a lugar algum. De que adianta?

— E ainda estamos encenando uma bela de uma farsa — fala para Jamie — em que Barclay não tem nada a ver com nada disso. Ele é o bondoso criador de gado, e eu sou a entregadora que passa pela casa dele para conversar. Qual é o sentido disso?

— Você disse que ele gosta das coisas do jeito dele — pontua Jamie. — Se ele não quisesse que você encenasse uma farsa, você não encenaria.

Em fevereiro, Amelia Earhart se casou com George Palmer Putnam, seu editor e patrocinador e, segundo boatos, seu Svengali, como no livro de George du Maurier, visto que ele teve que lhe pedir em casamento seis vezes. No dia do casório, ela lhe escreveu uma carta dizendo que nenhum dos dois deveria esperar fidelidade e que às vezes ela precisaria se separar dele e do confinamento matrimonial. Amelia lhe pediu que prometesse deixá-la ir em um ano se não fossem felizes juntos.

Claro que Marian não sabia de nada disso nem poderia sonhar com um tipo de acordo desse.

Antes de seu décimo sétimo aniversário, ocorrem três voos marcantes.

Primeiro.

O tempo está ruim. E piora muito quando Trout, voando com o Travel Air, atravessa uma nuvem e perde totalmente o controle. Pelo menos, essa é a explicação mais provável. Não sobra muita coisa dele.

Na choupana, Marian passa a noite inteira bebendo uísque legítimo, fazendo o possível para tentar se recompor emocionalmente. Trout não havia lhe dito que todos os pilotos tinham amigos que morreram? Que ela mesma poderia acabar virando uma amiga que morreria? No funeral, ela mal consegue olhar para a esposa e os filhos dele, todos tão baixinhos, apreensivos e desconsolados. (Barclay promete que fará o que é certo com eles.) Fala a si mesma que Trout morreu do jeito que queria. Um último ataque de riso. Provavelmente sequer sentiu medo, tão focado que estava em tentar consertar o que havia de errado. Provavelmente, tudo aconteceu tão rápido que ele não sentiu dor alguma.

O corpo de Trout estava seriamente queimado. O impacto foi tal que seus dentes estavam incrustados no painel e ficaram lá quando retiraram os restos mortais.

Barclay tinha enviado a Marian um vestido preto para usar no funeral, de lã macia e bordada, enfeitado com uma fita preta de gorgurão e pequenos botões pretos brilhantes. Mas, em vez disso, ela veste suas roupas de voo. Jamie se senta ao seu lado. Barclay, no próximo banco, à frente, ignora-os até o último instante, quando se vira e oferece a mão a Jamie, dizendo:

— A paz esteja convosco.

E Jamie retribui com a determinação implacável de um duelista:

— Com você também.

Após o funeral, Marian se dirige à casa verde e branca, com o vestido ainda embrulhado.

— Pode pegar de volta. Eu nem usei — fala para Barclay.

— Eu percebi — diz ele, conduzindo-a para a cozinha. — Não gostou?

— Trout teria rido de mim lá do céu. — Marian coloca o embrulho sobre a mesa.

— Você acredita nisso?

— Não.

— Não? O que acha que acontece quando as pessoas morrem?

— Acho que não acontece nada. Sadler está aqui?

— O Sr. Sadler tem negócios para tratar em Spokane.

— Já está na hora de eu começar a voar pelo país. Sei onde ficam as pistas de pouso. Tenho praticado em todas elas. Tirando Trout, sou a única que consegue aterrizar nelas.

Barclay se encosta na pia e acende um cigarro.

— Isso não é verdade. Tenho pilotos no país inteiro que podem fazer isso, pilotos até demais.

— Foi minha condição desde o início. Você sabe disso.

— Marian, eu nunca concordei com essa suposta condição.

Ela o encara, perplexa.

— Concordou, sim. Você deixou que eu continuasse fazendo as aulas.

— Não presuma que tem um acordo com alguém só porque você decidiu que tem.

— Falei que não queria as aulas, a menos que tivesse uma forma de pagar o que te devo. Não seria justo.

Barclay acha graça.

— Não é justo que você tenha o que mais queria?

— Não é justo que você não me dê a opção de te pagar.

— Não seria um pouco vergonhoso tentar usar a morte de Trout como uma oportunidade para voar? No mesmo dia do funeral dele?

— Chegou a minha vez — fala Marian rebeldemente. — Ele sempre me disse que eu conseguiria.

Enquanto fuma, ele a observa.

— Por que você é tão teimosa?

— Trout diria que estou pronta. Conheço as montanhas. Você bem sabe que pode confiar em mim. Se não concordar, me deixa ser sua entregadora. Deixa eu fazer alguma coisa. Posso voltar a coletar garrafas. *Qualquer coisa.* Me sinto como a filha de um homem rico ou como se eu tivesse aprendido a pilotar só porque é engraçadinho ver uma garota em um avião, como se eu fosse um cachorro adestrado que consegue andar só com as patas traseiras.

Um silêncio retumbante. Barclay a encara como uma espécie de desafio, e Marian sustenta o seu olhar. Por fim, ele diz:

— Para mim, você não é uma filha ou um cachorro. — Ele muda de posição e apaga o cigarro no cinzeiro. — E o biplano nem comporta muita carga mesmo. Não acho que o risco valha a pena.

Assim, sem estardalhaço, a farsa acaba.

— São trinta caixas — fala Marian. — Talvez mais. Trout me contou. O que não é nada se forem marcas legítimas. E você manteria suas rotas aéreas abertas, caso queira adquirir um avião maior de novo.

— Mesmo assim, não justifica te colocar do lado errado da lei.

— Já estou do lado errado da lei há anos — fala Marian, sentindo-se petulante, estúpida.

— Não por minha causa. — Marian tenta interrompê-lo, mas Barclay nem lhe dá chance. — Só dessa vez, Marian, não posso te dar o que você quer. Não agora.

— Logo, então?

Hesitante, Barclay coloca a mão no ombro dela, apertando suavemente, como se estivesse apalpando uma fruta.

— Se um piloto experiente como Trout morreu, como sabe que o mesmo não vai acontecer com você?

— Não sei, mas preciso fazer alguma coisa.

— Se algo acontecesse com você, eu nunca ia me perdoar.

— Não ia ser culpa sua. — Marian está tão próxima de Barclay que seu pé esquerdo está entre os pés dele. — Me deixa pilotar para você, por favor.

Quando Barclay está prestes a concordar com Marian, ele se recompõe e se afasta dela.

— Não faz isso.

— Isso o quê?

— Não se *ofereça* para mim.

— É você que está tentando me comprar.

— Não estou tentando te comprar, estou tentando te *ajudar*.

— Então me *ajude* deixando que eu seja *útil*. — Marian sai pela porta como um furacão, possessa. Barclay não a segue.

Nesta noite, quando está na choupana com Caleb, ela faz o que nunca tinha feito antes: *trepa* com ele. Nunca tinha associado esta palavra ao que eles andavam fazendo, mas, agora, ela não sai de sua cabeça. Marian se senta em cima de Caleb, rebolando o quadril contra o dele enquanto cavalga furiosamente.

No início, ele responde à altura, mas, depois, torna-se passivo e fica alerta. No final, Caleb a arranca de cima dele e goza em um trapo velho. Ela bate na parede — não com muita força — e grita com ele. Caleb tapa a sua boca com a mão, que Marian acaba mordendo. Parte dela deseja que ele a esbofeteie como fazia quando eram crianças, porém, mesmo quando Caleb puxa a mão de volta, com uma cara de dor, Marian sabe que ele não fará isso. Ao contrário, ele a puxa violentamente contra o peito, segurando-a com força até que ela pare de se debater. Marian acha que Caleb está esperando que ela se desfaça em lágrimas. Mas ela não vai chorar. Não pode chorar. Por fim, ambos adormecem.

Ao amanhecer, depois de se vestir, Caleb se senta na beira da cama, o cabelo solto nas costas.

— Temos que parar com isso. Seja lá o que você tem com Barclay, você tem que resolver. Não posso te ajudar.

— Não, ninguém pode.

Segundo.

O plano de Marian não era uma reação à morte de Trout. Vinha pensando nisso há meses, mas hesitava por conta do quanto Trout ficaria apreensivo e porque temia que Barclay o culpasse. Agora, apenas ela arcará com as consequências.

Em uma límpida manhã de junho, Marian decola com o biplano, com o tanque de combustível pela metade, nada fora do comum, nada que chamasse a atenção de ninguém. Ela faz um *loop* tranquilo. Quando começa a estabilizar o avião, vira para Noroeste, seguindo a ferrovia.

No verão, Jamie havia desaparecido. Algumas semanas antes, no final de maio, Wallace encontrara um bilhete dele na mesa da cozinha, dizendo que estava indo embora, mas que voltaria a tempo do início das aulas. Eles não deveriam se preocupar. Marian ficou magoada por Jamie ter partido sem lhe contar, mas, depois, sentiu inveja. Se soubesse o que o irmão faria, poderia ter ido com ele. Em seguida, ficou magoada novamente, pois achou que ele não havia lhe contado que iria embora justamente por esse motivo.

Marian tem um mapa sobre o joelho, com a rota já traçada. Havia deixado um bilhete no próprio hangar: *Atravessando o país, volto de manhã.* Sabia que Barclay tinha espiões que a encontrariam se ela não retornasse. Depois que decolasse, num piscar de olhos, os homens de Barclay ligariam para todos os aeródromos dos três estados, prometendo uma recompensa irrecusável por qualquer informação sobre qualquer garota solitária em um biplano Stearman. Ela deixara o bilhete porque, caso contrário, Barclay teria varrido o céu com buscas e equipes de resgate.

Marian ruma mais uma vez para o norte, seguindo o Rio Clark Fork até o Lago Pend Oreille. Ela desce em uma cidadezinha desconhecida, onde já esteve, não muito longe de um posto de gasolina que tinha sondado antes. O dono tem um caminhão de combustível e sai para abastecer o tanque do avião. Um risco, ainda que inevitável. Lá vai ela. Oeste, depois Norte, seguindo o Rio Pend Oreille. Quando faz uma curva para encontrar o Columbia, Marian sabe que está sobre o Canadá.

Marian continua seguindo para Oeste, sobrevoa as montanhas, suas asas cortando o ar das encostas. As condições climáticas são boas. Por um tempo, uma camada espessa e baixa de nuvens a acompanha, porém, Marian voa acima dela, escorregando com a barriga do avião ao longo do topo das nuvens, como em um tobogã, a hélice meio enterrada na névoa. Isto é o que sempre quis:

escolher um ponto no mapa e voar até ele. Ela acha que Jamie provavelmente também foi para o Oeste, em direção ao mar.

Numa noite, antes de Jamie partir, ela acordou com o irmão sacudindo-a gentilmente.

— Você estava tendo um pesadelo — disse ele.

Marian estava sonhando com Trout. Estava com ele no Travel Air, despencando em uma espiral, e Trout lhe implorava por ajuda, mas os manches não estavam presos no painel.

— Eu estava sonhando com Trout.

— Imaginei, você estava falando…

Era uma noite fria de primavera. Dava para ouvir o farfalhar suave das folhas lá fora. Marian se afastou para que Jamie entrasse debaixo das cobertas com ela.

— Você acha que Trout sentiu medo? — perguntou Marian.

— Você não sentiria?

— Prefiro pensar que ele não sentiu. Mas acho que as coisas não são bem assim.

— Pelo menos, foi rápido.

— Ainda que tivesse certeza do que aconteceria com ele, mesmo assim, acho que Trout nunca teria desistido de voar.

— Nem pelos filhos?

Marian balançou a cabeça.

— Espero que ele pelo menos soubesse que Barclay asseguraria o bem da família dele. — Os irmãos ficaram quietos. — Não importa o que ele tenha sentido, acabou.

Mas Jamie havia caído no sono.

Enquanto Marian voa pelo céu, mais cumes de neve aparecem.

O vazio do país a agrada — é menos provável que seja vista. Depois de algumas horas, Marian sobrevoa um longo vale aberto, um mosaico de campos agrícolas. Montanhas ao Norte. A cidade de Vancouver se ergue a Oeste. Do outro lado, a água torna o horizonte azul. O estreito da Geórgia. Marian quer voar sobre o estreito, sobre a Ilha de Vancouver até o mar aberto, porém não tem combustível ou luz do dia suficientes.

Ela arrisca, pousando em um aeródromo ao Norte, do outro lado do porto da cidade. Quando os pilotos de lá lhe perguntam de onde veio, Marian diz que veio do Oregon. Ela pergunta onde deve deixar o avião para pernoitar, onde há um hotel barato. Apesar dos pilotos a encararem intrigados, Marian não perde a seriedade, pois já não consegue mais se passar por um garoto. Não lhe resta alternativa, senão ser uma garota estranha, alta, coberta de poeira, sardenta, de cabelo curto, parecendo um guaxinim por causa das marcas dos óculos de proteção deixadas pelo Sol. Um homem tira um lápis e um bloco de notas do bolso de seu macacão e anota as direções de uma pensão a alguns quilômetros de distância.

— Diga a Geraldine que Sawyer te indicou — diz ele, rasgando o papel. — Ela é boa gente. Vou cuidar do seu avião. Como você se chama?

— Que coisa, sou Geraldine também — responde Marian. Apontando para o Norte e para as montanhas grandes, pergunta: — Você já voou até lá?

O homem balança a cabeça, negando.

— Não gosto muito.

A pensão de Geraldine fica na metade de uma colina íngreme. Estar em casa até meia-noite e não trazer convidados nem bebidas são as regras da casa. No quarto de Marian, uma janela emoldura o pôr do sol, uma linha azul-escura da cor do mar atravessando as brechas entre as casas. Inquieta, Marian se senta na cama, fica na janela e novamente se senta. Ouve-se uma batida na porta. Ela abre para Geraldine, que segura uma camisola dobrada.

— Percebi que você não tinha bagagem. Então achei que precisaria de algo para dormir.

Mesmo sendo um gesto simples, Marian não está acostumada a ser tratada desta forma gentil.

— Obrigada — diz ela, apertando a roupa contra o peito, mas sua voz trêmula a trai.

— Não é nada demais. — Geraldine é mais jovem do que Marian esperava, quase tão loira e sardenta quanto ela, porém mais delicada e com seios fartos. — Você está bem?

Por um breve instante, Marian sente vontade de contar tudo a Geraldine, contar a história de seus pais e de seu tio, de Barclay Macqueen e de Trout. Diria a Geraldine que tem somente 17 anos e veio de Montana para o Canadá sozinha, em um avião. Que amanhã sobrevoará o mar apenas para vê-lo, *para ver alguma coisa*. Então, em sua imaginação, Geraldine diria que gostaria de ter metade de sua coragem.

Mas, em vez disso, Marian apenas responde que está bem, que não esperava passar a noite ali. Problemas com o motor do avião.

Pela manhã, Marian abastece o avião e decola, sobrevoando o campo, para reunir coragem. Em seguida, segue para fora do porto, sobrevoa o estreito, a Ilha de Vancouver e, finalmente, até que enfim, chega ao mar. O vento desenha um padrão gracioso nas águas, como a tecelagem de fios de linho, revestido pelas sombras das nuvens. Bem longe da costa, ela anseia por continuar voando, embora o horizonte fique cada vez mais longínquo, porém sabe que precisa dar a volta, retornar para casa e enfrentar as consequências de sua atitude. Diz a si mesma que, pelo menos, viu o mar. Ao regressar, Marian ruma em direção às montanhas e, mais uma vez, diz a si que é apenas um impulso inesperado, embora, lá no fundo, esteja se desafiando.

No final do estreito, a água é radiante e leitosa, um rio desembocando nas águas glaciais do degelo, entrelaçadas com areias brancas. Marian segue para o Norte. Nunca tinha visto montanhas tão escarpadas como aquelas. Todos os registros de seu diário de bordo não passavam de ínfimos lapsos diante da grande imensidão do planeta, mas isso, sim — *isso* —, é um autêntico voo pelas montanhas. Marian deveria fazer a volta e retornar para Montana, porém, acelera, puxa o lenço para cobrir a boca e o nariz e sobe mais alto. Doze mil metros de altitude. É como estar cavalgando com a sela coberta de neve, atravessando uma abóboda invisível. As pedras e o gelo azuis a circundam, sufocando-a. Lá embaixo, fendas profundas racham os campos de gelo. A maior delas parece grande o bastante para engolir um avião inteiro. Em determinados lugares, a neve caiu tanto que a escuridão envolve tudo.

O motor arranca e engasga em desaprovação.

Marian tenta voar em círculos altos e baixos, mas o avião está letárgico, pesado. Ela inclina, ajustando a mistura correta de ar e combustível, e, mesmo assim, o motor protesta, começa a falhar. Seus batimentos cardíacos começam a falhar também. Seus ombros começam a ficar rígidos. Suas axilas começam a formigar.

Marian faz círculos e mais círculos. O vento gélido que bate em seu rosto é tão cortante e violento quanto estilhaços de vidro. Os braços de Marian estão tão pesados; ela mal consegue tocar os pés no leme direcional. Ninguém jamais a encontrará. Ninguém saberá nem onde procurá-la. A escuridão oriunda da fenda a engolirá por completo. A neve a envolverá como uma mortalha. Mas, por outro lado, ninguém saberá o quão estúpida fora ao se aventurar por aquelas montanhas. Não dará o gostinho de verem seu corpo espatifado, não deixará seus dentes incrustados no painel do avião. Barclay não terá outra alternativa, senão imaginar. Em sua mente, uma versão-fantasma de si mesma continuará vivendo centenas de vidas diferentes e imaginárias em centenas de lugares diferentes. Não será relegada ao passado nem às fileiras de mortos. O motor falha bastante; o avião entra em uma queda vertiginosa.

Jamie nunca saberá a morte solitária e desnecessária que ela planejara para si mesma.

O pensamento de Jamie a desperta como um tapa na cara. O zumbido da pressão em sua cabeça desaparece. Não. Não, ela nunca o deixará sozinho no mundo, não pode puni-lo para sempre por ter fugido no verão. Disposta a mover os braços e pernas pesados como chumbo, tentando movimentar o próprio corpo como se estivesse arrastando uma coisa extremamente pesada, ela empurra o manche para a frente e mergulha, seguindo a curvatura daquela grande abóboda. Quando está prestes a deslizar pelo gelo, Marian sobe. Aos trancos e chacoalhões, por um triz, ela voa para a montanha oposta.

Ao descer, o rosto e as mãos descongelam. Dentro dela, o pavor ganha vida. Marian treme tanto que o avião começa a balançar. Ela ruma para o Sul.

Ao chegar, os pilotos em Missoula ficam aliviados e querem saber onde ela se meteu.

— Fui para Vancouver e voltei — fala, inexpressiva. Diz que teve que passar uma noite fora, dormiu no avião em um aeródromo.

— Como foi o voo? — pergunta alguém, atônito com a apatia de Marian.

— Foi tudo bem. — Por que Trout não havia lhe contado sobre a escuridão que vivia nas profundezas do gelo?

— Macqueen está com os nervos à flor da pele — diz um outro piloto. — Ele ficou aqui a manhã inteira, encarando o céu como se estivesse prestes a subir e trucidar quem quer que aparecesse.

Marian já estava em casa, porém, uma hora depois, Barclay aparece, em seu Pierce-Arrow dirigido por Sadler. Ao abrir a porta, Wallace pergunta debilmente o que ele quer.

— Quero trocar uma palavrinha com Marian.

Marian ouve da escada.

— Está tudo bem, Wallace — diz ela, descendo as escadas. Sem protestar, o tio se encolhe para dentro de casa. Marian leva Barclay para a choupana.

Ele bate a porta. Sua raiva é tanta que suas sardas parecem que vão saltar do rosto; seus olhos estão quase pretos. Com uma voz serena, ele questiona como Marian pode tê-lo traído de forma tão implacável. Ela não passa de uma garota estúpida, tola, egoísta. Nunca deveria ter confiado nela. Claro que fora um erro permitir que ela voasse.

— Como não me dei conta de que você ia pegar tudo que te dei e colocar a perder de forma tão ingrata?

Marian escuta as duras palavras de Barclay sem vacilar, mas, quando ele termina, a única coisa que lhe resta é chorar. Ela se curva como um salgueiro-chorão em meio às rajadas de vento de sua própria agonia. Talvez Barclay pense que ela esteja chorando porque está consumida pela culpa. Ele não sabe que ela chora porque a tristeza a domina — a tristeza pela morte de Trout, a tristeza por achar que seria uma boa ideia voar sem sentir medo, a tristeza por achar que o céu era seu aliado, a tristeza por estar na imensidão do céu indiferente a ela e repleta de forças ingovernáveis.

Barclay recua. A fúria o abandona.

— Não chora. Por favor, Marian. Fiquei com raiva porque tive medo de te perder. — Ele se aproxima dela. — Por que fez isso? — pergunta, em um murmúrio apaixonado. — Por que você fugiria assim?

— Eu não estava fugindo. Eu queria *ir* a algum lugar, como eu te disse antes. — No entanto, quando Marian sente que ele começaria a se afastar, ela diz: — Eu só queria ver o mar.

— E conseguiu?

— Vi apenas a orla.

— Para mim é a mesma coisa.

Marian sente vontade de lhe contar sobre a fenda, como, por pouco, não colidiu contra ela, apesar de quase ser engolida. Porém, deixa para lá e fala:

— Tive um susto nas montanhas. — E, mais do que depressa, complementa: — Subi um pouco alto demais, só isso. Já aprendi minha lição.

Ele envolve os braços em torno dela.

— Tão inteligente e ao mesmo tempo tão irresponsável. — O aconchego do corpo de Barclay se interpõe ente ela e o gelo, entre a escuridão. Se Jamie estivesse lá, Marian teria lhe contado sobre a fenda, e, assim, os muros de sua relação com Barclay estariam mais fortes. Mas o irmão havia partido. E Caleb tinha desistido dela.

Marian afunda o rosto no pescoço de Barclay. Ele fica completamente imóvel.

— Tenho tido pesadelos com Trout — diz ela.

Mais uma vez, Marian acha que ele a impedirá de voar, irá até mesmo proibi-la.

— Está tudo bem ficar perturbada, Marian. Algo estaria errado se você não se sentisse assim.

A gentileza de Barclay, assim como a de Geraldine, faz com que ela caia no choro. Porém as lágrimas são mais suaves agora, caem lentamente das pálpebras, e algo se agita em seu abdômen. Ele a beija logo abaixo da orelha.

Marian se arrepende do voo? Ela decide que não. Mais cedo ou mais tarde, teria espreitado para fora da cabine e descoberto algo insondável e incompreensível. Em algum momento, teria encontrado o limite da sua própria coragem. Não há nada a fazer a não ser se adaptar, ter humildade. Mas, então, ela não é exatamente quem pensava que era. E daí? Será alguém diferente.

Com uma das mãos, Barclay segura os ombros dela e, com a outra, puxa seu traseiro contra ele. Ele a pressiona por trás como um parceiro de dança, uma dança que a guia em direção à cama estreita. As calças de Marian estão desabotoadas, e a mão dele está lá dentro. Ela o empurra de volta, encaixa os quadris na mão dele. Os olhos de Barclay estão vidrados, sua expressão é impassível. Marian continua se movendo, sustentando o seu olhar.

Lá fora, Sadler tosse.

O som é tão nítido, como se Sadler estivesse sentado na poltrona a alguns metros de distância. Barclay desperta de seu devaneio e retira a mão de dentro da calça de Marian. Imediatamente, parece impossível que eles tivessem, segundos antes, feito o que estavam fazendo.

Levantando-se rapidamente, ele diz:

— Sinto muito.

Marian abotoa as calças.

— Por começar ou por parar?

— Por começar — responde Barclay, como se fosse óbvio.

— Não gostou?

— Gostei até demais.

— Então por que parou?

— Não tenho o direito de te comprometer desse jeito. — Marian encara a parede, esperando que ele vá embora, mas Barclay se senta na beirada da cama. — Você está chateada.

A indignação a consome. Sim, está chateada, ela lhe diz. Está, sim. Por que ele nunca considerou se *ela* estava gostando ou não? Se *ela* queria parar? Por que ela sempre deve ser *protegida*? Barclay mal poderia protegê-la contra os verdadeiros perigos: a escuridão, a possibilidade de se chocar contra o solo. Suas tentativas de protegê-la são ultrajantes. Mais ultrajante ainda é ele dizer que não deveria comprometê-la. O que era pagar suas aulas e comprar aviões, senão comprometê-la? O que ele fazia, senão usar seus próprios sonhos contra ela mesma? E mesmo quando ambos querem a mesma coisa…

Mas, de repente, ela para. Tímida demais para admitir que o quer, que quer ver o corpo dele e ser tocada por ele, que não é mais virgem (não poderia jamais lhe dizer isso). Pelo menos, trepar seria mais verdadeiro.

— Você quer… — Barclay hesita.

— Quero cruzar o país, voando.

— Então é isso? — O desapontamento de Barclay é evidente.

— E também quero ir *pra* cama com você.

O rosto de Barclay estampa todos os sentimentos possíveis e inimagináveis: astúcia e emoção, luxúria e obstinação, vaidade e preocupação.

— Tudo bem — diz ele, colocando o chapéu e abrindo a porta. — Tudo bem, tudo certo. Para ambos. Não hoje, mas logo.

Terceiro.

Barclay concorda em subir no avião. Seu primeiro voo.

Em um dia quente de julho, ele chega ao aeródromo e anda nervoso, olhando para os aviões com a cara amarrada. Marian e ele ainda não foram para a cama, mas o sexo agora parece um alçapão que pode se abrir sob eles a qualquer momento. Marian começou a atravessar o país, voando.

Sadler lhe ensinou como os pontos de coleta de bebida se organizavam e lhe mostrou como ler um mapa especial impresso com pequenos pontos numerados. A maioria dos pontos são iscas para atrair os desavisados, porém, alguns são depósitos reais e pistas de pouso.

— Você não concorda com isso — disse Marian a Sadler.

Com os olhos grudados no mapa e a voz melodiosa de um homem que apenas está lendo um jornal, ele disse:

— Isso não me diz respeito.

A primeira viagem de Marian para Barclay foi ao campo de um fazendeiro anônimo na Colúmbia Britânica. O fazendeiro a encontrou com um trator, puxando uma carroça repleta de caixas de uísque.

O sol estava baixo quando ela decolou de novo. O peso da carga esgotou o combustível depressa, mudando o equilíbrio da aeronave, e ela teve que ficar de olho na compensação. Resumidamente, sentia-se como um chumbo mais uma vez, sentia a sensação de vazio, um zumbido pesado, mas passou rápido, apesar do avião nunca estabilizar. Apenas dois carros esperavam por sua pequena entrega, com os faróis brilhando por causa do pôr do sol. Quando aterrizou, eles se aproximaram do avião e abriram o porta-malas e também os compartimentos escondidos sob os bancos traseiros. Rápidos e profissionais, transportaram as caixas. Em alguns dias, uma mensagem chegou com a próxima coleta.

À medida que Marian decola e faz círculos, Barclay afunda no banco da cabine da frente até o topo do capacete de aviador, dado por Marian, ficar quase invisível. Ela se inclina vertiginosamente enquanto sobrevoa a cidade, tentando fazer com que Barclay olhe para baixo, mas a pequena cúpula de couro em cima da cabeça dele nem sequer se move. Marian nem sabe se ele está de olhos abertos. O plano era pegar leve, somente levá-lo a um agradável passeio pelo vale, porém, Marian está irritada com a ideia de que Barclay passe o voo inteiro encolhido, morrendo de medo. Ela puxa o manche para trás e o desloca bruscamente para o lado, chuta o leme. O avião vira ordenadamente de cabeça para baixo. A cabeça de Barclay pende para fora da cabine, e ele agarra as bordas como se pensasse que seria capaz de se segurar como um caranguejo caso seu cinto de segurança se soltasse. Outra virada brusca, e Missoula aparece novamente lá embaixo.

Ele se vira para olhar para ela, grita algo contra o vento, aponta o dedo enluvado para o chão. Ela sorri, virando o nariz do avião para o Nordeste.

Quando Barclay entende que Marian está levando-o para fora da cidade, ele se vira de novo, grita de novo, mas o que pode fazer? Está à mercê de Marian, que tem um tanque cheio de combustível.

Após meia hora, Barclay, entediado por estar com raiva e medo, está sentado e olhando para fora. Ele olha para um lado, depois para o outro. Por fim, as muralhas serrilhadas do Parque Nacional Glacier aparecem, sobrepondo-se aos cumes azuis e ásperos que desaparecem com a distância. O Sol banha as camadas de rocha nas encostas das montanhas. Em alguns lugares, eles ficam em uma pilha plana, em outros, são dobrados e se agitam como quando se bate um bolo em uma batedeira. As geleiras engolem as encostas, são menores do que as que Marian tinha visto no Canadá. Lá embaixo, veem-se lagos azul-esverdeados brilhantes de água derretida, opacos como esmalte.

Marian se pergunta se o medo retornará, apesar de sentir um nó na garganta que pode ser apenas ansiedade sobre o que acontecerá depois que pousarem. Antes de virar o avião, ela não havia considerado se Barclay acharia que a manobra seria outro ato de rebeldia ou traição, ou até mesmo zombaria. Espera que o esplendor do Parque Glacier acalme os ânimos dele. O que faria se, para puni-la, ele a proibisse de pilotar? Ela deixaria Missoula, é claro. Pela primeira vez, pergunta-se se Barclay poderia impedi-la de ir embora, se faria isso.

O ponteiro do combustível desce mais, e Marian retorna para Kalispell. Barclay não se virou novamente, não reconheceu as maravilhas que ela havia lhe mostrado. À medida que eles passam para a grandeza comum de montanhas menores, ela se sente mal-humorada e esgotada, como se tivesse ficado muito tempo em uma feira ou piquenique.

Mas o céu está ficando encoberto, com nuvens mais densas e mais baixas. No momento em que pousam no final da tarde, está nublado.

— Vamos ter que esperar o tempo melhorar — diz Marian a Barclay enquanto ele sai da cabine. Ela age de forma descontraída, fingindo que não apenas o sequestrou como virou o avião de cabeça para baixo com ele dentro.

Barclay calmamente encara o céu e diz:

— Tenho um lugar aqui. Um escritório. Vamos até lá.

Enquanto caminham rumo à cidade, Barclay tira um molho de chaves do bolso interno da jaqueta.

— Veja que bom, as chaves não caíram nem atingiram a cabeça de alguém em Missoula.

A expectativa entre eles era tanta que ambos estavam constrangidos. O ar estava úmido e pesado, anunciando a chuva iminente. Na porta de um imóvel, um homem que fuma cumprimenta Barclay, e ambos conversam amenidades enquanto Marian fica de pé, ao lado, ignorada por Barclay. O estranho a observa com curiosidade.

Na verdade, o escritório é uma pequena casa em uma rua secundária. Tem apenas dois cômodos, próximos e aconchegantes. O primeiro tem duas escrivaninhas com telefones, máquinas de escrever, luminárias, um gaveteiro de madeira para arquivos, um fogão e uma pia. Tudo estava perfeitamente arrumado. Barclay se dirige ao próximo cômodo, um quarto, e fecha as cortinas mais do que depressa. Marian o segue, cautelosa.

— Alguém mora aqui?

— Não. — Ele aponta para uma porta fechada. — Você pode se limpar.

O banheiro é revestido de azulejos brancos octogonais. Tem uma banheira vitoriana com pés, uma pia e um vaso sanitário com uma corrente para puxar a descarga. Diante do espelho, Marian vê o reflexo de um pivete castigado pelo vento, o rosto encardido, exceto onde antes estavam os óculos, o cabelo grudado na cabeça como se estivesse usando uma toca de banho. *Você pode se limpar.* Marian olha para a banheira. Deveria tomar banho? Não seria estranho? Aliás, seria estranho não tomar banho? Ela sente o cheiro de óleo e combustível nas mãos. Obviamente, eles estão prestes a ir para a cama. Como ela evitará um bebê? Barclay deve ter pensado nisso — provavelmente não quer ter um filho.

Ela abre a torneira de água quente da banheira e aproveita o barulho da água para fazer xixi. Quando a banheira está cheia o bastante, Marian entra, espirrando um pouco de água, parecendo um passarinho tomando banho em uma poça, e tenta acalmar seu coração. Ao colocar a cabeça debaixo da torneira, faz o melhor que pode com o pequeno pedaço de sabonete deixado ao lado da pia. Ela tem a sensação de estar se preparando para um ritual, um sacrifício. Depois de sair, hesita, enrolada em uma toalha, pensando. Em seguida, veste as roupas sujas do voo, menos as meias e as botas, que carrega consigo.

Barclay está sentado na beira da cama, mas, quando Marian se aproxima, levanta-se e vai para o banheiro, passando por ela sem nem lhe dirigir o olhar. Ela fica parada, desconcertada, no meio do cômodo, esperando-o urinar. Marian vai até a janela e espia pela fresta das cortinas, segurando as botas à sua frente como uma idosa segura uma bolsa. Ela quer levantar a janela, para que entre um pouco de ar, mas sente que não é capaz. Lá fora, o dia está cinzento, e a rua, silenciosa. Ela ouve o barulho de água corrente vindo da pia. Um Ford preto passa pela rua. A água do seu cabelo molhado escorre pelo pescoço.

Marian ouve os passos de Barclay atrás de si. O peito dele está contra as suas costas. Ele estende a mão, para pegar as botas que ela segura, deixando-as cair em algum lugar. Em seguida, desabotoa as calças dela, descendo até a altura dos joelhos, e a vira de frente para ele. Com os dedos trêmulos, desabotoa a camisa dela. Desnudada assim, tão repentinamente, Marian cobre os seios com um braço, mas Barclay o puxa e também sua roupa de baixo. Ele dá um passo para trás e a encara. A ferocidade em seus olhos o torna quase aviltante. *Quem é você?* Marian não é mais a garota que tinha sido na casa de Miss Dolly. Sentiu-se mais exposta vestindo aquelas roupas emprestadas do que agora, nua.

Na cama, é esquisito estar pelada enquanto Barclay ainda está completamente vestido. Marian sente a violência da calça de lã dele contra o interior das suas pernas, a fivela do cinto dele raspando na sua barriga, os botões da camisa dele contra o seu peito. Ela tenta despi-lo, mas Barclay afasta as suas mãos. Aparentemente, quer que Marian fique deitada, imóvel. Quando acaricia o pescoço ou as costas dele, Barclay parece se encolher, assim, Marian fica com as mãos ao lado do corpo, até ele pegar uma delas e usá-la para pressionar o próprio pênis sob a calça. Ele coloca um dedo dentro dela como tinha feito antes, mas, quando ela se balança contra a mão dele, Barclay a encara furiosamente, forçando a outra mão em seu abdômen, de modo que Marian fique parada onde está. Ela quer perguntar como eles evitarão uma gravidez, porém, a expressão intempestiva no rosto de Barclay a faz recuar.

Por fim, como uma crisálida saindo do casulo, ele tira toda a roupa. Barclay quase não tem pelos no corpo, embora tenha ninhos escuros e esparsos na virilha e nas axilas. Quando se levanta para pegar algo no bolso da jaqueta, seu pênis se sobressai do corpo como uma torneira.

Com alívio, Marian vê que ele trouxe camisinhas. As garotas de Miss Dolly lhe contaram que a parte mais difícil era fazer com que os homens usassem camisinha. Elas preferiam pessários vaginais, que, segundo elas, não eram nada fáceis de arranjar. Barclay se rasteja para a cama, afastando as pernas de Marian com o joelho. Ao fazer uma breve pausa, ele sustenta seu olhar, dando-lhe uma última chance de mudar de ideia. A primeira sensação é de acomodação: os músculos da região genital de Marian absorvendo a força do peso dele, muito maior do que o de Caleb, sua arquitetura interna mudando. O sentimento de Barclay é sombrio e distante, parece que ele está nas profundezas subterrâneas de algum lugar, porém, à medida que ele se move, ela começa a sentir um inchaço, uma aceleração, como se o que eles estivessem fazendo fosse urgente e necessário, como se algo importante estivesse por um fio.

Talvez ela soubesse que essa seria a consequência de virar o avião de cabeça para baixo.

— Você está bem? — pergunta Barclay.

— Sim.

— Está doendo?

— Um pouco.

— Você não fez isso com alguém antes, fez?

— Não.

Barclay a encara. Marian não sabe dizer se ele acredita nela. Rispidamente, ele tira o pênis de dentro dela e a vira de modo que o rosto de Marian afunda nos travesseiros. Sem cerimônia, tenta penetrá-la por trás. Depois de um momento, desiste e a puxa para cima de si. Em seguida, tenta penetrá-la por trás mais uma vez, puxando os joelhos dela para cima, na altura dos ombros.

À medida que posiciona as pernas de Marian primeiro de um jeito, depois de outro, ele começa a ficar bastante descontente, irritado, e Marian se entrega ao papel de espectadora silenciosa e assustada. O que Barclay quer dela? Aparentemente, ele não sabe bem. Ela se pergunta se todas as relações dele são assim, se todas as garotas dele parecem bonecas nas mãos de um garotinho impaciente e tirânico.

Incansavelmente, Barclay a vira, tentando desvendar o seu corpo, como se ele tivesse a chave de algo que deseja, mas ele mesmo não sabe o que deseja. Para sua surpresa, Marian acha as manipulações impessoais dele excitantes, porém, Barclay, mexendo na posição dos braços dela, começa a ter dificuldade em manter uma ereção, uma possibilidade que ela nunca havia considerado. Colocando os braços dela acima da cabeça e empurrando-os com firmeza no colchão, como se dissesse para ficarem parados, pega o membro amolecido e tenta enfiá-lo dentro dela.

— Merda — diz, desistindo. Barclay se inclina na beira da cama, tentando fazer o membro voltar à vida.

— Fiz algo de errado? — pergunta Marian.

Ele para de se movimentar.

— Não sei como confiar em você.

— O que tenho que fazer?

— Promete que não vai se deitar com mais ninguém.

— Prometo, mas o que tenho que fazer *agora*?

Barclay se vira e olha para Marian até tomar uma decisão. Suspirando profundamente, ele se vira, para se deitar ao lado dela. Ao sustentar o seu olhar, coloca a mão com cuidado em torno de sua garganta. Ele não aperta, porém Marian treme como uma borboleta aprisionada.

O que se segue não é tão diferente do que aconteceu antes, mas Barclay está decidido. Ele segura Marian pela cabeça, imobiliza seus quadris e pulso. Enfia o pênis em sua boca, coisa que Caleb nunca tinha feito. Marian fica perdida em um estado de transição perpétua: eufórica e depois nauseada, amedrontada e, em seguida, destemida, rebaixada e depois venerada. Barclay parece *querê-la* tão profundamente. Marian tem a impressão de que ele pode destruí-la, parti-la ao meio como um animalzinho indefeso e sequer perceber, porque o que ele quer não está dentro dela, e, sim, além, em outra dimensão, ou talvez nem exista.

Quando chega lá, ele faz uma cara terrível.

Em algum momento desapercebido, começou a chover. Barclay se levanta para abrir a janela, deixando entrar o cheiro de terra molhada de uma tempestade de verão.

— Você está bem? — pergunta ele, voltando para a cama.

— Sim.

— Tentei ser gentil. Eu sinto muito.

Marian não sabe se ele quer ou não que ela diga que está tudo bem.

— Você nem sangrou mesmo — diz ele, apreensivo.

— Eu costumava cavalgar muito.

Barclay parece aceitar o que ela diz.

— Você sabe para que serve um preservativo? — pergunta ele.

— Para não engravidar. — Marian faz uma pausa. — Você trouxe um para que eu não engravidasse.

— Sempre carrego preservativos, só para garantir. Aliás, como sabia sobre isso?

— Pelas garotas de Miss Dolly. Sorte que não caiu do seu bolso nem atingiu a cabeça de alguém.

Barclay está ao seu lado, perto. Ele passa as pontas dos dedos na sua clavícula.

— Claro que, algum dia, vamos querer um bebê.

Marian fica em choque.

— Nunca pensei sobre isso. — Era a mais pura verdade. Marian nunca tinha se imaginado embalando um bebê.

— Todas as garotas querem bebês.

— Como eu voaria se tivesse um bebê?

Barclay parece confuso.

— Você não voaria.

Marian está tão confusa quanto Barclay. Por meses, ele a ouvira falar sobre o que queria. Nunca havia falado nada a respeito de bebês.

— Mas eu preciso voar.

Desalentados, ambos se encaram. Barclay coloca a mão na barriga de Marian.

— Ainda não. Algum dia.

— Eu não quero parar de voar. Jamais.

— Você é jovem — fala Barclay em um tom paciente. — O que te faz feliz hoje é diferente do que vai te fazer feliz amanhã. Você sabe que eu te amo. Vou cuidar de você e me casar com você. — Uma afirmação, ele nem ao menos lhe perguntou ou fez um pedido.

Ou seja, Barclay nunca acreditou nela. Estava sendo indulgente com uma brincadeira de criança. Marian sente uma onda de fúria lancinante brotando de dentro dos recônditos de sua alma, mas se impede de reagir, lembrando-se de ter virado o avião de cabeça para baixo, deixando-o com medo. Barclay achou que estava reivindicando seu direito quando a virou de costas com o rosto enfiado nos travesseiros, quando virou seu corpo repetidamente, como quem procura uma pedra no sapato. Mas a verdade é que ele estava somente aceitando o que ela tinha oferecido, que ela lhe permitisse reivindicar o seu domínio, e ela o fizera. Poderia haver poder na submissão? Marian bem sabia que provavelmente teria que se casar com ele; Barclay ganharia aquele jogo de gato e rato, mas, se ela disser sim agora, estaria perdendo muita coisa. Ela diz:

— Ainda não.

Marian faz voos para fazendas canadenses, transportando caixas de marcas legítimas de bebida, aprendendo mais sobre o negócio. Os interesses e cadeias de abastecimento de Barclay são ramificados e dos mais diversos. Ele compra de intermediários que compram legalmente em armazéns *boozoriums* espalhados por Saskatchewan, Alberta, Colúmbia Britânica, Manitoba. Ele tem relações com exportadores de uísque na Escócia, com importadores no Canadá, com legisladores e agentes da lei. Barclay tem advogados em Helena e Spokane e Seattle e Boise que acobertam seus rastros e ajudam os peixes pequenos quando são pegos.

Uma tarde, quando eles estão na cama, na casa verde e branca, Barclay diz:

— Não me sinto bem sobre a gente.

— Você parecia estar se divertindo.

— Isso não vem ao caso. — E diz petulantemente: — Eu só queria que você dissesse sim. Se já vamos nos casar, por que esperar?

Um pessário está acoplado perfeitamente ao colo do útero de Marian. Ela considera aquele mecanismo seu pequenino e fiel escudeiro. Cora, da casa de Miss Dolly, comprou para ela por um preço exorbitante, do qual Marian presumiu que uma boa parte era comissão.

— Coloque desse jeito — ensinou-lhe Cora, apertando-o entre os dedos. — Daí, você mesma empurra para cima, e ele se encaixa direitinho no lugar.

Marian diz para Barclay:

— Só se você prometer que posso continuar voando para sempre e nunca ter filhos — diz Marian de brincadeira, mas ele não acha graça alguma. Então, ela tenta novamente: — Por que não podemos continuar como estamos? Um dia, você vai se cansar de mim e vai ficar feliz por eu ser apenas sua piloto.

Barclay fica seríssimo, quase inflexível.

— Tenho que esconder quase tudo que faço. Quero fazer isso como manda o figurino, de forma honesta, respeitável e oficial, e quero que você seja respeitável também.

— Eu não sou respeitável?

— Quero assegurar sua vida, quero que tenha algum tipo de status social neste mundo. — Ele toca a bochecha dela. — Não quero que ninguém te veja como te vi da primeira vez.

— Pensei que você tinha dito que eu te fascinava.

— Fascinou, sim. E ainda fascina. Mas isso foi só entre você e eu. Imagina se alguém mais tivesse te visto daquele jeito, na casa de Miss Dolly? Aconteceria um simples mal-entendido pervertido, mas eu te enxerguei debaixo da pouca roupa que você vestia. — Ele se apoia em um cotovelo. — Era para eu *mesmo* ter te visto. Sinto isso. Vi uma pessoa deslocada, que precisava de mim, mas ainda não sabia. No começo, fiquei aliviado por você ser uma prostituta, porque sabia que poderia te ter, mas, depois, fiquei mais aliviado ainda quando me dei conta de que você não era. Eu não queria que mais ninguém te tivesse. — Barclay virou de bruços e puxou Marian contra o peito, a perna dela sobre a sua coxa. — O que você enxergou, quando me viu pela primeira vez?

— Um desconhecido.

— Só isso?

— Mais ou menos. — Marian não queria falar sobre Miss Dolly. Queria que aquela memória não fosse tão viva para ele. Ela coloca a mão na virilha de Barclay, e a respiração dele fica pesada.

— O que mais? — pergunta Barclay.

— Vi um homem que me deixaria voar com seu biplano o tanto que eu quisesse, para todo o sempre.

— Sim — diz ele, mas referindo-se ao movimento que ela faz com a mão.

Marian havia pensado que ele perderia o interesse por ela, depois de tê-la usado e abusado, que não poderia mais ser um objeto de fantasia, mas Barclay não perdeu. Ao contrário, a disposição de Marian por sexo o deixou ainda mais obcecado em casamento. Ele parecia ter ciúmes até do próprio ato em si. Na primeira vez que ela teve espasmos e se contraiu em cima dele, quando estavam no segundo dia presos no escritório de Kalispell por causa da chuva e do nevoeiro e começaram a se entender na cama, Barclay a encarou espantadíssimo. Perguntou como ela sabia fazer aquilo, e Marian mentiu, fingindo surpresa e dizendo que simplesmente tinha acontecido. Ele lhe disse que nem todas as mulheres são capazes de chegar ao clímax e, o mais importante, nem todos os homens são capazes de inspirar tais fenômenos. Ela era afortunada de ambos os lados.

Perguntou-lhe novamente se ela já havia se deitado com outra pessoa, dizendo que estava tudo bem se tivesse, que ele só queria saber a verdade. *Não,* disse ela. *Apenas com você.* Não poderia haver outra resposta.

O braço de Barclay está ao redor da cintura dela. Ele agarra seu traseiro.

— Você viu o homem com quem se casaria — afirma, os olhos semicerrados.

— Talvez, possivelmente — diz Marian —, e não por muito, muito tempo.

Desde então, as negociações seguem silenciosas e são entendidas de forma diferente por cada um deles.

Às vezes, Marian pensa que deveria aceitar se casar com Barclay e acabar com isso. Existem coisas piores do que um marido que a deixa excitada, um marido endinheirado, um marido que é a razão pela qual ela pode pilotar um avião. Porém a questão de ter filhos a faz relutar — relutância e uma apreensão mais geral.

Em agosto, Barclay fica fora por algumas semanas. Ao retornar, ele lhe pergunta sobre as suas considerações. Marian diz que ainda está pensando. Ele pergunta de quanto tempo mais ela precisará. Marian diz que não sabe.

Está grata pela ausência de Jamie. Sem ele por perto para se preocupar e censurá-la, e com Caleb, que andava sumido, Marian podia facilmente dizer a si mesma que não havia nada com que se preocupar, nada para censurar. Wallace parece alheio às noites em que ela está longe de casa. Ele passa a maior parte do tempo no estúdio, bebendo e ouvindo o fonógrafo.

Marian deseja que Jamie volte para casa, mas que também fique longe.

SIM E NÃO

NOVE

Levei três dias para ler o livro de Marian, o de Carol Feiffer, o roteiro dos irmãos Day e li mais uma vez o livro de Marian. Eu não tinha mais nada para fazer e estava cansada de assistir a *reality shows*. Quase sempre lia na cama, embora tomasse um banho todas as manhãs e outro todas as noites e lesse também na banheira, ignorando minha culpa por toda aquela crise pela qual estava passando. Eu estava sendo absorvida pelas coisas — pelos pensamentos de Marian, pela prosa ofegante de Carol, pela água da banheira —, e era agradável e primitivo, era como estar de volta ao ventre, protegida pelo líquido amniótico. De um jeito ou de outro, eu precisaria me desgarrar deste momento pessoal, mas, a questão era: para quê? O limbo era tão acolhedor, desde que eu pudesse me convencer de que nunca acabaria, desde que eu pudesse me esconder no desconhecido, ser o gato de Schrödinger das decisões de elenco, tanto ser Marian quanto não ser.

Hugo passou na minha casa na segunda tarde, com o pretexto de "discutir" os livros e o roteiro, mas eu sabia que ele estava lá para me persuadir, e ele sabia que eu sabia e provavelmente também sabia o quanto eu me sentia bajulada e o quanto estava faminta por bajulação.

— O personagem é o sonho de qualquer ator — falou Hugo sobre Marian, assim, ao acaso, como se esta observação não tivesse relação alguma com o que estávamos conversando. — Há uma base factual, mas, ainda assim, temos liberdade abundante. — Hugo tinha excelente intuição, então com certeza sabia que eu entraria em pânico se ele me pressionasse diretamente. Porém, também sabia que, lá no fundo, eu estava desesperada para que alguém me dissesse o que fazer. Não sei por que ele estava fazendo aquilo. Havia atrizes melhores, mais dignas de confiança, atrizes que se pareciam mais com Marian Graves. Penso que Hugo gostava de fazer com que as pessoas fizessem o que ele queria e, ao mesmo tempo, exatamente o que lhe aprouvesse, preparando o palco para pequenas subversões, como contratar pessoas recém-envolvidas em escândalos.

Siobhan me visitou na terceira tarde, pois já havia ouvido rumores e decidido que era contra.

— Não quero que a gente tome decisões precipitadas — disse ela. — Acho que devemos deixar a poeira abaixar um pouco mais.

— Mas parece um bom projeto, não parece? E um bom papel, não? — perguntei, afagando o ego dela. Não era um projeto tão bom a ponto de eu me sentir tão confiante. Eu apenas não queria ter que ponderar a opinião de Siobhan contra a de Hugo. Queria um consenso. Queria uma luz.

— Minha hesitação tem mais a ver com o momento pelo qual você está passando — disse ela. — Não quero que a gente tente a sorte assim, pois podemos acabar no elenco de dublês. Não quero que você seja um espetáculo.

— Hugo me disse que sempre seremos o espetáculo. Aliás, o objetivo é ser o espetáculo. Me diz, você não concorda com o filme porque não vou ganhar uma fortuna?

— Não — respondeu ela, rápido demais. Siobhan fez uma pausa, e senti que ela estava tentando manter a compostura. — Sinto que, para mim, pelo que sei, muita gente esperava muito desse projeto. A ideia me parece desorganizada.

— Então você acha que não devo fazer o filme.

— Acho que você deve perguntar a si mesma o que espera dele. Por que *esse* projeto?

Então me vi pilotando um avião sobre o oceano. Vi-me apreciando a vista de uma terra desolada e repleta de gelo. A adaptação de *Peregrine* que imaginei era boa, até excelente, porém eu só conseguia confabular fragmentos, somente flashes de mim mesma com uma música triunfante de fundo, como aqueles clipes que os estúdios editam, juntando trailers de filmes para fazer com que qualquer drama pretensioso pareça Grande e Importante. Vi-me levantando meu Oscar. Mas, se isso de fato acontecesse, o que eu poderia querer mais? E se Siobhan tivesse razão e eu estivesse carente, deixando que tirassem vantagem de mim, jogando fora minha única chance de redenção? Meu futuro estava às cegas.

Perguntei ao psiquiatra se o tigre brilhante deveria ser assustador, e ele disse que o ego dele, às vezes, poderia ser perigoso.

— Então, eu sou o tigre — falei.

— Sim — disse ele — e não.

No final, eu disse sim a Marian, porque dizer sim é mais fácil do que dizer não. Sim é a faísca, a emoção. Você só vive uma vez. Liguei para Hugo pessoalmente, e ele me falou que eu estava lhe dando notícias maravilhosas, que estava emocionado e entraria em contato imediatamente sobre o agendamento da audição, e eu tentei fingir que não achava que precisaria fazer uma audição.

Antes da minha segunda audição para *Katie McGee*, literalmente encarnei a personagem por dias, como o processo criativo de Daniel Day-Lewis, como se Katie McGee fosse realmente uma personagem, e não um combo lucrativo de precocidade e insolência. Mitch me acompanhou até o estúdio, indicando a gravidade da ocasião. Naquela época, ninguém nunca havia me dito para exteriorizar nada, porém exteriorizei a encarnação viva de Katie McGee. Entrei naquela sala sendo mais Katie McGee do que nunca havia sido. Eu exalava um charme impetuoso, autêntico e natural e, quando vi as pessoas do estúdio se animarem e se entreolharem à medida que eu encenava minhas falas, senti uma alegria arrebatadora em meu âmago, como uma fusão com o centro do Sol, espargindo energia, iluminando os rostos dos adultos atrás da mesa. Pela primeira vez na vida, tive uma sensação de sublime pertencimento, de estar fazendo a coisa certa, da certeza de que eu conseguiria o que queria.

Já não esperava me sentir assim novamente, mas, quando percebi que o papel para interpretar Marian não era um fato consumado, de repente, quis ser ela mil vezes mais do que ser eu. Fiquei tão envolvida com Marian que não pensava em mais nada. Caminhava pela minha casa do jeito que eu achava que Marian caminharia. Mal me olhava no espelho, porque imaginei que ela não dava a mínima para vaidade. Ficava largada e me esparramava quando sentava. Comecei a pensar no que falava, não me comportava mais como uma cabeça-oca e fútil do sul da Califórnia, o que teve uma consequência indesejada, pois Augustina começou a achar que eu estava brava com ela. Tentei fazer tudo do jeito que achei que Marian faria para ser confiante e independente. Pesquisei o quanto podia no Google, analisei todas as fotos dela que consegui encontrar e assisti ao único trecho de uma gravação perdida: Marian e

Eddie Bloom, o copiloto, descendo do avião após um voo de teste na Nova Zelândia; ele sorri; Marian põe as mãos nos bolsos; os dois se entreolham; ela olha para o avião. A câmera dá um *close* de Marian, porém, ela desvia o olhar. A câmera se aproxima também dele, que parece robusto e simpático. No livro de Carol Feiffer, Eddie nutria um amor não correspondido por Marian, enquanto ela não conseguia esquecer o envolvimento que teve com o amigo de infância, Caleb. Assim, investiguei a fundo o trecho do filme, buscando uma tensão entre eles. O sorriso de Marian era mais relutante do que o de Eddie, mas, quando ambos se entreolharam, pude identificar somente a presença básica de uma comunicação silenciosa e insondável, não sua natureza. Eles estavam dizendo algo um ao outro, mas era criptografado, acessível apenas para eles.

Havia outra coisa. Hugo sugeriu que eu fizesse aulas de voo (pegando leve, considerando o meu histórico familiar), e eu disse não. Mas, depois, falei que tudo bem e, em seguida, falei não novamente. Depois, talvez. Hugo me disse que eu poderia pensar a respeito, mas, por precaução, ele redigiria e faria o instrutor assinar um acordo de confidencialidade. Ou seja, a possibilidade estava à minha disposição. Tentei pensar como Marian faria aulas de voo, tentei encarnar de fato uma pessoa que queria pilotar um avião. Eu não estava com medo de voar sozinha, de ficar lá em cima. Não ficava nervosa em voos comerciais. Não havia vinculado essa experiência, a comoção sem sentido dela, como meus pais mergulhando em um lago enorme e gelado. Não precisei ficar martelando as baixas estatísticas de queda de avião na minha cabeça, nem praticar meditações relaxantes, nem me recordar de como aviões eram seguros. Contudo, quando me imaginei pilotando um avião, a única coisa em que eu pensava era despencar em queda livre.

A equipe de Hugo havia marcado minhas aulas para de manhã, bem cedo, a fim de evitar a imprensa e as pessoas em geral. Assim, no escuro, antes do amanhecer, andando de um lado para o outro na cozinha, vestida e pronta para ir, peguei o celular, desesperada para cancelar a aula, mas nem cheguei a ligar. Eu mal havia dormido. Então, M.G. veio com o carro, os faróis acesos, e entrei. Sentei-me paralisada pelo impulso desenfreado de um sim que eu nunca havia pronunciado.

O piloto instrutor tinha cabelos grossos e grisalhos da textura de um texugo, uma grossa aliança de ouro no dedo e óculos de aviador no bolso da frente da camisa para quando o Sol nascesse. Ele não parecia nervoso com a minha presença. Caminhou ao redor do avião, explicando-me como todas as partes funcionavam. O Cessna era robusto e de aparência sisuda, de cor creme com duas listras marrons e uma única hélice. A manhã estava nublada. As longas faixas de grama entre as pistas do pequeno aeródromo estavam cinzas, cobertas pelo orvalho.

— Então, nesse voo introdutório, vamos decolar, passar pela camada marinha e depois voaremos um pouco por aí. Vou explicar tudo que estou fazendo, e, depois, você pode assumir o controle. Parece uma boa, não é? — disse ele.

— Sim — respondi.

Não devo ter parecido nada convincente, porque ele me perguntou:

— Você está nervosa?

— Um pouco. — Eu diria que ele nem tinha me pesquisado no Google, já que não sabia nada sobre os meus pais. Ele achava que podia apaziguar minhas desconfianças.

— Não fique. Eu voo todos os dias. Vou explicar cada etapa, e você não precisa fazer nada, se não se sentir à vontade. Combinado?

Eu normalmente teria achado aquela vibe de instrutor *coach* irritante, mas aquilo me tranquilizou.

— Combinado — falei, e ele sorriu, de boca fechada.

Os assentos da cabine eram de couro em um tom bourbon e estavam rachados pelo uso. As alavancas das portas pareciam frágeis demais para nos manter seguros, e os cintos de segurança eram tiras de náilon que não se retraíam. Colocamos fones de ouvido verdes, de plástico, e os bulbos que tampavam as orelhas eram como olhos de moscas. Por meio deles, ouvia-se a voz do piloto comprimida e metalizada e também o barulho do motor, que estava esquentando. Apontando para o painel, ele me explicava o que eram aqueles instrumentos, mas nem prestei atenção, já que não tinha planos de me tornar uma piloto. O que me chamou a atenção foi o leve empurrão lateral do avião causado pela hélice girando. Eu sabia que uma aeronave não tinha coração nem sentimentos, não era capaz de sentir ansiedade, mas, para mim, ele estava ansioso, estava pronto, como um cavalo de corrida no portão de largada ou um boxeador pouco antes de lutar, movimentando-se como se estivesse acorrentado e soubesse que estava prestes a ser livre.

O piloto taxiou e acelerou, tirando-nos da pista e entrando direto em uma nuvem cinza e pulsante. A hélice zumbiu; meus braços começaram a formigar. Fiquei totalmente imóvel, como se o avião fosse um animal assustado que eu não queria assustar. O piloto estava falando, porém, eu mal conseguia ouvir. Quando subimos céu adentro, deixando atrás de nós o clarão dos primeiros raios de sol, e ele disse:

— E lá vai ela!

Um manto cinzento e felpudo cobria o mar e a costa. Os cumes das montanhas se projetavam como ilhas.

— Aquela ali é a Ilha de Santa Catalina — disse o piloto, apontando. Ou seja, algumas eram, na verdade, ilhas, e não cumes.

Ele desceu e subiu com o avião lentamente, virou à direita e, depois, à esquerda, explicando sobre o equilíbrio das curvas, sobre como você não pilotava somente com as mãos, mas também controlava o pedal com os pés. Depois de um tempo, perguntou-me se eu queria tentar.

— Coloca as mãos no manche. Não vira, só tenta voar em linha reta e nivelada — instruiu.

Coloquei minhas mãos no manche. Senti-me oprimida pela vulnerabilidade de estar no ar.

— Muito bom — falou-me o piloto. — Agora, Hadley, se quiser, pode recuar com cuidado, e o avião vai subir.

De início, puxei o manche com tanto cuidado que nem puxei, na verdade, pois nada aconteceu. Puxei com mais força. O para-brisa se inclinou gradativamente em direção ao céu, e senti o chão desmoronando atrás de mim, como se eu estivesse sendo sugada. Tirei minhas mãos rapidamente.

— Não quero fazer isso.

— Ok — disse o piloto e, tranquilo, assumiu o controle, claramente não se intimidando com meu surto. — Certo, mas você se saiu muito bem. Apenas pediu que ela subisse, e ela subiu.

— Não gostei dessa sensação.

Ele balançou a cabeça.

— É a melhor sensação do mundo.

DEZ

Quando fui fazer a audição, Sir Hugo estava lá, sentado em uma mesa com Ted Lazarus, o chefão da Sun God Entertainment cuja esposa havia transado com Gavin du Pré, e Bart Olofsson, o diretor, e uma diretora de elenco cujo nome não falarei, muito temida, que mais parece a tia excêntrica de alguém com seus tênis Keds rosa e cabelo ruivo espetado.

— Como vai, Hadley? — perguntou-me ela, e eu poderia dizer, pela entonação grave de sua voz, que ela estava perguntando sobre a franquia *Archangel* ou sobre Oliver.

— Muito bem — respondi. — Animada para fazer o teste.

Um assistente cuidava de uma câmera em um tripé. Ao lado, em um assento (uma cadeira de mesa com rodinhas), estava um cara *hipster,* entusiasmado, com uma barba escura, óculos retrô com armação dourada e cabelo comprido apenas o suficiente para ficar atrás das orelhas.

— Este é Redwood Feiffer — disse Hugo. — Lembra que eu falei que ele fazia parte da produção?

— É um imenso prazer te conhecer — disse Redwood, levantando-se de imediato para apertar minha mão. — Sou seu fã incondicional.

Em algum momento, Sir Hugo começou a adular Siobhan, e, como adulação é o forte dele, ela simplesmente mudou de ideia a respeito do projeto. A informação de que um jovem ingênuo e rico estava envolvido na produção a ajudou a ficar entusiasmada com o teste.

— Estas notas de rodapé históricas e vagas podem possibilitar uma boa encenação — ela acabou admitindo para mim. — E os irmãos Day viraram praticamente celebridades. Toda essa questão familiar pode ser uma boa jogada publicitária, Redwood e sua mãe escritora e avó editora — dizia e, assim como Sir Hugo, já estava chamando-os de Feiffer Feiffers. — E a sua própria história… — Ela se interrompeu.

— Sim — falei.

— Os pais desaparecidos. É uma coincidência e tanto. Não quero parecer sem coração.

— Não é uma coincidência. Tenho meus motivos.

— Motivos?

— Os motivos pelos quais eu deveria fazer o filme. Hugo diz que é destino.

— É a cara dele dizer isso mesmo.

Depois do meu fiasco absoluto em pilotar um avião, fiquei ainda mais determinada a ser Marian. Precisava do alívio de ser alguém que não sentia medo. O fato de Marian não ser uma completa estranha para mim, de sermos ambas frutos do desaparecimento de pessoas, da orfandade, da negligência, de aviões e dos tios me ajudava bastante. Ela era como eu, ao mesmo tempo que não era. Era inquietamente estranha, incognoscível, exceto por algumas estrelas que brilhavam no céu dela e que também reconheci no meu próprio.

Respondi a Redwood Feiffer com o tipo de sorriso que você dá ao cara que é dono da grana. Não explicitamente paquerador, mas no caminho para tal.

— Meu fã? Jura? Fã do *Archangel*? — perguntei-lhe.

— Totalmente.

Achei que estava brincando, mas ele se inclinou para a frente em sua cadeira giratória e disse, sério:

— Esses filmes são belíssimos e extremamente românticos. Além do mais, fico sempre fascinado por coisas que se transformam em fenômenos. Tipo, por quê, sabe? O que é que mexe com os sentimentos de tantas pessoas? Quando isso acontece, você olha para trás, e tudo parece tão óbvio, como se pudesse ver claramente a lacuna que foi preenchida, mas o verdadeiro pulo do gato é identificar a lacuna quando ela ainda é uma lacuna a ser preenchida.

— A lacuna de 1 bilhão de dólares — disse Hugo. — Vamos torcer para que haja uma lacuna a ser preenchida com uma piloto desaparecida.

— Ok — disse Ted Lazarus. — Podemos começar?

Quando se é uma estrela de cinema, você é basicamente um bonito enfeite decorativo que vive estampando capas de revista, mas as pessoas não enxergam o enfeite. Elas enxergam a soma de todos os personagens que você interpretou: alguém que viajou no tempo, que salvou a civilização, que foi escolhido por um homem bonito e poderoso como objeto de seu amor eterno, que foi resgatado dos terroristas pelo pai, o Russell Crowe. Você carrega nos ombros o peso e as consequências disso. É como a dança de sete véus de Salomé, só que cada véu retirado representa cada papel interpretado, e você se esconde por trás de cada papel, assim como no véu. Apesar disso, o efeito é mais sedutor do que um *striptease*.

— Pronto quando você estiver — disse Hugo. Ele interpretaria o outro personagem na audição.

— Prontíssima — respondi.

Olhei para o chão, para o carpete azul-acinzentado institucional, e, quando ergui os olhos, a sala de reunião pareceu ficar menos palpável, embaçada, como se os *frames* daquele espaço se alternassem com os *frames* de uma outra vida que ali surgia em mim. Exteriorize, exteriorize. A memória do Cessna me veio à mente num piscar de olhos e desapareceu. Não olhei para as pessoas que estavam na mesa me assistindo, mas senti o brilho da minha atuação refletido em seus rostos. Eu estava agachada em uma tenda na Antártida enquanto, lá fora, ouvia-se uma forte nevasca. Hugo era Eddie Bloom, e estávamos conversando sobre o que aconteceria quando chegássemos em casa, descrevendo o que comeríamos. Eu lhe disse que o amava, embora não o amasse de fato, não do jeito que ele me amava. Mas aquilo pouco importava, pois nenhum de nós achava que sobreviveríamos.

— Ninguém nunca vai nos encontrar — disse ele.

— Não podemos simplesmente desaparecer — eu disse, sabendo que era uma mentira, mesmo querendo que não fosse.

MILLIONAIRE'S ROW

Seattle
Maio de 1931
Dois meses antes de Marian sobrevoar o Parque Nacional Glacier com Barclay

Dentro de um túnel, Jamie se segurava à lateral de um vagão de carga. O breu daquela atmosfera escaldante somado ao barulho intenso e à fumaça o sufocavam. O clarão do farol parecia distante, puxando o trem para trás como a cauda de um cometa. Conforme os andarilhos de Spokane haviam lhe dito, quando o trem começasse a desacelerar, ele deveria esticar o pé e encostar nas cinzas do carvão, para ter uma ideia da velocidade. O melhor era saltar antes de chegar à Union Station, já que os policiais de lá não eram nada simpáticos. Jamie poderia acabar atrás das grades ou ser espancado. Ou ambos.

Quando voltava de Idaho, Jamie fora acordado em uma estação ferroviária por um golpe de cassetete nos tornozelos, desferido por um policial. Assim, tinha pouco interesse em outro encontro desses.

Ouvira falar que era possível se asfixiar em túneis muito compridos, mas os andarilhos achavam que ele se sairia bem.

O estalido e a fumaça nociva diminuíram. Jamie se agachou até bater o pé nas cinzas. O trem ainda estava muito rápido. Quando ouviu um barulho estridente que pensou ser uma freada, tentou mais uma vez. Mas, desta vez, o chão agarrou o seu pé, e ele se soltou. Caiu com tanta força que foi arremessado para longe. Pelo menos, sua mochila amorteceu um pouco a queda.

Seguindo as instruções dos andarilhos, Jamie caminhou ao longo do túnel até encontrar uma saída.

Com uma mão apoiada na parede, ele mancava e tropeçava na escuridão até que seus dedos encontraram uma porta de aço. Atrás dela, havia uma escada. Depois de uma portinhola e outro túnel, ele se deparou com o ar fresco e, sob um céu acinzentado, com a maior cidade que já tinha visto na vida. Os edifícios imponentes ostentavam mísulas e pilastras como medalhas em seus peitos estufados, e as cornijas eram como ombreiras dragonas. As ruas amplas fervilhavam de carros e bondes. Os cartazes propagandeavam insistentemente lanchonetes, alfaiates, colchões, Coca-Cola, charutos, caranguejo enlatado, tudo que alguém pudesse vender. Um homem de terno que passava apontou para a testa de Jamie e disse:

— Você está sangrando.

Jamie cuspiu no lenço e o esfregou no couro cabeludo e na bochecha enquanto andava. O tecido sujo saiu manchado de fuligem e sangue.

Fileiras de apartamentos, escritórios, casas e igrejas marchavam juntas nas ladeiras, contudo, Jamie foi em direção à orla marítima. Quando decidiu deixar Missoula no verão, o Pacífico o atraíra irresistivelmente e, por fim, lá estava ele, oleoso e coberto de fuligem de carvão, sendo intimidado por gaivotas. Os cais estavam repletos de navios e barcos. Em um canto parecido com uma praia, de areias repletas de conchas quebradas e impregnadas com algas marinhas apodrecidas, Jamie molhou o lenço e enxugou o rosto, encolhendo-se ao contato com a água do mar. Não queria participar do que estava acontecendo entre Marian e Barclay Macqueen. Já estava tão cansado de se preocupar com Wallace, vivia irritado com as tentativas do tio de esconder as bebedeiras, do modo como ele falava e andava cautelosamente quando se embebedava, de sua insolência infantil.

Jamie não podia sequer recorrer à amizade com Caleb. Marian havia mudado isso também. Nem ela nem Caleb faziam quaisquer comentários sobre suas escapadas amorosas, mas ele sabia que os dois se encontravam e também sabia que os encontros haviam parado. Por um lado, sempre fora o vértice menos necessário daquele triângulo, mas, por outro, também era primordial: Marian e Caleb precisavam de um freio, para se convencerem de que não eram um par. Não que Jamie achasse que eles fossem — ou que poderiam ser — um casal de namorados decente e adequado. Não era isso. Porém, entre Marian e Caleb, o comportamento selvagem e indisciplinado que se enraizou em todos eles quando crianças havia se tornado densamente inescrutável e turbulento, tão espinhoso quanto pés de amora selvagem irremediavelmente emaranhados. Eles eram um par, assim como natural e inegavelmente eram algumas coisas, e, uma vez que um par se forma, tudo fora dele (Jamie, por exemplo) se torna inevitável e visceralmente irrelevante. Marian e ele formavam uma dupla, é claro, mas o forte laço que os unia como gêmeos era tão vital que quase podia ser desprezado. Ou, pelo menos, a irmã parecia pensar assim.

Ao subir a ladeira (todos aqueles lugares pareciam uma ladeira), Jamie caminhou por horas a fio, abordando homens em roupas de trabalho, para perguntar se eles conheciam alguma pensão, batendo nas portas até encontrar um lugar barato o suficiente para ficar, com sangue seco e tudo.

— Você sabe onde posso arranjar um trabalho? — perguntou ele à dona da pensão depois que ela lhe mostrou o que parecia um armário e uma pequena janela quase fosca de tanta sujeira.

— Não tem muito trabalho por aqui.

Isso acabou por se revelar a dura verdade. Havia simplesmente muita gente procurando trabalho, multidões de homens infelizes com histórias mais infelizes ainda sobres casas e fazendas perdidas, normalmente com famílias para sustentar. Jamie achou que poderia ser contratado para trabalhar nas docas ou nos barcos de pesca amparados pela náusea dos homens. Mal reconhecia a esperança de descobrir uma pista sobre o pai, de até, por algum milagre, esbarrar nele. Mas, ainda que Jamie fosse alto e forte para sua idade, não era tão alto e tão forte quanto a maioria dos homens que caçavam trabalho na zona portuária, não estava tão desesperado e certamente não era tão agressivo para se sobressair na multidão que se aglomerava quando algum capitão procurava mão de obra.

Jamie olhava para os rostos dos homens que desciam dos navios, esperando por algum rompante de reconhecimento. (Será que a força de atração do mar o teria atraído para o Oeste? Ou teria sido a força das marés de seu pai?) Ele comprou um café nas docas portuárias e perguntou com hesitação se alguém conhecia Addison Graves. Ninguém respondeu, embora um homem com a cara pálida e de aparência enferma tenha perguntado em voz alta de onde ele conhecia aquele nome e, estalando os dedos, falou:

— É o Capitão Covardia!

Após alguns dias, Jamie desistiu de trabalhar nas docas. Sua fantasia de encontrar o pai parecia uma tolice sem fim, ainda mais quando se deu conta do tamanho daquela cidade, da quantidade enorme de navios. Não havia motivos para supor que reconheceria o pai ou que ele ainda estaria vivo. E, se estivesse, por qual razão ele não moraria no Taiti ou na Cidade do Cabo? Ou mesmo em Tacoma, que ficava a somente 50 km de distância. Ou vai ver ele estaria por aí, vagando sem rumo.

Certo dia, Jamie tomou a balsa para o Norte, para Port Angeles. Do guarda--corpo, observou a proa rasgar a superfície da água, como se estivesse descascando uma fruta e expondo a seiva branca. E se ele embarcasse em um navio e escrevesse para Marian e Wallace da China ou da Austrália? Teria seu pai sentido a mesma sensação de possibilidade? Ou teria ele caído em tentação? Na tentação de se tornar uma ausência. A bordo de um navio, Jamie não poderia fazer nada para manter Marian longe das garras de Barclay, menos ainda para impedir Wallace de acumular dívidas. Em terra, não podia fazer muita coisa também, mas era compelido pela obrigação de tentar. No mar, talvez seu senso de obrigação fosse atropelado pela carga de trabalho.

Contudo, na viagem de volta, o vento soprando era gelado demais, e as águas estavam turbulentas e escuras, e ele se imaginou perdido no mar em algum lugar longínquo, e como Marian nunca saberia o que havia acontecido. Não podia abandoná-la. E, verdade seja dita, ela provavelmente o abandonaria em breve, mas ele preferia suportar uma perda do que infringi-la.

Jamie tentou trabalhar em diversas fábricas de conserva de alimentos, mas não havia empregos. Tentou encontrar trabalho em uma siderúrgica, uma serraria, um mercado de produtos agrícolas. Nada. Contava e recontava todas as noites o dinheiro economizado das vendas das aquarelas e do pouco que roubara de Marian e via que tinha cada vez menos. Calculava todas as noites quanto tempo mais poderia ficar por lá.

Após dez dias de céu nublado, o sábado amanheceu claro e com o tempo bom. Fora do círculo que ele havia esfregado na sua pequena janela, a gigantesca coroa de neve do Monte Rainier pairava no horizonte azul.

Um dia como aquele era bonito demais para ser desperdiçado implorando em vão por um trabalho. Assim, Jamie pegou os centavos que gastaria para comer e tomou um bonde para o Parque Woodland, onde havia um parque de diversão. Ele ziguezagueou por uma roda-gigante, um pequeno zoológico, uma fileira de jogos típicos de circo. Debaixo de uma árvore, sentou-se na grama e observou as pessoas se divertindo. Nem todo mundo tinha perdido tudo. Nem todo mundo passava os dias enlatando sardinhas. Algumas pessoas despreocupadas ainda relaxavam, passeavam e riam ao Sol, e, em vez de ficar com raiva delas, Jamie ficou satisfeito em saber que tais vidas eram possíveis.

Em seguida, um homem colocou duas cadeiras e um pequeno cavalete perto da entrada do zoológico. Logo depois, comprou um balão de um vendedor que passava e amarrou-o ao cavalete, prendendo uma placa que dizia: CARICATURAS POR 25 CENTAVOS. Em questão de minutos, um jovem pai se aproximou com a filha, que se contorceu na cadeira até que o artista, com um floreio, apresentou seu desenho a ela. O pai lhe entregou uma moeda. Em uma hora, o homem vendeu mais três retratos. Havia ganhado US$1! Jamie caminhou como quem não queria nada e ficou atrás do cavalete do artista quando o próximo cliente chegou. O rosto do sujeito era reconhecível, mas exagerado, com olhos gigantes e um sorriso feroz.

Naquele mesmo dia, com o dinheiro que lhe restava, Jamie comprou um grande bloco de papel grosso de desenho e uma caixa de lápis. Uma aposta necessária. Para as cadeiras, usou dois caixotes de maçã. Naquela noite, recrutou alguns de seus colegas pensionistas como modelos para suas amostras e, na manhã seguinte, voltou ao Parque Woodland. Escolheu um canto ao lado do Lago Green, longe dos jogos, a fim de não invadir o território de outro artista. Apoiou suas amostras de retrato com pedras, para que não voassem, e escorou um pedaço de papelão contra seu caixote, no qual havia escrito RETRATOS em letras grandes, adornadas com pequenos esboços de desenhos em um dia no parque: uma mãe empurrando um carrinho de bebê, crianças com balões, um homem de chapéu passeando, algumas árvores frondosas, uma família de patos. Não havia desenhado muitos retratos antes, mas pensou que poderia fazê-los bem o suficiente.

Pouco tempo depois, seu primeiro cliente, sua primeira moeda.

Em alguns finais de semana ensolarados, ele ganhava de US$4 a US$5. Quando estava nublado, Jamie não fazia nada. Ele tentava locais diferentes, parques diferentes. Playland e a praia para banho no Lago Washington e Alki Beach em Puget Sound, onde havia piscinas de água salgada. Quando garoava, ele se refugiava perto do Pike Place Market. Nos períodos de estiagem, desenhava cenas gerais cotidianas — banhistas ao Sol, crianças em um carrossel, vendedores ambulantes de frutas no mercado — e tentava vendê-las.

Jamie descobriu que gostava da permissão concedida pelas pessoas para desenhá-las e explorar seus rostos com atenção e sem pressa. Gostava de como as pessoas ficavam vulneráveis quando estavam prestes a ser retratadas, transparecendo mais do que pretendiam em seus mínimos trejeitos. Ou se sentavam com a postura ereta ou curvada, ou encontravam ou desviavam de seu olhar. Sob seu escrutínio, parecia que se tornavam mais elas mesmas, exprimindo suas virtudes mais primitivas. Seu talento especial, descobrira, residia em sua capacidade não apenas de ver as pessoas com todos os detalhes, mas também de intuir como elas queriam ser *vistas* e justapor isso no papel. Seus retratos privilegiavam mais a alma do que o rosto.

As pessoas pareciam satisfeitas.

Em uma bela tarde de julho, enquanto esperava ao lado do Lago Green, no Parque Woodland, um grupo de três garotas mais ou menos da mesma idade passou por ele. Todas usavam vestidos leves, chapéus e sapatos de salto amarrados com fitas nos tornozelos e exalavam prosperidade. Uma loira rechonchuda e de seios fartos conduzia o grupo, caminhando com a confiança de quem presumia que estava sendo seguida. As outras duas, morenas, seguiam logo atrás. Uma era mais baixinha, e a outra, mais alta. A baixinha falava rápido e sem parar ao mesmo tempo em que abocanhava um pirulito açucarado. A mais alta andava com suas longas pernas de forma tímida, como se estivesse andando em uma superfície de gelo em que não confiava. Jamie ficou quase embasbacado ao ver a garota alta. Ela estava meio que inclinada para o lado, a fim de ouvir o que sua amiga baixinha comedora de pirulitos dizia. Seus longos cílios lhe conferiam uma aparência serena e enigmática.

As três garotas basicamente flutuavam, uma pequena e elegante flotilha, passando pela multidão, pelo parque, pelos tempos difíceis como se nada as afetasse. Jamie observou a garota alta recuar com a sensação de ter atirado e se livrado de algo precioso e insubstituível em um lago profundo.

— Ei, rapaz — alguém lhe chamou. — Quanto é para desenhar minha garota?

Jamie se virou, assustado. Um jovem forte apontava o dedo para uma garota com cara de poucos amigos, que estava de braços cruzados.

— 25 centavos.

O jovem ficou tenso e disse, recusando a oferta:

— Xi… Ela nem precisa tanto de um retrato.

— Na verdade, posso fazer para praticar. Me dá uma moeda de cinco, e fica por isso mesmo — propôs Jamie.

— Fechado — disse o homem, marrento e arrogante. Ele fuçou no bolso e jogou a moeda para Jamie. — Nunca pague a primeira oferta — disse ele à namorada.

— Os negócios estão indo mal? — perguntou ela enquanto se sentava.

Jamie sorriu.

— Pelo menos, está fazendo um dia bonito.

— Sim. — Ela não parecia convencida. — Achei que ele estava me levando para passear em Playland, mas ele é mão de vaca — disse sobre o namorado.

Jamie tinha que tomar cuidado para não permitir que sua aversão instintiva por pessoas como aquelas e seu descontentamento por ter perdido de vista a garota alta influenciassem o desenho. Na verdade, decidiu fazer um retrato excepcional, não pensar em nada além do rosto à sua frente até que conseguisse retratar a melhor versão daquela garota antipática no papel.

Com o lápis, Jamie aumentou ligeiramente o volume dos lábios dela, deixou os olhos um pouco tortos, mas não exatamente do mesmo tamanho (desenhe alguém perfeito demais, e a semelhança acaba se tornando uma crítica), não retratou as leves cicatrizes que ela tinha nas bochechas. Queria capturar um pouco da petulância que brotava de seu olhar amargo, um toque de senso de humor.

Jamie ainda estava retratando a jovem quando as três garotas reapareceram, caminhando na direção oposta. Ele desviou o olhar muitas vezes, e sua modelo se virou para ver o que estava acontecendo.

— Preciso que você fique parada — disse ele, porém, o movimento da sua modelo já havia chamado a atenção das garotas. Elas pararam, encarando Jamie e sussurrando.

— Ah, sim — disse a jovem, piscando para Jamie de modo demorado e atrevido, embora ele tenha enxergado naquele gesto um toque de mágoa e desdém. Ela acenou para as garotas. — Vocês estão distraindo o meu artista. Venham até aqui.

A loira, a líder, contraiu os lábios em um impronunciável "por que não?" e caminhou vagarosamente em direção a Jamie e à modelo. As outras duas seguiam logo atrás. A baixinha, com o pirulito açucarado quase acabando, foi para trás de Jamie, olhando por cima do ombro. Para a garota que estava sendo retratada, disse, mastigando o palito do pirulito no canto da boca:

— Está ficando bom. Você vai gostar.

— Duvido muito — disse a garota antipática. — Não gosto dos meus retratos.

— Ainda falta muito? — perguntou o namorado.

— Não, mais um pouco — respondeu Jamie.

A loira deu a volta, para olhar.

— Deveríamos fazer o nosso — disse ela, de uma forma geral, para as companheiras. Mas a garota alta, a garota de Jamie, estava relutante.

— Quase lá — falou Jamie. Por fim, ele rasgou a página do bloco e a entregou à jovem retratada.

O rosto dela se iluminou.

— Nada mal.

O namorado se inclinou por cima do ombro dela e disse:

— Nossa, você ficou muito bonita nesse retrato.

— Quanto custa? — perguntou a garota do pirulito a Jamie.

— 25 centavos — respondeu o namorado enquanto sua garota se levantava e recolocava o chapéu.

— Eu pago, meninas — disse a loira. Para Jamie, falou, apontando para a garota alta: — Comece com a Sarah.

Assim, ele começou a retratar Sarah.

Sarah Fahey, ele logo soube, era a mais nova de cinco filhos, um menino e quatro meninas, embora as garotas que estavam com ela no parque fossem suas amigas, não irmãs. Ela morava na Millionaire's Row, a rua dos milionários, perto do Volunteer Park, em um casarão tão grande que a Jamie mais parecia uma casa de um livro de contos de fada, pois era sustentada por vigas, revestida por tijolos em zigue-zague e tinha um monte de chaminés. O jardim da casa era tão extenso, verdejante e vívido, podado de forma tão perfeita, que mais parecia o tecido baeta de uma mesa de bilhar. A casa tinha até nome: Hereford House. Jamie não sabia que as casas *podiam* ter nomes. Nem sabia, a princípio, que Hereford era uma raça de bovinos.

O irmão de Sarah tinha ido embora para Harvard e ainda estava em Boston, apesar de ter se formado. Todos achavam que ele voltaria a trabalhar para o pai, embora Sarah suspeitasse que ele não queria. Sua irmã mais velha era casada e morava perto, com o marido e o bebê. A outra irmã estava estudando história da arte na Universidade de Washington, a UW, e morava em casa, porém, estava passando o verão na Europa, e a próxima irmã, Alice, começaria a estudar na Universidade de Washington em outubro.

— Minha mãe investe bastante em educação — disse Sarah. Faltava apenas um ano para ela se formar na escola particular só para garotas.

A mãe de Sarah era alta e esguia, dotada de suave elegância. Apesar dos movimentos desengonçados da filha, Jamie achava que um dia Sarah poderia herdar a elegância materna. A mãe também havia sido sufragista e depois se dedicado à União Cristã Feminina da Temperança. No entanto, depois da aprovação da Lei Volstead, não se queixou quando o marido entupiu a adega com um estoque gigantesco de vinho e licor que, mais de dez anos depois, apesar de ter diminuído, estava longe de acabar. A Sr. Fahey se opunha sobretudo ao consumo de bebidas na adega por parte dos maridos de outras pessoas. Mas, seja como for, tentar se opor às decisões do Sr. Fahey tendia a ser uma provocação infrutífera que não contribuía para a felicidade de ninguém.

Mas, antes, naquele dia ensolarado de julho, quando ela ainda era uma estranha, Jamie desenhou o retrato de Sarah. Ao terminar, todas as amigas aprovaram o desenho.

— É *você*, Sarah — disse a amiga comedora de pirulitos, cujo nome era Hazel. — É a sua essência absoluta. A Madonna do Parque Woodland.

— É quase de arrepiar — disse a loira. Seu nome era Gloria. Logo depois, ela encarou Jamie duramente, quase acusando-o. — Como fez isso?

— Tive uma boa modelo — respondeu Jamie, corando intensamente.

— Não me diga — falou Gloria.

A experiência de sentar e olhar para Sarah fora tão eletrizante que Jamie não quis terminar o retrato. Sarah não tinha falado muito enquanto estava sentada, embora, de vez em quando, respondesse às brincadeiras das amigas. Quando lhe entregou a página rasgada, ela a segurou no colo, olhando-a com profundo interesse.

— Você é talentoso — disse. Tinha um olhar direto e a voz mais baixa e firme do que Jamie esperava.

Ele atribuiu a quietude dela à timidez — tola suposição, visto que ele também era quieto, mas não tímido. Ele gostaria de poder alterar o desenho que, de repente, parecia sentimental e idealizado. Hazel havia escolhido a palavra certa: *Madonna*. Dócil, venerável.

— Não está pronto — falou Jamie.

— Seu retrato foi generoso demais comigo. Está muito bom.

O rubor de Jamie se intensificou, dando lugar a um arrependimento sombrio. Queria que ela achasse o retrato incrível, pois, assim, pensaria que ele era inteligente.

— O pai de Sarah coleciona arte — acrescentou Hazel — ou seja, ela entende do assunto. E uma de suas irmãs está estudando arte na UW.

— História da arte — corrigiu Sarah.

— E você deve saber também que nossa Sarah é o tipo de pessoa que nunca elogia à toa. Nada de elogios vazios. Às vezes, nos sentimos um pouco negligenciadas. Mas, então, quando ela te diz algo bom, é de uma sinceridade sem retoques.

— Por que alguém iria querer receber um elogio vazio? — perguntou Sarah.

— Porque é agradável! — respondeu Hazel.

As outras duas estavam mais que ansiosas para serem retratadas pelos traços mágicos de Jamie, e, ainda que exultassem contentamento e admiração pelos retratos terminados, o de Sarah fora de longe o melhor trabalho de Jamie.

— Você devia assinar eles — propôs Gloria. — Assim, quando ficar famoso, podemos provar que temos um dos seus primeiros trabalhos. E Sarah também pode saber o seu nome.

Ele obedeceu, corando novamente.

— Jamie Graves — leu Gloria. — Você costuma ficar sempre aqui? Para o caso de nossas outras amigas ficarem com inveja e quererem seus próprios retratos?

— Às vezes fico — falou. Então, com uma pontada de esperança, embora tivesse planejado ir para Playland no dia seguinte, disse: — Vou estar aqui amanhã.

Hazel o cumprimentou, despedindo-se:

— Muito prazer em conhecê-lo — disse ela. As outras duas fizeram o mesmo. Jamie queria se agarrar à mão fina e fria de Sarah para sempre.

Só depois de elas irem embora, percebeu que não havia sido pago.

Jamie passou uma noite angustiante deitado no colchão encaroçado da cama, em sua melancólica cela, ouvindo os companheiros pensionistas fazerem um barulho cada vez mais estridente no andar de baixo. Sabia que, em algum momento, haveria uma briga, que a dona da pensão desceria de camisola, brandindo um ferro de passar em brasa, interrompendo a balbúrdia, e que só depois disso, por volta do nascer do sol, o silêncio reinaria. Nunca mais veria Sarah, pois suas vidas eram tão diferentes que não se cruzariam novamente, e, ainda que isso fosse muito pior do que perder 75 centavos, aquela pequena quantia seria um consolo. Embora o parque ainda estivesse cheio de gente, Jamie fez as malas, envergonhado e furioso consigo mesmo. Se ao menos fosse o tipo de garoto que convidasse Sarah para andar na roda-gigante ou dar um passeio à beira do lago. Será que as garotas teriam fugido assustadas? Será que teriam se afastado, rindo dele e atirando seus retratos na lata de lixo mais próxima? Mesmo que tivesse se lembrado do dinheiro a tempo, não tinha certeza se teria a audácia ou a vontade de se rebaixar por isso.

À medida que o tumulto lá embaixo ficava cada vez mais intenso, Jamie decidiu que iria para a Union Station ao amanhecer. Tinha dinheiro suficiente para uma passagem para casa. Mas não tinha coragem de pular em outro trem de carga. O espírito de aventura o havia abandonado. Não havia provado nada além de sua impotência.

Mais cedo do que de costume, a dona da pensão entrou na briga, e ainda estava escuro quando tudo ficou silencioso. Jamie caiu em um sono irresistivelmente profundo. Ao acordar, o dia estava claro e azul de novo. O cume do Monte Rainier brilhava acima do horizonte. Talvez, pensou ele, devesse voltar para o Parque Woodland, como dissera às garotas. Talvez elas tivessem percebido que esqueceram de pagar. Sempre poderia pegar um trem mais tarde, mesmo de noite.

A caminho do bonde, parou em uma padaria cara e com o letreiro luminoso que sempre ficava olhando e comprou um bolo de chocolate com cobertura de glacê espelhada. Se aquele fosse seu último dia, poderia muito bem se divertir. No parque, sua primeira cliente foi uma mãe com gêmeos, um menino e uma menina de 5 anos. As crianças se sentaram e mal se mexeram, austeras como se fossem dois titãs da Era Dourada em miniatura. Pensou em contar à mãe das crianças que tinha uma irmã gêmea, mas decidiu que não tinha coragem para as inevitáveis perguntas subsequentes. Eles eram próximos? Costumavam ser. Mas eram excepcionalmente próximos? Jamie não tinha sequer enviado uma carta para casa. Não tinha ideia do que Marian estava fazendo, quais tipos de acordo torpe havia feito com Barclay Macqueen. Após horas, quando estava prestes a desistir totalmente de Seattle, quando quase começou a acalentar a ideia de uma longa e vitimista jornada de trem, Sarah Fahey apareceu, correndo às margens do lago.

— Sinto muito, *muitíssimo* por não termos pagado — disse ela, sem fôlego. — Gloria às vezes se esquece das promessas que faz, e estávamos tão apaixonadas por nossos próprios retratos que não conseguíamos pensar em mais nada. Só nos demos conta mais tarde e ficamos completamente horrorizadas. Tome. — Ela lhe estendeu uma nota dobrada de US$1.

Jamie hesitou.

— Não posso aceitar.

— Como não pode? Você tem que aceitar.

— Não, porque eu gostaria de te convidar para dar um passeio comigo, e, se você me pagar um dólar, isso pode parecer estranho.

Sarah abaixou um pouco o braço.

— Um passeio?

— Uma volta no lago. Se você não se sentir à vontade, pode dar meia-volta.

Eles caminharam até as margens do Lago Green, andando confortável e vagarosamente. Sarah perguntou quantos anos Jamie tinha. Ela era três meses mais velha, já tinha 17 anos. Ele perguntou como ela conhecera Gloria e Hazel, e ela disse que as conhecia desde sempre, pois suas mães eram amigas.

— Você não tem amigos assim? Amigos com quem brincava desde que usava fraldas? — perguntou Sarah.

— Talvez meu amigo Caleb se encaixe nessa categoria, mas duvido que ele tenha usado fralda. Ele mora perto de casa, e nós meio que nos cruzamos, ele, eu e minha irmã. A mãe dele não conhecia minha mãe. Nem *eu* conheci a minha mãe.

— Como assim? O que aconteceu com ela? Ah... — Ela parou, estarrecida, cobrindo a boca com a mão. — Sinto muito, sou muito intrometida. Não precisa me contar se não quiser.

— Não, tudo bem. — Jamie deu o seu melhor para tentar explicar como era a sua família. Não estava acostumado a falar de si mesmo, mas, quando tentava pular alguma parte ou encobrir os detalhes, Sarah o interrompia, incitando-o a contar mais. Ele percebeu, enquanto conversava com ela, como havia conversado pouco com alguém desde que deixara Missoula. Em uma cidade nova, o anonimato era a alma do silêncio.

Sarah ouvia com a cabeça inclinada em direção a Jamie e com os cílios longos, como da primeira vez que ele a viu. Ouviu ele falar sobre o *Josephina Eterna* e, apesar de lhe dizer que o pai fizera a coisa certa ao entrar no bote salva-vidas, achava cruel que ele tenha ido para Montana e depois fugido. Perguntou como era ter uma irmã gêmea e como Marian era (Jamie lhe contou que Marian estava aprendendo a voar, mas não mencionou Barclay Macqueen). Sarah pediu que ele descrevesse sua escola, seus cães e Wallace.

— Então seu tio Wallace te ensinou a ser artista?

— Não. Não exatamente — respondeu Jamie e, em seguida, contou-lhe que, quando era pequeno, Wallace costumava gostar de seus desenhos, elogiá-los, mas, depois, agia de forma a desestimulá-lo, até mesmo com desdém.

— Acho que ele começou a te ver como um adversário — disse Sarah, e Jamie sentiu uma gratidão justificada por ela exprimir as suspeitas que ele há muito tempo tentava sufocar. No entanto, tudo que conseguiu dizer, sem entrar no assunto das bebedeiras e jogatinas ou admitir o ressentimento que tomava conta de Wallace por conta da bebida, foi:

— Não vejo o porquê disso. Ele é um ótimo pintor.

Jamie lhe contou sobre a noite em que decidiu ir embora, como se sentou no chão da cozinha com os cachorros ao seu redor, dizendo adeus a cada um deles, antes de desaparecer pela porta da cozinha e caminhar na escuridão, rumo aos trilhos. Ele correu ao lado do primeiro trem em direção ao Oeste e agarrou os ferros de um vagão, sentindo o peso assustador daquela máquina, sua força irresistível. Por um tempo, ficou deitado no fundo de um vagão vazio enegrecido pelo carvão e fez a mochila de travesseiro, encarando as estrelas e tremendo de euforia e medo. De vez em quando, um túnel o envolvia com um assobio esfumaçado, como se estivesse sendo inalado por um dragão.

— Você não ficou com medo? — perguntou Sarah.

— Bastante.

Contou-lhe que, ao amanhecer, em algum lugar de Idaho, fora acordado por uma dor aguda nos tornozelos, a paulada de um cassetete desferido por um policial da estação.

— Às vezes eles nem conferem os vagões antes de despejar o carvão. — Falou que o policial vasculhou sua mochila e tirou US$5 de seu insignificante rolo de notas, mandando-o caminhar pelos trilhos, para sair da cidade, e dizendo ainda que Jamie deveria ser grato. Ele estava grato, mas havia se escondido nos arbustos até anoitecer e pulou em um trem com destino a Spokane. Os andarilhos indicaram um trem para Seattle e o alertaram sobre o túnel e sobre conferir as cinzas de carvão com o pé.

— Você conhece alguém aqui? — perguntou Sarah. — Foi por isso que veio?

Os dois já haviam dado uma volta no lago e estavam sentados à sombra dos caixotes de maçã. Envergonhado, ele lhe contou sobre seu evasivo plano de encontrar emprego nas docas, em busca do pai.

— O que você faria se encontrasse seu pai?

— Boa pergunta. Não sei.

— Tem certeza de que *quer* encontrar ele?

— Acho que sim. É uma coisa em que penso muito. — Embora Jamie nunca conseguisse imaginar o que aconteceria após os primeiros sinais de reconhecimento.

— Mesmo que ele não tenha dado nenhuma indicação de que quer ser encontrado? — A voz dela era amigável, firme, curiosa, com ares de professora.

— Acho que ele me deve… — Jamie não conseguia terminar a frase. — Uma conversa.

— E se ele for uma pessoa horrível? Ou louco?

— Acho que eu tentaria ajudar.

— Talvez *não saber* onde ele está seja melhor do que saber.

Insistente e teimosamente Jamie disse:

— Não vejo diferença entre essas duas coisas.

Sarah sorriu, transparecendo um indício de pena em seu rosto comprido. Jamie queria desenhá-la de novo. Mas não queria desenhar uma Madonna desta vez, e, sim, uma Madonna disfarçada.

— Então torço para que você encontre ele. Não consigo imaginar a vida sem meu pai. Ele é muito presente. Hazel, Gloria e eu achamos que somos tão rebeldes quando andamos pela cidade sozinhas, mas somos mimadas demais. A única razão pela qual tenho um pouco de liberdade é porque sou a caçula, então meus pais tiveram que afrouxar as regras um pouco, porque já estavam muito esgotados.

— A mais nova de quantos irmãos?

— Cinco.

Jamie percebeu que tinha ficado tão satisfeito com a atenção de Sarah, tão feliz por alguém entendê-lo, ainda que pouco, que não conseguiu descobrir nada sobre ela.

— Você me enrolou para que eu falasse só de mim — disse ele. — Agora é a sua vez. Comece do início, por favor.

— Enrolei? — repetiu Sarah. E, olhando para seu delicado relógio de pulso de prata, disse: — Infelizmente, tenho que ir embora. Vou arrumar problemas se ficar e te contar toda a história da minha vida, que é sem graça comparada à sua. — Ela se levantou. — Podemos nos encontrar de novo?

Tentando esconder sua euforia, ele disse:

— Precisamos. Caso contrário, não vou me perdoar por falar igual uma matraca.

Sarah prometeu que voltaria no dia seguinte.

Jamie passou a noite extremamente agitado. Ansiava por beijar Sarah, por sentir seu corpo delgado contra o dele. Cogitou trocar a própria vida para vê-la nua. Queria, com uma inquietante onda de vergonha, fazer com ela o que vira aquele homem desconhecido fazer com Gilda há tanto tempo, pressioná-la sob seu peso, devorá-la, penetrá-la profundamente como se estivesse no cio. Mas, além de tudo, desejava que Sarah quisesse que ele fizesse isso.

Quando o amanhecer iluminou a janela suja, Jamie pegou o bloco de desenho e começou a desenhar de modo frenético. Sarah da cintura para cima, com os seios à mostra. Sarah deitada nua com os braços atrás da cabeça, as pernas recatadamente cruzadas. Depois, Sarah com as pernas abertas, uma sombra entre elas para disfarçar a incerteza que ele tinha.

Na segunda vez que se encontraram, enquanto caminhavam ao redor do lago, Jamie tentava constantemente evitar os devaneios eróticos. Apesar da proximidade com Sarah, dos antebraços nus e do cheiro de lavanda que o dominava por completo, Jamie tentava ouvi-la, com o intuito de retribuir a atenção que ela lhe dera antes.

Sarah lhe contou sobre suas irmãs e irmão, seus pais e seu cachorro, um pastor inglês chamado Jasper. A mãe era entusiasta e politizada, mas, na opinião de Sarah, também submissa demais ao pai, um empresário, que era alegre e autoritário e tolerava as causas da esposa, desde que ela não o aborrecesse falando a respeito delas. Disse que ingressaria na Universidade de Washington como as irmãs, mas que, se dependesse dela, iria para algum lugar mais distante, como a Wellesley College ou Radcliffe. ("Não depende de você?", perguntou Jamie, e ela, rindo, disse que nada dependia dela.) Mencionou que havia mostrado o retrato que Jamie fizera ao pai, que era, como Hazel havia dito, um colecionador de arte.

— Penso que meu pai fica encabulado com as próprias origens — falou Sarah. — A arte é a forma que ele encontrou para demonstrar como se tornou culto. Não que ele seja superficial, não é isso. Ele é profundamente apaixonado por arte, além de ser um grande conhecedor. Perguntei a ele se tinha ouvido falar do seu tio, e ele disse que sim. Inclusive, talvez tenha uma pintura dele.

— Isso me parece improvável. — Mas, depois de falar isso, Jamie se deu conta de que não tinha ideia de até que ponto as pinturas de Wallace poderiam ter viajado.

— Ele tem quase certeza. Disse que eu deveria te convidar para ver. Vai até tirar a pintura do depósito. Ele quer te conhecer. "O Retratista", é assim que te chama.

— Tudo bem — disse Jamie. Em um rompante de ousadia, ele pegou a mão de Sarah, apertando-a.

Sarah retribuiu o gesto.

— Meu pai gosta de pessoas que trilham o próprio caminho.

Assim, Sarah escreveu as instruções para Jamie chegar à Hereford House em uma página de seu bloco de desenho e lhe disse que fosse no domingo, depois do almoço, quando o Sr. Fahey estaria em casa.

• • •

A casa era maior do que as residências mais grandiosas em Missoula. As residências vizinhas eram igualmente imponentes e ficavam separadas a uma determinada distância por muros e extensos gramados.

Após hesitar um pouco, Jamie bateu em uma aldrava de metal pendurada no nariz de um touro também de metal no meio da porta de entrada. Imediatamente, uma garota que parecia (mas não era) Sarah abriu a porta, e um enorme bola de pelos cinzas e brancos disparou atrás dela.

— Jasper! — A garota repreendeu o cachorro, enxotando as ancas peludas do animal. Jamie ofereceu a mão, e, quando o cachorro parou para farejá-la, a garota o agarrou pela coleira e o puxou para trás. Ela era alta, embora não tanto quanto Sarah, com o mesmo pescoço comprido e um rosto mais comprido e inteligente.

— Suponho que seja Jamie. Sou Alice, irmã de Sarah. Entra, por gentileza. Sarah está em algum lugar. Nossa, como você é alto. Certeza de que tem só 16 anos? Não admira que Sarah goste de você. Nenhum menino é tão alto quanto ela.

Alice o conduziu para um hall de entrada todo revestido de madeira, translúcido e dourado como mel. Sob seus pés, estava um tapete persa com borlas, e Jasper pulava ao redor, ofegando e espiando por baixo da franja branca despenteada. Uma porta larga com janela-bandeira conduzia a um espaço maior, também com painéis de madeira, também com tapete. De lá, uma escada levava a uma sala balaustrada. Ainda que aturdido pela opulência, Jamie não esqueceu o significado das palavras de Alice. Sarah gostava dele. Ansiava por interrogá-la sobre como exatamente ela sabia que Sarah gostava dele e sobre que forma, exatamente, essa conexão tomou.

Do centro do alto do teto decorado, pendia uma cascata de cristais e lâmpadas. Pinturas e desenhos de todas as formas e tamanhos tomavam conta das paredes, algumas em molduras rebuscadas. Alice apertou o interruptor, e o candelabro de cristal ganhou vida.

— Papai gosta de arte — disse ela.

— Deus — falou Jamie, olhando ao redor. — Dá para perceber.

Alice deu uma risadinha.

— Papai também gosta de Deus — comentou Alice. — Então, presta atenção no que diz.

Jamie, graças a Wallace e à biblioteca pública, sabia um bocado sobre arte, o bastante para reconhecer, entre a coleção eclética de Fahey, uma cena de cavalaria de Remington e uma tela de Georgia O'Keeffe.

— Está vendo esse daqui? — Alice tocou a moldura de um retrato de um busto de uma mulher sobre um fundo escuro. — É a Mamãe. John Singer Sargent pintou ela. Você sabe quem é?

— Quem foi, *né*? — Jamie se moveu, para ver melhor. A pintura era primorosa. — Ele morreu. É a sua mãe?

Mais uma vez ela deu uma risadinha.

— Sim, você vai conhecer ela.

A mulher da pintura tinha o mesmo queixo pequeno e cílios longos de Sarah. Suas sobrancelhas estavam levantadas, e os lábios, entreabertos, como se fosse retrucar alguma coisa.

— Meu pai tem mais um monte de obras no depósito, mas, sinceramente, nessa sala você consegue ver as melhores da coleção. Paciência *não* é o forte do Papai. Ele quer que as melhores obras impressionem assim que você passa pela porta.

— Mal consigo assimilar tudo.

— Olha só quem está aqui! — disse uma voz lá de cima. Sarah desceu as escadas correndo. — Alice, por que você não me chamou?

— Chamei, sim — mentiu Alice. — Você é que não deve ter ouvido. Jamie chegou há pouco. Estávamos falando sobre retratos. Jamie prometeu desenhar o meu, não é, Jamie? — Ela enlaçou o braço no de Jamie.

— Não deixa ela mandar em você — falou Sarah a Jamie. — Alice é a irmã mais mandona.

— Eu adoraria — disse Jamie à Alice.

Alice soltou o braço de Jamie.

— Bom, depois que você terminar de falar com meu pai, vou posar para você.

Jamie estava acenando com a cabeça quando parou.

— Oh, eu não trouxe meus lápis.

— Então, vai ter que voltar — disse Alice. — Você devia fazer um retrato do Jasper também. — Ela agarrou o rosto do cachorro e lhe disse: — Você não acha, Jasper? Não é você que sempre quis ser um muso?

— Meu pai está te esperando — falou Sarah, acenando para Jamie. — Vamos.

Ela o conduziu mais para o interior da casa. Havia pinturas e desenhos em todos os lugares, mais do que Jamie conseguiria assimilar. Em geral, ele achou a casa lúgubre, atulhada e fechada, sem janelas suficientes. O volume de tantas obras de arte aumentava aquela atmosfera sufocante e opressiva, mas Sarah parecia perfeitamente à vontade, apresentando-lhe os cômodos enquanto andava.

— Aqui temos a sala de estar, aqui, uma sala que usamos apenas para festas. Esta outra é a sala de música e, aqui, a sala de jantar. Esse relógio é muito antigo. — Quando chegaram a uma porta escura e pesada, ela sussurrou: — Basta passar confiança. — Ela bateu na porta com as costas da mão. Na penumbra, enquanto ouvia e batia de novo, Jamie viu o rosto dela de perfil, a mandíbula contraída de tensão.

— Entre — ordenou uma voz retumbante.

Sarah empurrou a porta, anunciando:

— Papai, este é Jamie, o Retratista.

— O Retratista! — repetiu um homem atrás de uma mesa. Ele era mais baixo do que Jamie e Sarah e muito forte, rosado como uma borracha de lápis, porém, mais brilhante, com um grosso bigode grisalho. A sala, como todos os outros cômodos, estava tomada de obras de arte. — Entre, retratista. — O pai de Sarah estendeu a mão por cima da mesa, a fim de cumprimentar Jamie. Ele gesticulou para os papéis espalhados sobre a mesa. — Não era para eu trabalhar aos sábados, mas sempre trabalho. Espero que Deus me perdoe.

— Tenho certeza que perdoará, senhor.

— Tem? Isso me tranquiliza — falou e olhou de modo penetrante para Jamie. — Quem te ensinou a desenhar, garoto?

— Ninguém.

— Mas Sarah me disse que Wallace Graves é seu tio. Ele deve ter te ensinado.

Jamie começou a proferir algumas palavras de acordo, mas parou. Wallace teria lhe ensinado a desenhar? Jamie não conseguia se lembrar de nenhuma aula de verdade, apenas elogios indiferentes de muito tempo atrás. Todo o mistério e experimentação, as críticas e o desespero, avanços e momentos de exultação — tudo isso brotava dele mesmo. Mas claro que ele *teria* aprendido isso, observando Wallace. O que seria mais simples de dizer?

— Creio que sim.

— Você pinta?

— Pinto aquarela, às vezes. Nunca tentei pintura a óleo.

— Na minha opinião, pintura a óleo eleva as qualidades do artista — disse Fahey. — Você deveria experimentar. Mostrar todos os seus talentos e habilidades.

Sarah suspirou um pouco, a mais fraca das queixas.

— Não tenho nada contra pinturas a óleo — disse Jamie. — Elas só são caras demais.

— Vi o retrato que você fez de Sarah — falou o Sr. Fahey. — Deslumbrante, embora nem todos que sabem desenhar saibam pintar. — Levantando-se da mesa, ele gesticulou para uma tela sem moldura apoiada de frente para a parede. — Vamos dar uma olhada nisso. Acredito que seja do seu tio. — Ele pegou a pintura e a virou.

A saudade de casa se apoderou de Jamie. Lá estavam as Montanhas Rattlesnake, bem acima da casa de Wallace, mas inconfundíveis, em um dia ensolarado com neblina de verão.

— Sim, senhor — disse Jamie, pigarreando. — É dele, sim. — Ele se aproximou mais da pintura. Durante toda a sua vida, em que esteve cercado pelas pinturas de Wallace, Jamie tinha deixado de prestar atenção nelas. Achou que Wallace poderia ter escolhido uma composição mais interessante, mas o tio havia transposto a *sensação* da paisagem, o equilíbrio entre aspereza e suavidade.

— Bela cena. — O Sr. Fahey virou a pintura e a segurou à distância de um braço, estudando-a. — O que seu tio anda fazendo atualmente?

Ele bebe. Chafurda como um porco em sua própria imundice. Arranja o pouco que consegue de dinheiro e perde no jogo.

— Ele ainda pinta. — Mentira. — Leciona aulas de desenho e pintura na Universidade de Montana, em Missoula. — Outra mentira.

O Sr. Fahey colocou a tela sobre a mesa.

— É uma baita sorte ter um tio artista que se interesse por você. Nem todo mundo recebe esse tipo de ajuda.

Jamie não sabia como explicar sem parecer que estava discutindo ou sendo ingrato. Lembrou-se de que deveria passar confiança ao pai de Sarah.

— Verdade, nem todo mundo — disse.

— Jamie mora em Missoula também — falou Sarah. — Ele veio passar o verão aqui, morando com parentes.

— É mesmo?

Jamie parou de olhar de relance para Sarah, surpreso com a facilidade com que ela tinha mentido.

— Isso, com os primos.

Aparentemente, o Sr. Fahey não estava nada interessado nas relações de Jamie.

— A questão é a seguinte: eu não queria que Sarah dissesse nada antes de eu mesmo te conhecer, mas quero oferecer um trabalho, se você quiser uma renda extra. Tem interesse?

Jamie se encheu de esperança.

— Sim, senhor.

— Você nem perguntou o que é, mas já se interessou.

Jamie abaixou a cabeça.

— Sim, me interessei.

— Justo, estamos vivendo tempos difíceis. Todo mundo tem que começar de algum lugar. Eu mesmo comecei do nada. — Ele pigarreou. — Preciso de alguém que me ajude a catalogar tudo isso. — Acenou para as paredes, um verdadeiro mosaico de obras de arte. — Preciso que catalogue tudo que está nas paredes, no sótão, no porão. É bastante coisa. E tem outro depósito no meu escritório. Para ser sincero, boa parte não está nem rotulada. Tenho caixas e mais caixas com todos os recibos de compras e catálogos de leilões antigos. Alguns deles podem te ajudar a bater as informações das obras. Já vou avisando, é uma bagunça generalizada. — Ele gesticulou para a mesa. — Como você pode ver, não tenho jeito para organização. Tudo que mais quero é uma lista de tudo que tenho, mas, ainda assim, é uma tarefa hercúlea. Só quero saber tudo que tenho. Faça um inventário. Não me importo com como você organizará as coisas. Agora, se alguém da UW vir dar uma olhada, tenha em mãos as obras que achar valiosas. A irmã de Sarah, Nora, está cursando história da arte. Pensei que, talvez, ela se interessasse em organizar minha coleção, mas minha filha se interessa mais em passar o verão na Europa. Vou te pagar U$3 por dia, cinco dias úteis por semana. Horário padrão de trabalho. O cozinheiro vai te chamar para o almoço. O que acha?

— Acho maravilhoso, senhor. Obrigado.

O Sr. Fahey indicou para ele a direção da porta.

— Combinados, então. Não fique tão feliz. É uma missão impossível.

— Até amanhã, senhor.

— Nada disso. Estarei no trabalho. Estou te deixando nas garras das mulheres.

Quando Jamie abriu a porta para Sarah, o pai dela o chamou:

— Retratista!

Jamie se virou.

O homem estava parado na frente da mesa, as mãos nos bolsos.

— O que achou da minha coleção? Dá para o gasto, não dá?

— É uma coleção magnífica — disse Jamie com sinceridade.

O Sr. Fahey acenou com a cabeça.

— Isso mesmo. Incrível o que você pode comprar com algumas cabeças de gado. — Ele sorriu e acenou para eles novamente.

Matadouros. Enquanto caminhavam pela casa, Sarah explicou a Jamie que o pai tinha matadouros. Meia dúzia deles. Gado e suínos. Fábricas de processamento de carne e curtumes também, ou era dono de parte deles. Lugares que fabricavam fertilizantes, cola, velas, óleos e cosméticos. A Grande Depressão havia impactado os negócios do Sr. Fahey, mas não com tanta força. O pai dela vendia muitas coisas de que as pessoas precisavam, mesmo que estivessem encontrando formas de precisar menos delas.

• • •

Na porta da frente, Sarah sorriu com mais liberdade do que antes e disse a Jamie como estava feliz por ele ter aceitado o trabalho. Alice desceu correndo as escadas, para se despedir também, sempre lembrando-o de trazer os materiais de desenho quando voltasse. Jamie prometeu, sorriu e se despediu, voltando para a rua. Passou pelas ruas arborizadas, pela pensão onde estava e subiu e desceu as ladeiras. Os bairros da vizinhança o oprimiam com sua mediocridade e pobreza.

Pensou na tarde em que Sarah e ele caminharam ao redor do lago. Ele *deveria* ter lhe falado sobre o que sentia em relação aos animais, o peso angustiante. E, ainda que não tivesse lhe dito nada, achava que ela deveria ter lido nas entrelinhas. Ou, realmente, achava que ela deveria ter a mesma opinião que ele.

Embora mal conseguisse admitir, já havia começado a alimentar fantasias de encontrar uma forma de estudar na Universidade de Washington com Sarah, de se tornar um verdadeiro artista em Seattle, de ser um jovem marido que voltava para uma confortável e radiante casa no final do dia e beijava sua esposa e filhinho. A ideia de uma família sua mesmo era mais exótica e encantadora do que qualquer coisa que já havia considerado, mas e agora...? Tudo fora maculado, arruinado.

Perguntava a si mesmo se alguma memória primitiva do naufrágio do *Josephina* havia se alojado em sua mente e, com o passar do tempo, transformado-se em um pavor descomunal de medo, de vulnerabilidade, de morte em larga escala. Apesar de não achar que seu pavor *poderia* ser descomunal, não mesmo. Como poderia ser descomunal o suficiente? No entanto, esse pavor deveria ser de alguma forma desproporcional, pois a maioria das pessoas aparentemente não se incomodava com a origem da carne que comia, com os cachorros esqueléticos em toda parte, abandonados por conta da crise econômica, com probabilidade de morrerem de fome ou serem apanhados pela carrocinha e mortos. Por que não conseguia aceitar essas coisas? O mundo não mudaria. Jamie poderia ser mais feliz se simplesmente deixasse isso de lado.

Ele não jantou e se deitou na cama da pensão à medida que a noite tingia a janela dele de roxo.

Jamie amava Caleb, e Caleb matava animais. Porém a caça era menos dolorosa a Jamie do que a carnificina. A caça era a ocasião em que duas vidas se cruzavam, não um curral onde se enfiavam animais para serem exterminados.

Mas Sarah não era a única a ser conivente com aquela indústria bem-sucedida de extermínio. Seria injusto condená-la. Odiava que o pai dela fosse pagá-lo com dinheiro sujo de sangue, mas, talvez, houvesse alguma coisa boa em tirar um pouco de grana (uma quantia minúscula, pequena e irrisória) de um homem que tinha de sobra. Prometeu a si mesmo que faria algo de bom com o dinheiro. Compraria comida para os cachorros de rua. Sim, faria isso mesmo. Do contrário, tentaria não pensar mais nos matadouros.

O fato de Jamie estar passando uma temporada na Hereford House era um alívio e ao mesmo tempo um motivo para autorrecriminação. Primeiro, havia Sarah, que aparecia inesperada e indevidamente, subindo até o sótão (Jamie havia escolhido começar pelo sótão), para ajudar a vasculhar arquivos empoeirados e bater os comprovantes rabiscados com os inúmeros quadros e pinturas. A paixonite aguda que ele sentira depois das primeiras caminhadas foi perdendo um pouco a força devido à crescente evidência de que Sarah não via nada de errado com os negócios do pai, mas seu desejo permanecia intacto. Não que ela flertasse com ele. Sarah era esperta, atenciosa e meticulosa. Parecia gostar de colocar as coisas em ordem. Jamie sequer se atreveu a beijá-la.

Naquela primeira manhã de segunda-feira, Alice estava esperando por Jamie, decidida de que ele não faria nada antes de pintar seu retrato.

— Vamos lá fora, para aproveitar a luz — anunciou Alice.

Jamie a desenhou debaixo de uma cerejeira atrás da casa. Os braços de Alice enlaçavam um dos joelhos, e ela parecia esboçar um sorriso. À medida que Jamie estava desenhando, uma figura feminina e alta cruzou o gramado, vestindo uma saia e um cardigã, acompanhada de Jasper.

— O Retratista retratando! — disse a Sra. Fahey em um tom de voz mais baixo e mais suave do que o de Sarah.

Jamie se levantou todo atrapalhado. A Sra. Fahey lhe ofereceu a mão. O retrato de Sargent era idôneo, embora ela tivesse envelhecido. Tinha o cabelo na altura do pescoço, mais alongado na frente, não usava maquiagem, e seu semblante era divertidamente inteligente.

— Vejamos esse retrato — disse ela, esticando a mão para o bloco de desenho, que Jamie ergueu, por mero instinto protetor, em direção ao peito. — Oh! — exclamou, quando ele lhe entregou o desenho. — Está maravilhoso. Eu nem deveria me surpreender. O retrato que você pintou de Sarah ficou maravilhoso também, mas isso é… uma cena inteira. Pois vou emoldurar os dois.

— Mãe, você acha que ele deveria pintar um retrato de Jasper? — perguntou Alice.

— Com toda certeza. E também um da Penolope e do bebê. — Ela devolveu o bloco de desenho a Jamie. — Penelope é minha filha mais velha. Ela acabou de ter um bebezinho. Eu gostaria que você desenhasse meu filho e minha outra filha também, para que eu pudesse ter um conjunto completo, mas eles estão fora.

— E você também — falou Alice, ainda debaixo da cerejeira.

— O que tem eu?

— Jamie devia te desenhar também. Assim, podemos comparar o retrato dele com o de Sargent.

— Comparar o meu retrato com o de Sargent seria deprimente — pontuou Jamie.

A Sra. Fahey ergueu uma sobrancelha.

— Deprimente para você ou para mim?

— Para mim! — respondeu Jamie. — Com certeza, para mim. Quer dizer, eu ficaria feliz em tentar te retratar, se a senhora quiser.

— Bom, então você deveria tentar — disse ela, divertindo-se.

•••

Julho se transformou em agosto.

Jamie progrediu na catalogação das obras de arte, mas o trabalho era demasiadamente grande para ser feito em meio verão. Ainda assim, persistiu, classificando e descrevendo tudo o melhor que podia. Examinar tantos desenhos e tantas pinturas foi praticamente um curso de arte para Jamie. Ele analisava minuciosamente cada obra, considerando o que o artista havia alcançado em comparação ao que pretendia alcançar. Grande parte do trabalho parecia, na melhor das hipóteses, medíocre. ("A maior satisfação do meu esposo é acumular tesouros", disse a Sra. Fahey um dia. "Seu maior prazer reside na quantidade de obras de arte e no fato delas serem *dele*.") No entanto, a coleção também incluía muitas peças belas e mais que um punhado de obras extraordinárias. Conforme instruído, Jamie anotava qualquer obra que o impressionasse, incluindo um conjunto de uma dúzia de pequenas aquarelas não identificadas que encontrara em uma caixa rasa amarrada com uma fita. Elas tinham diversas tonalidades de cor: pinceladas de cinza e azul, ou faixas brilhantes cor de laranja e verde. Embora não pudesse afirmar a real temática, Jamie tinha certeza de que era o mar. Algo ilegível estava rabiscado atrás das aquarelas — uma assinatura, talvez. Se o especialista em arte da universidade viesse, Jamie tinha esperança de que ele dissesse que as aquarelas eram uma porcaria, pois, daí, teria a ousadia de perguntar se podia ficar com elas.

À noite, a caminho da pensão, ele comprava latas de língua ou picadinho, pão amanhecido, tudo que fosse barato, para alimentar os cachorros de rua. Não raro, fazia alguns esboços deles, algumas poucas linhas. Odiava quando os cachorros rosnavam e tentavam se morder ou quando o seguiam de volta à pensão.

Caso o Sr. Fahey não chegasse em casa mais cedo, Sarah poderia dar uma volta com Jamie depois que ele tivesse catalogado as obras do dia. Finalmente teve coragem de beijá-la. A primeira vez fora inesperadamente simples. Sarah tinha ido com ele alimentar os cachorros de rua. Aos pés deles, um deles estava devorando um montinho de carne enlatada quando Jamie se inclinou e encostou os lábios na boca de Sarah. Os dois ficaram totalmente parados, lábios colados, até que ela se afastou de mansinho. A segunda vez, ao lado da orla, a coisa não foi tão simples. O corpo esguio e dócil de Sarah se curvou contra o corpo de Jamie, e ele, excitado, agarrou-a com violência, assustando-a. Mas, com um pouco de prática, os dois encontraram um equilíbrio que, embora não fosse muito satisfatório, era viável o bastante. Jamie poderia segurá-la em seus braços, caso ninguém estivesse vendo, mas não podia apertá-la com força ou empurrá-la contra a parede nem sentir os seios dela roçando em seu peitoral.

Às vezes, porém, Sarah se esquecia e o puxava para mais perto, e uma de suas longas coxas deslizava entre as pernas de Jamie. Mas esses amassos nunca duravam. Sarah retomava a compostura rapidamente e se libertava dos braços de Jamie, tão desorientada quanto uma pessoa que sonha acordada, com as bochechas coradas.

— Me conta mais sobre as suas aventuras — pedia Sarah às vezes, e Jamie lhe contava como Marian, Caleb e ele haviam pegado carona até o Lago Seeley e, em seguida, caminhado 50 km pelas montanhas. Ou a vez em que encontraram um esqueleto humano na floresta com uma machadinha alojada no crânio salpicado de musgo, ou o policial da estação ferroviária que bateu nos seus tornozelos.

— Não sei se são mesmo aventuras — falou Jamie.

— São, sim! — exclamou Sarah. — Nunca vou conseguir fazer nada emocionante. Gostaria de conhecer Marian e Caleb, e Wallace.

— Talvez um dia você conheça.

Um sorriso melancólico de Madonna.

— Não acho que eles ficariam impressionados comigo.

Eles achariam Sarah exótica, assustadora e puritana. Nem saberiam ficar perto dela. Não lhe importava. O que existia entre Sarah e Jamie era dele.

— Eles não conhecem ninguém como você.

— E *eu* não conheço ninguém como eles. Gostaria de ser mais como eles.

Era o momento de lhe contar tudo que havia omitido. Wallace era um alcoolista. Barclay Macqueen. O rangido da porta telada da varanda na calada da noite, quando Caleb vinha atrás de Marian. Mas, em vez disso, Jamie a beijou mais uma vez.

Quando podia, Jamie desenhava Sarah, às vezes com ela posando para ele, outras, de memória. Algumas pinturas ele dava para ela, outras, guardava.

— Adoro seus desenhos porque adoro pensar em você me olhando. É minha vaidade favorita — dizia ela.

Vez ou outra, quando Sarah e Alice estavam fora, a Sra. Fahey convidava Jamie para o café da tarde em uma pequena estufa envidraçada que era seu cantinho particular. Para chegar lá, ele passava por uma sala que também parecia ser dela. Não havia nenhuma obra de arte nesses cômodos. As paredes da saleta da Sra. Fahey eram limpas e brancas, com poucas fotos da família. A estufa tinha samambaias em vasos, uma almofada para o cachorro e uma mesa redonda de mármore com cadeiras de vime, onde eles se sentaram. Ela lhe fez muitas das mesmas perguntas que Sarah havia feito sobre a sua vida, mas, como Jamie não estava consumido pelo desejo amoroso e pelos anseios carnais, podia ficar mais relaxado e exprimir opiniões que ele mal sabia que tinha.

— Gostaria que minha irmã se comportasse como uma dama — falou Jamie, surpreendendo-se um dia.

A Sra. Fahey sorriu com uma melancolia mais profunda do que a de Sarah.

— Por quê? Ela quer se comportar como uma dama também?

— Não, não quer — disse Jamie com franqueza. — Mas a vida dela é mais difícil do que precisava ser. Se ela tivesse um corte de cabelo de menina e usasse roupas femininas, continuasse frequentando a escola e não se importasse tanto com aviões, tudo seria mais fácil. — No funeral de Trout, quando Barclay Macqueen se virou para apertar a mão de Jamie, havia um sinal de sarcasmo e de triunfo em seu rosto, como se Jamie fosse um adversário derrotado. *A paz esteja convosco.*

— Sim — concordou a Sra. Fahey. — Provavelmente, seria mesmo.

— A senhora acha que, se ela tivesse uma mãe, teria ficado desse jeito?

— Talvez sim, talvez não. As mães não controlam tudo, embora, às vezes, gostaríamos de controlar. Aprendi, a duras penas, que a tentativa de controlar os outros pode ter o efeito contrário ao desejado. Trabalhei em prol da promulgação da Lei Seca porque acreditava piamente que a vida das mulheres melhoraria, seria mais fácil, como você diz. Acreditei que os maridos não sairiam por aí, gastando todo o salário em bebida e fazendo as coisas cruéis que bêbados fazem quando voltam para casa. Mas fui ingênua. Os desejos que as pessoas têm de levar a vida do jeito que querem tendem a sobrepujar as ideias de outrem sobre como devem se comportar. — Ela fez uma pausa. — Jamie, às vezes devemos ser resilientes perante as adversidades. Muita coisa foge do nosso controle.

Jamie reprimiu um calafrio de impaciência por não conseguir explicar melhor as coisas. Não para aquela mulher sentada em sua sala envidraçada, tranquila na crença de que o tio amoroso dele o havia enviado a Seattle para um verão com os primos.

— Marian nem sempre enxerga os problemas que cria para ela mesma.

— Você acha que, se ela se comportasse mais como uma dama, não teria que se preocupar com ela?

— Não sei.

A Sra. Fahey se aproximou mais de Jamie.

— Você desenharia sua irmã para mim? Eu gostaria de ver como ela é.

Então, Jamie invocou a imagem de Marian em uma página em branco. Obrigou-se a retratá-la como ela era, com os cabelos curtinhos e o olhar penetrante, quase desaforado. Enquanto desenhava, sentiu um aperto no peito, como se estivesse sendo fisgado por um anzol, como se uma vara de pescar estivesse puxando-o de volta para Montana.

A Sra. Fahey examinou longamente o retrato.

— Agora posso ver. Ela é formidável. — Ela suspirou e deu um tapinha no antebraço de Jamie. — Vocês tiveram que crescer rapidamente e cuidar um do outro mais do que a maioria das crianças. Deve ter sido muito difícil.

Quando se encontrava sozinho no sótão, Jamie se sentou no chão e chorou. Não sabia o quanto queria que alguém dissesse exatamente aquilo.

Na terceira semana de agosto, durante uma onda incomum de calor, o especialista em arte da Universidade de Washington veio, um homem animado em uma gravata borboleta que percorria rapidamente as dependências e as paredes da Hereford House, curvando-se por um momento e esticando-se na ponta dos pés em outro, espiando através das lentes, como se todo o seu corpo fosse uma espécie de escopo de avaliação artística especialmente projetado. De vez em quando, tomava notas em um caderno. Jamie o seguia, compartilhando todas as informações que sabia, às quais ele reagia com um irritante *hummm* ou ficava em silêncio.

Jamie mencionara duas vezes que havia separado obras notáveis.

— Duvido muito que tenha sido necessário — disse o homem, puxando uma pequena pintura náutica da parede e virando-a.

— Veja que o Sr. Fahey me pediu isso, para termos sua opinião.

— Ah, sim. — Ele pendurou a pintura na parede. — Qual é a sua formação exatamente?

— Tenho catalogado as obras.

— *Hummm.*

O Sr. Fahey voltou para casa no meio da tarde, quando os dois estavam examinando a sala de música. Ele apertou a mão do especialista e gracejou formalidades, exigindo saber o que o outro pensava.

— Quero uma opinião sincera — disse.

— Uma coleção muito, muitíssimo interessante — emitiu o especialista. — Você tem obras de primeira categoria, como sabe. O Sargent, por exemplo. Absurdamente extraordinário. — Ele tirou um lenço do bolso e enxugou a testa. A penumbra da casa tornava a atmosfera quente bastante sufocante.

— Minha esposa é a modelo — disse Fahey com orgulho.

— É mesmo? — constatou o especialista, embora Jamie já tivesse lhe contado isso. — Incrível!

— Corre o boato de um museu — disse Fahey. — O Museu Fahey. Gosto do som dessa palavra, devo admitir.

O especialista enxugou o rosto novamente.

— É uma ideia interessante. Talvez, apenas como uma impressão preliminar, esta coleção não seja o bastante por si só, julgando pelo que vi até agora, mas, com toda certeza, você estabeleceu os alicerces de uma sólida fundação. — E de forma delicada: — Você sabia que começaram a construir um museu de arte no Volunteer Park? Para abrigar a Coleção Fuller?

O Sr. Fahey meio que fechou a cara.

— Claro que sei — falou ele. — Posso praticamente ver a construção da janela do meu quarto.

O especialista vacilou, mas seguiu em frente.

— Já pensou em unir forças?

O Sr. Fahey encarou-o com desconfiança.

— Pensei.

O especialista assumiu um tom pacificador.

— O primeiro passo, penso eu, seria que uma pessoa viesse para começar a separar e catalogar tudo. Presumo que você tenha os recibos de compra? Atribuições? Procedências?

— Mas Jamie já está fazendo isso. — O Sr. Fahey encarou Jamie com um olhar perplexo. — Você não disse a ele?

— Tenho certeza de que este jovem está fazendo o melhor que pode — alegou o especialista —, mas este é um trabalho para alguém experiente.

O Sr. Fahey parecia envergonhado.

— O rapaz é um artista talentoso. Quero ajudar ele. Não tem problema algum ele vasculhar o terreno.

— Espero que não tenha mesmo — pontuou o especialista de modo pedante.

O rosto de Jamie corou de tanta raiva. O homem sequer viu as anotações que ele tinha feito, suas listas meticulosas, suas pistas e teorias sobre a exatidão das obras compradas pelo Sr. Fahey. Claro que Jamie não havia desvendado todas as respostas — seria impossível — mas estava confiante de que fora útil. O especialista nem se dignou a olhar as obras que ele trouxera do sótão, simplesmente as ignorou; Jamie *sabia* que eram dignas no mínimo de uma espiada.

— Jamie — disse o Sr. Fahey —, pegue um de seus retratos, para mostrar a ele.

Agora a humilhação seria acentuada por ser tratado como uma criança, forçado a apresentar o próprio trabalho como se implorasse para ser adulado com elogios. Com firmeza, Jamie disse:

— Não gostaria de incomodar.

— Vamos, pegue logo — disse o Sr. Fahey, como se mandasse embora um cachorro que estava rondando a mesa de jantar.

Jamie caminhou penosamente pela casa escura e abafada até a saleta da Sra. Fahey. Os quatro retratos — de Sarah, Alice, da própria Sra. Fahey e de Penelope, a irmã mais velha, que viera uma tarde com o bebê, para posar para Jamie — estavam pendurados na parede, emoldurados, em uma fileira. Ele retirou o retrato de Alice da parede com força, arrastando-se de volta e entregando todos ao especialista cabisbaixo.

O homem examinou os retratos, depois olhou com atenção para Jamie através de suas lentes como se ele fosse mais uma obra de arte a ser avaliada.

— Quem te ensinou a desenhar?

— O tio dele — respondeu o Sr. Fahey.

Ao mesmo tempo, Jamie disse:

— Ninguém.

— Você me disse que foi o seu tio — falou o Sr. Fahey para Jamie. E acrescentou: — É o pintor Wallace Graves. Tenho até uma paisagem dele.

— Aprendi sozinho — insistiu Jamie, enfiando as mãos nos bolsos.

— *Hummm* — avaliou o especialista. E, olhando para o retrato mais uma vez e depois de volta para Jamie: — Você disse que selecionou algumas obras de que gostou?

Haveria um jantar comemorativo, e Jamie deveria participar. O Sr. Fahey insistiu; todos insistiram. Os esboços em aquarela que ele havia encontrado na caixa amarrada com a fita, as pinceladas coloridas que sugeriam uma atmosfera marítima, eram do pintor Joseph Mallord William Turner. O especialista tinha quase certeza. Eram aquarelas valiosas, importantes, *impressionantes*, que haviam passado desapercebidas. De sua parte, Jamie havia provado seu valor, mas estava decepcionado, pois havia decidido que, se o tal do especialista não avaliasse as obras que ele tinha selecionado, iria levá-las para a pensão naquela mesma noite e, depois, para Missoula. Ainda desejava, um pouco, tê-las furtado quando as encontrou pela primeira vez, sem que ninguém soubesse.

— Muito bem — disse o Sr. Fahey a Jamie pelo menos meia dúzia de vezes. — Eu sabia que tinha visto algo em você.

Mesmo com as janelas abertas, a sala de jantar estava abafada. O suor umedecia as têmporas das mulheres. O Sr. Fahey não parava de enxugar a testa com um guardanapo. A segunda irmã Fahey mais velha, Nora, a estudante de história da arte, acabara de retornar da Europa, e Penelope veio com o marido, o filho e a babá. Falava-se que Jamie deveria retratar Nora depois do jantar, para completar o panteão na sala da Sra. Fahey.

— Não se esqueça de retratar Papai — falou Alice.

— Eu nem sonharia em infligir tamanho castigo a Jamie depois de um desfile de beldades — disse Fahey. Ele estava de bom humor, mais rosado e brilhante de suor do que nunca.

O primeiro prato era ostras, depois, foi servido consomê frio e salmão escalfado. Nora estava cheia de observações sobre a Europa.

— Na travessia sempre tinha uma brisa. Nós nos acostumamos com o efeito do resfriamento.

— *Nós?* — perguntou Alice com o nariz empinado e um sotaque britânico rebuscado.

Jamie havia comido as ostras e, apesar das reservas, o salmão, esperando em vão que, por um milagre divino, a refeição não envolvesse carne. Quando o inevitável bife lhe foi servido, com um líquido púrpura acumulando em volta, Jamie procurou disfarçadamente por Jasper, mas o cachorro deveria estar trancado em algum lugar.

— Quero saber dos planos desse rapaz para o futuro — falou o especialista em arte, inclinando-se para Jamie.

Todos olharam para ele.

— Tenho mais um ano de ensino médio e, depois, acho que vou para a Universidade de Montana — disse Jamie.

— Cursar arte? — perguntou o especialista.

— Não tenho certeza.

O Sr. Fahey se recostou na cadeira, mastigando.

— Como é o departamento de arte da Universidade de Montana?

— Penso que é bom — respondeu Jamie. — Meu tio lecionava… — Ele se conteve. — Leciona lá.

O Sr. Fahey enfiou mais bife na boca, tomou um gole de vinho e disse:

— Acho que você deveria vir para Seattle. Ou para a Universidade de Washington ou para Cornish College. Com o seu talento, não deveria ficar estagnado nos confins do país.

Jamie quase riu daquelas pessoas que achavam que ele poderia pagar uma dessas universidades.

— Alguns diriam que Seattle é a definição de confins, comparado à Europa — observou Nora.

— Nora — falou Alice —, não seja idiota.

— É arrogância, não idiotice — ponderou Sarah.

— Aliás — falou mais uma vez o Sr. Fahey, levantando a voz —, gostaria de te ajudar.

Todas as mulheres da família se entreolharam.

— Como assim, Sr. Fahey? Não entendi — falou Jamie.

— Estou dizendo que bancarei seus estudos e suas despesas, rapaz! Claro que você continuaria trabalhando para mim de uma forma ou outra. Talvez com arte mesmo, dependendo de como será o desenrolar do meu museu, ou talvez você me ajude a tocar meus negócios. — Ele apontou a faca para Jamie. — Também cresci na vida graças aos meus méritos pessoais — falou em tom de leve interesse, como se já não tivesse repetido aquilo inúmeras vezes. — Gosto de ajudar as pessoas quando posso.

Jamie, boquiaberto, ficou sem palavras. Ansiava por aceitar a oferta, por retornar à casa dos Fahey e receber a ajuda que jamais imaginou. Se aceitasse, por mais inacreditável que fosse, a visão de si mesmo como um marido para Sarah, o pai de seus filhos, um próspero cidadão de uma cidade do Pacífico, poderia se concretizar. Mas a insegurança o deteve. Havia os matadouros, e, sim, gostava de desenhar e, durante aquele verão, ficara orgulhoso de seu talento. Mas e se houvesse um Wallace incubado dentro de si? E se, ao se tornar um artista, ele criasse as condições necessárias para a devassidão e a anarquia tomarem conta dele como uma praga?

Precisava pensar mais, e não naquela sala abafada, naquela mesa repleta de Faheys com suas refeições carnívoras e sangrentas.

— Você deixou ele sem fala, Papai — disse Penelope.

Então, o Sr. Fahey anunciou:

— Termine de comer o seu bife, e vamos tomar um pouco de champanhe. — Olhando mais de perto para o prato de Jamie, falou: — Ora, você mal tocou na comida. Está doente, rapaz?

Jamie olhou de relance para Sarah, que retribuiu seu olhar com perplexidade.

— Você não está com fome? — perguntou ela.

O pai dela havia percebido. Pouco importava se ele queria ser um artista ou não.

— Eu não como carne — falou Jamie.

— Como assim? — O Sr. Fahey parecia realmente confuso.

— Eu não como carne.

— Nada de *carne*?

— Nada.

— É algum tipo de crença religiosa?

— Não, senhor. Simplesmente não tolero a ideia de comer carne.

— Não entendi.

— Oh! Ele sente pena dos animais! — exclamou Nora. — É isso, não é?

O Sr. Fahey se sentou de volta na cadeira. Seu rosto estava ficando avermelhado de tanto ódio.

— Não consegue tolerar a ideia dos meus negócios? Da empresa que construiu esta casa? Do dinheiro que comprou todas as minhas obras de arte? Do dinheiro que te pagou durante todo o verão?

— Não posso aceitar a oferta — disse Jamie. — Embora eu aprecie sua generosidade.

— Você não pode... — O Sr. Fahey se interrompeu, engasgando com a comida que ainda tinha na boca. — Retiro a minha oferta. Não posso confiar em um homem que não come carne. — E, estreitando os olhos, falou: — Não chegue mais perto da minha filha. Não pense que não sei que você vive correndo atrás dela.

Em desespero, Jamie procurou compreensão no rosto de Sarah, porém, viu apenas confusão e apreensão. Ela olhou para a mãe, que a olhou firmemente de volta e deu o menor dos acenos com a cabeça. Sarah se recompôs e falou ao pai:

— Ele não corre atrás de mim.

— Você nunca mais vai ver ele!

Ela olhou mais uma vez para a mãe, mas, desta vez, a Sra. Fahey estava encarando o próprio prato. As lágrimas transbordaram pelo rosto de Sarah, mas Jamie percebeu que ela não enfrentaria o pai.

— Filho... — O Sr. Fahey estava apontando o dedo na cara de Jamie. — Filho, Deus colocou os animais nesta terra como alimento para nós. Os animais matam e comem uns aos outros. Também somos animais. Apenas somos inteligentes o bastante para descobrir uma forma melhor de comer carne do que andar por aí atirando com arcos e flechas. Criamos animais para comer eles. Bois, porcos e galinhas nem existiriam se não fossem para nos alimentar. — Ele abriu a boca e mostrou os dentes caninos. — Estes dentes aqui? Deus nos agraciou com eles para nos mostrar o que Ele quer que comamos. E o que Ele quer que comamos é o bife que está no seu prato!

Jamie colocou o guardanapo na mesa e levantou-se da cadeira.

— Adeus — despediu-se. — Obrigado.

À medida que caminhava pelo corredor, Jamie podia ouvir o Sr. Fahey aos berros, gritando que ele era um apóstata e um maricas, que deveria sair, *sumir* da sua casa.

Jamie não alimentou os cachorros de rua naquela noite. Ele foi para a Union Station e comprou uma passagem em um trem noturno para Spokane e depois para Missoula.

Desolado e não sentindo culpa, Jamie foi para casa e soube que sua irmã estava noiva de Barclay Macqueen.

Missoula
Agosto de 1931
Duas semanas antes de Jamie retornar para casa

Um céu noturno e claro, rios profundos de sombras que cortavam as montanhas. Marian circulou no céu até os motoristas acenderem os faróis e ela pousar em uma pista iluminada. À medida que os homens descarregavam a mercadoria, Caleb surgiu do meio da floresta com seu rifle nas costas. Os motoristas imediatamente colocaram as mãos nos coldres.

— Não atirem! — gritou Marian. — Ele é meu amigo! — Ela correu até Caleb e jogou os braços em volta dele de um jeito que ela não faria caso os dois se encontrassem em Missoula. Naquelas paragens, o encontro "fortuito" dos dois parecia uma data especial. — Como você me achou?

Ele estava bronzeado de Sol, com o cabelo trançado nas costas.

— Um passarinho me contou. Que tal me dar uma carona para casa? — Caleb havia construído para si uma pequena cabana, acima das Montanhas Rattlesnake e da casa de Wallace.

Marian olhou de relance para os homens, que não faziam questão alguma de esconder que estavam observando tudo.

— Você não vai ficar com medo?

— Ficar com medo de quê? Você não é uma boa piloto?

Ela havia pousado tarde, e, agora, os dois estavam decolando mais tarde ainda. Estava completamente escuro quando aterrizaram em Missoula, e as luzes da cidade brilhavam como ouro entre as montanhas.

Após guardar o avião no hangar, Marian dirigiu com Caleb pela cidade, subindo o riacho, passando pela casa de Gilda e pela de Wallace. Depois que a estrada se reduziu a uma trilha esburacada na floresta, Caleb disse a Marian que parasse em uma trilha que atravessava as árvores.

— Vem, toma uma bebida comigo — sugeriu ele. — Você me poupou dois dias de caminhada.

A cabana não ficava longe. Enquanto caminhavam no escuro, Marian perguntou:

— Por que você não compra um carro?

— Não quero essa responsabilidade. Não gosto de posses em geral.

— Às vezes, vale a pena ter um equilíbrio, não? Não que eu seja experiente nisso — disse Marian.

— Prefiro manter a simplicidade.

A cabana de Caleb ficava em uma clareira circular e era pequena, mas fora habilmente construída, com ângulos firmemente entalhados. Cada tora foi cortada com perfeição para se encaixar na próxima, e um bocado de lama selava os buracos. Ele tirou uma chave do bolso.

— Você tranca a porta? — observou Marian.

— E daí?

— Pelo visto, quer manter algumas posses seguras.

— Claro, mas fico chateado de me preocupar com isso. — Caleb a conduziu para dentro, e Marian ficou na escuridão enquanto ele acendia um lampião a querosene e depois outro, revelando um fogão preto e rústico de chão, uma cadeira de balanço, uma cama, uma pele de urso no chão e chifres pendurados nas paredes. — Tira as botas, *tá*?

O interior da cabana estava perfeita e meticulosamente arrumado. O cobertor da cama estava esticado sobre o colchão fino; outra coberta estava dobrada aos seus pés. Os poucos pratos que ele tinha estavam empilhados em uma prateleira acima da pia. Caleb pendurou o rifle em um suporte com mais outros três. Tanto as coroas como os canos das armas cintilavam.

— Você mesmo cortou as toras? — perguntou Marian.

Caleb estava servindo uísque em canecas de alumínio.

— Sim. Mas comprei madeira serrada para o telhado e para as vigas — disse ele, entregando à Marian uma caneca e indicando a cadeira de balanço. — Senta. — Ele foi acender o fogo do fogão. Ao sentar na cama, os joelhos de ambos quase se tocaram.

— Você deixa seu canto limpo e arrumado.

— Já vivi tempo demais na bagunça com Gilda.

— Você era tão selvagem quando pequeno. Agora, olha para você, varrendo e dobrando as coisas. Tudo no seu devido lugar.

— Tudo que é selvagem agora fica da porta para fora. No seu devido lugar.

— Você tem namorada, Caleb?

— Não posso manter minha cabana limpa sem um toque feminino?

— Não quis dizer isso. É que desde que paramos de nos… — Marian não precisava terminar a frase. Aliás, nunca tinham conversado a respeito. O que havia entre eles era uma espécie de reticências.

Caleb se encostou contra a parede, com as pernas cruzadas.

— Eu saio com garotas, mas não tenho nenhuma namorada — disse, observando-a. Marian sentiu a agitação letárgica da velha e boa malícia de Caleb. Achou que ele faria uma piada ou um pedido, mas se enganou. — Estive no rancho de Barclay Macqueen.

— Bannockburn.

Ele concordou com a cabeça.

— Alguns associados dele me contrataram para uma caçada. A gente tinha autorização. Belo lugar. A casa é grande.

— Feia ou bonita?

Ele encolheu os ombros.

— Depende do seu gosto para casas.

— Só vi lá de cima. Mesmo que eu talvez… — Marian parou.

Caleb concluiu a frase para ela:

— Vá morar lá.

Ela concordou. Seu coração estava apertado. Por que sentia medo? Caleb se levantou, para colocar mais uísque na caneca dela. Ele ficou ao seu lado e tocou a sua nuca. O toque era frio. Marian havia se esquecido do toque frio dele.

— Quem está cortando o seu cabelo agora?

— Alguém que me cobra dinheiro.

Caleb a puxou da cadeira para junto dele no chão, de lado, no espaço entre as pernas, Marian livre e solta em seus braços. Por um longo tempo, ele a manteve calada. Caleb a beijou na boca, mas era um beijo casto, que não levaria a coisa alguma. Em comparação ao que acontecia com Barclay, tudo que tinha acontecido com Caleb parecia inocente.

— Consigo sentir seu coração acelerado por todo o seu corpo — falou Caleb.

— Já falei para ele parar.

— Não quero que ele pare.

— Para desacelerar. Ele não me escuta.

— Posso te ajudar a fugir. Existem lugares onde ele não vai te encontrar.

Ela estava magoada com Barclay, mas sua gratidão por ele não tinha limites. Queria desaparecer e nunca mais voltar, mas não suportava abandoná-lo. *Quem é você?*

— O estranho é que eu acho que amo Barclay. Só que nunca tinha admitido isso antes.

A bochecha de Caleb estava encostando na cabeça de Marian.

— Você tem um jeito estranho de demonstrar isso.

Marian sabia que deveria ir embora. Queria que se arrastassem para a cama.

— É um tipo estranho de… — Marian parou de novo. Não conseguia proferir a palavra *amor* mais uma vez. — É uma coisa estranha.

Barclay sabia que Marian tinha decolado com um homem, entre as montanhas, rumo a Missoula, e sabia que o homem era Caleb. E sabia que Marian o havia levado para a cabana e que ficou por lá durante três horas.

— Três horas — falou Barclay. Os dois estavam parados na cozinha da casa verde e branca. Havia uma mesa entre eles. — Me diz, o que você fez durante essas três horas?

— Se você mandou um espião me seguir, ele provavelmente espiou pela janela. Então me diz você o que eu estava fazendo! — disse Marian, tomada pela fúria.

— Você trepou com ele.

A certeza de Barclay a abalou.

— Não trepei com ninguém.

— Não mente. — Olhos sombrios, sardas evidentes.

— Não estou mentindo. Você que está. Eu sei, porque estou falando a verdade.

Um confronto silencioso, ambos incrédulos.

— Ele é meu amigo — disse Marian. — Sempre foi meu amigo. Não posso nem ter amigos? — Ela elevou o tom de voz. — Agora você quer que eu fique totalmente sozinha? Que eu fique só com você?

Barclay rispidamente se sentou. Estava mais calmo.

— Sim, para ser sincero — respondeu ele.

— Sabe o que a gente fez? Conversou. — Marian se recompôs e falou em um tom acusatório: — E ainda falei para ele que amo você.

Barclay ergueu os olhos.

— Falou?

— Quando você começou a me seguir?

— Fala de novo. Me diz o que você disse a ele.

Barclay estava extasiado de tanto prazer. Marian estava desalentada.

— Não agora.

— Diz que me ama.

Marian, falando mais alto, perguntou-lhe:

— Quando você começou a me seguir?

— Depois que você foi de avião para Vancouver. Fiz isso só porque estava com medo de te perder.

Graças a Deus Caleb tinha colocado um ponto final em suas escapadas amorosas.

— Pensei que você faria alguma idiotice ou se meteria em outra encrenca — disse Barclay. — Eu estava tentando te proteger. Não quis te enganar, quis apenas proteger.

— Não confiamos um no outro. Temos que admitir.

— Eu paro se a gente casar. — E insistentemente: — Porque, quando a gente casar, vou aceitar seus votos como promessa de que você não vai fugir. Porque sei que você cumpre a sua palavra. — Ele se levantou novamente, deu a volta na mesa e ajoelhou-se aos pés de Marian. — Diz agora. Por favor. Diz o que disse a ele. Tem que ser dito aqui, entre eu e você, não entre você e ele.

Marian fez o que Barclay pediu. Mas, quando as palavras saíram de sua boca, elas lhe causaram uma sensação esquisita: eram como uma faca cravada em seu peito, e, ao puxá-la, sentiu tanto alívio quanto a dor de um novo ferimento, um ferimento fatal. Sabia que teria que admitir, mais cedo ou mais tarde, que o amava, e, agora que tinha admitido, isso se tornaria uma verdade. Barclay pressionou o rosto contra as coxas dela. Marian tocou sua cabeça, e ele ergueu os olhos.

— Eu te amo tanto, Marian, mas preciso te dizer uma coisa. E, antes que eu te diga, você precisa saber que estou arrependido. Não teria feito o que fiz se soubesse… eu deveria ter esperado.

Marian ficou petrificada. Estava na cabine do avião, sobre a fenda.

— Eu fiz… mandei o pessoal fazer algo quando estava com raiva, mas posso desfazer tudo. — Os olhos de Barclay estavam cheios de lágrimas. — Marian, fiz uma coisa horrível. Mas você tem que me entender, você me fez esperar tanto.

O SUSPIRO CÓSMICO DO UNIVERSO EM EXPANSÃO

ONZE

Uma vez ouvi uma figurinista dizer que as melhores atrizes sequer se olhavam no espelho; elas encarnavam a personagem. Nas provas de roupa para Marian, eu nem conferia meu reflexo no espelho, pois, caso o fizesse, tinha medo de ser transformada em pedra. Eu andava com um largo macacão para pilotos e botas de pele de carneiro, sentindo-me tão oprimida e deslocada quanto um astronauta sem rumo na Terra. Em uma parede, havia um mosaico de fotos de aviadoras e pessoas aleatórias daquela época, junto a esboços de figurinos e quase todas as fotos existentes de Marian, às quais eu me dedicava e examinava detalhadamente.

Já tinha visto a foto do casamento dela antes, online, em que ela e o gangster Barclay Macqueen estão parados do lado de fora de um belo cartório, com o vento soprando as folhas sob os pés do casal. Marian está segurando o chapéu na cabeça, com um sorriso sem graça no rosto, como se aquilo fosse uma piada também sem graça. Mas seu novo marido está radiante.

Ao lado havia uma cópia impressa de um retrato a lápis que eu não tinha visto antes. Nele, havia uma Marian muito jovem, quase uma criança, mas não exatamente, com cabelos bem curtinhos e uma expressão no rosto como se ela estivesse prestes a rebater tudo que você acabou de dizer.

— O que é isso? — perguntei.

A figurinista havia me seguido pelo vestiário, ajeitando um cinto na minha cintura.

— O irmão dela que desenhou. Faz parte da coleção particular de alguém. Não é lindo? Tanta personalidade. — Ela estava me puxando para trás, virando -me de frente para seus assistentes. Eles me analisaram.

— Ela está parecendo um esquilo voador — falou um dos assistentes. Ele ergueu um braço e começou a gesticular. — Parece mesmo a membrana de um esquilo voador.

— É autêntico — disse a figurinista em sua defesa. — É um Sidcot verdadeiro, mas acho que podemos ajustá-lo, para que o corte não fique tão ruim.

Minha determinação foi para o espaço, e me olhei no espelho. Meu cabelo já estava desleixado com o corte *pixie* e tintura claríssima que haviam passado. Eu era uma pequena cabeça branca sustentada por um enorme corpo marrom, inchado e parecendo um cogumelo.

— Não se preocupe — disse a figurinista. — Vamos deixar seu cabelo mais atraente.

— Não me importo — menti.

— Eu prometo — disse ele, como se não tivesse me ouvido. — Você vai ficar ótima.

Siobhan me ligou, para dizer que Redwood Feiffer queria que eu fosse almoçar na casa dele. Malditos almoços.

— Só eu e ele? — Pensei em comunicá-la que eu não faria um boquete naquele cara. Minha carreira não era mais uma barganha de sexo oral em troca de um papel.

— É um pouco estranho, mas acho que ele nem *percebeu* isso. Acho que é tão rico que está acostumado a sair com quem deseja. Considere um almoço entre amigos. Ele parece um sujeito legal. — *Ele é o dono do dinheiro*, nas entrelinhas.

A casa dele ficava a apenas uma distância de 3 km da minha, em linha reta. Mas o caminho não era tão reto assim, sobretudo quando você mora em uma região montanhosa onde as ruas são tão sinuosas e tortuosas quanto uma serpentina. Fui sozinha, sem M.G., pois achei que seria ofensivo almoçar com um guarda-costas a tiracolo. Estava vinte minutos atrasada quando apertei a campainha da casa de Redwood e segui pela garagem em uma curva que mais parecia um caracol e que me levou diretamente a uma casa protegida da vista de todos, pontiaguda e de concreto bruto. Parecia um *bunker* de um senhor da guerra impossivelmente sofisticado. Redwood estava me esperando na sua porta de arquitetura brutalista, usando tênis Adidas e um terno amarrotado de linho marrom sobre uma camiseta, com as mangas arregaçadas.

— *¡Buenos días!* — disse ele enquanto eu caminhava na sua direção. — *Très* Marian. — Com confiança, abriu os braços para me abraçar. — Como está o seu dia? — Tarde demais, percebeu minha hesitação, meu leve insulto à sua presunção, e, suavemente, mudou para o modo aperto de mão.

— Nunca sei responder isso — respondi, cumprimentando-o. — Meu dia está *bom*? As coisas vão *bem*?

— Também nunca sei responder, agora que você mencionou. Talvez, você possa responder com as suas palavras preferidas, como um jogo. — Ele estava me conduzindo para uma sala gigantesca que era completamente aberta ao ar livre de um lado. Já tinha visto casas assim antes. Eram como fortificações com casamatas estreitas de um lado e, do outro, nada além de amplos e inocentes espaços, com vista para todo o vale da cidade, todo o céu. Nas paredes, havia enormes portas deslizantes de vidro embutidas, para que Redwood não tivesse que lidar com nada que fosse deselegante e bárbaro como janelas.

— Puta — eu disse. — Essa pode ser minha palavra preferida. — Naquela manhã, Augustina tinha usado a mesma palavra para descrever o comportamento de uma certa pessoa de relações públicas, e senti até um arrepio de prazer.

— Mas puta em que sentido?

— Todos eles. Por isso é uma boa palavra. Os significados da palavra puta conversam uns com os outros.

— Ah! Sim. Entendi. Uma puta refeição gostosa, uma puta mulher sedutora, um puta bom gosto. Nossa, muito legal.

— E você, qual é a sua palavra preferida?

Ele pensou antes de responder.

— *Talvez.*

— Por quê?

— É uma palavra engraçada e expressa ambivalência, meu sentimento favorito. Ou ela ou *possivelmente*.

Passamos por uma sala com sofás baixos e uma TV de tela plana gigante e por um reluzente piano de cauda preto, até sairmos em um terraço. Havia quatro espreguiçadeiras alinhadas ao lado de uma piscina e, mais além, a cidade de Los Angeles brilhando como uma placa de circuito em uma densa neblina branca.

— Que casona — eu disse.

— Obrigado. Aluguei enquanto decido se quero me mudar para cá ou não. Os móveis nem são meus. — Ele encarou o horizonte vago. — Sei que o que vou dizer é óbvio, mas sinto a necessidade de dizer de qualquer maneira: a dimensão desse lugar é estonteante, especialmente quando você vê de cima. Já olhou pela janela do avião?

— Às vezes.

— Você vê as coisas *mais* incríveis. Tipo, uma vez eu estava voando para a Europa, e o piloto me disse que as luzes do Norte estavam apagando pelo lado esquerdo, e basicamente ninguém se preocupou em olhar pela janela! É meio que imperdoável isso, como as pessoas nem olham.

— Nunca vi essas luzes.

— Mas você não *olharia* pela janela? Elas são *alucinantes*. Um tabuleiro brilhante, como pode imaginar, mas foi a dimensão que me surpreendeu, como elas se moviam, alucinadamente velozes, e, de alguma forma, não dava para acompanhar. Uma vez, li um poema que descrevia o nascer do sol como se a Lua estivesse pendurando seu pijama de seda no varal para secar. Em outro, a luz da Lua era chamada de luz dos vaga-lumes. Gosto disso.

Sua sinceridade me desestabilizou. Quem fica falando de poemas?

— Visitei uma caverna *glowworm* uma vez.

— O que é uma caverna *glowworm*?

— Exatamente isso. Uma caverna que tem vermes brilhantes no teto. Lá é muito escuro, e eles realmente parecem estrelas, ainda que não passem de larvas. Fui em uma caverna que tinha água, quer dizer, não tenho certeza se era água, que refletia os vermes, então você se sentia rodeado por esses pontinhos de luz branca.

Você sentiu? Alexei disse enquanto flutuávamos pela caverna. *Será que estamos mortos? E nem percebemos?*

Acho que não perceberíamos nada, eu disse. *Em geral.*

Sim, ele disse, *não passa de uma doce ilusão de que a vida e a morte poderiam ser intercambiáveis. Mas isso é bom. Muito bom.*

A coisa toda com Alexei era impossível desde o começo, óbvio, mas eu ainda sentia uma sensação idiota de perda sempre que pensava nele. Algumas pessoas ficam apaixonadas, e a paixão dura o bastante para se transformar em amor de verdade e, depois, em decepção e tédio. Mas eu fiquei com a luz extraterrestre e fria de uma tarde e uma noite que passei encarando o rosto de outra pessoa e dizendo: *Exatamente. Foi exatamente assim que me senti.*

— Gostaria de ver essa caverna um dia — falou Redwood sobre as larvas. — Vem, vamos para a cozinha. Tenho umas coisas para preparar antes da gente comer.

— Você cozinhou?

— Montei só uma salada.

As grandes portas de correr da cozinha estavam abertas para o terraço, e ele colocou dois lugares em uma mesa sob uma pérgula lotada de glicínias. Enquanto batia o molho, ele disse:

— Nossa, me desculpa, estou percebendo agora que nem pensei como isso podia parecer um encontro. Espero que não seja estranho para você. Eu só queria uma chance de conversar sem nenhum segurança por perto.

— Será tipo um encontro se a gente tomar uma taça de vinho? — perguntei.

— Quem se importa? — Ele abriu a geladeira. A porta de aço inoxidável era tão grande e pesada quanto a de um cofre de banco. Ele pegou uma garrafa e serviu duas taças. Suas mãos eram inesperadamente elegantes, com dedos longos e hábeis. Nós brindamos.

— Saúde. Você leu o livro da Marian, *né*? Vou ficar desiludido se me disser que só leu o roteiro.

— Claro que li — falei, como se existisse a possibilidade de eu me recusar a ler o livro, como se eu tivesse lido todos os livros da série *Archangel*, e não, na verdade, somente o primeiro. — Eu já tinha lido bem antes, quando criança, por acaso. — Percebi que estava entrando no assunto sobre meus pais, então falei: — Também li o livro da sua mãe.

— O que achou? — Antes que eu pudesse responder com algum elogio, ele emendou: — Sei que a escrita não é brilhante. Achei que devia dizer isso. Não quero que você ache que penso que o livro da minha mãe é uma obra-prima.

— É bom — falei.

— *Tão* evasiva. O que mais?

Olhei para ele por cima da borda da minha taça.

— Mais nada.

— Qual é, diz! Não fico na defensiva quanto ao livro dela. Ela fica, esteja avisada, mas eu, não.

Suspeitei que fosse uma armadilha. Ainda assim, respondi. Falei que achava que a voz do livro — a voz que a mãe dele dera à Marian — destoava da voz daquele que Marian havia escrito como ela mesma.

A única coisa que sei, Carol Feiffer havia escrito como Marian, *a única coisa que sempre soube: eu pertencia ao céu.*

A única coisa que sei, ela escreveu no capítulo seguinte, *a única coisa que sempre soube era que eu jamais pertenceria a homem algum.*

Em seu diário, no que hoje é a Namíbia, Marian escreveu: *Gosto de pensar que me lembrarei desta Lua em especial, vista deste ângulo em especial, desta varanda e desta noite em especial. Mas, se eu esquecer, nunca saberei que esqueci, assim é o esquecimento por natureza. Eu esqueci muito — praticamente tudo que vi. A experiência se apodera de nós em generosas ondas. Já a memória é uma gota concentrada e salgada, presa num frasco; bem diferente das águas límpidas e abundantes de onde veio.*

Eu disse a Redwood que achava que Carol não tinha entendido muito Marian. Falei que o livro parecia um desejo, uma tentativa de forçar Marian a ser algo — ou alguém — mais aceitável e reconfortante do que ela realmente era.

Redwood concordou com a cabeça, quase pesaroso, e falou que, sim, ele entendia o que eu queria dizer.

— É como tentar fazer com que Marian fosse… odeio essa palavra… mais aceitável, que as pessoas pudessem se identificar mais com ela, mas acabou distorcendo ela.

— Exato — falei. Mais de uma vez, enquanto eu lia o livro de Carol, pensei na *fanfiction* que Oliver e eu tínhamos lido sobre nós mesmos, a sensação de estar em uma casa de bonecas, o autor nos agarrava com tanta força que podíamos quebrar ao meio. *Amu tanto você.*

Redwood suspirou longamente.

— Minha mãe tem fortes impulsos para "sanear" as coisas. Ela não é religiosa, mas ainda acha que tudo acontece por um motivo. No meio de uma guerra nuclear, ela diria que tudo ficaria bem e que não tem problema em ser otimista, mas é irritante, ela acaba perdendo o senso de realidade. Não tenho certeza de que ela se lembra mais das partes que inventou no livro. De qualquer jeito, decidi apoiar ela. Você pega o vinho? — E ele pegou a salada. Seguimos para o terraço.

— Vocês parecem próximos.

— Minha mãe é a parte inofensiva. Meu pai e ela se divorciaram quando eu tinha 6 anos, e sempre fomos uma espécie de equipe. Ele já morreu.

— Eu sinto muito.

Nós nos sentamos. Ele estendeu uma tolha de mesa, colocando sobre ela uma tigela de sal em flocos com uma colherzinha dentro e um jarro de água gelada.

— Tudo bem. Eu o odiava, tanto quanto alguém consegue odiar um pai.

— Sinto muito, mesmo assim.

— Obrigado. Agora eu odeio menos, já que não tenho que interagir com ele.

— Complicado.

— Não sei. Às vezes as coisas são simples.

Redwood me contou que o pai tinha sido diretor executivo jurídico de uma empresa química, braço da Liberty Oil, e vivia em disputas judiciais contra os trabalhadores de chão de fábrica que tinham tumores, contra cidades cujos lençóis freáticos foram contaminados, contra pesquisadores cujas descobertas foram roubadas, contra grupos ambientais preocupados com o ar e a água, sapos e pássaros. Assim, eis que um dia, em um desses casos de morte aleatória e repentina que cria a ilusão de uma justiça cósmica, aos 64 anos, o pai caiu duro devido a um aneurisma cerebral.

— Meus pais morreram quando eu tinha 2 anos — falei. — Um pequeno acidente de avião.

— Eu sei. Pesquisei no Google.

— Tudo bem.

— Também sinto muito.

— Tudo bem, eu nem conheci eles.

— Por isso que sinto muito.

— Que coisa, não? Estamos conversando sobre pais mortos.

Ele sorriu, mastigando, com os olhos semicerrados, e senti algo no modo como estava me olhando, alguma incredulidade e graça que me fizeram pensar que ele poderia não ser tão ingênuo quanto todos nós pensávamos.

— Até a sobremesa, já vamos estar conversando sem rodeios. Aliás, foi difícil para você cortar o cabelo? — perguntou.

Depois de cortar o cabelo no salão, encarei meu reflexo no espelho como uma piromaníaca que encara uma casa em chamas.

Passei a mão pela cabeça.

— Foi um alívio. Me sinto mais leve.

— Talvez eu deva cortar o meu.

Inclinei minha cabeça e o observei.

— Ainda não — eu disse, e ele sorriu. — Então, digamos que, *talvez*, você sinta uma certa ambivalência em relação ao livro da sua mãe. Por que então não contratou os irmãos Day para adaptar o livro de Marian?

Ele fechou a cara.

— Então, se tudo fosse retratado como era, eu teria ferido, sem querer ferir, os sentimentos da minha mãe. — Marian era uma obsessão compartilhada pela família, segundo ele. Carol tinha lido o livro de Marian em voz alta para ele quando ele era criança. O pai dera o livro à mãe quando estavam namorando, e Redwood achava que ela poderia ter se casado com o pai em parte por causa disso, porque se apaixonou pela ideia de Matilda Feiffer e do vínculo familiar, da lenda de família. — Acho que ela queria fazer parte da história. Como *Josephina Eterna* e Marian e todas as coisas ligadas a famílias poderosas e abastadas. Só que essa história terminou, então ela acabou em uma bem diferente e não muito boa.

Redwood me disse que os irmãos Day o surpreenderam quando se empolgaram com o livro da sua mãe. Todas as conjecturas exageradas lhes forneceram algo com que trabalhar, em suas nuances. Falou que havia imaginado um filme mais conceitual, algo sobre a ambiguidade do desaparecimento, talvez com uma pegada mais espiritual ou metafísica à la Terrence Malick (é claro...), mas o que os irmãos Day escreveram seria legal e altamente conceituado de um modo diferente, apesar de um pouco excêntrico.

— Entendi — eu disse. — Totalmente. — Precisava acreditar nele, embora o que estivesse descrevendo não fosse bem o que eu havia imaginado.

Comemos nossas saladas.

— Como funciona o processo para entrar no papel de um personagem?

Minha vontade era dizer que eu tinha acabado de colocar o pônei de plástico no estábulo de plástico e sorrir do jeito que sempre me disseram para sorrir. Mas, em vez disso, falei:

— Me imagino como outra pessoa. É mais ou menos isso.

— Fiz a mesma pergunta a Sir Hugo, e ele falou por uma hora.

Hugo era foda. Ele tinha tanta certeza de que as pessoas queriam ouvi-lo falar. Mas é claro que as pessoas queriam ouvi-lo falar, aquela voz, o cigarro e o uísque, o vento gélido do Norte. Tente encontrar um documentário sobre natureza que Hugo não tenha narrado. Tente encontrar um vilão de desenho animado que ele não tenha dublado.

— Vou parecer ridícula se tentar explicar — eu disse.

— Igual a mim, quando falei das luzes do Norte.

— E a mim, quando falei sobre as larvas.

Ele bateu seu copo levemente contra o meu.

— Ao mistério. Que não possamos estragar ele.

DOZE

Após o almoço, Redwood e eu nos deitamos nas espreguiçadeiras ao lado da piscina. Continuamos a beber vinho, fofocamos sobre as pessoas em Hollywood, contamos nossas melhores histórias, arriscamos pequenas confidências. Os ladrilhos da piscina eram pequenos e quadrados, da cor azul-cobalto, e a água era perfeitamente lisa, parecia uma gelatina densa.

Com Redwood, eu não me sentia como me sentia com Alexei, mas sentia alguma coisa, um pouco de vigor e energia. Será que a falta das luzes daquela caverna era motivo o bastante para eu *não* embarcar em uma nova aventura? E se eu nunca mais me sentisse como me senti naquela caverna? Não que eu achasse que a resposta fosse me tornar freira ou ser casada com a memória de um breve caso com um homem comprometido. Era idiotice ir para a cama com o Cara do Dinheiro? Era idiotice não ir?

Talvez eu quisesse que Redwood me beijasse somente para comprovar que ele queria. Talvez eu quisesse que ele se apaixonasse por mim, para que eu pudesse decidir se queria ou não estar apaixonada por ele. Você se acostuma com as pessoas se apaixonando pela ideia de estar com você. Você pensa que deve sempre ter os sentimentos delas nas suas mãos, como um pagamento inicial.

— Como estão as coisas entre você e Oliver? — perguntou ele, olhando-me pelos seus óculos de Sol.

— Nunca mais soube nada dele.

— Nada?

— Nadinha de nada.

— Como você se sente a respeito?

— Acho que fiquei surpresa por ele ter caído fora sem a necessidade de brigar comigo. A maioria das pessoas quer que você presencie o quanto você magoou elas, mas, aparentemente, ele, não. Não sei se é porque não magoei de fato ele ou se ele tem mais dignidade do que eu pensava. — Fiz a minha melhor cara de imparcialidade. — E você? Alguém especial?

— Ninguém.

Ao pesquisar no Google sobre Redwood, vi muitas fotos suas com marcas d'água das altas rodas da sociedade e uma série de mulheres bonitas e de aparência séria.

— Não sei se acredito em você.

— É verdade.

Uma pausa. Então, falei:

— Tenho uma pergunta.

— Manda.

— Por que você tem um piano de cauda?

— Já estava aqui na casa quando aluguei, mas eu toco. O piano é parte do motivo pelo qual escolhi esse lugar.

— Você vai tocar para mim?

— Vou.

— Pelo menos, a maioria das pessoas finge relutar.

— Gosto de me exibir. Mas fica aqui fora.

Não sei o que ele tocou. Era uma melodia lenta e triste. As notas flutuaram à deriva para fora de seu *bunker* escancarado, penetrando na minha pele. Encarei fixamente o vale, sentindo a melodia como se ela estivesse atravessando a névoa. Então, ele parou de tocar, e eu me senti eu mesma novamente.

— Já ouvi coisa pior — eu lhe disse, mas ele entendia o que eu realmente estava dizendo.

— É o meu truque de festa.

Pensei em Jones Cohen soltando meu brinco com a língua, os diamantes pendurados nos seus lábios.

À noite, uma luz rosada inundou a cidade. Eu disse que queria nadar, pensava em nadar nua, mas Redwood entrou na casa e voltou com um maiô que cheirava levemente a cloro de piscina. Nem perguntei de quem era. A água fria estava cortante e fazia a minha pele queimada de Sol tremer. Inclinei-me contra a borda infinita da piscina, e Redwood mergulhou na minha direção. As gotas de água da barba dele refletiam a luz rosada. Achei que ele fosse me beijar, mas apenas se encostou na borda também, de frente para o outro lado, olhando para fora.

Ao escurecer, quando a cidade se iluminou com luzes laranjas como um campo de papoulas e voltamos às espreguiçadeiras, enrolados em toalhas, ele me perguntou se eu queria comer alguns cogumelos alucinógenos.

Eu disse que sim, claro.

Ele entrou e saiu com uma barra de chocolate embrulhada em papel alumínio.

— O namorado de Sir Hugo me deu isso. Não faço a menor ideia do quanto pode ser forte.

— Se for do Rudy, provavelmente é fortíssimo.

Cada um de nós comeu um quadrado.

Redwood se levantou.

— Vou desligar todas essas luzes.

Ele entrou. As luzes da piscina se apagaram, e, depois, as internas. Uma melodia de piano fluiu da casa mais uma vez, um som dissonante e rasgado, cheio de buracos e intervalos. Eu não sabia se a melodia era daquele jeito mesmo ou se eu estava ouvindo aquilo porque o cogumelo começava a fazer efeito. A luz violeta-arroxeada da cidade pulsava no céu e vibrava na superfície da piscina. A música começou a se agregar, a se tornar algo que fazia sentido, e senti que poderia puxá-la na minha direção, moldá-la em uma massa que eu arremessaria sobre o vale como uma tempestade.

Marian escrevera: *O mundo se desenrola e se desdobra, e sempre há mais. Uma linha, um círculo, é insuficiente. Olho para frente, e lá está o horizonte. Olho para trás. Horizonte. O passado se perdeu. Já estou perdida para o meu futuro.*

Ouvindo Redwood tocar, pensei em como o veículo da música é o tempo. Se o tempo parasse, um quadro existiria do mesmo jeito, mas a música desapareceria, como uma onda sem mar. Queria dizer isso a ele, mas, quando Redwood voltou, distraí-me com como sua aura era cinza e fina igual fumaça.

— Posso ver a sua aura — falei.

— Como ela é?

— Como fumaça.

A cidade faiscava e rodopiava como uma galáxia.

Chamam-na de Cidade dos Anjos, disse ele, mas o nome significa mesmo Os Anjos. Mas quais anjos?

Todos eles, falei. Eu acho.

É mesmo empolgante, disse ele. Estamos discutindo o sexo dos anjos.

Pensei que ele estava falando sobre nós. Eu queria dizer que era exatamente isso que os relacionamentos eram, mas então ele disse que estávamos discutindo o sexo dos anjos, uma coisa sem importância. Marian era real, obviamente, porém, as vidas das pessoas não são preservadas como fósseis. O melhor que você pode esperar é que o tempo tenha petrificado a memória de alguém, preservando a forma intacta desse alguém.

Ou ele disse algo parecido, daí percebi que estava falando sobre o filme, não sobre nós.

Você consegue descobrir algumas coisas, disse Redwood, mas nunca será o bastante, nunca será como a verdade absoluta. É melhor somente decidir que tipo de história quer contar e contá-la.

Acho que foi mais ou menos isso que ele falou.

Então, eu disse, mas por onde começamos? Onde está o começo?

Redwood se esqueceu de responder, ou talvez eu só estivesse fazendo as perguntas dentro da minha cabeça, e, por um período incomensurável de tempo, ficamos sentados olhando para a vista, pensando em outras coisas, e, daí, ele ficou, tipo, o que *é* este lugar?

São Os Anjos, respondi a ele.

Eu sei, ele falou, mas o que *é*?

Eu conseguia ouvir o sino dos ventos da casa de um vizinho, então, pensei, são os sinos dos ventos.

O que mais?

Um helicóptero passou piscando.

São helicópteros.

O que mais?

São sinos dos ventos e helicópteros, falei. E são carros possantes e potentes, sopradores de folhas e caminhões de lixo recolhendo as lixeiras de todo mundo e afogando-as até esvaziarem, como quem se afoga em doses de tequila. São coiotes rosnando como marginais que acabaram de enfiar fogos de artifício acesos em caixas de correio, e são pombos em luto sentados em cabos de energia arrulhando o mesmo refrão ritmado e deprimente de quatro notas. São as asas do beija-flor tamborilando, e as asas dos abutres planando em círculos silenciosos no céu, e as longas e compridas pernas das garças brancas dentro das águas esverdeadas e rasas do canal de concreto que é o rio. É a batida intensa da música em uma sala escura lotada de pessoas pedalando bicicletas, indo a lugar nenhum. São os gongos budistas e a sílaba sagrada tibetana, e o canto relaxante das baleias ecoando no interior escuro dos santuários dos spas. É a canção *norteña* mexicana tocando em um Chevrolet El Camino passando, e são as crianças cantarolando o hino não oficial dos Estados Unidos, *America the Beautiful*, em uma sala de aula com janelas abertas, e o som vindo dos fones de ouvido de alguém que passa por você em uma calçada. São pitbulls latindo atrás das cercas de alambrado, e chihuahuas latindo atrás das portas com telas, e poodles tirando uma soneca em lajotas de terracota. São liquidificadores, moedores, espremedores de suco e máquinas de café expresso do tamanho de submarinos assobiando e garçons que falam demais — *Planos para o fim de semana? Vai fazer alguma coisa especial no final de semana?* — e água, tão preciosa, espirrando de fontes e piscinas e banheiras de hidromassagem e de grandes copos de vidro em terraços à sombra, jorrando de mangueiras e vazando dos canos quebrados. E, embaixo, o chiado do tráfego, sempre presente, como as conchas que vivem no mar, como o suspiro cósmico do universo em expansão.

Pelo menos, foi isso que tentei dizer a ele. Não sei o que eu disse realmente.

Mas, então, Redwood disse algo sobre como Los Angeles reside na poeira e na fadiga, como o vento seco e abrasador deixa os seus nervos à flor da pele e impulsiona o calor pelas ladeiras em ondas irregulares, rasgando alguma coisa que nos separa do inferno. E são labaredas de nuvens de fumaça, e a luz do Sol que não esmaece, e a neblina fria do mar que se estica à noite por todo o vale como um lençol branco e limpo de um leito de hospital e se encolhe novamente pela manhã. É a Lua crescente em um céu esverdeado e ferido, após ser derrotada pelo pôr do sol. É a Lua em uma rede preguiçosa se elevando sobre os cabos de alta tensão, sobre as silhuetas esqueléticas dos postes, sobre os ciprestes desleixados e sobre as sombras negras no formato de peixe-leão das copas das palmeiras de troncos estreitos. É o terremoto Big One, que está chegando para deixar a cidade de joelhos e em escombros e incendiar o pouco que restou deles, mas não hoje, espero que hoje, não. É a evidência de que a rodovia parece uma pulseira preciosa de rubi esticada ao lado de uma pulseira de diamante, um rio de lava fluindo de encontro a um rio de bolhas de champanhe. As pessoas falam sobre a expansão urbana desordenada, e, sim, a cidade é uma megera bêbada e sorridente, toda expansiva, usando um vestido de lantejoulas e sapatilhas nos pés, com as pernas descansando sobre os cânions, a saia se expandindo pelas colinas, e ela está cintilando, balançando contra a luz. Não compre um mapa estelar. Não saia dirigindo pela cidade embasbacado, porque você já está aqui, cara. Você está nela. *Tudo* é um grande mapa estelar.

Pelo menos, foi o que o ouvi dizer.

E fiquei, tipo, sabe de uma coisa? Tem a ver com as casas. E, quando se pensa em casas, quando se realmente pensa, você chega à conclusão: por que as casas são tão esquisitas? Casas são caixas onde guardamos nossos pertences e a nós mesmos, caixas com o formato de mansões no estilo Tudor e na forma de *bunkers* requintados de senhores de guerra como este em que estamos e módulos envidraçados de naves espaciais, domos geodésicos e vitrines elegantes. A cidade de Los Angeles é uma misteriosa pilha de ruínas no cume de uma colina e *haciendas* cercadas por árvores de primavera floridas e bangalôs limpos e arrumados no estilo Craftsman com telhados planos de barro e grades nas janelas, e são barraquinhas de praia, barraquinhas de surf, e barraquinhas para usar drogas e barraquinhas de velhos rabugentos com uma placa "Não perturbe", e barriquinhas de *patchuli* com bandeiras tibetanas de oração, janelas vermelhas brilhando através do tecido de algodão indiano estampado, como se, por dentro, fosse o coração de tudo que pulsava. São os barracos dos desabrigados que se amontoam debaixo do viaduto; são os ninhos esféricos de lama das andorinhas no alto de um viaduto; são videiras penduradas em um viaduto como uma cortina de contas. É o lixo sendo levado pelo vento quente e seco, aninhando-se nas plantas-gelo que crescem ao longo das rodovias californianas. É a dança burlesca com leques esvoaçantes, provocando, saltitando, e formando um arco de irrigadores de grama. É o som do corte das tesouras de poda e do bater dos limões contra o solo, caindo dos galhos carregados para se abrirem e apodrecerem na calçada, rodeados de abelhas, é a rede serena azul deslizando, manobrada por um jardineiro com um largo chapéu de palha, gracioso como um gondoleiro deslizando sobre as águas de Veneza.

É a grama morrendo de sede e as altas bermas de oleandro correndo pelo meio da rodovia, florescendo venenosa e resistentemente como o diabo, dividindo o Norte e o Sul, a lava do rio de champanhe. São os cactos e yuccas, e aloés e agaves, e suculentas que acumulam água que se chamam senécios azuis e agératos e dama da noite e suculentas rabo de burro, e seduns imperador roxo e avelós palito de fogo, e suculentas teias de aranha e planta zebra, e suculentas fogueira e planta fantasma, e lírios mexicanos e suculentas colar de pérolas e filodentros. Quero que Redwood saiba de tudo isso. (Sério mesmo, mas ele só sabe dizer repetidas vezes, como *todos* os anjos?) Quero que ele saiba que Los Angeles é um vento abrasivo e seco do deserto que sopra pelo jardim do paraíso. Preciso que ele entenda que sou como uma suculenta imperador roxo e filodentros, pegando fogo. E. Tudo. É. Tão. Suculento.

Eu disse a ele, e ele disse que sim. Sim, isso mesmo. E pensei ter visto um ponto frio de luz, como uma estrela, mas não uma estrela, vindo dele, vindo do nada.

CASAMENTO

Atlântico Norte
Outubro de 1931
Dois meses depois que Jamie retornou de Seattle

Marian Macqueen, 17 anos e recém-casada, estava na popa de um transatlântico. O ar gélido do mar se infiltrava por debaixo de suas luvas ao mesmo tempo em que os últimos raios de luz eram engolidos pelo firmamento escuro. Barclay estava levando-a para uma lua de mel na Escócia. Disse à Marian que ela conheceria os parentes do falecido sogro e seus conhecidos da escola e que veria os castelos e as Terras Altas. O casal partiu de trem de Missoula para a cidade de Nova York.

— Não sei o que você fica olhando — disse-lhe Barclay enquanto o trem passava em algum lugar entre as montanhas e Marian olhava avidamente a paisagem pela janela. — Não tem nada aí fora.

A lufada de vento do trem varria a grama dourada das pradarias, fazendo com que os melros-pretos voassem.

— Quero ver mesmo assim — falou Marian.

Após uma semana em Nova York, eles embarcaram naquele navio (da Companhia Cunard, e não da L&O Lines) com destino a Liverpool, de onde tomariam outro trem para o Norte. Nos primeiros três dias, o mar estava turbulento o bastante para que não fosse permitido o acesso dos passageiros ao convés, exceto a parte envidraçada, e Marian andava para lá e para cá, impaciente, espiando as águas ondulantes e espumosas do mar pelas gotas de chuva que escorriam pelas janelas. Barclay estava sentindo enjoos, porém, Marian não sentia nada. Mais do que depressa, ela desenvolveu a habilidade de inclinar o corpo quando o navio manobrava, balançando de um lado para o outro enquanto caminhava pelos corredores. Outros passageiros tropeçavam ou agarravam-se aos parapeitos, como se estivessem bêbados, enquanto ela somente encostava a ponta dos dedos nas paredes.

— Muito bem, senhora! — disse o taifeiro. — Você tem pernas de marinheiro.

Marian imaginou que o pai ficaria orgulhoso em ver como ela passara incólume pelo enjoo do mar. Imaginou-se explicando a Addison que estava acostumada a movimentos bruscos e, então, descreveria suas acrobacias, como o avião parecia uma extensão de seu próprio corpo, só que *mais* responsiva, *mais* coordenada do que seus membros jamais seriam; que, no céu, podia fazer *loops* e mais *loops* adoidado e sempre sabia exatamente onde estava. O pai também sentiria orgulho de suas manobras aéreas, pensou. Mas, então, entrou em uma correnteza de autopiedade. Seria bom se *alguém* sentisse orgulho dela. Wallace não era capaz nem disso. Jamie e ela mal se falavam, e ninguém sabia o que Caleb pensava. Barclay sentia orgulho de ter se casado com ela, mas via sua paixão por voar como uma ameaça.

No convés, a umidade do mar banhava suas bochechas. O melhor que podia esperar, em algum momento da noite, era que o navio não passaria muito longe do local de naufrágio do *Josephina*, onde ela, Marian, fora lançada em um percurso inimaginável e, numa reviravolta, devolvida àquele pedaço de mar como noiva de um homem riquíssimo, esposa de um criminoso.

Marian vestia roupas escolhidas a dedo por vendedoras da célebre loja Henri Bendel em Nova York, visando substituir as roupas que, após o noivado, haviam sido escolhidas para ela por vendedoras do Missoula Mercantile, a fim de substituir suas velhas camisas e calças: um vestido de seda e meias, sapatos *t-strap*, brincos de ônix e diamante às orelhas, um colar de pérolas que dava duas vezes a volta em seu pescoço, um casaco de vison e um chapéu cloché azul-marinho. Ela tinha três baús lotados com coisas do tipo. Barclay insistia que ela usasse tudo aquilo. A responsabilidade de ter em mãos tantas peças finas e delicadas, tantas quinquilharias brilhantes que não serviam para nada, mas que não deveriam ser esquecidas em lugar algum, perdidas ou quebradas, parecia a Marian uma espécie de obstáculo. Aquelas coisas a deixavam lenta. Não estava acostumada a sapatos que não podiam ser molhados e a tecidos finos e delicados que se esticavam e se enroscavam em seu corpo, que serviam apenas para ela se lembrar de que precisava se movimentar cautelosamente o tempo todo. Caso os três baús pegassem fogo, Marian teria apenas sentido alívio, mas, como Barclay sabia mais do que ela como as mulheres deveriam se comportar, ela se submetia.

O cabelo de Marian fora cortado no salão do Plaza Hotel por uma mulher cujo próprio cabelo era um milagre de ângulos acentuados combinado à elegância dos passarinhos. Parecia o capacete do deus Mercúrio. "Seu cabelo é tão curto que nem sei o que fazer com ele", disse a mulher, passando os dedos nos fios curtos e loiros de Marian, porém, não se sabe como, ela fez um corte que poderia ser considerado ousado e ao estilo *tomboy*.

Outra mulher a ensinou como maquiar o rosto, vendeu-lhe uma variedade de pós compactos em *cases* espelhadas e um punhado de pincéis e lápis de olho. Mais uma vez, fizeram uma transformação em Marian: passaram tanta maquiagem em seu rosto até suas sardas desaparecerem; seus olhos foram contornados de preto, e seus lábios, pintados de vermelho. Quando viu o próprio reflexo no espelho, Marian teve a mesma sensação esquisita que teve na casa de Miss Dolly, de estar encarando uma pessoa estranha que era ela mesma.

O que aconteceria se, quando eles se conheceram, Barclay simplesmente tivesse decidido seduzi-la? Ela teria cedido de bom grado. Por que ele criava caso com tudo? Ele precisava controlar a atração indomável entre eles, domesticá-la e subjugá-la. No entanto, desde o casamento, ela sentira meio que um remorso enlutado e desconhecido dentro de Barclay. Não podia tolerar a selvageria da esposa nem se reconciliar com a sua perda.

No salão, uma garota que estava arrumando o cabelo contou a Marian sobre uma festa a que iria.

— É o tipo de festa que acontece todas as noites. — Ela ia com o irmão e os amigos dele ao centro da cidade. Em uma determinada viela, a garota explicou, havia uma determinada porta de aço, com uma pequena placa que dizia PROIBIDA A ENTRADA. — Eles chamam o lugar de clube, sabe? Afinal, a entrada é proibida. Mas, por dentro, é sofisticado e requintado. Basta dizer a senha. Mesmo nesse horário, está lotado de gente animada. Tem uma banda completa tocando, e pessoas dançando e coquetéis, e todas essas coisas. Vou te dar o endereço. A senha dessa semana é — falou baixinho a garota — "roedor". Não me pergunte o porquê e não se preocupe, não tem ratos lá. Falo com sinceridade, aposto que você nunca foi em um lugar tão luxuoso.

Mesmo sem deixar transparecer, a verdade é que qualquer lugar seria mais luxuoso para Marian, visto que nunca tinha frequentado um desses.

— Gostei do seu vestido — acrescentou a garota. — De onde você é?

— Nasci em Nova York — respondeu Marian.

— Não diga? — Um outro rosto afável e redondo estava cheio de interesse. Por um momento terrível, Marian achou que a garota estava prestes a enchê-la de perguntas. Tudo que sabia era o endereço da casa em que nascera, dado por Wallace. Barclay havia prometido que passariam por lá de táxi, se houvesse tempo. Contudo, a garota apenas disse, em um tom de segredo: — Sorte sua! Sou de Pittsburgh. Dá para perceber?

— Não — disse Marian.

Durante o jantar, ela sugeriu a Barclay que dessem uma passada na tal viela Proibida a Entrada, somente para ver como era.

— Esses lugares são todos iguais. Muita conversa regada a muita bebida.

Ela pegou um pedaço de peixe.

— Talvez seja bom ouvir um pouco de música.

— Não temos nada para fazer num lugar desses, já que não bebemos — falou Barclay.

A decisão de que Marian se tornaria abstêmia depois do casamento fora tomada por Barclay sem consultá-la, uma regra que ela acatou porque ele ficava repetindo aquilo sem parar. Marian gostaria de experimentar um coquetel em um clube de jazz, mas não queria discutir. Não previra quanto de seu próprio comportamento pós-matrimônio seria motivado pelo desejo de não discutir.

Na noite em que foi para a cabana de Caleb e depois para a casa verde e branca, após dizer a Barclay que o amava, ele confessou que estava cuidadosa e discretamente comprando as dívidas de jogo de Wallace, compilando tudo. Barclay estava cansado de esperar por ela, esgotado pela incerteza prolongada. Ficou tresloucado de ciúmes quando soube que ela tinha ido à cabana de Caleb, afirmara. Disse à Marian que não sentia nada além de nojo por Wallace, por todas aquelas dívidas; disse que gostaria que alguém tivesse punido seu próprio pai por tanto desperdício e tolice. Acreditava que estava servindo à justiça quando enviou seus emissários (seus capangas, pensou Marian) para informar Wallace o que ele devia. Uma quantia astronômica, impagável. Uma soma desesperadora.

Marian, fiz uma coisa horrível, Barclay havia dito. *Mas você tem que me entender, você me fez esperar tanto.*

Ao ver o impacto que sua confissão provocou em Marian, Barclay entrou em pânico, disse-lhe que poderia desfazer tudo. Ela deveria perdoá-lo, deveria esquecer que ele tentou comprar as dívidas de seu tio porque estava tudo certo, ele sempre faria tudo certo. As dívidas de Wallace acabaram de ser esquecidas! Perdoadas. Bastava fingir que nada nunca tinha acontecido. Por favor!

Marian saiu às presas da casa verde e branca.

Já na casa de Wallace, ela passou pela cozinha, silenciando os cachorros. De repente, ficou com raiva de Jamie por ter ido viver uma aventura de verão, deixando-a sozinha com aquela bagunça generalizada, mesmo que tivesse sua parcela de culpa por ela também. Embora a casa estivesse em silêncio, sentiu a presença de Wallace em algum lugar, uma tormenta de sofrimento. Marian passou pela sala, acendendo as lâmpadas, chamando de mansinho pelo tio, até que o encontrou no andar de cima em seu estúdio escuro, sentado na sua poltrona com uma pistola na mesinha redonda ao lado. Quando Marian apareceu na porta, Wallace agarrou a arma, empunhando-a com frenesi, como um homem que tenta dar um tiro em uma abelha.

— Nem pense em entrar aqui! — gritou ele.

A luz do corredor entrou no cômodo, iluminando o corpo esquelético de louva-a-deus do tio, seu roupão maltrapilho, seus olhos brilhantes e frenéticos. Uma garrafa quase vazia estava ao lado da cadeira. Marian já esperava uma cena como aquela, ainda que não esperasse a arma, que ela nem sabia que Wallace tinha.

— Está tudo bem, Wallace — falou Marian. — Tudo já foi resolvido. O que os homens te disseram não é verdade. Não precisa se preocupar.

— Você não entende — falava ele, com a voz embargada. — É muito dinheiro. Não tem como pagar. — Wallace pressionou o cano da pistola contra a testa e começou a ofegar como um homem se afogando.

— Wallace. Me escuta — falou Marian. — Suas dívidas foram quitadas. Eles foram embora. Não precisa mais se preocupar. Eu resolvi tudo.

Aparentemente, Wallace não ouvia uma palavra sequer. Então, ele parou de ofegar, ou talvez tenha parado completamente de respirar. Os olhos estavam fechados. Os lábios se moviam silenciosamente.

— Wallace — disse Marian. — Wallace, estou quitando as dívidas. Estou pagando.

Ele abriu os olhos. Parecia focar Marian.

— Eles já foram embora. Todas as dívidas estão zeradas.

— Todas elas?

— Sim, todas. Tudo.

Ele soltou o braço, que caiu no colo. Wallace não prestava atenção à arma que ainda estava na sua mão.

— Como?

— Uma pessoa me ajudou. Tira essa arma da mão agora.

Ele colocou a arma na mesa e encolheu-se ao lado da cadeira, com uma mão cobrindo os olhos.

— Quem?

Marian se aproximou e pegou a arma.

— Barclay.

Wallace balançou a cabeça. As lágrimas ficavam presas na barba. Ocorreu-lhe o pensamento de que, se ele tivesse se matado, Marian estaria livre.

Marian não sabia se o tio conseguia pensar com clareza o suficiente para perceber que Barclay também tinha sido o primeiro a comprar suas dívidas.

Naquela mesma noite, Barclay foi procurá-la e a encontrou na choupana. Marian lhe disse que não poderia se casar com um homem que fazia aquele tipo de coisa. Não poderia amar um homem assim. Estava prestes a amá-lo de livre e espontânea vontade, mas agora não podia, nunca conseguiria sentir *nada* por ele. Tudo que ela estava pedindo era um tempo para pagá-lo, nem que, para isso, levasse o resto da vida.

Barclay tentou abraçá-la, implorou, alegou insanidade, disse que a insanidade era culpa dela. Quando Marian não cedeu, ele finalmente disse com frieza:

— O que você não entende é que eu comprei o seu tio, e ele não está à venda. Nem para você nem para ninguém. Ponto final.

Na sala de jantar do Plaza, Barclay disse:

— Pelo jeito que você fala sobre querer visitar lugares desolados e intocados, não achei que sua ideia de diversão fosse um clube noturno.

— Nem sei qual é a minha ideia de diversão — falou ela. — Nunca estive em lugar nenhum mesmo.

De manhã, eles tomaram um táxi até a casa onde Marian havia nascido, em um bairro que parecia sossegado, um pouco sujo. A frente plana de tijolos da casa não despertou nenhuma emoção em Marian, certamente nenhuma epifania. Um homem bastante magro, de boné e sobretudo, estava sentado na varanda ao lado. Quando Marian o chamou, ele se apressou, boné na mão, enchendo a janela com o rosto magro e os olhos ansiosos.

— Você sabe quem mora nessa casa? — perguntou ela.

— É uma pensão, dona. Para quem pode pagar é um bom lugar. Mas não é para mim. Mal consigo pagar o almoço.

Marian começou a se desculpar, mas Barclay já estava estendendo a mão, jogando uma moeda para o homem.

— Vamos — disse ele ao motorista. Marian olhou pela janela traseira do veículo, para a casa de tijolos que se afastava, para a figura alta e magra que brincava com a moeda em uma das mãos.

Quando o navio não estava em sua plena capacidade de passageiros e a maioria das pessoas escolhia (ou era obrigada) a se esconder durante as tempestades, Marian se via em um formidável isolamento. De manhã, podia tomar café debaixo das claraboias envidraçadas de cor âmbar de uma sala e, mais tarde, ler um livro em meio à treliça Chinoiserie ou outro ambiente. Quando um garçom lhe oferecia champanhe — "Cortesia da casa, senhora" —, ela aceitava e, depois, pedia outra taça e talvez uma terceira, contando que Barclay estivesse melancólico demais para perceber que ela estava desrespeitando a proibição de beber. O navio não parava de chacoalhar, subindo e descendo bruscamente. Em intervalos aleatórios, ouvia-se o som da tempestade estrondosa, e às vezes o longo corpo de aço se retorcia todo ou trepidava violentamente como se estivesse passando em uma estrada esburacada. À noite, Barclay resmungava e praguejava enquanto Marian adormecia sem problemas. De manhã, ele deixava claro que, apesar de ela ter um sono tranquilo, considerava aquilo egoísta e desleal.

— Melhor ficar aqui e descansar um pouco, então — dizia ela e ia se encontrar com seu café e seu livro.

Na quarta manhã, o mar já havia se estabilizado, ainda que o céu estivesse encoberto por nuvens. À tarde, Marian encontrou um assento em uma pequena mesa no salão feminino para evitar Barclay, que estava quase se recuperando dos enjoos, mas não do orgulho ferido. Ela tinha uma caneta e várias folhas de papel timbrado do navio e planejava escrever para Jamie.

Caro Jamie, escreveu e parou. Nunca havia escrito uma carta para o irmão antes. Nunca houve necessidade.

Quando Jamie finalmente retornou para Missoula, aparentava estar mais velho, melancólico, porém, também mais seguro, mais dono de si. Um dia, no final de agosto, ele apareceu no aeródromo. Havia acabado de chegar. Enquanto Marian o levava para casa, Jamie lhe disse que tinha ido a Seattle para fazer retratos em parques e que tinha conseguido um emprego na casa de uma família rica.

— Conheci uma garota — disse ele. — A casa era da família dela.

— É mesmo? E?

— E nada. Não nos entendíamos.

— Como assim, não se entediam?

— Éramos muito diferentes. Não importa, talvez o que nos unisse fosse uma paixonite adolescente.

Ela deu um sorriso amarelo. Jamie não sabia sobre o noivado.

— Fico contente que tenha voltado.

Já em casa, Wallace estava sentado na varanda, enrolado em um cobertor. Primeiro, Jamie se preocupou em cumprimentar os cachorros, porém, Marian percebeu como o irmão ficou assustado quando o tio se levantou e veio tropeçando na sua direção.

— Você está doente, Wallace? Está muito magro.

— Estou, sim — disse Wallace. — Mas foi culpa minha. Bebi demais por muito tempo, Jamie. Estraguei tudo e só piorei as coisas, mas Marian e o Sr. Macqueen encontraram um médico que vai me ajudar. Em breve, vou para Denver, para me consultar com ele.

O sangue de Jamie gelou.

— Mas o que Barclay Macqueen tem a ver com isso?

Para Marian, Wallace perguntou:

— Você não contou a ele?

— Contou o quê?

Marian nem conseguia articular as palavras.

— Sua irmã vai se casar — disse Wallace.

Jamie encarou Marian.

— Com Barclay Macqueen?

Ela ergueu o queixo e empinou o nariz.

— Isso mesmo.

— Por quê? O que ele comprou para você?

Marian deu de costas e entrou na choupana, batendo a porta.

Mas, passado um tempo, Jamie foi procurá-la.

— Você tem alguma coisa para beber? — perguntou ele.

— Uísque ou gim?

— Uísque.

Marian pegou uma garrafa de um armário e serviu dois copos.

— Bebida legítima não é nada fácil de se conseguir — observou Jamie.

— Tenho feito entregas no Canadá para Barclay.

— Que bom que ele não se importa que você seja presa.

— Ele nem queria que eu voasse.

— Então por que comprou um avião para você?

— Porque sabia que eu queria um.

Os dois se sentaram, Jamie na poltrona e Marian na cama. Jamie perguntou à irmã:

— Wallace me contou que Barclay pagou as dívidas. É por isso que você vai se casar com ele?

Marian já esperava a pergunta, mas, ainda assim, aquilo a deixava esgotada. O que diria a Jamie? Que Barclay a havia manipulado até a exaustão? Que Barclay tinha mais determinação para se casar com ela do que ela tinha para escapar ao casamento? Que não havia mais o que fazer, a não ser seguir em frente?

— Mais ou menos — respondeu ela.

— Marian. — Ele se inclinou para frente, apoiando os cotovelos nos joelhos. — Nem por todo o dinheiro do mundo valeria a pena se casar com um homem como Barclay. Vamos achar um jeito de resolver isso. Tem que ter outro jeito.

Olhar para Jamie era como ter uma visão de si mesma em um corpo de homem que tinha absoluta certeza de que as coisas poderiam ser resolvidas, crente de que surgiriam sempre novas possibilidades.

— Não tem outro jeito. Acredita — falou Marian.

— Tem que *ter*. Não suporto ver você desistir tão facilmente.

Tão facilmente. Ela começou a ficar ainda mais esgotada com aquilo.

— Você não sabe de nada.

— Então me diz. Me conta tudo, para a gente dar um jeito nisso.

Como ela gostaria de dar um jeito naquilo. Pronunciando lenta e claramente cada palavra que dizia, Marian falou ao irmão:

— Wallace te contou quanto ele estava devendo? Se a gente vendesse a casa, se vendesse absolutamente tudo, até a alma, mesmo assim não ia ter dinheiro o bastante para pagar.

— Por isso você resolveu se vender.

Aquilo era tão exaustivo. Sua voz estava sonolenta, como se ela estivesse prestes a dormir.

— É mais uma troca. Eu em troca de Wallace. De você. Se eu tivesse virado as costas para Wallace, você seria o próximo. Ele simplesmente não desiste. Um dia, vocês vão me agradecer.

— Nenhum de nós te pediu para passar por esse martírio, Marian. Isso já é loucura.

— A única coisa que ele quer é que eu ame ele. Ele vai ficar feliz se acreditar que amo.

— E você acredita mesmo nisso?

— Tenho que acreditar.

— E você acredita que vai ser capaz de fingir que ama ele pelo resto da sua vida?

— Eu amava. Talvez consiga amar de novo, apesar de tudo.

— Como você pode amar ele?

— Não importa. Vou dizer para ele que amo. Ele quer acreditar nisso.

— Importa, sim. Uma pessoa dessa não tem limites. Ele nunca vai se dar por satisfeito. Barclay sempre vai querer mais. — Algo pareceu borbulhar em Jamie, uma ideia ou solução. — O lugar dele é na cadeia. Essa é a solução. Todo mundo sabe o que ele faz. Deve ter algum agente ou policial em algum lugar que ele não tenha subornado.

— Pelo amor de Deus, deixa isso pra lá. — A remota possibilidade de Jamie tentar fazer alguma idiotice para vingar a honra dela a assustou. — Por favor, você só vai piorar as coisas.

As bochechas de Jamie estavam coradas, e seus olhos brilhavam.

— Você acha que ele é perigoso. Posso ver nos seus olhos. Isso não é amor.

Marian se sentia pesada como chumbo, tão pesada que não queria discutir mais nada. Ela disse ao irmão que não havia mais nada para conversar.

Jamie não compareceu ao casamento, e Wallace já tinha partido para Denver, a fim de se tratar. Marian e Barclay ficaram na frente de um juiz no cartório de Kalispell, tendo Sadler e a irmã de Barclay, Kate, como testemunhas. Depois, tiraram uma foto do lado de fora, nas escadas, com o vento soprando as folhas sob os pés do casal. Eles almoçaram em um restaurante, e Sadler os levou diretamente a Missoula, para tomarem um trem rumo ao Leste.

Na quarta noite a bordo, Barclay conseguiu aparecer para jantar. Em vez de fumar charutos depois, ele se juntou a Marian, para dar uma volta no convés. Ele segurou o braço dela e a fez caminhar por dentro do navio, longe do parapeito, como se fosse ela que sofresse de enjoos. Além do navio, a escuridão tomava conta de tudo, um vazio absoluto.

— Não é nada agradável me imaginar caindo — falou Barclay.

— Deve ser como voar através das nuvens à noite. Às vezes, você se sente como se nem existisse.

— Isso é péssimo.

— Ou libertador. Você percebe o quanto é insignificante.

Barclay a puxou para mais próximo dele.

— Você significa muito para mim.

— Acho que todos somos insignificantes. — Eles caminhavam embaixo de uma longa fila de botes salva-vidas pendurados por serviolas, uma procissão de quilhas que vinha do alto. — Devemos estar perto de onde o *Josephina* naufragou.

— Não gosto nem de pensar nisso — disse Barclay.

— Às vezes — disse Marian —, me pergunto como minha vida teria sido se eu conhecesse meus pais. Wallace disse, mais ou menos, que eles não eram felizes juntos, que estavam arrependidos de terem casado. — Mas quem ela pensava que era para julgar os motivos do casamento de alguém? Os pais deveriam saber bem que seriam infelizes e se uniram em matrimônio mesmo assim por motivos que se perderam na poeira do tempo. — Jamie e eu teríamos passado a infância naquela casa em Nova York. Nem consigo imaginar isso. Se você muda uma coisa, tudo muda.

— Seria horrível — falou Barclay, beijando as costas de uma das luvas de Marian —, pois eu nunca teria conhecido você.

Como seria a vida de Wallace se os irmãos gêmeos nunca tivessem sido colocados sob sua tutela? Marian ligou para o médico em Denver antes de Barclay e ela deixarem Nova York. Wallace parecia comprometido com seu tratamento, segundo disse, embora o processo não fosse fácil, sobretudo nos estágios iniciais. Wallace, quando atendeu ao telefone, parecia trêmulo, mas lúcido. Falou que estava começando a ter esperança de ser capaz de pintar novamente.

— Fico me perguntando se eu teria aprendido a voar — falou ela a Barclay. Eles haviam chegado à popa.

—Tenho certeza que sim.

— Por quê?

— Porque voar faz parte de você.

Marian contemplou o rosto ofuscado de Barclay, acima do fraco brilho branco da camisa que ele vestia, boquiaberta. Queria dizer que também acreditava naquilo, mas, antes que dissesse, ele completou:

— Foi assim que me senti quando te vi pela primeira vez, que você fazia parte de mim.

Barclay estava sempre ocupado, escolhendo fragmentos e pedaços de suas vidas para tecer as tramas da história que estava construindo como muros ao redor de Marian, como um passarinho construindo um ninho, como um prisioneiro construindo a própria prisão. Mas, quando ele se inclinou para perto dela, o corpo de Marian respondeu, como sempre respondia. Pelo menos, ainda existia isso. Ela o segurou com força, usando-o como um escudo contra o vazio que se comprimia ao redor da embarcação.

Edimburgo, Escócia
Novembro de 1931
Um mês depois

A cidade era um quebra-cabeça capcioso, montado a partir de blocos de pedras claras e fuliginosas. Ao caminhar, Marian frequentemente se pegava acima ou abaixo de onde queria estar, pois as ruas de paralelepípedos formavam um emaranhado complexo, alojado entre as subidas e descidas acentuadas que tomavam conta da paisagem, transitável apenas por túneis e passagens estreitas, pontes e elevados, escadas escondidas. Os vislumbres do mar eram como o vaivém das ondas. O castelo estava encaracolado como um dragão adormecido no topo da rua principal, enquanto, do outro lado da cidade, um afloramento rochoso gigantesco, os penhascos de Salisbury, elevava-se acima de todas as torres e cúpulas e chaminés como se em censura primitiva à ambição humana.

Alguns dias — a maioria deles — eram inexoravelmente cinzentos, mas, às vezes, os gélidos e luminosos raios de sol banhavam a cidade, e, assim, cada pedra, ardósia e chaminé ficava insuportavelmente nítida. Marian tinha ouvido alguém — um conhecido de Barclay — falar que Edimburgo era como um smoking gasto pelo uso. Ela não achava que a comparação fazia jus à cidade. Sim, Edimburgo era elegante e meio que puída, mas era muito robusta e muito antiga para ser comparada a uma peça de roupa, completamente talhada nas pedras e maciça. Missoula parecia uma aldeia indígena se comparada a Edimburgo, algo que você poderia empacotar e carregar nas costas.

Barclay costumava deixá-la sozinha durante o dia enquanto cuidava dos próprios negócios. Para sua vergonha, Marian descobriu que não era bem a viajante destemida que havia imaginado. Ficava preocupada em cometer deslizes de etiqueta, compreender o sotaque escocês, chamar atenção desnecessária. Em geral, perambulava pelas ruas sem falar com ninguém ou lia na biblioteca do hotel. Sem Barclay, sentia-se acanhada, porém, com ele, sentia-se pressionada e sufocada. Barclay simplesmente escolhia o que eles faziam e quando faziam.

Ele pedia as refeições nos restaurantes sem perguntar o que Marian gostaria de comer. Eles foram para as Terras Altas, a fim de visitar os amigos dele, e se hospedaram em um chalé gelado à beira de um lago negro. Na extensa mesa de jantar à luz de velas em uma sala cavernosa, onde as paredes estavam atulhadas de chifres, Barclay tornou-se uma versão desconhecida de si mesmo, ficava à vontade com roupas formais e era capaz de conversar tranquilamente sobre caça e direitos à propriedade de terra. Aquela maleabilidade preocupava Marian. Quem era aquele homem? Desde o casamento, sentia-se paralisada, como um coelho na sombra de um falcão, sem saber como responder, dividida entre odiá-lo por causa de Wallace e querer amá-lo pelo que tinha feito por ela.

Numa manhã, sozinha, depois de quase meia hora analisando os horários da Estação Waverley e reunindo coragem, Marian pegou um trem para Glasgow. Se Edimburgo era um smoking puído e gasto pelo uso, Glasgow era um smoking que servia para limpar chaminés. Ela caminhou às margens do Rio Clyde, tentando ver um pouquinho os estaleiros onde *Josephin*a fora construído, porém, o dia estava frio e nebuloso, e Marian não sabia para onde ir. Ficou assustada com os bairros pobres próximos do rio, com a forma como as pessoas repararam no seu casaco elegante, na sua bolsa de mão cintilante. Se vestisse suas velhas roupas, nem estaria preocupada, mas o casaco, a bolsa e o barulho dos saltos de seus sapatos anunciavam como ela era rica e indefesa.

No trem de volta, tentou controlar as lágrimas de frustração. Lá estava ela, longe de Missoula, empreendendo uma verdadeira jornada e, ainda assim, estava mais confinada do que nunca. Estava próxima à Grã-Bretanha, ao Sul, e ao lado de boa parte da Europa, ao Norte, logo acima do horizonte. Contudo, Marian não podia visitar lugar algum.

Edimburgo
13 de novembro de 1931

Querido Jamie,

Pretendia escrever para você do navio. Não que eu conseguisse lhe enviar uma carta de lá, talvez em uma garrafa. Mas não há desculpa para não ter escrito de lá para cá, já que Barclay e eu chegamos a Edimburgo há quase um mês. Sabia que nunca lhe escrevi uma carta? Nunca houve necessidade.

Gostaria de dizer que me entristece muito estar brigada com você. Não esqueci que você me alertou desde o início para tomar cuidado com Barclay e que não lhe dei ouvidos. Não o suficiente. Quando você retornou de Seattle, eu não podia fazer nada além de ceder — por favor, acredite em mim —, ainda que isso não signifique que não houvesse outro jeito ou saída que, antes, não vi ou ignorei. Fiquei completamente cega pelo meu desejo de aprender a voar, e, talvez, isso explique uma parte do porquê me senti atraída por Barclay, sempre, desde o início. Essa atração parece justificar muita coisa. Talvez você entenda o que quero dizer. Você nunca me contou sobre a garota de Seattle. Gostaria que tivéssemos tido uma chance de conversar melhor. Sei que tenho a tendência de ser o centro das atenções e receio que tenha feito isso de novo.

Seja como for, aqui estou. Uma esposa. Sempre me disseram que o sonho de todas as garotas era casar, mas a condição de ser esposa se assemelha muito com uma derrota disfarçada de vitória. Somos celebradas por nos casarmos, mas, depois do casamento, devemos ceder todo o território e responder a uma nova autoridade, assim como uma nação derrotada. Agora, o perigo iminente é Barclay conseguir o que quer mais uma vez — e ele quer ter um filho, e um filho é o que mais me apavora. Parece-me uma armadilha horrível. Eu lhe disse que mal posso me imaginar tendo um filho, não tão cedo, e achei que ele havia entendido, mas — não, ele não entende. Ele simplesmente não se importa. Ele quer me capturar com unhas e dentes, como uma presa em uma armadilha.

É esquisito pensar em você vivendo sozinho na casa de Wallace. Você usa o Ford? Espero que sim. Tem contato com Caleb? Anda desenhando? O que sabe a respeito de Wallace? Se vir o Sr. Stanley, mande lembranças minhas.

Ao menos, este hotel tem uma biblioteca. Sinto-me como uma criança de novo, com todo o tempo do mundo para ler sozinha. Mas, Jamie, eu nunca me senti sozinha antes porque nunca tinha brigado com você. Morro de vergonha de dizer que não tinha me dado conta do quando dependo e preciso de você. Sinto que perdi uma asa e agora não passo de um monte de sucata, descendo em queda livre. Espero que você me escreva de volta e me diga que ainda está aqui, desapercebido, mas inabalável.

Agora vou sair e enviar a carta pelo correio, para que não haja chance de Barclay interceptá-la. Uma esposa não pode esperar ter privacidade, mesmo que envie uma carta com saudades do próprio irmão.

Com amor,
Marian

P.S. — Ficaremos aqui por mais três semanas, então, se esta carta não atrasar e você responder sem demora — e caso nunca tenha lhe implorado nada, agora estou implorando — temos uma boa chance de nos comunicarmos antes de eu iniciar a viagem de volta para casa.

Missoula
1 de dezembro de 1931

Querida Marian,

Primeiro, acho mais fácil responder às suas perguntas. Até então, eu não estava usando seu carro, mas, assim que recebi sua carta, decidi usá-lo. Muito obrigado. É uma mudança e tanto, visto que, antes, eu estava me locomovendo com o velho e cansado Fiddler ou com a minha bicicleta. Você me perguntou sobre Caleb: eu o vejo com a mesma frequência de quem avista um lobo na floresta — de vez em nunca e sempre de modo repentino. Na semana passada, ele veio aqui em casa; bebemos e ouvimos o fonógrafo de Wallace. Caleb ainda é o mesmo, embora se possa perceber que ele tem um pouco mais de consciência sobre seu papel de homem das montanhas que seus clientes esperam que ele desempenhe. Infelizmente, Gilda não anda nada bem. Perguntei a Caleb se ele poderia enviá-la ao médico em Denver para se tratar, mas ele me falou que a mãe nunca iria, e acredito que ele tenha razão. Pelo menos, ela parou de receber visitas de homens, desde que Caleb começou a lhe dar dinheiro o bastante para beber.

Você também me perguntou se eu estava desenhando: estou, sim. Tenho tentado desenhar com tinta a óleo, mas, sinceramente, ando deprimido e abatido. Talvez esta casa tenha alguma coisa que deixe os homens deprimidos. A garota de Seattle — não tenho paciência para escrever a história inteira e presumo que você não tenha paciência para lê-la —, devo dizer que esperava que ela povoasse menos os meus pensamentos. Aprendi que, quando você ama uma pessoa, ama também a vida que sonha em ter com ela. Ou seja, você fica deprimido por duas coisas: pela pessoa que ama e pela vida que sonhou em ter com ela. Sempre achei que entraria na universidade e trabalharia no Serviço Florestal, porém, agora tenho dificuldades em imaginar isso, pois minhas antigas ideias comparadas ao tipo de vida que sonhei em ter com Sarah parecem agora totalmente destoantes.

Apesar de sentir falta dela, sinto também um estranho desejo vingativo de provar a ela, provar-lhe exatamente o que não pude lhe dizer. Presumo que quero que ela se arrependa, que sofra como estou sofrendo, embora eu queira também poupá-la de todo o sofrimento. Faz sentido?

Caleb me disse para dar tempo ao tempo. É tudo que posso fazer por ora.

Aparentemente, Wallace está bem. Suas cartas e as do médico afirmam isso, mas acho que ele ainda está frágil. Liguei para lá na semana passada. Pareceu-me que foi drenado e desidratado como um cogumelo e agora está meio que tomando um novo fôlego. Wallace me disse que, agora que não está bebendo, o mundo parece mais claro, brilhante, como raios de sol derretendo a neve. Ele me disse também que voltou a pintar. Fiquei me perguntando onde ele estava conseguindo dinheiro para os materiais, mas o médico me disse que o "patrono" de Wallace reservou uma mesada adicional somente para isso. Para mim, Barclay nunca terá salvação, mas devo reconhecer este único gesto de bondade. Wallace se sente tão culpado, aliás, chorou ao telefone e me falou que se sentia como se tivesse vendido você. Garanti a ele que não, que ninguém vendeu ninguém.

Sinto muito pelo que disse. Senti um alívio estranho (ainda que pouco) em saber que existe uma atração entre Barclay e você. Posso entender, depois do meu próprio romance insignificante e malfadado, como a atração pode nos descaminhar na vida.

Contudo, se você não quer ter um filho, deve fazer tudo ao seu alcance para evitá-lo. Não sou especialista no assunto, mas acho que você tinha razão ao usar a palavra "armadilha" na sua carta. Sei que acredita que Barclay a ama do jeito dele, só que ele também está tentando anulá-la. Amar e anular podem ser iguais para ele. Não podemos fugir e desfazer nada do que aconteceu até agora, mas, se você tiver um filho, duvido muito que consiga abandoná-lo como fomos abandonados. Espero que você largue Barclay um dia e retome as rédeas da sua própria vida. Por favor, Marian. Não desista.

Não sei se sou tão útil quanto uma asa, mas sempre farei por você o que estiver ao meu alcance, se você pedir. Mesmo se não pedir, ainda farei o que puder.

Com amor,
Jamie

• • •

O homem na recepção do hotel de Edimburgo, de onde o Sr. e a Sra. Macqueen haviam partido recentemente, suspirou ao ver a carta. O serviço de redirecionamento de correspondências fora solicitado, portanto, a carta foi parar em um malote com outras poucas comunicações, endereçada ao Sr. Barclay Macqueen e enviada para os Estados Unidos.

Montana
Dezembro de 1931 a janeiro de 1932

Sadler encontrou Marian e Barclay na estação ferroviária de Kalispell. Ele dirigia o elegante Pierce-Arrow preto.

— Você fez uma viagem longa — disse ele, abrindo a porta do carro para Marian, que nem se importou em responder. Outro homem, um salish que trabalhava na Fazenda Bannockburn, seguia atrás em uma caminhonete com as bagagens. Marian dormiu durante todo o trajeto, alheia à conversa dos homens ou ao primeiro lampejo de sua nova casa. Barclay teve que sacudi-la para acordá-la. Por um momento, ela pensou que estava de volta às Terras Altas da Escócia, pois viu neve, montanhas e uma casa quadrada, imponente, simétrica, de pedra cinza e com telhado de ardósia.

A mãe de Barclay e a irmã dele, Kate, estavam esperando nos degraus da entrada da casa entre dois vasos enormes de pedra. Kate, com botas de montaria, jaqueta de pele de carneiro e chapéu de aba larga, apertou a mão de Marian. No casamento, a cunhada dissera:

— Não pude impedir ele de casar. Eu tentei.

— Eu também tentei — respondeu Marian.

— Tenho certeza que sim — disse Kate, desconfiada.

A mãe de Barclay, Madre Macqueen, como gostava de ser chamada, usava um vestido marrom e um xale pesado. No pescoço, tinha um crucifixo de prata que pendia quase até a cintura. Os cabelos grisalhos estavam presos em duas tranças grossas enroladas, e o rosto apresentava profundas e delicadas rugas. Marian se surpreendeu ao ser abraçada pela sogra, que lhe deu tapinhas nas costas como se estivesse oferecendo segurança a uma criança.

— Você é mais do que bem-vinda — disse baixinho. O sotaque dela era uma mistura esquisita da língua salish com francês.

Marian não estava preparada para uma saudação tão afetuosa nem acostumada com calor humano. Barclay havia falado pouco sobre a mãe. Ficou pensando se Madre Macqueen estava se lembrando de quando se casou, sendo levada sob os auspícios do pai de Barclay, cercado por sua branquitude e riqueza. Madre Macqueen estava segurando as mãos de Marian e olhando em seu rosto.

— Você é uma bênção.

Barclay gentilmente as separou:

— Entra, Marian.

A vida de esposa havia começado.

Marian teve dificuldades em encontrar uma forma de ser útil. A fazenda tinha uma pista de pouso, mas o Stearman estava em Missoula. Perguntou a Barclay quando poderia pilotar o avião, mas ele tentava dissuadi-la, com leves reprimendas de que Marian deveria se acomodar melhor, encontrar seu lugar, desfrutar da vida de recém-casada. Marian disse a si mesma que precisava esperar, tirar o melhor proveito da situação, pois, mais cedo ou mais tarde, Barclay baixaria a guarda. Pelo menos, não precisava usar vestidos de seda na fazenda.

Uma garota salish limpava e varria a casa, lavava a roupa, entre uma sucessão de garotas que haviam sido educadas, como Madre Macqueen, em um colégio de freiras que ensinava francês, com foco nas habilidades domésticas e nos trechos bíblicos mais assustadores, visando extirpar e embranquecer suas origens indígenas. Madre Macqueen acreditava em um conjunto esotérico de crenças, concebido em parte por ela mesma, que Barclay disse que encantava e enlouquecia seu pai: ela enxergava a vida como uma tempestade ininterrupta de fúria divina e misericórdia celestial, em que os seres humanos eram jogados de um lado para o outro por sopros divinos opostos, disputados por anjos e demônios que voavam como morcegos.

Uma mulher escocesa mais velha cozinhava. Um grupo de homens lidava com os rebanhos de gado, cuidava dos cavalos e fazia reparos nas cercas. Kate trabalhava com os homens, porém, todas as tentativas de Marian de ajudar eram rejeitadas. Sentia que Barclay havia proibido qualquer pessoa de ajudá-la a se ocupar, deixando-a sem nada para fazer, perambulando sem objetivo pela fazenda. Marian suspeitava que ele estava tentando entediá-la, para que engravidasse.

— O que você está fazendo hoje? — perguntou Marian a Kate em uma manhã, quando a encontrou montada em um cavalo.

As bochechas da cunhada estavam vermelhas de frio.

— Consertando as cercas.

— Eu posso ajudar.

— Pode, não. Só queremos terminar logo — falou Kate, saindo a galope. O barulho dos cascos do cavalo era amortecido pela neve.

• • •

Logo após o Ano-Novo, o pacote de correspondência solicitado fora enviado pelo hotel em Edimburgo.

Em seu quarto, Barclay leu a carta de Jamie em voz alta com uma voz furiosa e trêmula:

— *Espero que você largue Barclay um dia e retome as rédeas da sua própria vida. Por favor, Marian. Não desista.* — Barclay agitava as páginas na direção de Marian. — Falou um monte de merda. Uma bela intromissão de merda!

— Eu só disse que não queria ter um filho — disse Marian sem forças.

—Você não quis dizer isso.

— Quis, *sim*. O que mais eu tenho que fazer para você acreditar que penso com a minha própria cabeça?

— Você não se importa com o que eu quero?

— E o que você quer é que eu seja eternamente infeliz?

— Você não vai ser infeliz. Você vai ver: vai amar ter um filho. É seu dever me dar um. Você é a minha *esposa*. Não vai ficar feliz em cumprir o seu dever?

— Não! — disse Marian, alto, a voz ficando cada vez mais alta. — Jamais.

Barclay tapou a boca de Marian com a mão. A mãe e a irmã estavam em casa, e a garota salish, em algum lugar. A cozinheira estava na cozinha.

— Eu posso te obrigar. — Os dois se encaravam ferozmente. Marian empurrou a mão dele.

— Você não pode me obrigar a nada — disse ela, baixinho, mas com toda a força que tinha.

— Posso tirar o seu… — Ele gesticulou com as mãos, para representar o diafragma de Marian. — Sua coisa. Tenho direitos como marido.

Marian pensou na Sra. Wu, no que as garotas de Miss Dolly lhe disseram: um bocado de ópio e algumas ervas. Pensou que conseguiria caminhar até Missoula se precisasse, atravessando as montanhas.

— Você não pode me obrigar — repetiu Marian. — Eu sempre encontro uma saída.

Barclay ficou alarmado, depois, indignado.

— Quem é você? — perguntou ele, tão diferente do modo como tinha perguntado antes.

— Quem sempre fui.

Ele balançou a cabeça.

— Não, você mudou.

— Foi você que me mudou. Culpe a si mesmo.

• • •

Pouco antes do nascer do sol, ouviu-se uma buzina de carro. Fraca, porém insistente, ficando cada vez mais alta. Não foi o volume, mas a sensação de deslocamento que invadiu o sonho de Marian. Ela estava de camisola na janela. O Pierce-Arrow ziguezagueava pela escuridão, pela extensa estrada da fazenda. Às vezes, a buzina soava por longos e prolongados segundos; outras, não passava de um choro abafado.

Lá embaixo, Kate já estava na varanda, vestida, esperando.

— O que está acontecendo? — perguntou Marian, amarrando seu robe de lã. — Por que ele está fazendo isso? — O carro estava se aproximando, e ela não tinha certeza se Barclay pararia em casa ou rumaria descontroladamente em outra direção.

— Ele está bebaço — afirmou Kate.

— Mas ele não bebe.

— Não com frequência.

— Ele nunca bebe. — Quando Kate não lhe respondeu, Marian acrescentou: — Ele me disse que nunca bebia.

O carro parou. Antes mesmo de Barclay abrir a porta, Marian podia ouvi-lo berrando o nome da irmã:

— Kate! Kate! — Barclay tropeçou. — Kate!

Kate foi ao seu encontro, e ele cambaleou para abraçá-la. Sua força fez a irmã tropeçar. Barclay estava sem chapéu, e seu cabelo parecia um passarinho despenado.

— Kate! — disse ele novamente, com a voz embargada.

A irmã o conduziu para perto da escada. Enquanto passava, Barclay encarou Marian, encostando-se em Kate, fedendo à bebida, os lábios entreabertos como se estivesse prestes a dizer algo. Parecia mais uma pessoa atormentada por um sofrimento atroz do que um simples bêbado. Lá dentro, sua mãe estava tricotando ao lado da enorme lareira de pedra. Sem parar de tricotar, Madre Macqueen lançou um olhar duro para Marian.

— O diabo faz ele cair em tentação.

— Ele cai em tentação sozinho. — Kate estava levando Barclay para longe da escada, em direção aos fundos da casa. Marian a seguia.

— Para onde está levando ele?

— Para o quarto de hóspedes. Para dormir.

— Ele deveria dormir no nosso quarto.

— Não, é melhor aqui. Ele vai passar mal. Vai ser mais fácil cuidar do meu irmão se ele ficar aqui embaixo.

— Eu vou cuidar dele.

Barclay esticou a cabeça por cima do ombro de Kate, olhando com dúvidas para Marian.

— *Agora* quer cuidar dele? — perguntou Kate. — Você escolhe cada momento para agir.

— Ele é meu marido.

— Então, fique à vontade. Me ajuda a levar ele *pra* lá.

Uma de cada lado, Marian e Kate carregaram Barclay escada acima. No corredor, sem fôlego, a cunhada lhe disse:

— Nunca ouvi você chamar ele de marido.

— Não deixa de ser. — Marian já havia começado a se arrepender de seu rompante de possessividade. Barclay fedia. Tropeçava nos próprios pés. Deveria tê-lo deixado escada abaixo sob os cuidados da irmã. Mas elas o levaram para o quarto e o jogaram de bruços na cama, com os pés pendurados para fora.
— Ele dirigiu de Kalispell assim?

— De algum lugar.

— É um milagre que tenha conseguido dirigir.

— Ele sempre chega em casa. — Kate desamarrou um dos cadarços de um dos sapatos enlameados de Barclay.

Marian desamarrou o outro sapato.

— Ele já fez isso antes?

— Faz meio que uma vez por ano. É sempre a mesma coisa. De alguma forma, meu irmão consegue chegar até a estrada da fazenda e depois desaba.

Marian entendeu por que Kate já estava vestida e esperando lá fora.

— Você sabia que ele estava bêbado.

— Suspeitei. Já me enganei antes. Uma vez esperei a noite toda, somente para ele chegar são e salvo. — E, olhando bem para Marian, disse: — Vadiando em algum puteiro.

— Se você está tentando me assustar, lembra que conheci ele em um bordel.

— Como eu poderia esquecer? Nesse caso, você acha que consegue despir ele? Já, já, ele vai passar mal. — Ao lado da lareira, ela pegou um balde de lata cheio de gravetos e jogou-o na lareira. — Isso deve servir. — Ela colocou o balde ao lado da cama.

— A gente brigou.

— Vamos virar ele. — As duas pegaram Barclay pelos tornozelos e o puxaram de modo que ele ficasse de bruços. — Lá vem, pega o balde. — Barclay começou a vomitar. Kate o puxou pelo colarinho bem a tempo de Marian encaixar o balde em um jorro do que parecia ser puro uísque. — Que ótimo, agora ele se transformou em uma destilaria.

Quando Kate saiu, Marian levou o balde para o banheiro e esvaziou-o antes de tentar despi-lo. Ela tirou suas calças e suas meias facilmente, mas, como Barclay estava desacordado, Marian não conseguia tirar o casaco dele. Isso se revelou uma bênção quando, poucos instantes depois, ela precisou levantá-lo pelos colarinhos como Kate havia feito, para que Barclay pudesse vomitar mais uma vez. Quando ele terminou, Marian tirou o casaco, o colete e a camisa, deixando-o de cueca. Ela o empurrou para o lado, dobrou os cobertores sobre ele, esvaziou o balde e se aninhou ao seu lado sob uma colcha.

Os dois cochilaram por algumas horas. Barclay acordou algumas vezes com ânsia de vômito, ainda que apenas vomitasse uma espuma verde-clara. Assim que acordou, Marian percebeu que Barclay a encarava. Ela não tinha noção de que horas eram. O céu estava cinza e carregado.

— Não esperava por isso — falou Barclay, com a voz rouca.

— Por isso o quê?

— Não esperava que você cuidasse de mim.

— Não gostei de você ter chamado Kate.

— Achei que você ficaria aliviada.

— Você mal saiu do carro e já estava berrando o nome dela. Lembra?

— Eu estava desesperado.

— Pela Kate?

— Por consolo, acho. Às vezes, tenho a sensação de que algo horrível está me perseguindo, se aproximando. Me senti assim quando estava voltando. Se soubesse que você cuidaria de mim, teria gritado por você, não por Kate. — Barclay ficou quieto, e Marian se perguntou se ele estava dormindo, mas ele disse: — Você me atormenta, Marian. Um verdadeiro tormento.

Marian pensou por um minuto e então disse:

— Não vejo como te atormento. Você é o único que tem todo o poder aqui.

— Não, não sou. Nunca fui.

Marian não queria soletrar com todas as letras todos os meios que Barclay utilizava para controlá-la, tudo a que ela já havia cedido.

— Achei que você não bebesse.

— Não com frequência. — Os olhos de Barclay estavam fechados. — Enchi a cara na noite em que te conheci. Foi a pior bebedeira que tive. Subi aquela escada com Desirée, mas ela não era você, então eu não queria mais. Ela tentou, mas eu não conseguia fazer nada. Fui até o carro. Lembra que estava nevando? Eu mesmo dirigi, mas atolei na neve, então desci e tentei empurrar. Obviamente, escorreguei, levei um tombo e bati a cabeça no para-choque. Naquela altura, eu estava num estado em que não conseguia concatenar meus pensamentos, a não ser sair do centro da cidade e encontrar um *saloon*. Quando achei um, eu estava molhado e morrendo de frio. Então, comecei a beber, sentei e fiquei pensando por que você, vestida daquele jeito, não saía da minha cabeça. Por que você, já que conheço tantas garotas? — Barclay encarou Marian e fechou os olhos mais uma vez. — Quando te vi, pensei que poderia te possuir na mesmíssima hora, estava disposto a pagar o preço que fosse. Mas, quando descobri que não poderia, me dei conta de que eu estava... Acho que fiquei desolado. Além do juízo. Sei que sou teimoso. Sei que gosto de fazer as coisas do meu jeito, mas saber disso não ajudou em nada. Assim, decidi que o problema era você, especificamente você.

"Normalmente, antes, quando me embebedava, conseguia falar com Kate. Ou com Sadler. Ou sempre havia alguém por perto para me ajudar, mas, daquela vez, estava sozinho, e tudo em que eu pensava era na possibilidade de nunca te ter nos meus braços. E pensava em outras coisas também que me vêm à mente quando fico nesse estado. Meus antigos pensamentos trevosos afloram. Não se tratava de você, mas você trazia aqueles sentimentos à tona. E nevava demais para que eu conseguisse ir a qualquer lugar, nem a Missoula, quem dirá para a fazenda. Fui andando pela cidade. Não sei o que estava procurando, mas andava tropeçando nos montes de neve. Comecei a pensar em como as pessoas falam que não é tão ruim assim congelar até a morte, pois é como adormecer. Então fui até a margem do rio, encontrei um belo banco de neve, cavei um singelo túmulo para mim e deitei nele. Estava tão bêbado que nem senti frio e tão cansado e tão aliviado por estar em algum lugar silencioso que poderia facilmente ter adormecido. Estava adormecendo quando pensei, e se eu *pudesse* te ter? Não te comprar, mas ganhar, persuadir. Não era missão impossível. Na verdade, parecia simples. Não me dei conta porque nunca tinha pensado nisso antes. Claro que você era muito jovem, eu teria que esperar um pouco, mas achei que não precisava ter pressa de me suicidar. Poderia tirar minha vida depois."

Barclay parou de falar. Marian ficou se perguntando o que significavam aquelas últimas palavras. Ela já havia considerado a própria morte dele antes, até esperava por ela. Imaginou que poderia sentir alívio. Ou uma culpa esmagadora. Qualquer um desses sentimentos seria suportável, mas os dois juntos, não.

— Você não soube esperar o bastante. Eu ainda era muito nova.

— Se eu tivesse esperado, as coisas seriam diferentes?

Marian se compadeceu de Barclay, da esperança na sua voz, como se o passado pudesse ser alterado.

— Sim, mas não sei se seriam melhores.

Ele se virou de lado, de frente para ela.

— Foi você que me arrastou para a cama. *Você* não achava que era muito nova.

— Eu não quis dizer isso. Estou falando de quando você contratou Trout e comprou o avião. Eu era nova demais para entender esse acordo.

Marian pensou que talvez ele estivesse com raiva, mas ele pegou sua mão por debaixo das cobertas.

— Não foi um acordo. Foi um presente.

Marian entrelaçou os dedos nos dele.

— Não, não foi.

— Você não acha que as coisas ainda podem mudar? Com um filho?

— Não do jeito que você quer.

— Está vendo? Você nem precisava de mim. Poderia ter fugido e achado outra maneira de aprender a voar, se quisesse.

— Você teria me deixado fugir?

Ouviu-se uma batida na porta. Madre Macqueen entrou com uma bandeja, trazendo um bule de chá envolto em um acolhedor guardanapo de lã, uma xícara e um pires. Ela colocou a bandeja na mesa de cabeceira de Barclay e inclinou-se para servi-lo.

Os dois se recostaram em seus travesseiros. Ignorando Marian, Madre entregou a Barclay a xícara de chá. Pousando a mão nas pernas dobradas do filho, disse:

— Não se entregue ao diabo.

— Que diabo, mãe? — perguntou Barclay carinhosamente. — A senhora ainda não se deu conta de que aquelas freiras falam uma mentira atrás da outra?

— Pensei que ela te ajudaria. — A mãe de Barclay acenou com a cabeça na direção de Marian. — Mas, não, ela vive fingindo que quem sofre é ela, mas é ela que traz o sofrimento.

— Mamãe, deixa isso pra lá. Não vou mais beber. Prometo.

— O diabo faz você mentir.

— Preciso descansar, mamãe. Quando sair, leve o diabo com você.

— Só você pode fazer ele ir embora — falou, saindo e fechando a porta.

Barclay serviu mais chá e entregou a xícara a Marian, que perguntou:

— Do que ela está falando?

— A bebida faz o homem pecar. Ela acha que sou um joguete dos contrabandistas de bebida, que eles são agentes do diabo.

— Ela não sabe que você é um deles? — O chá estava muito doce. Madre havia colocado açúcar no bule.

— Claro que não.

Era verdade que a mãe dele ficava enclausurada na fazenda, exceto aos domingos, quando Sadler e Kate a levavam à igreja. Se Barclay quisesse que seus capangas não abrissem a boca, a presença de Sadler era o bastante para que eles ficassem calados, mas, afinal de contas, o que eles ousariam dizer na frente dela? Ainda assim, Madre Macqueen deve ter percebido a movimentação. Ela sabia, Marian decidiu, só fingia que não. Elas, as três mulheres — ela, Kate e mamãe — moravam em uma casa com três homens diferentes, e, todos eles, por um acaso, eram Barclay Macqueen.

— E o que ela estava falando sobre mim?

— Ah, sim. — Ele contraiu os lábios, fingindo não querer explicar, como se estivesse encenando uma peça. — Mamãe acha que uma boa esposa me impediria de beber. Como você não me impede nem está grávida, ela provavelmente acha que você não é boa esposa. Sua linha de raciocínio é deturpada, pois ela nunca conseguiu impedir meu pai de beber. Não sou como ele. Não bebo com frequência. — Aquilo parecia uma desgraça. — Mas, agora, você destruiu todas as esperanças dela.

— Ela acha mesmo que você é um criador de gado?

— Mas eu sou um criador de gado — disse Barclay. — E você é a esposa estéril que me levou a beber.

Montana
Inverno – Primavera de 1932

Uma semana depois de ter se embebedado, como se fosse um pedido perfeitamente habitual, Barclay disse a Marian que precisava que ela fosse buscar uma carga do outro lado do país.

Sadler a levou até Missoula, para buscar o Stearman. Do banco de trás, ela lhe perguntou:

— Alguém mais pilotou o *meu* avião?

Ele olhou para ela do espelho.

— Você quer dizer o *meu* avião?

— Alguém mais pilotou o *seu* avião?

— Não que eu saiba.

Marian não sabia se podia acreditar nele ou se a verdade importava. Estava enciumada quando subiu no Stearman, procurando vestígios de outro piloto. Entretanto, uma vez no céu, não se importava mais. Marian fez um *loop*, jogando as montanhas de cabeça para baixo.

Na semana seguinte, Marian fez mais algumas viagens pelo país e, quando suplicou para Barclay, foi-lhe concedido um voo à tarde sem propósito ou destino declarado. Barclay a fez prometer que voltaria em três horas, e ela voltaria no horário combinado. Pegou uma rota para o Nordeste, embora tenha dito a ele que fora para Oeste, em direção a Coeur d'Alene. A mentira a queimava como uma brasa.

Com um tanque cheio, Marian poderia voar quase 1000 km. Ficava fantasiando sobre todos aqueles quilômetros, sobre o raio. Poderia reabastecer e voar. E assim por diante. As pessoas voavam entre continentes com aeronaves menores. Contudo, se fugisse, sabia que só deixaria Barclay mais determinado a recuperá-la e mantê-la como posse. Se ficasse, ele poderia entender futuramente que os dois não combinavam. Como estava presa a ele, encapuzada como um falcão domesticado, Barclay poderia soltá-la, libertá-la. Se ficasse, talvez ele a deixasse ir.

Mas o cessar-fogo de ambos, toda aquela doçura receosa, começou a desmoronar como a neve do degelo: a boa vontade entre duas almas com desejos entrelaçados, mas irreconciliáveis, inevitavelmente desmoronaria. Alguns dias, sobretudo quando Barclay não permitia que Marian voasse, ela não se entregava a ele, libertava-se de seus carinhos. No entanto, quando cedia, a chama ainda queimava. Talvez Marian nunca tenha amado Barclay e fora ludibriada pela faísca refletida daquela chama. Ele imobilizava os braços dela enquanto Marian o encarava com o olhar fumegante e a refletia.

Em março, Barclay fez uma viagem de negócios de uma semana e a instruiu a não voar enquanto estivesse fora. No terceiro dia, Marian pegou uma caminhonete da fazenda e foi para Kalispell, acelerando nas estradas lamacentas e sinuosas apenas o suficiente para se assustar, maravilhada com o fato de Barclay conseguir fazer aquele percurso bêbado. Ela olhou as vitrines das lojas e não viu nada que quisesse comprar. Então, encontrou um lugar para tomar uma bebida e bebeu logo três. Embriagada, pois havia perdido a tolerância ao álcool, estacionou debaixo de uma árvore na beira do aeródromo e esperou que alguém pousasse ou decolasse, mas não havia ninguém.

— Pensei que você tinha ido embora de uma vez por todas — falou Kate, quando Marian voltou depois do anoitecer.

Na manhã seguinte, ela tirou a lona do Stearman e decolou da pista acidentada de Bannockburn, com lama grudada nas rodas. Só depois que estava no céu, distraidamente ajeitando o ângulo das asas de um lado para o outro e admirando os cumes nevados das montanhas, decidiu voar até Missoula e fazer uma visita surpresa a Jamie.

Um dos rapazes do aeródromo lhe deu uma carona para Rattlesnake. A casa estava em péssimas condições. Marian achava que o irmão, uma vez sozinho e fazendo o que bem entendesse, daria uma ajeitada e limparia as coisas, porém, a pintura estava descascando, e as telhas do telhado, encharcadas e empenadas. O matagal marrom de inverno crescia densamente e tomava conta de tudo. Marian estava prestes a entrar pela porta lateral, mas uma pontada de mal-estar a deteve. Pela primeira vez que conseguia se lembrar, foi até a porta da frente e bateu.

O som das batidas desencadeou um escarcéu de latidos que não cessava. Ao que tudo indicava, havia um exército de cachorros do outro lado. Marian pressionou o ouvido contra a porta de madeira, ouvindo passos. Ela bateu de novo. Os latidos se transformaram em um novo pandemônio frenético, e, finalmente, Marian ouviu os assoalhos da escada rangendo e Jamie mandando os cachorros se acalmarem. A porta se abriu, e o irmão piscou para ela.

— Olá — cumprimentou-a Jamie, como se ela fosse uma estranha.

Ele tinha olheiras muito profundas e uma barba loira e rala, grudada nas bochechas como se fosse algas. Suas roupas estavam borradas de tinta.

— Você está um caco — falou Marian. — O que você tem?

— Nada. — Cinco cachorros saíram da casa, correndo, esticando as pernas e se agachando na grama morta e na neve granulada. Jamie os observava com um ar pensativo. — Acho que perdi a noção do tempo. Eles ficaram trancados o dia todo. Que coisa horrível de se fazer. Que horas são?

Marian conferiu seu relógio de pulso.

— Pouco depois do meio-dia.

De repente, o sentimento de estranheza desapareceu, e Jamie pareceu se dar conta da presença da irmã.

— Marian! — Ele se inclinou para abraçá-la. Ao sentir o cheiro fedorento que vinha do irmão combinado ao odor de terebintina e bebida, Marian sentiu uma pontada de repulsa. Já estava farta de homens bêbados e suas bebedeiras. — O que você está fazendo aqui?

— Vim te visitar.

— Vem, entra — disse ele, segurando a porta aberta e acenando para que Marian entrasse.

A casa estava fria e escura, e as cortinas, fechadas. Pratos e tigelas estavam espalhados pelo chão e em cima dos móveis. Alguns estavam parcialmente cheios de água, e outros tinham restos de comida que Jamie havia colocado. Dois cachorros circulavam entre as pernas de Marian, esbaforidos e olhando para cima como se estivessem se desculpando pelo estado das coisas. Pela primeira vez, ocorreu a Marian que era uma quarta-feira.

— Por que você não foi *pra* escola?

— Parei de ir — respondeu Jamie de modo leviano. Ele caminhou em direção à cozinha, descalço, apesar do frio. — Quer beber alguma coisa? Podemos tomar um drinque.

A cozinha estava mais bagunçada do que os outros cômodos, fedendo e repleta de pratos sujos. Uma garrafa de *moonshine* transparente e pela metade repousava sobre a mesa. Jamie pegou um copo sujo, limpou-o com a própria camiseta, despejou um pouco de bebida nele e o entregou à Marian. Ele serviu o restante para si mesmo em um copo que nem se incomodou de limpar.

— Que gosto horrível — disse Marian, tossindo após tomar um gole. — Tinha me esquecido de como é ruim.

— Não é tão ruim. — Os olhos de Jamie estavam brilhando. — Eu estava precisando me fortalecer. Quero te mostrar uma coisa, mas estou nervoso. Será que devo mostrar mesmo?

— Mostrar o quê?

Jamie continuou falando como se Marian não tivesse perguntado nada. Ele atropelava e se atrapalhava com as palavras:

— Pensei em te mostrar assim que você chegou. Parece um sinal, *né*? Penso também em mostrar para... — Jamie se virou e saiu correndo da cozinha.

— Mostrar o quê?

— O que tenho feito! — berrou Jamie, subindo as escadas dois degraus de cada vez. O corpo esguio e magro do irmão, as roupas folgadas, o tom maníaco de sua voz, tudo aquilo fazia Marian lembrar de Wallace. Ela se obrigou a subir a escada devagar, para não surtar e sacudir Jamie, mandando-o parar de beber, tomar banho e voltar imediatamente à escola. Era a casa que fazia aquilo com as pessoas? Será que havia algum tipo de maldição ali que transformava os homens em alcoólatras ensandecidos?

No andar de cima, Marian fez uma pausa, a fim de se recompor antes de percorrer todo o corredor escuro em direção ao feixe de luz que vinha do antigo estúdio de Wallace. Quando olhou para dentro do cômodo, os raios de sol que entravam pela janela ofuscaram seus olhos momentaneamente. Viu o vulto escuro de Jamie andando apressadamente e, quando seus olhos se ajustaram à luz, viu as pinturas.

Eram pinturas a óleo, sobretudo paisagens, algumas com passarinhos e animais que se imiscuíam discretamente nas cenas, quase escondidos. À primeira vista, pareciam rústicas, até mesmo grosseiras, com pinceladas óbvias e manchas de cor sólida, mas, à medida que Marian continuava olhando, ela percebeu que eram pinceladas precisas em suas representações, somente se distinguiam da forma delicada e do realismo brilhante das pinturas de Wallace, que retratam mais o estado de espírito. Desenhos a lápis estavam empilhados por toda parte. Jarros de água e terebintina tomavam conta dos parapeitos das janelas. Nervoso, Jamie tagarelava sem parar:

— Tinta a óleo custa uma fortuna, mas Wallace deixou algumas aqui. Espero que não tenha problema em gastar um pouco do dinheiro com tinta. Vou encontrar um jeito de eu mesmo comprar, mas parecia importante que eu pintasse. Pelo visto, é a única coisa que sou capaz de fazer agora.

Empoleirado na velha poltrona puída de Wallace, estava o retrato de uma garota de rosto comprido e olhar franco. Ela aparecia também em uma tela colocada de lado sobre a lareira. Os restos de uma fogueira ainda crepitavam, e havia pedaços enegrecidos de papel rasgado entre as cinzas. Outra pintura da garota estava caída no chão, com grãos e manchas de tinta que a estragavam. Marian se aproximou do cavalete que sustentava uma paisagem montanhesca.

— Posso ver o vento nessa pintura — falou Marian. — Não sei como você retrata o vento em um quadro.

Jamie estava atrás da irmã.

— Ainda não está pronto. Não está como deve ficar. Estou tão nervoso que minha boca está seca — disse Jamie, bebendo do copo que ainda segurava. — Não mostrei para ninguém, nem mesmo para Caleb.

Marian tocou o ombro do irmão, tentando acalmá-lo.

— Você é um artista. Um artista de verdade. — Os olhos de Jamie ficaram cheios d'água. — Mas mesmo artistas de verdade precisam tomar banho de vez em quando.

À noite, Caleb apareceu. Jamie fora induzido a tomar banho e tirar uma soneca, e Marian tentava limpar um pouco as coisas e arejar a casa. Ela alimentou os cachorros e acendeu uma fogueira. Caleb entrou pela porta da cozinha, com duas trutas em uma cesta.

— Sra. Macqueen — disse ele. — A quem devemos a honra?

Marian sussurrou para Jamie não acordar:

— Você tem visto Jamie ultimamente?

— Vossa majestade está chateada.

— Caleb…

Ele colocou a cesta na mesa.

— Já estou farto das bebedeiras de Gilda. Não vou ficar escondendo bebida de ninguém nunca mais.

Marian colocou a frigideira no fogão, para fazer o peixe.

— Você devia ter me contado. Há quanto tempo ele está desse jeito?

Caleb se encostou na parede, cruzando os braços.

— Não tenho certeza. Talvez um mês? Antes ele ficava deprimido pelos cantos, nervoso por causa daquela garota que conheceu, mas estava indo à escola e não bebia, pelo menos não esse tanto. Fica insistindo que está trabalhando em uma pintura importante. Não acho que ele seja como Wallace ou Gilda. Só acho que está curtindo uma fossa.

Do outro cômodo, ouviu-se uma música estridente do fonógrafo de Wallace. Jamie apareceu na porta, com um copo na mão.

— Está um tanto frio para pescar, não?

— Só posso trazer peixe para você comer, já que você não come nada.

— Onde consegue encontrar trutas nessa época do ano?

— Elas se escondem bem no fundo do rio. — Caleb tirou um pedaço de pão e um saco de papel da mochila. — Cumprimentos do Sr. Stanley.

Olhando dentro da sacola, Jamie falou:

— Aleluia, ele mandou bolinhos de creme.

Após comerem, todos se acomodaram ao redor do fonógrafo, Jamie reclinado no chão ao lado da cadeira de Marian e Caleb deitado no sofá.

— Marian — disse Jamie, interrompendo uma conversa fiada de Caleb sobre caçadas —, Sarah me disse que achava que Wallace poderia estar incomodado com os meus desenhos. Você acha que isso pode ser verdade?

— Sarah? — perguntou Marian.

— A garota de Seattle — respondeu Caleb.

— Porque sempre achei que Wallace me incentivava, mas, quando penso realmente nisso, fico me perguntando se ele não fazia o oposto.

— Não sei — falou Marian. Não prestara muita atenção à dinâmica entre Wallace e Jamie, já que estava mais preocupada em aprender a voar.

— O pai de Sarah me ofereceu um emprego — confessou Jamie. — Eu poderia ter ido morar em Seattle. Poderia ter tido uma vida lá, mas eu disse não. Você sabe por quê?

— Por quê? — Marian tinha medo de que a resposta fosse que Jamie não queria deixá-la sozinha em Missoula.

— Porque a fortuna do pai dela vinha de frigoríferos e abatedouros — disse Jamie, rindo, apoiando-se nos cotovelos. — Como são as coisas! Que sorte a minha! — Então, ficou sério. — Devo ser um idiota.

Em uma enxurrada confusa de palavras, Jamie desatou a falar, contando a história de como conheceu Sarah no parque, como conheceu a mãe e as irmãs dela, a casa gigante, a coleção de arte, as topiarias do jardim, a sedução de ser elogiado. Quando lhes contou o desfecho humilhante do jantar, Jamie virou o copo de bebida. E, de forma vívida e animada, antes que Marian pudesse concatenar os pensamentos para falar, disse:

— Me diz uma coisa, você dançaria *pra* mim? — perguntou, batendo com o joelho de leve em um disco.

— Quê? — perguntou Marian.

— Você e Caleb. Gostaria de desenhar pessoas dançando.

— Sou péssima em dança, Jamie.

Caleb, porém, levantou-se e puxou-a da cadeira, segurando-a vigorosamente em seus braços.

— Você não tem que ficar cedendo às vontades dele — sussurrou Marian.

— Que mal há em dançar? — perguntou Caleb, virando-a.

Ao esticar o pescoço, ao mesmo tempo em que tentava dançar, Marian vislumbrou que as linhas rabiscadas por Jamie não condiziam muito com a imagem deles, mas pareciam um casal dançando. Quando se deu conta, estava correspondendo à sensação de proximidade com Caleb, ao seu cheiro familiar de pinheiro da floresta, natural, tão diferente do cheiro almiscarado e perfumado de Barclay. Ainda que se atrapalhasse com os pés ao tentar dançar, mesmo que seu corpo estivesse rígido, ainda que Jamie estivesse se servindo de mais *moonshine*, ela derramou lágrimas de alegria.

Quando o disco parou de tocar e tudo ficou em silêncio, Marian se afastou de Caleb e enxugou o rosto com a manga da blusa. Jamie havia adormecido, com a cabeça jogada para trás contra a poltrona e o bloco de desenho no colo. Caleb colocou um disco diferente e a puxou para o seu lado no sofá, perguntando:

— Por que você não veio antes?

Ela tentou inventar uma desculpa, mas já estava exausta de tantas emoções.

— Barclay não quer que eu vá a lugar algum. Ficou um tempo me impedindo de pegar o avião. Estava me punindo por não querer um filho.

— Por não querer um filho ou por não ter um filho?

— Para mim, é a mesma coisa. Eu sempre disse a ele que não queria, mas Barclay botou na cabeça que me conhece melhor do que eu mesma, quando, na realidade, está obcecado em tentar transformar meu verdadeiro eu na versão imaginária que ele tem de mim.

Caleb estava praticamente rangendo os dentes.

— Barclay é asqueroso.

— Marian — chamou Jamie. Ele havia acordado. Não se moveu, mas estava encarando a irmã, com o rosto angustiado. — Você me leva para algum lugar?

— Como assim algum lugar? Agora?

— Em breve. Preciso sair daqui.

— Para onde você quer ir?

— Quero ir para outro lugar. — Jamie se encolheu, puxando os joelhos na altura do peito. Ele estava tão magro. — Você foi embora. Wallace foi embora. Caleb está sempre caçando. Seattle foi a única coisa que aconteceu na minha vida.

— Você não pode simplesmente terminar o ensino médio?

— Você não terminou.

Marian começou a formular uma resposta sarcástica sobre como nem todo mundo tem a sorte de se casar com um Barclay Macqueen, porém, antes que ela pudesse articular qualquer palavra, Jamie disse, queixoso:

— Por favor, Marian. Não posso mais ficar aqui.

Os modelos de avião de Marian ainda estavam pendurados no teto da choupana, empoeirados, a cola já ficando amarelada. Tudo estava como ela havia deixado. Jamie havia limitado sua desordem à casa. Estava quase amanhecendo, mas ela se sentou na poltrona e folheou alguns livros — capitão Cook no Pacífico Sul, Fridtjof Nansen na Groenlândia. Marian tinha esperança que os livros a inundassem com um sentimento desejoso de aventura incipiente, porém, era como se estivessem mortos nas suas mãos. Antes, tinha certeza de que o mundo se abriria para ela assim que pudesse voar. Agora, sabia que nunca conheceria nenhum daqueles lugares.

— Você vai acabar deixando ele — disse Caleb depois que Jamie foi para a cama, quando eles estavam se despedindo na cozinha.

— E faço o que depois?

— O que você quiser.

— Não é tão fácil assim.

— Posso ajudar. A gente podia comprar um avião e levar caçadores para caçar.

— A gente?

— Por que não? — Caleb a encarou fixamente.

— Não somos assim.

— Mas poderíamos ser.

Marian balançou a cabeça.

— Se você deixar, ele vai controlar até o seu último fio de cabelo.

— Ser controlada não é o fim do mundo — disse Marian, pensando na fenda.

— Às vezes tenho vontade de te sacudir até você entender o que está acontecendo.

— Vamos, vai em frente.

Caleb colocou o chapéu e saiu furioso, noite adentro.

No dia em que Barclay deveria retornar para casa, Marian voltou para a Fazenda Bannockburn. Ela ficou três dias em Missoula.

Do quarto, observou Barclay sair do carro e Sadler dar a volta, para retirar a bagagem do porta-malas. Barclay a encarou pela janela, e Marian sabia que ele já sabia que ela havia pilotado o avião.

Era um final de tarde. Marian se sentou com um livro, mas não virou página alguma. Barclay abriu a porta do quarto como um tornado furioso.

— Gostou da viagem?

Marian achou que também poderia responder de forma cínica.

— Gostei. Fui ver meu irmão. E você?

Marian havia colocado o diafragma antes, para esperar o retorno de Barclay. Pelo menos, era uma forma de se proteger. Quando ele a pegou pelo braço e a puxou bruscamente do assento da janela, jogando-a na cama, ela ficou feliz. Barclay baixou as calças dela até os tornozelos, virando-a de bruços. Com o rosto na cama, Marian esperou, porém, ele apoiou um dos joelhos nas costas dela, prendendo seus dois pulsos com uma das mãos. Com a outra, enfiou os dedos entre as pernas de Marian, procurando alguma coisa, arranhando-a intencionalmente, como se estivesse tentando desentupir um ralo. Barclay estava tentando arrancar o diafragma. "Não", pediu ela. O pedido de Marian não surtiu efeito, o que mais poderia dizer? Barclay pressionou o joelho nas costas de Marian com mais força. Aparentemente, estava calmo e decidido, como se subjugasse um animal. Era como se as unhas dele a rasgassem por dentro. Quando ele finalmente retirou o diafragma, Marian sentiu uma sensação de sucção. Ele mudou de posição, montando nas costas dela, prendendo seus braços ao lado do corpo. Barclay segurou o diafragma diante dos olhos de Marian e, com o polegar, esticou a borracha de forma obscena, até rasgá-la. Ao jogar o diafragma rompido no chão, Barclay desafivelou o cinto.

Quando criança, quando arrumava briga com Jamie e Caleb, Marian lutava com todas as suas forças, usava o corpo e todos os membros, absolutamente tudo, até os dedos das mãos e dos pés. Mas, ali, contorcia-se como uma serpente, mesmo depois de ser imobilizada.

Sob o peso do corpo de Barclay, Marian ficou paralisada como um cadáver. Ficou encarando uma pilha de lenha na lareira, observando como as cascas de árvore eram como uma pele que descascava, como os lados da madeira cortada eram claros e brilhavam fracamente. Sentia medo, mas a sensação que a dominava era a de humilhação. Estar imobilizada e com as nádegas nuas era uma dor lancinante, mas o pior de toda a humilhação era não ter previsto aquilo.

Sentia dor, mas a dor parecia distante, como se estivesse pairando em algum horizonte projetado de si. Barclay não se demorou muito. Ele soltava sons entrecortados, ofegava intermitentemente. Sem qualquer interesse, Marian percebeu que ele estava chorando, ou quase. Mas ela esperava; isso foi tudo.

Ao terminar, Barclay se deitou pesadamente sobre Marian. Passado um tempo, ele desceu, e ela o ouviu se vestindo e choramingando, mas ela somente encarava a lenha não queimada na lareira. Marian sequer se mexeu, nem mudou de posição depois que a porta se fechou atrás de Barclay. Pensou em se lavar, mas se levantar parecia impossível. De onde estava, percebeu que ainda respirava e que seu coração ainda estava batendo, então a situação era suportável.

À noite, na cama, Marian frequentemente se imaginava voando. Escolhia uma paisagem para passar abaixo de si: montanhas com lagos e rios, talvez dunas ondulantes de areia, se estivesse se sentindo como um espírito aventureiro, ou ilhas tropicais em um mar turquesa. Deitada, ali, com as calças ainda nos tornozelos, Marian saiu da fazenda, voou para o Oeste sobre as montanhas, voou até chegar ao mar, onde adormeceu sobre um lençol azul.

No segundo dia em que estava em Missoula, ela pegou seu velho Ford e levou Jamie e Caleb até Bitterroot, que estava parado em um trecho amplo e plano, sem gelo. Caleb foi o primeiro a mergulhar na água. O frio envolveu as costelas de Marian quando ela o seguiu. Era um frio cortante que a fazia perder o fôlego. Jamie e ela, em suas roupas de baixo, só pularam uma vez e saíram rapidamente, mas Caleb, pelado, espirrava água neles e gritava.

No terceiro dia, ela acordou na choupana, e Caleb estava agachado ao lado de sua cama estreita. Com o rosto perto do dela, a mão apoiada em seu pulso, ele perguntou em voz baixa:

— O que você acha?

— Não posso — sussurrou Marian, e Caleb esperou em silêncio por um momento e depois foi embora.

Conforme a escuridão desaparecia, Marian se levantou e caminhou até o aeródromo, sem se despedir de Jamie.

Agora Caleb estava ao seu lado novamente, mas ele não a beijava. Sacudia Marian pelo ombro. Exceto que, quando ela abriu os olhos, não era Caleb, e, sim, Kate. Marian estendeu a mão para se cobrir, porém, um cobertor havia sido colocado sobre seu traseiro nu. Pela janela, faixas rosadas brilhavam entre as nuvens acinzentadas.

— Ele me pediu para ver como você estava — disse Kate. — Disse que perdeu a cabeça.

Marian desviou o rosto e encarou a lenha mais uma vez. Não tinha força nem energia para ficar envergonhada por Kate tê-la visto exposta daquele jeito.

— Ele fez isso? — perguntou Kate.

— Claro que fez.

— Estou falando disso aqui.

Marian olhou. Com um lenço, Kate segurava o diafragma rasgado.

Ela acenou com a cabeça.

— Sei muito bem o que é isso, *tá*?

— Que bom que sabe.

— Tenho certeza que você pensa que não passo de uma solteirona.

Marian normalmente estaria interessada em saber se a cunhada estava sugerindo ser experiente ou apenas sabia sobre diafragmas, mas, naquele momento, não queria saber de nada.

— Eu nem penso em você — disse Marian.

Ao tentar ver como se sentia, Marian virou de lado e dobrou os joelhos, prendendo a respiração para não engasgar com a dor excruciante que sentia no meio das pernas. Ela não se mexia há horas. Teve a sensação de estar quebrando uma fina placa de gelo.

— Você não quer ter um filho?

— Não.

— Mas, então, o que vai fazer?

Marian não havia pensado na questão em termos práticos. Até então, havia evitado pensar em qualquer coisa. Mais uma vez, pensou em tomar banho. Imaginou-se entrando em uma das piscinas naturais mais quentes de Lolo Hot Springs, desinfeccionando-se, como Berit fazia ao esterilizar os potes de geleia no fogão.

— Nada. Não posso fazer nada.

— Não tem como... provocar um aborto ou coisa do tipo? Você não consegue tomar algo?

— Você tem uma dessas coisas aqui? Porque, se não tem, não sei onde posso conseguir — respondeu Marian, despejando todo o seu ressentimento em cima de Kate.

Um silêncio sepulcral.

— Posso conseguir outro para você. — Kate ergueu o diafragma. — Se é o que quer.

Marian já estava imóvel de novo, quando se mexeu e se apoiou nos cotovelos.

— Pode? — Aquele pequeno gesto de generosidade, por mais suspeito que fosse, despertou-a de seu transe, rumo a um abismo sobre o qual poderia repousar todo o fardo de seu sofrimento. Com esforço, Marian se sentou. Sentiu uma dor de cabeça aguda e uma outra na virilha, esfolada e em carne viva.

Kate enrolou o lenço em volta do diafragma rasgado e colocou o pacote de volta no bolso.

— Mas, se eu conseguir um para você, Barclay não pode descobrir.

— Ele pode sentir o diafragma.

Kate encarou a porta.

— Talvez seja melhor nem tentar. Pode piorar as coisas.

— Não. Por favor, preciso de um, por favor. Mas onde você consegue?

— Tenho amigas na Inglaterra. Lá, os diafragmas são legais, mas vai demorar um pouco para chegar, então você vai ter que se virar sozinha ou fazer apenas sexo a… — Desviando os olhos, Kate fez o gesto com as mãos. — Vou acender a lareira e depois preparar um banho para você.

— Por que está me ajudando?

— Se você tiver um filho com meu irmão, nunca mais vamos nos livrar de você. — Kate se agachou ao lado da lareira e riscou um fósforo. O fogo começou a crepitar.

• • •

Deitada na banheira, Marian decidiu que, se simplesmente não desejasse engravidar, não engravidaria. Se seu corpo era apenas um receptáculo à mercê de sua vontade, por que não? Outras mulheres não eram intransigentes ou energéticas consigo mesmas. Marian poderia selar seu ventre contra Barclay. Ela se afundou na banheira, ficando imóvel na água. Pequenas jangadas de bolhas flutuaram e se separaram como nuvens no céu.

Como não engravidou, Marian concluiu que sua força de vontade fora bem-sucedida. Sabia que aquilo não fazia sentido, mas acreditava mesmo assim.

Voltou a perambular sem rumo pela casa e pela fazenda.

Em abril, quando a neve tardou para cair, Marian se deparou com um urso na floresta. Estava magro após hibernar no inverno, corcunda e desgrenhado, com o dorso coberto de branco. O animal ergueu a cabeça. Seu nariz preto latejava, e as narinas se fechavam enquanto ele farejava o ar, examinando o cheiro dela. Apesar de carregar um rifle nas costas, Marian nem tocou na arma e ficou imóvel. Com os ombros pesados, o urso empurrou a terra para longe e ficou em pé nas patas traseiras. Pequenos olhos perscrutadores cor de âmbar. Algo humilde em sua posição para equilibrar o tamanho desproporcional, o comprimento extravagante de suas garras curvas e brancas.

O animal voltou a andar, mexendo em um monte de neve fresca, arrastando-se em meio às árvores. Marian não compensava o esforço daquele urso. Ela o assistiu ir embora. Pensou que poderia ser Trout, para lembrá-la de que ainda estava viva.

Barclay estava arrependido. Depois do banho, Marian voltou para a cama e lá permaneceu durante a noite e o próximo dia. Quando veio até ela, ele a puxou para fora da cama e ajoelhou-se a seus pés, pressionando a testa na sua barriga, contra o ventre que ela acreditava ter selado contra ele. Marian ficou com os braços ao lado do corpo e olhou para baixo, para a cabeça inclinada dele e as solas de seus sapatos viradas para cima como algum tipo de deus insensível.

— Quando posso voar de novo? — perguntou Marian.

Barclay a encarava, implorando pelo seu perdão.

— Você me perdoa?

Marian pensou em Jamie implorando para que ela o levasse para bem longe de Missoula. Mesmo assim, ela negou.

— Você só vai poder voar quando me perdoar — afirmou Barclay.

ENGODO

TREZE

O diretor assistente pediu que todo mundo fizesse silêncio — o elenco inteiro estava sentado à grande mesa em forma de U. Todos seguravam nas mãos os roteiros e lápis apontados e novinhos em folha, como crianças no primeiro dia de aula. Era um amontoado de gente: pessoas que comiam *bagels*, que bebiam café, pessoas do estúdio e investidores, e, de repente, Bart Olofsson se levantou, olhou para a primeira edição de capa dura do livro de Marian (não o de Carol, de que ele claramente desdenhava) e leu a abertura em voz alta, com seu ligeiro sotaque islandês.

— Por onde começar? — entoou. — Pelo começo, é claro. Mas onde está o começo? Não sei, basta inserir um indicador que diga "aqui". Aqui é onde o voo começou, pois o começo reside na memória, não em um mapa.

Ele ergueu os olhos e nos encarou com uma intensidade implacável, quase acusadora, como um padre nos lembrando de que éramos pecadores. Olhei de relance para Redwood. Ele se comportava de forma séria, formal. Havia se passado uma semana desde a noite em que comemos cogumelos alucinógenos, e eu não soube dele, tirando o GIF que lhe enviei de dois bichos-preguiça flutuando no espaço sideral, escrito: *A gente muito louco de cogumelo, falando sobre L.A.*

Ao que ele respondeu: *Ahá!*

— Mas, no aqui, também nos encontramos no começo — iniciou Olofsson. — Estamos prestes a fazer um filme, só que não é algo tipo o Big Bang, que acontece do nada. Aquele exato momento em que Marian não consegue se identificar, quando aprender a voar a levou a uma trajetória rumo à realidade? É o *nosso* começo também. Na vida, os começos não são estáticos, mas ecossistêmicos. Eles estão acontecendo o tempo todo, sem que percebamos. — Então, ele abriu o livro. — Aqui, Marian escreveu: "O passado se perdeu. Já estou perdida para o meu futuro". Palavras estranhas, não?

A primeira linha do livro de Carol Feiffer é: *Não sei, mas estou prestes a ser engolida pelo fogo ou pela água.* Isso deveria ser narrado por uma Marian-bebê na embarcação, prestes a afundar. Depois, a história prossegue em linha temporal até ela cair com o avião no oceano. *O frio trouxe a escuridão, e estou perdida. Mas não sinto medo.* Essa última frase me pareceu um ligeiro protesto desejoso e engasgado. Depois que Redwood me contou que sua mãe sempre quis que as coisas dessem certo, fazia todo sentido. Ela estava tentando se tranquilizar.

O filme, no entanto, começa no final, no avião, quando Marian e o copiloto estão ficando sem combustível e não há para onde ir. Em seguida, o filme salta de volta para o naufrágio e segue normalmente a linha temporal, com o voo ao redor do mundo dividido em partes e cenas encaixadas de vez em quando. Depois, voltamos novamente à cena do avião, no final, quando ele cai.

Bart continuou:

— Tipo, penso nisso assim: estamos confinados ao momento presente, mas este momento que estamos vivenciando agora é, no percurso da história, o futuro. E, agora, para todo o sempre, vai ser o passado. Todas as nossas ações geram reações em cadeia imprevisíveis e irreversíveis. Estamos agindo dentro dos limites de um sistema extremamente complexo. — Ele fez uma pausa e encarou todos novamente. — Esse sistema é *o passado* — disse.

Troquei um olhar com Sir Hugo. Ele piscou de volta.

Bart fala as coisas como se fosse o momento revelador de uma palestra do TED, falei para Hugo uma vez. *Isso hipnotiza as pessoas, assim elas acham que ele é um gênio.*

Mas o exibicionismo dele faz com que tudo seja considerado um bela data especial, não acha?, disse Hugo.

— Mas — continuou Bart —, às vezes, o começo pode ser simples. Em um filme, por exemplo, o começo é um único *frame*. Hoje, vamos nos dar o alívio da contenção, dos limites. Vamos começar na página um. — Ele gesticulou para o diretor assistente, que claramente estava esperando por essa deixa, e se inclinou para o microfone. — Exterior. Dia — leu no roteiro. — Um avião prateado bimotor está sobrevoando o oceano, coberto pela espuma do quebrar das ondas, sem terra à vista. Um leve rastro de vazamento de combustível escorre por debaixo de uma das asas. Marian, narração.

— Nasci para rodar o mundo — eu disse, minha voz amplificada e atrasada por um milissegundo. — Meu destino era o firmamento, assim como o destino de uma ave marinha é o oceano.

Naquele noite, na piscina, quando tivemos uma viagem alucinógena de cogumelos, quais reações em cadeia Redwood e eu desencadeamos? Não as que eu esperava. Dormi na sua cama, mas ele sequer me beijou. Ele me disse que eu deveria *dormir lá mesmo*, pois *estávamos muito loucos para ir a algum lugar* e *ter companhia seria legal*. Ele me pediu para escolher entre a sua cama e um quarto de hóspedes, e pensei que ele estava me dando a escolha entre trepar ou não, e minha escolha foi trepar. Contudo, quando saí do banheiro, vestida com uma de suas camisetas e tentando provocá-lo sensualmente, Redwood já tinha adormecido. Por volta do amanhecer, acho que acordei, e acho que estávamos dormindo de conchinha, mas talvez isso tenha sido um sonho, porque, quando acordei mesmo, ele estava na cozinha, fazendo tacos para o café da manhã.

— Acho que você é fantástica — disse ele quando saí do quarto, beijando-me abaixo da minha orelha. O que aquilo queria dizer? Ninguém sabe.

Talvez o problema fosse que não estávamos de fato no começo, não estávamos desencadeando uma reação em cadeia, mas confinados a uma reação antiga de uma velha cadeia. Eu ainda estava tentando me desvencilhar dos meus sentimentos por Alexei, da culpa por Oliver, esperando que Redwood acabasse sendo a chave que me libertaria. E talvez ele esperasse que eu fosse algo improvável. Em geral, pensamos que cada nova possibilidade romântica, cada novo amor, é um novo começo, mas a verdade é que estamos em um veleiro ao sabor do vento, e cada nova trajetória é determinada pela última, traçando uma linha imprevisível, ainda que ininterrupta, de reações ao longo de nossas vidas. E isso era parte do problema: sempre fui apenas *reagindo*, sendo levada violentamente pelo vento, nunca chegando a um destino.

Depois que cheguei da casa de Redwood, levei um suco verde para o escritório, onde Augustina estava trabalhando no computador. Pelo visto, ela sempre estava sendo enganada e ludibriada pelos homens, então achei que poderia me dar alguns conselhos.

— O que significa — fui logo dizendo, inclinando-me na porta — quando você passa a noite com um cara na mesma cama, mas nada acontece, e quando você sai do quarto, ele beija bem aqui… — Bati no meu pescoço. — E diz que acha que você é fantástica?

Augustina fez uma careta. Ela não conseguiu se conter, mas depois assumiu uma expressão de neutralidade reflexiva:

— Significa que provavelmente ele acha que você é fantástica.

— Ah, sim — falei, batendo no batente da porta duas vezes, como se estivesse dispensando um táxi. — Obrigada.

— Não esquece da sua entrevista amanhã — berrou ela atrás de mim.

Deitei-me e fui olhar o Instagram de Alexei, depois, o da esposa de Alexei, depois, o de Oliver e, depois, o de Jones Cohen. Vi basicamente o Instagram de todos os homens com quem já fui para a cama. Não sei o que estava procurando. Não procurava as selfies, praias, crianças ou sanduíches. Eu estava trabalhando duro, puxando uma enorme rede de pesca cheia de engodos que mordiam a isca. Talvez estivesse procurando a resposta para o que deveria estar procurando.

Quando comecei a fuçar o perfil de um cara chamado Mark, eu já sabia que lhe enviaria uma mensagem. Eu o conhecia desde os meus famigerados dias como Katie McGee. Mark, outrora o principal traficante de drogas da Escola de Ensino Médio de Santa Mônica, havia se tornado advogado de artistas e celebridades, era bonito e discreto, nunca se apegava romanticamente ou não era limitado por seus apegos românticos, nada interessante, porém, um pilar sólido de autoconfiança. Já tinha recorrido a ele em momentos de necessidade antes. As pessoas falam em *pau amigo*, como se fosse um conceito tão ousado e inteligente, mas, para mim, Mark era como um placebo humano. Se acreditasse que ele faria com que eu me sentisse melhor, eu me sentiria.

Não havia mais ninguém vigiando o meu portão. Os paparazzi perderam o interesse em mim. O abandono dói, mesmo quando significa liberdade. Mandei Augustina para casa, e Mark entrou na garagem com seu BMW, bebeu o mezcal finérrimo que lhe servi, elogiou meu corte de cabelo à la Marian, levando-me para a cama com seu jeito prático e luxuosamente confiante, e, quando se levantou para ir embora, pedi que ficasse mais um pouco.

Ou seja, na manhã seguinte, quando a repórter da *Vanity Fair* chegou na minha casa, Mark ainda estava lá, tomando Sol em uma boia na piscina, tão visível e chamativo quanto uma daquelas boias enormes em forma de flamingo que aparecem no Instagram de quase todas as pessoas.

A reportagem ainda demoraria alguns meses para ser publicada, mas, quando percebi o olhar da repórter dirigido a Mark, eu praticamente poderia ditar a futura chamada da notícia:

> *Um homem foi visto na piscina de Hadley Baxter. Um homem lindíssimo, de óculos escuros e uma sunga minúscula, flutuando em uma boia. "Ele é apenas um amigo", afirma Hadley com um sorriso malicioso, enquanto caminhávamos na sua casa de estilo espanhol. "A gente se conhece desde que era criança." Em outras palavras, não precisam ter pena de Hadley. Hadley Baxter não está de volta. Hadley Baxter nunca foi embora.*

Mas, obviamente, o que eu queria é que Redwood lesse aquela reportagem ali mesmo, naquele momento, não em alguns meses. Queria que ele soubesse que sua rejeição — se é que fora uma rejeição — não tinha me magoado.

— O que chamou sua atenção no papel de Marian Graves? — perguntou a repórter quando estávamos acomodadas na minha sala de estar com *seltzers* enlatados e meias taças de vinho branco (*"Porque a personagem é uma garota petulante, como diria meu amigo Hugo", disse Hadley, referindo-se a Sir Hugo Woolsey, seu vizinho e produtor do* Peregrine). Eu me joguei de lado em uma poltrona. Ela estava sentada no sofá, e seu gravador estava na mesinha de centro.

— Tenho certeza de que você pesquisou sobre os meus pais — comecei dizendo. — Sempre me interessei pelo desaparecimento de pessoas. Muitas vezes, talvez quase sempre, quando uma pessoa desaparece, demora para acreditarmos que essa pessoa literalmente morreu, porque percebemos as coisas de outra forma. Tentamos fugir do fato do desaparecimento. Marian é retratada no contexto do que *realmente* aconteceu. Ela nunca voltaria para casa, porque seu desaparecimento é como um mistério não solucionado. E, ainda que ela passasse a viver com os Yetis e perambulasse pela Antártida por cinquenta anos, precisamos nos ater a um detalhe importante: ela teria 100 anos agora. O desaparecimento pode acontecer com todo mundo, sabe? Eu costumava me perguntar se meus pais estariam vivos, como se tivessem fingido a própria morte. Não tem como não pensar em todas essas hipóteses. Há alguns anos, até contratei um investigador, mas ele não encontrou nada. Ele me disse que achava que não havia nada *para* encontrar. Apenas um lago enorme. Seja como for, se estivessem vivos, isso significaria que fizeram todo o possível para me abandonar.

A repórter piscou.

— O que você pensa agora?

— Agora parece que meus pais nunca existiram.

Ela balançou a cabeça devagar, inclinou-se ainda mais para frente e perguntou:

— Hadley, você é uma pessoa que busca as coisas?

— Como assim?

— Vamos colocar desse jeito: aquele tipo de pessoa que busca conhecimento. Pessoas assim, num sentido mais amplo, estão insistentemente buscando o seu lugar no mudo.

Pela janela, olhei Mark arrastando a mão na água da piscina.

— Talvez eu seja — disse —, mas não devo ser uma pessoa muito boa em buscar as coisas ou o meu lugar, porque sempre pareço estar um pouco perdida. — Era uma frase legal para ela publicar, *sempre pareço estar um pouco perdida*, aquele tipo de frase para ser escrita em grandes letras garrafais e itálico, junto a uma foto minha, vestida de forma rebelde e também despojada: jaqueta de couro sem camisa por baixo, delineador pesado, expressão desolada.

— E quanto ao amor? Você também está buscando o amor? — perguntou ela.

— Acredito que a possibilidade de encontrar conhecimento ou meu lugar no mundo seja maior.

— É possível que ambos sejam a mesma coisa?

— Não — respondi. — Acho que são completamente opostos.

Depois que a mesa de leitura acabou, após o diretor assistente ler "Escurecer", enquanto Marian afundava nas profundezas do oceano, quando todos estavam elogiando uns aos outros, procurei Redwood, mas fingi que o encontrei ao acaso.

— Oi — eu disse, fingindo estar surpresa quando ficamos cara a cara. — Você existe. Pensei que talvez fosse fruto da minha alucinação.

Nervoso, Redwood gargalhou, colocando o cabelo atrás das orelhas.

— Só para constar, todos aqueles elefantes rosas também eram reais.

— Se você quiser, podemos fingir que foi somente um almoço de negócios, e não uma jornada intergaláctica.

Baixinho, olhando ao redor, para ver se ninguém nos ouvia, ele me disse:

— Depois de ficar bêbada ou chapada com alguém, você fica se perguntando se fez alguma idiotice?

— Não, porque sempre faço idiotices.

Ele sorriu, aliviado.

— Você não fez nada, mas e se eu tiver feito?

— Sinceramente? Não me lembro de tudo que conversamos.

— Sei, mas, para mim, isso sempre é parte do problema.

— Suponha que tudo que você disse foi genial.

— E se eu tiver a sensação persistente de que boa parte do que eu disse foi ridículo?

— Então talvez pudéssemos fazer isso de novo — arrisquei. — Mas podemos ficar só no vinho.

— Sim — disse ele. — Com certeza. — E ia dizer mais alguma coisa, mas alguém o chamou.

PENSÕES

Colúmbia Britânica
Junho de 1932
Três meses depois que Marian visitou Missoula

O Stearman atravessou a fronteira para o Canadá. Lá embaixo, o mundo estava verdejante por causa das folhas das árvores e plantas que cresciam novamente. Naquela manhã clara, o vento soprava do Leste, abrindo sulcos no céu e sacudindo o avião. Marian rumou para Oeste.

Jamie estava encolhido na cabine dianteira, com sua valise e sua caixa de tintas e pincéis. Na volta, as caixas de uísque ocupariam aquele espaço. Quando chegasse atrasada, Marian culparia o motor e diria que teve que pousar na floresta e consertar o avião por si só. Talvez Barclay não acreditasse, mas, pelo menos, ela faria o que tinha que ser feito.

Caleb lhe escrevera uma carta, para contar que Jamie não havia melhorado nem um pouco, que continuava a repetir que Marian o levaria para algum lugar longe dali, como se sua partida fosse iminente. Valia a pena tentar? Caleb achava que poderia encontrar alguém que alugasse a casa e cuidasse dos cachorros e de Fiddler.

Como Caleb nunca lhe escrevia, a situação era séria.

Marian disse a Barclay que o havia perdoado, deixando que ele fizesse sexo com ela o quanto queria, desejando que seu útero se fechasse. Ela começou a voar pelo país novamente e enviou duas cartas de cidadezinhas que ficavam no meio do nada. Uma era endereçada a Jamie, alertando-o para que ficasse pronto, pois ela iria buscá-lo em breve, sem avisar. A outra era uma pergunta, embora fosse irrespondível, visto que Marian instruíra o destinatário a não lhe escrever de volta. Não queria que Barclay interceptasse nenhuma carta vinda de Vancouver.

No céu, as únicas nuvens eram esparsas e ralas, como pedaços de lã de ovelha presos em arame farpado. A hélice era um borrão circular, uma turbulência diáfana. Barclay sabia bem qual seria o preço do perdão (mesmo fingido) de Marian: voar, logicamente. A contragosto, desconfiado, ele permitiu que Marian voasse, mas sabia que cada viagem em que ela cruzava o país representava uma possível tentativa disfarçada de fuga.

Da cabine, Jamie olhava para baixo, com os olhos turvos de cansaço. Antes de partirem, ele havia tomado boas doses de *moonshine*, dizendo a si mesmo que era a última vez que bebia, orgulhoso por reconhecer sua necessidade de parar um tempo e vaidoso por resistir ao impulso de levar uma garrafa para o avião. Se ao menos Sarah pudesse estar lá também. Imaginou o quanto ela ficaria interessada e deslumbrada com a paisagem lá embaixo. Quando retornou para Missoula, depois que Wallace fora se tratar em Denver e Marian fora morar na fazenda de Barclay, a saudade que Jamie sentia de Sarah era tanta e tão persistente que o sentimento o apavorou. Assim, refugiou-se no trabalho e na bebida como um cervo apavorado que entra em um lago para fugir das moscas. Por meio da pintura, podia invocar a imagem de Sarah. Por meio da pintura, poderia *mostrar a ela*, ainda que não soubesse o que exatamente queria mostrar. Depois de quase um ano, pensar nela não o angustiava mais, pois, naquele momento, aqueles pensamentos eram seus companheiros, sempre acompanhando-o, sobretudo quando bebia. Jamie imaginava as longas e incoerentes conversas com ela, salpicadas de perguntas que Sarah nunca respondeu.

Marian desceu em um extenso vale. A paisagem natural e grosseira se transformou em campos agrícolas que, por sua vez, transformaram-se em bairros, uma cidade esparramada sob as sombras das nuvens que se moviam no céu, culminando no mar. Conforme Marian seguia para o Norte, atravessando o porto do centro da cidade, Jamie conseguiu ver o pequeno aeródromo, o círculo em que pousariam, aproximando-se cada vez mais como se uma corda estivesse sendo puxada.

— Se você tivesse me deixado escrever de volta, eu teria te avisado que só tenho um quarto pequeno disponível, o menor.

Geraldine era, em grande parte, como Marian se recordava, bela, macia, com seios fartos, uma aura maternal que tranquilizava qualquer pessoa, embora seus modos estivessem mais bruscos, e seu olhar, mais desconfiado.

— Tudo bem — disse Marian.

— Tudo bem para você? — perguntou Geraldine a Jamie. — Já que é você que vai ficar.

— Sim, tudo.

— Talvez queira olhar o quarto primeiro.

Quando pegaram um táxi no aeródromo, Jamie permaneceu calado durante todo o trajeto. Marian imaginava que o irmão estava sentindo o início de uma ressaca que duraria meses, ou talvez absorvendo a falta de familiaridade com o lugar, a dificuldade de recomeçar.

— Vai ver o quarto — falou Marian, embora soubesse que Jamie não recusaria a estada.

Enquanto Geraldine subia as escadas com Jamie, Marian esperou na mesa da cozinha. Havia se sentado ali há somente um ano, na manhã em que sobrevoou a fenda. Jamie e Geraldine demoraram mais tempo do que ela esperava. A casa parecia quieta; as outras pessoas deviam estar fora. Ela olhou para o relógio, pensando o quanto poderia ir mais além de Vancouver antes que escurecesse, onde poderia passar a noite sem notícias de Barclay.

Ouviam-se risos e passos. O ranger das escadas. Quando voltaram para a cozinha, os dois pareciam mais leves e animados do que antes, mais corados.

— Tudo certo? — perguntou Marian a Jamie.

— Um palácio — respondeu ele, alegre.

— Sem convidados — falou Geraldine, repentinamente austera. Sua alegria havia se extinguido. — Esteja aqui à meia-noite. E nada de beber aqui dentro.

— Tudo bem — concordou Jamie.

— Vai desfazer as malas — disse Marian. — Fico aqui, esperando.

Quando Jamie se foi, Marian se levantou.

— Pode dizer a ele que eu disse adeus? — perguntou à Geraldine.

— Você não vai passar a noite?

— Não posso. Meu marido está me esperando.

— Nem mesmo uma xícara de chá?

— Não posso.

Geraldine encarou Marian, apreensiva. Era uma preocupação em termos mais práticos do que sentimentais.

— Por que não pude responder à sua carta? Seu irmão está metido em alguma encrenca? Porque, se estiver, preciso que me diga.

— Não, nada que uma mudança de ares não resolva.

— *Você* está metida em alguma encrenca?

— É uma longa história.

— Sou toda ouvidos.

Marian estava indo em direção à porta, seguida por Geraldine.

— Meu marido é a encrenca.

— Ah... — Geraldine concordou com a cabeça, cerrando os lábios como quem sugeria que ela sabia uma coisa ou outra sobre maridos.

— Não gosto de despedidas — disse Marian na porta. — Jamie sabe disso. Ele não vai ficar surpreso.

— Não me importo. Vou dar seu recado para ele — disse Geraldine.

UMA HISTÓRIA INCOMPLETA DA FAMÍLIA GRAVES

1932-1935

Em maio de 1932, Amelia Earhart voa sozinha a bordo de um Lockheed Vega, partindo da província canadense Terra Nova e Labrador para a Irlanda do Norte. A primeira travessia-solo do Atlântico desde Lindbergh. Um voo complicado, turbulento, de quase quinze horas de duração. O gelo se acumula nas asas do avião, que está despencando de 3 mil pés de altitude. Ao recuperar o controle, Amelia dá um rasante no mar. Desde então, ela pode ter desaparecido em algum lugar gélido sem ilhas ou atóis, onde as pessoas sequer podem sonhar com seu retorno ou mesmo torná-la uma náufraga. Todos procurariam por ela e encontrariam apenas água, como fizeram posteriormente. Provavelmente, não passaria de uma aviadora morta, brevemente famosa, que havia se perdido em busca de um sonho, há muito esquecido.

É noite em Hopewell, Nova Jersey. O berço vazio de um bebê. Há um pedido de resgate no parapeito da janela. O primeiro filho de Charles Lindbergh, de vinte meses, desapareceu.

Caos. Tumulto. As manchetes dos jornais são cada vez mais bombásticas. Todo mundo se torna detetive. Todo mundo quer atrair os holofotes. Da prisão, até Al Capone se oferece para ajudar.

Após dez semanas e centenas de pistas falsas, depois de Lindbergh pagar o resgate a um homem que promete que seu filho está seguro em um barco que não existe, o bebê é encontrado a 6 km da casa de Lindbergh, com o crânio fraturado, em estado avançado de decomposição, morto desde a noite em que fora levado. Lindbergh sempre foi calado, um homem visivelmente esquisito.

(Certa vez, ao "pregar uma peça", ele encheu a jarra de água de um amigo com querosene e observou-o beber. Lindbergh quase morreu de tanto rir, mas o amigo foi parar no hospital.) Ele se fecha em si mesmo e espia por uma pequena fresta dentro de si, uma entre as cortinas. Sua esposa, Anne, nunca o viu chorar.

Amy Johnson, cuja fama se estendeu da Grã-Bretanha à Austrália, voa de Londres à Cidade do Cabo em um avião De Havilland Puss Moth chamado *Desert Cloud*, batendo o recorde-solo estabelecido por seu próprio marido — Jim Mollison, um homem rude e beberrão, mulherengo incansável, mas bom piloto. As dunas do Saara ondulam prateadas sob a luz da lua cheia.

Em agosto, Barclay encontra o diafragma substituto de Marian. Ultimamente, no sexo, ele vive penetrando-a sem vaidade, como um animal obrigado a procriar, mas, uma noite, tentando induzi-la ao prazer, fazê-la reagir como costumava, Barclay acaricia a parte íntima de Marian e sente a borda do diafragma. Ele a golpeia no rosto com a mão aberta, e Marian revida, acertando-o com o punho fechado.

— Se você subir naquele avião de novo — ameaça Barclay, com uma das mãos cobrindo os olhos chorosos —, vou despejar gasolina e atear fogo nele!

— Então vou fazer a mesma coisa, só que comigo!

— Você não ousaria.

— Tem certeza?

— Onde conseguiu isso?

Marian não fala. A irmã de Barclay não é nenhuma aliada, porém, Marian não a trairá. Ele joga o diafragma na lareira.

Após o ocorrido, Marian é obrigada a ficar presa ao solo, onde o ar parece denso e pesado, onde seus movimentos se arrastam de tão lentos. Barclay tem relações sexuais com ela severa e diariamente, como se estivesse acasalando. Marian não acha que ele a faz sofrer por puro ódio. Supõe que ele acredita que a gravidez é uma espécie de cura, que a converterá total e imediatamente na mulher que ele pensa que ela deveria ser, a fim de lhe provar que tinha razão o tempo todo. Barclay acredita que Marian o amará por sua retidão. Não raro, enfurece-se porque *Marian fica deitada lá, como um cadáver, tentando fazer com que eu me sinta culpado por te ter.* Vive insistindo que ela esteve com outros homens, faz insinuações sobre Caleb, sobre um número tão grande de amantes espalhados pelo Canadá quanto o de seus esconderijos de bebida. Barclay fica melhor em imobilizar os pulsos de Marian, esquivando-se dos golpes dela.

O eu de Marian, seu habitat interior, antes cheio de fibra, tornou-se vazio, inerte e assombrado, como se ela fosse um caranguejo-eremita que, de algum jeito, abandonou por engano seu eu interior em vez da concha. Seu corpo está ficando cada vez mais rijo, ossudo, mais magro do que nunca. Seu corpo pesa sobre ela; o ar pesa sobre ela; peso e subjugação são constantes, inalteráveis.

Ainda assim, Marian não engravida.

— Sou uma bruxa — dizia ela a Barclay, quando ele exigia saber seu truque para não engravidar. Marian percebia que ele quase acreditava nisso, apesar das próprias atitudes.

Quando levou Jamie para Vancouver, ela disse ao irmão que enviasse as cartas de um serviço postal em uma cidade que ela pudesse visitar entre as entregas. Porém, como estava proibida de voar, não podia recebê-las nem se atrevia a escrever para ele. Não queria que Barclay soubesse onde Jamie estava.

Num certo dia de outono, ela caminha para longe da casa. As nuvens de folhas douradas e outonais brilham por entre as árvores como uma chuva suspensa de moedas.

Um assobio, alto e agudo. Caleb surge caminhando do meio da floresta, cintilando. Ele está do mesmo jeito: o cabelo trançado e o rifle nas costas, o cano apontado para cima do ombro. Seus olhos deixam transparecer um pouco de emoção, a suposição de que Marian o ama. Correndo em sua direção, ela percebe como tem estado sozinha.

Marian envolve os braços na cintura de Caleb. Ele passa a mão sobre a sua nuca. Ela sabe que Caleb já percebeu, como seu ex-cabeleireiro, o quanto seus fios estão desgrenhados. Barclay queria que ela deixasse o cabelo crescer, mas, em vez disso, Marian mesmo o cortou, mal e torto, com a tesoura de costura de Madre Macqueen.

Marian fala, encostada no peito de Caleb:

— *O que* você está fazendo aqui? *Como* conseguiu chegar aqui? *Por que* está aqui?

— Jamie disse que não tinha notícias suas.

— Não escrevi. Não podia. Como ele está?

— Aparentemente, melhor. Está pintando. Acho que está dormindo com a dona da pensão. Toma, veja você mesma. — Caleb puxa um envelope de dentro da jaqueta. — Sou apenas o mensageiro.

— Não me diga que veio andando de Missoula!

— Não o trajeto inteiro, mas talvez você e Jamie devessem procurar formas mais eficientes de se corresponder. Ouvi dizer que já temos serviço postal.

— Caleb, toma cuidado para não ser visto. Sério. Você não pode ser visto por ninguém. Barclay não vai gostar. Ele já tirou o meu avião.

— Ele está prendendo você aqui.

— Por um acaso, estou acorrentada? — Marian nem sabe por que tem o impulso de defender Barclay. — Não é para sempre.

— É, sim, a menos que você abandone ele.

— Ele vai se acalmar.

Com delicadeza, Caleb diz:

— Eu costumava achar que minha mãe ia melhorar.

— É diferente. — Marian desvia o olhar, procurando algum espião entre as árvores. — Sinto muito que você tenha vindo até aqui só para me entregar uma carta.

— Não vim só pela carta. Queria te ver. Estava preocupado. — Caleb a observa. — Você está muito magra.

Marian fica indignada, depois se acalma, sentindo que Caleb quebrou uma promessa ao se preocupar com ela, insultando sua decisão e competência, mas sabia também que havia dado motivos o suficiente para tal.

Completando, Caleb diz:

— Estou sempre perambulando pelas redondezas. Não é difícil chegar até aqui.

— Estou com inveja das suas andanças.

— Vem comigo, então. Fuja.

Mesmo com todos os motivos para ir com ele, Marian sentia a impossibilidade da fuga.

— Se eu fugir assim, vou me sentir uma covarde.

— Marian…

— Preciso que ele me deixe ir embora.

— Ele nunca vai deixar.

— Mas, daí, nada vai ser resolvido, nunca mais. Preciso colocar um verdadeiro ponto final nisso, algum tipo de acordo. Não posso sentir que devo alguma coisa para ele.

— Acha mesmo que ele não sabe como fazer você pensar que sempre vai estar em dívida? Para Barclay, o casamento é uma competição entre vocês dois. Se te deixar ir, ele perde.

Emoções fervilham dentro de Marian. Ela não conseguia mais distinguir medo de raiva.

— Não brigue, por favor. Não suporto isso.

Caleb cede:

— Lê pelo menos a carta. Eu trouxe até lápis e papel para você responder. — O esboço de um sorriso de lado. — Do contrário, você pode achar que não tenho nada melhor para fazer do que ser seu mensageiro pessoal.

Na carta, Jamie agradeceu a Marian por trazê-lo a Vancouver. Tentou assegurá-la de que estava melhor, que o feitiço sombrio da casa de Wallace havia sido quebrado. Expressou seu desgosto profundo por ter descido tão baixo no fundo do poço, pelo estado em que Marian o havia visto. *Eu mesmo me deixei perder o controle de tudo.* Disse-lhe que estava frequentando reuniões de um grupo local de artistas, o Boar Bristle Club, nome em homenagem aos pelos de porco usados para fazer determinados tipos de pincel. O pessoal havia exposto algumas de suas pinturas, e Jamie conseguiu vender uma, não por muito. Nos fins de semana, vendia retratos nos parques da cidade como fazia em Seattle. Havia arranjado emprego em uma loja de artigos de arte e colocado um anúncio no jornal, oferecendo aulas de desenho. *A única pedra no meu sapato é que não tenho notícias suas nem sei como você está.* E acrescentou: Geraldine e ele se tornaram bons amigos.

A verdade: Jamie está apaixonado. Mais ou menos. Ele *quer* estar apaixonado, porque, sem sombra de dúvida, sente-se atraído sexualmente por Geraldine, e não amar a primeira mulher com quem havia transado rotula-o como deselegante, até mesmo imoral. E por que não deveria amar aquele corpo macio e acolhedor que lhe permitia o toque das mãos e da boca, o sossego do descanso, que o desbravasse? Por que não amar a boa mulher que habita aquele corpo que, movido a puro desejo carnal, finalmente deslocou Sarah Fahey do centro de seus pensamentos? Mesmo com todas as razões para amar Geraldine, Jamie não a ama. Não exatamente. Mas sente carinho por ela e, sempre que não está na sua cama, anseia por voltar.

Em Missoula, quando perdeu a *noção das coisas*, Jamie ficou se torturando por saber que a vida de Sarah Fahey continuava sem ele, que ela iria para a UW, conheceria um rapaz e se casaria, faria todas as coisas que faria de qualquer jeito se ele nunca tivesse aparecido na sua vida. Na cama com Geraldine, sente uma vaga sensação de vitória, como se, ao fazer amor com uma outra mulher, esteja metafisicamente se vingando. Contudo, é um sentimento ainda mais deselegante do que a ausência de amor, e Jamie tenta reprimi-lo.

O lugar de Sarah é o esquecimento.

Geraldine diz a Jamie que tem 30 anos, e ele meio que acredita, pois ela parece estar na casa dos 30 mesmo. Ela herdou a casa da mãe. Há três hóspedes além de Jamie: um homem mais velho que é professor aposentado, um jovem aprendiz de alfaiate e uma mulher solteira que tem mais ou menos a idade de Geraldine, que trabalha em um escritório e está sempre piscando lascivamente para ele. Jamie está começando a entender que as mulheres sentem atração por ele. *Até que você dá para o gasto*, disse uma mulher vestindo jardineiras para Jamie, ao ir buscar um grande pedido de argila na loja em que ele trabalha. Quando, corando, ele lhe perguntou o que aquele comentário significava, ela disse: *Você seria o refresco certo para um dia quente de verão*. Mais tarde, Jamie a encontrou novamente em uma palestra ministrada pelo Grupo Boar Bristle Club. Ficou sabendo que seu nome é Judith Wexler. É escultora.

Às vezes, Jamie fica receoso, pois nem sempre Geraldine se lembra de que ele tem somente 18 anos. Outras vezes, percebe rompantes maternais quando ela fica animada e muito atenciosa. Ele fica preocupado de que ela o considere apenas um menino.

Mas talvez apreensão faça parte do amor, Jamie especula.

Querido Jamie,

Estou lhe escrevendo esta carta dentro de um bosque de álamos amarelos, onde vim sem o intuito ou expectativa de encontrar ninguém, aliás, vim com a intenção de ficar sozinha, mas dei de cara com Caleb. Ele me localizou com a mesma discrição furtiva de quem localiza um alce, mas, gentilmente, não atirou em mim. Não há muito para contar, mas estou bem. Barclay me proibiu de voar, mas espero que isso mude. Preciso ter esperança de que mude. Seja como for, por favor, não se preocupe comigo.

Você tem falado com Wallace? Eu falei, e ele parece até melhor. Fico feliz que você não seguirá o mesmo caminho dele até Denver. Novos começos, acredito eu, são possíveis.

Por favor, continue a me escrever, ainda que minhas cartas sejam tão minguadas quanto esta. No momento, não me sinto eu mesma.

O ano é 1933.

Elinor Smith, a intrépida adolescente que sobrevoou as pontes de Nova York, casa-se aos 22 anos e desiste de voar logo depois, desaparecendo de cena. (Desiste de voar mais ou menos. Quando seu marido morre em 1956, ela volta. No futuro, Elinor fará seu último voo em 2001, aos 89 anos, nove anos antes de falecer.)

O piloto Wiley Post tem apenas um olho funcional e um monomotor Lockheed Vega apelidado de *Winnie Mae*. Ele voa ao redor do mundo — sozinho, fora o primeiro a fazer isso — em menos de oito dias, parando somente onze vezes. Uma rota sem sentido ao Norte: Nova York, Berlim, Moscou, uma série de cidades lamacentas na Sibéria e no Alasca, Edmonton, Nova York de novo. Em termos técnicos, não é um círculo muito máximo, mas, indiscutivelmente, é um círculo grande. Post conta com duas inovações a seu favor: um radiogoniômetro ultramoderno e um piloto automático Sperry rudimentar. Desse modo, consegue direcionar os pequenos sinais de rádio para encontrar o caminho e tirar cochilos na cabine. Mesmo assim, fica extremamente exausto.

Amy Johnson e seu marido, Jim Mollison, voam para o Oeste, atravessando o Atlântico Norte, contra os ventos dominantes, rumo a Nova York. Eles sofrem um acidente em Connecticut, mas sobrevivem. (Em 1941, ao transportar um avião de treinamento para RAF Kidlington, Amy, 37 anos, irá se perder devido às condições meteorológicas desfavoráveis e acabará se afogando ou será arrastada pela hélice do barco que tentará resgatá-la. O corpo de Amy nunca foi encontrado.)

Bill Lancaster, um piloto britânico, cai no deserto do Saara, tentando quebrar o recorde de Amy, seguindo um itinerário que saía da Inglaterra rumo à África do Sul. Os escombros do avião e do corpo bronzeado e seco permanecerão intocados e encobertos pelas areias do deserto até o ano de 1962. Todos os dias, conforme a Terra gira, ela o levanta para encontrar o amanhecer. Em outro lugar, o mundo irá destruir-se, reconstruir-se.

Hitler ameaça as pessoas e faz acordos até ser nomeado chanceler da Alemanha. Na posse, ao discursar, está tão exaltado que sua cabeça se movimenta para trás e para frente, de maneira brusca, como se ele estivesse sendo esmagado pelas próprias palavras que profere.

Segundo o Tratado de Versalhes, a Alemanha nunca mais poderá ter uma força aérea. Contudo, os pilotos alemães treinam em segredo na União Soviética. (Ajudar a Alemanha não foi lá a melhor decisão de Stalin.) Os clubes esportivos civis também treinam outros pilotos às escondidas, jovens arianos saudáveis que voam em planadores, atravessando o ar fresco dos Alpes.

Cada vez mais aviões são construídos, assim como outras máquinas voadoras. Dirigíveis. Girocópteros. Hidroaviões. Quebram-se cada vez mais recordes em distância, velocidade, resistência, altitude. (Marian sabe pouco a respeito, pois raramente vê um jornal na Fazenda Bannockburn.)

Mais e mais companhias aéreas surgem. Um Boeing 247 da United Airlines explode sobre o estado de Indiana. O primeiro bombardeio de um avião de passageiros. Ninguém sabe quem fez isso ou por qual motivo.

Marian sente um vazio enorme. Nunca esteve tão ociosa. Ela não tem mais sonhos nem ambições. De vez em quando, Caleb vem e a encontra na fazenda, assustando-a, carregando sua antiga vida com ele como a essência de um perfume.

> Querida Marian,
>
> Mudei-me para Vancouver. Receio que Geraldine e eu não nos separamos amigavelmente. Eu a decepcionei, mas não poderia ser de outra forma. Lamento por isso, no entanto.

Jamie está morando em uma pensão em um quarteirão da Rua Powell, onde o desregrado bairro Gastown começa a se transformar em uma sanitizada Japantown. As acomodações não são uma casa particular como a de Geraldine, e, sim, um prédio encardido de três andares localizado entre um salão de bilhar e uma barbearia japonesa.

Jamie sente alívio ao se aventurar no anonimato desta nova interação de vida, a movimentação turbulenta da cidade, as cervejarias de Gastown e os corredores com cartazes para a contratação de madeireiros, o vozerio, o zumbido dos bondes e o bufar dos trens de carga, as quitandas japonesas e balcões de massas chinesas, os sinais inescrutáveis e o sul de Chinatown apinhado de gente.

Talvez conseguisse mergulhar a ponta do dedinho do pé naquele oceano de vida noturna. Quem sabe, longe da influência tenebrosa da casa de Wallace, conseguisse tomar alguns drinques e não *perder a noção das coisas*. Ficar sem Geraldine faz com que sinta falta dela, mas sentir falta parece arriscado, precisa se desvencilhar disso. Precisa ser tocado, precisa de novas memórias para substituir as antigas.

Algumas noites descontroladas, um encontro rápido com uma prostituta, mesmo enojado.

Jamie retrata cenas das ruas, do porto. Uma vez por semana, ministra aulas para uma viúva rica, arranjando-lhe naturezas-mortas de frutas e flores que ela pinta com linhas acanhadas e espalhafatosas. Entrosa-se com alguns outros membros do Boar Bristle Club que, majoritariamente, são homens na faixa dos 20 anos que mal conseguem sobreviver. Dois deles lecionam na escola de artes, alguns já trabalharam em exposições em tour ou ganharam prêmios de museus. Criticam o trabalho uns dos outros, mas, principalmente, bebem juntos. Jamie pergunta aos colegas sobre Judith Wexler, e eles caçoam dele sem dó nem piedade — *Ela te comeria vivo! Ela é território perigoso, rapaz! É o Lago da Lama! Ó, vós que entrais, abandone toda a esperança*! — sem dizerem nada do que ele queria saber.

Ele escreve a Marian:

> Tenho a sensação de que cheguei a uma encruzilhada repleta de consequências que não podem ser previstas, mas que, mais tarde, serão inevitáveis. Devo abraçar uma vida boêmia como uma aventura temporária ou fugir dela como o diabo foge da cruz? Tenho medo de cair no fundo do poço como Wallace, mas viver sem ao menos se divertir um pouco me parece uma precaução radical demais e também desestimulante para se fazer arte. Quero o amor, mas não uma esposa, ainda não. Quero beber, mas não me atolar na bebida. Quero viver o momento, mas não ser tragado por ele. Suponho que o que eu queira é alguma espécie de equilíbrio, mas quero me desequilibrar também. Você entende o que quero dizer? Talvez não — você sempre foi o tipo de pessoa obstinada nas suas buscas. Talvez a resposta esteja na pintura. A verdade é que, quando estou pintando, sinto-me quase em paz.
>
> Feliz aniversário.

Os irmãos completam 19 anos. Marian, nesta época, está grávida. Porque havia emagrecido, seu ciclo menstrual ficou desregulado por meses, mas ela já sabia. Os seios latejam tanto, como se a pele fosse rasgar. Marian consegue esconder os enjoos de Barclay, mas sabe que não pode guardar o segredo por muito tempo.

Como pôde ser tão estupida? Como pôde ser tão apática e supersticiosa, idealista e ridícula? Não passava de um fantasma preso à Terra, vagando por entre as árvores, uma matriz reprodutora esperando no quarto. Perguntava-se, apesar de não acreditar nisso, se poderia haver alguma possibilidade na certeza de Barclay de que o nascimento a convenceria de seu destino como mãe, mas, em vez disso, sentia o contrário: o encontro do espermatozoide com o seu óvulo era a formação de um primeiro cristal de gelo na superfície de um lago, a partir de onde uma grande placa sólida e ininterrupta prospera e se espalha até a costa circundante. Atrás dessa placa, estava Marian, espreitando as profundezas sepulcrais de si mesma, e, apesar de não odiar o cisco de vida flutuante e suspenso ali, também não se compadecia dele.

Não se pode negar que a Proibição está fadada ao fim. Os associados de Barclay visitam com frequência a Fazenda Bannockburn, para discutir o que fazer.

— Pecuaristas e criados — diz ele a mãe. — Vamos falar dos rebanhos.

— São todos contrabandistas de bebida — cochicha Marian à Madre Macqueen, inclinando-se sobre a cadeira. — Seu filhinho é um criminoso, como você bem sabe. — No entanto, Madre Macqueen finge não ouvir, cantarolando enquanto tricota.

Barclay reluta em abrandar a vigilância de sua esposa e raramente sai da fazenda, mas, de vez em quando, os negócios demandam que ele passe a noite fora. Marian espera. Não tem plano algum, apenas a determinação, que voltou com tudo, como um falcão desobediente que chega à luva do treinador.

Uma tarde, Barclay e Sadler saem de carro e só retornarão na manhã seguinte. Marian espera o jantar com Kate e Madre, espera ao lado da lareira enquanto as agulhas de tricô da sogra estalam a cada segundo, espera na cama até a meia-noite, até depois da meia-noite, até que o silêncio reine absoluto. Marian caminha com cuidado e furtivamente escada abaixo, conferindo cada passo, certa de que até aquela casa é linguaruda e pode traí-la.

A noite de setembro está quente e clara, meia-lua. Ela veste calças, uma camiseta simples e um casaco de lona. Em uma mochila, coloca um cobertor de lã, um cantil de água, um pouco de comida, uma lanterna, uma bússola, uma faca e uma quantia em dinheiro que retirou do banco em Missoula na última visita e que manteve enterrada em uma lata, perto da pista de pouso. Todas as coisas que considera suas estão na choupana, atrás da casa de Wallace. As roupas sofisticadas e joias da Sra. Barclay Macqueen? Nada daquilo combina com ela. À medida que Marian cruza a estrada da fazenda, a luz da Lua tinge todo o percurso de azul, projetando a sombra dela, iluminando de azul as asas do Stearman. Pensou que Barclay poderia ter desativado o avião de alguma forma, tanto que já estava preparada para andar pelas montanhas, porém, quando coloca óleo e limpa as velas de ignição, o motor liga. Quando descobre que o tanque de gasolina ainda está pela metade, Marian estremece de raiva e vergonha. Barclay tinha absoluta certeza de que ela não o desobedeceria.

Gostaria de ir para Missoula, encontrar-se com Caleb, ir para a cabana dele. Gostaria de ir para a casa de Miss Dolly, encontrar a Sra. Wu. No entanto, é demais esperar que ninguém na fazenda ouvirá o avião decolar, que alguém se deixe enganar pelo bilhete que deixou. Em Missoula, seria encontrada antes do meio-dia.

Rapidamente, ela avança com dificuldade pelo terreno acidentado e pela escuridão, um adeus. Marian inclina a aeronave por cima da massa de árvores iluminada pela Lua, virando para Noroeste. O céu permanece claro, mas nem as nuvens mais densas a teriam impedido. Sobrevoando o brilho escuro de um lago, Marian tira a aliança de casamento do dedo e a joga para fora do avião.

— Ele não sabe que você está grávida? — pergunta Jamie depois de Marian lhe contar toda a história. Na manhã em que foi embora da Fazenda Bannockburn, Marian pousou o avião na floresta quando ficou sem combustível, escondeu--o o melhor que conseguiu, empurrando o nariz da aeronave entre algumas árvores, antes de caminhar 16 km até a cidade mais próxima. Lá, não falou com ninguém, exceto com o entediado funcionário da estação que lhe vendeu uma passagem de trem só de ida para a cidade Boise. Ela saltou depois de duas estações e comprou uma passagem para São Francisco, repetindo a artimanha mais uma vez, depois tomou um trem para Vancouver.

— Não — responde ela.

— Ele também não sabe para onde você foi?

— Eu não disse. Tenho quase certeza de que ele não sabe que eu te trouxe para cá. Ele teria se gabado e jogado isso na minha cara. Mesmo assim, ele pode aparecer um dia. Receio que vai aparecer, mas não posso fazer nada a respeito. Se ele vier, diz *pra* ele que você não sabe aonde fui, o que não deixa de ser verdade.

— Não tenho medo dele.

— Pois deveria ter. Sinto muito, Jamie. É tudo culpa minha.

Os dois estão caminhando através do Oppenheimer Park. Um time de japoneses está treinando em um campo de beisebol. Jamie aponta para eles.

— É o melhor time da cidade. Se você ficar, vamos a um jogo. Todo mundo vai.

— Não posso ficar muito tempo. Promete que vai tomar cuidado?

— O que Barclay pode tirar de mim? Não tenho nada.

— A questão não é o que ele pode *tirar*. Ele sempre teve medo de que eu fizesse exatamente o que fiz agora.

— Bom, você não deveria ter ficado com ele para me proteger.

— Não foi isso. Eu estava entorpecida.

— E o que te fez desentorpecer?

— Engravidar.

Jamie hesitou.

— Não posso ter esse bebê — diz Marian de repente. — Eu ficaria presa a Barclay para sempre. Mesmo que, por um milagre, ele não descubra, ele sempre consegue o que quer. E, para mim, adoção é impensável. Eu não poderia entregar um bebê para a adoção sem pensar na gente. Não recomendo essa experiência.

— Muito menos eu. — Jamie conduz a irmã para uma sala de chá.

Conforme se sentam, Marian pergunta, mudando de assunto:

— Decidiu alguma coisa sobre a vida boêmia? — Um garçom traz um bule de cerâmica e duas xícaras sem alças.

— Não tomei bem uma decisão, mas cheguei a um meio-termo.

— Esse chá é *verde*. Como assim um meio-termo?

— Experimenta. É bom. O meio-termo é que vivo um dia após o outro, sem tomar nenhuma decisão radical.

Apenas viva um dia de cada vez, fora o que Judith lhe disse para fazer quando Jamie confessou seus anseios. Ela encolheu os ombros desnudos, sentando-se, nua, no colchão, fumando um cigarro, incapaz de entender por que Jamie se preocupava tanto. *Não decida nada.* Ainda não havia contado a Marian sobre Judith, por quem ele nutre uma paixão fortíssima e um desejo sexual avassalador. Marian não iria gostar de Judith, acharia que ela é arrogante e egocêntrica, e ele não tem certeza se quer confrontar aquilo que lhe parecia verdade.

— Isso é um meio-termo? — pergunta Marian. — Parece meio que procrastinar. Você acha que vai voltar a ser como antes?

— Não — responde Jamie, pensativo. — Mas não consigo tirar a preocupação da cabeça. Acho que ela funciona como uma espécie de freio. De qualquer jeito, tenho me concentrado na pintura. Vendi algumas nas exposições do clube. E tem um fotógrafo aqui, Flavian, ele é da Bélgica, que abriu uma galeria e quer vender o meu trabalho.

— Isso é bom. — Marian examina o que tem dentro da xícara. — Isso tem gosto de planta.

— Chá *é* planta.

— Se você vender outras pinturas, consegue sair do lugar onde está morando? Parece um cortiço.

— Mas é um cortiço, basicamente. Não sei para onde eu iria. O problema é esse. Posso muito bem ficar onde estou e economizar uma grana. Assim, posso pagar minha parte para dividir o estúdio.

— Podemos ir lá? Queria ver o que você anda pintando.

— Podemos ir hoje à tarde. — Jamie se inclina para frente, com a voz baixinha. — Marian, o que você vai fazer?

— Não posso ter esse bebê — diz ela mais uma vez. — Pensei em ir até a casa de Miss Dolly, tem uma pessoa lá que pode ajudar, mas Barclay descobriria num piscar de olhos. Então, pensei em perguntar aqui, nos bordéis, até achar alguém que me diga onde resolver isso.

Ao pensar em Barclay, Jamie sente a mesma fúria de anos atrás, quando quase matou o garoto que estava apedrejando aquele cachorro. A fúria, logicamente, povoa somente os confins de sua mente, porém, parece maior e mais forte do que ele, inata, um sentimento que pode rasgá-lo ao meio e por dentro. Imagina a irmã batendo na porta de um bordel, sendo encaminhada a um médico inescrupuloso. Uma sala escura, uma bandeja com instrumentos enferrujados…

— Barclay vai te matar se souber disso.

— Acho que não. Mas, mesmo que ele fosse me matar, não mudaria nada.

Como Jamie pode ajudá-la? Ele não sabe nada sobre a conduta secreta das mulheres. Pensa na prostituta que visitou em Gastown, mas não consegue se imaginar indo procurá-la àquela hora do dia, muito menos pedindo para ajudá-lo com um aborto para a sua irmã. Talvez Judith soubesse, mas ele não confia que ela guarde segredo. No entanto, sua cabeça processa uma conexão tão rápida que Jamie sente até uma sensação real e física.

— Conheço uma pessoa. — Jamie faz uma pausa. *Conhece* mesmo? Se conhece mesmo ele não sabe, mas acha que tal pessoa é capaz de ser compreensiva, investida naquele tipo de problema. E se ela virar as costas para a sua irmã? Marian fará o que está planejando de qualquer forma. E se ela mandar prender Marian? Ela não faria isso, ao menos, pelo pouco que a conhece, acha que não.

— Você deve ir para Seattle — afirma. — Conheço uma pessoa lá que talvez te ajude. É a melhor opção que a gente tem.

Marian toma um trem para Seattle. Ela usa um vestido comum, para passar desapercebida, um chapéu simples, para esconder os cabelos curtos, e sapatos comuns. Carrega uma mala nova com outro disfarce e também suas velhas roupas, que servem como um talismã, uma promessa de que, em breve, voltará a ser ela mesma. Ao fazer o *check-in* no hotel, Marian dá um nome falso: nascia a Sra. Jane Smith.

— Você é igualzinha ao retrato que tenho — comenta a Sra. Fahey. Elas estão em um bistrô, no centro da cidade.

— Que retrato?

— Jamie fez um retrato seu para nós. Ainda tenho. Trago amanhã, para te mostrar. Ele te desenhou de memória, o que me pareceu fantástico, ainda mais agora que vejo o quanto honrou o desenho. — A Sra. Fahey pousa a mão sobre a de Marian. — Estou muito feliz em te conhecer e lamento que as circunstâncias não sejam as melhores. Não sei como Jamie conseguiu me contatar. Já ajudei outras garotas em situação como a sua, mas com certeza nunca mencionei nada a respeito para ele. Deve ter uma boa intuição.

— Normalmente, tem, sim, e adora você e suas filhas.

Ao perceber a exclusão do nome do marido, a Sra. Fahey sorri e solta a mão de Marian.

— Minha filha Sarah e ele tinham uma amizade especial. — Ela adoça o café. — Gostaria que você conhecesse ela, mas agora talvez não seja o momento adequado. Como Jamie está? Ele não falou nada de si na carta que me enviou. Pensei que estava na Universidade de Montana, mas o selo era de Vancouver.

— Está bem. — Marian hesita, perguntando-se se aquela mulher elegante à sua frente, levantando a xícara de café de forma tão delicada pela alça, não achará a vida de Jamie esquisita ou decepcionante. — Está tentando se tornar um artista.

O rosto da Sra. Fahey se ilumina.

— Oh, fico feliz em saber. Ele tem um talento raro. Espero que seja famoso um dia. Não… Eu não deveria vê-lo assim. Espero que um dia ele se sinta realizado.

— Eu também.

A Sra. Fahey a encara com a cabeça inclinada.

— Do jeito que Jamie a descreveu, eu esperava alguém… pouco convencional. A forma como você se veste.

— Estou tentando não chamar atenção.

— Por quê?

— Meu marido colocou pessoas para me encontrar.

— Ah — fala a Sra. Fahey —, entendo.

Na manhã seguinte, quando a Sra. Fahey chega ao hotel de Marian, para acompanhá-la ao médico, ela desenrola uma folha de papel e mostra a Marian seu retrato feito por Jamie.

— Jamie me desenharia diferente agora — diz Marian. — Não me parece possível que um dia já fui tão segura de mim mesma.

— Não estou fingindo que te conheço bem, mas acho que você é muito corajosa. — A Sra. Fahey enrola a folha do retrato. — Leva com você, como um lembrete.

Marian nega com a cabeça.

— Não sei se posso manter ele seguro. Mas um dia eu gostaria de ficar com ele. Você se importa de guardar por mais um tempo?

Uma bandeja de instrumentos sacudindo sobre rodas. No teto, uma luz intensa e clara. A suavidade da anestesia. Uma tarde passada na cama do hotel. Um pouco de sangue. Uma dor incômoda. À noite, Marian escreve uma longa carta, páginas e mais páginas, dobrando-as com cuidado dentro de um envelope. Consultando a lista telefônica do hotel, copia o endereço do Bureau of Internal Revenue e compra um selo do homem na recepção. No dia seguinte, caminha ao longo da orla, anda até Hooverville, que um dia abrigou um estaleiro, e presta atenção à assimetria dos barracos caindo aos pedaços, à sujeira que se entranha como argamassa entre as deploráveis moradias. A formação daquele primeiro cristal de gelo na superfície do lago dentro de Marian se foi, assim como o cisco de vida que flutuava sob ele, mas ela não voltou ao que era antes, apenas sente uma nova perda, bem-vinda, ainda que sentida.

No caminho de volta para o hotel, Marian envia sua carta.

No dia seguinte, ela reserva uma passagem para o Alasca. Jane Smith, diz ela ao homem da bilheteria, e ele registra seu nome falso no manifesto de passageiros.

Em 1934, os aviões se tornam mais rápidos e conseguem percorrer longas e maiores distâncias, em condições meteorológicas desfavoráveis. Mais rotas estão se abrindo.

Jean Batten, uma neozelandesa, voa da Inglaterra para a Austrália em quatro dias, batendo o recorde de Amy Johnson. (Hoje há uma estátua dela no Aeroporto de Auckland.) Sir Charles Kingsford Smith atravessa o Pacífico de Oeste para Leste. (O aeroporto de Sydney é nomeado em homenagem a ele.)

O estado do Alasca é como um país enorme, com terreno acidentado, sem estrada, um país onde o melhor jeito de viajar é de avião. Voe por uma hora ou caminhe por uma semana, dizem eles. Os trenós do serviço postal puxados por cães demoram um mês para percorrer o mesmo trajeto que um avião leva sete horas. Os moradores do Alasca já são as pessoas que mais voam, contudo, precisam de mais pilotos. Ou seja, Marian pode fazer simplesmente o que sempre quis: ser paga para voar.

Assim que pisou no Porto de Anchorage, Marian arranjou um lugar para morar, comprou uma caminhonete e percorreu basicamente todos os hangares, com o nome de Jane Smith. Procurando por um trabalho, mostrava seu diário de bordo como prova de sua experiência. Ao ser questionada se tinha uma licença para voar, disse que "nunca teve uma", e ninguém queria saber o porquê. (Os moradores do Alasca não são fãs de formalidades burocráticas.) Seus registros de voo são irregulares. Diferentes destinos são registrados como "Canadá", inúmeros voos como "Transporte de Carga". Até mesmo "seu nome", tão rigorosamente claro, carregava uma atmosfera de apagamento. Mas, um dia, um homem com cara de cachorro sem dono, lábios machucados e chapéu enrugado deu uma boa olhada no diário de bordo de Marian e nela e, quando a levou para um voo de rotina, contratou-a na mesma hora.

Marian transporta suprimentos e leva as pessoas aonde precisam ir, aprende a pilotar hidroaviões, pousa na água, pousa com esquis no inverno. Ganha o bastante para sobreviver, mas tem que fazer tantos reparos de emergência com tanta assiduidade que não os considera mais emergência. A pequena casa que alugou fica na periferia da cidade, onde os gastos são menores. Foi isso que seu pai fez quando deixou Missoula? Botou suas habilidades numa mochila e partiu? Às vezes, acorda sobressaltada com o barulho dos animais do lado de fora, pensando que Barclay veio buscá-la. Ela dorme com um rifle ao lado da cama.

— Por que fica brincando de ser aviadora? Você é bem bonita, pode arranjar um marido — diz um piloto, com a voz baixa e eloquente, atrás de Marian, próximo demais enquanto ela enchia um recipiente de água para o radiador. — Ainda mais aqui.

— Tive um marido, uma vez — diz ela. — Ele morreu. — Sua voz é como uma lâmina cega. Ele dá um passo para trás e espera que Marian feche a torneira.

Nos dias límpidos, o Monte McKinley se eleva ao norte da Enseada Cook. Caso voe em direção ao Monte, ele cresce e cresce, branco como a Lua, parecendo se elevar como ela, separado do solo, grande demais para ficar preso à terra. Ao Leste, estão as Montanhas Chugach, pontiagudas como serra, os Montes Wrangell e, mais além, ao Norte, a Cordilheira do Alasca. Há montanhas por toda a parte: primas monstruosas dos picos das florestas que a circundavam quando girava e fazia *loops* no céu de Missoula, engolidas pelo gelo (Marian não se atreve a fazer acrobacias no Alasca, pois não quer que a notícia de uma garota com talento acrobático se espalhe).

O instinto de fugir persiste; o horizonte a chama. Se pudesse voar mais além, viver em parte alguma, ter somente um avião, e se este avião nunca precisasse pousar, *então*, talvez, ela se sentisse livre.

Jamie se muda da pensão onde estava, encontra um pequeno apartamento para si em uma rua mais tranquila, no mesmo bairro, um quarto só, mas limpo e arrumado com assoalhos de pinho e uma banheira estranhamente minúscula onde ele só consegue se acomodar com os joelhos dobrados na altura do peito. "Você alugou um apartamento para gnomos?", pergunta um de seus amigos do Boar Bristle.

Judith partiu para a Europa, a fim de, segundo suas próprias palavras, *ver o que tem de especial lá*.

— Você não vai sentir a minha falta, vai? — pergunta ela a Jamie. — Porque nem vou lembrar de você — fala, estampando um sorriso maroto no rosto que poderia significar que estava brincando ou não.

Em geral, Jamie e seus amigos sempre estão acompanhados de um turbilhão de mulheres libertinas, e, agora, Jamie sabe bem o quanto é atraente. Para demonstrar que não está sentindo nem um pouco a falta de Judith, arrasta para a cama a garota que fumava um cigarro no salão de bilhar, um casal de garçonetes, uma garota que conheceu dançando e que nunca para de fazer piadinhas ácidas com o canto da boca, mesmo quando está nua. Agora, sua antiga crença de que deveria amar as mulheres com quem se deita parece ingênua e tocante.

Judith deixou alguns de seus livros com Jamie, e ele lê *Modern French Painters, Painters of the Modern Mind, The Artist and Psycho-Analysis*. Preocupa-se em ter se desviado demais do estilo pitoresco, que falte ritmo em seus traços, que falte originalidade às composições, que seja retrógrado. Preocupa-se por não ter nada a dizer sobre suas pinturas e que tenha sido por isso que Judith foi embora para a Europa, para encontrar homens que fizessem isso.

— Obrigado, querida — agradece às mulheres de quem compra cerveja e cigarros, sem ouvir sequer uma palavra.

Em 1935, Amelia Earhart se torna a primeira pessoa a fazer um voo-solo de onze dias, saindo de Honolulu para Oakland, Califórnia. As estrelas ficaram penduradas do lado de fora da janela da cabine, próximas o bastante para tocar, escreve Amelia. Após pousar, milhares de pessoas a cercam, seu Lockheed Vega vermelho parece mergulhar em um mar de gente.

— Eu é que não gostaria de sobrevoar tanta água — comenta o chefe de Marian, o homem com os lábios machucados.

Ele não gosta daquele tipo de comportamento para impressionar as pessoas, e Marian gosta dele por isso. A maioria dos outros pilotos afirma que poderiam fazer aquela travessia também, se tivessem o dinheiro que o marido de Amelia lhe proporcionava e por ela pousar sorrindo para todas as fotos, propagandeando seu nome em latas de leite maltado, conjuntos de malas e muitas outras coisas. Eles não consideram os voos de Amelia, como se não fossem reais.

Agora, Jane Smith é uma verdadeira aviadora do Alasca. Ela viaja entre as vilas e entre todas as rotas das cidades, voa para os povoados sem acesso a estradas, acampamentos e cabanas solitárias, levando correspondências, comida, combustível, cachorros, trenós para serem puxados por cães, jornais, motocicletas, explosivos, papéis de parede, tabaco, maçanetas, basta escolher. Leva homens para os confins do Alasca que ficam ricos e outros que se afogam, congelam, são devorados por ursos ou explodem. Transporta cadáveres embrulhados em mortalhas de lona.

Teve uma vez que um cadáver cheirava tão mal que Jane o amarrou na asa do avião. Certa vez, uma mulher deu à luz em pleno voo. Outra, ela pousou na superfície congelada do Mar de Chukchi, para resgatar os passageiros de um navio atracado no gelo. Entre um voo e outro, em algum lugar, ela aprende uma palavra russa, *polynya,* que designa o buraco de água no gelo marinho onde as baleias vão para respirar. A paisagem é inescrutável e inóspita, absurdamente imensa, e Jane toma emprestada para si um pouco dessa inescrutabilidade, desse desinteresse pelas atividades humanas. Lugares hostis são uma forma de se camuflar.

No inverno, o Sol nasce no Sul, tão longe do Norte, que nunca se tem um pôr do sol. Ela usa ceroulas masculinas e suéteres de lã e, por cima, um casaco de pele de rena. À primeira vista, você sequer acharia que a piloto Jane Smith é uma mulher, pois enxergaria um cara desgrenhado — ela ainda se recorda da história de *Sitting-in-the-Water-Grizzly,* assim, envia um cartão-postal em branco para Caleb, assinado como *Sitting-in-the-Water-Grizzly,* e pede a alguém que vá a Oregon, para enviá-lo de lá —, porém leva consigo uma faca e uma pistola quando a olham com segundas ou terceiras intenções. Território inóspito.

O frio é um perigo iminente para qualquer avião. O combustível congela nos tanques; os pneus não funcionam, as vedações racham, e vazamentos acontecem. Instrumentos param de rodar. Nas manhãs congelantes, ela coloca uma panela sob o fogo debaixo do motor e uma lona por cima, para manter o calor, atenta como um falcão, já que o combustível, o óleo ou a própria lona podem pegar fogo a qualquer momento e, às vezes, pegam mesmo. Ela já apagou mais incêndios do que consegue se lembrar. As hélices do avião estão por um fio, os esquis e uma asa estão quebrados, e ela voa com o combustível vazando, deixando um rastro para trás. Uma vez, pousou em uma região pantanosa, achando que era terra firme, e acabou ficando pendurada de cabeça para baixo, com água lamacenta escorrendo sob a cabeça. Foi necessário mobilizar um bando de mulas para retirar o avião. Jane remenda os esquis com latas de gás achatadas, as hélices, com tubos de aquecimento, o suporte das asas, com bétula. Voa em condições meteorológicas que outros recusam e esconde seu dinheiro como faz desde criança.

Uma vez, voou para a pequena cidade de McCarthy, sabendo apenas que deveria buscar um homem e levá-lo para Anchorage. Ele estava esperando ao lado da pista de pouso, algemado. É um mineiro, o homem disse. Havia estuprado a esposa de outro mineiro.

Tudo bem, diz Jane. Ela manda o homem se alojar no fundo do avião com algumas peles que pegou. Ele é algemado no assento. Bastou quinze minutos no ar para Jane virar a lata velha voadora de cabeça para baixo. Pensou que, se o avião se partisse ao meio, pelo menos levaria aquela criatura consigo, porém, o avião se nivelou. O homem gritava tanto que ficou com os ombros deslocados.

O tempo estava ruim, afirma Jane quando entrega o homem sob um céu límpido e brilhante. Havia se atrapalhado, o avião sacudiu um pouco. A história se espalha, fazendo com que os homens pensem duas vezes antes de tentar se aproximar dela.

No verão, o circum-navegador de um olho só, Wiley Post, atravessa o Alasca com o amado ícone nacional estadunidense Will Rogers em um avião pesado e todo remendado: asas de um modelo, fuselagem e flutuadores de outro. Marian os avista em agosto, quando está em Fairbanks, e balança a cabeça para aquele avião, para aqueles flutuadores gorduchos. Perto de Barrow, no extremo norte do continente, Post e Rogers caem ao decolar de uma lagoa e morrem. Agora, Marian conhece muitos pilotos que morreram. O Alasca exige nervos de aço. Os pilotos de voo rasante que atravessam os remotos povoados desaparecem no oceano.

Mais uma razão para evitar contato com outras pessoas. Não há necessidade para lamentar.

Helen Richey, uma conhecida aviadora e piloto de acrobacias, é contratada pela Central Airlines para ser a primeira mulher estadunidense a pilotar aviões comerciais de passageiros. No entanto, Helen raramente estava na escala de voos, não era confiável em condições meteorológicas desfavoráveis e, assim, fora convidada a ministrar palestras, a fim de promover a companhia aérea em vez de voar, de fato. Os homens do sindicato de pilotos — havia somente homens no sindicato — não permitiram que ela se afiliasse. Ela acaba desistindo. O que poderia fazer? Demorou 38 anos para uma companhia aérea contratar uma mulher como piloto de novo.

Um novo modelo estadunidense de avião, o Douglas DC-3, possibilita o lucro das viagens comerciais de passageiros, podendo decolar da lama, areia, neve, o que você quiser, e acaba ganhando a reputação de ser resistente, até indestrutível. Duas hélices, uma envergadura de 35m, um motor que pode ser consertado com rapidez e facilidade. A versão militar será o Douglas C-47 Skytrain. Dez mil deles. Este avião tem muitos nomes: *Skytrains, Dakotas, Gooney Birds*. Eles participariam do Hump, codinome que os pilotos aliados deram à operação de transporte aéreo que cruzou o sopé das Montanhas do Himalaia, entre a Índia e a China, transportando carga por meio de um labirinto de montanhas altas demais para se sobrevoar e passagens com 15 mil pés de altitude. Eles espalhariam os soldados paraquedistas do Dia D pelo ar como sementes de dente-de-leão. Estes aviões cairiam em selvas, desertos, montanhas e cidades, seriam acumulados como lixo no fundo do oceano. Dos que sobreviveriam à guerra, muitos seriam repintados, reformados, exerceriam novas carreiras em tempos de paz. Um deles será o *Peregrine*.

Em novembro, um balão chamado *Explorer II* é lançado na Dakota do Sul, atingindo 72.395 pés de altitude com dois homens a bordo, um recorde que não será quebrado por 20 anos. Pela primeira vez, havia fotos da curvatura da Terra.

Jamie vê estas fotos em uma revista, vai para casa e besunta gesso branco sobre uma tela, apagando uma cena de porto semiacabada. Ele começa de novo: um segmento de sua vizinhança de um ângulo alto, quase como se fosse a visão de um pássaro, levemente deformada pelo formato do planeta, com faixas rasas de porto, montanhas e céu espremidos no topo, ligeiramente curvados. Percebeu que o que queria expressar era o espaço infinito.

O Sr. Ayukawa, proprietário de uma loja de departamentos em Japantown, compra a pintura da galeria de Flavian. Quando Jamie vai até a galeria, para receber o cheque, Flavian lhe propõe uma oferta de comissão. O Sr. Ayukawa gostaria que ele retratasse sua filha.

— Ele é um homem de negócios — diz Flavian, com a voz carregada de significado. — Sabe o que isso quer dizer? Ele tem muitos contatos. — Jamie, imediata e desagradavelmente, recorda-se de como as pessoas falavam de Barclay Macqueen. — Você é educado, mas com ele deve ser mais educado ainda. Ah, viu que Judith voltou?

— Vi.

Judith caiu de paraquedas em uma palestra do Boar Bristle, com seu novo marido francês a tiracolo — um poeta, aparentemente. Beijando Jamie nas duas bochechas, foi logo lhe dizendo que ele *deveria* ir à Europa, que Vancouver era completamente provinciana, que arte lá mal era arte. Ele queria lhe perguntar por que ela tinha retornado, mas, então, suspeitou que a resposta era porque na Europa ela não poderia se gabar e se enaltecer como estava fazendo ali, naquele exato momento. Lembrou-se da irmã de Sarah Fahey que achava Seattle um lugar atrasado, como ela o deixou envergonhado por acreditar que a cidade era maravilhosa e cosmopolita.

Depois disso, Jamie saiu e se embebedou, dolorosamente nostálgico pelos meses que passou encantado por Judith, a excitação de subir as escadas escuras para o estúdio dela, a maneira pela qual sua pele sempre estava coberta com poeira fina e cinza de argila. Ele de fato pensou — como foi trouxa — que, quando ela retornasse, sentiria alguma coisa a mais por ele do que antes, que, de algum modo, a expansão do mundo de Judith não menosprezaria seu lugar nele.

A família Ayukawa mora em uma bela casa branca no Oppenheimer Park. A senhorita Ayukawa — 18 anos, uma nissei nascida no Canadá — posa para ele em uma grande sala decorada ostensivamente ao estilo ocidental com tapetes escuros e móveis enormes. A pintura que ele havia feito do bairro está pendurada acima de um longo aparador de nogueira. A sala poderia ser escura, se não fosse pelas amplas janelas. É uma manhã arejada e inusitadamente ensolarada. Enquanto Jamie faz os esboços preliminares, grossos feixes de luz amarela e sombras frondosas se esparramam pelo chão.

— Nunca mais vamos ter essa luz — diz Jamie. — Eu nem deveria me acostumar com ela.

Ela usa um vestido marrom simples para o dia; o cabelo está penteado para cima em um coque suave. Sally, ela pediu que Jamie a chamasse assim. A beleza de Sally não lhe escapa, mesmo Jamie estando consumido pela tristeza.

— E eu deveria me lembrar dessa cidade como uma massa cinzenta, porque os dias são cinzas — fala Sally —, mas penso que vou me lembrar melhor dos dias ensolarados.

— Como assim vai se lembrar? — pergunta Jamie, olhando de relance para a avó dela, presente como uma dama de companhia, vestida com um quimono de algodão, adormecida em um sofá de seda cor de vinho, com o bordado abandonado no colo; seus óculos de aro de metal escorregaram em direção à ponta do nariz.

— Estou indo para o Japão. Vou me casar.

— Ah, sim, entendi. — O tom de voz dela não era lá muito convidativo para que ele a felicitasse. — Então, este retrato é… um presente de casamento?

O lábio superior de Sally expressa raiva. Suas grossas sobrancelhas se juntam em um vinco.

— É para meus pais se lembrarem de mim.

Jamie não sabe o que perguntar para desvendar o que quer saber. Em vez disso, pede a Sally que incline a cabeça um pouco. Após duas horas, uma empregada uniformizada chega e o leva até a saída.

Na próxima vez que Jamie chega na casa dela, o dia está nublado, mas a cena é a mesma: Sally de vestido marrom, ao lado da mesma janela; sua avó dormindo no sofá.

Sally encara fixamente a janela, imóvel e firme, porém, à medida que Jamie a desenha, ele sente uma agitação em seu íntimo. Ele não observa uma pessoa assim com tanto cuidado há muito tempo, está sem praticar retratos como fazia em Seattle, está sem retratar a zona entremarés de uma pessoa, onde o interior e o exterior se juntam.

— Como quer que seus pais se lembrem de você? — pergunta Jamie, movendo o pincel rapidamente sobre a tela.

— Como sou, acho.

— É que os pensamentos de uma pessoa transparecem na pintura. Por exemplo, se você quiser deixar aqui uma versão feliz de si mesma, você deve pensar em coisas felizes.

— Coisas felizes... — repete Sally, encarando novamente a janela. — Estou prestes a ir para um país onde nunca estive antes, onde não conheço ninguém, para me casar com um homem que só vi por fotografia. Receio que não consigo pensar em muitas coisas felizes. — Sua voz se elevou, e Jamie e ela olham para a avó, que sequer se mexia.

— Por fotografia? — pergunta Jamie. — Tipo, isso é... normal?

— Costumava ser, mas a foto, na maioria das vezes, era da noiva. Minha mãe era uma noiva encomendada[1]. Meu pai já estava aqui. A família deles arranjou o casamento. Minha mãe pouco se importou, a geração dela não esperava nada melhor que isso. Mas eu nasci *aqui*. Meu pai tem ideias esquisitas. Ele mesmo não quer voltar, mas diz que é importante não perdermos o contato com nossa pátria. A pátria *dele*.

Com um pequeno suspiro, a avó se levanta. Ela coloca os óculos no lugar.

— Junko — diz e faz uma pergunta em japonês que Sally responde, em tom leve.

— Ela quer saber se você está me deixando bonita — fala Sally a Jamie.

— E o que você disse?

— Eu disse que falei para você me retratar como sou.

— Para mim, é a mesma coisa — fala Jamie, sendo inconsequente, pois sente uma profunda e humilhante tristeza por causa de Judith. Não sabe se tentava amenizar sua tristeza ou piorá-la, correndo atrás de uma outra mulher inalcançável. Sally não percebe nada. Ela se acomoda em sua pose, mas agora está olhando diretamente para Jamie em vez de para fora da janela.

— O que significa Junko? — pergunta Jamie depois de um tempo.

— É meu nome japonês — responde ela. Depois de uma pausa, acrescenta: — Não gosto dele, prefiro ter apenas um nome.

Jamie retorna mais três vezes. Sally continua a observá-lo enquanto ele pinta. Ele percebe — ou acha que percebeu — diferentes estados de espírito no olhar de Sally, do mesmo modo como as sombras frondosas se esparramam pelo chão. Desobediência, é o que Jamie escolhe retratar, desobediência, mas, tendo misericórdia dos pais dela, uma desobediência sem rompantes

---

[1] Noivas encomendadas ou casamento por fotografia se refere ao termo *picture bride*, prática utilizada no início do século XX pela comunidade japonesa ao redor do mundo para arranjar casamentos, a despeito da distância física, semelhante em muitos aspectos à prática "noiva por correspondência" [N. da T.].

explosivos de raiva. Quando Sally o encara, ele percebe também curiosidade. Judith sempre parecia entretida ou entediada. Talvez fosse impossível passar tantas horas olhando dentro dos olhos de uma pessoa e não imaginar uma intimidade não dita.

Adoro seus desenhos porque adoro pensar em você me olhando, a voz de Sarah Fahey. Será que Sally gostava de pensar nele olhando para ela? À medida que a retratava durante as sessões, ele sente uma tensão, uma intensidade que se transforma em desejo urgente. Jamie adiciona uma leve distorção ao fundo do retrato, uma sugestão de curvatura, da sala se afastando de Sally, empurrando-a para mais perto do observador.

No último dia em que Sally posa para Jamie, ele lhe passa disfarçadamente um pedaço de papel com seu endereço escrito, sussurrando que gostaria de vê-la novamente. Ao se levantar e lhe dirigir o olhar mais uma vez, Jamie enxerga o desdém e tem a horrível sensação de ter cometido um erro de cálculo. A agitação que sentira vindo de Sally não tinha nada a ver com ele. Ele não passa de um homem insignificante tentando se insinuar em seus momentos de crise. Por meia hora, ele continua retratando-a de modo hesitante, mas acaba desistindo. Terminará o retrato em seu apartamento.

— Já chega — fala Jamie.

Três noites depois, de madrugada, alguém bate à sua porta: uma batida baixa, mas urgente, outra batida leve e persistente. Jamie se levanta da cama e, caminhando a passos lentos, totalmente desperto, pensa que Sally acabou de chegar. Idealiza uma visão dela, como ela correrá para seus braços e como fugirão juntos.

Contudo, do lado de fora, aparecem dois homens, brancos, não tão altos quanto Jamie, mas fortes como baús maciços. Eles o empurram porta adentro, antes mesmo que Jamie possa se recuperar da visita surpresa, imobilizando-o pelos braços e empurrando-o contra o piso.

Em meio ao pavor, Jamie fica se perguntando por qual motivo achou que Barclay o procuraria pessoalmente. Sempre imaginou que seria capaz de *tentar* argumentar com ele, apelar para seus sentimentos por Marian, explicar que ele precisava deixá-la ir.

Um homem pesado se senta sobre Jamie enquanto o outro fecha a porta e abre a torneira com a maior tranquilidade do mundo.

— Só queremos saber onde ela está — fala o homem que está sentado em cima dele. — Apenas isso. Vamos te deixar em paz assim que nos contar.

— Eu não sei — fala Jamie. — Ela não me contou, porque sabia que isso ia acontecer. Sabia que ele ia mandar seus capangas. Ela estava indo para Seattle e, de lá, para outro lugar. É tudo que sei.

— Espera mesmo que a gente acredite que vocês não bolaram um plano juntos? — pergunta o homem perto da banheira.

— Veremos — fala o outro homem com naturalidade. Ele tem um trabalho para fazer. Não haverá apelos comoventes nem explicações. Jamie compreende isso ao ser levantado ao lado da banheira e golpeado no rosto antes que sua cabeça e ombros sejam mergulhados em água fria.

— Não sei de mais nada — diz ele ao ser retirado da água. No entanto, mais uma vez é semiafogado, puxado da água e golpeado no rosto. — Por favor... — pede Jamie até ficar sem fôlego para falar.

Pela manhã, Jamie ainda está vivo, deitado em posição fetal no assoalho de pinho, nu. Ele se levanta, prepara um banho quente. O toque da porcelana da banheira é horrível, a água, repleta de ameaças, porém, o calor alivia sua dor. Deitado na banheira, na água tingida de rosa por causa do seu sangue, ele planeja o que fará.

Tudo o que tem cabe em uma mala. Algumas roupas, suas melhores tintas e pincéis, cadernos de desenho. Como ele vai para a casa de Ayukawa e, de lá, para a estação ferroviária, Jamie carrega a mala em uma das mãos pela alça e, na outra, o retrato de Sally acomodado cuidadosamente por uma moldura de sustentação. A tinta não está completamente seca.

Ao abrir a porta, os olhos da empregada se arregalam quando ela vê o rosto de Jamie inchado.

— Não — sussurra ela. — Vai embora! — Ela o enxota.

— Por favor, diga a Sally, Junko, ou à avó dela ou quem quer que esteja em casa que estou aqui, trouxe a pintura e preciso receber.

— Não — diz a empregada novamente. — Vai embora!

Toda essa confusão se acentua por causa do estado de atordoamento de Jamie, pela dor de cabeça lancinante, pela necessidade urgente e definitiva de fugir da cidade. Por que a empregada o mandou embora quando ele levou a pintura? Precisava do dinheiro, por mais rude que parecesse recebê-lo. Com o tom de voz mais alto, ele tenta explicar novamente, pergunta por Sally. Jamie está praticamente berrando quando um homem elegante de terno cinza aparece ao lado da empregada. Ela se retira para dentro da casa com um cumprimento.

Jamie ainda não havia conhecido o Sr. Ayukawa. Suas sobrancelhas grossas e espessas são tão diferentes das de Sally, mas Jamie reconhece sua expressão quando ele forma um vinco na testa.

— Estou surpreso que tenha vindo aqui — diz ele.

— Estou saindo da cidade — explica Jamie, apreensivo — e queria ser pago por isso.

Ele vira a tela para encarar o Sr. Ayukawa, e as sobrancelhas do homem se erguem. Seu rosto estampa um espanto lúgubre ao ver a cara toda inchada de Jamie como se fosse uma lua cheia. Ao abrir a boca, ele apenas sussurra:

— Apenas me diga onde ela está.

Jamie o encara.

— Quê?

O homem o encara de volta.

— Encontramos seu endereço no quarto dela. Você deve saber. Onde ela está?

E finalmente Jamie entende o que está acontecendo.

MEMÓRIAS E RELÍQUIAS

CATORZE

Alguns dias após a mesa de leitura, embora eu estivesse determinada a fazer Redwood entrar em contato comigo primeiro, não aguentei e mandei uma mensagem para ele. *Passando para planejarmos uma noite completamente normal e sem viagens intergalácticas.*

Eu adoraria! Deixa eu verificar minha agenda e te retorno.

No entanto, ele demorou mais de uma semana para me responder, até que, um belo dia, mandou: *Oi, sumida! Minha mãe está na cidade, e eu adoraria que vocês se conhecessem. Que tal um jantar?*

Quando cheguei na casa dele, Carol Feiffer abriu a porta. Ela estendeu os braços, para me abraçar.

— Olha quem chegou! — exclamou ela, a voz impregnada com a atmosfera de Long Island.

No início, achei que ela estava falando sobre si mesma. *Olha quem chegou!* Seu rosto era comprido como a ponta de uma flecha; seu cabelo, a versão ideal e prática de um corte chanel. Sob aquelas camadas sóbrias de linho cinza, havia uma mulher que se portava com segurança majestosa, como um guru espiritual ou o reitor de uma universidade.

— Estava ansiosa para te conhecer — disse Carol, apoiando-se no meu braço e me levando à cozinha. Ela se inclinou e me mediu de cima a baixo. — Não estou decepcionada. Tudo em você exala fama e estrelato.

Dei uma risadinha indiferente.

— Gostei do seu livro.

Ela se virou para mim, com o rosto iluminado.

— *Obrigada*, minha querida. Muito obrigada. Nunca esperei que *isso* acontecesse. Eu só queria contar uma história. Deixemos que meu filho a transforme... — Ela gesticulou com as mãos. — ...em um belo filme. Sabe, Marian é muito importante para mim. Sinceramente, tive um casamento horroroso e, nas profundezas dele, encontrei consolo no livro de Marian. Ela me ajudou a atravessar os caminhos mais sombrios da minha vida, me inspirou a me apoderar da minha liberdade. Uma ironia do destino, porque fiquei sabendo de Marian por causa da família do meu ex-marido. — Ela estendeu a mão para agarrar meu braço. — E, por causa de você, muitas pessoas vão conhecer ela. Você vai mudar vidas, Hadley. — Ela acenou com a cabeça, séria e rapidamente, evitando quaisquer dúvidas. — Vai mesmo.

Não lhe contei que a única vida que pensei em mudar era a minha. Nem falei sobre minha visão idealizada e ambiciosa de mim mesma levantando a estatueta do Oscar.

— Assim espero — falei.

Redwood estava na cozinha, cuidando de alguma panela no fogo. Eu não sabia que haveria mais gente lá e vi uma garota com um elegante macacão *jumpsuit* sem mangas e sem joias, exceto pelo pequeno piercing de ouro no nariz, encostada no balcão com uma taça de vinho rosé. Seus cabelos cacheados estavam presos em um coque, e seu rosto era pequeno, mas lindo, com olhos escuros. Ela me lembrava aquela massa de confeiteiro, marzipã, que as pessoas usam para fazer docinhos em formato de fruta ou bicho, e você nunca tem certeza se é comida mesmo ou um bibelô.

— Olha só quem apareceu — disse Carol, apresentando-me, e imediatamente a garota colocou a mão no braço de Redwood, como se quisesse dizer *ele é meu*, e me dei conta de que era por isso, por causa dela, que não havíamos trepado, era por isso que ele havia tomado um chá de sumiço. Aquele babaca me dissera que não havia ninguém em especial. *Ninguém mesmo.*

— Oi, sumida! — cumprimentou-me Redwood, e aquilo foi irritante como sua mensagem, como se ele estivesse me repreendendo sutilmente por não entrar em contato, quando foi ele que me deixou na mão. Ele beijou minha bochecha e apontou para o macacão branco. — Conheça Leanne. — Leanne acenou de onde estava, decididamente inabalável por estar na presença de uma celebridade, e Redwood apontou para a janela. — Os irmãos Day também estão aqui, e mamãe trouxe uma amiga.

Eu me virei. Então, aquilo era uma reunião e tanto. O fato de Redwood querer que eu conhecesse a mãe dele não me tornava especial. Do lado de fora, uma mulher idosa e magra com cabelo grisalho bem curtinho estava de pé, ao lado da piscina, bebendo uma taça de vinho tinto e, sem reação aparente, ouvindo o que quer que um dos irmãos Day estava falando. Ela usava jeans, tênis Vans e uma grande camisa branca de botões. Os irmãos Day usavam camisas sociais e calças chino tão justas que pareciam uniformes de super-heróis.

— Essa é Adelaide Scott — disse Carol de uma forma que eu sabia que deveria reconhecer aquele nome.

— Ah — comentei.

Leanne, analisando-me, logo atrás de mim, falou:

— Ela é uma artista famosa.

— Uma escultora — disse Carol. — De instalações artísticas. Na verdade, ela conheceu Marian Graves, quando criança. Eu convidei ela porque pensei que você poderia estar interessada em fazer algumas perguntas, trocar informações. Não que ela não seja uma excelente companhia por si só.

Mas que tipo de informação eu poderia conseguir de uma mulher de 65 anos que conheceu Marian quando criança? De que pedaços de memória aquela mulher poderia se lembrar? Era como a versão americana do programa *Antiques Roadshow*, em que eu me sentaria atrás de uma mesa e explicaria que, embora suas memórias fossem adoráveis e tivessem um enorme valor sentimental, eram valiosas somente para ela, para mais ninguém.

As suposições que as pessoas tinham sobre Marian eram basicamente as mesmas, porém, em geral, tinham um ar de revelação. Bart Olofsson me encarou seriamente e disse coisas como *Vejo Marian como uma mulher forte e muito corajosa*, como se fosse uma teoria radical.

Com certeza, eu disse.

Alguém tão forte, tão corajosa — ela fora coagida a voar. *Caso contrário, teria surtado.*

Totalmente, falei, embora coragem e força não sejam motivos, mas virtudes. Não acho que Marian tinha um motivo, não realmente. Por que alguém quer fazer algo? Você apenas faz o que quer fazer.

— Adelaide! — chamou-a Carol. — Vem conhecer a Hadley.

A mulher e os irmãos Day se viraram. O irmão Day que estava conversando com Adelaide estendeu o braço, para conduzi-la até a minha direção, e percebi um sinal de desdém pretensioso no rosto dela, por estar sendo conduzida.

— Olá, Hadley — cumprimentou ela, apertando minha mão depois que todos entraram e os irmãos Day me beijaram na bochecha. Era alta e esbelta, tinha um rosto comprido, pálido e enrugado e não usava aliança nem maquiagem, exceto um batom vermelho-escuro. Não consegui decidir se era bonita ou não. — Me disseram que você é atriz.

Carol fez uma cara de irritação amistosa.

— Hadley é uma *estrela de cinema*, Adelaide.

Adelaide se portou com indiferença.

— Receio que cultura pop não é a minha praia.

— Mas cultura pop é tão *fascinante* — disse um dos irmãos Day. — Basta enxergar ela em um nível mais profundo. É como a arte contemporânea, pois às vezes o produto real não é o ponto, e, sim, o contexto em que ele é criado.

Adelaide o encarou sem o menor interesse.

— Concordo — interrompeu Leanne. — É como assistir a franquia *Archangel* que Hadley fez. Como feminista, discordo da ênfase dada aos papéis tradicionais de gênero, o homem como protetor, você sabe, mas, como consumidora, fui absorvida pela história de amor, enquanto devorava minha pipoca. É um *dog whistle*[1] que só as mulheres conseguem ouvir. — Ela pegou uma azeitona verde de uma tigela e a enfiou na boca.

Eu lhe perguntei:

— Como você e Redwood se conheceram?

— Somos velhos amigos — respondeu Redwood.

— Tiramos a virgindade um do outro — falou Leanne, tirando um caroço de azeitona da boca.

— Leanne! Meu Deus! — falou Carol, tapando os ouvidos.

— Não finge que você não sabia — disse Leanne.

Um burburinho. Redwood foi até o interfone.

— Quem é?

— É O HUGO — ressoou a voz estrondosa.

---

[1] *Dog whistle, dog-whistle* ou *dog whistling* é uma expressão inglesa que vem ganhando notoriedade na arena política. Essa expressão significa enviar mensagens implícitas e veladas a um grupo seleto de eleitores, assim como, ao pé da letra, um apito que só pode ser ouvido por cachorros, e não por seres humanos. Sua principal característica é a *negação plausível* [N. da T.].

— Foi um pouco antes de Marian partir naquele voo — falou Adelaide. — Ela foi visitar minha mãe em Seattle. Na época, eu tinha 5 anos.

Éramos em oito e estávamos sentados à mesa do lado de fora, sob o arranjo de glicínias, comendo salmão com algum tipo de molho doce demais, receita de Redwood. Ele havia numerado os lugares da mesa com o nome de cada convidado, ou seja, agora eu sabia distinguir os irmãos Day, sabia a diferença entre Kyle e Travis.

— Minha família tinha uma coleção de arte — continuou Adelaide. — Minha mãe era amiga de longa data de Jamie Graves. Ainda temos as pinturas dele, embora a maioria esteja emprestada para exposições.

Carol interrompeu a conversa.

— Foi assim que conheci Adelaide. Já conhecia o trabalho dela, claro, mas não tinha me dado conta da sua ligação com a história dos Graves, até que tive que pesquisar para escrever o livro e comecei pela coleção de arte da família dela. Estive pensando... Não seria fantástico se houvesse uma exposição de Jamie Graves coincidindo com a data de lançamento do filme?

— No Museu de Arte de Los Angeles — sugeriu Travis Day. — Concordo 100%. Ou, talvez, em um lugar menos convencional, talvez...

— Sim! — interrompeu Carol. — No LACMA seria perfeito!

— Ou em algum lugar menos convencional — repetiu Travis. — Em um galpão ou algum lugar reutilizado.

— Vocês querem que eu fale sobre Marian Graves ou não? — interrompeu Adelaide.

Travis pareceu ofendido. Carol tapou a boca com a mão.

— Sim, vamos em frente — respondeu Carol em uma voz abafada.

— Marian veio à cidade em 1949 só para visitar a minha mãe — continuou Adelaide. — Elas não se conheciam, mas Jamie era a conexão. Além disso, e Carol colocou isso no livro, minha avó ajudou Marian a fazer um aborto quando ela estava deixando o marido, embora ninguém tenha me dito. Eu só soube depois de adulta.

— Por isso ela foi ver a sua mãe? — perguntou Hugo. — Para relembrar velhas histórias?

— Você teria que perguntar a ela — respondeu Adelaide. — Boa sorte na sua empreitada.

Tomei fôlego para me preparar. Tive a sensação de estar cumprindo meu dever, fazendo minha pergunta previamente combinada, como uma criança mais nova que estava em uma celebração judia do Pessach e não sabia o que estava acontecendo.

— Como Marian era?

Raspando o molho do peixe com uma faca de manteiga, Adelaide respondeu:

— Não sei. De verdade. Falei à Carol que não seria de muita ajuda para você, como não fui para ela.

— Você foi, sim, uma grande ajuda — disse Carol.

Sir Hugo se inclinou para frente e encarou Adelaide com seu característico olhar penetrante.

— Mas você se recorda dela, não é mesmo?

Adelaide parecia imune ao olhar perscrutador de Hugo, recusando-se a acreditar na importância do seu papel como testemunha ocular. Ela fez uma careta insondável, e seus lábios vermelhos se destacaram.

— Lembro de uma mulher adulta muito alta, magérrima e loiríssima que cumprimentei há mais de 60 anos. Acho que ela não tinha jeito com crianças. Não conversamos muito. Para ser sincera, não tenho certeza se de fato me recordo dela ou se são apenas fragmentos da minha memória. — Ela olhou diretamente para mim. — Viu? Nada que possa te ajudar.

— Nunca se sabe — falou Carol. — Foi você que me contou sobre Caleb Bitterroot. — Virando-se para mim, disse: — Não se sabe quase nada sobre ele, mas, quando percebi que esteve presente na vida de Marian do início ao fim, enxerguei o esboço de um romance épico. Tenho uma intuição forte sobre isso.

— O que ela quer dizer é que não temos prova de que esse romance realmente existiu — disse Redwood, e sua mãe tentou desviar do assunto.

— Existe alguma diferença entre interpretar uma pessoa real e um personagem fictício? — perguntou Leanne a Sir Hugo.

Hugo estava brincando com o vinho na sua taça.

— Pouca. No caso da pessoa real, é preciso tomar cuidado para não criar uma imitação. A tarefa é fazer com que uma pessoa, fictícia ou verdadeira, *pareça* real.

— O mesmo vale para a escrita — disse Kyle Day, mas ninguém prestou atenção nele.

— Não é como se você realmente pudesse saber *tudo* a respeito de uma pessoa real — falei, irritada por Leanne ter claramente dirigido a questão de atuação para Hugo. — Ninguém conhece boa parte do trabalho que desempenhamos. Ninguém conhece nem uma fração do que pensamos. E, quando morremos, tudo vira pó.

Adelaide me encarou com um pouco de interesse, acentuado, mas ilegível.

— Meus pais morreram em um pequeno acidente de avião quando eu tinha 2 anos — falei para ela. — Fui criada pelo meu tio.

— Ah… — disse ela. — Então, você entende a Marian.

— Não sei, não posso dizer se realmente entendo.

— Mitchell Baxter — disse Travis. Quando Adelaide, como esperado, ficou com cara de paisagem, ele acrescentou: — Ele era tio de Hadley e dirigiu *Tourniquet*.

— Nossa — falou Adelaide.

— Também morreu — eu disse.

Carol, tentando retomar o assunto, falou:

— Acho que Jamie Graves e a mãe de Adelaide, Sarah, eram amantes.

— Mas é claro que Carol tem uma teoria picante — completou Leanne.

Sir Hugo ergueu as sobrancelhas para Adelaide.

— Acha mesmo que eles eram? Ou você *sabe* de algo?

— Eram namoradinhos de infância. Mas, admito que, ao conviver com Carol, percebi que ela acha que, quando duas pessoas têm algo em comum, elas provavelmente são amantes.

— O que mais posso dizer? Sou uma romântica inveterada — falou Carol.

— Pois eu não sou — falou Leanne, servindo-se de mais vinho.

— Muito menos eu — disse Sir Hugo. — Sou um hedonista esperançoso. Redwood? Por um acaso, teria você herdado o gene romântico da sua mãe?

— É recessivo — respondeu a mãe. — O pai dele não tinha.

— Estou aberto a possibilidades — disse Redwood. — Não sei se isso é romântico ou não. Talvez eu seja um romântico cauteloso.

— Quando conheci Redwood — falei, desviando do olhar de Leanne —, ele me disse que seu sentimento favorito era a ambivalência, mas não há nada de romântico na ambivalência.

— Mas e você? — Adelaide me olhou com um brilho no olhar.

— Nada romântica — respondi.

— Ah, qual é! Não fala assim — disse Travis de um jeito que comecei a sentir que ele estava interessado em mim. Normalmente, eu corresponderia o flerte, mas algo no brilho do seu olhar, no seu impulso, fazia eu me afastar.

— Nada? — perguntou-me Adelaide. — O quê, então? Não acredita em romantismo? É cética? Estoica?

— Nem sei o que sou — respondi. — Parece que tudo sempre desmorona ao meu redor.

— Você está mais para uma avalanche — ponderou Sir Hugo.

— E você? — perguntei a Adelaide.

— Fui uma romântica incorrigível por muito tempo. Um desastre. Acredito que, desde então, sou conhecida como oportunista. — Com os olhos pequenos e brilhantes, ela me encarou. Sua confiança letal me lembrava uma ave de rapina, uma águia ou um falcão. — Um conselho: saber o que não quer é tão útil quanto saber o quer. Talvez mais.

Um tempo depois de comermos a sobremesa, quando todo mundo foi para a sala tomar mais um drinque e ouvir Redwood tocar piano, fui ao banheiro. Ao sair, um vulto estava me esperando no corredor escuro. Adelaide. Aproximando-se, com o celular na mão, ela disse:

— Não quero armar uma emboscada, mas você poderia me dar o seu número? Talvez eu saiba algumas coisas a mais sobre Marian, só não quero que toda essa turma saiba também. — Sua voz era baixa e calma.

Não perguntei nada. Apenas passei meu número. Então, voltamos para a melodia desvairada de *Flight of the Bumblebee*, sem dizer uma única palavra, presas em uma trama conspiratória que eu não entendia.

UMA HISTÓRIA INCOMPLETA DA FAMÍLIA GRAVES

1936-1939

Um imigrante alemão chamado Bruno Hauptmann é condenado pelo sequestro do filho de Lindbergh e executado. Charles e Anne Lindbergh, perseguidos pela impressa além do que se podia suportar, fogem para a Inglaterra com seu segundo filho. Na embaixada estadunidense, alguém tem a brilhante ideia de que Lindbergh deveria fazer uma visita amigável ao Ministério da Aeronáutica alemão, como quem não quer nada, a fim de coletar informações sobre a nova Luftwaffe. Assim, ele visita campos e fábricas e o instituto de pesquisa aérea, em Adlershof. Almoça na casa dourada e requintadíssima de Hermann Göring, comandante da Luftwaffe, e participa das cerimônias de abertura das Olimpíadas de Berlim.

Hitler, conclui Lindbergh, pode ser um pouco fanático, mas, às vezes, só um fanático pode fazer as coisas acontecerem. (Lindbergh é adepto a fazer as coisas acontecerem.) O povo alemão está fervilhando de pura energia, e, infelizmente, a Luftwaffe consegue suplantar facilmente qualquer coisa que os Estados Unidos possa improvisar ou fazer às presas. Não, o modo pelo qual os judeus alemães foram destituídos de sua cidadania não é o ideal, porém, o regime nazista com certeza é preferível ao comunismo, não é mesmo? Não se pode fazer um omelete sem quebrar os ovos.

Em 1936, Marian não é mais Jane Smith, pois Barclay está na cadeia. Ela fica sabendo sobre a prisão ao ler o jornal. Apesar de ele ainda poder enviar alguém para encontrá-la, supõe Marian, ela está cansada de se esconder, de desaparecer. "Meu nome verdadeiro é Marian Graves", revela às pessoas no Alasca que a conhecem há mais de dois anos, e elas têm menos dificuldades para assimilar a mudança do que teriam, pois, agora, Marian parece uma pessoa totalmente diferente aos seus olhos, parece ser mais interessante, capaz de buscar prazer na vida, ao contrário da deprimida e taciturna Jane Smith.

Com o dinheiro que esconde, Marian compra o próprio avião, um Bellanca com asas altas, acima da fuselagem, e abre seu próprio negócio. Por um tempo, faz voos para além da cidade Nome, no lado sul da Península de Seward, e mora em uma cabana caindo aos pedaços, perto do aeródromo. Os bois-almiscarados vivem pastando perto da sua casa de banho, criaturas de aparência ancestral cuja aura é a própria respiração congelada, e seus grossos pelos são como casacos dançando ao redor dos tornozelos, mantos de monges.

O preço do ouro não para de aumentar, e Marian leva geólogos para os campos, engenheiros para construir as máquinas de dragagem e trabalhadores para operá-las. Dependendo da estação do ano, ela transporta os trabalhadores da fábrica de conservas e mineiros para lá e para cá. Marian faz voos para os criadores de renas, sobrevoando a agitada miríade marrom que forma os rebanhos.

As pessoas lhe pagam com ouro em pó, pele, lenha, combustível, uísque. Não raro, tentam não pagar.

Com frequência, Marian voa para o Norte, ao longo da Cordilheira Brooks, onde as árvores não param nunca de crescer. Na cidade de Barrow, no extremo norte do território, Círculo Ártico e lar do Povo Iñupiac, as peles de focas e de ursos polares secam sobre uma espécie de maca, e cães empilhados uivam no avião. Certa vez, para matar a curiosidade, Marian voa para além do Barrow Whale Bone Arch, que marca a extensão da costa e desemboca no quebra-cabeça norte cujas peças ficam soltas no gelo da primavera, servindo de calota craniana para o planeta. Ela voa longe o bastante, para além e mais além do Norte, e vê em que ponto aquele quebra-cabeça congelado começa a se fundir em uma imensa manta de gelo, com cristas altas, onde as correntes forçam as peças a se juntarem.

Uma sensação vertiginosa por estar tão além do Norte.

Quando bateram na porta de Barclay, ele não tinha reunido um exército de advogados, mas se confessou culpado da acusação de sonegação de impostos e recebeu uma sentença de sete anos. Pagou uma multa ao governo, porém, a fazenda sempre esteve segura, pois estava há muito tempo no nome de Kate. Seus outros bens — os bares clandestinos e estalagens se tornaram negócios legítimos após a revogação da Lei Seca; os hotéis, as ações em empresas de mineração e construção, a casa de campo em Kalispell, a casa de Missoula, o biplano Stearman, que finalmente fora encontrado onde Marian o havia abandonado — tudo, tecnicamente, pertencia a Sadler. Até as contas bancárias de Barclay estavam em nomes de empresas registradas no nome de Sadler.

Marian voa abaixo das auroras boreais esverdeadas. Voa abaixo do Sol da meia-noite.

O Bellanca quebra e é remendado tantas vezes que se torna uma massa desordenada de *peças sobressalentes que voam em formação*, como dizem os alasquenses. *Vamos torcer para que as peças permaneçam de mãos dadas*, eles falam. Ainda assim, Marian continua voando até que uma tempestade arrasta seu Bellanca para longe, ao longo de um lago congelado, e ele acaba se chocando contra as rochas do outro lado. Ela compra outro avião com um motor mais potente.

Agora que pode ser ela mesma de novo, Marian escreve uma carta para Caleb, dizendo onde está, e envia uma outra separada para Jamie, pedindo seu endereço, já que não faz ideia se o irmão ainda mora naquela pensão em Vancouver.

Jamie foi embora de Vancouver, relata Caleb, e foi às montanhas, para ser, segundo o próprio Jamie, um eremita da arte. *A decisão foi repentina, e ele não me disse o porquê, mas me parece bem. Acho que o destino de nós três é viver em isolamento esplêndido.*

Marian pensa em ir de avião visitar Jamie, mas acaba se dando conta de que não quer sair do Alasca, apavorando-se com a ideia de voltar à sua antiga vida. Ou seja, talvez não seja ela mesma de novo, não que seja estúpida o bastante para pensar que exista uma versão fixa de uma pessoa.

No momento oportuno, ela vai para o sul de Valdez e faz uma parceria vaga com um piloto que abastece as minas de ouro de alta altitude, localizadas nas montanhas Wrangell e Chugach. Tal piloto elaborou um método para pousar nas geleiras. Caso a luz esteja plana, ele faz a passagem baixa e arremessa alguma coisa no escuro — qualquer coisa, um saco de juta ou um galho — em meio ao gelo, para auxiliá-lo com a noção de profundidade. Ele mostra a Marian como identificar ondulações na neve superficial, que são fendas enterradas, como escorregar lateralmente ao pousar, para que os esquis fiquem em um ângulo reto com a inclinação, e o avião não deslize para o precipício gelado.

Na cidade de Valdez, como mantém os esquis no avião o ano inteiro para pousar em geleiras, Marian passa a decolar de lamaçais quando a maré está baixa. Aprende a balançar o avião lateralmente em seu assento enquanto acelera para ajudar a tirar os esquis da lama. Para as minas, entrega carne, farinha e o tabaco de sempre, mas também dinamite e carbureto, aço, madeira serrada e bobinas de cabos, barris de combustível e todo tipo de peças de máquinas. Uma vez, Marian leva duas prostitutas como passageiras, que já haviam sido membros do gabinete de Roosevelt. Em outra, leva um filhotinho de urso-pardo órfão para Anchorage, com destino a um zoológico particular.

As pessoas gostam de lembrá-la de que ela é uma forasteira. Você não pode virar uma alasquense. É impossível. Marian não é uma deles, mas, mesmo assim, sente que é.

• • •

Denver, primavera de 1937.

Jamie contorna a porta do quarto, e tio Wallace, apoiado em travesseiros, aperta os olhos, sem ter certeza do que está vendo.

— Sou eu, Jamie. Vim te visitar — fala Jamie.

O rosto de Wallace se ilumina com alegria.

— Meu menino! Que visita maravilhosa — diz Wallace.

Jamie pega as mãos de Wallace e se senta à beirada da cama, sentindo o cheiro doce de morfina.

— Como você está?

— Com o pé na cova. — Wallace dá um tapinha de leve na bochecha de Jamie, nos fios loiros desgrenhados que crescem ali. — Mas, com essa barba, você não é mais um menino. Já passou pelo menos um ano desde que te vi. Como é possível?

— Suponho que seja — fala Jamie. Eles não se veem há mais de cinco anos. Cinco anos haviam se passado desde que Jamie colocou um bêbado debilitado e trêmulo no trem rumo a Denver.

— E onde está… Onde está…

— Marian está no Alasca. Ela é piloto.

— Ela é a razão para eu estar aqui, você bem sabe. Ela e o marido dela. Ele também está no Alasca?

— Ele foi preso.

Wallace não fica surpreso.

— Bom — diz ele de forma branda, como se tivesse ouvido que o tempo lá fora está bom.

A governanta de Wallace, robusta e matrona, abre a porta com o traseiro e entra com uma bandeja de café e bolo fatiado.

— Jamie, achei que você aceitaria uma bebida quentinha e algo para comer, depois da sua viagem.

— Esse é o meu filho, Jamie — fala Wallace a ela, dando tapinhas no braço de Jamie.

— Já conheci Jamie — diz ela. — Abri a porta para ele entrar. Ele é seu sobrinho. — Virando para Jamie, ela fala: — Ele se confunde, principalmente nomes, coisas assim. Detalhes.

— Não confundo, não — fala Wallace com amargura, mas, quando a governanta leva um copo de água aos seus lábios, ele sorri e bebe gentilmente. Ela toca a testa dele, e Jamie fica se perguntando qual é a relação entre os dois.

— Me fala alguma coisa — pede Wallace quando a governanta sai do quarto. — Qualquer coisa. Morrer é um tédio. Me conta histórias do mundo fora desse cômodo.

Jamie conta a Wallace sobre a cabana na montanha onde mora, abandonada, a meio dia de caminhada do povoado mais próximo. Conta que havia consertado o telhado e o piso, colocou isolamento nos buracos entre as toras. Jamie tem uma horta e galinhas que botam ovos; pesca em um rio ali perto, aprendeu a enlatar vegetais e a defumar peixes, a planejar-se com antecedência para o inverno.

— Você se lembra que, antes, eu não pescava? — pergunta Jamie a Wallace.

— Lembro — responde Wallace vagamente, balançando a cabeça. — Por causa das larvas, não é?

— Não, eu tinha pena dos peixes, não das larvas. Ainda tenho, mas me conformei com isso — responde Jamie.

Wallace balança a cabeça mais uma vez.

— Você tem que viver como quer — diz ele. — Foi isso que eu fiz. Para eles, nenhum outro tipo de vida parecia digna, pois suas vidas eram uma provação deplorável, sem fim. Pensavam que qualquer pessoa que vivesse de forma diferente era orgulhosa demais e provavelmente despudorada.

Agora quem está confuso é Jamie.

— Mas quem é que pensava assim?

— Nossos pais, é claro. Você se lembra, porque era do mesmo jeito.

Wallace estava confundindo Jamie com Addison.

— Era? — pergunta Jamie.

— Claro que era. Se você não tivesse ido embora, eu nunca teria pensado em ir também. Mas você foi para o mar. — Wallace dá um tapinha na sua mão. — Me conta mais alguma coisa.

Apesar de Jamie não ter certeza se Wallace estava falando com ele ou com Addison, Jamie lhe conta a história do apartamento, fazendo-a parecer engraçada, sobre os dois homens que entraram com tudo e quase o afogaram e como ele achava que eles haviam sido enviados a mando de Barclay Macqueen, quando, na verdade, eram capangas do Sr. Ayukawa, cuja filha havia fugido, provavelmente com algum homem.

— Todos nós temos percalços na vida — fala Wallace. — E o que mais?

Jamie conta que, nas montanhas, começou a pintar obsessivamente. Mesmo antes de ter uma cama ou um fogão funcional, ele ficava na pequena cabana decrépita e pintava.

— Tive uma ideia sobre como incorporar a curvatura da Terra nas minhas pinturas e pinto a partir daí. Tenho desenhado paisagens que são mais ou menos… dobradas. Você já reparou como os japoneses dobram o papel? — E, pegando um bloco de rascunho na mesa de cabeceira de Wallace, Jamie tira uma página, rasga-a cuidadosamente em um quadrado e faz o origami de uma garça.

— Um pássaro! — diz Wallace, segurando o origami delicado nas pontas dos dedos trêmulos. — O homem te pagou pela pintura?

Jamie riu na porta do Sr. Ayukawa, uma risada que lhe amargurou as bochechas como vapores de terebintina. Ele se curvou com as mãos nos joelhos, enxugando as lágrimas. "Ela fugiu?", perguntou.

Para Wallace, Jamie fala:

— Ele me pagou mais do que combinamos. Acho que se sentiu culpado.

— Bom, muito bom — fala Wallace.

Em cinco dias, Wallace falece. Em seu testamento, deixa a casa de Missoula para Jamie e Marian. Seu último desejo é ser enterrado em Denver.

Jamie demora a escrever uma carta para Marian, de quem se sente sombriamente distante, mas escreve para Caleb. Jamie não espera que Caleb vá ao Alasca e conte as novidades a Marian, mas é exatamente o que ele faz.

— Quão perto da morte você já chegou? — pergunta Marian a Caleb.

Os dois estão deitados na cama, na cabana de Marian, do outro lado de Valdez. Caleb chegou há três noites; Marian não sabe quanto tempo ele ficará.

Ela havia pagado uma boa grana em uma cama de casal, a fim de comemorar o retorno ao seu nome verdadeiro, e eles nunca tiveram tanto espaço. Deitado de costas, Caleb respondeu:

— Não sei. Não acho que conseguimos saber isso.

— Você não se lembra de alguma coisa que te dá arrepios só de pensar?

— Nada em específico. — E ironizando: — Marian, é necessário mais do que a morte para *me* assustar.

— Lembra que, depois que Trout morreu, eu fui para Vancouver? — Marian lhe conta sobre o motor falhando, a fenda, o frio. Foi quando se sentiu mais próxima da morte, mas talvez tenha ficado realmente próxima quando era um bebê a bordo do *Josephina*. Teria morrido sem nunca saber de nada do que estava falando, sequer saberia o que é um navio, o mar ou o fogo. Nem saberia o que era a morte. Caleb achava que todas as coisas vivas sabiam o que era a morte, pelo menos o suficiente para lutar contra ela.

— Ou talvez eu tenha chegado mais perto da morte alguma outra vez e nem me dei conta — falou ela.

Na primeira noite, depois que Caleb chegou e lhe contou sobre a morte de Wallace, após eles passearem ao longo da costa, observando os leões-marinhos e as águias de cabeça branca, Marian levou Caleb para a cama. Desde que fugira, não havia dormido com ninguém, e as lembranças de Barclay a invadiam intensamente, desencadeando pânico e claustrofobia. Não contara a Caleb o que Barclay havia lhe feito, mas ele parecia sentir, pois sustentou o olhar dela ao gozar, oferecendo-lhe sua impotência. A segunda noite fora melhor, e a terceira, melhor ainda, e, nesta quarta, Marian por pouco acreditou que havia voltado no tempo, antes de Barclay, quando Caleb e ela faziam amor, mera urgência. Foi por pouco. Ela nunca poderia voltar àquela época.

Ele estava mais forte do que ela se recordava e musculoso, um homem.

Um pouco impaciente, ele diz:

— É muita coisa para se levar em consideração: tudo que poderia ter acontecido, mas não aconteceu. — No mesmo tom ríspido, fala enquanto encara o teto: — Uma vez, cheguei perto da morte, quando era criança. Gilda estava com um homem. Eu normalmente ignorava o que ela fazia ou deixava de fazer, mas, nessa noite, não suportava mais ouvir o barulho de Gilda e do homem. Decidi ir para a sua casa, Marian, ainda que estivesse nevando muito. Nem me ocorreu que eu deveria me preocupar com encontrar o caminho, mas a neve estava se acumulando. Eu nem conseguia ver o chão para me orientar. Não conseguia ver nada. Ventava forte. Eu já estava andando há muito tempo, mas não queria admitir que estava perdido, não que admitir fosse mudar alguma coisa. Eu sabia que não deveria, mas me sentei para descansar. — Caleb para de falar.

Marian se lembra da história contada por Barclay, da noite em que os dois se conheceram, quando ele desmaiou bêbado na neve.

— E depois?

— Eu não morri, *né*?

— Vamos, me conta o resto.

— Dá para imaginar. Eu estava morrendo de frio. Me lembro de tentar decidir se aguentaria continuar morando com Gilda. No final de tudo, nem sei se decidi alguma coisa, mas me levantei e andei um pouco e então enxerguei as luzes da sua casa, não muito longe. Entrei pela cozinha e tentei fingir que não estava com tanto frio, mas Berit logo percebeu.

Marian se levanta.

— Eu me lembro disso! Tinha esquecido! Foi isso que aconteceu? Lembro que você chegou roxo de tanto frio e que Berit te arrastou para o banheiro. Te ouvi chorar na banheira.

Caleb estremece.

— Minhas mãos e meus pés estavam congelados. Esquentar foi horrível. Berit ficava me perguntado por que eu saí, e eu respondia que tinha ouvido lobos ao redor da cabana e tinha ido caçar eles. Ela geralmente perdia a paciência com as minhas histórias exageradas, mas nesse dia ficou comigo. Me perguntava as coisas, sentada do meu lado, me ouvindo tagarelar enquanto eu tentava me esquentar. Eu chorava muito, aquilo machucava muito.

— Boa e velha Berit.

Caleb meio que concorda com a cabeça, falando:

— Mas, depois, por alguma razão, eu estava pouco me lixando para o que Gilda fazia. Me senti, não sei como, fortalecido. De repente, me dei conta de que eu podia escolher meu destino.

— Acho que te entendo.

Sem mais delongas, Marian lhe conta sobre sua luta contra Barclay quando ele tentava engravidá-la, sobre o cerco de assédio persistente que teve que suportar.

— Eu precisava de um choque de realidade para fugir. A gravidez me fortaleceu.

Caleb se vira para beijar a parte interna do cotovelo de Marian e, quando levanta a cabeça, está transpirando pura raiva.

— Eu já o odiava, mas agora quero simplesmente matar ele.

— Tem coisas piores.

— A questão não é essa.

— Já passou.

— Não passou, não. Você mudou.

— Mas você, não. — Eles sorriem. Ela diz: — Não consigo assimilar que nunca mais verei Wallace.

— Você perdoou ele?

— Acho que sim. Barclay teria encontrado outro jeito mesmo.

Caleb fecha a cara de um modo estranho.

— Ele escreveu uma carta para eu te entregar. Todo mundo sabe que sou seu carteiro.

— Wallace? — Marian não entende o motivo de Caleb ter esperado tanto.

— Não, Barclay. — Caleb pula da cama, remexe na sua bolsa e joga um envelope lacrado no colo de Marian.

Marian,

Não sei onde você está, mas terei que viver sem saber. E não saber onde você está é uma penitência a mim infligida, e sei que você quer que eu purgue todos os meus pecados. Caso você esteja duvidando do peso do meu sacrifício, digo-lhe que meu maior sonho é sair destes portões como um homem livre, encontrá-la e implorar-lhe perdão. Sem o seu perdão, acredito que não posso me considerar verdadeiramente livre, nunca poderei. Tenho certeza de que você pensa que eu quero algo mais — que o perdão, uma vez obtido, não me aplacará, pois seguirei agindo como sempre, a fim de ter de volta o seu amor: apaixonado ao extremo, jogando-me contra as suas muralhas até eu ser maltratado e magoado para além do reconhecimento de qualquer um de nós. Eu acreditava que, se você fosse um livro aberto para mim e aceitasse o que há entre nós, seríamos mais felizes. Eu estava tão obcecado por você, tão subjugado pela minha própria certeza, que não pude enxergar que você é o tipo de pessoa que, quando se envolve com alguém, esse alguém pode sair totalmente despedaçado. Você vivia me dizendo que a sua versão que me seduziu era completamente incompatível com a versão que eu queria como esposa. Você exerce uma atração tão poderosa sobre mim, Marian. Fui virado do avesso; fui jogado aos leões para que me devorassem. Arrependo-me das coisas que fiz enquanto estava sendo flagelado por meu tormento particular. Não estou culpando-a, e, sim, ofertando minha angústia como um pequeno gesto de esclarecimento. Mereço sofrer mais, sei disso. Não posso afirmar que estou feliz por não termos nenhum filho, mas admito que talvez alguma sabedoria divina esteve em curso.

Pararei por aqui, Marian. Não espero sua resposta, embora anseie por uma. Não presumirei que me perdoou, mas espero vê-la novamente um dia, assim posso lhe pedir perdão pessoalmente.

Barclay

P.S. Talvez você esteja sabendo de alguma forma, mas Kate e Sadler se casaram. Surpresa? Eu fiquei. Desejo a eles mais felicidade do que encontramos.

Por um momento, Marian fica sentada com a carta aberta no colo. Quando passa o olho na palavra *apaixonado* novamente, salta da cama e joga a carta na lareira.

Após Caleb ir embora, pela primeira vez, Marian se sente sozinha desde que se mudou para o Alasca. O espaço desabitado que ela cultivara em torno de si começa a se parecer mais com uma terra árida do que com uma barreira protetora. À noite, desassossegada, pensa em Caleb, às vezes, em Barclay, em como ele era antes de mudar. (Ele mudou — Marian acha que mudou depois de ter arrancado com violência o diafragma.) Ela se toca, pensando em Barclay com mais frequência do que em Caleb, e depois fica envergonhada, incomodada.

Como um teste, Marian se deita com um homem e depois com mais alguns. São homens que ela nunca mais verá novamente ou com os quais pode evitar maiores envolvimentos se quiser: nenhum piloto, nenhum mineiro, ninguém que more em Valdez. Envolve-se com um construtor de barcos em Seward, um jornalista em Anchorage, um geólogo canadense de passagem. O Alasca tem uma abundância de homens. De cada encontro, ela obtém um pequeno suprimento de imagens que despeja como terra em cima de suas memórias de Barclay, que quer enterrar: o rosto de um estranho se contorcendo e exposto pela atenção que lhe é dada, a pegada das mãos em seus quadris, certas palavras murmuradas. Marian fica se perguntando quais memórias aqueles homens obtêm dela, quais fragmentos relembram quando solitários.

Jamie finalmente lhe escreve uma carta:

Querida Marian,

Sei que Caleb lhe contou a triste notícia. Perdoe-me por não ter escrito antes. Ficamos tanto tempo sem nos falar que quebrar esse longo silêncio era sufocante. Ando triste desde que enterrei Wallace — mais triste do que quando o Sol é engolido pela escuridão. Parte dessa tristeza é luto profundo, mas acho que também estou de luto pelo passado. Eu disse a Wallace que você é piloto no Alasca, e ele não pareceu nem um pouco surpreso, embora, para ser justo, estivesse em estado de confusão. Tentei mergulhar de cabeça na pintura — minha única companheira de verdade desde que fui embora de Vancouver — e me pego pintando memórias das pinturas de Wallace, paisagens que não vejo há anos e de que só me recordo vagamente, tentando reproduzi-las e também retratar algum senso de distorção do tempo.

Marian respondeu: *Ficamos muito tempo sem nos falar, um silêncio muito longo. Por ora, não vamos tentar preencher tudo que perdemos, mas continuar do presente.*

Em julho, Amelia Earhart e seu copiloto, Fred Noonan, prestes a concluir a tentativa de serem os primeiros a dar a volta na Terra voando, um grande círculo equatorial de quase 4300 km, decolam de Lae, em Papua-Nova Guiné, com destino à Ilha Howland, um atol de terra entre a Austrália e o Havaí. Eles nunca chegaram. Ao longo das décadas, as pessoas acreditarão que Amelia ainda está viva, que ela empreendeu alguma saga desde sua última comunicação por rádio. Mas, ao que tudo indica, ela ficou sem combustível, caiu no mar e morreu.

Em janeiro de 1938, uma aurora fantástica se espelhou pela Europa. Primeiro, viu-se um brilho verde no horizonte. Depois, como se alguém estivesse desenhando no céu com uma caneta de pena, conectando as estrelas, a tinta vermelha escorria de cima, como sangue, formando ondas em forma de arcos escarlates, em colunas alaranjadas que se expandiam e, logo depois, desapareciam. Londres deve estar em chamas, diziam as pessoas na Grã-Bretanha, encarando o céu. Nos Alpes, bombeiros perseguem reflexos bruxuleantes na neve. Em todo o continente, as pessoas ligam para a polícia local e perguntam: *É uma guerra? É um incêndio?* Ainda não. É uma tempestade solar. Partículas carregadas do Sol colidem contra moléculas de gás na atmosfera. Nos Países Baixos, uma multidão de gente aguarda o nascimento da filha da rainha Juliana, festejando a aurora como um bom presságio. Do outro lado do Atlântico, nas Bermudas, as pessoas pensam que as manchas vermelhas que escorrem como sangue no céu significam que um navio está queimando em alto-mar.

Jamie, no Canadá, considera também a aurora um presságio. Ele está prestes a fazer o que anda pensando. Ao acumular seis meses de trabalho, Jamie faz uma pilha organizada com as suas pinturas que remetem às memórias das pinturas de Wallace, joga querosene e coloca fogo em tudo. A tinta aquece e se desmancha em bolhas; os buracos com bordas negras se espalham, desintegrando as telas. Ao cutucar a pira de fogo com um galho, ele sente um arrependimento profundo, mas também alívio. As pinturas estavam a meio caminho entre ser uma coisa e outra. Era necessário criá-las para depois tentar destruí-las.

Quando Jamie vai à cidade, recebe um telegrama de Flavian. Uma de suas pinturas fora escolhida como prêmio pelo Museu de Arte de Seattle. Flavian, implorando o perdão de Jamie com antecedência pela audácia de fornecer sua pintura ao museu, havia participado de uma exposição. Ele gostaria de saber se Jamie tem mais trabalhos para a galeria. Além do mais, em um mês, Jamie tem que estar em Seattle para a cerimônia de premiação.

Certa vez, Marian tem que passar a noite na cidade de Córdova, no Distrito de Valdez-Córdova, por conta das péssimas condições meteorológicas. Então, acaba conhecendo uma mulher bem vestida, mais velha do que ela, solteira, herdeira de uma fortuna vinda do segmento de enlatados. A mulher se oferece para dividir seu quarto com Marian em um hotel já lotado de outros encalhados pelo tempo. Há apenas uma cama, é claro. Após uma bela refeição regada a vinho, depois que as duas se enfiam debaixo das cobertas, a mulher sussurra uma oferta para massagear suas costas, tão baixinho que Marian finge que não ouviu. Contudo, ela aceita e se vira de bruços, levantando a camisa.

A mulher percorre as costas de Marian com as pontas dos dedos. Uma atração começa a pulsar bem abaixo do ventre de Marian. Nunca lhe ocorreu que uma mulher pudesse evocar tal sensação, mas ali estava ela, sentindo; o toque era tão suave, tão experiente, que Marian tem curiosidade de saber o que mais seria possível. Ela muda de posição, e os dedos suaves, sem hesitação, percorrem suas costelas. Os lábios da mulher beijam o tórax de Marian com a mesma delicadeza de quem encosta a boca em uma xícara de chá de porcelana. Como Marian veste ceroulas masculinas de algodão branco, a mulher ergue os seus quadris, retirando-as.

Ao longo de toda aquela descoberta, Marian não toca a mulher nem a beija. Ela permanece completamente passiva, não submissa, exatamente, mas fria, quase majestosa, até que suas coxas se fecham ao redor da cabeça da mulher, e ela convulsiona em tremores. Depois, Marian se vira e, retirando a mão persistente e questionadora da mulher de seu quadril, adormece.

Quando Marian retorna a Valdez, uma carta de Caleb com outra de Barclay está lhe esperando. Ela joga o conjunto no fogo, sem ler. Por um tempo, quando se deita, pensa mais na mulher do hotel do que em qualquer outra pessoa.

Pelo rádio, Marian fica sabendo da Kristallnacht [Noite dos Cristais] e sente um pavor atenuado pela distância. Tudo parece longe, exceto as montanhas, as minas, as geleiras.

Charles Lindbergh vai para a Alemanha, recebe uma medalha de Hermann Göring. Uma câmera tira uma foto.

No entanto, quando, em abril de 1939, Lindbergh retorna aos Estados Unidos, seu status de herói está comprometido, pois há boatos nos jornais de que ele se tornou um porta-voz dos alemães, um conciliador. Os Estados Unidos, afirma ele com certeza, não deve entrar na guerra. "Devemos nos unir", escreve na *The Reader's Digest*, "para resguardar o bem mais precioso, nossa herança do sangue europeu".

Ele se considera imparcial, agraciado com um alto grau de raciocínio. Se Lindbergh acredita em algo, logo, esse algo deve ser verdade. Ele começa a fazer discursos no rádio, depois, discursos públicos, atrai multidões, lota lugares como a Madison Square Garden com centenas de pessoas que simplesmente não querem ir à guerra novamente, mas também atrai simpatizantes nazistas, fascistas e antissemitas (pelos quais as pessoas estão dispostas a fazer vista grossa).

Um breve desvio para o futuro: depois de Pearl Harbor, Lindbergh se cala. Mesmo tentando trabalhar na PanAm ou Curtiss-Wright, e ainda que suas propostas sejam de início aceitas com entusiasmo, elas são estranhamente recusadas, pois a Casa Branca desaprova todas. Mais tarde, ele convence os fuzileiros navais a enviá-lo ao sul do Pacífico como observador, pedindo para ficar nas linhas de frente. Lindbergh voa em patrulhas de madrugada e missões de resgate, atira em aviões japoneses, embora não deva, e descobre métodos para reduzir o consumo de combustível, o que aumenta o alcance dos caças. Um homem para lá de prestativo. Recuperou um pouco de sua reputação, mas as coisas nunca mais serão como antes.

Após a guerra, o casamento de Lindbergh se desgasta, mas resiste. Anne escreve livros, aborrecendo-se profundamente com as tentativas do marido de controlar a ela e aos filhos quando está em casa, o que é raro. Por baixo dos panos, ele tem um caso com três mulheres alemãs e acaba tendo sete filhos secretos com elas. Será que quer repovoar o mundo com pequenos Lindberghs? Vive repetindo aos filhos que devem ficar atentos à genética ao escolherem companheiras.

Aos 60 e poucos anos, Lindbergh se dedica a defender as espécies ameaçadas de extinção e os povos indígenas. Está obcecado com a ameaça de uma guerra nuclear. Apesar de ter ajudado a encolher o mundo, queria que o mundo não tivesse encolhido.

Quando ocorre o lançamento do foguete Saturn V, também conhecido como a expedição Apolo 11, que levou os astronautas para a Lua, Lindbergh está lá na Flórida, esticando o pescoço até a última centelha se apagar. O foguete queima mais combustível no primeiro segundo de seu lançamento do que o *Spirit of St. Louis* queimou quando ele voou de Nova York a Paris.

Em 1974, em Maui, segunda maior ilha do Havaí, Lindbergh falece. Ele optou por não ser embalsamado, escolhendo ser enterrado com roupas de lã e algodão que vão se decompor, não agredindo o ambiente. Ele quer que cantos havaianos sejam entoados para si. Lindbergh garante que haja um espaço para Anne em seu túmulo forrado de pedras vulcânicas, mas, quase três décadas depois, ela optará por ser cremada, suas cinzas espalhadas em outro lugar.

Flavian fora pessoalmente obrigar Jamie a sair das montanhas e arrastá-lo para a cerimônia do prêmio no Museu de Arte de Seattle, que ele suportou, apesar do incômodo, pois estava desacostumado a multidões e nervoso com o fato de encontrar qualquer membro da família Fahey. Embora nenhum Fahey tenha aparecido na cerimônia, as aquarelas de Turner que Jamie descobrira no sótão estavam em exibição, dispostas em uma fileira luminosa em uma parede vazia com uma placa embaixo: COLEÇÃO FAHEY. Não passavam de simples aquarelas coloridas, em pequenos retângulos de papel texturizado, mas, ainda assim, expressavam uma ampla vista do mar e do céu, do espaço infinito.

Entre as muitas mãos que cumprimentou, uma pertencia a um homem da WPA. Por que Jamie não trabalhava para o Federal Arts Project, o homem queria saber. A intenção era manter os artistas trabalhando. Eles precisavam de um mural para uma biblioteca em Bellingham. Será que Jamie toparia?

Sim, concordou Jamie, embora aquilo tivesse desagradado Flavian, pois ele queria que Jamie continuasse pintando telas que pudessem ser vendidas e, por favor, Jamie, por favor, não queime mais nada, pelo menos não sem mostrá-las primeiro a Flavian.

Entretanto, Jamie gostou da ideia de pintar algo enraizado em um lugar, algo sólido. Fechou a cabana na montanha, fez a barba e retornou ao seu país natal. Após terminar o mural em Bellingham, a WPA o mandou para a Ilha das Orcas, para pintar um mural em um correio. Agora, nas primeiras semanas de 1939, Jamie toma um trem para se encontrar com Marian, em Vancouver. O reencontro dos irmãos é há muito esperado, porém, ela não queria pisar nos Estados Unidos. Ainda não. Ele veste um sobretudo preto e um terno de lã cinza e se descobre ansioso para revisitar a cidade da qual fugiu em pânico.

Marian instalou dois tanques auxiliares de combustível no compartimento de carga de seu avião e demorou três dias para chegar, saindo de Valdez, com quatro paradas. Voou principalmente na linha costeira, com os picos nevados à esquerda. Estava focada, mas sentia um tédio muito grande de um voo sem incidentes, ainda que estivesse em condições meteorológicas favoráveis, e, outras vezes, quando escutava o estalo do motor, pensava ter ouvido o fantasma de Barclay pulando e tossindo no Stearman.

Quando Marian chegou ao hotel, o homem da recepção a mediu de cima até embaixo, claramente reprovando suas roupas, porém, ela, de cabeça erguida, estendeu-lhe o dinheiro (com as unhas sujas de graxa). Havia combinado com Jamie que ele escolheria um hotel, mas que ela pagaria pela hospedagem. Insistia. O irmão tem pouco dinheiro, mas ela está trabalhando bastante. No hotel, Marian toma um banho e tenta se arrumar, mas não há muito a ser arrumado, apenas sua disposição. Mesmo se quisesse usar um vestido, não tem mais nenhum. Até tem um batom, mas nenhuma outra maquiagem. Seu rosto está cheio de sardas, e seu cabelo, curto e desgrenhado, como sempre. Marian vestiu uma camisa e uma calça limpas, enxugou as botas com uma toalha do hotel, alisou o cabelo e beliscou as próprias bochechas, para ficar corada. Ela quer que Jamie a veja como uma piloto de voos rasantes experiente, que veja, de alguma forma, seis anos de sobrevivência em um território hostil e fique impressionado com a garra dela, mas também quer que ele acredite que sua competência é tanta que ela consegue vencer todos os desafios com facilidade e desembaraço. Assim, Marian vestiu suas botas, calça e jaqueta de lã como um escudo, meio que a contragosto, pois também quer que Jamie ache a irmã bonita. Ela espera que não pareça tão esquisita aos olhos dele.

Jamie está parado perto da lareira, no hall, com as mãos nos bolsos, e se vira em direção à escada enquanto Marian desce. Ele não parece assustado, apenas contente. É ela que fica surpresa. Ele é um homem adulto, claramente. Como Marian, ainda é muito loiro e sardento, porém, seu cabelo está bem cortado e com óleo, estiloso. Mesmo no pequeno movimento de virar para cumprimentá-la, ele parece sentir um alívio contido.

— Você está sempre tão elegante assim? — pergunta Marian enquanto Jamie a abraça, dando um tapinha brusco nas costas dela.

— Apenas quando quero impressionar alguém. — Jamie segura a irmã. — Você ainda não quer se enturmar?

— Vou te envergonhar?

Jamie lhe oferece o braço.

— Nunca.

Os irmãos seguem para um restaurante, caminhando no mesmo ritmo, a passos longos. A princípio, comportam-se de modo cerimonioso um com o outro, incertos sobre a melhor forma de interpelar todos aqueles anos que ficaram para trás. Conversam sobre Wallace, sobre a casa e o que devem fazer com ela. Acabam concordando que Jamie irá até Missoula para vendê-la, encontrar um lugar para guardar o que deve ser guardado (os livros e lembranças de Addison, as pinturas de Wallace) e vender o resto. O velho Fiddler morreu, mas Jamie encontrará um lar para todos os cachorros. Nenhum dos dois se imagina morando em Missoula novamente. Jamie insiste que a guerra de fato acontecerá, sentindo um deleite virtuoso ao prever uma catástrofe, embora, lá no fundo, não consiga acreditar que as pessoas sejam tão estúpidas. Mesmo Hitler — como ele pode querer outra guerra? Como alguém pode querer isso? Fica intrigado com o conceito fundamental bélico, a ideia de que as pessoas devem se matar assombrosa e excessivamente até que alguém em algum lugar decida que a matança deve parar.

Marian não sabe o que dizer. Seu mundo tem tão pouca gente que ela não consegue conceber pessoas o bastante se reunindo para guerrear. A ideia de uma guerra lhe parece acanhada e fútil diante da vastidão monstruosa do Alasca.

Eles comem em um restaurante chinês que Jamie conhece, um lugar estreito e escuro com mesas verdes e lâmpadas penduradas. A garçonete traz cerveja e cumbucas com caldo chinês de ovo, porém, Jamie deixa a colher de lado.

— Você ficou sabendo do Barclay?

Marian ergue os olhos.

— Ele saiu da prisão?

— Sim. — Jamie hesita. — Mas aconteceu outra coisa. — Ele faz uma nova pausa, pigarreando. — Barclay morreu.

A notícia golpeia Marian como uma lufada de vento. Ela sente um zumbido nos ouvidos. Jamie prossegue:

— Saiu em todos os jornais. Achei que você tinha visto. Logo depois de solto, ele estava dirigindo da fazenda para Kalispell, sozinho, e, aparentemente, alguém sabia do trajeto e estava à espreita. Foi um tiro de rifle à distância.

Marian se apoia na mesa, segurando a borda. Solta-a e toma um gole de cerveja.

— Quando?

— Semana passada. Caleb me disse que todo mundo acha que Sadler matou ele, já que ele e a irmã de Barclay se acostumaram a comandar os seus domínios.

A polícia não parece muito interessada em investigar, e nem sei se tem alguma coisa a ser investigada. Ninguém viu nada. Sadler tem um álibi. Segundo os jornais, Barclay morreu pobre. Pelo menos no papel. Você foi mencionada na reportagem, não pelo nome, deve ter sido coisa de Sadler. Falava que ninguém sabia para onde a esposa de Barclay tinha ido. Teve um testamento, mas você não estava nele.

A mão de Marian treme enquanto afunda a colher na sopa, observando o líquido viscoso e amarelo escorrer pelos lados. Que sentimento é este? É muito forte para saber, do mesmo jeito que tanto o calor quanto o gelo podem queimar. Choque, supõe. Ela levanta a colher, derramando um pouco a sopa, que queima sua boca. Jamie dá um tapinha no seu joelho, por baixo da mesa, não dizendo nada. Ela enxuga o rosto com um guardanapo e balança a cabeça.

— Chega — fala Marian, referindo-se às lágrimas.

Barclay nunca apareceria no Alasca nem em lugar algum. E Marian havia queimado sua última carta sem lê-la. Mas o que ele poderia ter lhe dito? Deveria ter respondido à primeira carta dele, dito que o perdoaria apenas se ele a esquecesse, se a deixasse sozinha para sempre? Isso teria mudado alguma coisa? Ela queria que alguma coisa mudasse? É possível sentir tristeza e alegria ao mesmo tempo?

— Mas por que teriam que matar ele? — pergunta Marian, a garganta áspera e queimada pela sopa. — Tudo já estava no nome deles mesmo. — Ela fica se perguntando se Kate e Sadler se amavam. Eles sempre estiveram juntos? Ela nunca tinha percebido nada, ainda que, daquela vez, Kate tenha lhe dito que não era apenas uma solteirona. Marian decide que não se importa. Eles não passam de personagens de um livro lido há muito tempo. Sequer a procurariam.

— Não sei — responde Jamie. — Não faço ideia de como isso funciona.

— Um tiro de rifle? Um só? Mas Barclay estava dirigindo ou havia parado o carro?

— Acho que foi um só mesmo.

— Sadler não era bom atirador.

— Talvez ele tenha dado sorte.

— Sadler não planejava nada contando com a sorte.

Os irmãos se encaram, imaginando.

A garçonete traz um prato de macarrão com carne de porco e uma tigela de feijão verde com molho. Com cuidado, Marian fala:

— Quando Caleb veio me visitar no Alasca, contei a ele algumas coisas sobre Barclay. Coisas que eu nunca tinha dito a ninguém. Ele ficou enfurecido.

Os irmãos se encaram por mais um tempo. Jamie diz:

— Não devemos pensar assim. Nem seguir por esse caminho.

— Não lamento que ele esteja morto. Mas sempre pensei que veria ele mais uma vez. Achei que poderíamos acertar as contas.

— Eu sei.

— Eu costumava pensar que nunca me sentiria livre dele a menos que ele concordasse em me libertar.

— Eu sei.

— Às vezes, ainda me sinto assim.

— Você é livre. Já está livre há um bom tempo. Você ficou abalada.

— Estou sendo sincera. *Fico* feliz que ele esteja morto.

— Fico feliz também. Me fala o que você disse a Caleb.

— Talvez mais tarde. Preciso de outra bebida primeiro.

— Em Vancouver — Jamie começa a contar — uns homens vieram ao meu apartamento, na calada da noite, e me espancaram. Ficavam repetindo que eu falasse para onde "ela" tinha ido. Achei que fossem os capangas de Barclay tentando encontrar você, mas, na verdade, eram *outros* capangas procurando por uma mulher diferente. Foi cômico. Foi tipo o que acontecia com Wallace, tinha tanto capanga atrás dele que ele perdia a noção do que estava acontecendo — finalizou, rindo.

Marian fica estarrecida.

— É por isso que você foi embora de Vancouver?

— Em parte. Duas mulheres seguidas magoaram meus sentimentos.

— Me conta mais.

Após jantarem, Jamie leva a irmã a um bar de que ele gosta, a alguns quarteirões. Uma névoa fria paira no ar. Alguns de seus amigos do Boar Bristle os encontrarão mais tarde. Um bonde passa chacoalhando, chapéus e pontas de jornais enchendo as janelas. Jamie pergunta:

— Você acha que vai se casar de novo?

— Não.

— Pensei que, talvez… Você e Caleb, algum dia.

— Não. Já imaginou? Duas águias presas numa gaiola.

Pelas brechas dos prédios: um vislumbre do porto, das luzes dos navios. Marian imagina Caleb entre as árvores, esperando com seu rifle, observando pacientemente a estrada abaixo.

CAIA UMA VEZ, CAIA PARA SEMPRE

QUINZE

Quando alguém se esconde em um corredor escuro e o espera para pedir seu número, você fica aguardando uma ligação. Mas Adelaide Scott não me deu notícias.

Apesar de não interpretar mais Katerina, eu ainda era obrigada por contrato a ir a uma convenção nerd em Las Vegas, a fim de promover o último filme que fiz para a franquia *Archangel*, dar autógrafos e ficar sentada em um palco com Oliver, respondendo uma enxurrada de perguntas, embora eu não tivesse mais visto ou falado com ele desde a noite com Jones Cohen. Meu jato, previsto em contrato, veio me buscar em Burbank. Em uma bandeja, minha refeição vegetariana e minha garrafa de Dom Perignon Brut, também previstas em contrato, estavam me esperando. Antes mesmo de decolarmos, M.G. adormeceu, pois contra quem ele poderia me proteger dentro de um avião? Augustina jogava no celular. O jato decolou noite adentro.

Comi meia goma de ursinho de *cannabis* e bebi um pouco de champanhe. Desde a aula de voo, era a primeira vez que eu subia em um avião, e eu receava que aquela sensação vertiginosa retornasse, quando como me senti sendo terrivelmente sugada para baixo. Mas a sensação não voltou. Mais uma vez, folheei o livro de Marian. Sempre que o abria, sentia a mesma impressão de quando era criança, como se houvesse algo escondido nele. Todo mundo tinha a própria ideia de como seria o filme *Peregrine*, o melhor jeito de encaixar a vida absurdamente misteriosa de Marian em uma perfeita dose de entretenimento. Então, achei que poderia ter a minha própria ideia também. Adelaide Scott disse que saber o que não quer é tão importante quanto saber o que quer, e o que eu sabia e não queria era que o filme mostrasse o poder de uma garota corajosa ou a tragédia de se dar um passo maior que a perna. Um parágrafo chamou minha atenção:

> Meu irmão, um artista, falou-me que o que ele mais queria retratar nas suas pinturas era uma sensação de espaço infinito. Ele sabia que essa tarefa era impossível, pois, mesmo que uma tela pudesse acomodar tal conceito, nossas mentes seriam incapazes de compreendê-lo. Contudo, ele disse que acreditava, boa parte das vezes, que um objetivo inalcançável era o que mais valia a pena. O objetivo declarado do meu voo é muito simples e, acredito eu, alcançável, porém, tal objetivo surgiu do meu próprio desejo essencialmente inalcançável de querer compreender a dimensão da Terra, de ver tudo o que possa ser visto. Quero mensurar minha vida em relação às dimensões do planeta.

Estávamos fazendo algo ruim, tentando encaixar Marian? Simplificá-la era inevitável. É necessário escolher uma versão, ainda que essa versão seja tão insignificante perante a realidade quanto uma vida é perante o planeta.

Lá embaixo, a escuridão total envolvia as migalhas luminosas que flutuavam à deriva, e os faróis piscando ao longo da Interestadual 15 eram como gotas de orvalho em uma teia de aranha. Num instante, descemos sobre uma cidade densa com luzes brilhantes cor de tangerina, suspensa no buraco negro do deserto. Eu conseguia ver a The Strip, entre a Avenida Sahara e a Rodovia Russell com seus castelos, pirâmides, fontes e uma enorme roda-gigante e uma fileira de quarteirões brilhantes de hotéis, como gigantescos doces embrulhados em papel-alumínio.

Um SUV preto estava nos esperando. No caminho para o hotel, Augustina repassou a programação. Entrevistas pela manhã, um painel à tarde com Oliver e o diretor e alguns outros atores, seguido pela revelação do novo trailer, uma reunião VIP depois e um jantar com o intuito de melhorar as relações com o diretor e o pessoal do estúdio. Pela janela, a cidade piscava e cintilava como uma nave espacial disfarçada de cidade.

— Oliver já chegou? — perguntei, mexendo no celular.

— Já, sim — respondeu Augustina. — Você quer que eu…

— Não.

Por um elevador escondido, entramos no hotel por uma entrada secreta, exclusiva para apostadores da alta roda e Os Famosos. Esses portais ocultos tomam conta de Las Vegas, covis que reluzem como ouro para porcos asquerosos que valem mais que ouro.

Sentei-me na gigantesca cama branca e olhei pela parede de janelas. Comi o resto da goma canábica e algumas amêndoas defumadas do frigobar. Fiquei encarando o encontro das brasas incandescentes e luminosas da cidade com a escuridão do deserto, apreensiva por ver Oliver, perguntando-me se deveria lhe mandar uma mensagem, para quebrar o gelo. Quando sumiu, apesar de estar me punindo, ele também facilitou as coisas. A ideia de ficar cara a cara com ele me deixou envergonhada. Eu não queria que ele sentisse raiva de mim, mas precisava que sentisse, pois, dessa maneira, eu saberia que era importante.

Deite-me nos travesseiros e, em vez de mandar mensagem para Oliver, mandei para Redwood. *Obrigada, mais uma vez, pelo jantar da semana passada.* Leanne havia ficado lá quando todos foram embora, e a memória dela acenando na soleira da porta com Redwood e Carol me despertou um sentimento sombrio de descontentamento.

Poucos minutos depois: *Obrigado por ter vindo! Minha mãe ficou animada por te conhecer. Precisamos nos encontrar logo.*

:), eu disse.

Esperei para ver se ele escreveria mais alguma coisa. Quando não o fez, escrevi: *Então, estou em Vegas.*

Vai apostar alto?

Duvido muito. Digitei e apaguei, digitei e deletei, digitei: *Leanne parece legal, mas achei que você não estava envolvido com ninguém.*

[Pensando e digitando...]

Não sei se estou

Bem?

Alguma vez, você já deixou as coisas rolarem com alguém apenas para se distrair?

Talvez essa seja a única coisa que eu ande fazendo

Acho que Travis Day está a fim de você

[Emoji inexpressivo] *Leanne sabe o que rolou?*

Não dá para saber

Se distrair do quê?

Também não dá para saber

Digitei, deletei. Digitei, excluí. *Acho que estou sentindo um pouco a sua falta.* Enviei antes que pudesse pensar mais.

[Uma eternidade de três pontos, depois, nada.]

•••

Acordei cedo, impaciente e aborrecida, ansiosa para que algo acontecesse. Tomei o café da manhã do serviço de quarto enquanto observava a cidade, o deserto, tudo insosso e desbotado. Neste lugar, os dias eram as cinzas da noite.

Oliver já estava na sala verde quando entrei com Augustina e M.G., e sua beleza, tão familiar, acertou-me com tudo. Eu basicamente podia tocá-la. Ele abriu os braços e disse, em voz baixa e triste:

— Oi.

Eu sabia que todos na sala estavam nos observando quando nos abraçamos, mas, quando olhei de volta, os olhares se desviaram. Oliver me levou para um sofá.

— Como você está? — perguntei, constrangida, mexendo-me, pois o couro preto do sofá me incomodava.

— Levando. — Oliver assentiu. — Melhor. Demorei um tempo para me recuperar.

— Eu sinto muito mesmo. Queria te dizer isso. Como nunca conversamos sobre…

Ele ergueu a mão em negativa.

— Nem vamos.

— Tudo bem. — Eu não fazia a menor ideia do que ele queria ou não ouvir.

— Como vão as coisas com Jones?

— Nunca tive um relacionamento com ele.

— Estou saindo com uma pessoa.

Não fiquei nem um pouco surpresa, mas perguntei:

— Jura? Quem?

Um jovem de fone de ouvido e um cordão com um crachá pendurado no pescoço veio correndo até nós e se agachou ao nosso lado.

— Gente, sinto *muito* por interromper vocês, mas me pediram para avisar que estamos um pouco atrasados. Aguardem um instante. *Muito* obrigado por serem pacientes.

Quando o rapaz saiu apressado, Oliver me disse o nome da atriz que estava assumindo o papel de Katerina, e eu ri alto, completamente incrédula. Rostos e olhares assustados se voltaram para nós mais uma vez.

— Mas ela não tem 17 anos? Sabia que isso é ilegal?

Oliver me dirigiu um olhar regado a irritação e um pouco de pena, como se eu fosse uma burocrata patética de baixo escalão vingando-se da minha própria insignificância ao sugerir regras arbitrárias. Talvez eu fosse mesmo.

— Ela é uma alma velha. Eu tinha 17 anos quando conheci a minha ex.

— E veja como deu certo.

— Não me arrependo de nada. — Oliver me encarou com um olhar dramático. — Nunca me arrependo de ter amado alguém.

— Que ótimo.

— Conhecer você realmente me ajuda a te esquecer.

Ainda que, lá no fundo, nunca tivesse acreditado que Oliver tenha me amado, eu estava me esforçando para resistir à sua angústia. Ele se aproximou mais de mim, emanando uma suave tristeza, e entendi que a melhor coisa a ser feita, e mais fácil também, seria aceitar a versão dele da nossa história, para desamarrar os nós de todo aquele emaranhado confuso.

— É muito bom te ver — disse ele.

E eu, fazendo a minha melhor cara de luto, sob um véu de tristeza, falei:

— É bom te ver também.

A porta se abriu, e Alexei entrou.

— Sempre seremos amigos — afirmou Oliver durante nosso painel, iluminando a multidão de gente com sua luz, como se fosse Moisés abrindo o Mar Vermelho. — Desejo tudo de bom nesse mundo para Hadley. Ela é uma pessoa incrível.

Estávamos sentados lado a lado em uma extensa mesa, em frente a um painel *backdrop* com os milhares de logotipos da convenção. As pessoas nos gravavam com os celulares. Esbocei um sorriso enjoativo. Falei que Oliver e eu ainda gostávamos muito um do outro. Disse que sentiria falta da franquia e da família *Archangel*, mas estava ansiosa por novos projetos. Estava animada com o futuro. Alexei estava parado na beirada do palco, e nem me atrevi a olhar para ele. Eu mal o havia olhado na sala verde, com medo de que todo mundo visse meu olhar ardente e inflamado por causa dele, receosa de que ele também visse.

A tela desceu, as luzes diminuíram, e, lá estava, Arcanjo, dourado e congelado. Lá estava eu, acorrentada. Oliver estava em um trono.

A luz refletiu para a plateia. Observei todo mundo assistindo à minha imagem, seus rostos vidrados na tela como se ela fosse alimentá-los. Contudo, quando me atrevi a olhar para Alexei, ele estava realmente me encarando. Às vezes, eu me imaginava conhecendo-o pela primeira vez, mas em circunstâncias diferentes, divorciado ou, quem sabe, nunca casado. No entanto, estaríamos à mercê de um sistema olofssoniano diferente, de um passado distinto, que nos atiraria para frente, por meio de uma rede diferente de reações em cadeia. Assim, talvez nem houvesse uma faísca. Ou, quem sabe, houvesse amor e luz.

Na cena, eu estava com um vestido branco, algumas partes eram de pele, em uma planície de neve, sendo perseguida por um homem vestido todo de preto, que empunhava um machado preto e usava um capacete preto de cavaleiro, cobrindo o rosto. Parei de correr. Lá embaixo, um penhasco vertiginoso e alto, coberto de gelo azul, íngreme e fatal. Ondas negras se chocavam contra o penhasco, lançando nuvens de espuma branca. A câmera começou a se afastar e subir, revelando que o homem do machado e eu estávamos sozinhos no topo de um iceberg, que estava flutuando em um mar vazio e tempestuoso. Um *close* no meu rosto enquanto eu observava meu inimigo se aproximar. Aparece uma tela escura. *Caia uma vez. Caia para sempre* apareceu em letras brancas, desaparecendo um pouco à medida que era substituído pela data de lançamento. A multidão aplaudiu.

Na cama, na Nova Zelândia, Alexei havia me contado sobre seus pais, que eram amorosos e intelectuais, porém, comportavam-se como se estivessem em uma atuação enfadonha e fossem eleitores do Bush, atitude que ele via como um disfarce de gente branca para negros, e isso deixava Alexei magoado, pois nada daquilo funcionava. Ele havia me contado sobre os absurdos despropositados de ser um negro em Hollywood, não importa o quanto tentassem apagar as suas origens: como era solitário às vezes, como as pessoas do meio podiam ser estranhas, como era evidente o desejo delas de que não houvesse um cara negro ali, para que não se sentissem desconfortáveis em ignorar a cor de sua pele ou fazer sugestões de cunho tokenista. Como todo mundo simplesmente achava que ele representava e trabalhava somente para artistas negros ou jogadores de basquete. Como ainda era confundido com um assistente, embora tivesse 39 anos e fosse extremamente bem-sucedido. Como ainda era abordado nas *blitz* policiais, para que todos eles pudessem demonstrar suas dúvidas sobre Alexei ser dono de um Tesla ou não. Antes de Oliver ser escalado para a franquia *Archangel*, o chefe de Alexei lhe disse para cortar seus dreads. *Se você quer ser levado a sério, precisa de um corte de cabelo sério*, dissera. Apesar de Alexei não ter cortado e de o chefe agora ser seu parceiro de negócios, ninguém nunca mais disse nada sobre seu cabelo, a não ser elogiá-lo exageradamente.

Ele se esgueirou ao meu lado durante a reunião VIP de fãs e me cumprimentou. Nossas palavras seguiam a mesma direção, como se estivéssemos dirigindo numa estrada, em algum lugar.

— Eu não sabia que você ia estar aqui — falei.

— Nem eu, até dois dias atrás. Oliver estava me atormentando para ter um fim de semana só dos meninos. Eu não tinha mais desculpas.

Oliver achava que Alexei não se divertia o suficiente, Alexei me disse, vivia insistindo em lhe pagar para receber *lap dance*, deu-lhe um relógio Patek Philippe, insistia em perder US$50 mil no pôquer, teimava em espirrar champanhe na multidão em alguma boate onde um famoso DJ fazia performances com o próprio notebook.

— Não me lembro de ter entrado em nenhum *séquito* de RPG — falou Alexei. — Eu deveria ter um ataque de raiva em um Porsche?

Aquilo me fez dar risada na cara dos VIPs à medida que eles se aproximavam de mim: alguns pais que aparentavam ser podres de ricos e duas adolescentes em trajes da Katerina preocupantemente sensuais. Do outro lado da sala, Oliver olhou para nós.

— Com licença — disse Alexei, vestindo sua capa de profissionalismo, caminhando em direção a Oliver.

Mais garotinhas apareceram, pessoas fantasiadas e um cara barbudo, sozinho, que desenrolou toda uma teoria esotérica e cabalística sobre a filosofia subjacente de *Archangel*. Sorri, autografei coisas e posei para fotos, mas tudo que eu via era Alexei, mesmo quando não estava olhando para ele. Quase me esqueci completamente de Redwood. Quando pensava nele, era com ternura, até nostalgia, como se nosso caso que ainda não havia acontecido já fizesse parte do passado. Quando Alexei retornou, nem olhei para ele, mas sua presença tomava conta do meu horizonte, como se uma tempestade estivesse se formando.

De lado, ele propôs:

— Quer beber alguma coisa depois disso?

Tudo bem estarmos sentados projetando nossas sombras na penumbra do bar secreto para apostadores da alta roda e Os Famosos. Está tudo bem. Somos amigos. E o que os amigos fazem? Saem para curtir, juntos. Conversam. Alexei e eu sustentamos nosso fingimento como se fosse um escudo.

— Você não vai vazar essa informação, *né*? — perguntou Alexei sobre o fato de Oliver estar namorando uma adolescente. — É a última coisa que precisamos nesse momento.

— Gwendolyn já sabe? Ela ficou desolada?

Alexei revirou os olhos.

— Ela suspeita. Oliver teve que lançar uma ofensiva para seduzir ela.

— Uma hora ela vai descobrir.

— Espero que nem tudo — disse ele, olhando-me com intensidade. — Rezo para que nem tudo vaze.

Uma enorme luminária escultural pendurada no teto, uma bola de tentáculos de vidro azul semelhante a uma anêmona do mar que nos projetava um brilho aquoso.

— Não — falei. — Algumas coisas não vazam porque ficam só entre as duas pessoas.

— Mas não significa que essas coisas não assustem as pessoas. Talvez, as pessoas *achem* que não passa de um namorico, mas, então, a realidade bate, e elas ficam assustadas — falou Alexei.

— Mas talvez essas pessoas pudessem ter sido mais compreensivas. Sinto que elas agem por impulso, se recusando a enxergar o panorama como um todo.

Ele sorri, o brilho azul cintilando nas suas bochechas.

— Talvez.

Tomei um gole da minha bebida.

— Parece possível.

— Talvez as pessoas esperem que os sentimentos desapareçam, mas eles permanecem — disse ele.

— Isso, sim, me parece familiar — falei.

A partir daquele ponto, continuamos o nosso papo inofensivo, retomamos nossas boas e velhas conversas. Os escudos haviam sido postos de lado. É fácil sentir que o atrevimento é um escudo de proteção, como se a inconsequência de ter um escudo como esse neutralizasse o perigo. Sentados à nossa mesa de veludo roxo, nem lhe perguntei como andava o casamento ou quais, especificamente, eram seus sentimentos a meu respeito, nem perguntei nada do que eu quisesse saber. Falei sobre Sir Hugo e Marian Graves e transformei Redwood em um trouxa que vivia gastando dinheiro a rodo e logo seria varrido para fora de cena por uma onda de decepção e perplexidade.

— O filme vai ser bom? — perguntou Alexei.

Eu era a única que havia me perguntado isso, mas nunca havia respondido. Em geral, estava cercada de pessoas que insistiam que o filme seria bom, sem sombra de dúvidas.

— Não sei — respondi. De repente, tudo me pareceu tão instável como quando peguei o manche do Cessna. Alexei pousou a mão no meu joelho, procurando me tranquilizar.

No meu quarto, Alexei arrancou minha calça jeans e blazer apropriados para a convenção, enfiando o rosto impacientemente entre minhas pernas. Enquanto estávamos trepando, ele me virou de bruços e murmurou meu nome no meu ouvido ao mesmo tempo em que meu rosto estava enfiado na escuridão quente do travesseiro, e percebi que eu estava chorando. Lá fora, o deserto se desvanecia em roxo e, depois, em preto, enquanto alguém ligava o interruptor da cidade, acendendo aquela rede cor de tangerina, preparada para fisgar algum artista circense invisível caindo do céu.

Quando Alexei foi embora, eu estava na porta, usando um roupão de hotel, e acabei beijando-o sob o lustre, uma bola preta e brilhante pendurada no teto, semelhante a um ovo expelido por alguma criatura do mar, a bolha preta e brilhante cujo intuito era gravar e assegurar que nenhum intruso cruzasse a antessala entre o elevador e a minha suíte, a bola preta e brilhante que tinha uma câmera escondida dentro, que estava gravando nosso beijo, uma câmera que enviava imagens silenciosas, com data e hora, em preto e branco, do nosso beijo para algum segurança do hotel que provavelmente detestava o próprio trabalho e odiava que um bando de idiotas se hospedassem naquelas suítes e, talvez, um segurança que já sabia que eu era uma safada escandalosa e queria que o mundo soubesse a dimensão da minha safadeza. Enfim, esse cara não desperdiçou a chance de ganhar dinheiro.

A GUERRA

Valdez, Alasca
Outubro de 1941
Dois anos e nove meses depois que Marian e Jamie se encontraram em Vancouver

Marian esperava que a guerra não chegasse ao Alasca, pois ninguém se importava com um lugar como aquele. Mas, em 1940, diante da probabilidade de que toda e qualquer ajuda logo seriam necessárias, alguém finalmente se deu conta das vantagens estratégicas daquele vasto e gélido território do Pacífico. A cidade de Anchorage estava repleta de soldados. Tanto lá quanto em Fairbanks a construção das bases militares seguia em ritmo frenético. Uma dúzia de aeródromos estava sendo construída de Leste a Oeste, na cidade de Whitehorse, no Yukon canadense, até a cidade de Nome, ao longo do Mar de Bering. Uma enxurrada de suprimentos, materiais e pessoas inundavam os navios, arraigando-se ao Norte e no âmago do território por meio de caminhões, trens, barcos fluviais e aviões.

Uma mulher jamais conseguiria um contrato governamental de transporte para abastecimento, mas os pilotos que conseguiam tinham mais demanda do que davam conta, e Marian tinha, pela primeira vez, um cliente confiável e que pagava. As oportunidades simplesmente caíam no colo dela. Com sua parte da venda da casa de Wallace, ela comprou um bimotor Beechcraft meia-boca de um cara que estava desistindo de tudo e retornando para o Arizona e alugou um chalé de madeira decente em Fairbanks. Agora, era conhecida por sua habilidade sobrenatural de voar em péssimas condições de tempo, pousando exatamente onde pretendia, mesmo quando todo o território era engolido por nuvens impenetráveis. Alguns pilotos a chamavam de bruxa, mas Marian nem se importava, mesmo porque, quando dissera a Barclay que era uma bruxa, desejava mesmo ser uma.

Nas montanhas e na tundra, bases novas não paravam de surgir, com hangares e torres de controle, casas com todas as facilidades modernas e assentamentos organizados cujos pedaços ela ajudara a transportar. Tudo tão eletrizante como um formigueiro. Por ser imenso, o Alasca era meio que despovoado, porém, Marian se sentia possessiva e preocupada com o lugar. Os pilotos recém-chegados, pensando que eram excepcionais, não se davam nem o trabalho de conhecer o vasto território. Como haviam acabado de aprender a voar, voavam de um farol para o outro, pousavam em pistas de verdade, mas não tinham experiência com voos rasantes. Sim, as tempestades eram infernais. Sim, os aviões ainda desapareciam para nunca mais serem vistos, mas um piloto não desbravava o território inexplorado como antes, não na opinião de Marian.

Ela tirou uma folga para visitar Jamie, que estava morando no Oregon, em uma casa de madeira arejada com vista para uma praia chuvosa e melancólica. O irmão havia parado de trabalhar para a WPA, pois não achava correto receber um auxílio-trabalho. Os colecionadores estavam começando a comprar as obras de Jamie: três paisagens foram compradas em uma exposição em tour que aconteceu em Boston e Nova York. Uma delas fora comprada por um museu de St. Louis. Jamie não tinha mais parceria com Flavian, pois este fora seduzido e havia ido embora com um renomado traficante de São Francisco.

— Não sei por quê, mas acho que o Alasca deveria permanecer despovoado e inóspito como sempre foi — disse Marian a Jamie, enquanto ambos caminhavam pela extensa praia desértica. As ondas deixavam na areia uma espuma brilhante e prateada, como as brumas de um nevoeiro. — Sei que é vaidade minha, mais do que qualquer outra coisa.

— Você foi para lá porque precisava se esconder — falou Jamie. — Faz sentido que seu instinto seja ficar longe das pessoas.

— Talvez. É como uma fortaleza — disse Marian, pegando uma concha e jogando-a na água. — Você deveria ficar um tempo lá, para retratar as paisagens.

— Eu gostaria. Vou, sim.

Os novos quadros de Jamie pulsavam uma luz inescrutável, interna. Embora conversassem um pouco com a técnica de dobra das primeiras obras que ele pintara após ir embora de Vancouver, e ainda que o mar, sem ângulos, fosse a temática mais comum, os quadros transmitiam uma sensação de dobra, uma condensação que, paradoxalmente, sugeria uma expansão abrangente. Uma tela imensa estava encostada à frente da estreita cama de ferro onde Marian dormia, tão larga e quase tão alta quanto a parede. Ao admirar a pintura, Marian teve a sensação de estar voando em direção ao horizonte.

Após alguns dias, Marian foi embora, sem se despedir. Subiu em seu avião e sobrevoou Missoula. Lá embaixo, a cidade estava enferrujada pelo outono. A Oeste, fora inaugurado um verdadeiro aeroporto, e alguns pilotos conhecidos ainda estavam nas redondezas. Ao vê-la, eles lhe disseram que tinham certeza de que ela havia morrido, de um jeito ou de outro.

Um professor de história da Universidade de Missoula havia comprado a casa de Wallace, para morar com a família. Ao passar pela sua antiga residência, a caminho da cabana de Caleb, Marian reparou que a pintura era nova e brilhante, que o telhado fora consertado e que as janelas estavam limpas. O celeiro parecia desocupado, mas sua velha choupana fora reformada, a tinta parecia fresca e havia jardineiras repletas de flores. Uma garotinha com um vestido azul estava brincando na varanda e parou para observá-la. Quem sabe, uma outra mulher poderia ter parado para lhe dizer olá, para explicar que ela e o irmão dormiam naquela mesma varanda quando crianças. Uma outra mulher teria sentido saudades de uma infância vivida em uma casa bem-arrumada, em aparente segurança e proteção, mas Marian tinha saudades mesmo da selvageria daqueles anos em que sua única preocupação era como estender as fronteiras de seu mundo. Marian seguiu seu caminho, pela trilha entre as árvores.

— Estou com uma garota — falou Caleb. — Achei que devia contar.

Marian se abalou, ficou desconfortável. Os dois estavam sentados nos degraus da cabana, bebendo uísque em canecas de alumínio.

— Bom para você.

— Achei que, se escrevesse e te contasse, você não viria.

— Eu teria vindo — afirmou Marian, sem saber se aquilo era verdade. Estava apreciando a proximidade do corpo de Caleb, o ar fresco e as folhas alaranjadas pelo outono, a agradável expectativa do sexo. Porém, agora, sentia-se febril e com raiva e, para seu pavor, estava quase chorando. Pigarreando, Marian completou: — Mas você devia ter me contado, porque daí eu arranjava um lugar para ficar.

— Fica aqui. Eu durmo no chão.

— Mas e se a sua namorada não gostar disso? — Caleb nem respondeu. — Quem é ela?

— Ela é professora de inglês do ensino médio. Veio do Kansas para cá, sozinha. Você ia gostar dela. Ela é inteligente. Corajosa, na verdade.

— Ah, claro, tem que ser corajosa mesmo para ser professora.

Caleb estava muito quieto. Em voz baixa, encarando a própria caneca, ele disse:

— Eu sabia que você não ia gostar.

— Mas você me recebeu de qualquer forma. Estava me *testando*, Caleb?

— Não, mas, se estivesse, agora saberia que você não liga para mim, a não ser que… — Ele mesmo se interrompeu. — Não sei como chamar o que a gente tem. Nem sei se temos alguma coisa. Nós trepamos? Fazemos amor?

Marian também não sabia.

— Como você chama o que tem com a professora?

— Não fazemos essas coisas.

— Não?

— Ela não é dessas.

Marian estava fervendo de raiva.

— Não é como eu.

Caleb se levantou.

— Não, não é. Mas, quando estou com ela, sei muito bem onde estou pisando. Sei o que ela quer de mim.

Marian também se levantou, confrontando-o.

— Tudo bem, continue. O que ela quer de você?

— Ela quer… não sei. Quer caminhar nas montanhas e fazer piqueniques. Quer se divertir.

— Que fofo, Caleb. Que bom que você finalmente encontrou uma garota de verdade.

Com raiva, Caleb encarou Marian. O olhar dele era tão penetrante e intenso que, se fosse um rifle, Marian já estaria morta.

— Ela quer que eu a ame.

Marian não conseguia respirar. Sabia que era uma armação dele para que ela perguntasse se ele havia dado o que a professora queria. Ela não perguntaria nada. Sentia-se como um cachorro rosnando.

— Você vai se *casar* com ela? — Caleb hesitou. Ela disse: — Porque, se for, você é igual aos outros. Vai viver em uma casa bonitinha, com uma professora bonitinha, vai fazer uma penca de filhos bonitinhos. E todas as noites vai ler o jornal, calçado em chinelas e fumando um cachimbo.

— Não sei! — respondeu Caleb, quase gritando. — O que você quer que eu faça? Quer que eu fique à sua disposição para entregar suas cartas como bem entender? Não que você tenha me agradecido algum dia. Devo esperar, caso você precise de alguém que concorde completamente com o que você quer fazer, quando quer, mesmo quando toma as piores decisões possíveis? Ou caso você queira trepar comigo a cada cinco anos? E depois você simplesmente dá o fora, sem nem se despedir de mim.

Caleb virou as costas, afastando-se rudemente. Depois se agachou, com a cabeça entre as mãos. Marian se aproximou, ajoelhando-se. Caleb se sentou de novo, puxando Marian para junto de si. Ambos se abraçaram forte e dolorosamente. Com uma das mãos, ela agarrou a ponta da trança de Caleb, puxando-a.

— Desculpa — disse Marian, com o rosto no ombro de Caleb. — Obrigada por entregar as minhas cartas.

Ele ficou calado por um bom tempo, com o rosto enterrado no pescoço de Marian, grudado nela. Por fim, disse:

— Depois você vai se despedir.

— Não gosto de despedidas.

— Mas você vai embora.

Com o rosto contra o peito de Caleb, Marian concordou.

Seattle
Dezembro de 1941
Dois meses depois

Assim que Jamie colocou o pé na exposição, vestindo um smoking emprestado, curto demais para o seu tamanho, segurando uma taça de champanhe, procurou por Sarah Fahey. Por semanas, alimentava uma esperança temerosa de que ela comparecesse ao evento.

Nos anos que se seguiram após vir a Seattle para receber seu prêmio, Jamie evitava a cidade, em grande parte por medo de esbarrar com Sarah ou com qualquer membro da família Fahey. Mas medo de quê? O que eles poderiam fazer contra Jamie? No cenário otimista, ele achava que nada. Mas, no pessimista, identificara quatro medos persistentes, ainda que irracionais. Primeiro: Jamie tinha medo de que a família Fahey pudesse concluir que toda a sua carreira artística havia sido uma tentativa dele se "igualar" à posição que ostentavam como nata da sociedade. Segundo: temia, não sabia como, que eles o fizessem perceber que suas obras eram ridículas e que era um impostor. Terceiro: tinha medo de que ainda amasse Sarah e, quarto, temia que não a amasse mais.

No mais, os dois últimos medos eram totalmente absurdos, pois, na cabeça de Jamie, o único motivo pelo qual ele não parava de pensar em Sarah era porque a separação de ambos havia se dado repentinamente. Sarah era um livro cujas últimas páginas haviam sido arrancadas, deixando Jamie à mercê da própria imaginação. Se a visse, ela não seria mais uma incógnita sedutora, e, sim, uma mulher de carne e osso. Não seria mais uma sílfide, um devaneio para o qual sua mente retornava sempre que as coisas com outras mulheres davam errado (sempre davam), tampouco a cura para todos os males e decepções que povoavam sua existência. Mesmo porque, especulava Jamie, ele estava tão carente de amor quando a conheceu, tão aflito para ter uma vida que fosse sua, que havia extrapolado as proporções daquele romance adolescente. Fora um verão de beijos, nada mais. Se pudesse apenas vê-la, estaria curado dela.

E, outra, provavelmente Sarah havia se casado, uma decisão que já dizia tudo.

Em todo caso, tinha que dar um basta nos seus medos. Recusar-se a ir à exposição já era insanidade. Jamie então chegou dois dias antes do evento, para supervisionar a instalação, e passou as horas livres perambulando pela cidade, assimilando uma década de mudanças. Caminhando, ao se recordar do menino que havia vivido ali, sentiu um misto de emoções conflitantes, alegria e tristeza. Em Seattle, o pensamento em Sarah parecia aceitável e nostálgico, não patético, como em outros lugares. Em casa, vez ou outra ele olhava para os antigos retratos que guardava dela, a imagem adolescente ainda mexia com seu íntimo, mas, depois, sentia-se deprimido, envergonhado.

Mas, então, lá estava Sarah. Mesmo separados por uma multidão barulhenta e adornada de joias e pedras preciosas, e ainda que Sarah estivesse de costas para ele, Jamie não conseguiu tirar os olhos dela. Ela estava admirando um quadro de Emily Carr. A delicada cabeça e os cabelos castanhos e brilhantes de Sarah, cuidadosamente arrumados em uma trança, contrastavam com as pinceladas das árvores e dos raios de sol da obra, entrelaçando-se em um turbilhão eufórico. Por debaixo do reluzente vestido de gala cor de esmeralda, as costas nuas de Sarah se destacavam, formando um triângulo. Juntos, todos esses detalhes — o cabelo trançado e preso por um pente cravejado de pérolas, a delicada coluna exposta — não lembravam nem um pouco a garota que Jamie conhecera, mas, ainda assim, ele a reconheceu em instantes, sem quaisquer dúvidas.

O quadro de Jamie, um retângulo de 1,80m por 3m de largura que retratava a costa do Oregon, estava exposto em uma parede, à esquerda de Sarah. Ela observou a obra de Emily Carr mais um pouco, antes de dirigir o olhar para a próxima. Após um tempo, Sarah se aproximou da obra de Jamie, mas evitou contemplá-la. Ela fez de propósito, pensou ele. Tudo nela parecia proposital. Sua elegância esbelta substituíra o jeito desengonçado e acanhado da adolescência.

Jamie começou a abrir caminho entre as pessoas, buscando um ângulo melhor, para enxergar o momento em que Sarah contemplasse sua tela, embora uma parte de si também quisesse pular entre Sarah e a obra, para impedir o julgamento dela, mostrando-lhe que era um fracassado, um artista medíocre, assim como todas as suas obras.

Mas, então, alguém o agarrou pelo braço, e ele teve que parar.

— Sua tela é maravilhosa — disse um homem. Jamie se lembrava vagamente dele, talvez tivesse alguma coisa a ver com o museu. Era pequeno e rosado, os cabelos encaracolados caíam na testa, parecia um querubim. Será que era um membro do conselho? Apertando a mão de Jamie, o suposto querubim continuou: — Magnífica. Meus parabéns.

Jamie agradeceu, distraído. Sarah estava a uma tela antes da dele.

— Confesso que preciso te perguntar — falou o homem, esticando-se na ponta dos pés, tentando chamar a atenção de Jamie. — Como você desenvolveu essa técnica, estilo, suponho, de criar ângulos? A sensação de dobra? O efeito é tão original que fiquei intrigado! Surgiu assim, do nada?

— Origami — falou Jamie, brevemente. Tomando o resto do champanhe, colocou a taça em uma bandeja erguida por um garçom que passava.

— Quê?

— Origami. Técnica japonesa de dobrar papel.

— Sério? Os passarinhos e sapos? Fascinante. Nunca tinha pensado nisso, mas agora vejo. Entendi! Me diz, você passou um tempo no Oriente?

Sarah ajeitou a postura e deu um passo à esquerda, ficando de frente para a tela de Jamie.

O mar e o céu eram cinzentos, pouco diferenciados, exceto pelas pinceladas. Os ângulos discretos sugeriam o marejar das nuvens e a harmonia rítmica das ondas e das correntezas. No primeiro plano, via-se uma enorme formação de basalto, famosa, localizada na cidade de Cannon Beach. Jamie representara a paisagem, contrastando o céu e o mar, como se fossem monolíticos, um vácuo negro. Sarah estava imóvel diante da escuridão.

— Sr. Graves — chamou o homem-querubim.

Jamie estava prestes a ter um colapso nervoso. Sua boca estava seca.

— Com licença — sussurrou Jamie, passando rapidamente pelo homem, no mesmo instante em que Sarah desviou os olhos do quadro.

Qual era a expressão dela? Jamie tentaria guardar aquele instante na memória para exame posterior: Sarah estava com as bochechas coradas e os olhos arregalados, vivos e límpidos; não ostentavam admiração declarada nem insatisfação visível, mas estavam claramente *instigados*.

Ao ver Jamie, Sarah ficou boquiaberta e paralisada. A vermelhidão de seu rosto corado se intensificou, espalhando-se até o decote. Com uma mão no pescoço, ela sorriu de modo tímido, trêmula.

Nervoso, Jamie correu em sua direção, arregaçando as mangas, insultando a si mesmo por ser orgulhoso demais para comprar um smoking, dizendo que não era hora de se preocupar com aparência, pois não tinha intenção alguma de se passar por um ricaço que nadava em dinheiro (embora não fosse mais um pobretão), e, agora, seu castigo era parecer um espantalho: alto demais para um smoking curto demais. Jamie se apressou para cumprimentá-la, beijando-a na bochecha.

— Sarah. — Não ousou dizer mais uma palavra. Ao imaginar um reencontro, não levou em consideração a adrenalina, as mãos e os joelhos trêmulos. Jamie enfiou as mãos nos bolsos.

— Fiquei imaginando se você estaria aqui — falou Sarah. Ela tocou novamente o pescoço. — Estou tão nervosa. Por que estou assim, já que somos velhos amigos?

Satisfeito com a confissão e raivoso pela menção da palavra *amigos*, Jamie respondeu:

— Velhos enamorados, na verdade.

— Éramos *crianças* — declarou Sarah, buscando enfatizar a palavra crianças, tagarelando antes que Jamie pudesse falar algo. — Mal posso acreditar. Ver seu nome nessas obras absolutamente extraordinárias. Sério, Jamie. Não só essa tela, mas as outras também são belíssimas, e eu ainda enxergo um garoto. — A multidão de gente empurrou Sarah para perto de Jamie, e ela quase encostou no peito dele. O corpo inteiro de Jamie se acendeu. Sarah rapidamente agarrou seu antebraço, disfarçando. — Tentei te imaginar como adulto e não consegui, mas, agora que te vejo, faz todo o sentido.

Jamie a observava atentamente.

— Entendo o que quer dizer. Você muda, mas continua sendo a mesma pessoa. — Os ossos do rosto dela se destacavam mais nitidamente do que antes, mas, ainda assim, um ar de inevitabilidade rondava aquela Sarah adulta. Seus volumosos e longos cílios que lhe conferiam um aspecto tímido e modesto quando garota estavam cobertos de rímel, e, quando, através deles, Sarah encarou Jamie, ele percebeu, com uma pontada de inquietação, um novo tipo de astúcia.

Sarah apontou para o quadro, dizendo:

— Quando olho para esta tela, sinto muito orgulho. Não tenho direito de sentir, mas sinto mesmo assim.

— É… — Jamie se calou, olhando para a sua obra. — Não ficou do jeito que eu queria, mas obrigado. Se não fosse aquele verão, eu nunca teria me tornado um artista.

— Não é verdade.

— É, sim.

— Não é, não. Você nasceu para ser artista. Não precisava de um romancezinho adolescente para se tornar um.

O desgosto que Jamie sentiu ao ouvir as palavras *romancezinho* e *adolescente* fora rebatido pelo olhar ávido de Sarah. Ele teve a sensação de que ela estava tentando guardar aquele momento na memória também.

— Não foi apenas isso — falou Jamie. — Ninguém tinha me incentivado antes. Você me deu um senso de possibilidade. Não apenas você, mas sua mãe e seu pai, apesar de... — Hesitando, apressou-se logo em dizer: — Ficar próximo de todas aquelas obras de arte foi um aprendizado, um começo. — Jamie estava esbaforido, assustado com a própria sinceridade. Sarah estava radiante.

— Então, todo o sofrimento valeu a pena — falou ela.

Naquele exato momento, um homem saiu da multidão, passando o braço em volta da cintura de Sarah. Beijando-a na têmpora, recuou, posicionando a mão como se estivesse medindo a temperatura dela.

— Você está febril. Está se sentindo bem?

Atrapalhada, Sarah se afastou, depois se virou em tom de desculpas, pressionando o ombro dele com o dela.

— Sim, está abafado aqui.

— Você deveria tomar um pouco de ar fresco. Sinto muito, olá — disse o homem, oferecendo a mão para cumprimentar Jamie, que, ao apertá-la, pensou que poderia sentir um pouco da umidade da testa de Sarah. *Sofrimento de quem?* Exigia saber. *O dela? O que ela quis dizer com aquilo?* Mas, então, o homem continuou: — Lewis Scott. Acabei te interrompendo. Me distraí com a preocupação pela minha querida esposa.

— Lewis, este é Jamie Graves — apresentou Sarah. — Artista e velho amigo. Jamie, esse é o meu marido, Lewis.

— Oh! — exclamou Lewis. — Faz muito tempo que quero te conhecer!

Jamie estava concentrado demais no rosto de Sarah para perceber a aliança de casamento no dedo dela. O homem, o marido, tinha cabelos cor de areia e, por trás dos óculos de tartaruga, uma feição amável. Tinha o nariz proeminente e ligeiramente curvado, mas isso não desvirtuava a beleza. O smoking de Lewis lhe servia perfeitamente. Inclinando-se, ele apontou, como Sarah, para a tela de Cannon Beach, falando com a voz baixinha:

— Sua tela é a melhor da exposição. Não sei nem uma fração do que Sarah sabe sobre obras de arte, mas até eu posso ver que seu trabalho é incrível. Aqui não se fala em outra coisa. Parabéns.

Completamente desolado, Jamie agradeceu.

— Sei que você não é o tipo de artista que almoça elogios. Vou parar de te envergonhar só depois de elogiar os retratos que você fez das garotas Fahey. São perfeitos. O de Sarah é um dos meus favoritos de toda a coleção e está pendurado na nossa casa. Sou suspeito para falar, mas esteja elogiado. Pronto, acabei. Não vou mais te torturar com meus elogios. Agora, vamos direto ao ponto: quanto tempo você vai ficar aqui? Adoraríamos te receber para jantar. Assim, você também conheceria os meninos.

Sarah disse, quase se desculpando:

— Lewis e eu temos dois filhos: um de 4 e outro de 7.

Jamie, pigarreando, falou:

— Vocês se casaram há um bom tempo, então.

— Casamos há oito anos — afirmou Lewis. — Sarah não tinha nem 20 anos. Eu era estudante de medicina na Universidade de Washington, obstinado e persistente. Podemos jantar amanhã, o que acha?

— Amanhã é domingo — disse Sarah. — Domingo é dia de ir na casa dos meus pais.

— Não podemos pular esse domingo?

Sarah dirigiu um olhar a Lewis repleto de palavras não ditas, íntimo, fruto de uma longa história juntos. Jamie estava morrendo de inveja, pois ela havia se casado dois anos após ele ter ido embora de Seattle, talvez na mesma época em que ele se embebedava e vagava pela casa de Wallace, sonhando acordado com ela.

— Não mudem seus planos por minha causa.

— Adoraria mudar nossos planos, mas você sabe como meu pai é difícil. Você se lembra bem.

— Não sabia que você tinha conhecido o poderoso patriarca — comentou Lewis, e Jamie entendeu que Sarah não devia ter contado quase nada ao marido sobre o passado deles. (Porque não importava? Ou porque importava?)

— Vi algumas obras da sua família emprestadas para a exposição — disse Jamie com firmeza. — Seu pai ainda pensa em ter o próprio museu?

— Oh, nunca sei o que ele pensa. Às vezes, quer um museu, outras, vender tudo. Mas, depois, quando vende uma obra, quer imediatamente comprar ela de volta. Desisti de entender. — Para Lewis, ela falou: — Jamie foi quem descobriu as aquarelas do Turner. Elas estavam apodrecendo em uma caixa qualquer.

— Como a exposição termina amanhã, você poderia nos visitar no dia seguinte — propôs Lewis. — Pode ser? Sua visita seria importante para Sarah, já que vivo recebendo médicos entediantes. Um artista seria um sopro de ar fresco.

Mas Jamie pretendia ir embora no mesmo dia. Se aceitasse o convite de Lewis, teria que comprar dois pernoites no hotel. Nem pensar, o melhor era cumprir suas obrigações e ir embora como planejado. Quando Jamie estava prestes a se desculpar por declinar o convite, Sarah tocou no braço dele novamente e disse:

— Por favor, venha.

Estava decidido.

Pela manhã, Jamie retornou ao museu, a fim de apreciar a exposição sem aquele tanto de gente e sem ser distraído pela presença de Sarah Fahey, ou melhor, Sarah Scott, enfatizava a si mesmo. Como a galeria estava vazia, seus passos ecoavam pelos corredores. Todas as telas retratavam paisagens do noroeste do Pacífico, repletas de árvores e montanhas, ilhas e mar. Ainda que os artistas adotassem técnicas diferentes para transmitir a luz, rebuscassem ou simplificassem as cenas, buscando expressar diferentes estados de espírito ou efeitos, quando contemplou um quadro atrás do outro, Jamie começou a ficar deprimido. Qual era mesmo o propósito de pintar todos aqueles galhos de árvores e ondas? Nenhuma pintura expressaria definitivamente as árvores ou o mar, jamais. Mas seria esse seu objetivo? Definitividade? Jamie almejava retratar não apenas as árvores, mas o espaço, que não podia ser definido ou contido em um quadro. Buscar isso era motivo o bastante para continuar? Não sabia.

No entanto, todas as outras coisas que Jamie se perguntava tinham a ver com Sarah. Por exemplo, por que concordou em ir jantar na casa dela? A resposta era simples: queria vê-la novamente. O desejo de vê-la era tanto que estava disposto a suportar a presença torturante de seu marido e de seus filhos, testemunhar outro homem vivendo o sonho que uma vez teve. Por quê? Revisitando seus sentimentos por Sarah, deparou-se com um violento caos. Em seu coração, não havia paixonite aguda nem euforia, apenas uma inquietação tempestuosa.

Mas, supunha, se passasse mais tempo com ela, seus atuais sentimentos se metamorfoseariam em algo que pudesse identificar. Talvez um tipo de afeição sentimental e nostálgica. Ou, quem sabe, indiferença. Talvez amor, apesar dos pesares. Não sabia o que estava esperando. Valeria a pena cultivar um amor que não daria em nada?

Após contemplar as obras, Jamie caminhou pelo museu com o intuito de rever as aquarelas de Turner. Quando foi embora, eram 11h30, e, como não tomara café da manhã, entrou na primeira lanchonete que encontrou, sentou-se no balcão e pediu café e ovos mexidos com torradas. Ainda esperava pelo café quando um cozinheiro, vestindo uma jaqueta branca encardida, saiu da cozinha e ligou o rádio empoleirado em uma prateleira acima da caixa registradora, aumentando tanto o volume que todos ao redor pararam de conversar para escutar. Uma voz nasalada e rápida falava de embaixadores japoneses e do Departamento de Estado, Tailândia e Manila. A assessoria de imprensa do presidente, segundo a voz, leu um comunicado aos repórteres. Aos poucos, Jamie percebeu que o Japão havia bombardeado uma base naval no Havaí. Uma adolescente, dois bancos depois dele, irrompeu em lágrimas. Quando o repórter alegou que uma declaração de guerra certamente se seguiria, algumas pessoas vibraram. O programa terminou prometendo mais atualizações, voltando à programação normal, sem o menor alarde: a Filarmônica de Nova York tocava uma sinfonia triste e destoante.

Como Jamie não sabia aonde ir, caminhou em direção à orla. Aparentemente, outros tiveram a mesma ideia, pois uma multidão já estava se formando, sobretudo homens, circulando, lançando olhares sinistros para o Oeste, para a Ilha de Bainbridge[1] e para os japoneses além dela, como se um enxame de aviões pudesse aparecer do nada no horizonte cinzento a qualquer momento, e os homens… fariam o quê, exatamente? Atirariam pedras enquanto as bombas eram lançadas? Sentindo-se um idiota, Jamie deixou a multidão pretensiosa, subindo a ladeira. Reinava um silêncio arrebatador na cidade, diferente daquele silêncio apático e usual de domingo. O burburinho metalizado dos rádios fugia pelas janelas, e as pessoas se aglomeravam nas calçadas. Até então, Jamie achava que a guerra estava tão distante quanto o Sol, sempre ali,

[1] Referência histórica aos moradores japoneses e de ascendência japonesa que viviam na costa oeste dos Estados Unidos. Após o ataque de Pearl Harbor, os japoneses e nipo-estadunidenses que viviam na Ilha Bainbridge foram o primeiro grupo forçado a deixar suas casas sob ordem de evacuação, suspeitos de colaborar com o governo japonês [N. da T.].

implacável, ninguém conseguia olhar diretamente. Terras distantes estavam sendo assoladas pelo sofrimento e pela morte, e, ainda que seu instinto fosse covarde, evitava confrontar a magnitude do horror de uma guerra, por medo de ser consumido. Mas não havia escapatória. Sentia-se mais uma vez como um menino nas montanhas, encurralado, longe de casa, à medida que uma tempestade enfurecida com relâmpagos e trovões se aproximava.

Jamie tirou o cartão de visita de Sarah do bolso. Ainda se lembrava da rua. Ela morava perto do Volunteer Park, não muito longe de seus pais.

Depois de tocar a campainha duas vezes, Sarah abriu a porta para Jamie. Seus olhos estavam marejados, e, ao vê-lo, ela chorou mais. Não questionando a visita de Jamie, Sarah apenas fez sinal para que ele entrasse.

— Isso é horrível. — Ela o abraçou rapidamente, quase de forma brusca, depois levantou a barra da saia para enxugar os olhos, parecendo, por um momento, uma garotinha. — Bom — disse, rindo um pouco —, seja bem-vindo.

A residência dos Scott era uma imponente casa ao estilo Craftsman, com dois andares e uma ampla varanda frontal. O interior era espaçoso e ventilado e, surpreendentemente, repleto de plantas. Das prateleiras e mesas, desciam ramos de trepadeiras com folhas em formato de coração; vasos de palmeiras ficavam delicadamente nos cantos, como se estivessem esperando um convite para uma dança. O piso de nogueira estava coberto com tapetes de padrões geométricos, e uma coleção eclética de obras de arte adornava as paredes. À medida que Sarah o conduzia pela casa, Jamie ouvia o chiado do rádio que vinha do interior, que ficava cada vez mais alto conforme passavam por um corredor e por uma sala de jantar. Sarah desviou de alguns brinquedos espalhados pelo chão: um caminhão de metal, um cavalinho de pau, um castelo de blocos de madeira mal construído. Pelo vão de uma porta que deveria ser de um pequeno estúdio ou biblioteca, Jamie vislumbrou o antigo retrato que pintou de Sarah: estava em uma parede, emoldurado, iluminado por um abajur de metal acima dele.

— Lewis está em casa?

— Não, aos domingos ele gerencia uma clínica no bairro pobre. Ele saiu antes da notícia, mas teria ido para lá de qualquer jeito, com notícia ou não. As pessoas dependem da ajuda dele. Lewis é um bom homem. — As últimas palavras foram ditas tão óbvia e defensivamente que Jamie logo começou a nutrir uma esperança ferina.

— E seus filhos?

— Dormiram na casa da minha irmã, para irmos à exposição. Não fui buscar eles ainda. Não quero que me vejam desse jeito. Você se lembra da minha irmã, a Alice? Ela tem dois meninos da mesma idade que os meus. Vamos, vem para o solário.

O solário era banhado por uma luz prateada e estava repleto de plantas. Jamie se recordou da pequena estufa envidraçada da mãe de Sarah, onde havia sido convidado para tomar café, sentindo-se muito adulto. As janelas davam para um gramado intensamente verdejante que se estendia sob o céu nublado. Através de um rádio em cima de uma mesa lateral, adornada por um emaranhado de samambaias, ouvia-se a informação de que grupos de imigrantes japoneses da costa oeste estavam sob rigorosa vigilância. Sarah reduziu o volume do rádio para um sussurro, afastando as plantas.

— Eu deveria ter sido tomada pelo patriotismo, mas estou com medo. E com muita raiva. — Sarah indicou uma cadeira de vime com almofadas floridas para Jamie se sentar. — Sinto muito. Por favor, sente-se.

— Não quero atrapalhar.

Ela se sentou em um sofá de dois assentos, perpendicular a Jamie.

— Fico feliz que tenha vindo. Eu estava aqui, encarando o nada, imaginando o que vai vir depois de tudo isso. A impotência é a pior parte. E o ódio! Não sei o que fazer. Fico feliz que meus meninos ainda sejam pequenos, mas e as outras mães? Não consigo nem imaginar. Muitos médicos serão necessários. Tenho certeza de que, se puder, Lewis vai se alistar. Eu mesma me alistaria. O que você vai fazer?

A ideia não ocorrera a Jamie, apesar de ele ser, claro, um homem de 27 anos fisicamente apto. Não conseguia lidar com todas as possibilidades, então deixou aquilo de lado e disse:

— Não consigo te imaginar numa guerra. Você é gentil demais para isso.

— Ah, sim, prefiro um mundo mais gentil mesmo. Só que tudo tem limite, não acha?

Jamie se recordou da imensa alegria que sentiu quando atiraram em Barclay Macqueen.

— Acho que sim.

— Sinto que vou explodir de tanta raiva. Quero que não sobre nada do Japão e da Alemanha, além de cinzas e escombros. Queria descer do alto como as Valquírias de Odin, mostrando toda a minha fúria vingativa, e fazer eles pagarem caro por isso. O papel dessas deidades é esse mesmo, não? Nunca imaginei que quisesse matar alguém, jamais, mas me pego sonhando em enfiar uma bala na cabeça de Hitler. Já pensou nisso?

— Hitler me parece tão metafísico, como o diabo.

— Mas ele não é. Ele é real. Não é esquisito, uma pessoa ter tanto poder nas mãos para começar uma guerra? Estou simplificando as coisas, mas você sabe o que quero dizer. — Sarah fechou os olhos momentaneamente. — Vamos mudar de assunto. Não quero desperdiçar nosso tempo juntos conjecturando sobre a guerra. Me conta sobre a sua vida, me conta tudo que aconteceu.

— Tudo? Aconteceu tanta coisa, tanta coisa insignificante.

— Precisamos começar de algum lugar. Vejamos… Onde você mora?

— Oregon, por enquanto. Na costa. Antes, morei um tempo no Canadá.

— Você não se casou? — O tom de Sarah era minuciosamente neutro.

Jamie balançou a cabeça em negativa.

— E sua irmã? Casou?

Jamie percebeu que a mãe de Sarah não havia contado a ela sobre a visita de Marian a Seattle.

— Marian ficou viúva.

Sarah, que já estava com os olhos marejados, desatou a chorar.

— Oh, que coisa horrível. Lamento a notícia, sinto muito. Ela tem filhos?

— Não. Ainda bem.

— Graças a Deus nenhuma criança precisará chorar a morte do pai.

Jamie hesitou.

— As coisas são um pouco diferentes para Marian. Ela não queria ter filhos, porque o marido era cruel. Mesmo que ele não fosse, ela não teria, porque só pensa em pilotar aviões. Marian não gosta de criar vínculos afetivos com as pessoas.

Sarah enrugou a testa em sinal de desapontamento.

— Mas os vínculos afetivos movem a vida. Meus filhos alegram a minha, enchem o mundo de felicidade. É um amor que você não pode imaginar.

Jamie sorriu com tristeza.

— Mesmo que seja assim, não sei se um dia vou ter filhos.

Sarah se recostou de novo no sofá, suspirando.

— Me desculpa, não sei o que me deu na cabeça para falar isso, mas você vai ter filhos, sim, tenho certeza.

— Talvez não, talvez sim. Eu gostaria. Mas acho que Marian diria que ela se conhece muito bem para não ter. Ela quer um tipo diferente de vida.

— Oh, eu não deveria ter criticado. Como você ou sua irmã levam a vida não me diz respeito.

As últimas palavras magoaram Jamie.

— Você sabe o que isso me lembra? — perguntou ele.

— Não, o quê?

— Quando nos conhecemos. Passeamos às margens do lago, e você ficou sabendo praticamente tudo da minha vida, e só mais tarde percebi que não sabia nada da sua.

— Tinha me esquecido completamente disso. — Como Jamie deve ter ficado cabisbaixo, Sarah acrescentou depressa: — Não esqueci desse dia ou do passeio. Tinha esquecido que você estava preocupado de ter falado demais. Foi mais do mesmo, como agora, sua vida é mais interessante do que a minha.

— Não é…

— Oh! Um novo informativo. Poderia aumentar o volume?

Jamie estendeu a mão para aumentar o volume do rádio. O Japão havia declarado guerra aos Estados Unidos e à Grã-Bretanha. Após alguns minutos, Sarah disse:

— Já chega.

Jamie abaixou o volume e timidamente falou:

— Eu gostaria que tivesse um jeito de simplesmente te contar tudo que aconteceu num segundo, que houvesse um jeito de você saber de tudo sem que eu precisasse abrir a boca.

— Mas eu, não. Gosto do jeito como você desvenda as pessoas aos poucos.

— Não temos tempo. E não confio em mim mesmo para explicar as coisas direito.

Sarah encarava Jamie ardentemente.

— Sempre admirei sua sinceridade. Basta ser sincero para explicar as coisas.

— Passo pela mesma dificuldade quando estou pintando. Tudo que quero retratar é grande demais, então comecei a pensar que o que quero pintar é a grandeza das coisas. Faz sentido?

— Acho que faz. Você expressou isso na tela da praia.

— Acho que sou atraído pela impossibilidade. — Com cautela, suavemente, Jamie estendeu o braço e pegou a mão esquerda de Sarah, que não repeliu o gesto.

— Sim — disse Sarah baixinho, depois de uma pausa. — Pelo impossível.

— Você seguiu a sua vida como se eu nunca tivesse sido parte dela.

— As aparências enganam.

— E você não se importa com isso?

— Acho que não. Mas... tenho uma vidinha normal, Jamie. Você queria que eu me rebelasse, e eu não consegui. Não é do meu feitio. Às vezes, gostaria de ser menos convencional, só que a explicação mais simples é que me falta coragem. — Sarah agarrou as mãos de Jamie com mais força. — Sempre te desejei o melhor. Quero que você seja feliz.

— Não gosto desse tom.

— Não quer que eu te deseje felicidade?

— Não, porque parece um ponto final definitivo. — Jamie soltou a mão de Sarah, inclinando-se para frente. — Nosso verão foi somente um rito de passagem apaixonado para você?

Pelo rádio, baixinho, ouvia-se um soprano cantarolando uma ária, ao mesmo tempo em que Sarah pensava por um longo tempo, encarando o gramado.

— Não — respondeu ela, final e decisivamente. — Mas, Jamie, será que não deveríamos considerar como tal? Não seria melhor, se, agora, decidíssemos juntos que, sim, *foi* um rito de passagem? Para ser sincera, não sei por que *não foi*, não sei por que ainda não deixei isso para lá, pois tenho uma *vida* agora. Tenho filhos. Mesmo que meus sentimentos a seu respeito sejam complicados, que diferença isso faz? — O olhar de Sarah iluminou Jamie como um holofote, e ele se sentiu exposto, como se ela enxergasse suas esperanças ardentes e desejos mais patéticos. — Se formos para a cama, isso só vai nos trazer sofrimento — disse ela com firmeza.

A alusão ao sexo, embora Sarah tenha dito aquilo com a intenção de desencorajá-lo, estimulou Jamie. Tentando ser engraçado, mas sem enganar ninguém, ele falou:

— Você não acha que o risco de sofrer valeria a pena?

Por fora, Sarah transparecia serenidade, mas Jamie teve a impressão de que ela travava uma batalha interna. Ele a conhecia tão pouco, não conseguia imaginar no que tanto ela pensava. Por fim, decidida, ela falou:

— Nunca deixarei Lewis. Eu amo ele, é importante que você entenda. Então, não vejo razão para nos envolvermos, pois isso apenas nos traria dor.

Jamie foi consumido por uma tristeza comandada por um tipo de desilusão petulante.

— Já estou de saída — disse.

Sarah não discutiu, mas o conduziu até a porta. Lá, eles pararam.

— Por favor, peça desculpas a Lewis por eu não vir amanhã.

— Vou dizer a ele. — Sarah fez uma pausa — O que você vai fazer? Vai se alistar?

— Não sei.

— Você não quer ir.

— Mas é claro que não.

— O maltrato de animais não costumava te deixar cego de raiva? Você não sente o mesmo pelas pessoas? — Ela parou de fazer perguntas e, com os olhos em chamas, apesar de marejados, colocou a mão no braço de Jamie, falando: — Devemos ser corajosos.

Jamie percebeu que Sarah estava entusiasmada com o próprio senso de bondade. Será que ele também tinha ficado entusiasmado com sua própria noção de virtude? Como alguém consegue enxergar claramente uma situação encoberta por uma bruma de falso moralismo?

— Você não teve coragem nem de enfrentar seu pai.

Sarah soltou o braço dele.

— Você está comparando o que aconteceu com uma guerra?

— É fácil falar para os outros serem corajosos quando você sempre escolhe o caminho mais oportuno e seguro.

— Isso não é justo. Nem todo mundo é livre como você para escolher o próprio caminho.

— Mas você *escolheu*. E acabou de me dizer que gostaria de ser menos convencional, e poderia até ter sido, mas escolheu, de novo, fazer o que esperavam que você fizesse. E está tudo bem, só não finja que a culpa não é sua.

— Não estou fingindo!

— Ótimo.

Ambos se encararam furiosamente. Sarah escancarou a porta para que ele fosse embora, e Jamie saiu, colocou o chapéu, ouvindo a forte batida atrás de si, mas continuou decididamente de cabeça erguida, descendo a rua, saindo da cidade. Aquilo, sim, era um ponto final definitivo.

Cidade de Nova York
Abril de 1942
Quatro meses depois

Em algum lugar da Fifth Avenue, um porteiro conduzia Marian por um saguão de mármore preto, ao encontro de um operador de elevador que usava um uniforme com botões de cobre e sorria maliciosamente para ela. Ele fechou a grade, girando uma alavanca que Marian achava ser um acelerador, impulsionando-os andar acima. Ela estava se perguntando que roupas as outras pilotos usavam quando eram entrevistadas.

No corredor, sozinha, Marian se acalmou, alisou as calças, ajustando o diário de bordo debaixo do braço. Ela bateu, e uma empregada uniformizada abriu a porta do apartamento de Jacqueline Cochran.

Lá dentro, suntuosidade e luxo reinavam. O piso do hall de entrada era decorado com uma bússola de aviador, toda em mármore. Ao longo de uma das paredes, havia uma mesa e uma vitrine de vidro apinhadas de troféus de aviação — globos terrestres, xícaras, torres e figuras aladas. Um mural de aeronaves famosas cobria as paredes e o teto. Marian esticava o pescoço para todos os lados, como se estivesse em um show aéreo: a *Wright Flyer,* primeira aeronave construída pelos Irmãos Wright. O *Spirit of St. Louis,* pilotado por Charles Lindbergh. O Lockheed Vega de Amelia, um esquadrão de biplanos, um zepelim abandonado e, obviamente, a própria Jackie vencendo a corrida transcontinental de Bendix.

No Alasca, em fevereiro, um piloto contou a Marian que sua irmã — uma piloto de aviões agrícolas na Califórnia — recebeu um telegrama de uma mulher chamada Cochran: ela estava recrutando pilotos-mulheres para ingressar no Transporte Aéreo Auxiliar da Grã-Bretanha, a ATA, transportando aviões de guerra. TODOS DEVEM SE JUNTAR AO NOSSO FRONTE, dizia o telegrama. PARA QUEM QUER ENTRAR RÁPIDO NA ATIVA SEM COMBATE DIRETO MAS COM EXPERIÊNCIA DE VOO EM AERONAVES DE COMBATE, ESTE SERVIÇO NO EXTERIOR É IDEAL PARA VOCÊ.

Marian, apavorada, mesmo achando que era tarde demais, enviou um telegrama direto para Jackie Cochran, passando-lhe um resumo de sua experiência como piloto de voos rasantes e quantas horas tinha, pedindo para ela considerar uma entrevista. Aviões de guerra! Se fosse contratada, pilotaria aviões de guerra, o tipo de aeronave que vira transitando pelo Alasca desde que o governo estadunidense tinha aprovado o Programa Lend-Lease, centenas deles com destino à Rússia. Do outro lado da linha, no dia seguinte, Marian recebeu uma resposta: venha a Nova York para uma entrevista. Se for aceita, seguirá diretamente para Montreal, para verificação do voo e, de lá, para a Inglaterra.

A empregada a conduziu por uma enorme sala de estar, onde um homem falava ao telefone em um tom entrecortado e comercial, passando por um corredor cujas paredes tinham afrescos de mais aviões. Uma jovem elegantemente vestida passou por ela, carregando um monte de pastas. Marian fez uma pausa para observar uma foto de jornal emoldurada de Jackie na cabine de piloto, segurando um pequeno espelho de mão para passar batom.

Em uma sala iluminada, com janelas abertas que davam para o Rio East, Jackie estava sentada atrás de uma mesa branca e dourada, meio submersa em uma montanha de papéis que só não voavam ao sabor da brisa quente porque estavam presos por pesos de papel de diferentes tamanhos e materiais: uma águia de metal, um pedaço de ametista, uma bússola. Quando Jackie se levantou e estendeu a mão para cumprimentá-la, Marian reparou no seu cabelo loiro bem cuidado, no vestido vermelho de seda com cinto. Jackie parecia uma pessoa que tinha passado por um processo de refinamento e "conserto", um retrato agradável de uma mulher que fora pintada por cima de sua antiga versão.

Após se sentarem, Jackie apontou o dedo para Marian.

— Esse modelito não vai rolar.

Marian achou que estava sendo rejeitada logo de cara.

— Não?

— Você precisa ser uma embaixadora. A intenção é que você represente as mulheres estadunidenses. As *damas*. Não mecânicos engordurados cheios de graxa. — O sotaque dela era cuidadosamente refinado, mas, por baixo, havia um outro disfarçado, agressivo e cheio de si.

Marian olhou para si mesma.

— Pensei em comprar um vestido.

— E por que diabos não comprou?

De manhã, Marian havia encarado as vitrines de vidro da Macy's, hesitante. Um bando de mulheres elegantes passava para lá e para cá, carregando sacolas de compras cujas pontas esbarravam imperiosamente em Marian. Ela vislumbrou os pisos e balcões brilhantes, frascos de perfumes e o próprio reflexo destoante.

— Porque não queria ficar muito esperançosa — respondeu ela a Jackie.

— É uma mudança de dentro para fora. Você deve se vestir de acordo com suas ambições.

— Minha única ambição é ser piloto.

O sorriso de Jackie era um misto de comedimento.

— Não seja teimosa. Você sabe que eles querem a contradição: revistas com fotos de moças bonitas como quaisquer outras, extremamente bem arrumadas, cabelos cacheados. Garotas que sirvam café ou bolo e que, por um acaso, também pilotam grandes máquinas. Você não pode ser piloto sem ser uma dama.

Então, o batom na cabine era uma armadura, não uma reverência ou um adorno libidinoso, mas algo mais como um besouro suavemente posicionando suas asas como um escudo.

Uma história incompleta: Jacqueline Cochran nasce Bessie Lee Pittman, em 1906, e é criada em péssimas condições, de lá para cá, nas úmidas cidades do norte da Flórida, em uma serraria, por pessoas que certamente são seus pais biológicos, embora, mais tarde, Jackie contasse a todos que é órfã, preferindo a ideia de ser vista como uma pessoa independente. Jackie é uma dos cinco filhos, um pivete maltrapilho e descalço, caçador de caranguejos e ladrão de galinhas. A história que Jackie conta — provavelmente verdadeira — é que ela usava vestidos feitos com sacos de farinha e dormia em um colchão de palha, em um barraco sobre palafitas cujas janelas eram feitas com papel betumado.

Um velho depravado diz a Jackie que ela havia nascido um menino, porém, um índio havia acertado uma flecha nela quando bebezinha, provocando uma cicatriz tão profunda no seu umbigo que ela levou um susto e se sentou em um machado, tornando-se uma menina. Segundo o velho, uma garota é um garoto que havia se sentado em um machado.

Jackie fica se perguntando por qual razão os meninos ainda têm umbigos. Não haviam levado um susto quando acertados pela flecha do índio? Não havia nenhum machado perto deles? O ar tem um cheiro acentuado de queimado, uma lâmina que corta a madeira. Uma fina camada de serragem gruda em sua pele. Jackie fica perambulando por aí, indo aonde quer. Quando pequenina, testemunhou o linchamento de um homem na floresta, fora queimado vivo.

Aos 8 anos, Bessie Lee arranja um emprego noturno empurrando um carrinho por uma fiação de algodão, levando carretéis para os tecelões. Um dia, Jackie Cochran contaria que fora desse jeito que ganhou dinheiro para comprar seu primeiro par de sapatos. Ela aprende a engolir a comida no almoço e a se esconder no carrinho para tirar um cochilo, esperando passar desapercebida pelos homens. (Aprende a dar socos e pontapés, o que, às vezes, é o bastante.) Logo, é promovida a fiandeira e caminha até o raiar do dia entre as fileiras de bobinas, em busca de caroços nos tecidos. A poeira gruda em seus pulmões, e os ouvidos de Jackie absorvem o barulho estridente das máquinas. O calor escaldante e abafado da noite se acumula até o teto da fiação, toma conta dos campos de algodão e da terra vermelha argilosa, ao mesmo tempo que uma Jackie criancinha alcança com a ponta dos pés uma máquina, amarrando um fio solto com seus dedinhos minúsculos e ágeis, fazendo a bobina girar novamente.

Menina genial. Mais uma vez, ela é promovida. Passa a supervisionar uma gangue de quinze crianças que inspecionam o tecido recém-fiado em busca de defeitos, quinze pessoinhas em miniatura curvadas como velhos sábios, debruçadas como joalheiros sobre algodão ondulante, fresco e macio.

Durante uma greve, agora aos 10 anos, Jackie consegue um emprego em um salão de beleza varrendo cabelos cortados e misturando xampu.

Ali seria o início de sua ascensão.

Jackie cruzou as mãos sobre a mesa e disse a Marian:

— Se for escolhida, você vai levar os aviões para onde eles precisam ir. De fábricas a aeródromos, por exemplo, ou de aeródromos a depósitos de reparos ou vice-versa, liberando os pilotos da Royal Air Force, a RAF, para a guerra. Não importa a sua experiência, você vai passar por treinamento. Todo mundo passa. Agora, se for boa o suficiente, pode começar a partir daí. O treinamento vai te ensinar a pilotar todos os tipos de avião, bimotores, no caso. Ou seja, você vai pilotar aviões que nunca pilotou antes, lendo as especificações. É uma contribuição real e efetiva, mas é difícil. Então? Acha que está preparada para contribuir?

Marian perdeu a fala. Ficou tão apavorada de dizer alguma coisa que desse a entender que não seria capaz de fazer tudo aquilo que Jackie descrevera que apenas balançou a cabeça.

— Sim? — perguntou Jackie.

Um sussurro.

— Sim.

— Você veio de avião do Alasca para cá?

— Sim.

— Qual?

— Um Beechcraft 18.

— Quanto tempo?

— Nove dias.

— Não é nenhum recorde de velocidade.

— O tempo estava ruim, e fiz uma parada em Oregon, para visitar meu irmão. — Jamie, pobre alma, acuado pela própria bondade, tentando se convencer se iria se alistar ou não. *O que devo fazer*? Era a dúvida. Marian lhe disse que talvez ele conseguisse um emprego fazendo pôsteres de recrutamento. Ela queria que o irmão ficasse seguro.

— Você deve estar acostumada com o tempo ruim do Alasca.

— Não com o tempo ruim, mas com o péssimo.

— Ótimo. Os britânicos não estão ensinando as aviadoras da ATA a voar por instrumentos, ou seja, você tem uma vantagem. A neblina e as nuvens podem te pegar rápido.

— Por que eles não ensinam as pilotos a usar os instrumentos?

Jackie enfiou a mão em uma pilha de papéis.

— Porque querem que as pilotos encarregadas do transporte fiquem ao alcance da vista e do solo, para não caírem na tentação de voar mais além. Doce ilusão. As condições meteorológicas lá são mortais — falou Jackie, fazendo uma pausa para Marian absorver o que foi dito. — E se uma nuvem te pegar? E depois? Ainda que saiba o que está fazendo, é arriscado. Viu o que aconteceu com Amy Johnson? A inglesa que voou para a Austrália. Ela estava a serviço da ATA e era muito experiente com instrumentos, mesmo assim, ficou presa acima da nuvem, não conseguiu escapar e se afogou. Não quero te assustar. Não vai demorar muito para você ouvir as pessoas falando sobre ela.

— Conheci muitos pilotos que morreram.

— Eu também. Por sinal, se for aprovada, não diga aos britânicos que reclamei. Eles acham que reclamo muito. Mas, na minha opinião, não usar instrumentos para treinar é um desperdício de aviões. E de pilotos. Segundo eles, tudo se trata de segurança. Penso que tem mais a ver com… Qual é a palavra mesmo? A palavra para rápido e barato. Qual é?

— Eficiência? Oportunismo?

— Oportunismo! Isso! Estou sempre aprendendo palavras novas. Coleciono palavras! Você estudou até que ano?

— Até a oitava série.

— Mas você conhece as palavras.

— Conheço porque lia muito quando era criança.

Pela primeira vez, como um farol recém-aceso, Jackie deixou transparecer um raio de luz de companheirismo.

— Então você é como eu. *Autodidata*. Significa que não tem medo do trabalho.

— Gosto de trabalhar.

— Sabe como comprei meu próprio Model T aos 14 anos? Trabalhando como cabeleireira.

Aos 11 anos, Bessie Lee Pittman trabalha cortando, enrolando, prendendo e trançando cabelos. Ela leva jeito para a coisa, sabe embelezar as pessoas. Mulheres respeitáveis entram pela porta dos fundos do salão, envergonhadas de sua vaidade, ao passo que as prostitutas, as mulheres da vida, entram pela frente. Bessie Lee gosta mais das mulheres da vida, das histórias que a madame conta sobre as cidades distantes.

Mas tem uma parte da história que ela não conta a Marian nem a ninguém: aos 14 anos, mais ou menos, Bessie engravida e se casa com o pai da criança, Robert Cochran. O bebê fica aos cuidados dos Pittmans na Flórida enquanto ela se muda para Montgomery e compra um Model T com o dinheiro que ganhou fazendo permanentes. Mas mexer com cabelo é o suficiente? Para ela? Para o pequeno Robert Jr.? Ela faz um treinamento para se tornar enfermeira, arranja um emprego para ajudar um médico em uma cidade industrial. À luz de um candeeiro feito com uma espiga de milho, Bessie ajuda uma mulher, deitada em um colchão de palha muito familiar, a dar à luz, recebendo uma criança em suas mãos. Três outras estão deitadas no chão. Não existe um cobertor limpo para enrolar o bebê.

Não, aquilo é errado. Aquilo não é vida para ela.

Aos 4 anos, Robert Jr., brincando no quintal dos Pittmans, morre em um acidente. Um incêndio. Fora enterrado numa lápide em formato de coração. Jackie apaga a memória do filhinho da própria história e de si mesma, pois, se assim não fizesse, não suportaria.

Longe. Para longe. Ela tem que fugir dali.

Aos 20 anos, divorciada, Jacqueline Cochran chega a Nova York e consegue emprego no salão de beleza de Antoine, na Saks da Fifth Avenue. Monsieur Antoine, salão Antoine de Paris, o primeiro cabeleireiro a virar celebridade, tem um talento nato para o sucesso. A partir do corte *bob hair*, ele inventa o corte *shingle* e o corte gamine, tão curtos quanto os cabelos de um menino. Lança moda cortando os cabelos de Coco Chanel, Edith Piaf e Josephine Baker. Monsieur gosta de Jackie, de seu batom austero e do nariz cheio de maquiagem, do cheiro de serragem que seu perfume caro tenta esconder.

Todos os invernos, Jackie empreendia uma longa viagem com seu Chevrolet: saía de Nova York rumo ao salão de Monsieur em Miami e, como companhia, dava carona aos viajantes. Em Miami, há bares clandestinos, bandas de jazz e cassinos, clubes noturnos luxuosos que servem jantar, coquetéis e praias de areias brancas a perder de vista. Se você olhasse para Jackie, acharia que a Grande Depressão nunca tinha acontecido, pois ela usa meias de seda e tem estojos de maquiagem folheados a ouro cujos espelhos pequeninos e redondos refletem um pouco de sua figura. Mas nada disso é o bastante. Isso tem vida curta. Cachos e permanentes não duram para sempre. Lá em cima, em Florida Panhandle, ainda existe a lápide em formato de coração. O céu noturno se acumula no teto do hotel em que Jackie está, as palmeiras dos jardins e os flamingos adormecem. O desejo de se libertar persiste, mas se libertar de quê? E a vida dourada que ela construíra para si trabalhando dura e exaustivamente? Longe. Para longe. Mas para onde ir?

— Eu também comprei um Ford quando era criança — falou Marian. — Juntei dinheiro fazendo entregas com uma caminhonete.

O brilho no olhar de Jackie ficou mais intenso.

— É mesmo? Louvável. O que vai fazer com o Beechcraft se for para o exterior?

— Talvez eu venda. Ou deixe guardado. Não sei. Ele já trabalhou muito. Fui piloto de voo rasante.

— Eu sei, você falou no telegrama. — Jackie estendeu a mão para pegar o diário de bordo de Marian, folheou até a última página e analisou o total de horas. Suas sobrancelhas feitas e desenhadas a lápis se ergueram, contraindo-se. — Fiquei surpresa por nunca ter ouvido falar de você, com todas essas horas de voo. Achei que conhecia uma boa parte das pilotos mais experientes, mas seu diário de bordo fala por si só.

Marian esperava para ouvir o que seu diário poderia falar, mas Jackie apenas folheava as páginas.

— Fiquei principalmente no Norte e mantive meu diário para mim mesma — comentou Marian.

— Você voou bastante.

Estimulada pelo brilho dos troféus de aviação e do cabelo de Jackie, Marian disse:

— Tenho mais horas de voo do que está aí. Muito mais.

De imediato, Jackie fechou a cara.

— Por que essas horas não estão registradas?

Marian não deveria ter dito nada. Encarando a janela, tentando pensar em como explicar que ela fazia voos para um contrabandista de bebidas e ainda sem licença e que havia assumido o nome de Jane Smith, pois não podia ser Marian Graves, ela falou:

— Precisei usar outro nome por um tempo.

— Por quê?

— Fugi do meu marido e não queria que ele me encontrasse.

— Onde ele está agora?

— Morto.

— Entendi — falou Jackie, encarando a mesma janela que Marian, pensativa.

Em 1932, Jackie está jantando em Miami, ao lado de um milionário de Wall Street de mais ou menos 30 anos, Floyd Odlum. Ele nasceu em Union City, Michigan — origem humilde, filho de um ministro metodista que se tornou investidor. Em 1929, ele teve um mau pressentimento: sua preocupação foi tão grande que vendeu a maior parte de suas participações antes da crise que assolou os Estados Unidos. Depois, adquiriu as empresas a preço de banana. Corriam boatos de que era o único homem nos Estados Unidos que *fazia* dinheiro na Grande Depressão. No jantar, Floyd ouviu sobre uma mulher que de fato trabalhava para viver (ele não conhecia muitas mulheres que se sustentavam) e, assim, pediu para jantar com ela.

Enquanto comem bolinhos de siri, ele pergunta: O que você quer?

O sal, se você não se importar, responde Jackie.

Há-há. Eu quis dizer o que você quer da vida.

Sua própria marca de cosméticos. Mas há tanto mercado, há tanta competição, ainda mais agora com todo mundo controlando os gastos, algumas pessoas estão vendendo o almoço para comprar o jantar.

Pequenos luxos ajudam muito quando você se sente espezinhado, diz ela.

A maquiagem é o foco então?, pergunta ele.

Isso mesmo.

E se você aprendesse a pilotar um avião?, sugere ele. Você poderia viajar longas distâncias, só que mais rápido.

Jackie nunca havia pensado naquela possibilidade, mas a ideia meio que começa a fermentar, tomar forma. Ela se pergunta em voz alta: eu *posso* pilotar um avião?

Claro que pode, diz ele com tanta firmeza que ela não tem escolha a não ser acreditar. Desse modo, Jackie reconhece que ele será essencial para ela. Uma fonte externa de autoconfiança.

Para Floyd, Jackie não passa de uma mercadoria desvalorizada, um bem a ser adquirido a preço módico, a ser transformado em ouro.

Ele é casado, mas e daí?

Na sua primeira vez no céu, Jackie não cabe em si de tanta felicidade. Puro êxtase. Aconteceu: longe. Para longe.

•••

Ainda encarando a janela, Jackie perguntou:

— Você gosta de Nova York?

Agradecida por não ter que falar de Barclay, Marian respondeu:

— Não me sinto em casa em cidades grandes. — No Alasca, as cidades de Anchorage, Nome e Fairbanks haviam crescido com a guerra, mas ainda eram cidades de fronteira. Desde Pearl Harbor, havia apagões à noite. Todo mundo lá estava nervoso.

— É a sua primeira vez em Nova York?

— Não. Estive aqui há anos, na minha lua de mel. Fiquei apenas por alguns dias.

Jackie ficou curiosa, mas, aparentemente, decidiu não sondar Marian.

— Certo. Me escuta: se você for para a Inglaterra, vai ter que assinar um contrato de dezoito meses com a ATA. Está disposta a fazer isso?

— Claro.

— Sim?

— Sim.

— Não vai ser nenhum mar de rosas.

— Eu nem sei o que fazer com rosas.

— Mesmo assim, tenho a obrigação de te dizer que vai ser perigoso. Voos de longas horas, péssimas condições meteorológicas, comida e combustível racionados, atiradores antiaéreos prontos e felizes para apertar o gatilho contra você, aviões abatidos que explodem no ar. Nada de comunicação via rádio. Alemães à espreita, procurando aeronaves para abater. Balões de barragens em todos os lugares. Você pode ser atingida e afundar no mar.

Marian não tinha pensado na travessia entre continentes.

— Isso já aconteceu?

— Aconteceu com muitas pessoas, mas com nenhuma das minhas garotas. Ainda não. — Jackie examinou mais uma página do diário de bordo. Após folheá-lo mais um pouco, ela o devolveu para Marian. — Pronta?

Marian estendeu a mão para pegar o diário de volta.

— Claro.

— Isso é um sim?

— Sim.

Jackie bateu de leve com um dedo na mesa, as unhas estavam feitas. Seus olhos castanhos encararam Marian por mais um tempo.

— Independentemente das roupas, a maior preocupação da chefia é que nossas garotas sejam mulheres de caráter, com a moral intacta.

— Tudo bem.

— A chefia está morrendo de vergonha, porque alguns dos nossos homens que morreram se comportavam mal. Ou seja, nossas garotas devem ter o comportamento imaculado. Não tem margem para erro, absolutamente nenhuma. Quando se espera que você seja uma pessoa comum, é necessário trabalhar em dobro para não ser.

• • •

Floyd ajuda a expandir a empresa de Jackie. O lema do negócio: *Dê Asas à Beleza.* Ele a ajuda a tirar os pés do chão também, literalmente. Jackie estreia no cenário das corridas aéreas em 1934, aparecendo na linha de partida em Suffolk, Inglaterra, sendo um dos vinte pilotos com destino a Melbourne. Ela tem que pousar em Bucareste, devido a uma falha no motor. Contudo, no ano seguinte, reaparece em Burbank, Califórnia, para a corrida aérea transcontinental, a Bendix. Amelia Earhart é a primeira a decolar, pouco antes das 5h, passando por uma névoa perigosa e densa. O piloto à frente de Jackie cai ao decolar e morre. Queimado. Conforme os destroços são removidos, ela liga para Floyd, agora já divorciado e seu noivo, perguntando o que deve fazer.

Pela lógica, você deve acatar a escolha segura, diz Floyd, mas nem sempre devemos permitir que a lógica prevaleça sobre nossos desejos mais profundos. Trata-se de uma questão filosófica. (Jackie ainda não lhe contou sobre Robert Jr., muito menos sobre o homem que viu ser queimado vivo na floresta.)

E?

E você tem que tomar essa decisão.

Mas onde está a resposta? *No* avião? Ou *fora* do avião? Jackie decola, porém, quando circula o céu para escapar da névoa, o motor superaquece, e ela é forçada a pousar mais uma vez.

Em 1936, Floyd e ela se casam, compram o apartamento de catorze quartos com vista para o Rio East, onde Marian um dia seria entrevistada. O casal adquire uma casa de campo em Connecticut e uma fazenda nos arredores de Palm Springs. Compram um prédio em Nova York e fundam um orfanato — sério! — para acolher as futuras Jackies descalças de olhos penetrantes da cidade. Ajudam a financiar a tentativa de circum-navegação de Amelia Earhart em 1937, o voo em que ela e Fred Noonan desapareceram, embora Jackie expressasse dúvidas sobre Fred conseguir encontrar a Ilha Howland. Ela avisou Amelia, mas foi em vão.

Em 1938, Jackie vence o Bendix. Em 1939, bate o recorde feminino de altitude, dois recordes nacionais de velocidade e um intermunicipal. Acumula prêmios e troféus. Oferece-se como piloto de teste. Em setembro daquele ano, depois que a Alemanha invade a Polônia, Jackie escreve para Eleanor Roosevelt, sugerindo que, na iminência de uma guerra, as mulheres-pilotos poderiam abastecer o país. Voo de apoio. Voo *feminino*. Por exemplo, as aviadoras poderiam transportar os aviões de treinamento das fábricas às bases militares, liberando os homens para o combate.

A primeira-dama agradece a sugestão. Sim, se formos para a guerra, precisaremos de mulheres para ajudar, escreve ela. Mas a decisão de como exatamente as mulheres ajudarão nos esforços bélicos ficará a cargo dos homens.

— Meu único interesse é voar — disse Marian. — Se eu quisesse fornicar, teria feito isso no Alasca. Na maioria das vezes, quero ficar sozinha.

— Na maioria das vezes… Tudo bem. Bem, só não sugira a ninguém que você tem mais horas de voo do que está no diário. Tudo precisa estar conforme o diário de bordo e registrado nele. Entendido?

— Claro, quer dizer, sim.

Quando Marian riu, Jackie a puxou gentilmente pelo queixo, pressionando sua pele. E Marian se sentiu bem.

— Você aprende rápido, como eu. Assim que chegar a Montreal, a ATA vai solicitar que você faça uma verificação antes de te atribuir algum trabalho. Meu conselho: seja simpática com o piloto de verificação. Ele é o tipo de homem que prefere ver as mulheres na cozinha.

— Ele ficaria decepcionado com a minha comida — concluiu Marian.

Junho de 1941. Jackie entra em uma disputa para pilotar o bombardeiro Hudson: ela cruzaria o Oceano Atlântico, sairia de Montreal rumo à Escócia. No entanto, os pilotos-homens de Montreal não gostam nada da ideia. Naquela época, os pilotos que atravessavam o Atlântico eram recebidos pelas pessoas com toda a pompa e alarde. Quando a notícia de que uma mulher pilotará um Hudson se espalha, os pilotos ameaçam entrar em greve.

Ok, tudo bem, dizem os superiores. Ela pilotará, mas um homem fará o pouso e a decolagem.

Ao se preparar para a partida, Jackie percebe que o anticongelante da aeronave foi drenado até a última gota, o sistema de oxigênio foi erroneamente configurado e a chave inglesa para a ativação desapareceu. Jackie conserta as coisas, compra uma chave nova. O bote salva-vidas também sumiu, mas, como ele não a ajudaria, ela parte sem ele. Quando o copiloto e ela param para reabastecer em Terra Nova e Labrador, a nova chave some; alguém quebra a janela da cabine. Jackie, mais uma vez, compra outra chave inglesa e remenda a janela com fita adesiva. Jackie atravessa o Atlântico sem incidentes, mas, quando está chegando próximo ao destino, prepara o pouso e passa o manche para o copiloto.

— Minha secretária vai providenciar um hotel em Montreal para você, o mesmo onde as outras pilotos se hospedam — disse Jackie à Marian. — E você precisa comprar roupas novas, urgente. Hoje. Caso seja aprovada, a ATA vai te dar uniformes de Londres, mas é necessário que você tenha trajes de viagem e alguns vestidos. Quase sempre, dá para se virar com calças, mas não com essa que você está usando. Calças bonitas. E você vai precisar de algumas blusas, um par de saltos e alguns sapatos oxford simples. — Conforme falava, Jackie escrevia uma lista em um papel timbrado com monograma. — Mas não exagera. Algumas meninas trazem malas lotadas de roupas. Você tem dinheiro? Posso mandar uma das minhas garotas para fazer compras com você.

— Tenho dinheiro.

— Vou ligar para a minha vendedora da Saks. Ela vai estar te esperando. Peça para chamar a Sra. Spring, pois ela também vai te levar no cabeleireiro, Antoine's. Todo mundo me conhece lá. — Jackie ficou de pé. — Boa sorte.

Marian também se levantou, cumprimentando-a.

— Até logo, se for aprovada — disse Jackie. — Se comporta, não se choca contra nenhum avião sem um bom motivo, e vai dar tudo certo.

Na porta, Marian parou, virando-se.

— Se não se importar, prefiro que o fato de eu ter sido casada fique só entre a gente. Tem algum problema?

Jackie a encarou por um tempo, concordando com a cabeça.

Após retornar da Grã-Bretanha, Jackie janta com a família Roosevelt e, mais uma vez, coloca em pauta o assunto sobre as aviadoras ajudarem com o abastecimento na guerra. Talvez comecemos a analisar melhor isso, diz o presidente.

Assim, a equipe de Jackie analisa centenas de milhares de arquivos e apresenta 150 aviadoras experientes. Mas os generais estadunidenses alegam que tem mais pilotos do que aviões. E como eles abrigariam um grupo de mulheres nas bases aéreas onde se tem centenas, talvez milhares de homens? Seria um verdadeiro caos. Ou seja, negativo. A resposta é não.

Por ora, eles afirmam, veja se os britânicos querem essas pilotos.

Os britânicos queriam tudo e qualquer pessoa que conseguissem angariar. Em Londres, Jackie se hospeda em aposentos luxuosos, aluga um Daimler, desfila pelas ruas com um casaco de vison. Ela acaba descobrindo que o médico da ATA quer que as pilotos fiquem nuas durante o exame físico, e Jackie é completamente contra, intrometendo-se — uma criatura irracional se comparada aos seus colegas britânicos, parecendo grosseira e puritana. (De volta à fazenda de algodão, às vezes socos e pontapés não eram o bastante.)

Em 1953, em uma salina do Deserto de Mojave, Jacqueline Cochran seria a primeira mulher a quebrar a barreira do som, pilotando um caça F-86 Sabre. Em 1964, em um caça F-104G, ela atingiria a velocidade de 2.300 km/h, mais veloz do que qualquer outro piloto do mundo.

Mas de volta a 1942, quando 26 pilotas estadunidenses, as garotas de Jackie, cruzaram o Atlântico de Montreal a Liverpool. Marian Graves estava entre elas.

Montreal
Junho de 1942
Dois meses após Marian conhecer Jackie

Marian não sabia que Montreal ficava em uma ilha nem nunca estivera em lugar algum onde as pessoas falassem outro idioma. O céu sobre o Aeroporto Pierre Elliott Trudeau tinha uma atmosfera de parque de diversão, repleto de cabos extensos de motores barulhentos, tomado de aeronaves que chegavam das fábricas ou partiam rumo à Europa ou faziam a manobra TGL com as pilotos estudantes: decolar, circular no céu, pousar e arremeter. Os Boeing B-17 passavam entre os monomotores usados para treinamento como baleias passando por um cardume de peixes. As aeronaves maiores, bombardeiros e aviões cargueiros, seguiriam para a Vila de Gander, em Terra Nova e Labrador, e, depois, rumo à Irlanda ou à Grã-Bretanha. Os caças e aviões de treinamento menores podiam ser desmontados e embarcados em navios ou podiam atravessar a Rota do Gelo: Terra Nova e Labrador, Groenlândia, Islândia, Grã-Bretanha. Um verdadeiro cortejo de uniformes desfilava pela cidade, e o significado das diferentes cores e insígnias era a princípio ilegível para Marian.

Aviões Tiger Moths e Piper Cubs circulavam e circulavam o campo, controlados por pilotos em treinamento. Uma temporada de crisálidas em massa: homens para pilotar. A guerra exigia de tudo.

Após três semanas em que conseguiu voar somente cinco horas, Marian fez um *check-out* em um modelo Harvard, amarelo e brilhante, com as portas do trem de pouso penduradas como polainas estilosas. A cabine cheirava a metal aquecido e borracha, um odor corrosivo e indescritível que Marian passou a considerar o cheiro do próprio avião. O piloto de verificação, um estadunidense, não acreditava, como alertara Jackie, que aviões podiam ser pilotados por mulheres. "É um mal necessário", falou uma das outras garotas hospedadas no Mount Royal Hotel. Algumas delas haviam comprado cerveja para o piloto de verificação, obtendo bons resultados, assim, Marian acabou fazendo o mesmo: abriu um sorriso luminoso, fez o possível para forjar perguntas lisonjeiras que o levaram a falar sobre seus feitos arriscados e atos heroicos, antes que suas dores de cabeça crônicas o afastassem do Army Air Corps.

De um modo invasivo, um médico fuçou e examinou o corpo de Marian, tirou seu sangue e fez uma sequência de perguntas curiosamente detalhadas sobre seu período menstrual.

— Nade de voar durante o período menstrual, nem três dias antes, muito menos três dias depois — disse o médico. — São as regras.

— Claro — concordou Marian. (As outras garotas haviam alertado Marian sobre aquela imbecilidade, então ela já estava preparada para ostentar uma expressão séria, acatando suavemente as decisões, obedecendo, como uma criança que fica de castigo.)

Boa parte do trabalho de Marian era esperar. As garotas de Jackie atravessavam o Atlântico em um grupo de quatro a cinco por aeronave, pois, desse modo, caso fossem atingidas por um torpedo, não seriam todas mortas. Neste ínterim, as garotas andavam pelo aeroporto e pelo Mount Royal. À noite, Marian normalmente bebia no bar do hotel com os outros pilotos, os garotos dos cargueiros do Atlântico e as garotas de Jackie. Não estava habituada a ter tanta companhia e, enquanto o pessoal ficava agitado enquanto bebia, Marian ficava calada, sentada, concordando com tudo que conversavam. Em algum momento, as coisas ficavam imprevisíveis, e Marian se levantava e ia embora, sem dizer boa noite.

Não estava habituada à companhia de mulheres. Sim, todas aquelas garotas amavam voar e queriam aproveitar a chance para sair e fazer alguma coisa, e basicamente estava tudo bem, mas, a maioria delas, até aquele momento, havia morado apenas com os pais, talvez em um dormitório feminino na faculdade ou, quem sabe, com um marido. Marian esperava sentir uma sensação de pertencimento, por mais que não pertencesse àquele grupo. Ela contou às garotas pouco de sua vida. ("Então você é do tipo misteriosa", disse uma garota cujo pai havia lhe dado um avião de presente quando ela completou 16 anos.)

Mas, graças a Deus, Ruth estava lá.

Ruth Bloom. Do Michigan. Ela chegou duas semanas depois de Marian, e as duas se conheceram no saguão do Mount Royal: Marian estava empurrando a porta giratória, usando suas roupas de voo, e Ruth estava na recepção, usando um vestido azul de bainha curta e saltos altos. Aos seus pés, as malas surradas, repletas de adesivos autocolantes propagandeando fábricas de aeronaves e corridas aéreas, como uma colcha de retalhos, denunciavam que Ruth era uma aviadora. Quando avistou Marian, ela rapidamente gritou:

— Você deve ser uma das garotas de Jackie!

Ruth era baixa, com seios fartos, panturrilhas rechonchudas, cintura pequena, mas robusta, uma mulher perspicaz, sociável e travessa, enrolada em uma estola de penas. O marido de Ruth estava em treinamento para ser copiloto, no Texas, e esperava pilotar bombardeiros pesados. Eddie e ela haviam se conhecido em um curso para treinamento de pilotos civis, patrocinado pelo governo, ofertado apenas para universitários; como não havia homens suficientes inscritos, havia vaga para ela — arrumaram uma, pois Ruth deixou bem claro que atormentaria a vida de todos até ser admitida no curso. Logo depois do ataque de Pearl Harbor, Eddie se alistou, cansou-se do treinamento para piloto e assumiu a posição de copiloto. Ruth dissera que não podia simplesmente ficar de braços cruzados enquanto Eddie estava fazendo a parte dele. Ela recebeu um telegrama de Jackie, e lá estava ela.

— Você é casada? — perguntou Ruth à Marian.

— Não.

— Já chegou perto de se casar?

Marian desviou o olhar.

— Não.

— Sou enxerida — disse Ruth sem se desculpar. Ela observava Marian. Os olhos avaliativos de Ruth faziam com que Marian se recordasse das garotas de Miss Dolly. Marian meio que esperava que Ruth começasse a passar batom nela. Contudo, o ar de jovialidade e as risadas mal contidas de Ruth e sua confiança na amizade com Marian desde o primeiro instante em que se conheceram faziam com que Marian se lembrasse também de Caleb. — Você chama atenção, mesmo que esteja se esforçando para não chamar — dizia Ruth.

Marian passou a mão pelo cabelo, que tinha sido arrumado no salão da Saks, mas que agora estava liso por conta do capacete que usara enquanto voava com o modelo Harvard. Fora instruída a deixar o cabelo crescer, pelo menos um pouco, para que pudesse fazer um corte bob.

— Tento não chamar atenção.

— Mas você passa a chamar atenção se tornando tão sem graça. Você *deve* ter se esforçado demais para isso. — De repente, uma pequena mão macia se lançou e agarrou Marian pelo queixo. Obedientemente, Marian permitiu que sua cabeça fosse virada de um lado para o outro, como se ela fosse um cavalo à venda. Ruth parecia conter um sorriso. — Acanhada — falou.

— Na verdade, não — falou Marian, soltando-se.

Ruth deu um sorrisão.

— Se eu te pagar uma bebida, você vai me dizer tudo que preciso saber sobre esse lugar?

• • •

No meio do verão, elas finalmente deixaram Montreal. Eram quatro garotas juntas, em uma cabine de piloto apertada de um pequeno avião cargueiro sueco: Marian, Ruth, Sylvie de Iowa e uma garota da Califórnia, conhecida como Zip. Marian tentava esconder a sua profunda felicidade por Ruth e ela viajarem e começarem o treinamento juntas, pois não tinha certeza de como seria importante ter qualquer amiga naqueles tempos. Mas Ruth também deve ter ficado contente, porque bateu sua caneca de cerveja contra a de Marian, dizendo:

— Vamos agradecer aos céus por não estarmos separadas, Marian.

Por quase um ano, Marian não tinha notícias e não mandara nenhuma carta a Caleb. Jamie também não sabia dele, se ele havia se casado ou não com a professora. O silêncio de Marian não significava raiva; ela estava tentando não se meter. Na verdade, procurava sempre manter distância de Caleb. Tinha medo do que aconteceria se os dois pressionassem demasiadamente o envolvimento duradouro e amoroso que tinham, mais do que pudessem suportar. Com Ruth, Marian tinha medo de exceder os limites, levando aquela amizade muito a sério, pois sentia, sobretudo, um prazer imenso na companhia carinhosa e inebriante dela, o que era quase constrangedor, pois a amizade que nutria por Ruth se assemelhava à paixão. Além de entender a relação de Marian com os aviões, sem necessidade de explicação, Ruth também compreendia o que significava ser uma piloto-mulher, todas as frustrações e humilhações, o ceticismo que açoitava as mulheres que pilotavam aviões como um vento de proa.

— Acho que ele aprovaria até um gavião fêmea, se ela jurasse solenemente que nunca poderia voar tão bem quanto ele — falou Ruth sobre o piloto de verificação. — Na verdade, ele quer isso. Não quer nem saber se você realmente consegue pilotar um avião, só que saber se as mulheres conhecem seu "devido lugar".

— Gavião? — perguntou Marian.

— Gaviões machos são predadores, como os homens. No solo, sempre posso sair com um. Mostrei um pouco dos meus peitos para um deles, chamei ele de herói, e aqui estou rumo a Londres.

Às vezes, Ruth falava com Marian de vários jeitos: ora maternalmente, ora em tom de brincadeira, e, outras vezes, de um jeito paquerador, sempre animada, pronta para intimidar, bajular ou incitar. Ainda que Marian não gostasse de ser tratada como um animalzinho de estimação, ela simplesmente não se importava de fazer o que Ruth propunha.

Em um pequeno comboio, tendo um navio, um velho contratorpedeiro, como escolta, elas primeiro cruzaram Montreal rumo à cidade São João da Terra Nova, na província de Terra Nova e Labrador, com o intuito de esperar um comboio maior. Estavam ancoradas em um mesmo lugar, dias cansativos e quentes, que demoravam a passar. Marian havia vendido o Beechcraft e, enquanto observava os aviões passando com destino à Europa, sentiu uma forte angústia por tê-lo vendido. À noite, os pilotos jogavam cartas e bebiam com os outros passageiros.

Sylvie de Iowa disse que havia se juntado à ATA porque já havia conhecido todos os homens da sua cidade, do seu condado e, provavelmente, de todo o estado de Iowa, então preferia pilotar aviões do que construí-los. Zip disse que queria pilotar um caça Spitfire, obviamente. E queria ser capaz de dizer que tinha visto e conhecido o mundo.

— Nossa, mas, se você está aqui apenas para *dizer* que conheceu o mundo, poderia ficar em casa e inventar histórias — disse Ruth.

Zip revirou os olhos.

— Eu realmente quero conhecer o mundo — falou Zip.

— Então diga *isso* — ponderou Ruth.

Zip e Sylvie tomavam banho de Sol na proa e escreviam cartas. Ruth, de jardineiras, recrutou Marian para ajudá-la a pintar os parapeitos do navio. A tripulação, divertindo-se, pegou pincéis e baldes de tinta e depois fumou, vagabundeou e observou as coisas, conversando entre si na língua sueca, até Ruth pegar todo mundo pelos braços, forçando-os a trabalhar. Nos dias mais quentes, as quatro pilotos se despiam e pulavam no mar. Esperta, Sylvie usava um maiô que trouxera, para não molhar suas roupas íntimas. Quando saltavam, elas davam as mãos, mas a água soltava seus dedos. Debaixo d'água, vendo a escura parede de aço do casco do navio, Marian voltou à superfície, reagindo a um pavor que não conseguia explicar.

O comboio, dezesseis navios, partiu sem alarde em uma noite, navegando para o Leste. Na primeira noite a bordo, um dos tripulantes que melhor falava inglês apareceu, para avisá-las sobre o apagão. O homem ficou na porta da cabine de passageiros, corando e olhando para o teto, em vez de olhar para as mulheres que descansavam em seus beliches: Sylvie estava cacheando o cabelo, e Zip, pintando as unhas dos pés. Ele apontou para as cortinas sobre a janela escurecida e disse:

— Ficar sempre perto. É melhor… — O homem gesticulava para a porta da cabine delas. — Abrir sempre, porque, quando torpedo vindo, o navio inteiro… — Ele fez um movimento com as mãos como se estivesse torcendo uma toalha. — E daí ser como… — Ele pressionou as mãos uma contra a outra.

— Encalhar? — perguntou Zip, tentando entender o que o homem queria dizer com aquele inglês macarrônico.

— Sim. — Ele assentiu, agradecendo. — Encalhar. Se vocês estar aí dentro, então… — Ele balançou a cabeça.

— Não vamos sair daqui mesmo, mas obrigada pelo aviso — falou Ruth, atrás de seu livro.

O homem concordou.

— Dormir com roupas, para… sair rápido… — Ele gesticulou e fez um assobio com as mãos, balançou a cabeça novamente e saiu.

Quando as outras garotas quiseram apagar a luz, Marian e Ruth foram para o convés. Se havia Lua no céu, estava encoberta pelas nuvens. Na escuridão, as duas podiam ouvir o barulho dos motores de outras embarcações ao redor, mas não conseguiam enxergar nada. Às vezes, Marian achava ter visto uma sombra corpulenta a estibordo, mas o vulto sempre se dissolvia, reaparecendo em outro lugar, uma ilusão de ótica.

— Não gosto da ideia de ficar encalhada em uma cabine de passageiros — disse Marian à Ruth. — Ser explodida no ar é uma coisa, agora morrer em um naufrágio? Não gosto disso.

— Nem eu — disse Ruth. — Mas tem aquela sensação de que, se seu destino for sobreviver, você sobreviverá. Senão, não sobrevive.

— É fácil falar isso quando estamos bem e vivíssimas, do lado de um bote salva-vidas.

— Acho que temos que melhorar nosso fatalismo. Qual é a diferença entre arriscar a vida no mar ou no céu? Sério.

— Você pode controlar um pouco o avião.

— Não tanto quanto achamos.

Na segunda noite a bordo, o navio foi envolvido por um nevoeiro cerrado durante o resto da viagem. Na oitava noite, elas dormiram ancoradas e, pela manhã, passaram pelo Canal de Bristol. À medida que o navio se aproximava do porto, Marian e Ruth ficavam na amurada da embarcação, observando as proas e as chaminés erguidas de navios bombardeados, surgindo do meio da névoa em ângulos esquisitos, carbonizados e meio afundados. Algumas vezes, pareciam fantasmas perambulando, outras, velhas barcaças danificadas que desapareciam em segundos.

A escuridão de Londres entrava pelas janelas do táxi. No trem que partia de Bristol, um camareiro apareceu conforme a noite se apagava e fechou as cortinas. Dentro do trem, as luzes eram opacas e azuis, assim como as da estação, e, uma vez do lado de fora, parecia que a Grã-Bretanha havia desaparecido completamente.

Marian estava espremida em um táxi com Ruth e Sylvie, mais as bolsas e as bagagens do trem. Zip seguia logo atrás em outro táxi, com as malas maiores. Conforme o motorista diminuía a velocidade, fazendo uma curva, um vulto esverdeado e branco passava rápido pela janela como um borrão, brilhando: uma aparição meio cônica.

— O que *era* aquilo? — perguntou Sylvie.

— Um fantasma! — disse Ruth.

— Não fala isso — disse Sylvie.

— É só um policial — falou o motorista. — Eles pintam as capas e as luvas com cores fosforescentes.

Olhando para fora da janela, Marian percebeu que a escuridão não era um breu total. Os faróis inclinados do táxi iluminavam fracamente a estrada, aqui e ali, e outros carros com para-choques pintados de branco iam e vinham. Os semáforos, reduzidos a pequenas cruzes flutuantes vermelhas ou verdes, ficavam pendurados no escuro. Quando o táxi parou em um semáforo, Marian conseguiu distinguir o que parecia uma faixa de pedestres e um belo conjunto de degraus que conduzia a um amontoado de escombros.

— Estamos no submundo, não é? — disse Ruth. — No reino dos mortos.

— Meu conselho: arranje luvas brancas — recomendou o taxista. — Um pouco de cor branca é o que você precisa para acenar e chamar um táxi.

— Ou para chamar o barqueiro — falou Ruth —, para nos ajudar a atravessar o Rio Estige do Tártaro.

— Para de me assustar — disse Sylvie. — Tenho medo do escuro.

— Se estivesse aqui quando aconteceu a Blitz — disse o taxista —, você saberia que existem coisas muito piores do que o escuro. — Ele parou atrás de um ônibus que apareceu de repente. Parecia um desfiladeiro, com um grande círculo branco pintado na extremidade.

— Que coisas? — perguntou Sylvie.

— Sylvie… — alertou Ruth.

— Incêndios — respondeu o taxista.

O saguão do hotel era uma bolha barulhenta e luminosa, atravessada por pessoas uniformizadas, isolada da escuridão por uma proteção de sacos de areia e pesadas cortinas. Jackie Cochran havia deixado um bilhete lhes desejando as boas-vindas, dizendo que as encontraria para tomar café da manhã. Sylvie e Zip ficaram acomodadas em um quarto de casal no quinto andar, mas Ruth e Marian estavam no sexto, em quartos individuais com um banheiro compartilhado.

Deitada na cama, completamente vestida, Marian percebeu que, desde Montreal, não conseguia fechar uma porta e ficar sozinha, a não ser no banheiro. Com os olhos fechados, pressionando as mãos contra eles, enxergou auroras brilhantes na escuridão de suas pálpebras. Atrás da porta, o ruído da água corrente e de respingos suaves sinalizavam que Ruth estava tomando banho. Marian se recordou por um breve momento da mulher em Córdova, mas logo se desvencilhou daquele pensamento. Ela se levantou e apagou a luz, puxando a pesada cortina de veludo da janela. Desde que chegaram, a espessa nuvem havia se dividido em jangadas prateadas que navegavam pelo céu cinzento. Uma meia-lua brilhante pairava sobre a cidade escura. Como só sabia do que acontecia no Hyde Park, lugar que dava muito o que falar, por conta das discussões políticas, Marian observou as chaminés e torres espalhadas ao longe, banhados pela luz do luar, como o gelo dos cumes das montanhas.

Missoula
Agosto de 1942
Pouco depois de Marian chegar a Londres

Caleb estava sentado em um toco que usava para cortar lenha. Jamie estava de pé, atrás dele, segurando a mesma tesoura pesada que Caleb havia utilizado para cortar o cabelo de Marian há muito tempo. Ao cortar a trança, o brilhante peso morto caiu sobre a mão de Jamie.

— O que devo fazer com isso?

— Guarda como recordação.

Jamie deixou a trança cair no colo de Caleb.

— Não, obrigado, é toda sua. — Jamie fez o melhor que conseguiu para cortar o resto do cabelo. — Ficou meio assimétrico.

Caleb passou a mão na cabeça.

— Tenho certeza de que o exército não vai se importar de cortar o resto.

— Justiça poética para o cabelo de Marian.

— Eu nunca disse que sabia cortar cabelo direito. Eu só era o único que podia cortar.

— Tem notícias dela?

— Não.

Caleb ficou mudo, como que impedido de fazer mais perguntas.

— Ela está em Londres.

— Bom *pra* ela.

Especulando, Jamie cortou uma mecha de cabelo atrás da orelha de Caleb, que se encolheu com o resultado. Jamie lhe perguntou:

— Você ainda está saindo com a professora?

— Não. Não consegui usar as chinelas e fumar o cachimbo.

Jamie achou que Caleb estava usando algum tipo de eufemismo.

— Mas o que isso significa?

— Significa que não posso ser domesticado, Jamie-*boy*. — Caleb bateu a trança cortada na perna. Quando falou novamente, estava mais sério: — É melhor assim, não dizer adeus para ninguém.

Caleb havia escrito uma carta a Jamie, para lhe dizer que estava se alistando, e Jamie viera de Oregon, para se despedir do amigo. Ele já havia assinado toda a papelada e partiria assim que o convocassem. Em breve. Segundo Caleb, os recrutadores estavam bastante interessados em suas habilidades como guia de caça. Havia dito ao exército que tinha 26 anos, não 30.

Jamie ainda não sabia o que faria.

A irmã o visitara no início de abril, a caminho de Nova York. Contou-lhe que viu Sarah Fahey em Seattle.

— Ela me disse que gostaria de se alistar e lutar. É fácil falar.

— *É* frustrante não poder fazer nada — falou Marian.

— Sim, eu sei. Sei bem. Sarah também me disse que todos devemos ser corajosos. Não estou interessado na coragem em benefício próprio, mas nesta guerra… — Jamie se calou.

— Sim — concordou Marian. — Eu sei.

— O que devo fazer? — Ele a encarou, temeroso.

— *Eu gostaria* que você ficasse no seu canto, são e salvo. A guerra assumiu proporções tão grandes que você não vai fazer diferença. Você não consegue um emprego fazendo pôsteres de recrutamento ou algo do tipo?

— Mas isso não seria hipocrisia? Não entrar em combate, mas pintar cartazes para convencer as pessoas a se alistarem e morrerem?

— Duvido muito que você, Jamie, consiga convencer alguém a se alistar, mesmo sendo um excelente artista.

— Mas *você* se arrisca. *Você* é corajosa.

— Não é a mesma coisa — disse Marian. — Quero realmente ter oportunidade de pilotar diversos tipos de avião. Não que eu não queira contribuir, até quero, mas, para mim, não é uma questão de princípios. O que quero é pilotar, enquanto você quer viver sua vida sem prejudicar ninguém, e ir para guerra significa abrir mão disso. Enfim, a ATA pode nem me escolher.

— Você vai ser escolhida — disse Jamie.

• • •

Após o corte de cabelo, Jamie e Caleb ficaram completamente bêbados.

— O que aconteceria se eu não conseguisse? — perguntou Jamie.

— Não conseguisse o quê? — Caleb estava deitado de costas, na cama, com um braço sob a cabeça. Jamie se sentou na cadeira de balanço. As janelas estavam abertas, para que a brisa da noite quente entrasse.

— Lutar na guerra.

— Você provavelmente morreria. Mas vai morrer mesmo um dia, então...

— Qual é!

— Não tem como saber até estar lá.

— Mas daí será tarde demais.

— É provável que a maioria dos homens não saiba lutar de verdade. Eles simplesmente vão para a guerra. Para fazer um volume de gente. É possível conseguir um posto em que você não precise atirar em ninguém, sabe. Existem vários outros tipos de trabalho.

— Todo mundo fica me dizendo a mesma coisa. Marian acha que eu deveria fazer pôsteres de recrutamento.

— Você poderia ser cozinheiro ou algo do tipo.

Além da tesoura de Berit, Caleb havia confiscado o velho fonógrafo de Wallace, depois que a casa fora vendida. Ele se levantou para escolher uma música. Ajeitou o disco, acertou a agulha.

Debussy. Após as primeiras notas musicais, Jamie se recordou de quando era apenas um menino que ficava espiando pelo corrimão o andar de baixo, quando Wallace e os amigos discutiam sobre arte.

— Eles te deixam escolher o posto?

Caleb se sentou na cama, com as pernas cruzadas, e acendeu um cigarro.

— Provavelmente não. Você já matou algum ser vivo? Um pássaro?

— Aranhas e moscas. Peixes.

— Que tal caçarmos alces amanhã? Você vem comigo. O período de acasalamento está no começo. Seria interessante que você fosse.

Na esperança de que Caleb não percebesse o quanto havia achado aquela ideia repugnante, Jamie encarou o fundo da sua caneca, despejando o uísque.

— Me parece um desperdício matar um animal só para provar *pra* mim mesmo que consigo matar ele.

— Todos os caçadores da cidade que levo para a floresta fazem isso. Mas a verdade é que agora existem muitos alces e veados, porque os lobos e ursos pardos desapareceram…

— Graças a você — acrescentou Jamie.

— E eles estão morrendo de fome.

— Não tenho certeza se isso é um bom teste — falou Jamie. — Porque, se você não matar o alce, ele não vai te matar.

Caleb esvaziou sua caneca e a colocou de lado.

— É mais fácil matar um alce do que um homem, Jamie. Mas você não precisa ir se não quiser.

— Ok, eu simplesmente posso aceitar que sou um covarde.

Caleb encontrou os olhos de Jamie.

— Você não é covarde.

Jamie queria perguntar a Caleb se ele havia matado Barclay Macqueen. Mas que diferença isso fazia? E *havia* pessoas que Jamie queria matar: aquele menino que estava torturando o cachorro, o Sr. Fahey, Barclay. O desejo permanecia ali, dentro dele.

— Tudo bem. Vamos amanhã.

Jamie não dormiu bem. O cheiro de uísque junto ao som dos grilos que cantavam lá fora tomava conta da cabana. Assim, ele se deitou no chão, bem no centro de sua vertigem nauseante, e pensou mais uma vez na carta que recebeu de Sarah Fahey. Tinha chegado em julho, bem depois de Marian tê-lo visitado e ido embora.

Caro Jamie,

Espero que não se incomode com a minha carta — consegui seu endereço no museu. Nós nos despedimos em clima de desavença, e me arrependo da nossa conversa. Sigo acreditando que não é suficiente ficar de braços cruzados, mas, agora, passado algum tempo, é inadmissível tentar convencer pessoas que abominam a violência, como acredito ser o seu caso, a cometê-la. Não quero participar disso, embora entenda que, acima de tudo, esta guerra exige números. O que me levou a lhe escrever: soube de uma oportunidade. Todos os braços do exército estão procurando artistas para documentar a guerra. Um amigo da família, do alto comando da Marinha, contou-me sobre esta oportunidade, pois, logicamente, conhecemos muitos artistas, e falei de você. Pelo o que entendi, você passaria pelo treinamento exigido para justificar seus honorários e seria enviado para zonas de combate, mas não precisaria lutar. Claro que há riscos, mas, caso queira, ficaria contente em colocá-lo em contato com as pessoas competentes.

Espero que esteja tudo bem com você e com a sua irmã. Meu irmão, Irving, é oficial de um contratorpedeiro no Pacífico, e Lewis se alistou como médico. Sinto saudades imensas dos dois.

Sarah

• • •

Jamie não havia contado a Caleb sobre a carta de Sarah, nem a Marian quando escreveu para ela, com receio de que os dois achassem que esta oportunidade, como sugeria Sarah, era a solução perfeita para o dilema que estava enfrentando. Ele também não respondeu a Sarah. Não podia discordar da insinuação dela de que ser um artista militar significaria, teoricamente, cumprir o seu dever com a pátria, mas ainda assim se indignou. Ela achava que ele não era capaz de suportar a guerra. Milhões de homens simplesmente se alistavam e iam para a guerra, porém, Sarah achava que ele precisava de uma missão especial e cômoda. Em contrapartida, era um trabalho para o qual ele estava claramente qualificado, muito mais do que para ser um soldado de baixa patente.

Poucas horas depois, Jamie acordou febril, a boca seca, o coração disparado e com o cheiro insinuante de café no ar. Embora a noite ainda parecesse se enraizar, Caleb já estava se movimentando, quebrando os ovos e colocando uma panela no fogo.

Ambos comeram em silêncio. Caleb instruiu que Jamie fosse lá fora, perto da bomba de água, e se esfregasse com sabão, para que os alces não sentissem o seu cheiro tão facilmente. Quando a escuridão se desbotou em tons azulados, eles adentraram na floresta. Por horas, Jamie seguiu Caleb, com um rifle nas costas, a cabeça latejando e o estômago embrulhado. Jamie não perguntou aonde estavam indo. Nuvens de brumas azuladas se moviam entre os troncos e galhos. Ele tentava pisar onde Caleb havia pisado, para fazer tão pouco barulho quanto ele, mas Caleb se esgueirava furtivamente como uma cobra, emitindo apenas um farfalhar, ao passo que Jamie caminhava como um cavalo puxando uma carroça. Um galho estalou sob suas botas. Caleb olhou para trás.

— Desculpa — sussurrou Jamie. Quando ia falar mais, Caleb ergueu a mão, e ele parou.

Aparentemente, Caleb ouvia alguma coisa, mas Jamie, forçando os ouvidos, escutou somente um leve gotejamento e, em seu entorno, o silêncio ambiental pulsando com outros sons inaudíveis: plantas em crescimento, insetos rastejantes, partículas de poeira à deriva. Na guerra, Jamie sabia que, caso se deparasse com um silêncio inquietante como aquele, seria o prelúdio de uma possibilidade de estar cercado por armas invisíveis, prontas para atirar. Caleb tirou um tubo de bambu do cinto, assoprando-o, fazendo uma nota esganiçada e crescente que terminava num silvo baixo. Eles esperaram. À distância, um alce rugiu. Caleb gesticulou para a esquerda, e eles continuaram.

Perto de uma pequena poça, Caleb apontou para pegadas de cascos e para as manchas lamacentas nas árvores deixadas por animais que chafurdavam na água. Após um tempo, ele parou novamente e se abaixou com o rifle apoiado nos joelhos. Jamie estava sentado em uma almofada de folhas de pinheiro, com as costas apoiadas no tronco de uma árvore. Não dava para enxergar nada, apenas névoa. Jamie fechou os olhos.

Pouco tempo depois, Caleb sacudiu seus ombros para acordá-lo. Jamie estava dormindo, babando, encostado em uma saliência dura de uma árvore, que estava enterrada nas suas costas. Caleb apontou para uma pradaria que se materializou logo além das árvores. A luz amarela transpassava a névoa dissonante que ainda pairava sobre a vegetação alta. Uma manada de alces se movia lentamente, pastando: fêmeas com pernas ossudas e orelhas teimosas, o macho atrás, vigilante, o pelo escuro no seu pescoço era grosso e desgrenhado como a juba de um leão.

Jamie pegou o rifle. Eles se aproximaram lentamente até perto das árvores.

— Você tem a mira perfeita — sussurrou Caleb. — Espera.

Jamie engatilhou a arma e encostou a bochecha na coronha. O macho se aproximou. Através da mira do rifle, Jamie o observou levantar a cabeça e incliná-la de forma que as galhadas grossas dos chifres também ficassem inclinadas paralelamente às suas costas. Seu nariz preto se apertou e estremeceu; os olhos estavam brancos nos cantos internos, sedentos por causa do acasalamento.

— Agora — sussurrou Caleb.

O animal transbordava agressividade e vida. Jamie imaginou suas pernas se dobrando, a magnífica galhada caída na vegetação como uma forquilha abandonada. Ele abaixou o rifle. Por reflexo, Caleb ergueu o seu, acostumado a acertar os tiros que outros haviam errado.

— Não faz isso — pediu Jamie.

Com as orelhas em pé, o alce macho olhou na direção deles. Jamie deu um pulo, agitando o braço para assustá-lo. Também gritou. O animal se virou e correu, e as fêmeas começaram a galopar atrás dele. A manada desatou a correr pela pradaria, um borrão cor de creme, brilhante e estrondoso como um trovão, até sumir na névoa.

Inglaterra
Agosto-novembro de 1942
Logo após Marian chegar em Londres

Primeiro, Marian e as outras aviadoras foram enviadas a Luton, ao norte de Londres, para ter aulas de voo-solo e verificações. Todos, homens e mulheres, tiveram que começar do início, independentemente da experiência.

— Você pode ter 2 mil horas de voo — disse o instrutor — ou duas, não importa. Ainda vai ter que sentar aqui para aprender e fazer todos os testes. — Todos usavam roupas comuns (os uniformes estavam sendo confeccionados em Londres, na Austin Reed) e recebiam enormes e amorfos macacões Sidcot.

Marian achou a formação base do treinamento bastante interessante, visto que nunca havia aprendido aerodinâmica, exceto de improviso e há muito tempo, na biblioteca de Missoula. Nunca havia aprendido ou estudado Código Morse detalhadamente, nem mesmo navegação ou meteorologia. Aquela era a escola que sempre sonhara quando jovem: fileiras de carteiras ocupadas por pilotos, paredes cobertas de mapas, gráficos e diagramas de motores e instrumentos. *Segurança, nada de bravura.* O instrutor repetia isso sem parar e com tanta frequência, como se fosse uma espécie de mantra. O objetivo de todos os pilotos ali era transportar aviões com segurança e eficiência para onde quer que fossem necessários, e não serem heróis. Os aviões não podiam ser *danificados* ou, pelo menos, não poderiam estar mais danificados do que já estavam. Às vezes, eles pilotavam aeronaves novinhas em folha e, outras, aviões feridos em batalha. Ou taxiavam aeronaves velhas e exaustas que voltavam para casa.

A ATA operava sob um sistema que Marian considerava inteligente e audacioso. Após concluir o treinamento na escola de voo em Luton com aeronaves de pequeno porte, majoritariamente biplanos, e computar horas suficientes em voos de navegação, os pilotos eram enviados para a sede de White Waltham, ao sul de Londres, para serem treinados em caças monomotores, conhecidos como Classe II, que incluíam o modelo Hawker Hurricanes e, após um período de testes, o tão esperado Supermarine Spitfire. Após demonstrarem sua competência, os pilotos eram destacados para um dos catorze grupos de transporte: o que ficava mais ao Norte era Lossiemouth, na Escócia; e Hamble, mais ao Sul, perto de Southampton, onde a fábrica dos modelos Supermarine produzia Spitfires que precisavam ser removidos antes que os alemães pudessem bombardeá-los.

Cada piloto recebia um livreto, encadernado com duas argolas metálicas. Na capa azul, estava estampado: NOTAS PARA OS PILOTOS ENCARREGADOS DO TRANSPORTE e APENAS PARA USO OFICIAL. O livreto continha informações sobre todos os aviões que eles poderiam pilotar; esperava-se que conseguissem pilotar modelos que nunca tinham visto na vida após uma rápida leitura das notas. Caso se saíssem bem pilotando os modelos Classe II, os pilotos retornariam à sede de White Waltham, a fim de se atualizar e aprender a voar com os modelos Classe III, aviões bimotores de pequeno porte, e, assim, sucessivamente, até a Classe V, os gigantescos bombardeiros com quatro motores. Os hidroaviões faziam parte da Classe VI, mas mulheres não podiam pilotá-los, pois se misturariam à tripulação masculina, uma intromissão que desencadearia o caos generalizado.

— A maior de suas preocupações — recomendava o instrutor — será voar baixo. Se não conseguirem, fiquem no solo. A fim de evitar chamar atenção, vocês não usarão rádios, e, se as aeronaves tiverem armas, elas não estarão carregadas. Vocês voarão às cegas. — Ele hesitou. — *Teoricamente*. Mas, se acontecer de vocês se depararem com uma aeronave armada, em hipótese nenhuma vocês devem atirar. — Neste momento, alguns pilotos trocaram olhares insubordinados.

— Vocês vão estar por conta própria. Então, lembrem-se...

— ...segurança, nada de bravura — entoavam os pilotos em coro.

— Nunca vou entender por que eles não nos ensinam a voar por instrumentos — disse Marian à Ruth enquanto voltavam para seus alojamentos, duas casinhas de tijolos na mesma rua, ocupadas por famílias que por acaso tinham quartos disponíveis. O quarto de Marian pertencia a um filho que fora para o Canadá para o treinamento da RAF. Um biplano, modelo Sopwith Camel, estava pendurado no teto, e, na sua primeira noite, ela ficou deitada, encarando a parte de baixo das asas e imaginando o que teria acontecido com os Brayfogles. Sempre pensava mais em Felix, porém, naquele momento, perguntava-se sobre Trixie. Deveria tê-la admirado mais. — Você não consegue fugir se o tempo ficar ruim — continuou Marian. — Eles vivem falando que não querem desperdiçar aviões e pilotos, mas menos pessoas cairiam se soubessem atravessar as nuvens.

— Os chefões não querem gastar, querem as coisas simples — disse Ruth. — E estão com pressa.

— Você sabe voar por instrumentos?

— Não — respondeu Ruth alegremente —, mas meu plano é ficar segura, nada de bravura. Enfim, veja Amy Johnson. Ela sabia o que estava fazendo e ainda assim morreu.

Marian não acreditava naquela lógica. As duas estavam paradas no pequeno portão de ferro do alojamento de Ruth.

— Eu poderia te ensinar algumas coisas — disse Marian. — Só por precaução.

— Só se as aulas forem no pub. Já estou estudando demais.

— Lá você nem vai ouvir.

— Mas podemos ficar lá depois do mesmo jeito.

— Já que você insiste — disse Marian, despedindo-se.

Após algumas horas de treinamento pesado com o instrutor da aeronave Tiger Moths e do avião Miles Magisters, aberto ao vento e à chuva, Marian fez um voo-solo. Era cômico fazer um voo "solo" depois de anos voando sozinha, mas Marian se absteve de esboçar um sorriso forçado ou reclamar e, obedientemente, registrou a ocasião em seu novo diário de bordo. Após o voo, o próximo passo eram 25 voos de navegação, cruzando a Grã-Bretanha, voando por bússola e mapa de papel, seguindo ferrovias, rios e as antigas estradas romanas. Saltos rápidos no céu. Lá embaixo, a paisagem que mais parecia um mosaico se agitava, repleta de arbustos. Nos dias em que as condições meteorológicas estavam favoráveis, Marian podia fazer de três a quatro voos (ainda estava tentando se acostumar à pequenez daquele país, em comparação à vastidão do Alasca). Contudo, os dias ensolarados eram intercalados com mais voos baixos e dias cinzentos, e, não raro, o tempo só ficava propício para voar depois que os pilotos eram instruídos a voltar para seus alojamentos. Mesmo quando as condições estavam toleráveis, uma sensação opressiva e asfixiante pairava sobre a cidade de Luton, fazendo com que os olhos de Marian ardessem conforme ela voava com seu biplano aberto. Após a Batalha de Dunkirk, em 1940, a fábrica de automóveis Vauxhall que ficava na cidade portuária passara a produzir os tanques de guerras de Churchill e caminhões do exército. Ou seja, a fumaça das chaminés da fábrica se misturava à fumaça das casas e das bombas de fumaça, destinadas a proteger a fábrica dos bombardeiros alemães, em uma sopa densa e corrosiva.

Como Marian e Ruth folgavam na segunda-feira, nas noites de domingo, elas costumavam ir a Londres. Normalmente, assistiam a um filme ou a uma peça de teatro e passavam a noite no Clube da Cruz Vermelha, mais em conta do que um hotel e mais divertido. Lá, havia uma *jukebox* de um centavo, uma boa lanchonete e aquecimento central. As enfermeiras e os soldados estadunidenses eram frequentadores assíduos do clube, assim como alguns pilotos que as duas conheciam. Na lojinha da base do exército, elas compravam amendoim salgado, barrinhas da Nestlé e latas de cerveja. Marian e Ruth tiveram que ir duas vezes para Austin Reed, para provar os uniformes: uma saia, um par de calças, dois casacos, uma jaqueta e um sobretudo, todos bordados com a sigla RAF em azul. Para Marian, o modelo dos uniformes era desconfortavelmente justo, mas, para Ruth, não era justo o bastante.

Se você fosse uma garota sofisticada que tinha estudado em uma faculdade caríssima, como Zip, ou fosse belíssima, como Sylvie, era convidada para ir em coquetéis na embaixada ou para jantar no apartamento de Jackie Cochran em Knightsbridge. Mas Ruth e Marian ficaram contentes em passar a maior parte do tempo como um casal solitário ou com os conhecidos passageiros que Ruth costumava paquerar.

— Fico surpresa de você não ser a favorita de Jackie — falou Marian a Ruth uma vez, após as duas encontrarem Sylvie na rua, que deixou escapar que Jackie tinha servido mirtilos de verdade na noite anterior. — Sempre achei que ela gostaria de te exibir para os amigos importantes.

— Que nada — disse Ruth, tragando o cigarro e semicerrando os olhos. — Sou muito escandalosa. Todos sabem que Jackie é uma pessoa maravilhosa, mas ela não é nada *divertida*. E, por mais que ela tente ser, você percebe o esforço que ela faz. Melhor assim. Fico contente de não ter mais obrigações do que já tenho.

— Se você não liga, eu também não ligo — falou Marian. — Eu ficaria chateada se você não fosse convidada por causa de mim. Jackie nunca me convidaria para um evento desse porque provavelmente acha que eu iria vestida com um saco de estopa.

— Pelo contrário. Se não fôssemos tão amigas, você seria a primeira garota que Jackie convidaria, porque ela gostaria de te melhorar. — Ruth deu o braço à Marian e apoiou a cabeça no seu ombro. — A tolinha não enxerga que não tem nada para melhorar em você.

No entanto, Jackie partiu em setembro, retornando aos Estados Unidos, para liderar uma versão exclusivamente feminina da ATA, o WASP. Lá se foram os coquetéis em Knightsbridge. Helen Richey, a primeira piloto-mulher comercial dos Estados Unidos, foi encarregada do contingente estadunidense. Mas, a essa altura, as garotas de Jackie já haviam passado por um treinamento intensivo e não precisavam muito mais de uma mãe postiça como mentora.

Aparentemente, todos em Londres bebiam muito, nunca dormiam o suficiente e sempre estavam sedentos por diversão. A atmosfera das boates e dos salões de dança era delirantemente sugestiva, e Ruth arrastava Marian para o centro de tudo. Apesar de ser paqueradora, ela nunca deixava que nenhum homem a beijasse, pelo menos, Marian não via. Quando as duas saíam, Ruth sempre falava sobre o marido, mais do que costumava. Agora, se fosse tarde da noite, Marian até permitiria que um homem a beijasse, em algum canto escuro da pista de dança, ou abriria um pouco as pernas para que alguém lhe passasse a mão, no escurinho de um táxi. Se tivesse oportunidade, Marian até faria uma coisa ou outra, mas Ruth sempre aparecia do nada, de repente, rindo, como se estivesse resgatando-a, escoltando-a de volta para os castos dormitórios da Cruz Vermelha.

Pouco a pouco, Marian foi se acostumando com a escuridão dos apagões. Começou a discernir as pessoas que se moviam pelo escuro como criaturas errantes nas profundezas do oceano, ostentando as luvas brancas ou as lapelas fosforescentes com flores. Gostava de saborear o choque de andar pela escuridão e depois entrar em uma boate: barulhenta e abafada, brilhando como o interior de um geodo. Ali, a vida subterrânea persistia. O mundo pacífico estava ardendo em chamas, mas suas raízes estavam intactas, seguras no escuro, nutridas por bebida, fumaça e suor.

Numa noite especialmente gélida, Ruth e Marian foram destacadas para a vigilância de alerta de incêndios, o que significava que deveriam dormir em camas dobráveis no aeródromo de Luton. Por volta das 20h, quando já estava muito escuro e não havia nada a fazer além de dormir, as duas se deitaram, tremendo de frio, nas suas camas, nas roupas íntimas de lã, cobertas pelos forros do macacão Sidcot que cada uma usava.

— Você consegue me aquecer, espremendo seu corpo contra o meu? Estou com tanto frio que nunca vou conseguir dormir — propôs Ruth.

— Tudo bem — respondeu Marian, e Ruth levantou os cobertores, para que ela se deitasse. Na cama, com Ruth deitada de costas para ela, Marian sabia que sua respiração estava ligeiramente diferente, mas, quando abraçou Ruth, a sensação era ainda mais estranha, como se as duas tivessem se fundido em uma pessoa só, como se tivessem um só pulmão. Marian também sentiu a suavidade do traseiro de Ruth contra o seu corpo, os corpos alinhados, já que Ruth (bem mais baixa do que ela) havia se posicionado na mesma altura e enfiado a cabeça debaixo dos cobertores. Marian sabia que poderia facilmente dormir, sempre conseguia dormir, em qualquer lugar, mas não tinha certeza se queria. — Faz tempo que não tenho notícias do meu irmão — falou Marian. — Desde que chegamos.

Ruth apareceu acima das cobertas, para que sua voz não saísse abafada.

— Talvez a carta dele esteja presa em algum lugar. Recebi um maço de cartas ontem, e algumas eram antigas.

— Talvez.

— Eddie me mandou uma carta. Ele tem a própria tripulação agora. Todos parecem bem. Um cara sempre fica enjoado, mas ninguém dedura ele, nem mesmo depois que ele jogou o saco de vômito na rampa do sinalizador e o vento o soprou de volta, espirrando vômito em todo mundo. Seu último voo de treinamento foi na água, então Eddie acha que não vai demorar muito para todos irem para o exterior. — Ruth se mexeu, virando-se. — Ele me disse que todos estão se dando bem, um alívio.

Marian tinha pouca noção da existência de Eddie, além do fato de ele ter largado o treinamento de piloto.

— Você está preocupada?

— Um pouco. As pessoas nem sempre sabem o que fazer com Eddie. Não me leve a mal, ele é ótimo. Mas às vezes... sei lá — Ruth se virou, fazendo com que as molas da cama rangessem. Agora, Marian sentia a suavidade dos seios de Ruth contra o seu corpo. — Você está quentinha — falou Ruth. Ela serpenteou o braço debaixo do de Marian e colocou a mão em frente ao rosto dela. As articulações de seus dedos estavam com manchas vermelhas e inchadas. — Você também tem isso? Urticária ao frio? É horrível. Tenho nos pés também.

— Você tem que secar melhor as suas meias e botas — respondeu Marian, envolvendo as mãos de Ruth, um gesto tão natural, puxando-as para debaixo da coberta e segurando-as contra o peito, para aquecê-las.

— Seu coração está acelerado — disse Ruth depois de um instante.

— Acho que não.

— Está, sim — falou Ruth, com a voz mole e sonolenta.

Marian não respondeu. Ruth falava de Eddie de um jeito esquisito. Ocorreu-lhe a ideia implícita de que, se ela fosse Ruth, descobriria por que seu coração batia forte. Ela arrancaria tudo que pudesse saber sem nem mesmo parecer tentar. Então, decidiu dormir mais do que depressa, antes que Ruth mudasse de posição, e assim o fez, caindo no sono.

Inglaterra
Novembro-dezembro de 1942
Continuação

Finalmente, Marian recebeu uma carta de Jamie, datada de setembro. Ele seria um artista da Marinha:

> Dá para imaginar que uma coisa dessa exista? Eu nem imaginava, mas Sarah Fahey me enviou uma carta me contando. A princípio, achei que deveria apenas me alistar de qualquer jeito, mas comecei a pensar que deveria me alistar como artista. Afinal de contas, eles queriam recrutar artistas, e eu sou um. Em breve, estarei partindo para treinar em San Diego e, de lá, não sei. Espero que você não esteja preocupada, pelo menos, não tanto quanto eu me preocupo com você.

Estava feito. A guerra também havia alcançado Jamie. Preocupação não era bem a palavra exata para o que Marian sentia. Angústia, talvez. Luto antecipado pelo que o irmão veria, como seria transformado pela guerra. Caleb também se alistara, mas não havia nada que ela pudesse fazer por qualquer um deles, assim, tentou colocar seus medos de lado.

À medida que o inverno se aproximava, as condições meteorológicas ficavam cada vez piores, e era cada vez mais difícil completar os voos de navegação. Desse modo, no início de novembro, quando Marian tinha feito 18 dos 25 voos exigidos, a ATA, ignorando as próprias regras, deu-lhe um avião e quatro dias de folga. Ruth ainda precisava fazer mais voos, então Marian rumou para Londres sozinha e acabou descobrindo que, sem ela, até as partes mais conhecidas da cidade a deixavam tímida e hesitante. O Clube da Cruz Vermelha, tão vívido e acolhedor na companhia de Ruth, parecia-lhe intimidador. Dependia de Ruth para envolvê-la em conversas, como um trapezista que joga o parceiro de performance nas mãos de outro. Na lanchonete, quando um capitão da Força Aérea tentou puxar papo com ela, Marian conseguiu somente articular algumas palavras empoladas, fugindo na primeira oportunidade.

Marian estava, ela subitamente entendeu, apaixonada por Ruth.

Percebeu que estava apaixonada, nestes termos, no seu segundo dia em Londres. Viera à cidade de Austin Reed para pegar seus uniformes e estava de pé, olhando para o próprio reflexo em um espelho de chão enquanto o alfaiate mexia nos punhos de sua jaqueta azul, e desejou que Ruth estivesse lá para preencher o silêncio constrangedor com conversas e, conforme pensava nela, percebeu que até seu semblante mudava.

Em sua expressão ruborizada e amedrontada, viu sentimentos que nunca havia sido capaz de reconhecer, sensações íntimas que afloravam na sua pele, e saber disso a deixou atônita, pois o objeto de seu amor era uma mulher (tirando a mulher de Córdova, nunca havia pensado muito em mulheres). Depois de Barclay, após tantos anos no Alasca tentando congelar seu coração para que o vento o reduzisse a pó, como era capaz de se apaixonar por outra pessoa?

A questão era o que fazer. A resposta? Nada. Mesmo Ruth sendo uma amiga afetuosa e amorosa, certamente acharia os sentimentos que Marian nutria por ela estranhos, nojentos e abjetos. Ruth era casada. Marian achou que sentiu uma faísca entre elas, na noite em que dormiram juntas, aninhadas, mas aquilo deveria ser fruto da sua imaginação. Ruth estava apenas se aquecendo, com toda a certeza. E, com toda certeza, Ruth não se interessaria por ela desse jeito... Marian não sabia dar um nome ao que queria. Posse, talvez. Toque, certamente. E, por mais que fossem íntimas, Marian queria algo mais sério, importante. Não se arriscaria explicando seus desejos, pois Ruth poderia cortar relações com ela, e isso seria inadmissível — ainda que, ao mesmo tempo em que repetia isso para si mesma, lá no fundo custasse a acreditar que Ruth se afastaria dela.

Ela era compreensiva. Por que não compreenderia os sentimentos de Marian?

Porque eram anormais; repugnantes; porque Ruth ficaria aterrorizada, sentindo-se traída. Em todos os casos, ainda que, por algum milagre, Ruth entendesse, compreensão era diferente de reciprocidade. Na verdade, compreensão sem reciprocidade seria o mesmo que repugnância: a perda de Ruth. Havia se apaixonado no exato momento em que se conheceram, sem nem mesmo se dar conta, quando Ruth segurou seu queixo? Havia se apaixonado quando Barclay a viu pela primeira vez na casa de Miss Dolly. Por que reagia daquele jeito quando era olhada?

Certa vez, quando Ruth e ela estavam no Clube da Cruz Vermelha, as sirenes soaram, mas, em vez de descerem para o abrigo, elas subiram no telhado, para assistir à noite calamitosa. Todo mundo vivia falando que os ataques esporádicos não eram nada comparados aos piores bombardeios da Blitz: quando enormes montanhas de fumaça encobriram o próprio céu, quando, mesmo assim, ouvia-se o ronco dos motores alemães pulsando, a explosão dissonante das bombas, os rostos inexpressivos e estúpidos dos balões de barragem, os aviões abatidos como mariposas capturadas em volta de uma lâmpada. As bombas colidiam violentamente contra Londres. As baterias antiaéreas riscavam o céu como estrelas cadentes, luminosas e brancas. Mais além, através das labaredas de fumaça e das nuvens à deriva, viam-se as estrelas brilhando no céu, impassíveis.

Londres estava sendo consumida pelo fogo, embora as chamas estivessem longe da Cruz Vermelha. Marian se perguntava se havia pessoas no fogo. Claro que havia, mas, de alguma forma, esperava que não houvesse. Ruth, sem desviar os olhos do horizonte, pegou a sua mão. Como uma mão pequena daquela poderia lhe trazer tanto consolo? O aperto caloroso parecia neutralizar a cidade completamente destruída, que brilhava e ardia cada vez mais, conforme as chamas se propagavam.

Ao deixar Austin Reed com seu pesado pacote de uniformes, Marian não sabia como encararia Ruth, como fingiria que nada havia mudado. A sensação de segurança e naturalidade se dissiparia, e a presença de Ruth se transformaria em solidão e aflitivo desejo. Deveria esperar que aquela obsessão passasse. Afinal, a paixão estava fadada a acabar, era algo basicamente inevitável. Mas, se Marian resistisse à urgência desvairada de seus sentimentos, compreenderia o quão misericordiosa seria a impossibilidade daquele sentimento: não seria mais vítima do amor. Nunca mais.

Aparentemente, ao retornar ao Clube da Cruz Vermelha, a providência divina estava conspirando ao seu favor, pois ordens haviam chegado para Marian. Ela não deveria retornar para Luton, mas ir direto para o aeródromo de White Waltham, a fim de fazer o treinamento para os aviões Classe II. Não teria que encarar Ruth, não agora.

• • •

O aeródromo de White Waltham estava localizado em uma agradável cidadezinha rural chamada Maidenhead[1] ("Jesus amado, que nome é esse?", Ruth sempre falava), com casas ao estilo enxaimel ao longo de um trecho sossegado do Rio Tâmisa. Marian arranjou um quarto em um pequeno hotel não muito longe do aeródromo, um pouco mais caro do que um alojamento. De volta à sala de aula, Marian começou a aprender sobre supercompressores e carburadores e assim por diante. Depois de duas semanas de aula, Marian estava voando novamente, no mesmo modelo Harvard em que havia feito o *check-out* em Montreal. Após todos os voos de navegação com aeronaves Tigers e Magisters para treinamento, estava surpresa com a potência de um Harvard.

Nas proximidades, havia um novo American Club, com piscina (fechada no inverno), terraço e lanchonete. Às vezes, Marian ia ao clube, para tomar coquetéis com outros pilotos, mas conversava pouco. Ninguém era como Ruth. Será que sempre fora tão insegura quando se tratava de interagir com as pessoas? Não conseguia se recordar de como era antes de Barclay, antes do Alasca.

Marian comprou uma moto e passeava pelas redondezas quando tinha tempo livre e cupons de gasolina. Ela foi até a cidade de Henley-on-Thames e assistiu às pessoas remando no Rio Tâmisa. Passou por Eton College, onde meninos jogavam rúgbi nos campos e perambulavam de fraque na frente dos antigos prédios de tijolos com ameias. Passou por vilas onde a guerra parecia não ter chegado, por cidadezinhas reduzidas a crateras de bombas, pelos destroços de um B-17 entre as faias. Em sua moto, boa parte das vezes, Marian passava por arbustos, árvores, paredes de pedra e ovelhas.

Uma tarde, depois de fazer alguns circuitos e práticas com o modelo Harvard, Marian entrou no escritório de aviação, e lá estava Ruth, sorrindo e de uniforme azul.

— Quanto tempo! Como você *tá*? — cumprimentou Ruth.

A primeira reação de Marian foi alegria, mas, depois, veio a frustração aterradora, e Ruth, que deu um passo à frente para abraçá-la, percebendo como Marian tinha mudado, titubeou. O abraço das duas foi desordenado, duro como um abraço entre dois manequins.

— Eu ia te mandar uma carta, para contar que ganhei minhas asas e minhas roupas — disse Ruth, fazendo uma pose de modelo com seu uniforme. — Fui destacada para ficar um tempo em Ratcliffe. Vou fazer principalmente serviço

---

[1] A palavra *maidenhead* significa "virgindade" [N. da T.].

de táxi. — Pela janela, Ruth apontou para um avião Fairchild 24. — Mas, daí, vim *pra* cá. Achei que poderia te encontrar. Economizei o dinheiro da postagem.

— Parabéns. — Marian se voltou para estudar o grande mapa da Grã-Bretanha na parede, atualizado diariamente com a localização de balões de barragem e zonas de voo proibidas.

— Você saiu de Londres e não deu nem sinal de vida — falou Ruth.

— Ando muito atarefada.

Ruth esperava por uma recepção mais calorosa. Mas, quando nada aconteceu, ela disse:

— Mas provavelmente sentiu minha falta. Mesmo sem as cartas.

Aflita, Marian olhou do mapa para as botas. Ruth se aproximou mais.

— Você está tão esquisita. Aconteceu alguma coisa? Fiz algo de errado?

— Não. Só não me sinto muito bem. Só isso. — Marian colocou seu paraquedas no ombro. — Preciso ir.

Ruth não a impediu nem a seguiu. Marian, retornando com sua moto para o hotel, viu o Fairchild decolar e desaparecer.

Duas semanas mais tarde, em um raro dia de céu limpo em meados de dezembro, Marian recebeu seu primeiro caça Supermarine Spitfire. Já havia entregado um caça Hurricane na cidade de Salisbury, e, sem alarde, o oficial de operações atrás do balcão lhe entregou seu novo protocolo de transporte.

O caça estava esperando-a, com sua longa carenagem perfurada voltada para o céu. Havia sido camuflado para o reconhecimento fotográfico e, tirando os adereços e hélices pretas e bandeira francesa, era todo azul-claro, como se o azul do céu tivesse penetrado nele. Não tinha artilharia nem armas, por isso era leve e veloz, capaz de subir rapidamente, mais de 40 mil pés, e levar combustível suficiente para ir e voltar da Alemanha.

Todas as mulheres que eram membros da ATA eram unânimes em reiterar que o caça Spitfire, herói da Batalha da Grã-Bretanha durante a campanha militar contra a Luftwaffe e símbolo da coragem da RAF nos céus, era, na verdade, um avião para mulheres. A cabine era pequena: servia como uma luva para uma mulher. Os controles respondiam ao toque mais suave. Os homens, e todas concordavam com isso, tentavam forçar demais o avião, subjugar sua graciosidade imperiosa. Uma das garotas inglesas havia perdido o noivo, um piloto, pois ele tentou decolar o Spitfire com um controlador de tráfego aéreo no colo, dando levianamente uma carona para alguém em algum lugar. Mas, como a cabine estava lotada de corpos masculinos, ele não conseguiu puxar o manche direito. Os dois morreram.

Marian subiu na cabine do piloto, consultou o livreto de Notas Para os Pilotos Encarregados do Transporte e começou suas verificações. Já havia pilotado muitos caças Hurricane, dos quais gostava, pois não eram tão diferentes do Spitfire. Mas, ali, sentada, sentiu uma emoção nova, entusiasmo, o abraço apertado de sua cabine, os controles pareciam se mexer ansiosamente sob suas mãos e pés. Assim que deu partida, sentiu um forte solavanco, que se transformou em um estalo constante, um zumbido texturizado. Marian não perdeu tempo taxiando, já que os Spitfires tinham tendência a superaquecer no solo. Balançando o nariz do avião de um lado para o outro, ela olhou ao redor, para verificar em que direção estava indo. Instantaneamente a cabine ficou quente a ponto de fazê-la suar. O destino daquele avião era o céu. Na pista, Marian acelerou. O campo lamacento passava ao lado da janela como um borrão. Um salto sobre um buraco, e as rodas saíram do chão.

Precisava levar o Spitfire para Colerne, em Wiltshire, não muito longe. Marian se demorou um pouco no trajeto, fazendo um *roll* e um *loop* proibidos, esculpindo e cortando o céu com as asas elípticas e finas, subindo cada vez mais alto. Ao abrigo da cúpula de acrílico, ela era a articulação de todas as coisas, o ponto de rotação. Marian subiu mais, nivelando a aeronave. Dez mil pés. Mais alto do que deveria. Havia um sistema de pressurização, mas o livreto dizia para mantê-lo desligado, já que os pilotos de transporte que voavam baixo não precisavam usá-lo. Marian não sabia ativá-lo.

Queria apenas voar um pouquinho mais alto. Outro toque no manete. 300 km/h. Queria tingir o céu com o azul do avião, azul com azul. Mais alto. Quinze mil pés. Precisava tomar cuidado para não se deixar levar, mas aquilo era tão bom. Lá embaixo, a Grã-Bretanha fora moldada para a curvatura da Terra; campos e cercas-vivas criavam uma iridescência, como se estivessem na superfície de uma bolha de sabão. Mais alto. Dezessete mil pés. Preste atenção, desça logo. O ar já estava rarefeito, é difícil respirar. Marian se lembrou do motor do Travel Air quando voou alto demais sobre Missoula. Por que tinha o impulso de exceder os limites, atirar-se de corpo e alma, ser arremessada violentamente contra eles? Marian sentiu o começo do medo. Era um calafrio que percorria seu âmago, e não a pele.

No ar rarefeito, o avião viajava cada vez mais veloz, quase 600 km/h. Não podia ficar ali muito tempo. Mais alto. Precisava descobrir o que estava lá em cima, ficar longe do que estava embaixo. Longe de Ruth. Longe do mundo onde Jamie havia ido para a guerra. Já estava frio. Mais alto, só mais um pouco, e ela saberia o que queria saber. Tinha certeza. O motor ficou silencioso, mas, ainda assim, o ponteiro do altímetro girou para a direita. Em seu campo de visão, o céu se transformou em um azul-escuro, total escuridão que a envolvia de cima para dentro, como se Marian estivesse afundando.

• • •

Após pousar, taxiar e desligar o motor, Marian se sentou na cabine, completamente imóvel. O frio permanecia dentro dela; a cabeça doía. Com as mãos trêmulas, ela finalmente abriu a capota. Caminhou até o escritório de operações, entregou seu protocolo e recebeu um novo, um Miles Master, avião de treinamento que precisava ser transportado para Wrexham.

— Está tudo bem? — perguntou o oficial que pegou o protocolo. — Você está um pouco pálida.

— Está, sim. Vou tomar um café antes de ir.

Marian foi até a cantina, e, sentada à mesa, lendo um jornal, estava Ruth. Ela só conseguia enxergar Ruth, assim como um último ponto de luz piscando através da hélice antes que caísse inconsciente.

Ruth ergueu os olhos ao ouvir os passos de Marian e, sem entender, levantou-se e foi em sua direção.

— Você está bem? — perguntou Ruth. — Parece morta de cansaço. — Somente dois pilotos estavam na cantina, ambos homens, absortos em seus jornais.

— É só uma dor de cabeça.

— Desde quando você virou o sexo frágil? Daqui a pouco, vai me dizer que anda desmaiando.

Marian deu uma olhada para os pilotos.

— Achei que um café ajudaria.

— Eu pego para você — disse Ruth. — Vai lá para fora, tomar um ar fresco. Já te encontro.

Marian encostou as costas contra o prédio frio de tijolos e, apesar de o Sol aquecer o seu rosto, machucava seus olhos. Com os olhos cerrados, ela pegou a caneca que Ruth lhe trouxe. O café estava abrasivamente amargo, muito quente.

— O que está acontecendo com você? — perguntou Ruth. — Você está tão esquisita.

— O que está fazendo aqui? — perguntou Marian.

Aparentemente, Ruth não queria pressionar Marian.

— Serviço de táxi, o que mais poderia ser? Eles devem achar que mando bem, pois é tudo que ando fazendo. Muito raramente levo um Moth… Oba… Mas, na próxima semana, finalmente vou voltar para White Waltham. Vamos nos reunir. — As últimas palavras foram ditas com uma animação forçada.

— Até lá, já devo ter ido embora.

Ruth procurou por cigarros no bolso. Quando acendeu um, falou:

— Não combinamos mais, *né*?

Marian apontou para o avião estacionado perto do hangar.

— Provavelmente, vou ser destacada em breve. Acabei de trazer meu primeiro Spitfire.

— O azul? Como foi?

Quando se deu conta, estava em um mergulho em espiral, como um cata-vento de campos e cercas-vivas girando sem parar em um borrão.

— Como todo mundo fala.

— Viu o céu ou o paraíso?

— Quase.

— Ai, estou morrendo de inveja! — Por um instante, nenhuma das duas disse mais nada. O café e o ar fresco oxigenado ajudaram a amenizar a dor de cabeça de Marian, mas a fumaça do cigarro de Ruth, não. — Se você tivesse me enviado uma carta, eu teria contado que Eddie está aqui, em uma unidade de treinamento em Bovingdon.

— Sério?

— Sim. — Ruth estava ficando apática, lembrando-se do desprezo de Marian.

— Fico feliz por você. — Marian sabia que não parecia nada feliz. Nunca havia sentido um ciúme como aquele. Era doloroso.

Ouvia-se o barulho nasalado de um motor, que ficava mais intenso conforme um avião se aproximava. Um caça Spitfire apareceu, pousando.

— Meu passageiro chegou — disse Ruth. — *Tá* na hora de ir. — Apagando o cigarro na parede de tijolos, colocando a bituca no bolso, despediu-se: — Até mais, Graves.

Ruth estava indo embora, quando Marian a chamou. Ruth se virou, e tudo que Marian queria lhe dizer acabou ficando preso na garganta.

— Até mais.

Ruth parecia abatida e manifestava uma tristeza que Marian não entendeu.

— Até.

Marian fora destacada para o Grupo 6 de transporte de Ratcliffe antes que Ruth chegasse a White Waltham e, mais uma vez, ficou aliviada. Mesmo assim, não enviou nenhuma carta para Ruth.

CONFIE NA SUA VOLÚPIA

DEZESSEIS

No set de filmagem, Bart gritava:

— Imagem! Calados! Sem falar, por favor! Início da tomada, por favor. Gravar som. Câmera. Movimenta a câmera, vamos de novo. Continuem, fiquem conversando. Última vez. A primeira equipe entrou em ação.

A vida é barulhenta, mas os sets de filmagem são silenciosos. Estávamos filmando em um espaço de música retrô, no centro de Los Angeles, uma extensa sala com sacadas feitas especialmente para se parecer com uma pista de dança londrina, na Segunda Guerra Mundial. Os figurantes estavam estrategicamente distribuídos com o intuito de que o espaço parecesse lotado de pessoas: simulavam conversas e risos, movimentavam-se silenciosamente pelas luzes multicores e brilhantes que giravam na pista de dança, suando em seus figurinos, porque o ar-condicionado faria muito barulho. Eles dançavam sem música, ao mesmo tempo em que a banda de jazz e swing com suas jaquetas brancas fingia que tocava, os trombones iam para lá e para cá, ao passo que o líder da banda conduzia uma música que só existia no ponto que ele usava no ouvido.

Após meu beijo com Alexei viralizar na internet, fui proibida de falar. Siobhan e nosso pessoal de relações públicas de emergência aconselharam que era melhor divulgar uma declaração alegando que eu não falaria publicamente sobre a minha vida privada, deixando todo mundo falar com as paredes.

Do lado de fora, em uma calçada branca e quente, homens com camisetas pretas empurravam carrinhos rumorosos, abarrotados com bugigangas auxiliares: rolos de fita adesiva, bobinas de cabo, tripés, racks de luzes, grandes quadrados de solado de borracha. Caminhões e trailers congestionavam a rua. Cabeleireiras e maquiadoras se movimentavam apressadamente, com os cintos cheios de pincéis e grampos, e frascos de spray e grandes bolsos de náilon, como aqueles em que os adestradores de pets carregam guloseimas.

Inclinei-me para o ator que interpretava Eddie, no meio de uma multidão de outros casais inclinados uns para os outros, dançando, absortos na própria vida, como se a verdadeira Marian estivesse dançando ali, mas, na realidade, tudo não passava de acessórios destinados a completar o meu mundo, fazê-lo parecer real. Uma câmera se movimentou em círculos ao meu redor, e, de repente, uma inquietação persistente tomou conta de mim, como uma Lua nebulosa pairando no céu.

— Ruth é minha amiga — falei para Eddie.

— Ruth não está aqui — disse ele. — Amanhã vou sobrevoar a Alemanha e talvez nunca mais volte. Então, o que me diz?

Se alguma vez tive um colapso mental, se alguma vez fiquei completamente fora de órbita, pelo menos dentro da minha cabeça, foi na semana depois de Las Vegas.

Alexei não retornava minhas mensagens nem minhas ligações. Ele não fez nenhuma declaração pública. Por fim, mandou um e-mail dizendo que tinha um monte de coisas para resolver e precisava se concentrar na família. Não queria nenhum contato comigo, pelo menos por um tempo.

O que eu queria mesmo era apagar toda a minha vida, descartar todas as pessoas que conhecia, já que todo mundo me decepcionava, queria construir uma nova existência do zero. Queria fugir ao sistema do meu passado, de todas as reações em cadeia. Queria ser o Big Bang.

Mas, em vez disso, levei uma garrafa de uísque para a casa de Sir Hugo. M.G. me escoltou durante o trajeto de 30m que separava nossas casas, já que os paparazzi estavam se engalfinhando na porta da minha garagem.

— Meu bem, você está se tornando um recurso tóxico — disse Hugo, friamente. — Sorte sua não podermos te demitir.

Estávamos na cozinha, e ele estava enchendo dois copos de uísque quase até a boca.

— Da última vez, você me disse que eu havia me tornado interessante.

— Há *limites* para tudo. Precisamos que as mulheres assistam esse filme, e elas normalmente não ficam encantadas por destruidoras de lares. Sei que é injusto, sei que, quando um não quer, dois não brigam, mas como faz? Queremos que as pessoas te olhem e enxerguem *Marian Graves,* não uma messalina desgovernada que vive estampando as manchetes dos tabloides, sendo flagrada fornicando com as pessoas erradas, na hora errada.

Ele bateu seu copo contra o meu.

— *Cin cin.*

Tomei um gole de uísque.

— O que rolou com Alexei não era opcional. — Coisas como a dignidade da esposa dele ou a perspectiva de completo declínio, insignificantes para mim, não teriam me impedido. Uma vez, em Los Angeles, vi um adesivo no para-choque de um carro: Confie Na Sua Volúpia. Não é um conselho sensato.

— Acabou?

— Espero que sim, mas tomara que não.

Hugo me fuzilou com os olhos.

— A senhorita está *apaixonada* por Alexei Young?

Coloquei o copo na mesa, cobri o rosto com as duas mãos e balancei a cabeça em afirmativa.

— E não começou em Vegas.

Hugo não era burro.

Cobri meus olhos.

— Não.

— Bom, lembre-se de que você amaria ele *bem menos,* caso estivesse oficialmente com ele, porque é assim que sempre acontece. Chora suas lágrimas e deixa as coisas por isso mesmo. Lágrimas são o tempero da vida. — Hugo abriu um armário. — Acho que um petisco seria uma boa pedida, não é? — Ele voltou com um pacote de biscoito de água e sal e um pote de mostarda. — E quanto ao jovem Sr. Feiffer? Achei tinha havia algo entre vocês dois.

— Também achei. Mas depois achei que não. E depois achei que talvez. E agora acho que estraguei qualquer possibilidade de existir alguma coisa.

Hugo espalhou mostarda em um biscoito.

— Melhor assim. Pelo bem do filme.

Achei que este filme me salvaria e *glorificaria* como atriz, conforme Hugo havia dito, que iria me levantar e levar embora. Mas eu era pesada demais até para isso. Eu ia me arrastar até o fundo do poço.

— Você acha que vai ser um bom filme? — perguntei.

— Depende de muitas coisas, inclusive de você. Espero que sim.

— O que eu posso fazer?

— Infelizmente, você não pode fazer muita coisa a não ser *atuar* — falou Hugo. — Atuar extraordinariamente bem. E, por Deus, não se deite com mais ninguém. Nenhuma alma viva.

— Estou atuando.

— Sempre vejo as gravações do dia. Estão razoáveis. Mas ainda consigo enxergar *você*, e, honestamente, você é a última pessoa que quero ver.

— Me diz como ser menos eu, me diz como posso me transformar na Marian. Por favor.

Hugo acenou com a mão.

— Não *posso te dizer* como. Aliás, nunca acreditei que é isso mesmo que você quer. Você sempre quis ser vista. Você cheira à atenção. Fica apavorada com o que vai acontecer se ninguém olhar ou prestar atenção em você.

— Não, quero desaparecer — falei. — De verdade. Quero sumir do mapa.

— Não. — Ele engoliu um biscoito. — Não quer, não. Você quer que as pessoas se perguntem aonde você foi.

• • •

Naquela noite, talvez depois de ter fumado muitos baseados, tive certeza de que toda a minha casa estava me observando. Tinha certeza de que havia câmeras e aparelhos de escuta escondidos em cada luminária, cada caneta, cada dispositivo eletrônico. Assim, saí, para escapar deles. Mas, lá fora, no escuro, perto da piscina, também era apavorante. O clima estava seco, pois os ventos de Santa Ana haviam acordado. Tudo farfalhava e chacoalhava.

Eu sabia que não era sempre que me sentia daquele jeito, então liguei para Redwood. Eu o havia visto de passagem no set, mas não falamos de Alexei. Não falamos sobre as mensagens que lhe enviei quando estava em Vegas. Não falamos sobre absolutamente nada.

Ao atender o celular, ele parecia desconfiado.

— Desculpa por ligar tão tarde — falei — ou por tudo no geral, porque sei que as coisas estão estranhas, mas estou surtando. — Minhas palavras eram um gemido patético. — Estou passando por um momento complicado. — Mas e daí? Eu mal o conhecia, o que ele poderia fazer por mim? — Não sei o que te dizer.

Ouvi Redwood respirando fundo, inspirando pelo nariz e soltando a respiração pela boca, como se estivesse em uma aula de ioga.

— Eu deveria ter respondido a sua mensagem — disse ele. — E eu ia responder, só precisava pensar um pouco, mas, daí, no dia seguinte, seu lance com Alexei estava em todos os lugares. Fiquei bem confuso. Mais que confuso. Porque eu já estava *bastante* confuso.

— Confuso sobre o quê?

Redwood falava baixinho, como se quisesse que ninguém ouvisse o que estava falando.

— Gosto de você. Não vou ficar deduzindo o que você sente por mim ou não, ou o que você quer, mas preciso tomar cuidado… — Ele se calou e recomeçou: — Você me manda uma mensagem dizendo que sente minha falta, depois, no mesmo dia, seu lance com Alexei Young vem a público. É um pouco radical, não acha?

— Se serve de consolo — falei —, a gente meio que tinha uma história. — Ele ficou em silêncio, e continuei: — Eu não sabia que ele ia estar em Vegas. Pensei que tinha acabado, porque já tinha acabado há muito tempo.

Quando voltou a falar, seu tom era mais suave:

— Você não me deve explicações. Mas, por outro lado, acho que saber isso da sua boca faz com que eu me sinta um pouco melhor.

— Que bom.

— O que está rolando? Entre você e ele?

— Nada. Acabou.

— Por sua causa ou por causa dele?

Eu queria mentir, mas acabei falando a verdade.

— Por causa dele.

— Pelo menos, você está sendo sincera.

— Você vai vir? Só para conversamos um pouco?

Ele hesitou.

— Não posso. Leanne está aqui.

— Oh, tudo bem, então. Não vou mais tomar o seu tempo.

Ele não disse nada por alguns segundos.

— Ela e eu *somos* amigos.

Agora era a minha vez de hesitar, então emendei:

— Como não aconteceu nada na noite em que dormi aí?

Outro longo silêncio.

— Estou tentando isso agora. Conhecer melhor as mulheres com quem vou para a cama.

— Mas conversamos o dia inteiro e, depois, literalmente dormimos.

— Mesmo assim, passamos um dia juntos.

Eu não conseguia decidir se ele estava sendo ridículo ou se eu estava.

— Você está solteiro?

Outro silêncio.

— Sim. — Ouvi a voz de Leanne ao fundo. — Preciso desligar agora.

— Só mais uma coisa — falei, não querendo que ele desligasse. Assustei-me com o quanto Redwood parecia insignificante quando Alexei estava por perto e com o quanto parecia essencial quando eu estava sozinha. — Fiquei pensando. Adelaide Scott me disse que é útil saber o que você não quer, e não quero ser um furacão. Quero sair com alguém de quem eu realmente goste.

— Ok — disse ele, baixinho. — Bom, a gente se fala. Preciso desligar agora.

Após deligarmos, cogitei a possibilidade de mandar uma mensagem para Travis Day, falando para ele vir para a minha casa, mas desisti. Pelo menos, controlei-me. Onde estava a minha medalha? Meu prêmio por controlar meus impulsos? E a noite não me assustou mais. Era apenas o vento, apenas o farfalhar das folhas. Minha casa não estava me observando. Nada estava me observando. Eu era somente uma imbecil sentada à beira de uma piscina, no escuro, que se sentia mal-amada e com pena de si mesma, mas também me sentia — de uma hora para outra e confortavelmente — invisível.

A GUERRA

Alasca
Fevereiro–maio de 1943
Seis semanas depois

Na carta que recebeu com suas ordens, Jamie havia sido informado de que sua missão era *expressar, se possível, de forma realista ou simbólica, a essência ou o espírito da guerra*. Mas qual seria a essência ou o espírito da guerra, a carta não falava.

Foi-lhe permitido indicar uma preferência pelo local para onde iria, e Jamie indicou o Alasca, não porque considerasse o lugar mais provável para expressar a essência da guerra, mas porque estava curioso para conhecer o lugar que havia prendido a atenção de Marian. E ele pensou que poderia muito bem desenvolver um trabalho interno a partir do começo daquela guerra.

No navio da Marinha que partiu de São Francisco para a cidade de Kodiak, Jamie retratava os soldados jogando cartas ou tomando banho de Sol no convés, amontoados em seus beliches, desenhava suas peles amareladas pela nicotina, banhadas pela luz doentia das luminárias penduradas que balançavam de forma nauseante ao sabor das ondas. Antes, o navio transportava rebanhos, mas, naquele momento, Jamie achava que seu novo propósito não era tão diferente. Ainda envolvia transporte de rebanhos, só que de homens.

Igual a todo mundo, Jamie também fazia vigílias e todo o treinamento básico: marchava, fazia os exercícios militares, atirava e corria, navegava pelo porto de San Diego em uma embarcação baleeira e dormia em uma rede. À noite, alguns recrutas choravam, tentando abafar o pranto, mas outros rangiam os dentes tão alto que o som ecoava pelo ar.

Por uma semana, Jamie viu somente água. Apesar do rastro em V deixado na água pelo movimento do navio, da nuance de cores do céu e do Sol de inverno, a embarcação parecia navegar em círculos, sem nunca sair do lugar, em redemoinhos, sempre no centro do mesmo disco plano de mar vazio. O resto do mundo parecia insignificante. Seu pai passara a vida toda no centro de tais discos. Com o tempo, como uma pessoa podia ser afetada pelo mar?

Ele tentou retratar o barulho estrondoso da casa de máquinas, a crosta branca-esverdeada da maresia que congelava os parapeitos, a faixa de céu claro no horizonte, a proa cortando as ondas brancas espumosas, formando verdadeiras paredes de maresia. Cores. Branco-titânio. Cinza-Davy. Azul-marinho. Preto-azulado. Alguns caras o importunavam sobre seus esboços e retratos; outros pareciam preocupados. Ficavam perguntando se Jamie sabia usar sua arma. Ele apenas respondia que sim e não falava mais nada. Havia sido um dos melhores atiradores no campo de treinamento, resultado de todas as latas que explodiu em pedacinhos quando criança.

Na cidade de Kodiak, Jamie fora instruído a se apresentar a um capitão. Ele mostrou suas ordens, explicando que era um artista de combate.

— Meu Senhor da Glória, o que virá depois? — disse o capitão. — Tudo bem, do que você precisa?

— Não tenho certeza — respondeu Jamie. — Devo andar por aí, retratando tudo que vejo. — Na verdade, Jamie não queria explicar como, pois o objetivo era *interpretar* o que via. O capitão não parecia alguém que gostaria de ser interpretado.

—Ah, que ótimo, agora que *você* chegou, todo mundo vai se render.

Desse modo, Jamie enviou as pinturas que fizera na viagem e começou a fazer desenhos novos, trabalhando com dedos rígidos durante os dias curtos e gélidos. As partes internas do porto de Kodiak estavam congeladas em uma placa plana (branco-titânio) que desembocavam em uma margem que não se misturava ao mar aberto (pigmento Mars Black). Placas de gelo, acolchoadas no topo com neve nova, soltavam-se e flutuavam. Não raro, as barbatanas acetinadas e negras das orcas rasgavam a superfície da água, descendo e subindo, como engrenagens giratórias de rodas submersas. Os ursos vasculhavam o lixo. Os leões-marinhos (marrom Van Dye, um pouco de vermelho-veneziano) ficavam estatelados, deitados aos montes nas docas e rochas, rugindo e mordendo. As fêmeas eram menores e tinham um marrom mais claro do que os machos, intimidadas e maltratadas, ostentando trágicos olhos negros.

Jamie retratou a lama e a neve, os acampamentos, os armazéns, os jipes e as pilhas de madeira. Pintou um pesqueiro de arrasto amarrado ao lado de um submarino, um contratorpedeiro coberto de neve após uma nevasca, a silhueta de dois aviões Lockheed P-38 Lightning, com um pico nevado ao fundo. A neve era branca; às vezes o céu era branco, outras, o mar também. Precisaria de mais tinta branca, mais tintas nas cores cinza, azul e ocre, precisava de mais amarelo-napolitano para retratar a delicada luz invernal. Não fazia aquarelas desde a infância, mas voltou a fazê-las, retratando a neve como manchas secas e desnudas, adicionando faixas suaves e borrões cinzas que sugeriam as dimensões das montanhas.

Se ficasse ocioso, Jamie se sentia culpado e exposto, embora, logicamente, ficasse mais exposto quando estava trabalhando: uma figura excêntrica com um cavalete, algum maníaco *en plein air* fugindo inconscientemente à batalha, empunhando pincéis no meio de uma guerra. Mas pintar era o que a Marinha queria que ele fizesse, vivia repetindo isso a si mesmo. *Acreditamos que estamos lhe dando uma oportunidade de retomar um passado de grande valor para os estadunidenses*, a carta dizia. Era uma carta sincera? Jamie às vezes se sentia ridicularizado por ela.

Comia carne, pois parecia impossível naquele frio não comer. Também bebia, com moderação.

Antes de aprender a amarrar bem suas pranchas e telas, mais de um desenho foi levado do cavalete pelo vento, jogado na lama, alojando-se nas rodas de alguma máquina ou batendo na lateral de um edifício, deixando borrões coloridos.

Nas paredes dos acampamentos, havia inúmeras fotos de mulheres, assim como o interior dos barracões Quonset de estrutura abobadada: paredes forradas e povoadas com fotos de estrelas de cinema sorridentes e modelos sem nome, uma catedral cujo teto ostentava anjos e apóstolos. Já as fotos das mulheres de família, as mulheres reais, eram guardadas no bolso ou presas acima dos beliches e dos lavatórios, santas padroeiras. Os homens sempre mostravam as fotos de suas namoradas e esposas para Jamie. Com orgulho e preocupação. Temiam que as companheiras não esperassem, não que eles recusassem a oportunidade de se desviarem, caso tivessem. *Você só quer sentir um toque*, os soldados falavam. Não valia a pena se sentir culpado.

Nas paredes do alojamento das enfermeiras, havia fotos de homens uniformizados. Elas temiam que seus homens morressem, mas também que se desviassem.

— Você tem alguém te esperando em casa? — perguntou uma enfermeira a Jamie, Diane, mostrando-lhe uma foto dos pais e outra da irmã vestindo um uniforme WAAC, braço feminino do Exército dos Estados Unidos.

— Não — admitiu Jamie. — Ninguém.

A primeira vez em que saíram juntos, Jamie a beijou em um rochedo, em direção contrária ao vento. Na segunda vez, os dois dançaram no Clube dos Oficiais, e, depois, na cabine de uma escavadeira destrancada, Jamie enfiou a mão dentro da calça de lã de Diane. Ela ergueu os quadris, e Jamie arrancou as calças dela, tentando se movimentar entre as várias alavancas e botões da escavadeira até que pudesse se posicionar entre os joelhos dela. Dando um pequeno aceno de cabeça em sinal afirmativo, Jamie a penetrou. Não tinha relação com ninguém há meses, e esta não durou muito. Perto do ápice, tirou o membro de Diane, ejaculando no próprio lenço de mão. Em seguida, despediu-se dela, embaraçosa e imensamente triste, pois estava pensando em Sarah.

O capitão decidiu que gostava das pinturas de Jamie. Perguntou-lhe rispidamente se ele poderia pintar um quadro do porto para ele. Assim que entregou a pintura, o capitão lhe perguntou aonde Jamie queria ir. Para a ação, disse Jamie, embora esta palavra o deixasse nauseado: animado, abreviação desonesta para morte violenta. O capitão disse que veria o que poderia fazer.

Dessa maneira, Jamie foi colocado na lista de passageiros de um hidroavião PBY Catalina, com destino a Dutch Harbor, um porto na Ilha de Amaknak. Durante cinco dias seguidos, eles tentaram voar, mas as condições do tempo estavam péssimas. Nos três primeiros dias, o avião sequer conseguiu decolar. Nos outros dois, eles desistiram. Jamie queria se despedir de Diane, mas parou de se incomodar com aquilo. No sexto dia, ele finalmente estava a bordo, sobrevoando o mar e vendo apenas nuvens cinzas pelas janelas. O avião sacolejava e balançava e descia vertiginosamente, e o motor reclamava, enquanto Jamie segurava sua caixa de tinta contra o peito, de olhos fechados. Quase todos os dias, aviões e tripulações desapareciam no Mar de Bering, abatidos pelo clima com mais frequência do que pelo fogo inimigo. Jamie desejou que Marian estivesse pilotando o avião.

Quando pisou em Dutch Harbor, bombardeado pelos japoneses seis meses antes, embora praticamente reconstruído, Jamie pintou mais telas e as enviou. Os aviões eram manchas no céu, bastava uma ou duas pinceladas cada. Sua estadia não se prolongou muito, pois esperava partir para o Oeste novamente, seguindo a extensão do arco das Ilhas Aleutas, rumo às ilhas Attu e Kiska, ilhas minúsculas e lamacentas, assoladas por tempestades na longa cadeia que os japoneses invadiram em junho, cuja rota também precisavam mapear.

Jamie teve sorte no voo para Adak, na verdade, chegar foi uma sorte, pois às vezes as nuvens se dispersavam, revelando as ilhas abaixo: cones vulcânicos íngremes, cobertos de neve e envoltos em fumaça, serpenteando os penhascos perpendiculares margeados pelas ondas do mar.

Ele se hospedou em uma cabana Quonset com uma turma de jornalistas militares. A placa na porta dizia: CLUBE DA IMPRENSA DE ADAK.

Os Seabees, membros do batalhão de construção da Marinha, abarrotaram com cinzas vulcânicas uma lagoa, estruturando tábuas de aço, para fazer uma pista de pouso. Após as tempestades, os aviões que retornavam das operações de bombardeio pousavam nas águas paradas e, depois, levantavam voo, atravessando as nuvens densas de neblina, percorrendo a pista em meio às fortes rajadas de vento, onde se podia enxergar somente as pontas das asas e o nariz do avião.

Por vezes, os japoneses sobrevoaram a área, bombardeando e atirando repetidamente com ataques de voo rasante, mas sem causar muitos danos, já que a tundra engolia as balas e bombas.

— Podemos fazer melhor que isso, não? — perguntou Jamie a um fotógrafo do Exército, após o ataque.

O homem encarou os aviões que partiam em retirada.

— Sim, mas o ataque deles é provavelmente mais rápido do que o nosso.

Jamie estava perambulando do lado de fora dos acampamentos hospitalares, quando um homem, ferido por uma bomba, foi retirado de um jipe, com parte do maxilar faltando e o uniforme ensopado de sangue. O fotógrafo veio correndo, esquivando-se atrás da câmera, mas o ferido ergueu uma mão pegajosa de sangue, afastando-o. Mais tarde, Jamie retratou o homem de memória, porém, sentiu-se asqueroso. Aquele corpo ferido exalava uma intimidade impotente, a irrefutabilidade de uma situação embaraçosa diante da morte iminente. Ele só queria privacidade para morrer.

Jamie escreveu uma carta para Marian, incluindo um esboço de uma fileira de Curtiss P-40: os aviões foram pintados para imitar a imagem de um tigre rugindo no céu.

Gostaria de conversar com você sobre o Alasca, embora eu não saiba se você já teve motivos para viajar tão longe até as ilhas onde estou, já que aqui só tinha neblina e lama e os *muskegs*. Agora tem um porto e uma pista. Uma cidade de tendas. Havia algumas pessoas nas ilhas de Attu e Kiska, missionários, eu acho, e em uma estação meteorológica, mas ninguém parece saber o que aconteceu com elas.

Jamie queria contar à irmã tudo sobre o que a guerra havia trazido para as costas desabitadas de Adak. Uma frota inesgotável de navios regurgitava todos os insumos necessários à civilização, tudo para alimentar, abrigar e entreter 10 mil homens. Tendas e hangares, mas também armazéns frigoríficos, refeitórios, salas escuras e torpedos, cinemas, academias e instalações médicas. Um zoológico de maquinário havia sido desembarcado com tudo que era necessário à vida, montanhas de munição e artilharia, ferramentas e peças sobressalentes. A natureza bélica às vezes parecia ser o acúmulo e o transporte de materiais e coisas. Jamie queria listar tudo isso para Marian, para que ela pudesse se maravilhar com as enormes quantidades, variedades e banalidades (considerar, por exemplo, a própria jornada de um reles abridor de lata até o Alasca), mas uma lista nunca seria extensa o bastante para comprovar o que queria dizer. Talvez a dimensão da guerra fosse essa, peças de um quebra-cabeça que seria montado depois.

Ele pintou uma aquarela de navios atracados no porto e enviou para Sarah, sem assinar.

Em abril, o bombardeio contra os japoneses aumentou; a invasão parecia iminente. Supunha-se que Kiska seria a primeira ilha a ser atacada, por causa de sua localização. Na pista, Jamie correu para o vice-comandante e disse que gostaria de ir junto quando a invasão acontecesse.

— Você quer retratar uma invasão? — *perguntou* o homem, perplexo.

— Vim para pintar mais do que linhas de abastecimento e suporte aéreo.

— A força de ataque está vindo de outro lugar. Eles não vão aterrizar aqui. Não tem como você ir junto, porque vai ser uma operação rápida.

— Talvez eu pudesse embarcar em um dos bombardeiros.

O nevoeiro avançava sobre a água, e o vice-comandante fez um sinal para Jamie.

— Você não vai conseguir enxergar muita coisa, graças a essa merda. Tem certeza de que não quer voltar para Kodiak? De lá, você segue para outro lugar.

Jamie observou o nevoeiro pairar e rastejar em direção à costa. A névoa era a neutralidade da guerra, ainda que poderosa, pois envolvia, atrasava e engolia os aviões.

— Talvez — respondeu ele. — Em breve.

Em 11 de maio, chegou a notícia: a invasão havia começado. A ilha de Attu era o alvo, não Kiska. Todo mundo achou que a invasão duraria três dias. Provavelmente apenas quinhentos soldados japoneses estavam na ilha.

Os dias passavam. O olhar dos militares era sombrio. Havia mais soldados japoneses na ilha do que eles pensavam. Muito mais. O tempo estava péssimo, as coisas andavam num ritmo lento.

Passada uma semana, Jamie embarcou com uma equipe em um bombardeiro, mas o vice-comandante tinha razão, ele não conseguia enxergar nada. Eles lançavam bombas no nada cinzento e nebuloso apenas para economizar combustível.

— Bando de desgraçados imbecis — repetia o copiloto, e Jamie não sabia de quem ele estava falando, se era dos japoneses ou dos próprios comandantes ou dos próprios explosivos. Ocorreu-lhe o pensamento de que, lá no alto, eles não eram diferentes dos aviões que desapareceriam. A diferença seria se conseguissem retornar a Adak. No céu, você se perdia, só não de si mesmo, e Jamie se perguntava se era isso que atraía Marian. Ou talvez isso tenha passado desapercebido pela irmã.

Na Baía de Tóquio, uma frota de embarcações de guerra estava reunida: porta-aviões, navios de guerra, destróieres etc., todos com destino às Ilhas Aleutas para expulsar os estadunidenses de volta ao continente. A frota nunca zarpou. Era para ter zarpado, mas não zarpou.

Após duas semanas, chegou a notícia de que a infantaria estava se aproximando do porto para onde os japoneses haviam recuado. Jamie estava desenhando perto do porto quando o vice-comandante o abordou com as botas enlameadas.

— Mais tarde, um navio vai atracar aqui, antes de reabastecer a ilha de Attu — informou ele. — Se ainda quiser ir, posso providenciar sua partida. Talvez você chegue a tempo para o último esforço. O que me diz?

Então, Jamie embarcou no navio e, na manhã seguinte, em uma embarcação de desembarque, passando lentamente pela camada de ar límpido entre o nevoeiro baixo e a água prateada e, depois, desembarcou em uma praia lúgubre e cinzenta, repleta de crateras provenientes de bombardeios. Na mochila, Jamie levava um saco de dormir e meias extras. Em um ombro, carregava uma pequena pasta com seus lápis, caderno e aquarelas e, sobre o outro, um rifle e munição. Três tratores esperavam na areia. Ele ajudou a carregá-los com suprimentos e depois seguiu a pé com outros oito homens. Eles caminharam por horas a fio, e, apesar de serem ultrapassados por caminhões e tratores, o rastro dos veículos era fácil de seguir. Jamie tentou fazer alguns esboços, mas lhe disseram que não era seguro parar, melhor continuarem caminhando.

Por fim, a retaguarda do exército surgiu no horizonte: uma colônia de barracas pontiagudas erguida em meio à lama e ao musgo esfagno em um vale em declive: acima se elevavam os picos cobertos de neve. Ao lado da estrada, viam-se corpos de japoneses espalhados, membros amontoados em uma massa estranha. Às vezes havia somente um capacete no topo de um emaranhado deformado. Na área do acampamento, Jamie encontrou um tenente encarregado de um grupo de engenheiros e explicou que era um artista de combate ("Uma coisa nova todos os dias", disse o homem) e que queria ir para a linha de frente. Mas, disseram-lhe que, no momento, não havia nenhum lugar para ir. Os grupos avançados estavam mantendo suas posições.

— Fique à vontade — falou o tenente, fazendo um longo gesto em direção às barracas. — Saboreie as muitas delícias de Attu.

À noite, não muito longe, soldados japoneses bebiam saquê aos montes. Eles estavam na tundra há um ano e tinham poucos suprimentos. Por um tempo, só houve noite, mas, naqueles tempos, havia apenas dia. O nevoeiro e os ventos terríveis eram constantes. O coronel encarregado havia decidido não se render. No vale, as linhas defensivas dos Estados Unidos eram fracas, mas, mais além, eles tinham uma bateria de obuseiros na encosta. Se o coronel conseguisse capturá-las, poderia usá-las contra os estadunidenses. Um plano desesperador, praticamente impossível, mas a tentativa seria uma conduta honrosa.

Restavam mil homens que marchavam de cima para baixo, pulando, gritando e batendo os pés com força no chão. Pistolas foram colocadas nas mãos dos feridos, que, conforme instruções, atiravam na própria cabeça. Os soldados que não conseguiam tirar a própria vida recebiam injeções de morfina ou, quando a paciência se esgotava, granadas. Eles bebiam cada vez mais, engoliam tudo que pudessem beber.

Ao amanhecer, o coronel ordenou o ataque contra as linhas estadunidenses.

Jamie foi acordado por gritos. Um homem perto dele fora atingido por uma baioneta onde estava deitado, mas Jamie foi menosprezado. Ele se esforçou para sair do saco de dormir, correndo colina acima com seu rifle, para longe do caos. Granadas borrifavam a terra, como se fossem um spray. Jamie quase caiu em uma trincheira já ocupada pelo corpo de um soldado japonês morto há muito tempo.

Três japoneses, não muito distante dali, cortaram as barracas onde ficavam os feridos. A lona caía sobre os corpos que se debatiam nas macas. Posteriormente, Jamie se lembraria do cachorro sendo torturado há tempos atrás, debaixo do cobertor, mas, ali, naquela hora, não conseguia pensar em mais nada, a não ser erguer o rifle e mirar no alvo. Jamie acertou o primeiro na nuca. O corpo do homem foi para frente em um tranco, como se estivesse sendo puxado por uma corda. Atingiu o segundo no ombro, que se contorceu, agachando. Enquanto ele estava ajoelhado, com uma das mãos sobre o ferimento, Jamie o acertou no peito. O terceiro homem estava olhando ao redor, confuso. Jamie viu que sua única arma era uma baioneta amarrada a uma vara e, conforme o soldado a soltava no chão para encarar as montanhas, acertou um tiro na testa dele.

Jamie colocou o rifle de lado, tirando um caderninho e um lápis do bolso. Suas mãos tremiam bastante.

Passado um tempo, os japoneses pareciam ter perdido o senso de propósito, correndo de um lado para o outro, em rompantes curtos e erráticos, como peixinhos, brandindo armas contra a imensidão do oceano. Alguns comiam as rações roubadas dos mortos, devoravam barras de chocolate. Distribuíam maços de cigarros, acesos. Da colina, ouviam-se os sons de um embate contínuo, porém, os homens que estavam no vale se agrupavam casualmente como se estivessem em uma festa. Eles tiravam as granadas de seus cintos, batendo-as contra os capacetes para ativá-las, e as seguravam contra o queixo ou contra a barriga. Explosões lancinantes e sanguinolentas. Fumaça como a de um mágico, revelando, conforme se dissipava, corpos que, há pouco tempo inteiros e vivos, ficaram desmembrados e sem a cabeça ou partidos ao meio.

Na trincheira, Jamie desenhava e desenhava, em transe. Apenas mais tarde perceberia que havia coberto as páginas com rabiscos e manchas que não faziam sentido.

Ratcliffe Hall, Leicestershire, Inglaterra
Março de 1943
Dois meses antes da Batalha de Attu

Uma curta, uma longa. Duas longas. Uma longa, uma curta.

A. M. N.

Amanhã.

Marian, na cama, imaginou Ruth em sua cama idêntica do outro lado da parede, com o dedo batendo no telégrafo. Amn… Lndrs… Jntr c Ed… Pfvr? Qro q vc…

Não se ouvem mais batidas. Ruth havia adormecido? Ou havia esquecido de sua mensagem em Código Morse? Marian pressionou a palma da mão contra a superfície gélida e esperou. Finalmente, ela bateu com o dedo indicador.

Pra q?

A resposta: Pra cnhcr ele.

Em janeiro, quando Marian chegou em Ratcliffe Hall, soube que o lugar era chamado de a "grande casa", mas não era uma mansão ou um palácio. Lá, havia uma outra piloto hospedada, uma garota inglesa, e três homens, dois dos quais eram estadunidenses, porém, Marian, intimidada pelo ambiente imponente e pela tagarelice acelerada dos outros, ficou na sua. Ela se hospedou em um dos diversos quartos acima da garagem, todos com mimos, como aquecedores e água quente. Viu o que lhe parecia quadras de tênis, mas, depois, ficou sabendo que eram de squash. Havia até um mordomo que limpava as botas dos pilotos, e o jantar era servido em uma sala com painéis de madeira, acompanhado de vinho e cerveja. Vez ou outra, amigos ilustres de seu anfitrião, Sir Lindsay Everard, apareciam para jantar, sem aviso.

Sir Lindsay herdara a fortuna do negócio da família, a Everards Brewery, sendo dono de um aeródromo nas imediações que colocou à disposição da ATA. Embora não fosse bem um piloto, mas um entusiasta, colecionador de aviadores e aviões, ele parecia encantado com o fato de a guerra ter trazido à sua porta tantos aviões e pilotos.

O aeródromo estava lotado com um conjunto variado de quase tudo usado pela RAF, e, apesar de Marian ainda não ser elegível para pilotar todos os tipos de aeronave que estavam ali, na maioria das vezes, ela pilotava aviões-táxi e Spitfires autorizados e produzidos pela fábrica em Castle Bromwich. Com menos frequência, buscava modelos de treinamento Oxford na Vila de Ansty ou modelos Paul Defiants na cidade de Wolverhampton, voando de e para as unidades de manutenção na região de Cotswolds.

Ou, teoricamente, pilotava as aeronaves, já que a densa neblina industrial que pairava sobre as Terras Médias fazia com que muitos pilotos — talvez, a maioria — permanecessem no solo pela manhã. Não raro, eles ficavam três dias sem conseguir voar, mesmo com as mensagens cada vez mais urgentes do Castelo de Bromwich sobre todos os novos Spitfires se acumulando. Nos dias em que entregava os aviões, se Marian terminasse tudo antes do anoitecer, podia retornar a Ratcliffe com um avião-táxi ou de trem, ou se hospedar onde quer que estivesse, o que nem sempre era fácil ou mesmo possível. Não raro, carregava sua mochila e seu equipamento de paraquedas, passando por cidadezinhas desconhecidas, procurando um lugar para dormir.

Em uma noite de fevereiro, após entregar um Spitfire na estação RAF em Brize Norton e, de lá, outro na estação Cosford, Marian retornou para Ratcliffe, toda encardida dos voos, e percebeu que a porta do quarto ao lado estava aberta. Quando espiou, viu uma mulher inclinada sobre uma mala parcialmente desfeita. Marian parou, mal conseguindo conter a alegria que tomava conta dela.

— Ruth! — exclamou Marian.

Ruth se ergueu, friamente e sem sorrir, com um vestido em uma das mãos.

— Eles me disseram que você estava no quarto ao lado. Perguntei se tinha outro, mas não tinha. Culpe a ATA — falou ela, explicando que havia pedido para ficar em Hamble-le-Rice, não em Ratcliffe. Ela ficaria no lugar da garota inglesa, que fora fazer treinamento para pilotar bimotores. — Não se preocupe, não vou ficar pegando no seu pé.

— Fico feliz que esteja aqui — disse Marian, impotente. Não havia se dado conta de que estava infeliz, mas a alegria que tomou conta de si ao ver Ruth era como um alívio, um antídoto.

— Não sei o que dizer — falou Ruth, pendurando um vestido no guarda--roupa, tagarelando. — Você me ignorou por completo.

— Sinto muito, de verdade. Me desculpa.

— Sente mesmo? É muito bonito pedir desculpas, mas acho que você me deve uma explicação.

Marian hesitou. Não podia contar a verdade a Ruth, mas também não queria mentir.

— Você pode confiar em mim para me perdoar, mesmo se eu não explicar nada? Você tem razão. Agi mal. Tive meus motivos, mas isso não importa. Pode confiar em mim?

Mais uma vez, Ruth a encarou, avaliando se Marian estava sendo sincera.

— Veremos.

Por alguns dias, elas estavam estranhas uma com a outra, mas, depois, tudo voltou como antes, até melhor, pois estavam gratas por ter companhia. Ruth andava muito sozinha.

Com a presença de Ruth, os jantares em Ratcliffe ficaram absurdamente animados, pois ela mergulhava de cabeça nas conversas. Quando já fazia uma semana que Ruth estava lá, apareceram aviões de esqui no aeródromo. Marian suspeitou que ela direcionava toda a conversa.

— Marian, conta *pra* eles como é decolar de lamaçais.

Marian não podia fazer nada, senão descrever como balançava seu velho Bellanca de um lado para o outro, tentando tirar os esquis da lama fedorenta de Valdez.

— Por que você estava com os esquis se não tinha neve? — queria saber Sir Lindsay.

Marian explicou que levava suprimentos para as minas entre as montanhas, que pousava em geleiras, mesmo durante o verão. O interesse de Sir Lindsay era tão evidente, e suas perguntas, tão investigativas, que Marian foi contando uma história atrás da outra, mal percebendo que estava se comportando como uma verdadeira contadora de histórias, deixando todos encantados. No entanto, após contar que fora atingida por um *williwaw,* típico vento do Alasca, em uma geleira, e perante o silêncio perplexo de todos, Marian se calou, envergonhada, cortando seu pedaço de carne. Sir Lindsay se voltou para Ruth e disse:

— Você é o Édipo que decifrou o enigma da nossa esfinge. Bom trabalho.

Marian estava evitando conhecer Eddie, esquivando-se dos convites de Ruth, mas nenhum deles havia sido uma súplica direta até receber a mensagem em Código Morse. Até então, se Ruth dissesse que Eddie estaria em Londres, Marian inventaria um monte de desculpas, iria sozinha de moto até Leicester, Nottingham ou outro lugar. Agora, se Ruth dissesse que Eddie não podia dar uma escapada, Marian iria para a cidade com ela, e todos ficariam no Clube da Cruz Vermelha, tudo seria como antes. Jantares, filmes e peças de teatro, coquetéis, dança.

Entretanto, Marian não podia mais inventar desculpas. A expectativa de vida dos pilotos e copilotos de um bombardeiro eram mínimas.

Ela apenas bateu no telégrafo: Ok.

Eddie encontrou as duas no Hotel Savoy. Marian o cumprimentou com um aperto de mão firme, olhando-o bem nos olhos. Ele era muito alto, tinha uma cabeça longa e retangular, como a de um cavalo de carruagem, e olhos acolhedores sob volumosas sobrancelhas. Embora tivesse a boca cheia de longos dentes, Eddie os mostrava sem reserva quando sorria.

— Fazia um bom tempo que eu queria ser seu amigo — falou Eddie. — Ruth não costuma se entusiasmar com as pessoas.

— Para com isso. Marian vai ficar se achando demais— falou Ruth, apoiando-se no braço do marido.

— Antes da guerra — continuou Eddie, enquanto as conduzia para o American Bar —, eu nunca ousaria pisar em um hotel desses, porque ficaria preocupado em parecer um xucro ignorante, mas, pensando bem, se consigo sobrevoar a Alemanha sem morrer, posso beber em qualquer lugar. — Ele apontou para sua jaqueta verde-oliva, com seu distintivo de asas prateadas. — Isso ajuda a não ter que me preocupar com o que vestir.

Marian concordou com um aceno de cabeça. Seu próprio uniforme azul era como uma armadura, uma explicação universal.

Ruth cutucou Marian nas costas.

— Você vai ter que abrir a boca hoje à noite, Marian, ou Eddie vai pensar que ando contando histórias mirabolantes para ele.

— Entendo o que você quer dizer — falou Marian para Eddie, lembrando de como Jackie a repreendeu na entrevista por usar roupas de voo. — É um alívio estar acima de qualquer suspeita.

— Acima de qualquer suspeita! — exclamou Eddie. — É exatamente isso. Sabe, quase não quero admitir o quanto tenho gostado de Londres. Que clima maravilhoso, não? Tipo, oscila violentamente, *imprevisível*. Entende? Acho que, quando as pessoas são lembradas o tempo todo de que podem morrer, e elas *vão* morrer, elas se esforçam mais para ficar vivas. Não acha?

Eles pediram coquetéis, e Eddie contou uma história sobre seu atirador pegando no sono enquanto se aproximavam de um alvo. O cara simplesmente dormiu na bolha de aço acrílica de um B-17, em posição fetal.

— Não sei como ele consegue dormir assim, sabe, balançando no céu. Ele é famoso por dormir em qualquer lugar.

— Marian também dorme em qualquer lugar — disse Ruth.

Eddie ergueu uma sobrancelha.

— É mesmo? Qual é o seu segredo? Tenho problemas para dormir.

— Continua a história — disse Marian.

— Não sabíamos que ele estava dormindo, apenas que estava muito quieto. Ele nos disse que não acordou até ouvir a artilharia antiaérea, mas, daí… — Eddie imitou alguém cambaleando e tentando acordar. — Ele girou a metralhadora M2 e imediatamente, *imediatamente*, abateu um caça Messerschmitt. Voltamos inteiros, com um pedaço ligeiramente perfurado. E ele ainda disse que estava sonhando que abatia um avião, e, assim que acordou, o sonho se tornou realidade. — Ele se inclinou para frente, achando graça, olhando entre Marian e Ruth. — Não é estranho? Naquela noite, todos nós pensamos muito bem sobre o que queríamos sonhar antes de dormir, porque vai que fosse contagioso: sonhos se tornando realidade.

— Espero que você tenha sonhado em acordar em uma base aérea na Inglaterra — falou Ruth.

Encantador. Essa era a palavra para descrever Eddie. Marian conhecia poucas pessoas encantadoras cujo encanto fosse natural, generoso e simpático, pelo menos, não como Eddie. Ela podia ver, observando Ruth olhar para Eddie, que ela o amava.

— Marian conseguiria dormir em uma torre inferior, se quisesse — falou Ruth.

Então, Eddie perguntou:

— Qual o lugar mais improvável onde você já dormiu, Marian?

Marian olhou para Ruth, que esperava ansiosa, querendo que ela impressionasse, encantasse. Contudo, Marian já se sentia derrotada. Nunca poderia rivalizar com um cara tão encantador quanto Eddie. Mesmo assim, decidiu não acabar com a graça dos dois.

— Uma vez — falou Marian —, no Alasca, caí com o avião num rio, fundo o bastante para que entrasse água na cabine. Não tinha chance alguma de conseguir ajuda até o dia seguinte, então dormi em cima do avião. — Ela encolheu os ombros, perdendo o embalo da história. — Era verão, não foi tão ruim, tirando os mosquitos.

— Conta a ele sobre o urso — pediu Ruth.

— Um urso resolveu aparecer — contou Marian com tristeza — para pescar.

— Um urso-pardo — falou Ruth.

— Você sempre foi assim, corajosa? — perguntou Eddie. — Como você era quando criança?

Marian pensou.

— Ingênua, obsessiva, parecia um moleque.

Eddie abriu um grande sorriso.

•••

Os três foram jantar em um restaurante grego.

— A amplitude do lugar impressiona — falou Eddie sobre a Groenlândia. Ele havia sobrevoado o país em um B-17 novo, quando veio dos Estados Unidos. — Você vê gelo para tudo quanto é lado. Branco até o horizonte. Até as páginas do meu mapa estavam vazias.

Marian foi tomada por uma inveja profunda. Sentia inveja de Eddie, de Ruth, até mesmo dele sobrevoando a Groenlândia. Ela se lembrou das gravuras de icebergs e navios baleeiros nos livros de seu pai.

— Uma vez — disse ela —, voei para o norte de Barrow, uma das cidades mais distantes do Alasca, sobre o gelo. Quase não consegui voltar. Foi algo… — Marian parou de falar. Não sabia o que queria dizer.

— Hipnotizante — completou Eddie. — Achei a infinitude branca hipnotizante.

— Sim — concordou Marian. — Foi isso mesmo.

— Marian sempre voa longe demais — disse Ruth. — Ela não se aguenta. De qualquer jeito, esse monte de gelo me parece terrível. Não tem ninguém lá.

— Tem gente no entorno — falou Eddie. — Deve ser um povo resistente.

— Não ter pessoas é parte do que me atrai — disse Marian.

Eddie ergueu sua taça.

— Um brinde a onde não tem pessoas.

Ao saírem do restaurante, eles mergulharam na escuridão como se estivessem nadando em uma caverna subaquática. A Rua Piccadilly nublava os olhos, mas aguçava os outros sentidos. Corpos se acotovelavam de todos os lados. Soldados e mulheres passavam por eles, rindo, piando como morcegos.

Para Marian, presa à Ruth pela mão, o barulho, o movimento e a alegria pareciam outra forma de quietude, de espera. Todos estavam esperando. Esperando o quê? A bebida fazer efeito. Um beijo ou um toque. O amanhecer. Dormir. Dar conta de suas obrigações. Esperando a guerra prosseguir ou acabar, se um dia acabasse. Esperando o desenrolar dos acontecimentos.

Eddie as escoltou até uma porta que dava para uma bolha abafada de vida, revestida por uma membrana aveludada e escura de cortinas *blackout*. Na pista de dança salpicada de luzes coloridas, o cardume de uniformes se agitava e balançava como algas marinhas ao sabor das ondas. Ao abrigo da fumaça, um funk agridoce penetrava o ambiente, como se as próprias pessoas estivessem fermentando naquela bolha. No palco, os trompetes reluziam, os arcos dos violinos mergulhavam nas cordas e ressurgiam de suas profundezas para contra-atacar. O cantor franzia a testa, agarrando o microfone como se a música estivesse sendo arrancada dele por uma garra invisível. Eles subiram para a varanda. Eddie estava falando sobre a vista de um copiloto, a partir do nariz de acrílico de um bombardeiro.

— Às vezes é como uma rosácea em uma catedral — gritou Eddie por conta da banda, enquanto eles se sentavam nos bancos. — Outras, é como um portal para o inferno.

Eram símbolos forjados nos céus e nas nuvens, rajadas de artilharias antiaéreas explodindo do nada, como pipocas pretas. Centenas de bombardeiros em formação, aviões se transformando em uma legião de fumaça e chamas. Às vezes, quando um avião caía, ele queimava outro. Lá em cima, ficava tão frio que a pele dos pilotos grudava nos instrumentos. Eles vestiam tantas camadas de roupa e apetrechos que ficavam grandes como pedras. Lá embaixo, tudo passava como um borrão: água, praias estreitas ou costas pantanosas. Depois, surgia a geometria da vida humana — campos, estradas, telhados. E eles lançavam bombas em tudo isso. Nos dias em que bombardeavam, havia ovos de verdade no café da manhã, em vez de ovos em pó.

Ruth, que estava entre Marian e Eddie, sentada em um banco curvo, recostou-se no ombro de Marian. Por que, Marian se perguntou, ela não se apoiava em Eddie? Em poucas ocasiões, nos dias muito frios, ela havia ido com Caleb e Jamie para as fontes termais perto de Missoula, e a sensação de estar submersa em águas quentes enquanto suas bochechas queimavam de frio e seus olhos lacrimejavam por causa do vento não era diferente de como se sentia agora, com boa parte do seu corpo se aquecendo pela proximidade prazerosa de Ruth, ao passo que seus membros estavam expostos à gélida faixa de céu de Eddie.

— Então… — disse Eddie, interrompendo-se. — Marian, fiquei imaginando aqui, o que passou pela sua cabeça para querer voar?

— Eu só queria voar. É assim com todo mundo, não?

— Deve ter mais alguma coisa.

— Os *barnstormers* — falou Ruth, cutucando Marian.

— Sim — respondeu Marian, relutante. — Conheci alguns pilotos *barnstormers* quando era criança.

— No mesmo dia em que Lindbergh atravessou o Atlântico — completou Ruth. — Destino. — Ela fez sinal para uma garçonete, pedindo mais drinques.

— E depois? — perguntou Eddie.

Marian costumava se esquivar daquele tipo de pergunta. Os acontecimentos de sua vida pareciam demasiadamente inusitados para serem contados a alguém, impregnados de humilhações e consequências. Não tinha certeza se conseguia explicar as coisas da forma devida. Mas, pela primeira vez, não queria se esquivar ou fugir. No meio de uma guerra, seus segredos eram irrelevantes.

— Mesmo quando criança, eu sabia que precisava ganhar uma grana para ser piloto, então cortei meu cabelo e me vesti como um menino, para conseguir uns bicos — revelou Marian.

— Você conseguia enganar as pessoas?

— Algumas, sim. As pessoas nunca prestam atenção em nada nem ninguém. Acho que algumas preferem não prestar mesmo. Além do mais, em Montana, não era tão incomum as pessoas viverem às margens da sociedade ou de um jeito pouco convencional. — Marian lhes contou que coletava garrafas, que dirigia para o Sr. Stanley, que Wallace bebia e jogava demais. — Mas, então, um homem se ofereceu para pagar minhas aulas de voo.

Eddie parecia intrigado.

— Como assim?

— Descobri que ele queria casar comigo.

— Como você se safou dessa? — perguntou Ruth.

Marian se forçou a olhar nos olhos de Ruth.

— Não me safei. Acabei me casando com ele.

— Como assim, você se *casou* com ele? — perguntou Ruth, afastando-se, indignada e atônita. — Você me disse que nunca esteve nem perto de casar.

— Eu menti — respondeu Marian. — Não falo sobre ele, porque ele não era um homem muito bom. — Marian observou os dançarinos abaixo. Barclay e ela só haviam dançado uma vez, quando atravessaram a Inglaterra, na lua de mel. Ele normalmente detestava dançar, mas, na noite em que a tempestade deu uma trégua, ele a levou para o salão de baile depois do jantar. Marian se lembrou de como o chão subia e se levantava debaixo de seus pés por causa das ondas do mar, como se alguém estivesse respirando. — De todo modo, ele já morreu.

— Mas *quem era* o seu marido? — perguntou Ruth, exigindo saber.

Marian não disse nada. Como poderia explicar quem era Barclay?

Os olhos acolhedores e pesarosos de Eddie encaravam Marian.

— Já interrogamos Marian o bastante. Agora, vou chamar ela para dançar. — Ele se levantou e estendeu a mão para Marian.

— Então os dois vão me abandonar? — perguntou Ruth. — As bebidas ainda nem chegaram.

— Ruthie, desde que te conheço, nunca vi você ter problemas em encontrar alguém para dançar — disse Eddie.

No meio da noite, mais uma vez, Marian se virou para se despedir rapidamente de Ruth e Eddie, a fim de fugir da visão deles partindo juntos, mas a breve chama acesa do isqueiro de alguém os flagrou se abraçando. O isqueiro se apagou, Eddie e Ruth foram engolidos pela escuridão. Mas Ruth chamou por Marian.

— Estou aqui — respondeu Marian.

— Aqui, onde?

— Bem aqui.

Ruth alcançou o braço de Marian.

— Vamos, odeio despedidas.

— Ué, por que você não vai com ele?

— Agora você quer que eu vá?

— Não entendi.

— Eu é que não entendi por que você mentiu para mim sobre já ter sido casada.

A duas desciam a rua, na direção do Clube da Cruz Vermelha.

— Mas você não ama ele? — perguntou Marian. — Porque parece que ama.

— Claro que amo. É o Eddie. Como não amar? Você não amava o *seu* marido?

Os primeiros raios de sol banhavam as nuvens, que se fundiam, projetando diferentes graus de sombra.

— No final de tudo, eu odiava ele.

— Mas e no começo?

— Talvez, no começo, sim.

— Você poderia simplesmente ter me contado que era casada — falou Ruth. — Você não é assim tão especial para que tudo vire um segredo.

— Quem foi que disse que sou especial? Eu não me acho especial.

Ruth soltou um suspiro debochado.

— *Acha,* sim, porque abandona as pessoas, sabendo que elas irão atrás de você. É isso mesmo. Bastou você estalar os dedos que eu vim rastejando.

— Não é nada disso.

— Então, me conta, o que é?

— Por que você não responde o que te perguntei? Você e Eddie não dormem juntos, não?

— Isso não te *interessa*! Ai, ai… — Na penumbra, Ruth tropeçou na perna estendida de um soldado desmaiado na calçada, levando um tombo e caindo de joelhos.

— Oh! — exclamou Marian, ajoelhando-se ao lado de Ruth. — Está tudo bem?

Ruth se sentou, sacudindo as mãos.

— Sim, mas está doendo. — Como o bêbado estava imóvel, Ruth o cutucou. Ele se mexeu, encolhendo-se. — Pelo menos, não está morto.

— Vamos levantar antes que alguém tropece em você. — Marian pegou o braço de Ruth, levantando-a.

As duas se sentaram em um degrau de granito, na soleira de uma porta. Marian sentiu o cheiro da névoa, da umidade matinal e de urina vindo de algum lugar. As palmas das mãos de Ruth estavam em carne viva, e suas meias, rasgadas na altura dos joelhos, com manchas de sangue. Delicadamente, Marian pegou a mão de Ruth, beijando os dedos dela. Sentia-se como um caça Spitfire que estava há muito tempo no solo. Precisava se *movimentar, agir*, caso contrário, explodiria.

— As coisas entre Eddie e eu não são assim — revelou Ruth. — Nós realmente nos amamos, mas somos diferentes. Nós não... não nos envolvemos romanticamente. Às vezes, é mais fácil ser casada, porque pessoas casadas são como todas as outras. Ninguém faz perguntas. Pelo menos, não tantas. Você tem alguma ideia do que estou falando?

— Acho que tenho, sim — respondeu Marian, hesitando por um momento, antes de se inclinar e beijar Ruth, que retribuiu o beijo sem qualquer hesitação. Foi um beijo simples, a julgar pelas bocas úmidas, a cegueira por conta da escuridão.

Um assobio interrompeu as duas. Um soldado da Aeronáutica que estava passando, atônito com o que estava acontecendo, fitou Marian e Ruth maliciosamente.

— Tem um lugarzinho para mim aí no meio?

— Nem um centímetro — respondeu Ruth. — Toma seu rumo.

— Qual é, meninas, sejam boazinhas.

Marian se levantou, puxando Ruth consigo. À medida que desciam a rua correndo, de mãos dadas, Ruth suspirou como se de repente tivesse se lembrado de algo.

— O que foi? — perguntou Marian.

Ruth ergueu a mão que Marian segurava, machucada pelo tombo.

— Você está me machucando.

Marian estava apertando a mão dela sem perceber.

— Me desculpa. — Marian beijou os dedos de Ruth mais uma vez.

— Está amanhecendo — falou Ruth, recolhendo gentilmente a mão. — Vamos, as pessoas podem ver a gente.

Ratcliffe Hall, Leicestershire, Inglaterra
Abril de 1943
Um mês depois que Marian conheceu Eddie,
um mês antes da Batalha de Attu

Deitada de costas em uma cama no Ratcliffe Hall, Ruth perguntou à Marian:

— Já ouviu falar sobre as bruxas da noite?

Marian balançou a cabeça. Estava encurralada entre Ruth e a parede, apoiada em um cotovelo, acariciando a barriga de Ruth debaixo dos cobertores com a outra mão.

— Garotas russas que pilotam velhos biplanos — disse Ruth. — Elas têm um regimento só delas. E sobrevoam as linhas defensivas alemãs à noite, jogando as bombas com as próprias mãos. Um *vuuum* na escuridão, como uma bruxa voando silenciosamente numa vassoura. Claro que morrem aos montes.

— Pelo menos, estão fazendo alguma coisa de útil.

— Como a gente.

— Quase sempre, fico sentada esperando o tempo melhorar.

— Isso é uma coisa útil — falou Ruth, empurrando a mão de Marian para baixo de sua barriga. — Talvez, sejamos bruxas da noite também.

Sorrindo, Marian puxou a própria mão para cima.

— No Alasca, todos me chamavam de bruxa, porque eu conseguia pousar onde queria, mesmo com o tempo péssimo — disse Marian, pensando também em Barclay, como ele havia quase acreditado que Marian tinha lançado um feitiço no próprio útero para não ter filhos.

— Ou seja, eles apenas tinham medo de você.

— Talvez. — Marian roçou o polegar na parte inferior de um dos seios de Ruth, e ela se ergueu, convidativa. — Você acha que alguma das garotas da ATA faz a mesma coisa que a gente?

— Sim, quer dizer, não sei. Sei de algumas que com certeza gostariam de fazer a mesma coisa que a gente, quer saibam ou não. — Ruth estava sorrindo, mas ficou séria. — Como a expectativa é que as mulheres sempre gostem de homens, a maioria delas nunca parou para pensar se realmente gosta ou não. Não foi assim com você? — perguntou Ruth, suplicante pela resposta de Marian, doida para que ela concordasse. Ruth aparentemente era incapaz de parar de buscar garantias de que Marian não gostava de dormir com homens ou, pelo menos, que preferia dormir com ela.

— Acho que sim — respondeu Marian. — Mais ou menos.

— Sempre existiram garotas como nós, escondidas em todos os cantos e recantos.

— Não sei exatamente que tipo de garota eu sou — disse Marian. Tinha dificuldades de usar a palavra *garota*, mas também não se sentia bem em usar a palavra *mulher* para se referir a si mesma. Supostamente, ser mulher invocava uma pessoa com uma pilha cheia de louça para lavar e um colar de pérolas.

— As pessoas julgam as coisas como querem. Já te falei o nome da minha escola do ensino médio? *Our Lady of the Assumption* [Nossa Senhora da Assunção].

— Falou.

— As freiras viviam dizendo que era pecado deixar que os garotos nos tocassem. Mas elas nunca falaram nada sobre garotas — disse Ruth, divertidamente vingativa.

— Me parece que você se conhece desde pequena, melhor do que a maioria das pessoas.

— Talvez — falou Ruth. — Mas é porque sou cabeça-dura.

Ela contou a Marian que sabia, desde pequena, que preferia mulheres. Fora uma criança pequena e ardilosa, astuta o bastante para manter a boca fechada e começar a descobrir como conseguir o que queria, sem ser expulsa de sua pequena paróquia católica ou linchada pelos moradores da cidadezinha onde morava no Michigan.

— Eddie sempre soube? — Agora, Marian finalmente havia começado a entender a natureza do casamento de Ruth.

— Não gosto de falar por ele. — Silêncio. — Pense em quanta coisa teve que acontecer para que você e eu nos conhecêssemos.

— Aconteceu até uma guerra — falou Marian.

— E claro que uma guerra justifica *absolutamente* tudo, até a gente.

Ruth, rindo sombriamente, gargalhou muito alto, e Marian pediu que ela se calasse. As duas se entreolharam, ouvindo, mas não escutaram nenhum barulho vindo dos outros quartos acima da garagem.

— Ninguém jamais ia achar errado eu estar aqui — sussurrou Ruth. — Mesmo porque são apenas duas garotas fofocando até tarde da noite.

Era verdade. Um mês se passou desde o primeiro beijo, e, sempre que as duas estavam em Ratcliffe, passavam a noite na cama de uma ou de outra. Em algum momento, uma delas tinha que voltar para o próprio quarto, pois uma camareira levava chá pela manhã. Mas, até então, ninguém havia percebido nada.

Certa vez, por ironia do destino, as duas estavam na mesma noite em Lossiemouth, condado de Moray, Escócia, e encontraram um pub para pernoitar. A dona, austera, informou-lhes bruscamente:

— As duas terão que dividir o quarto. Conveniente, receio.

— Podemos lidar com isso — Ruth havia dito. — Se for preciso.

Ruth se sentia desgostosa em ter que viver o romance com Marian em segredo, mas buscava formas de encontrarem alegrias dentro da falsa ilusão de não serem um casal aos olhos da sociedade, e Ruth ensinava Marian a tirar felicidade até dessa situação que, para ela, Ruth, era revoltante. As pessoas começaram a lhes perguntar se eram irmãs, ainda que as duas não fossem nada parecidas fisicamente: Ruth era baixinha, curvilínea e morena; Marian, alta, esbelta e loira.

— As pessoas estão percebendo nossa intimidade — falou Ruth —, mas, como não sabem o que fazer com essa percepção, tiram a única conclusão em que conseguem pensar.

Sim, Ruth sempre dizia, *somos irmãs*.

Não que Marian tivesse planos de ostentar seu relacionamento em público. Não queria escrever para Jamie e lhe contar que estava apaixonada, pois não se sentia nada preparada para enfrentar a surpresa e o espanto dele. Não achava que o irmão fosse censurá-la por ser imoral — Jamie era artista, conhecia todos os tipos de pessoa —, mas achava que ele se sentiria pouco à vontade de um modo que isso acabaria gerando uma tensão entre eles. Essa tensão se agravaria e se alargaria em um abismo maior do que a distância geográfica que já os separava. Jamie ficaria imaginando o que Ruth e ela faziam juntas, e Marian temia que a repugnância dele inevitavelmente se transformasse em insinuações, se alastrasse como mofo.

Não podia afirmar que *preferia* inabalavelmente só mulheres, como também não podia dizer com segurança que preferia somente homens. Naquele momento da sua vida, escolheria Ruth entre todas as outras pessoas, mesmo que ainda sentisse falta, um pouco, do desequilíbrio inerente de poder que sentia quando estava com um homem, o rompante à submissão, à invasão, a dureza implacável de um pênis. Tentou não se permitir pensar em Barclay. Com outros homens, até mesmo Caleb, a imagem de Barclay reverberava nela como um eco, às vezes um eco fraco, às vezes, tão violenta e ofensivamente quanto disparar um tiro em um desfiladeiro que se pensava estar desabitado. Mas, com Ruth, entre elas, nenhum eco se intrometia. Com Ruth, o ato em si era mais igualitário e, surpreendentemente, em alguns aspectos, mais carnal, impulsionado por uma espécie de desenvoltura insaciável, uma vontade cega de se fundir com ela.

Em suas primeiras relações, Marian não fez sexo oral em Ruth, mas, quando aconteceu, experimentou uma salinidade, um sabor forte e penetrante, carne dentro de carne, uma umidade diferente de tudo que havia no corpo de um homem. Seu próprio clitóris, por mais que já o tivesse confrontado, parecia-lhe vergonhoso e absurdamente medonho, como a papada de um peru, mas Ruth estava claramente satisfeita com o dela e encantada pelo de Marian. A saliência pulsante de Marian era alvo do desvelo, da atenção, até mesmo da reverência por parte de Ruth. Um ídolo em um santuário escondido.

No momento oportuno, elas foram para Londres com Eddie. Ao entrar em ambientes esfumaçados e abarrotados de gente, regados a jazz e à efervescência da bebida, Marian sentia a mesma emoção indomável e estonteante que sentira quando criança, ao embarcar em alguma aventura com Jamie e Caleb: alegria impetuosa intensificada pela natureza conspiratória de um possível triângulo. Marian sabia que Ruth havia dito a Eddie que elas se tornaram amantes, algo que Eddie reconhecia sutilmente, direcionando uma cordialidade fraternal de boas-vindas a Marian. Ela imaginava que ele deveria ter seus próprios casos. Como Eddie poderia testemunhar aviões como os seus, pilotados por homens que ele conhecia, serem explodidos e abatidos, e não buscar prazer, libertação, consolo, vida?

— Marian salvou minha vida, sabe — disse Ruth uma noite, em maio, arqueando uma sobrancelha de modo dramático enquanto bebericava seu coquetel. Eles estavam comemorando o retorno de Eddie de sua 15ª missão de combate. Caso conseguisse sobreviver até a 25ª, ele poderia ir para casa.

Eddie se virou para Marian com uma leve curiosidade. As pessoas salvavam as vidas umas das outras o tempo todo.

— Como você fez isso?

— Nem me olhe assim — respondeu Marian. — Não faço ideia do que ela está falando.

— Ontem, levei um Fairchild de White Waltham para Preston — falou Ruth, mas, em seguida, estendeu o braço sobre a mesa, para tocar o braço de Eddie, contando o que havia acontecido com uma voz suave de professora. — Talvez você não saiba, mas, para chegar em Preston, precisamos atravessar o corredor de Liverpool. Você sabe como é isso?

Entretido, ele respondeu:

— Tenho certeza que você vai me contar o que é.

— É uma faixa de espaço aéreo de 4 km entre os balões de barragem de Liverpool e de Warrington. Enfim, eu já estava voando, quando, do nada, entrei numa nuvem. Do nada mesmo. Num instante, estava tudo limpo, mas, de repente, tudo branco. Tem a ver com o fenômeno ponto de orvalho. É estranho.

— Marian reverteu o ponto de orvalho? — perguntou Eddie. — Seria ela a deusa das condições climáticas?

— Quase isso.

— Então ela é o Sol, pois derreteu a nuvem.

— Não, mas me *ensinou* umas manhas para voar por instrumentos.

— Mas achei que você nem estava ouvindo! — exclamou Marian. Virando-se para Eddie, explicou: — Ruth só queria aprender as coisas em pubs e estava sempre mudando de assunto. Não ensinei quase nada para ela.

— Ensinou, sim! Você me disse que, se eu entrasse em uma nuvem, deveria nivelar as asas, voltar ao curso, virar lenta e superficialmente para o outro lado e, em seguida, tentar mergulhar.

— Qualquer pessoa poderia te ensinar isso.

— Mas ninguém se preocupou, a não ser você. Então, fiz o que você me disse, mas o único problema foi que desci 150m, e a névoa não diminuía de jeito nenhum. Pensei em ultrapassar ela, mas a nuvem subiu demais. Atingi 75 pés de altitude e ainda estava nela.

— Você deveria ter saltado de paraquedas — falou Eddie.

— Pensei nisso também. Eu poderia ter saltado, sim, mas me atrasei para pegar o avião-táxi e não tive tempo de trocar a calça. Ou seja, eu estava usando minha saia do uniforme e, cá entre nós, como eu não tinha calcinhas limpas, não estava usando nenhuma. — Ela encarou Eddie e Marian. — Olha a situação.

— Ruth — falou Eddie —, dada a escolha entre morrer e planar sem suas roupas íntimas, você deveria ter optado pela última. Na verdade, estou quase surpreso que você não tenha desfrutado da oportunidade de causar um escândalo.

— Também estou — disse Ruth, pensativa. — Pensando bem, acho que eu não queria ficar tão exposta. Enfim… apenas voei… esperando que um buraco se abrisse no céu e me engolisse.

— Fiquei nervoso, de cabelo em pé, mas me parece que você sobreviveu — falou Eddie.

— Eu vi tudo se diluindo. Ou achei que vi. Devo ter imaginado coisas, pois eu não fazia ideia de onde estava. Quando mergulhei, poderia ter me atirado contra os balões ou uma encosta. — Ruth parou de falar, e Eddie segurou sua mão.

— Você ficou apavorada — disse Eddie.

— Fiquei, sim. Realmente fiquei — titubeou Ruth. — Sabe, quando acontece isso, você está tão concentrada que não consegue sentir nada, mas, depois, quando percebe, é como sentir muito frio e não conseguir se aquecer de novo.

— Marian, me dá um conselho — pediu Eddie. — Qualquer coisa. Para dar sorte. O que preciso saber? Você vai salvar a minha vida?

— Bom senso apenas. Falei isso para Ruth.

— Mas isso não é conselho. Por favor!

Marian pensou bem, dizendo:

— Meu primeiro professor de voo me disse uma vez que eu tinha que aprender a ignorar meus instintos, cedendo quando eu quisesse resistir e resistindo quando quisesse ceder. Só que ele não estava falando de pilotar um avião propriamente dizendo. Ele morreu depois, em um acidente.

Eddie riu.

— Tenho um *forte* instinto de ignorar esse péssimo conselho, mas talvez isso signifique que eu deva seguir ele. Agora você me colocou num dilema.

Uma semana depois: chegou a notícia de que o avião de Eddie havia sido abatido. Ele foi dado como desaparecido. Ruth estava deitada na cama, e o telegrama, jogado no chão.

— A 17ª missão dele — disse ela a Marian, que estava sentada, afagando suas costas. — Como eles querem que um piloto sobreviva até a 25ª? É desumano. Você deveria ter visto como me olharam quando recebi o telegrama, como se eu estivesse sendo *indelicada* por chorar. Por que ninguém chora aqui?

— Porque, se as pessoas começarem a chorar, talvez não consigam parar.

Poucos dias depois, quando Ruth estava entregando um Spitfire, ela fez um desvio e pousou na base de Eddie, fingindo que estava com um problema mecânico. No hangar e na sala de operações, atormentou qualquer pessoa que pudesse lhe passar alguma informação. Membros da tripulação de outros aviões relataram ter visto três paraquedas antes do avião de Eddie explodir, soube Ruth. Mas ninguém sabia quem tinha saltado.

Oceano Pacífico
Junho de 1943
Algumas semanas depois

Um navio que transportava tropas deslizou por debaixo da Ponte Golden Gate, rumo ao mar. De onde Jamie estava, em um parapeito alto, o convés parecia coberto de homens, um tapete de corpos verdes e cáqui, densos como a relva. Ninguém sabia aonde estavam indo. O brilho noturno penetrante ricocheteava na espuma branca das ondas, nas aves marinhas que voavam em círculos no céu e nas torres laranja-avermelhadas da Ponte Golden Gate. Uma dessas torres estava prestes a ser engolida por um imenso nevoeiro que desabava sobre o Parque Presidio. A água brilhava como jade leitoso até que o nevoeiro tomou conta do navio. Jamie desceu.

O navio já fora um transatlântico, mas todos os móveis e acabamentos foram removidos. Em vez deles, foram colocados beliches empilhados em praticamente todos os lugares, apertados como latas de sardinha. As janelas e as portinholas foram fechadas com tábuas ou pintadas de preto. No convés, onde antigamente os casais caminhavam abraçados ou de mãos dadas, agora havia sacos de areia empilhados que cercavam canhões antiaéreos obsoletos. Não era um navio novo nem rápido o bastante para se confiar na velocidade defensiva — não como o *Queen Mary* ou o *Queen Elizabeth* —, assim, um contratorpedeiro teimosamente o acompanhava. O casco e a estrutura foram pintados de cinza, apagando o nome do navio na proa e na popa, e foi só no segundo dia, quando viu alguns soldados usando uma antiga boia salva-vidas a fim de evitar que seus dados caíssem no chão, que Jamie soube o nome do navio. *Maria Fortuna*.

Ele não pensava na embarcação irmã de *Josephina Eterna* desde criança, quando Wallace lhe mostrara recortes de jornal sobre o naufrágio. Nas fotos, Marian e ele eram dois pacotinhos, duas crisálidas pequeninas sem rostos, sendo carregados pelo pai pela escada de acesso da embarcação *SS Manaus*. Havia boatos de que uma outra embarcação *Maria Fortuna* da L&O, uma linha nova, havia entrado recentemente em serviço. Jamie andou pela embarcação, tentando imaginar seu antigo esplendor. Alguns marinheiros mercantes estavam a bordo, então ele resolveu abordar um engenheiro em um corredor abaixo do convés.

— Essa embarcação tinha uma irmã que naufragou, não? — perguntou Jamie. — A *Josephina*?

— Tinha, sim. A coisa foi feia. Isso antes de eu estar embarcado, claro. — Soldados e marinheiros se espremiam em ambas as direções. — Melhor você parar de congestionar o caminho — disse o engenheiro, indo embora, absorvido pelo fluxo.

Jamie havia recebido alguns dias de folga entre a ida para as Ilhas Aleutas e a partida para São Francisco. Quando o avião de transporte de Kodiak fez uma parada inesperada em Seattle para reabastecer, ele decidiu, por impulso, desembarcar.

No telefone, quando Jamie se identificou, Sarah Fahey — Sarah Scott — emitiu um som baixinho e indecifrável.

— Você recebeu a aquarela que te enviei?

Sarah pigarreou.

— Recebi.

Jamie esperou que Sarah dissesse mais alguma coisa, mas, como ela não disse, ele falou:

— Eu não queria incomodar. Pensei em você porque estou na cidade. Vou te deixar em paz.

— Sim — falou Sarah com uma voz evasiva. — Tudo bem.

Jamie havia saído com os soldados e bebido um monte de drinques em uma espelunca. O mesmo e velho sentimento de atordoamento, aperto e desejo ardente crescia dentro dele, como se algo estivesse saindo das profundezas de seu âmago, agitando-se na superfície. Por que ligou para Sarah? Por que não podia deixar as coisas quietas? Se havia uma coisa que deveria ter aprendido em seu último encontro, era que Sarah era uma ilusão, uma fantasia, mesmo porque qualquer envolvimento entre os dois era impossível. Procurá-la de novo era o cúmulo da loucura.

Quando fez a aquarela retratando o porto de Adak, estava em um daqueles momentos de calmaria entre as tempestades. O horizonte era de um azul profundo, ao mesmo tempo em que a luz cor de limão perpassava a água. Até mesmo as pilhas horrorosas de lixo ao longo da costa eram banhadas por uma luz celestial, e Jamie sentiu uma pressão em seu peito — o sublime. À medida que as cores escorriam do pincel, Jamie foi dominado por uma gratidão a Sarah. Ela o instigou a ampliar seus horizontes.

A ilha de Attu não afugentou sua gratidão, mas a complicou, instilando nela um sentimento sombrio e pesado, como minério de ferro.

Pela manhã, Jamie encontrou uma mensagem que foi passada por baixo da porta de seu quarto de hotel. *Será que ele podia, por gentileza, almoçar com a Sra. Scott?* No papel, havia a hora, e o endereço era o mesmo, bastava descer a rua. Tentou se lembrar se havia dito a Sarah onde estava hospedado. Tinha quase certeza de que não.

Até a hora marcada, Jamie achou que não iria, mas, logicamente, foi. Sarah estava esperando em uma mesa privativa nos fundos da lanchonete escura e encardida que ela havia escolhido, deslocada em seu elegante terno azul e sapatos de salto, a expressão nervosa.

— Prazer em revê-la — disse Jamie, sentando-se. Ele começou a olhar o cardápio. — Já sabe o que vai pedir?

Sarah estendeu o braço sobre a mesa para tocar as costas da mão de Jamie.

— Jamie, me desculpa.

Ele colocou o cardápio na mesa.

— Pelo quê?

— Primeiro, pelo modo como te tratei no telefone. Fiquei chocada. E minha irmã estava na sala. Não consegui dizer nada que precisava com ela lá.

Um garçom apareceu. Era um homem mais velho, com um chapéu de marinheiro e uma pança coberta por um avental sujo, a caneta equilibrada sobre um bloco de notas.

— Pois não, o que vão querer?

— Vamos precisar de uns minutos — disse Jamie. O homem enfiou a caneta atrás da orelha e saiu.

— Você está mesmo com fome? Podemos ir a outro lugar, para conversar — propôs Sarah. — Para o seu hotel? — perguntou, corando. — Escolhi esse lugar só porque fica perto. — Jamie se levantou da mesa imediatamente, e Sarah lhe estendeu as mãos. — Preciso que me ajude. Minhas pernas estão tremendo.

— Como você me achou? — perguntou Jamie conforme saíam da lanchonete, com Sarah segurando seu braço.

— Achei que você se hospedaria perto do museu, então, a partir dessa hipótese, liguei para os hotéis.

— Para quantos hotéis você ligou?

— Dezessete.

No entanto, os dois não conversaram muito quando chegaram ao hotel, pois Jamie tirou o terno azul e a blusa de seda branca de Sarah, após ter desabotoado suas meias-calças, desembrulhando suas pernas, despojando-a do invólucro interno de seu espartilho, sutiã e calcinha. Jamie a saboreava lenta e metodicamente, impedindo Sarah de interrompê-lo sempre que tentava ajudá-lo ou apressar as coisas. Quando ela finalmente estava nua na cama, com o cabelo solto sobre os ombros, Jamie deu um passo para trás, encarando-a. Sarah o encarou de volta, e ele fechou os olhos, testando a si mesmo, invocando sua imagem, desejando guardá-la para sempre na memória.

— Meu irmão morreu — revelou Sarah depois, deitada sobre o braço de Jamie. — No Pacífico. Eu tinha acabado de passar por uma situação horrível quando recebi sua aquarela. Claro que eu sabia que você tinha se alistado, mas, depois da morte de Irving, percebi que, se não fosse por mim, você poderia estar são e salvo em algum lugar. Na verdade, tentei te *envergonhar*. Penso que agimos assim porque toda a situação de guerra alimenta isso, sabe? Todo mundo deseja que todos sofram pelo que são. As pessoas passam a desejar coisas para as outras que sequer poderiam imaginar. *Fazem* coisas que nunca imaginaram. Quando recebi sua aquarela, tudo em que eu pensava era: o que foi que eu fiz? — Sarah ergueu a cabeça, olhando para Jamie. — Se não fosse por mim, você teria se alistado?

— Acho que sim. Você tem poder sobre mim, mas nem tanto. Não se sinta responsável.

Ela encostou a testa sobre o peito de Jamie.

— Gostaria que fosse assim tão simples.

— Eu também.

— Meu marido está no Mediterrâneo. — Ela ergueu os olhos, como um animal feroz. — Eu amo ele *mesmo*.

— Nunca achei que você não amava ele.

Ela se acomodou, puxando suavemente os pelos do peitoral de Jamie.

— Tão loiro. Não esperava que você tivesse tantos pelos loiros.

— Estou tão surpreso quanto você.

— Você sabia que uma de suas pinturas do Alasca estava na revista *Life*?

— Sim, eles me disseram.

— Mas você viu? — Nua, à vontade, Sarah saiu da cama e tirou a revista da bolsa. Os dois se encostaram na cabeceira, e ela folheou um artigo sobre as Ilhas Aleutas. A pintura de Jamie retratava um aeródromo em Adak: um avião espirrando respingos ao pousar em meio a uma tempestade que se aproximava.

Jamie analisou a reprodução de sua pintura.

— Nunca achei que seria um propagandista.

— É isso que eles querem que você faça?

— Não. Por incrível que pareça, não. Me deram uma liberdade quase total. Bastante liberdade para quem está na Marinha. — Jamie puxou Sarah para perto de si, apoiando o queixo na cabeça dela. — Lembrei de quando você foi até o sótão, para me ajudar a vasculhar aquelas obras de arte. A única vez em que me senti sozinho com você.

— Estávamos vestidos.

— Desejei loucamente que não estivéssemos.

— Eu também.

— Sério?

— Algumas vezes. Eu não sabia bem o que queria. — Sarah ainda estava olhando a revista. — A gente se acostuma a ver a guerra acontecendo em preto e branco por causa das fotos.

— Hum… — Jamie se lembrou dos japoneses explodindo. — A guerra é bem colorida.

— Mas a sua pintura retrata as coisas de forma diferente de uma fotografia, porque você usou a técnica de dobra, dobrou levemente a perspectiva. É uma sensação informativa diferente da pura realidade. — Sarah moveu o pé contra a panturrilha de Jamie. — A gente sabe que a pintura é sua. Que é você.

Jamie pulou da cama, foi até sua mochila e voltou com o caderno de desenhos que fez em Attu. Ele abriu numa página com manchas e rabiscos e a entregou à Sarah.

— Fiz isso durante um ataque *banzai*. Pensei que estava desenhando o que estava vendo.

Sarah folheava as páginas.

— E não estava?

— Assim, quando olhei para o papel, vi mesmo imagens realistas. Vultos, sabe. Cenas. — Sarah ficou calada. — Matei três homens — revelou Jamie. Não tinha contado aquilo para ninguém. Teria sido esquisito contar para alguém das Ilhas Aleutas. Desnecessário. Jamie estava uma pilha de nervos, embora não fosse assombrado pela memória dos três homens que havia matado. Era assombrado mesmo pela barraca hospitalar, as formas humanas se movendo embaixo da lona.

— É uma guerra — falou Sarah.

— Será que você pode enviar a revista para a minha irmã? — perguntou Jamie. — Gostaria que Marian visse. Não sei se vou ter uma chance como essa, pois logo serei destacado mais uma vez. Vou te passar o endereço dela na Inglaterra.

— Ela está na Inglaterra?

Jamie contou a Sarah, o melhor que pôde, sobre a ATA, os anos que Marian havia passado no Alasca e, por fim, Barclay. Após hesitar, Sarah falou:

— Devo dizer que minha mãe me contou da visita de Marian. Não na época, mas recentemente. Depois que te vi pela última vez. Não se preocupe, ela nunca diria ao meu pai. Ele nem sabe o que ela faz.

— Ela me fez um favor. Mais que um favor. Ela deu a Marian uma nova vida.

— Sim, também achei, depois que entendi. Tenho vergonha de como reagi antes, da última vez, quando você me disse que Marian não queria ter filhos.

— Tudo bem. Tenho vergonha de algumas coisas que eu disse e também porque até hoje não sei absolutamente nada sobre a sua vida. Você vai me contar?

— Não sei por onde começar.

— Por onde você quiser.

Sarah lhe contou sobre os filhos, como os amava, mas, também, contou-lhe sobre a sensação de estar confinada à maternidade. Disse-lhe que amava o marido, mas se ressentia da pretensão dele sobre sua fidelidade. Contou-lhe sobre as irmãs e suas respectivas famílias, sobre a morte de Irving em Bataan. Jamie contou a Sarah sobre como estava bebendo muito, como Marian o levou para Vancouver, sobre Judith Wexler e Sally Ayukawa, sobre ir morar nas montanhas e partir novamente, sobre a morte de Wallace. A tarde passou voando. O quarto escureceu, porém, eles não acenderam as luzes. Após se vestirem, perto da porta, ambos se abraçaram por um longo tempo, sabendo que, assim que saíssem, algo teria fim. Jamie a acompanhou até o saguão e a observou sair à noite, com o cabelo ainda solto.

Ao fazer o *check-out* do hotel, antes de embarcar no trem para São Francisco, Jamie confiou ao balconista um pacote embrulhado e pagou para que fosse entregue por correio na casa de Sarah. O bilhete, que ele havia escrito no papel timbrado do hotel e colocado dentro do caderno de desenho, dizia o seguinte:

> Tecnicamente, isso pertence à Marinha dos Estados Unidos, não é meu para presentear. No entanto, não quero enviá-lo para Washington e não quero mais carregá-lo por aí. Você guardaria para mim? Talvez eu queira deixá-lo com você a fim de ter uma desculpa para vê-la mais uma vez — sim, eu tenho —, mas o motivo verdadeiro de um possível retorno é porque eu te amo, e o que deixei de mim contigo nunca poderá ser retomado.

Stalag Luft I[1], perto de Barth, Alemanha
Junho de 1943
Mais ou menos na mesma época em que Jamie partiu de São Francisco

Quando Eddie viu Leo pela primeira vez, uma semana após chegar ao campo de concentração, ele estava em um palco, usando um vestido esvoaçante transparente, com lenços costurados tingidos de azul e uma frágil peruca, confeccionada com material de embalagem da Cruz Vermelha, duas tranças de palha amarradas com barbante. Ele interpretava Gabby, de *A Floresta Petrificada*, em um cenário feito de engradados da Cruz Vermelha, com adereços fornecidos como moeda de troca pelos guardas alemães, que os haviam pegado emprestado de uma companhia de teatro da cidade. A audiência era composta por milhares de homens desesperados por algum tipo de passatempo. Os guardas também estavam assistindo, sentados na primeira fila.

— Conheço muitas garotas que poderiam aprender algumas coisas com *isso* — sussurrou o cara ao lado de Eddie, encarando Leo com aprovação.

Isso? O que ele era? Leo obviamente não era uma mulher, mas, também, não se sabe como, de alguma forma, poderia se passar facilmente por uma. Alguns dos caras que interpretavam garotas (não somente nas peças teatrais, Eddie ficou sabendo, mas também nas danças e chás estranhamente sérios do campo) abraçaram totalmente os rituais de feminilidade, raspando os braços e as pernas, preparando batom e *blush* caseiros. Porém, Leo, com seu grande nariz adunco e braços peludos, só precisava se movimentar com doçura, balançar um pouco a coluna, movimentando os dedos cuidadosamente, e *voilà*: ele se transformava em uma garota solitária, pedante e impulsiva, que cuidava de uma lanchonete em um posto de gasolina no Arizona. Ao assistir, Eddie quase podia sentir o calor abrasivo do deserto, o cheiro de óleo da fritadeira.

Eddie começou a procurar por Leo depois disso, quase não o reconhecendo quando se esbarraram no galpão de lavar roupas, apesar do nariz.

---

[1] Stalag Luft I foi um campo de concentração alemão para prisioneiros aviadores estadunidenses e, mais tarde, britânicos [N. da T.].

— Você está ótimo na peça — arriscou Eddie. — Era ator antes?

— Não, eu era atirador em um bombardeiro.

— Quero dizer, antes, antes disso tudo.

— Sei muito bem o que você quis dizer. Só nos meus sonhos. Nunca tive nem coragem para fazer um teste no colégio. Mas, aqui, por que não? Não tenho nada a perder.

— Você foi formidável. O cara do meu lado disse que garotas de verdade poderiam aprender com você.

Leo apertou os lábios.

— Eles gostam de dizer isso.

— Suponho que seja bem divertido — falou Eddie, cauteloso.

Leo esboçou o mesmo sorriso contido e educado de sempre.

— Talvez.

— Medidas desesperadas em situações desesperadoras?

— Para alguns, sim.

Eddie falou com a voz baixinha, quase um sussurro.

— Pobres coitados.

O avião fora alvejado por um Messerschmitt: o motor pegou fogo. O copiloto e o artilheiro da cauda já estavam mortos, fuzilados, quando o piloto ordenou aos demais para saltarem de paraquedas. O atirador do bombardeiro saltou primeiro, pela mesma baía onde havia lançado um mar de bombas. Depois, o operador de rádio saltou, e, em seguida, Eddie. Era estranho rasgar o céu apenas com seus corpos, sem o encapsulamento do avião, em queda livre, em meio à artilharia antiaérea, às balas, aos motores tinindo, ao fogo. Eddie puxou a corda do paraquedas.

O operador de rádio foi morto a tiros, pendurado no paraquedas, e Eddie não sabia o que havia acontecido com o piloto e os outros companheiros. Eddie e o atirador do bombardeiro foram levados a Frankfurt, para serem interrogados, e, de lá, ele foi enviado para o campo de concentração, no Báltico. Conforme os prisioneiros saíam dos trens e andavam até os portões do campo, as pessoas se reuniam na beira da estrada, para ridicularizá-los, imitando a forca e os pelotões de fuzilamento.

— Não entendo por que sou mais mulher do que uma mulher — falou Leo para Eddie, um mês depois de se conhecerem. Os dois estavam no alojamento de Leo: ele estava de pé, perto do fogão, e Eddie, espremido em um canto entre os beliches, já que não cabia em nenhum outro lugar. Os quartos eram minúsculos e abrigavam quinze homens. Um cara da lavanderia havia arrumado uma lata de alumínio cheia de água quente para Leo, um favor especial, e ele usava a água junto com uma lasca de sabão da Cruz Vermelha para retirar a maquiagem. — Depois do combate, o tenente Bork ou Brox, sei lá o nome dele, um religioso que simplesmente não parava de falar que era de Pittsburgh, me disse que Eva não teria sido tentada, tipo, Eva no Jardim do Éden, se eu estivesse lá! Acho que teria sido um tipo de pecado original diferente, sem dúvidas, mas também acho que ele confundiu as coisas.

Leo havia passado a tarde inteira passeando com uma saia, uma peruca e uma camiseta amarrada na cintura, segurando cartões de pontuação para uma luta de boxe, ao mesmo tempo em que centenas de *kriegies* assobiavam, berravam e gritavam sugestões obscenas.

— Espero que um dia alguém conte ao tenente Brock como os bebês são feitos.

— Eles só querem se assegurar de que pensar em mim não significa nada enquanto se masturbam. Afinal, sou mais mulher do que uma mulher! Sou a feminilidade destilada em sua essência mais pura e delicada.

— Acho que a maioria deles sente falta das garotas, mas não sabe direito o que fazer com elas.

— *Tá,* mas isso não é problema *meu*. Se acho que todos eles gostariam de chupar meu pau? Não. Se acho que a maioria não recusaria um boquete meu nessa altura do campeonato? Bem… — Leo mostrou o rosto para Eddie. — Saiu tudo?

Eddie mergulhou um dedo na água e o passou no canto do olho de Leo.

— Pronto, agora saiu. — Eddie passou sua enorme mão na nuca de Leo e o beijou.

Leo se afastou.

— Alguém pode entrar e ver.

— Alguém sempre entra e vê.

Leo era, na opinião de Eddie, curiosamente tímido acerca do relacionamento deles. Havia um ou dois outros casais no campo de concentração — casais de verdade — que, geralmente, eram tolerados, contanto que fossem discretos, que mantivessem as aparências, o mínimo exigido para um local apinhado de gente. Havia outros tipos de relacionamento também: parcerias heteronormativas tão devotadas e assexuadas quanto velhas solteironas, por exemplo, ou poderosas parcerias baseadas completamente na partilha de comida. Havia relacionamentos exclusivamente sexuais entre os *queers* do campo, entre os *queers* e os héteros, entre os heteronormativos. Havia troca de favores de todos os tipos e todas as formas de amor. Havia amizades obscuras e caóticas que terminavam em confusão, mágoa ou pancadaria.

— Depois que essa guerra acabar — falou Eddie —, a primeira coisa que quero fazer é encontrar um quarto, um quarto limpo que não cheire a latrina...

— Está cada vez pior, *né*? — falou Leo.

— Um quarto limpo, uma cama com lençóis limpos e uma porta com chave. E vou passar a noite inteirinha com você, completamente pelado, sem pressa alguma.

Leo acariciou o rosto de Eddie.

— Parece ótimo.

— E a noite seguinte, e a próxima, e a próxima...

Hamble, Inglaterra
Novembro de 1943
Cinco meses depois que Jamie partiu de São Francisco

Enquanto Marian se sentava no refeitório de Hamble-le-Rice para almoçar, uma das pilotos lhe informou:

— Um cara estava te procurando.

— Que cara? — Em setembro, Marian havia passado algumas semanas em White Waltham para fazer o treinamento de caças bimotores pesados, Classe IV. Em vez de ser enviada de volta para Ratcliffe, fora destacada para Hamble, o grupo exclusivamente feminino de transporte nº 15, não muito longe de Southampton, perto das fábricas Vickers Supermarine de onde Spitfires e bombardeiros bimotores saíam com a mesma velocidade que ovos saem de um galinheiro. Era uma cidade agradável e pitoresca. O aeródromo estava localizado entre o Rio Hamble e Southampton Water, tomado pela poluição industrial e cercado por balões de barragem.

— Não sei — respondeu a piloto. — Não vi ele. Nancy viu e pediu para repassar o recado.

— Onde está Nancy?

— Acho que ela foi para Belfast. Aparentemente, ele veio de manhã. Seu homem estava bem ansioso.

— Não tenho homem algum. Ela disse mais alguma coisa? O nome dele?

— Me deixa pensar. — A garota olhou para o teto, tentando se lembrar de mais alguma coisa. — Não, só isso mesmo.

Outra piloto as cumprimentou, sentando-se à mesa. Pensativa, Marian comeu, não se engajando na conversa. Se Ruth estivesse lá, não teria permitido que fosse tão antissocial, mas ela fora convocada para White Waltham assim que Marian terminou seu treinamento e, após finalizar também o próprio treinamento, Ruth foi enviada de volta para Ratcliffe. Não que elas não combinassem mais, pelo menos, não logisticamente, porém, as duas lidavam com a separação prolongada de forma diferente: Ruth escrevia longas cartas e mais cartas à Marian, codificadas, dizendo que sentia saudades, com algumas reprovações mais explícitas em relação ao que chamava de estoicismo de Marian. Já as cartas de Marian eram breves e simples, falava principalmente sobre seus voos. Não que Marian não sentisse saudades de Ruth. Ao contrário, pegava a sua ausência e a guardava em uma caixinha selada. Sua tendência natural era seguir em frente, pensar em outras coisas. E Ruth, claro, estava morrendo de preocupação com Eddie. Ela soube que ele estava vivo em um campo de concentração alemão para prisioneiros de guerra. Em seguida, Eddie enviou um cartão-postal da Cruz Vermelha, dizendo apenas que estava em Stalag Luft I.

Após o almoço, o tempo fechou, e começou a chover. Assim, por volta das 15h, o departamento meteorológico dispensou todo mundo. Marian saiu com sua moto. Boa parte das garotas de Hamble ficava alojada em casinhas de campo de tijolos, contudo, Marian preferia ficar no Polygon Hotel em Southampton, a 11 km de distância. Queria um espaço entre si e o grupo de transporte, algum toque de privacidade.

Seguindo em direção a Southampton, desviando de jipes militares verdes e caminhões repletos de estadunidenses que não paravam de chegar, Marian se perguntava se o homem que a procurava era Jamie. Achava que o irmão estava no Pacífico, mas, por outro lado, não tinha notícias dele há mais de um mês. Segundo a última carta, Jamie estava em Papua-Nova Guiné, sendo comido vivo pelos mosquitos e apodrecendo por causa do mofo. *É muito paraíso para um lugar só*, escrevera o irmão. Ao que parece, Jamie circulava livremente pela guerra. Talvez a Marinha tivesse decidido que ele era necessário no teatro europeu, para narrar a possível invasão. Todos aqueles estadunidenses sendo despejados na Grã-Bretanha, em acampamentos espalhados ao longo da costa sul, seriam certamente aproveitados em pouco tempo.

No meio do verão, Marian recebeu o envelope pardo de Sarah Fahey Scott com um exemplar da revista *Life*, um marcador de livro preso entre as duas páginas ocupadas pela pintura de Jamie e um cartão com uma mensagem sucinta:

Nunca nos conhecemos, mas sou uma velha amiga do seu irmão e já ouvi tantas histórias sobre você a ponto de desejar que fôssemos amigas. Fiquei muito grata por ele ter me procurado quando esteve em Seattle no mês passado. Jamie me pediu para lhe enviar esta revista — com a pintura dele, vista por milhões de pessoas, mas tenho certeza de que você conheceria o trabalho dele de longe. Aliás, minha mãe manda lembranças. Ela se refere a você como uma "força da natureza", e, vindo dela, este é um dos maiores elogios.

Marian ficou se questionando por que Jamie não havia lhe dito nada sobre ter reencontrado Sarah mais uma vez e se, talvez, uma carta não tivesse sido extraviada. Ela analisou a pintura: um P-4 pousando em algum lugar esquecido por Deus no Mar de Bering. A temática não era dele, mas a execução era, a leve distorção de perspectiva e a certeza com que o irmão retratava as nuvens, a coroa branca que pairava sobre um vulcão, os reflexos na pista de pouso encharcada. O avião fora pintado muito bem — preciso sem ser complicado. Marian não invejou o piloto. Quando estava no Alasca, não havia muitos lugares para pousar nas Ilhas Aleutas, certamente o arquipélago não era tão distante quanto Adak ou Attu, e quase não se tinha motivos para ir lá. Jamie retratou um tempo tão mortal que o céu mais parecia um portal para o submundo.

Ao chegar nos arredores de Southampton, eram apenas 16h, mas o Sol já estava se pondo. Marian estacionou a moto, e, quando estava indo em direção à porta giratória do Polygon Hotel, alguém a agarrou pelo braço, por trás.

Caleb. Caleb de uniforme do exército. Marian pulou em cima dele.

— O que você está fazendo aqui?

— Não sei se ficou sabendo, mas estamos no meio de uma guerra.

Marian o soltou.

— Mas *aqui*? Foi você, então, que me procurou. Por que não deixou um bilhete?

— Eu deixei uma mensagem.

— A garota que me passou o recado nem conseguia lembrar o seu nome. Disse apenas que "um cara" tinha vindo me procurar. Oh! — exclamou Marian. — Seu cabelo. — Logicamente, ele tinha cortado a trança, mas ela sequer havia pensado nisso. Marian retirou o quepe de guarnição da cabeça de Caleb, estendendo a mão para tocar no seu cabelo. — Achei que era Jamie.

— Ah. — Caleb parecia estar assimilando a decepção implícita de Marian, sem se ofender. — Ele está na Inglaterra?

— Pelo que fiquei sabendo, está no Pacífico. Antes, estava no Alasca. — Marian observou Caleb bem. Apesar do cabelo e de estar bastante bronzeado, parecia não ter mudado nada desde a última vez em que ela o vira, quando os dois se abraçaram atrás da cabana. — Estou tão feliz em te ver.

— Não me lembro qual de nós estava zangado com o outro, então decidi arriscar.

— Eu não estava.

— Muito menos eu.

Ambos sorriram. O som de um motor tomou conta do céu. Marian esticou o pescoço para olhar. Um Spitfire, quase imperceptível, rasgando o céu escuro.

— Você se casou com aquela garota? A professora?

— Não.

Marian assimilou a notícia com um aceno de cabeça, menos aliviada do que esperava.

— Vem comigo. — Enquanto caminhavam em direção ao hotel, ela disse: — Não sei como, mas eu sabia que você estava bem. Me conta onde você esteve.

— Argélia, Tunísia, Sicília. Agora, aqui.

— Não me admira que esteja tão bronzeado. Todos esses lugares?

— O que Jamie anda fazendo da vida?

— É um artista de combate. Você sabia que isso existia? Ele desenha e pinta para a Marinha.

Eles passaram pela porta giratória. Caleb a conduziu em direção a um sofá Chesterfield de couro.

— Ele me disse uma coisa parecida da última vez que vi ele. Quase tenho esperanças, saber que o Tio Sam quer pinturas.

— Tipo, você não se importa? Eu nem falo isso para as pessoas, porque fico preocupada em parecer injusta.

— Justiça e injustiça não significam mais nada. — Caleb se inclinou em direção à Marian, a proximidade acendendo o corpo dela. — No Mediterrâneo, tentei nunca me permitir querer estar em outro lugar ou mesmo considerar que algo mais existia. Parecia o melhor para mim. Entende o que quero dizer?

— Sim.

— Mas, às vezes, quando estava acordando ou pegando no sono, com a guarda baixa, eu pensava em você. Te afastei da minha mente, mas agora… — Ele hesitou. Um longo dedo passeava discretamente pela coxa de Marian.

— Quê? Agora o quê? — perguntou Marian.

— Agora tenho 24 horas de uma parada de 36. E eu gostaria de passar o máximo de tempo que eu conseguir com você.

Marian queria subir no colo dele. Queria arrancar a roupa de Caleb ali mesmo, no meio do saguão, e pressionar seu corpo contra o dele.

— Deixa eu me trocar, e a gente vai jantar.

— Posso passar a noite? — Caleb não estava sendo malicioso nem provocador. Estava quase implorando.

Se fosse para cama com Caleb, Ruth consideraria traição, ficaria arrasada se descobrisse, porém, Marian não sentia nem vergonha nem remorso antecipados. Não havia deixado de amar Caleb porque havia se apaixonado por Ruth. Os dois amores eram como duas espécies divergentes coexistindo inconscientemente no mesmo ecossistema: um alce e uma borboleta, um salgueiro e uma truta. Nenhum apagava o outro. Ruth a trouxe de volta à vida; nunca havia se apaixonado por Caleb como havia por Ruth. Contudo, ele era imprescindível. Estava tão enraizado em Marian quanto seus próprios órgãos.

— Estou com uma pessoa.

— E isso importa? Estou perguntando de verdade. Não estou te repreendendo ou sendo desrespeitoso.

— Estou me perguntando isso agora mesmo.

— Eu já te disse que posso fingir que não tem nada entre a gente. Só quero isso esta noite. Nada precisa existir.

— Mas outras coisas, outras pessoas, existem. — Caleb esperava. Sem convicção, vacilando, Marian disse: — Tenho que voar de manhã.

— Te deixo ir embora de manhã. Eu sempre deixo.

— É tão fácil assim?

— Não importa o que é fácil — disse Caleb. — O que importa é o que você faz e o que deixa de fazer.

Marian ficou em silêncio, um redemoinho galáctico de indecisão a consumia por dentro. Por fim, disse:

— Não posso.

Caleb deve ter percebido sua agonia, pois deu um tapinha de leve no ombro dela.

— Vamos jantar, então. Bom o bastante.

Pacífico Sul
Agosto de 1943
Três meses antes

A princípio, Jamie perguntou os nomes das ilhas, mas geralmente a resposta era que ele não precisava saber. De fato, não *precisava* estritamente saber onde estava: ele estava lá mesmo. Mas, por essa razão — de já estar lá mesmo —, como poderia ser um segredo? Para quem ele poderia contar? Somente para outros homens que estavam no mesmo navio, que já estavam lá também, no mesmo local desconhecido.

No entanto, descobriu que os nomes não significam nada quando conseguia que alguém lhe contasse, pois eles nem mesmo existiam. Assim, Jamie parou de perguntar e rotulou seus desenhos e pinturas com nada mais específico do que *Ilhas Salomão.*

A maioria delas eram protuberâncias de calcário ou basalto, cobertas por densas florestas, entrincheiradas por recifes patrulhados por tubarões, e, mais além, havia pântanos de mangais e crocodilos e uma vegetação tão cortante quanto bisturis e mais mosquitos do que se poderia imaginar. Vez ou outra, Jamie avistava aldeias, pessoas remando em canoas, crianças brincando na praia. Às vezes, eles passavam por navios de guerra naufragados, uma estrutura emergindo da água ou um casco deitado de lado como o cadáver inchado de um animal. Algumas ilhas não passavam de bancos de areia que rompiam a superfície, com uma ou duas palmeiras. Jamie retratou uma dessas ilhas, o lugar-comum de todo paraíso, tentando injetar o isolamento massivo que sentia, o quão vulneráveis eram aquelas pequenas jangadas de terra naquela imensidão de água. As folhas de sua palmeira pareciam, à primeira vista, um homem pendurado pelo pescoço, voando ao sabor do vento como uma pipa rasgada.

Uma noite, todos se esconderam na escuridão, em um vulcão há muito extinto, esperando por um grupo de contratorpedeiros japoneses. Quando foram alcançados, Jamie sentiu o navio sacudir como se estivesse sendo lançado por uma vara de pescar. Os japoneses não haviam visto o comboio, então não tinham como saber que os torpedos estavam pela água até serem atingidos. Jamie imaginou uma tela, quase inteiramente preta, a silhueta de um contratorpedeiro afundando, banhada pelo lampejo amarelo-esbranquiçado da explosão das granadas. Mas como expressar centenas de homem no mar, seu silêncio aterrador? Quase todos os japoneses recusaram o resgate, preferindo morrer. Jamie enxergava suas cabeças molhadas, flagradas pelos holofotes de busca, o medo silencioso estampado em alguns rostos furiosos; outros eram insolentemente inexpressivos.

Jamie não tinha mais piedade do inimigo. Ali, a compaixão era tão supérflua quanto um sobretudo, mas ele se perguntava se, quando a guerra acabasse, tudo o atingiria de uma vez só, sorrateiramente, como um torpedo.

Sempre que atracava em um porto, para trocar de navio, na cidade de Cairns, Austrália, ou em Port Moresby, Papua-Nova Guiné, ele enviava pinturas para Washington. Havia abundância de guerra para retratar e pintar, mas Jamie também estava perdendo a capacidade de diferenciar o que era importante. Passava horas pintando um único barril de óleo, guardava um retrato amoroso de um cilindro enferrujado na mesma caixa que uma pintura de uma batalha naval completa, como se fossem iguais. Meio que havia perdido a noção de seu papel: era para retratar a essência ou o espírito da guerra? Se um ou outro existisse, era impossível desenhá-los ou pintá-los. Em uma tela, era possível retratar o núcleo derretido da Terra ou um canto sem estrelas no céu noturno e afirmar: *Esta é a Terra, este é o céu.*

Jamie havia retratado o mar sem nada nele, somente um horizonte azul. Enviou esta pintura também. No entanto, não sabia se seus superiores estavam satisfeitos ou não com o trabalho, suas crônicas viajantes, mas também não sabia se seria destacado.

Em outubro, Jamie pousou em um atol recentemente retomado dos japoneses e permaneceu um tempo no acampamento. Pintou uma fileira de caças Vought F4U Corsair na pista escaldante que fora construída às custas da morte de corais: milhões de anos de trabalho de animais minúsculos transformados em uma pista lisa e plana. Ao nadar no mar, Jamie usou sandálias feitas com pneus resgatados de aviões japoneses acidentados, para que o coral vivo que sobrou não cortasse seus pés.

Em novembro, fora para Brisbane e ficou em um acampamento imenso de tendas e cabanas montadas em um parque público. O roxo dos jacarandás floridos e o cheiro intenso dos eucaliptos imperavam. Jamie se sentava em cinemas e bares, mas não desenhava ou pintava absolutamente nada. Recebeu diversas cartas de Marian, todas chegaram no verão. A irmã tinha uma amiga. Gostava de Londres. Gostava de voar. Ela escreveu:

> Tenho vergonha de dizer que estou mais feliz do que nunca estive. Sempre precisei sentir que minha vida tinha um propósito e agora tenho um irrefutável. É por isso que as pessoas fazem guerras? Para fazerem algo? Para se sentirem parte de algo?

Achou que uma hora ou outra poderia contar à irmã sobre ver Sarah em Seattle, mas, por ora, Jamie preferia manter o encontro deles dentro de uma concha de privacidade, longe do julgamento alheio ou qualquer necessidade de explicar o que aquilo significava ou não significava. Esforçou-se para escrever alguma coisa relevante para a irmã. Mas o que poderia lhe dizer? Que a guerra o atingiu e destruiu tanto que o transformou em uma substância totalmente diferente, dura e plana? Pelo visto, ele era uma pessoa que podia testemunhar homens se afogando e não sentir piedade. Esteve presente a cada minuto, a cada segundo de sua própria vida, e, ainda assim, não se conhecia. Pensava que poderia retratar a guerra e não pertencer a ela. Jamie se imaginava um expectador, mas não existiam expectadores em uma guerra.

Algumas vezes, começava a escrever uma carta para Sarah, mas desistia. Uma noite, foi a um bordel e escolheu uma pequena garota com cabelos de fogo. Na noite seguinte, ele retornou, escolheu uma garota diferente, corpulenta e loira. Não ajudou. Não voltou mais.

Após a guerra, pensava, saberia o que queria dizer a Marian. Após a guerra, reencontraria Sarah.

Poucos dias antes do Natal, ao amanhecer, Jamie estava dormindo a bordo de um navio de transporte de tropas em um comboio, lotado com fuzileiros navais, enviados para algum lugar.

A 6 km de distância, um homem — o comandante de um submarino japonês — olhava por um periscópio. Ele havia seguido o comboio estadunidense durante a maior parte da noite. Pelo periscópio, viu um disco de céu escuro e o mar negro, os vultos tênues dos navios. Focou um contratorpedeiro e transmitiu a direção e o ângulo a um oficial. Ele não deveria mirar para onde o navio estava, e, sim, para onde *estaria*. A trajetória de um contratorpedeiro era o esboço de uma linha que atravessava a imensidão azul do oceano. O curso de seu submarino projetava outra linha; os torpedos conectariam as duas linhas em uma geometria elegante, ainda que imprevisível.

Embora o dia já tivesse raiado, o mar ainda estava embebido pela noite quando os três torpedos rasgaram as águas. Todos perderam a mira do contratorpedeiro (o alcance do capitão estava ligeiramente errado), mas dois atingiram o navio de Jamie. O impacto inicial não o matou, nem a explosão que rompeu o casco, lavando tudo para cima como um gêiser de água. Ele sobreviveu tempo o suficiente para sentir uma colisão repentina e as águas salgadas se agitando violentamente, o choque de outros corpos contra o seu, a pressão que esmagava seus pulmões e perfurava seus tímpanos. O calor era como o vento. Achou que estava nadando em direção à superfície, que o painel ondulante de luz do sol estava quase ao seu alcance, que estava prestes a explodir no ar. E viu a luz se aproximando, mas era somente o brilho das caldeiras explodindo. Jamie não sentiu muito medo enquanto morria — não havia tempo suficiente. Também não sentiu nada que se parecesse com aceitação, nada como paz. Não pensou em Marian, Sarah ou Caleb, ou em suas pinturas ou em Missoula, embora pudesse ter pensado, se vivesse mais alguns segundos. Nenhuma satisfação lhe ocorreu quando, finalmente, descobriu a essência e o espírito da guerra. Estava quase tão perplexo como se ainda fosse um bebê no *Josephina*, mergulhando em um mundo incompreensível, um mundo de fogo e água.

Inglaterra
Dezembro de 1943
Alguns dias depois

Em uma noite, em um encontro fortuito em Londres, um momento de sorte, Caleb perguntou a Marian enquanto dançavam:

— Ainda está com a tal pessoa? — O salão de dança fora decorado para o Natal.

— Sim.

No mês desde a chegada de Caleb, a vida de Marian teria sido bem mais simples se tivesse encontrado uma forma de apresentá-lo a Ruth, mas ela sabia que Caleb intuiria que Ruth era a *tal pessoa*, e Ruth ficaria enciumada, seria territorialista, não importando quantas garantias Marian oferecesse. Desse modo, as semanas eram dominadas, em grande parte, por questões logísticas: como passar o tempo com cada um deles, sem alertá-los, e como não despertar fofocas na ATA. A complexidade de sua agenda e o tumulto generalizado dos tempos de guerra lhe proporcionavam um pouco de cobertura, mas havia situações difíceis. O acampamento de Caleb ficava em Dorset, mais perto de Marian do que o posto de Ruth em Ratcliffe, então Marian o via com um pouco mais de frequência, ainda que, ocasionalmente, Ruth pegasse um avião-táxi para Hamble ou entregasse alguma coisa no depósito de reparos do Spitfire, aparecendo inesperadamente.

Marian relaxava completamente apenas no ar. Voando, estava onde deveria estar, fazendo o que deveria fazer. Ninguém poderia achá-la ou perguntar-lhe nada.

Em contrapartida, descobrira repentinamente que o contraste de um amante do presente com um do passado na verdade engrandecia sua ternura por cada um. Qual era o mal em ser amada por ambos? Quem era ela para dar as costas a tanta abundância depois de nunca ter tido amor o bastante? Além disso, ninguém sabia quanto tempo cada um deles viveria. Caleb rumaria para a Europa, independentemente se a invasão ocorresse ou não, e os pilotos da ATA morriam na mesma velocidade tenebrosa que os da RAF.

Caleb encontrou um espaço mínimo no meio da multidão para girá-la e puxá-la de volta para si no ritmo da música.

— Se ele é tão importante para você, por que não posso conhecer ele?

A música terminou, e uma nova começou a ser tocada, uma onda de instrumentos de sopro cintilando no ar. Eles giravam, não saindo do lugar, envoltos por outros casais.

— Por que quer saber? — perguntou Marian.

— Estou curioso.

— Não está, não. Você acha que se sairia bem numa comparação, porque acha que ninguém pode se comparar a você.

Marian sentiu o sorriso de Caleb contra sua testa.

— Também.

Quando a música acabou, Marian começou a se afastar, mas Caleb a puxou de volta. Ele a puxou de volta, porém, foi ela que o beijou. Presa a ele, sentindo a urgência através da força da pegada dele, Marian teve um lampejo repentino de Barclay, de ser tragada e apagada, reduzida a pó. A diferença é que Caleb sentiu o pânico e a soltou. Marian fugiu, abrindo caminho pela multidão. Caleb a deixou ir.

No Boxing Day, Marian ouviu algumas palavras vindas do telefone do escritório do grupo de transporte e, depois de absorvê-las, assimilar que Jamie havia morrido, sua primeira reação foi medo. A ideia de que Jamie estivesse morto era aterrorizante. Por que um caso hipotético horrível como aquele estava sendo declarado como um fato? Porque, se tal coisa realmente acontecesse, se Jamie morresse, ela seria incapaz de suportar. Marian descartou a ideia.

Mas, lá, do outro lado da linha e do outro lado do Atlântico, estava Jackie Cochran.

— Marian? Marian? Você me ouviu?

— Por que está dizendo isso? — perguntou Marian. — É impossível. Jamie é um artista, não um soldado. Ele está retratando a guerra.

Jackie ficou em silêncio. No mínimo, deveria estar preparando suas desculpas por fazer uma piada de gosto tão duvidoso quanto aquela.

— Não tenho palavras para expressar o quanto sinto muito — falou Jackie, e, por um instante, Marian ficou aliviada. — Mas receio que seja verdade. O navio dele foi alvejado e naufragou.

Marian simplesmente largou o telefone.

Alguém bateu na porta da cabine telefônica. Marian deu um pulo, atordoada. Era um homem, outro piloto da ATA. Ele recuou ao vê-la.

— Desculpa — pediu ele. — Pensei que já tinha acabado de usar o telefone.

Marian sentiu os lábios se moverem, mas nenhuma palavra saía de sua boca. Ela empurrou a porta, mas não conseguiu abri-la, porque seu corpo estava completamente petrificado.

— Você está bem? — perguntou o homem, abrindo a porta.

Marian passou apressadamente por ele, talvez através dele, como se fosse um fantasma.

Os pilotos foram dispensados durante toda a manhã por causa do clima horrível. Marian foi para a sala de preparação e vestiu seu pesado uniforme de voo e botas felpudas. Sem se importar com as condições climáticas, pegou sua bolsa e o paraquedas. Deslocou-se atordoada até o Spitfire que deveria entregar em Cosford, entrou na cabine e decolou sem verificar as instruções, percebendo, apenas de maneira abstrata, que as luzes no final da pista estavam vermelhas, e não verdes. Imediatamente, ela estava dentro de uma nuvem. A escuridão pulsava diante de si, como acontecia quando pressionava as pálpebras fechadas. Logo percebeu que seus olhos estavam de fato fechados. Ela os abriu. O ar permaneceu resolutamente cinza e pesado. Marian não conseguia distinguir se o avião estava de cabeça para baixo ou nivelado. Pouco importava. Ela não tinha noção de onde estava e, muito menos, interesse em onde, possivelmente, estava prestes a colidir. Momentos depois, perfurou o cinza nebuloso e encontrou-se entre uma cúpula azul e uma camada contínua de branco felpudo.

Jamie havia morrido. Na cabine, Marian gritou. O avião não despencou do céu, retornando para a nuvem, mas deveria. O voo em si deveria ser efeito de uma ilusão. Contudo, o avião continuava lá em cima, com seu potente motor Merlin zumbindo, indiferente. Com força, ela desviou a rota para Oeste, as asas indo perpendicularmente à nuvem, depois nivelando. Puxou o manete até o zumbido do motor se transformar em um lamento. O único instinto que conseguiu identificar era se afogar no oceano. Antes, quando subia muito alto ou voava para muito longe, ela não acreditava que poderia causar a própria morte, mas, naquele momento, Marian sentia a presença de uma fronteira no céu, uma linha que poderia ultrapassar e nunca mais retornar.

A nuvem não tinha passagem alguma. Marian não sabia se estava sobrevoando o solo ou o mar. Não importava. Acabaria sobre o Atlântico mesmo. Rumar para Oeste era uma escolha natural: Montana estava a Oeste. O Alasca estava a Oeste. Jamie, no Pacífico, estava a Oeste, quase exatamente do outro lado oposto do mundo. Mas, ao mesmo tempo, tudo também estava a Leste. Procurava a água, a expansão e o entorpecimento. Talvez ela mergulhasse não muito longe do *Josephina*. Jamie e ela estavam destinados a permanecer no oceano, juntos.

Não faça isso.

A voz era clara, como se o motor não estivesse zumbindo, como se existisse apenas o silêncio da atmosfera. Era a voz inconfundível de Jamie.

Volta.

— Não quero! — falou Marian em voz alta.

Dá meia-volta.

Estava sobrevoando a fenda novamente. Seu corpo se condensou, recolheu-se em si mesmo, ultrapassando sua densidade, tornando-se pesado, tomado pelo pavor. Sentia-se mais pesada que uma montanha, do que toda a água do mar. Embora um peso como aquele não devesse se mover, ela puxou — lenta e vagarosamente — o manche e pressionou o leme direcional como se sua perna fosse mais pesada do que o próprio motor da aeronave. O avião deu meia-volta.

Precisava encontrar um lugar para pousar. Quando o medidor de combustível estava quase vazio, uma mancha escura apareceu no horizonte, ao Norte, onde a nuvem sólida se separou como algodão. Foi descendo em uma paisagem montanhosa, levemente salpicada de neve. Banhados pelos raios do pôr do sol, os riachos e as lagoas brilhavam em um amarelo ofuscante, como se uma folha de ouro tivesse sido rasgada de alguma árvore. Marian avistou uma fazenda com um campo aberto e plano, sem vacas ou ovelhas, e pousou o avião, desligando o motor. Ao anoitecer, abriu a capota, e, apesar de haver somente ar gélido em cima dela, parecia que estava sendo pressionada por milhares de metros cúbicos de água.

LAMPEJOS

DEZESSETE

Adelaide Scott finalmente me ligou. Eu havia acabado de sair de uma ligação com Siobhan e achei que ela estava me ligando de volta de alguma outra linha, então, quando uma voz me disse que era Adelaide Scott, fiquei surpresa.

— Quem?

— Nos conhecemos no jantar de Redwood Feiffer. Sou a artista. Pelo visto, não causei uma boa impressão. — Ela pretendia ligar mais cedo, disse, mas, não ligou. Estava indecisa. — Meus assistentes me contaram… as últimas notícias a seu respeito, então decidi ligar.

— Certo. Ok. Fiquei me perguntando por que você pediu meu número.

— Compreensível. Bom, é o seguinte: tenho algumas cartas de Marian Graves, cartas enviadas a ela e também outras que ela escreveu, e achei que você poderia ter algum interesse.

Foi então que fiquei intrigada com aquela senhora, já que, aparentemente, Marian Graves teve uma vida diferente do que eu achava.

— Para ser sincera, não sei o que poderia fazer com essas cartas — falei. — O filme já está quase finalizado.

— Imaginei mesmo — falou Adelaide. — Mas não acho que essa seja a questão. Não sei por que tenho vontade de mostrar elas para você. Sabe, isso vai parecer esquisito, mas você representa alguma coisa para mim. Só não tenho certeza do que ainda. Você é meio que uma substituta. Não de *Marian*, mas de algo mais abstrato, sobre como as pessoas enxergam ela.

Após Adelaide me abordar do lado de fora do banheiro da casa de Redwood, fui para casa e assisti a um documentário antigo e pouco nítido no YouTube sobre uma série escultural que ela fez nos anos 80 de "objetos parecidos com barcos", montagens decrépitas de madeira, projetadas para afundar, às vezes por conta própria, e outras, depois que ela as incendiava. Adelaide as lançava de diferentes lugares ao longo da costa da Califórnia e, todos os anos, durante dez anos, mergulhava no mar e as filmava. Cada objeto era intitulado apenas com um algarismo romano, de I a X. Assisti à versão mais jovem de Adelaide, com uma roupa de mergulho úmida, carregando um cilindro de oxigênio, tapando a boca com um regulador, nadando na água. Ela tinha cabelo comprido na época. Pouco a pouco, os objetos naufragados eram cobertos por corais e esponjas, incrustados de criaturas minúsculas. Torres de algas ondulavam suavemente acima das esculturas VII e IX, como tentáculos de monstros afogados.

E os ossos dos meus pais? Será que não havia mais ossos? O avião deles estava incrustado de mexilhões minúsculos, coberto de algas? Na última cena de *Peregrine*, eu me sentaria na cabine de um avião, admirando a luz que sumia enquanto afundava nas profundezas do oceano. Eu daria vida à Marian do mesmo jeito que imaginava ter ocorrido com os meus pais: sem medo, sem lutar.

— As cartas falam do quê? — perguntei a Adelaide.

— Falam de coisas diferentes, abrangem décadas. Não mostrei elas para Carol Feiffer nem quando ela estava fazendo as pesquisas para escrever o livro, pois percebi que ela já estava decidida a contar a versão da história que queria. Eu meio que não queria atrapalhar ela, ou talvez não confie que ela realmente possa entender o quanto uma pessoa pode ser complexa. Tenho a impressão de que Carol gosta de camuflar as coisas. As cartas sugerem relacionamentos complexos… — Ela parou. — Carol é uma boa pessoa, mas não é Proust.

— Mas eu também não sou Proust — falei.

— Então você não quer ver as cartas?

Eu queria? Ou eu estava lisonjeada por Adelaide ter me escolhido?

— Vou para o Alasca amanhã. Só volto daqui a cinco semanas. Você pode enviar para mim? Digitalizar?

— Acho melhor não. Você não pode vir hoje?

— Não, hoje meu dia está cheio.

— Deixa para quando você voltar, então. Agora você já tem o meu número. — Ela parecia mandona, embora, naquele momento, parecesse um pouco desalentada. — Você vai para Anchorage?

— Um pouco lá, um pouco para outros lugares.

— Tenho uma peça exposta no museu da cidade. Você pode ir ver.

Eu estava prestes a dizer *Tá* e *Tchau*, desligar o celular, sem planejar ver obra de arte alguma ou mesmo entrar em contato quando retornasse, mas tive um daqueles impulsos estapafúrdios.

— Por que você tem as cartas de Marian?

— Ela deixou algumas coisas comigo. Pinturas e relíquias de família. Um padeiro de Missoula fez um favor a Marian e estava guardando algumas coisas dela no porão, antes dela desaparecer. Os advogados aconselharam ele a enviar tudo para a minha mãe. Um amontoado de coisas. Talvez tenham enviado por engano. Talvez ela não pretendesse incluir as cartas.

Eu não estava entendendo nada.

— Mas, assim, por que Marian deixaria as coisas com você?

Adelaide ficou em silêncio por tanto tempo que achei que a ligação tinha caído. Por fim, ela me disse:

— Gostaria de pedir que não revelasse o que vou falar, embora eu ache que isso pouco importe. Na verdade, Jamie Graves era meu pai biológico.

A GUERRA

Inglaterra
Dezembro de 1943
No dia seguinte

O campo do fazendeiro onde Marian havia pousado ficava a somente 50 km do grupo de transporte nº 2, na cidade de Whitchurch. Ela achou que tinha combustível o bastante. Caso contrário, encontraria outro campo. Marian passou a noite no chão gelado da cozinha do fazendeiro, sendo alvo de desconfiança da esposa dele, e, pela manhã, conseguiu decolar com o Spitfire, chegando a Whitchurch para reabastecer e, em seguida, a Cosford, para entregar o caça. Explicou ao centro de operações que a demora havia sido ocasionada pelo tempo ruim. Como o avião estava inteiro, fora repreendida moderadamente, com apenas uma advertência por escrito. Tudo bem, disse ela. Ao retornar para Hamble, em um avião Anson, já havia anoitecido. Entorpecida, subiu na moto e tateou a chave. Sem pensar, sem saber bem o que estava fazendo, rumou em direção ao acampamento de Caleb e, como ficou sem gasolina, andou os 3 km que restaram do caminho.

No portão, Marian repetiu serenamente inúmeras vezes que precisava falar com Caleb Bitterroot até o operador de rádio desistir de tentar lhe dizer que ela não podia simplesmente aparecer ali, que o acampamento estava fechado, que, seja lá qual fosse sua desavença com o tal de Bitterroot, aquilo não era problema do Exército dos Estados Unidos, que a *senhorita* estava invadindo uma propriedade militar e seria processada. Por fim, ele lhe disse para sentar e esperar que veria o que poderia fazer.

O tempo estava passando de maneira esquisita. Parecia que ela não estava sendo afetada pelas horas. Marian só voltou do transe quando Caleb estava agachado ao seu lado, na guarita. Havia compreendido que Jamie tinha morrido. Bastou colocar os olhos em Marian. Ela ficou tão agradecida por não ter que proferir nenhuma palavra. Depois que Marian se desmanchou em lágrimas, não conseguiu mais conter o choro.

Outro homem apareceu — um médico, achava Marian. Ele lhe deu dois comprimidos e um copo de papel com água.

Depois disso, o tempo parou e recomeçou, travando, como se fosse mais uma máquina sem combustível. Faróis acesos cintilantes e paredes de pedra sombreadas se aproximavam entre os campos banhados pela luz da Lua e as árvores centenárias, formando túneis de escuridão sobre a estrada e o solavanco de um jipe. Não se sabe como, ela falou para um homem onde a moto estava, assim, Caleb e ele a enfiaram na pequena caçamba do jipe. Em seguida, havia a porta giratória do Polygon Hotel, o braço de Caleb em torno de seus ombros, a luz amarela do saguão além das cortinas *blackout*, e lá estava Ruth esperando, afundada em uma poltrona, vestindo seu uniforme da ATA. Assim que entraram, ela ficou de pé, perguntando o que havia acontecido, perguntando a Caleb quem ele era, exigindo que lhe dissessem o que estava acontecendo. Marian se perguntou como Ruth podia ser tão cruel a ponto de lhe perguntar aquilo, de querer que ela articulasse as palavras. Recordava-se de estar no elevador com Ruth e Caleb apoiando-a. Lembrava-se vagamente de Ruth despi-la e de Caleb colocá-la na cama. De sua voz, rude, falando para Ruth ir embora, que ela só queria Caleb.

Quando acordou, Caleb estava dormindo na poltrona, e Ruth havia ido embora. Ela se perguntou por que ele estava no seu quarto, e então se lembrou, estendendo os braços primeiro para afugentar do que havia se recordado e depois para que ele fosse até ela.

VENTO CELESTIAL

DEZOITO

Pulei de um avião e caminhei até onde um homem me esperava perto de um hangar: Barclay Macqueen, o contrabandista de bebida que seria meu futuro marido. Eu me sentia empoderada e competente, no comando do céu inteirinho. Barclay ficou sabendo que eu pilotava, e ele precisava de uma piloto.

Corta!

Hadley, mais uma vez, por favor.

Estávamos filmando no Alasca, que representava não apenas o estado propriamente dito, como também Montana, similar aos atores de teatro que interpretavam vários papéis, tanto para economizar dinheiro quanto para se exibir.

Pulei de um avião e caminhei até onde um homem me esperava perto de um hangar. Ele ficou sabendo que eu pilotava e precisava de uma piloto. Ele tinha algumas — uma pausa expressiva — mercadorias que precisavam ser trazidas do Canadá.

Eu sabia que ele mudaria minha vida e estava com medo. Deixei que meus olhos refletissem o medo. As montanhas nos cercavam, assim como as árvores de outono cor de ferrugem.

Achei que, se interpretasse Marian Graves, seria o tipo de pessoa que não sentiria medo, mas, naquele momento, eu sabia que a questão não era essa. A questão era ser alguém que não tratasse o medo como um deus a ser saciado.

Já que os filmes são gravados fora de ordem, é como se tivéssemos tirado a vida de Marian e a atirado de uma altura enorme em alguma superfície dura. Assim, recolhíamos pedaços todos os dias e tentávamos colocá-los no lugar, trilhando um caminho de volta ao começo, à morte de Marian, e também ao final. Foi apenas coincidência e por causa da disponibilidade do estúdio que filmaríamos a última cena — o acidente — por último, porém, eu estava feliz. Queria uma conclusão. Queria que o fim fosse mesmo o fim. Bart tinha razão quando disse que nem sempre percebemos o começo. Normalmente, fins são mais fáceis de perceber.

Contudo, quanto mais eu moldava Marian em mim, mais sentia o vazio do outro lado, o espaço vazio onde estava a verdade ao mesmo tempo em que não estava. Jamie Graves teve uma filha, e Marian sabia. Era a pura verdade, mas ninguém sabia.

Minha querida, você é uma revelação, Hugo me mandou uma mensagem uma noite depois de assistir às filmagens. *Quase não consigo te ver, nem mesmo quando me esforço.*

Quando peguei uma manhã de folga, fui ao Museu de Anchorage. A instalação de Adelaide Scott ocupava um cômodo inteiro. Uma exibição temporária, dizia a placa. Na parte de baixo, havia uma lista de patronos que financiaram a exibição, e, entre eles, estava Carol Feiffer. No meio do assoalho claro de madeira, debaixo de uma claraboia, um enorme cilindro de cerâmica branca se erguia, talvez tivesse 3m de altura e 6m de diâmetro. Sua superfície era pontilhada com zilhões de minúsculas linhas pretas entalhadas que, juntas, formavam uma imagem do mar, texturizada com luz, correnteza e ventos. Perto do topo, havia um horizonte suavemente ondulado, com sugestões de nuvens e pássaros distantes acima dele.

Uma cortina circular e lisa de plástico, branca e perolada, pendia do teto, contornando o cilindro, entalhada com a mesma imagem, com o mesmo mar pontilhado. Andei por entre a lacuna, passando entre duas versões da mesma coisa. Queria dar um passo para trás, olhar de uma outra perspectiva, a fim de compreender o todo, mas a obra fora projetada para que você não pudesse fazer isso. Você era encurralada pela instalação.

Redwood e eu nos sentamos em um bar, no último andar de um hotel, em Anchorage. Era tudo de madeira, cobre, com muitas janelas. Abaixo, o asfalto acidentado da cidade se encontrava com uma linha horizontal de água que se espalhava, e, do outro lado da água, havia uma floresta que se erguia, com o Monte Denali ao fundo, a 300 km de distância, tão colossal que seu cume branco de neve espreitava o horizonte.

— Adelaide Scott me ligou — eu disse.

— Sério? Por quê?

Senti um receio incômodo, mas segui em frente.

— Ela me disse que tem algumas cartas de Marian que podem me interessar.

Redwood parecia quase ofendido.

— *Você?* Por que você?

Claro que me perguntei a mesmíssima coisa, mas fiquei irritada.

— Melhor você perguntar *pra* ela — falei.

— Qual o conteúdo dessas cartas?

— Não sei. Ela não detalhou muito. — Brinquei com o palito de azeitona da minha bebida.

— Me desculpa, eu apenas… Será que tem algum conteúdo nessas cartas que muda alguma coisa? No jantar, ela disse que não sabia de nada útil, estava irredutível. Agora é um pouco tarde…

Minha intenção era lhe contar que Jamie Graves era o pai de Adelaide, mas descobri que não conseguia. Mesmo porque eu só faria aquilo pela dose extra de dopamina, para me sentir especial, para criar um vínculo. Assim que eu abrisse a boca, seria muita informação para Redwood, para mim e, inevitavelmente, para Carol e para *todo mundo.* Não fazia sentido me sentir possessiva sobre um fato que não me dizia respeito, mas era assim que eu me sentia. Adelaide não me proibiu de contar nada. Ela me disse que estava cansada de guardar segredos, não esperava que eu assumisse mais esse papel. Falou-me que se sentia como se estivesse jogando roleta-russa ao me contar, não de um jeito ruim. Entendi o que ela queria dizer, pois eu havia entregado um USB para Gwendolyn.

— Não acho que minha mãe saiba que Adelaide tem uma pilha de cartas. — Ele estava nervoso. — Alguém sabe disso? Pois devemos saber por causa do filme. Por que ela não nos contou? Ela te disse *algo* sobre o conteúdo das cartas?

— Talvez essas cartas nem sejam importantes.

— Ou são importantes até demais. Droga. Você estaria disposta a perguntar a ela se eu poderia ler? Tipo, não consigo não me sentir um pouco magoado por Adelaide não ter mostrado essas cartas para a minha mãe. E se elas tiverem uma grande revelação, e ela resolver dar com a língua nos dentes depois de acabarmos o filme? Será que ela faria isso? Será que podemos pedir a ela que não faça?

— Você pode perguntar a ela o que quiser — falei.

— Mas ela resolveu confiar em você. Aparentemente.

Não deveria ter dito nada a ele. O interesse dele estava quase me fazendo virar as costas, agarrar meu pedacinho de conhecimento. *Meu, não dele.*

Eu havia descoberto como ser Marian — e ser Marian era importante para mim —, mas, todos os dias em que filmávamos, o filme era cada vez menos importante para mim. Eu já não me importava mais se ele ia ser bom. Parei de me imaginar segurando a estatueta do Oscar. Aquela pequena faísca de verdade, de que Marian Graves conheceu sua sobrinha, Adelaide, antes de desaparecer do mapa, comprometeu tudo, colocou as cartas na mesa, como nos desenhos animados, quando a fachada de um prédio desaba, acabando com tudo, menos o herói, salvo por uma janela perfeitamente alinhada. Eu estava ali, sentindo-me uma imbecil, mas livre, parada em meio aos escombros.

— Você sabe que o filme não é a realidade, *né*? — perguntei a Redwood.

— Mas as pessoas vão querer que seja como a realidade — respondeu ele.

— Não sei se alguém vai se *importar*. As pessoas queriam que *Archangel* fosse realidade, porque sabiam que não era. É como um telefone sem fio: existe a vida real de Marian, o livro dela, o livro da sua mãe, e este filme. E assim por diante.

— Só quero apaziguar o impacto de um possível caos — falou ele e colocou a mão na testa. — Aqui. Quero saber o que está acontecendo.

— Sim — falei. — Entendi.

— Não tenho certeza se o amor é algo que possa ser encontrado — falei à repórter da *Vanity Fair* depois que ela me perguntou se eu estava em busca do amor. — Acho que o amor é algo em que você acredita.

— Você está afirmando que o amor é uma ilusão?

— Tive um psiquiatra uma vez que me falou para imaginar um tigre brilhante que engolia todas as minhas dúvidas. O mais louco é que isso funciona se você acreditar que vai funcionar. Mas significa que o tigre é real? Ou significa que minhas dúvidas não são?

Então eu lhe disse que uma vez estive em uma caverna e não consegui distinguir as larvas brilhantes das estrelas do céu, e, no que diz respeito a uma mosca recém-nascida, aquilo que a devora *é* uma estrela.

Que inusitado, disse ela, e eu disse que aquilo me fez sentir como se eu realmente tivesse encontrado o amor, mesmo que não fosse real. Ou seja, se você não acredita que ama alguém, então você não ama.

— Devemos dormir juntos e ver como é? — propôs Redwood no bar do hotel, ainda irritado com Adelaide e suas cartas. E, como também estava irritado comigo, isso o incentivava. Ele queria um senso de ordem e achava que me levar para a cama poderia lhe proporcionar isso.

— Uma dança sutil de sedução — falei.

— Estou sendo direto. Aprecio a franqueza. Gosto de você. Me sinto atraído por você. Agora te conheço bem para sentir que não levaria uma estranha para a minha cama. É errado admitir que também estou nervoso?

— Ambivalência.

— Você não sente essa ambivalência? Sobre mim? — perguntou ele. — Nós dois temos razões para sermos cautelosos. Supostamente, nenhum de nós é romântico. E, se embarcarmos nessa conscientemente, com total franqueza, para experimentarmos?

— Você tem razão. Isso não é nada romântico.

— Mas poderíamos ter resultados românticos. Esse negócio de arriscar tudo não funciona para mim. Quero tentar outra coisa.

O por do sol fazia o cume do Monte Denali parecer um sorvete de morango. No bar, algumas pessoas fingiam tirar uma selfie, mas, na verdade, estavam tirando uma foto nossa. Eu me imaginei convidando Redwood para ir ao meu quarto, a luz fraca do abajur, tirando nossas armaduras.

— Talvez — falei. — Mas não hoje à noite. — Apontei para a janela. — Tenho o sábado livre. Quer conhecer aquela montanha?

— Você se sente pequeno, não? — perguntou o piloto por meio dos nossos fones de ouvido com sua voz entrecortada.

O avião era vermelho, com duas hélices e dois esquis. Redwood e eu estávamos sentados atrás do piloto. Ao lado dele, um segundo manche se movia como se fosse manobrado por um copiloto-fantasma. Havíamos sobrevoado um rio sinuoso, planícies de florestas de pinheiros e conjuntos de álamos outonais, como se fossem uma tangerina doce e suculenta. Eram tão brilhantes que senti até a boca salivando. Entramos em um mundo de neve e rocha. Meus olhos não conseguiam assimilar muita coisa, porque tudo era muito grande e também muito simples, apenas gelo, somente neve, apenas rocha, e éramos tão insignificantes comparados aos penhascos e cordilheiras, às rachaduras e aos vincos das geleiras, ao granito puro. O cume do Monte Denali estava rodeado de nuvens. Não vi vida em lugar algum.

— Você sabe quem foi Marian Graves? — perguntou Redwood em seu fone de ouvido.

— Não posso dizer que sim — respondeu o piloto.

— Ela era piloto no Alasca — falei —, antes da Segunda Guerra.

— Melhor trabalho que existe — pontuou o piloto.

— Meu pai costumava pilotar — eu disse. — Como passatempo. Ele tinha um Cessna.

— É mesmo? — perguntou o piloto.

— Sim.

— Ele não pilota mais?

— Não. Fiz uma aula de voo uma vez. Não gostei.

— Do que você não gostou?

— Acho que da sensação.

— Melhor sensação que existe.

— Foi o que o outro piloto disse.

Ele riu.

— Senti que ia fazer merda — falei.

— Que nada — disse o piloto. — Confia no avião. Ele só quer voar.

Ele pousou em uma geleira. Parecia um aquário de gelo e picos, um anfiteatro glacial que ele alegava ser maior do que Anchorage. O piloto desligou os motores, e saímos em silêncio. A paisagem era vasta e bonita do mesmo jeito que o conceito de morte é vasto e bonito — a beleza não vale muito para você. Ao pisar na neve, tive uma sensação de suspensão e hesitação, como se pudesse mergulhar. *Isto,* queria dizer ao piloto, *é justamente esta sensação.* No entanto, ele apenas me diria para confiar na geleira.

Redwood saiu andando, mas voltou, oferecendo-me a mão. Eu aceitei. A paisagem era o oposto da escultura de Adelaide Scott. Ali, era possível ver tudo por completo. Você não conseguia reduzir a paisagem a uma escala que fizesse sentido. O silêncio era tão imenso quanto o céu, e éramos tão pequenos que pouco importava o que fizéssemos. Então, finalmente nos beijamos na neve. Fechei os olhos, escondendo-me do que me rodeava.

O DIA D

Inglaterra
Junho de 1944
Seis meses após o torpedo

15 de maio de 1944

Olá, moça.

Aposto que você está surpresa com a minha carta, com o andamento das coisas. Prometo que não estou lhe escrevendo para ficar lamentando ou repreendê-la, mesmo que devolver suas cartas possa ser visto como um ato agressivo. Fico pensando se você vai ler. Estou em ██████ rebocando alvos para estagiários de artilharia, caso você não saiba. Cochran fingiu que era um trabalho superespecial e ultrassecreto, mas é tão divertido quanto ser explorada como uma mula. Glamouroso. O itinerário de voo passa por uma cidade de merda. ██████ cruzar a linha vermelha, até onde a vista alcança, não se tem peças sobressalentes ou tempo para consertá-las. ████████████████████████████████

Não sei o que os meninos da artilharia pensam sobre o fato de sermos garotas (parece que ficam confusos sobre se devem mirar no alvo ou no avião), mas os pilotos são de poucas palavras, nada amigáveis. Mesmo assim, eles estão aqui, um bando de mandachuvas recém-saídos da escola de aviação que pensaram estar a caminho do combate, mas, em vez disso, foram destacados para ficar reciclando e separando latas. Já era ruim antes de aparecermos e começarmos a fazer o mesmo trabalho. Um monte de lamentos e lágrimas de crocodilo.

As garotas vivem dizendo que é melhor do que no início, ainda mais que os homens perceberam que, como é a gente que voa, eles podem passar mais tempo jogando do que sendo alvejados. Seja como for, sempre somos voluntárias, pois sempre temos algo a provar. Tentei fazer amizade com os mecânicos, porque, a meu ver, tê-los do meu lado é minha melhor chance de não morrer. Uma garota chamada Mabel se acidentou antes de eu chegar. E isso não deveria ter acontecido, mas sua capota simplesmente não abriu, e ela morreu queimada, viva. No formulário, a trava estava marcada, porém, ninguém fez absolutamente nada a respeito.

Ocorreu outro acidente que matou uma garota — o formulário sinalizava um problema de aceleração, mas... ████████████████████ A própria Jackie foi investigar, mas ficou de bico fechado, não falou nada sobre o que descobriu. Ela trabalhou arduamente para nos conseguir este trabalho e, se alguém importante achar que estamos causando problemas, ficará feliz em se livrar de nós.

Alguns dos caras se empolgam demais. Tenho até um admirador. Daqueles insistentes. Vivo lhe dizendo que sou casada, que meu marido é um prisioneiro de guerra, e ele fala, você sabe que estamos em guerra, não é? Tipo, não é porque estamos em guerra que sou obrigada a fornicar com um homem que tem uma cara parecida com um cogumelo podre.

Talvez você se importe menos com esse tipo de atenção do que eu. Afinal, acho que você sentiu falta dos homens. Vou lhe contar uma história engraçada: uma tripulação de garotas estava transportando um bombardeiro e precisou pousar em uma cidadezinha caipira devido às péssimas condições do tempo. Todas foram presas, já que, na cidade, as mulheres não podiam sair de calças depois do anoitecer. O xerife não acreditou que elas eram pilotos. Eu, particularmente, não acho essa história nada engraçada. Os homens, uma vez pressionados, nos fazem perceber como as coisas estão alicerçadas: eles pensam que são melhores do que nós. Só que foram eles que começaram esta guerra. Fico pensando sobre isso. Quando ficamos com raiva, nada acontece. Mas, quando os homens ficam com raiva, o mundo arde em chamas. Assim, quando queremos fazer nossa parte, eles sempre estão tentando nos manter seguras. Porque Deus os livre de decidirmos por nós mesmas. O maior medo deles é que um dia acabemos sendo donas de nossas próprias vidas assim como eles.

Sei que estou reclamando e divagando — desculpe — em parte porque estou tentando me forçar a dizer que você me magoou profundamente, apesar de saber que você estava em uma situação lamentável. Queria ser aquele a quem você recorreu, mas, quando você fosse até mim, migalhas não seriam suficientes. É injusto me sentir mal por ter ido embora, mas me sinto mesmo assim. Você se sente mal? Significaria muito para mim saber que sente. Mas, seja como for, queria lhe dizer o seguinte: caso aconteça alguma coisa com qualquer uma de nós, você deve saber que, da minha parte, estamos bem. Não sei se posso afirmar que perdoei tudo, mas perdoei quase tudo. Não consegui ficar depois do que aconteceu, mas, ainda assim, sinto sua falta e estou lhe mandando lembranças.

Com amor,
Ruth

Desde a noite no Polygon Hotel, após escolher Caleb, Marian não viu mais Ruth nem teve mais notícias dela, até receber esta carta.

Milhares de navios atracavam na costa sul, como uma proliferação de algas cinzentas, asfixiando os portos. Durante semanas, Marian observou o aumento exponencial dos navios. Tudo parecia pressionar o canal cada vez mais, ameaçando transbordar.

O acampamento de Caleb fora fechado, a fim de se preparar para a invasão. Em Hamble, Marian levou um bombardeiro Vultee Vengeance para Hawarden, País de Gales. De lá, ela deveria entregar um bombardeiro Vickers Wellington para a cidade de Melton Mowbray, porém, uma ventania a impediu antes que partisse.

Marian encontrou um quarto em cima de um pub. Pela manhã, como ainda chovia forte, ligou para Hamble e foi instruída a ficar parada. Na segunda noite, após passar um dia desinteressante no cinema, ela e outro piloto da ATA retido pelo tempo, um inglês velho demais para a RAF, beberam.

— Ouvi dizer — falou ele — que a frota de invasão partiu esta manhã, mas voltou por causa disto. — Ele lançou um olhar acusatório para a janela, para a chuva torrencial. — Pobre alma esta, responsável pelas previsões do tempo.

Marian concordou com um aceno de cabeça. A invasão lhe despertava pouco interesse, embora soubesse que, para a guerra acabar, a invasão seria necessária. Não sentia medo de que algo acontecesse com Caleb. A morte de Jamie a deixara completamente entorpecida. Somente na cama com Caleb sentia a vida pulsando e, esporadicamente, no ar, quando contemplava o esplendor inanimado: nuvens felpudas apanhadas pela chuva, uma lesma gorducha luminosa e rosa, avolumando-se e ficando amarela até se tornar a Lua, nuvens distantes cheias de relâmpagos, coisas que aconteceriam independentemente da guerra, mesmo que os humanos não existissem. Havia sofrido tanto que o melhor que podia afirmar era que uma hora o sofrimento acabava. Em algum momento, a invasão também acabaria.

— Voei na Grande Guerra — falou o piloto. — Nunca imaginei que viveria o suficiente para ver uma guerra maior ainda.

Aquela descrição — Grande Guerra, maior ainda — irritava Marian, embora soubesse que o velho homem estava apenas tentando puxar assunto sobre a dimensão das guerras.

— Devo ser absurdamente velho para você — disse ele, desolado e flertando com ela. Marian olhou para a aliança de casamento no dedo dele.

— Não — respondeu. A idade não importava mais. Os jovens viviam mais à beira da morte do que os velhos.

Ele estava mexendo e remexendo sua cerveja no descanso de copo, e Marian achou que ele estava reunindo coragem para convidá-la para subir ao seu quarto. Era a guerra, por isso, podiam se envolver. Talvez ela pudesse extrair alguma sensação de vida daquele corpo.

— Quer subir comigo? — propôs Marian.

Ele ergueu bruscamente os olhos.

— Você acha que devo? Vamos celebrar alguma coisa?

Já se sentia cansada, arrependida do convite, mas ir para um quarto vazio seria pior.

Na tarde seguinte, o céu estava limpo. Depois de finalmente entregar o Wellington, Marian pegou um táxi Fairchild de volta para Hamble. Seguindo para o Sul, em cada aeródromo que cruzava, os aviões estavam alinhados, fileiras e mais fileiras, as asas recém-pintadas com listras pretas e brancas.

Na costa, fileiras de navios se estendiam pelo canal, apontando as armas em direção à França. Tanques, caminhões e jipes tomavam as estradas, subiam pelas passarelas, sendo engolidos por navios.

À noite, por horas, ouvia-se o zumbido dos motores. De manhã, todas as frotas partiram.

CONSTELAÇÕES

DEZENOVE

Adelaide Scott morava em Malibu, não em uma praia agressiva e tipicamente de Malibu, mas em uma casa de praia mais rústica e chique, ao norte da Pacific Coast Highway, passando pelo píer de pesca e pelo famigerado bar Moonshadows — onde Mel Gibson, bebaço, havia proferido comentários antissemitas aos policiais que o prenderam —, passando por Nobu, por todas as praias populares, bem acima da rodovia, acima da nebulosa planície azul do oceano. O ar cheirava a artemísia, poeira e sal. Os três cachorros vira-latas malhados de Adelaide saíram correndo da casa quando ela abriu a porta, todos latindo para mim, antes de farejar os arbustos.

— Como foi a viagem? — perguntou Adelaide.

Iniciando o ritual típico de Los Angeles sobre rotas e trânsito.

— Meu estúdio ficava em Santa Monica — disse ela —, mas o trânsito ficou insuportável, então me mudei para Oxnard, que tem a vantagem de ser muito mais barato e tem menos trânsito, saindo daqui. Meus assistentes nunca vão me perdoar, mas tenho um armazém inteiro agora, só para mim.

Por dentro, a casa era revestida por porcelanatos verde-escuros, assoalhos de madeira vermelho-ouro e muitas janelas com vista para as colinas cobertas pelo arbusto seco da Califórnia, que, do nada, pegava fogo.

— Farei um chá — disse Adelaide, conduzindo-me pela casa, com os cachorros atrás dela. — Espere aqui. Não suporto que ninguém me veja fazendo alguma coisa sem a menor pressa. — Ela acenou para que eu entrasse em uma grande sala de estar sustentada pelas vigas vermelho-ouro.

Acima da lareira, havia um tipo esquisito de chifre espiralado, montado diagonalmente, muito afiado em uma das extremidades e com cerca de 2m de comprimento.

• • •

Adelaide se acomodou em uma cadeira Eames, com os pés apoiados em uma banqueta. Havia um óculos de leitura pendurado por um cordão em volta do seu pescoço e uma caixa de documentos no chão, ao lado dela, que presumi que continha as cartas de Marian. Sentei-me em um sofá de couro que ficava em frente à lareira de ladrilhos verdes e ao chifre espiralado. Um cachorro se acomodou imediatamente ao meu lado, adormecendo com a bunda contra minha coxa, aparentemente sem saber que eu era uma grande estrela de cinema, um ícone televisivo.

— O que seria essa coisa? — perguntei sobre o chifre.

— Uma presa de narval — respondeu ela.

— O que é uma presa de narval?

— Como você não sabe, é melhor te mostrar. — Adelaide se levantou e pegou um livro de fotografias da vida selvagem, folheando as páginas até encontrar a imagem do que eram baleias narvais emergindo em um pedaço de água aberta cercada por gelo. — Narval é uma espécie de baleia. — As baleias tinham grosseiras cabeças com manchas marrons e cinzas e eram ligeiramente inexpressivas, exceto pelas presas extremamente compridas que se projetavam como lanças de cavaleiros medievais em torneios. Pareciam unicórnios de uma raça diferente com chifres sujos.

— O que eu sei — falou Adelaide sobre a presa de narval — é que Addison Graves, o pai de Marian, adquiriu essa presa em algum lugar entre as suas viagens. Tenho outras coisas também: lembranças exóticas de viagens, que penso terem pertencido a ele. Aqueles velhos livros também. E aquela pintura… — Ela apontou para uma pintura a óleo de vagos estaleiros. — Era do tio de Marian, Wallace. Fiquei com algumas pinturas de Jamie e Wallace. Mas as melhores pinturas de Jamie estão expostas em museus. Carol Feiffer ficou interessadíssima nesses itens decorativos, embora eu não saiba de nenhuma história sobre eles.

Adelaide pegou um pequeno bloco de desenho da caixa de documentos e o entregou para mim.

— Talvez isso te interesse.

Era um caderno de desenho, com um pedaço de papel dobrado na capa. Eu o abri. *Tecnicamente, isso pertence à Marinha dos Estados Unidos…*

Adelaide disse:

— Esse é um bilhete que Jamie mandou para a minha mãe.

Continuei lendo.

…porém o motivo de um possível retorno é porque eu te amo, e o que deixei de mim contigo nunca poderá ser retomado.

Dobrei o papel novamente e folheei o caderno. As páginas estavam amareladas, esfareladas e repletas de esboços a lápis e ocasionalmente aquarela. Montanhas e oceano. Aviões e navios. Mãos dos soldados. Barracas em um vale coberto pela neve. Mas, então, os desenhos ficaram abstratos: traços confusos, manchas e rabiscos. Acho que havia uma dúzia de páginas assim. O resto do caderno estava em branco.

Ela me observava.

— Preocupante, não é? Ainda mais as últimas páginas.

— O que ele teria retratado?

Ela ignorou a minha pergunta.

— Fiquei interessada no que você disse durante aquele jantar, sobre como, quando morremos, tudo vira pó. Acho que foi essa a palavra que você usou, não? Isso tocou meu íntimo. Tento prestar atenção às coisas que me tocam.

Lembro-me de ter dito isso, mas não sabia o que mais poderia acrescentar.

— Sinceramente? Acho que fiquei irritada com aquela mulher, a Leanne, e tentei parecer uma pessoa profunda.

— Não se sabota com a síndrome do impostor — disse ela. — É cansativo.

— Me desculpa — falei, espantada.

— Também não precisa se desculpar. Ainda mais porque você tem experiência no assunto. Seus pais. Você não está apenas falando baboseira, pois sabe exatamente o que é passar por uma perda. — Um dos cachorros estava descansando a cabeça no seu colo, e ela acariciava as orelhas dele. Ela me olhou de soslaio, com aqueles olhos de pedra, brilhantes. — Deve ser bem pior para você. As pessoas acham que me conhecem, pois já rodei bastante por aí, já li as coisas que escreveram e assim por diante. E, salvo raríssimas exceções, poucas delas têm nada mais, nada menos do que informações espalhadas e desencontradas, mas elas acham que podem concatenar essas informações do jeito que bem entenderem.

— Meu Deus, sim! — exclamei, inclinando-me para frente. — E acabam criando ideias sobre você e tomam essas ideias como verdades que, apesar de fazerem sentido para elas, não passam de ideias descabidas.

— Sim, *exatamente*. São como as constelações. Quando estamos vivos, é impossível explicar completamente as coisas. E, quando morremos, tudo complica, pois ficamos à mercê dos vivos. — Adelaide apontou para o caderno no meu colo. — Minha mãe me falou que Jamie disse a ela que fez os últimos desenhos em batalha. Ele achava que estava fazendo retratos realistas, quando, mais tarde, descobriu que fez apenas rabiscos. — Ela tomou um gole de chá. A caneca era de cerâmica verde, igual aos ladrilhos da lareira. — Fico feliz de ele não ter retratado o que achou que estava retratando, porque não passariam de mentiras. Arte e distorção andam juntas, mas, na arte, a forma da distorção assume a possibilidade de elucidação, como uma lente corretiva.

— Não sei se entendi — falei.

— O que quero dizer é que é bom que algumas coisas se percam na poeira do tempo. É natural.

— Mas você ainda quer me mostrar as cartas — falei, apontando para a caixa de documentos — em vez de deixar elas se perderem no tempo.

— Siiimm — falou Adelaide sonoramente, talvez indecisa. — Não sei se as cartas vão preencher as lacunas ou expor elas ainda mais.

— Olha, como já te falei no telefone, não posso mudar nada no filme. Principalmente agora. Estamos quase terminando.

Ela acenou com mão.

— O filme apenas ofusca a verdade, que vale a pena por si só.

— Totalmente — falei, estranhamente aliviada. — Levei um tempo para descobrir que o filme não era assim tão importante, mas, enquanto eu gravava, consegui, finalmente, não sei, *atuar.* — Fiz uma pausa. — Preciso te dizer, falei a Redwood que você tem as cartas de Marian. Ele quer ler.

— Você quer que ele leia?

— Não.

— Então ele não precisa ler — disse Adelaide. — Decidi mostrar *pra* você, especificamente você, mas, como eu disse, não tenho intenção de que essas cartas venham a público. — Ela parecia refletir. — Fico me perguntando se estou montando uma espécie de instalação. — E, de forma irônica, falou: — Talvez essa seja minha primeira tentativa de arte performática.

Como eu não sabia o que dizer, falei:

— Não contei a Redwood que Jamie era seu pai.

— Pai biológico. Se você tivesse contado, Carol já estaria na minha orelha. Por que não contou?

Então quem estava refletindo era eu. Quando Redwood e eu voltamos do Monte Denali, fomos para a cama. Foi tudo perfeito e maravilhoso, porém, eu não conseguia me esquivar daquela sensação de instabilidade, como se algo estivesse prestes a desmoronar.

— De início, achei que era só possessividade — falei —, mas, depois, achei que tinha mais a ver com as coisas sobre mim, informações a serem espalhadas mundo afora ou que viessem a público. Não sei se isso faz diferença, o quanto pessoas desconhecidas sabem a seu respeito, pois, mesmo assim, elas não sabem de nada. Ou seja, ninguém se importa com o que aconteceu com o *Peregrine*. Talvez seja melhor tudo ser somente um filme.

— Por curiosidade, quanto falta para filmar?

— Vamos para o Havaí com uma equipe reduzida, para gravar algumas cenas, e, depois, a última cena é a do acidente.

— É quase uma terapia cognitiva da Nova Era: você gravando uma cena em que o avião cai na água.

— Talvez seja arte performática.

— Haha. Como a senhorita vai para o Havaí, procura o garoto que foi criado por Caleb Bitterroot. Ele é velho como eu, mas tenho certeza de que ainda mora na mesma casa, em Oahu, onde Marian se hospedou durante o voo. Nós sempre mandamos cartões de Natal um para o outro. — Tive dificuldades em imaginar Adelaide enviando um cartão de Natal para alguém. — O nome dele é Joey Kamaka. Eu o conheci uma vez, quando fui ver Caleb.

Como uma estúpida, repeti:

— Você foi ver Caleb? O mesmo Caleb? Da Marian?

— Aos 20 anos, passei por uma fase em que queria me encontrar, assim, fui atrás da minha história. Eu já sabia que meu pai não era meu pai biológico desde os 14 anos, mas nunca fui atrás de nada. Então, resolvi ir.

Após a morte do tio Mitch, fui a Nova York, para vasculhar a casa dele antes de vendê-la e acabei encontrando uma pasta com cartas do meu pai. *Vivemos nos alimentando de nossa própria infelicidade*, meu pai havia escrito sobre a minha mãe, antes de eu nascer, *mas decidimos que preferimos nossa infelicidade particular e a euforia de nossas reconciliações à felicidade constante e superficial.*

Depois que nasci, as cartas ficaram ainda mais angustiantes, pois meu pai se deu conta de que um bebê não resolveria seus problemas. Não sei por que as pessoas acham que ter filhos facilita tudo. Ao ler as palavras dele, comecei a me perguntar se ele não havia derrubado o avião de propósito. Mais tarde, quando contratei um detetive particular para investigar o acidente, perguntei se ele achava que fosse possível um assassinato-suicídio, e ele me disse que, claro, tudo era possível. No entanto, ele também me falou que, na sua opinião, se meu pai tivesse feito isso, eu estaria a bordo também. Normalmente, as pessoas que fazem isso levam toda a família junto.

— Como você descobriu que Jamie era… — perguntei a ela.

— Meu pai biológico? Meus pais me contaram. Meus irmãos já tinham ido para a faculdade, então eles simplesmente contaram. Meu pai era médico, ele estava na Europa quando fui concebida. Não teve nada de drama na história. Durante a guerra, Jamie parou em Seattle, e, como dizem por aí, minha mãe e ele se reconectaram. Foi uma aventura. Assim que soube que estava grávida, minha mãe escreveu uma carta para o meu pai, contando tudo. Papai era um homem muito compreensivo. Ele amava a minha mãe, embora imagino que, com a minha chegada, as coisas tenham se complicado. Ela escreveu para Jamie também, mas ele já tinha morrido. Por fim, mandou uma carta para Marian, mas a carta demorou um pouco para chegar.

— Assisti o documentário sobre seu projeto de embarcações naufragadas…

— Objetos semelhantes a barcos.

— Tinha a ver com Jamie?

— Na época, eu não pensava que tinha. Chamei de *Sea Change*. Sabe aquele verso do Shakespeare, da *Tempestade*? A cinco braças o seu pai repousa…

Eu não fazia ideia do que ela estava falando.

— "Ossos metamorfoseados em coral" — recitou Adelaide. — "Em cada olho uma pérola pousa. Nada se esvaneceu, é atemporal, e através do mar obteve um ganho: transformou-se em algo rico e estranho."[1] — Adelaide sorriu ironicamente. — Não adianta, a imagem que essas palavras evocam acaba te seduzindo. Acho que tem a ver menos com corpo e mais com como a nossa imaginação se esforça para lidar melhor com a morte e o fracasso.

Pensei em segurar o manche do Cessna em minhas mãos como se fosse uma bomba. Pensei em lançar um avião falso em um oceano fictício, onde tudo se tornaria preto. Perguntei:

— Como Caleb era?

— Charmoso, exagerava na bebida. Passei somente alguns dias com ele. Ele era agitado, mas, de repente, fechava a cara. Claramente amava Marian, mas tive a impressão de que não ficou devastado com a morte dela. Às vezes, ele até falava sobre ela no presente, como se estivesse viva, o que me fez pensar se ele realmente tinha internalizado a morte dela. Ou talvez ele tenha visto muita morte. Não sei. Conversamos mais sobre Jamie do que sobre Marian. Como te disse, procure Joey Kamaka. Ele deve saber de mais coisas.

— Ainda não entendi, sabe? Por que *você* mesma não quer contar? Por que acha que *eu* é que tenho que contar?

— Não é assim que procuro a verdade. Tipo, reunindo informações. Isso me deixa depressiva, mas não significa que não estou interessada na verdade. Quanto a você, também não sei. É apenas uma ideia que me passou pela cabeça. As conexões me atraem: você interpretando o papel de Marian. Seus pais. — Adelaide colocou a caixa de documentos sobre a banqueta, retirando a tampa. — Vamos, dá uma olhada.

— Preciso ir ao banheiro primeiro. Onde fica? — perguntei.

Pensei em fazer xixi e ir embora dali, sem olhar para trás, sem assumir qualquer responsabilidade de decidir o que fazer com sabe-se lá o que estava escrito naquelas cartas, sem me tornar um fantoche de alguma instalação de arte de Adelaide, mas, quando saí do banheiro, certa de que sumiria dali, lá estava Marian na parede, olhando para mim, o retrato original que eu vira nas coisas da figurinista. Era esquisito que o retrato fosse real, um objeto verdadeiro no mundo, que podia ser emoldurado e pendurado numa parede.

---

[1] Tradução retirada do livro *A Tempestade*, de William Shakespeare, tradução de Rafael Raffaelli, Editora UFSC (N. da. T.).

Jamie havia desenhado a irmã com as próprias mãos, invocando sua imagem em uma página em branco.

Fui dominada por uma sensação que era uma espécie de pressentimento. Havia algo a ser descoberto, e eu queria saber o que era. Ali, naquela caixa de documentos, havia algo, e, além, havia algo no vazio. Senti a mesma coisa na presença da paisagem vasta e coberta de neve enquanto beijava Redwood.

Voltei para a sala de estar.

Havia um cara que sempre aparecia, de anos em anos, alegando ter avistado um avião que podia ser o *Peregrine* em imagens de satélite da Antártida ou que havia encontrado objetos em ilhas subantárticas remotas que seriam pistas — destroços, ou um velho batom, que ele afirmava ser de Marian, ou um pedaço de osso que, segundo ele, podia ser dela ou de Eddie. Esse tal cara vivia prometendo que, se as pessoas o ajudassem com dinheiro, ele resolveria o mistério de uma vez por todas. Ele afirmava que era capaz de resolver.

Talvez eu estivesse me transformando neste cara. Ou eu fosse como o bando de aspirantes a detetive que postam na internet fotos antigas e desfocadas, alegando serem de Marian ou Eddie na Austrália, em meados de 1950, ou do *Peregrine* remodelado para ser um Douglas DC-3 no Congo. Quem sabe eu não fosse como as pessoas que acham que a Antártida não passa de uma parede de gelo que envolve a Terra e acreditam que o *Peregrine* foi abatido pela força aérea, a fim de impedir que Marian descobrisse a verdade. Eles também pressentiam as coisas. Todos precisavam desesperadamente se sentir como reveladores da verdade, a fim de acreditar em suas descobertas e revelações. Talvez eu fosse uma lunática ou uma charlatona; ou, quem sabe, eu estivesse somente tentando me imiscuir em um drama insondável, há muito resolvido.

Ou talvez o passado me revelasse alguma informação.

Sentei-me no sofá de Adelaide e, exausta, quase contra a minha vontade, peguei a caixa de cartas.

O VOO

Por onde começar? Pelo começo, é claro. Mas onde está o começo? Não sei, basta inserir um indicador que diga "aqui". Aqui é onde o voo começou, pois o começo reside na memória, não em um mapa.

— MARIAN GRAVES[1]

Cidade de Nova York
40° 45' ao Norte, 73° 58' a Oeste
15 de abril de 1948
0 milhas náuticas percorridas

Matilda Feiffer, agora com quase 70 anos, há 10 viúva, caminha a passos rápidos pela 42nd Street. Ela se veste toda de preto, não para distinguir sua viuvez, mas porque gosta da austeridade. Saia-palito preta, paletó preto com um broche esmaltado de leopardo na lapela, scarpins pretos, boina preta sobre os cabelos grisalhos curtinhos, enormes óculos redondos com armação preta. Uma mão ossuda, cintilando com anéis e pulseiras, segura um cachorrinho branco e peludo contra o peito.

Quando Lloyd faleceu, ninguém ficou mais surpreso do que Matilda: o marido não só lhe deixara toda a fortuna, como também as rédeas dos negócios. *Para fazer à vontade o que achasse melhor.*

Clifford, seu segundo filho, um incompetente, fora o único a esbravejar e enfurecer-se, talvez porque soubesse que era o menos merecedor dos quatro

[1] Entrada final de *The Sea, the Sky, the Birds Between: The Lost Logbook of Marian Graves*. Publicado por D. Wenceslas & Sons, Nova York, 1959.

garotos Feiffer vivos. Lloyd, mais emotivo do que a esposa, deixara Clifford teoricamente encarregado dos interesses marítimos da família. Ainda assim, mesmo longe do verdadeiro poder de decisão, ele cometera uma série de erros graves. Por isso, Matilda demitiu o filho assim que pôde. Não o colocou na rua, obviamente, mas lhe deu uma boa soma em dinheiro, alertando-o de que não lhe daria mais nada, incentivando-o a ir para o exterior, morar em algum lugar e abraçar uma vida de libertinagem relativamente econômica. (Ela suspeitava que Lloyd a havia deixado à frente dos negócios em parte porque sabia que ela faria coisas que ele não suportaria.) Clifford se mudou para a Ilha de St. Thomas, casou-se com uma caribenha e teve três filhos com ela, porém, Matilda se negou a lhe dar o gostinho de ficar escandalizada.

Henry, o mais velho e inteligente de seus filhos, já havia sido vice-presidente da Liberty Oil antes da morte de Lloyd. A Liberty é de longe a maior empresa da companhia, e Henry havia se saído bem. Agora, com 46 anos, é casado com uma mulher que a mãe não despreza e tem quatro filhos.

Abençoado Henry.

Robert, o terceiro da linhagem, também trabalha na Liberty Oil. Não é inteligente nem um fardo, mas é gentil com todos dentro da empresa, apesar de não se destacar. Nunca havia se casado, embora tenha 43 anos. Matilda suspeita que o filho seja *queer*.

O próximo seria Leander. Ele poderia ter sido qualquer tipo de homem, se a difteria não tivesse ceifado sua vida.

E havia George, estimado Georgie, um bebê, crescido na sombra taciturna do luto de Matilda por Leander. Ele tinha somente 24 anos quando o pai morreu, o único filho a ir para a guerra, e agora está terminando o doutorado em geologia na Universidade de Columbia, é casado com uma garota simpática e tem dois filhos. A gratidão de Matilda pelo filho ter sobrevivido ao Pacífico é tão infinita quanto o próprio cosmos. Não suportaria perder outro filho, e a guerra havia ceifado a vida de Lloyd, ela sabe. Em setembro de 1939, a Alemanha invadiu a Polônia, e o marido morrera dias depois, aos 74 anos, de ataque cardíaco, a caminho do trabalho. Matilda suspeita que o coração de Lloyd simplesmente não conseguiu suportar a intensidade da fúria que ele sentia pelo país do pai.

Houve tantas mulheres com véus pretos no funeral de Lloyd. Matilda tentou descobrir quais delas eram amantes de seu marido, mas acabou desistindo, frustrada e arrependida.

Demorou alguns meses até que ela resolvesse os complexos interesses financeiros de Lloyd, engalfinhando-se contra as incursões dos concorrentes pelo caminho. Quando sentiu que tinha sólido controle dos negócios, vendeu alguns ativos e reorganizou outros, então se afastou e comprou uma editora em dificuldades, a D. Wenceslas & Sons.

— Por que livros? — perguntou Henry. — Por que não filantropia? Conheço muitos conselhos filantrópicos que adorariam a sua presença.

— Gosto de livros — respondeu Matilda. — Não me importo com conselhos. — E outra: havia dado à luz a cinco filhos e passado quase quarenta anos casada com um mulherengo inveterado e, naquele momento, era livre para fazer o que bem entendesse. Talvez tenha sido por *isso* que Lloyd a havia deixado à frente dos negócios. Talvez fosse um pedido de desculpas, ainda que evasivo.

Após o ataque de Pearl Harbor, ela teve a ideia de imprimir milhares de títulos antigos do catálogo da Wenceslas e doá-los às tropas. Fora um gesto de pura e boa fé, mas, conforme Matilda havia suspeitado, os rapazes continuavam querendo os livros de bolso depois que retornavam para suas casas. As vendas dispararam. Graças à Matilda, livros de bolso não eram mais considerados inúteis, apenas acessíveis e práticos.

Ela mora em um apartamento perto do Bryant Park, e foi de lá que saiu apressada, andando pela 42nd Street, passando pelas portas envidraçadas do prédio que abriga a sede da Wenceslas. Do elevador, segue diretamente para seu escritório, ignorando as saudações das secretárias e datilógrafas que surgem como se fossem filhotinhos de pássaro piando nos ninhos. Escolhera uma sala no quinto andar com os editores, não no quarto, com os vendedores. Podia espiar alguns deles através das portas entreabertas, sempre lendo, às vezes lendo e falando ao telefone simultaneamente.

— Ela não desmarcou, não é? — pergunta Matilda à sua secretária, que a seguia até seu escritório. Ela joga a boina em uma estante de livros e o cachorro, Pigeon, rudemente, no chão. Em todas as superfícies, há pilhas e mais pilhas de livros se destacando acima de uma confusão geral de papel: manuscritos amarrados com barbante, modelos de capas, recortes, correspondência.

Shirley coloca uma tigela de prata com água para Pigeon e pega a boina e a coloca cuidadosamente em cima do cabideiro.

— Não, ainda não.

• • •

Pouco depois da morte de Lloyd, Matilda começou a se perguntar sobre Addison Graves. Recordava-se vagamente de Lloyd dizendo que Addison havia saído do Presídio Sing Sing, mas, depois disso… nada.

Aparentemente, não havia mais ninguém a quem perguntar. Até mesmo os funcionários mais antigos da L&O não faziam ideia do paradeiro de Addison, e o advogado, Chester Fine, havia morrido. Quando Addison estava preso, Lloyd pouco a pouco parou de falar dele. Matilda considerou o término da amizade como uma consequência natural e dolorosa do naufrágio de *Josephina*, junto à incerteza da atribuição da culpa. Talvez a atitude mais corajosa a se tomar fosse Lloyd defender Addison mais aberta e publicamente. Contudo, o falecido marido tinha uma companhia inteira para cuidar, milhares de funcionários. E os passageiros e tripulantes que se afogaram? Não restavam dúvidas de que suas famílias exigiam um tipo de bode expiatório. Elas certamente mereciam justiça. O fato de a jovem esposa esquisita de Addison ter morrido fora uma tragédia, mas, pelo menos, as crianças haviam sido salvas.

— O pai nunca te contou? — perguntou Henry, inexplicavelmente espantado.

Mãe e filho estavam sozinhos, nos escritórios da Liberty Oil, sentados frente a frente em uma mesa repleta de arquivos e livros contábeis.

— Me contou o quê?

Assim, Henry retransmitiu a confissão do pai sobre os caixotes contrabandeados de balas e projéteis e nitrocelulose, sobre como Lloyd, quase sem sombra de dúvida, fora o responsável pelo naufrágio da embarcação, permitindo que Addison levasse toda a culpa.

— Papai até tentou consertar as coisas — falou Henry —, mas tentou pouco e nunca confessou publicamente, o que talvez fosse a única coisa importante para Addison Graves. Enviar aquela carga foi mais do que imprudência, pois não faria diferença alguma nos esforços bélicos. Foi um gesto simbólico. Ele se sentiu envergonhado até os últimos dias de vida.

Matilda encarou o filho. Depois de um tempo, perguntou:

— O que aconteceu com as crianças? Foram enviadas para o tio, não foram? Em Wyoming?

— Minnesota, acho.

— Temos o endereço?

— Creio que sim. Em algum lugar. — Henry dirigiu um olhar cauteloso para a mãe. — Por quê?

— Gostaria de fazer alguma coisa por elas. Não sei o quê.

— É bem capaz de não conseguirmos encontrar eles, afinal, já são adultos.

— Eu gostaria de tentar.

— Não acho que devemos desenterrar o passado.

— Henry! — exclamou Matilda, repreendendo-o com toda a sua força.

Na época em que o antigo endereço de Wallace Graves em Missoula, Montana, fora descoberto, 1939 havia se transformado em 1940. A Alemanha havia invadido a Dinamarca, a Noruega, a Holanda, a Bélgica e a França. Matilda havia enviado uma carta. Não obteve resposta alguma, mas a carta também não foi devolvida. Assim, escreveu mais uma. Durante a guerra, escrevia sempre, a cada poucos meses, falando mais ou menos a mesma coisa: estava tentando localizar os filhos de Addison e Annabel Graves, pois gostaria de saber o que aconteceu com eles e tentar retribuir uma dívida. Em 1945, Matilda parou de enviar cartas.

Em 1947, ela recebeu uma resposta.

E agora Shirley está batendo na sua porta, na companhia de uma mulher alta, esbelta, loira e observadora, vestida com calças de lã e um longo casaco de algodão sem cinto. Pigeon não para de latir e pular.

— Quieto! — pede Matilda, pegando-o no colo, oferecendo a mão para cumprimentar Marian.

Marian tem um aperto de mão forte. Aparenta ser mais velha do que é, deve ter entre 33 e 34 anos, um pouco mais do que Georgie. Seu rosto tem rugas, fruto do trabalho e da preocupação, e ela exala uma aura de experiência. Herdou os ossos do rosto do pai, mas, como a mãe, tem cabelos e olhos extremamente loiros, ambos desbotados, como se tivesse ficado muito tempo exposta ao Sol.

— Aceita chá? Café? — oferece Shirley. — Posso guardar seu casaco?

— Não, obrigada — responde Marian.

— Você realmente está à altura da função exercida — diz Matilda.

— Como assim?

— Fecha a porta, por favor, Shirley — pede Matilda. Quando as duas estão sozinhas, sentadas em lados opostos da mesa, ela diz: — Bem, cá estamos.

Marian olha ao redor do escritório, mas não fala nada. Matilda não tem medo do silêncio e espera até que Marian diga alguma coisa.

— Eu nunca tinha voado em um avião comercial.

— E?

— Correu tudo bem. Para mim, é estranho ser transportada em vez de transportar. Obrigada pela passagem. — Marian se ajeita na cadeira, cruzando as pernas, que são tão compridas que Matilda se pergunta onde ela encontra calças que lhe sirvam. — Não tinha necessidade.

Matilda acena com a mão, e Pigeon, alerta e malcriado, começa a latir por causa do barulho das pulseiras da dona. Para acalmá-lo, ela pega uma lata aberta de mexilhões defumados de uma gaveta e o alimenta com um garfo.

Em suas cartas, Marian não é lá muito de se expressar, porém, as duas tinham se correspondido por tempo suficiente para que Matilda soubesse das mortes de Jamie e Wallace e sobre a antiga e breve visita e o subsequente desaparecimento de Addison. Matilda não sente mais necessidade de remexer o passado, embora tenha decidido que, se tivesse um momento oportuno, contaria a Marian a verdade sobre os explosivos no porão do *Josephina*. Em suas primeiras cartas, simplesmente fez perguntas a Marian. Mais tarde, disse-lhe que acreditava que sua família, os Feiffers, tinham uma dívida substancial com os Graves (ela era vaga sobre a natureza da dívida, de modo que Marian deduziu que ela apenas se sentia mal com o destino de Addison) e que pretendia lhe oferecer algum tipo de acordo. Como a dívida não era de cunho monetário, escrevera Matilda, sua extinção era impossível, mas o que ela podia oferecer era dinheiro.

Não, Marian escrevera de volta, ela não queria dinheiro. *Aprendi da forma mais difícil que ter um patrono pode ser perigoso.*

O que, então, perguntou Matilda, *você quer? Seria uma enorme gentileza aceitar minha proposta. Ao permitir que eu aliviasse meu fardo de culpa, você seria a benfeitora, não eu.*

Um mês havia se passado antes que Matilda recebesse a resposta de Marian. *Fiquei pensando na sua proposta, e o que quero é voar ao redor do mundo, de Norte a Sul, de polo a polo.* Aquilo era inédito. Seria extremamente difícil e perigoso, talvez impossível. Sim, ela precisaria de dinheiro, o suficiente para comprar um avião apropriado, modificá-lo, pagar um copiloto para acompanhá-la, dentre outras despesas. Seria necessária uma boa dose de combustível para abastecer o avião, porém, Matilda imaginava que a Liberty Oil estava em posição de fornecê-lo, e Marian precisaria de combustível disponível em lugares longínquos e remotos, o que a Liberty Oil também poderia suprir. Marian também precisaria de ajuda para assegurar as autorizações, licenças de voo e suporte necessários.

Venha me visitar em Nova York, respondeu Matilda. *Eu gostaria de conhecê-la. Podemos conversar mais.*

E lá estava Marian. Não se sabe como, mas esta mulher reservada é a mesma criança que estava em um dos pacotes protegidos pelos braços de Addison nas fotos dos jornais, passando pela passarela da embarcação de resgate.

Matilda não gosta de conversa fiada.

— Decidi te ajudar a dar a volta ao mundo, mas tenho uma pergunta.

Marian fica desconfiada.

— Tudo bem.

— Não fica irritada. Responder a uma pergunta me parece o mínimo.

— Achei que quem devia algo era você — fala Marian, não de um jeito hostil, mas também não em tom de brincadeira. O corpo de Marian está relaxado, contudo, o fato de que ela ainda está vestindo o casaco indica que pode ir embora a qualquer momento.

Matilda coloca Pigeon no chão, afastando a lata de mexilhões.

— É cansativo ficar remoendo quem deve a quem. Eu esperava que pudéssemos colaborar mais uma com a outra. — Marian inclina levemente a cabeça, gesto que Matilda decide interpretar como concordância. — Quero saber por quê.

— Por que o quê?

— Por que você quer dar a volta ao mundo? — Conforme fala, Matilda gesticula com as mãos. — Em suas próprias palavras, é extremamente perigoso. Indiscutivelmente, também é desnecessário. As pessoas já estiveram nos polos. Mapearam tudo por lá. Não tem mais nada para descobrir. É uma ideia absurda, sério. Mesmo que, por um milagre, você sobreviva, é uma passagem só de ida para o lugar onde você começou. — Matilda se acomoda na cadeira. — Por quê?

Marian parece aborrecida.

— Esse tipo de pergunta não me interessa.

— Então você não sabe a resposta?

— Não exatamente.

— Você não sabe exatamente ou não é exatamente isso que você quer dizer?

— As duas coisas. A segunda.

— As pessoas vão querer saber o porquê.

— Que pessoas?

— Pensei que você poderia escrever um livro a respeito.

Marian ri.

— Eu seria incapaz de escrever um livro.

— Com uma ajudinha, qualquer um pode escrever um livro.

— Eu não saberia sobre o que escrever.

Matilda pega uma pilha de livros de capa dura em uma prateleira, colocando-os sobre a mesa, na frente de Marian. Antoine de Saint-Exupéry. Beryl Markham. Amelia Earhart. Charles Lindbergh, embora tenha sido incluído a contragosto, pois Matilda não perdoava sua admiração pelos nazistas.

— Já leu algum?

Marian vira a cabeça de lado, lendo os títulos.

— Sim.

— Então, sabe o que estou querendo dizer. Basta que você escreva o que vê, o que pensa, o que acontece ao seu redor. Não é um bicho de sete cabeças. O que importa é a experiência. Você. Não uma linha imaginária do globo. Se o livro for um sucesso, novas possibilidades surgirão. Palestras. Talvez até um filme sobre você.

Marian parece estar dividida entre a alegria e a inquietação.

— Talvez eu não queira me expor dessa maneira.

Matilda suspirou em desaprovação.

— Não finja que é discreta e ingênua. Uma pessoa discreta nunca pensaria em fazer um voo como esse.

Marian se senta novamente.

— Tenho uma pergunta também.

— Fica à vontade.

— É a mesma que a sua: por quê?

— Eu já te disse, estou tentando me redimir.

— Se redimir do quê? De que dívida você está falando?

Chegou a hora. Claramente, havia chegado.

Matilda explica a Marian como a antipatia de Lloyd pelo próprio pai alimentara seu ódio intenso pela Alemanha. Com a voz firme, ela repassa o que Henry lhe contou sobre os caixotes a bordo do *Josephina.*

— Seu pai não sabia — diz ela. — Não explicitamente. Eu também não sabia, mas deveria ter imaginado. Eu não queria saber, quanto a isso não restam dúvidas.

O rosto de Marian se enrugou de concentração. Matilda consegue imaginá-la com a mesma expressão enquanto voa por uma tempestade.

— Não sei o que pensar a respeito — falou Marian. — Acho que estou mais aliviada em saber o que de fato aconteceu.

— Você não está com raiva? Eu fiquei com tanta raiva.

— Em outras ocasiões, talvez ficasse. Mas isso foi há tanto tempo.

— Mas sua vida teria sido bem diferente.

— Teria, só não sei como.

Após uma longa pausa, Matilda decide voltar ao assunto em questão.

— Qual seria o próximo passo? Para o seu voo?

— Encontrar o avião adequado. — Marian fica ansiosa, inclinando-se para frente. — Acho que um avião Dakota usado na guerra é a melhor possibilidade. Eles são praticamente indestrutíveis. Com um desses, é possível pousar em qualquer lugar, e não é difícil colocar esquis nele. Na guerra, eles comportavam uma tripulação maior, mas acho que só preciso de um copiloto. Com tanques de combustível auxiliares, temos um maior alcance também, embora pouco, e isso presumindo que eu consiga reabastecer duas vezes na Antártida, o que é um problema, mas não acho que isso seja intransponível. Do lado do Mar de Ross, tem combustível armazenado, só que, do outro… ainda não descobri. Talvez faça sentido procurar um avião na Austrália ou na Nova Zelândia e começar a empreitada de lá. Ando pensado em diferentes cenários. É uma questão de se esgueirar entre as estações do ano. O Ártico é menos problemático do que a Antártida. — Marian fica animada, gesticulando para um mapa imaginário, mas se contém, acalmando-se com cautela. — Tem muitas coisas para resolver.

Outro silêncio, uma longa pausa entre as duas, um teste para os nervos. Matilda acena com a cabeça e diz:

— Tudo certo. — Marian olha para ela interrogativamente. — Vamos comprar o avião.

Elas conversam por mais uma hora, elaborando o começo de um plano, tentando esmiuçar uma lista gigantesca de tarefas. Quando Marian se levanta para ir embora, Matilda também se levanta e lhe entrega um livro com as páginas em branco.

Marian as folheia, amareladas e quadriculadas, com quadrados azuis-claros.

— O que é isso?

— É para você escrever.

— Sobre o quê?

— Sobre o voo.

Marian fecha o livro e o devolve.

— Já tenho um diário de bordo.

— Chame do que quiser. Uma agenda, um diário. Chame de *As Crônicas Encantadas da Poderosa Marian*, não me importo. Não fique se pressionando ou ansiosa por conta disso. Basta escrever o que acontece, depois você decide o que fazer com o que registrou. — Ela se surpreende com a própria sinceridade ao estender a mão para agarrar os ombros de Marian, sacudindo-a suavemente enquanto fala. — Faça o possível para se lembrar de tudo que conseguir. Não apenas o que você vê, mas o que isso significa para *você*.

Por que ir mesmo? Não sei a resposta, só a certeza de que devo mesmo ir.

— MARIAN GRAVES

Long Beach, Califórnia
33° 47′ ao Norte, 118° 07′ a Oeste
30 de junho de 1949
0 milhas náuticas percorridas

O momento de ouro entre a tarde e a noite. O Sol pairando pacificamente no céu ocidental, aquecendo a extensa praia branca, a montanha-russa e a orla ladeada de palmeiras, as fileiras ordenadas de casinhas se estendendo entre as copas das árvores, alcançando a silhueta de Marian Graves, deitada no chão coberto de grama, atrás de seu bangalô alugado. Um livro está aberto sobre a sua barriga: é o diário com folhas em branco que Matilda Feiffer lhe dera há um ano. Uma leve brisa agita seu cabelo, tão macio, fino e claro que os fios são quase esverdeados, como a penugem de um botão de alcachofra.

Marian confere as horas no relógio, erguendo o pulso acima de seu rosto. São 18h17. Eddie disse que viria dirigindo da Flórida. Ele estava a fim de viajar. É *melhor* que esteja mesmo, Marian havia lhe dito, quando conversou com ele pela linha interurbana cheia de ruído. Afinal, era um trajeto de mais ou menos 23 mil milhas náuticas.

Em uma carta que lhe fora enviada há três semanas, Eddie havia lhe dito que chegaria neste dia, às 18h30 da tarde, e, como ele era um copiloto, Marian acreditou nele.

Marian se vira de lado, acariciando o livro e pegando a caneta. Raramente escreve, e, quando escreve, é de um jeito tímido, deixando pensamentos dispersos presos nas páginas como migalhas. Ela se surpreende por estar escrevendo. Não consegue sequer imaginar seus garranchos (verdadeiros rabiscos, sua caligrafia é um horror) se materializando em um livro de verdade, mas é tomada por algum impulso incoerente e insondável que a faz pegar a caneta.

Pensei mais do que deveria se seria possível realizar o voo sozinha. Apesar de ser uma ideia absurda, ainda me pergunto isso, até a razão insistir e me dizer: não, você não pode.

Não quero insultar Eddie. Para mim, nenhuma pessoa do mundo seria completamente bem-vinda. A ideia de empreender este voo sozinha deveria me assustar, pois significa morte certa, mas, quando me imagino sozinha, não sinto medo, apenas saudades. Será que desejo morrer? Acho que não. Contudo, a paz espiritual e o completo isolamento que faltam no mundo me atraem. Penso que um voo-solo seria a tentativa mais pura possível. Mas por quê? Eis a pergunta de Matilda. O motivo descansa como uma pedra fora do alcance, inerte, indescritível e insignificante, interessante apenas em sua inacessibilidade.

Ou talvez o problema seja que não quero outro copiloto além de Eddie e que também não quero encará-lo.

Um carro buzina três vezes, um som alto e forte.

Quais foram as últimas palavras que Marian disse para Ruth no Polygon Hotel? Ela não se lembra com clareza — as pílulas sedativas que o médico do acampamento de Caleb lhe dera eram poderosas —, porém, sente um medo intenso de que tenha sido *Vá embora*. O luto a tornara cruel. Precisava magoar Ruth, para que ela percebesse que Marian queria ficar com Caleb naquele momento, e não com ela. A morte de Jamie fora um castigo divino por ela ter sido tola e estúpida o bastante, por ter desfrutado de instantes prazerosos em plena guerra, por se sentir livre, e Ruth sempre faria parte desses instantes.

Apesar de ter respondido à carta de Ruth, Marian demorou muito. A carta foi devolvida. Em setembro de 1944, na Carolina do Norte, o avião de Ruth pegou fogo na decolagem e caiu. *Ela morreu*, informou Zip a Marian, em Hamble. *Sinto muito. Sei que vocês duas eram próximas.*

Marian encarou Zip, esperando sucumbir, mas sentiu apenas um aperto e um peso no peito, depois nada. A morte do irmão havia dilacerado e despedaçado Marian de tal forma que ela não era mais impermeável; suas emoções haviam sido drenadas, ela estava oca por dentro. Assim, o luto por Ruth estava sepultado — ela estava demasiadamente dilacerada para senti-lo. A culpa, no entanto, persistia. Pela primeira vez desde que começara a voar, Marian não encontrou consolo no céu. Ela pegou seus protocolos e seus aviões, levando-os para onde fora instruída. Sua própria existência a oprimia.

Após Caleb partir com as forças invasoras, Marian começou a economizar dinheiro sem saber bem o por quê. Pegava ônibus em vez de andar de moto. Trocou o Polygon Hotel por uma estadia mais em conta. Logo que os alemães começaram a recuar, ela começou a ser designada para missões de transporte na Europa e, assim, planejou uma pequena operação de contrabando. Caso fosse para a Bélgica, abria mão do paraquedas, enchendo a mochila com latas de cacau, produto que não era racionado na Inglaterra, mas estava em falta entre os padeiros belgas libertos. Desse modo, vendia as latas e comprava produtos racionados ou indisponíveis na Inglaterra: açúcar, roupas, artigos de couro. Em seguida, vendia tudo no mercado clandestino da Grã-Bretanha.

Depois que Ruth morreu, Marian entendeu por que estava economizando: ela não queria sua velha vida, mas não conseguia imaginar uma nova. Neste ínterim, ganhava dinheiro e tempo.

Assim que ela abre a porta, Eddie a agarra, balançando-a como o pêndulo de um sino gigantesco, para frente e para trás, o badalar de Marian. Quando ele a coloca de volta no chão, Marian aperta os olhos por conta do brilho do Sol, tentando enxergar se ele mudou. Passaram-se seis anos.

Eddie passa a mão na própria cabeça raspada, uma mão enorme e gentil.

— Veja isso.

— Você está dois minutos adiantado.

— Meu relógio precisa ser adiantado.

— Aquilo é seu? — pergunta Marian sobre um Cadillac Coupé conversível, azul-royal brilhante, estacionado no meio-fio. O design alongado com curvas lustrosas e polidas parecia ter sido esculpido pelo vento.

— Presente de boas-vindas para mim mesmo. Consegui um acordo com um velho amigo. Vou me livrar dela antes de partirmos.

Marian percebe um vestígio de tristeza no rosto dele.

— Não! Nem pensar. Guarda o carro no armazém.

— Não, não quero que ela fique sozinha. Peraí, deixa eu pegar as minhas malas.

Em casa, eles tagarelam alegremente sobre os fatos que haviam acabado de acontecer, sobre o passado tão recente e ainda tão incerto, como se tivessem acordado de um sono profundo. A cara quadrada e de cavalo de Eddie, assim como seus compridos e robustos antebraços, estão bronzeados. Segundo ele, demorou-se um pouco no caminho, pois fez alguns desvios e permitiu-se alguns caprichos. Eddie tem o mesmo encanto afável de sempre, porém, algo está diferente, sombrio e dominante. Ele parece uma estátua que caiu no chão, espatifando-se, mas que foi colada e remendada. A forma é a mesma, mas a superfície está repleta de rachaduras.

Marian lhe conta que pilota aviões cargueiros para não perder a prática, mas sempre é a última opção da escala. Foi-lhe informado que ela não pode pilotar aviões de passageiros, porque a ideia de uma mulher pilotando um avião deixa as pessoas nervosas. Não importava o quão experiente fosse, nem suas milhares horas de voo, nem os Spitfires e Hurricanes e bombardeiros Wellington que pilotou, nem seus pousos em geleiras descomunais, lagos congelados e bancos de areia estreitos. Porém, até agora, ninguém reclamou de uma mulher pilotar cargueiros. Os engenheiros e mecânicos com que trabalhou não se importavam dela ser mulher (agora ela também tem uma licença de mecânico). Perguntou se ele sabia que Helen Richey havia se matado em janeiro — comprimidos. Dizem as más-línguas que ela se suicidou por não conseguir nenhum trabalho como piloto.

Eddie ficou sabendo. Lembrou-se de que Ruth gostava de Helen.

(A primeira menção a Ruth, feita de modo tão casual.)

Marian o leva para o quarto, dizendo que é dele. Não ouve nenhum de seus protestos. Ela dormirá no sofá e insiste:

— Metade do seu corpo nem cabe no sofá.

— Não quero que você fique sem cama.

Marian se afasta, percorrendo o corredor.

— Vem ver minha sala de operações.

Quando se mudou, Marian pediu ao proprietário para ajudá-la a tirar uma cama do segundo quarto e levá-la para a garagem. O bangalô tem dois quartos pequenos: o que Marian oferecera a Eddie e a sala de operações.

— Mas e se sua mãe vier te visitar? — perguntou o proprietário, enquanto carregava a ponta do colchão, andando de costas. — Ou um amigo? — Ele parecia ser um bom homem. Ostentava grossas sobrancelhas e um duplo queixo enorme. Vestia uma camisa havaiana com garotas dançando hula.

— Não tenho mãe — respondeu Marian, e ele a deixou em paz.

As paredes da sala de operações estão cobertas com mapas, que soterram a pequena mesa de jantar que o proprietário havia emprestado a Marian. Folhas grossas com gráficos enroladas como bambu ocupam caixotes e cestos de lixo. Uma confusão generalizada de papel amontoado domina o cômodo: listas de verificação, faturas, fotos aéreas, notas sobre ventos e condições meteorológicas, inventários, catálogos, cartas com conselhos, manuais de sobrevivência, correspondência com contatos da Marinha, correspondências com exploradores e baleeiros noruegueses, correspondências com os líderes da Expedição Norueguesa-Britânica-Sueca para a Antártida (que levariam combustível para ela), listas de estações de rádio e faróis, cartas e contratos com a Liberty Oil, formulários de pedidos de peças de avião, endereços e números de telefone de contatos em todos os locais onde eles possam precisar, papelada para vistos, garranchos e rabiscos, e assim por diante.

— Santo Deus! — exclama Eddie.

— Minha bagunça é organizada.

— O caos não conta como forma de organização.

No canto do quarto, há um baú rústico de madeira com alguns papéis em cima. Ao retirá-los, Marian o abre, mostrando a Eddie o que tem lá dentro: pelo marrom espesso, como o dorso de um animal.

— Temos um urso morto?

Ela tira um casaco com capuz, calças combinando, botas de pele.

— Pele de rena. Não tem nada melhor para o frio. Vamos arranjar um conjunto desses para você no Alasca.

— Os Nanooks[1] vão para o céu! Aliás, estou estudando as altas latitudes. Um cara que conheci na guerra está em Fairbanks com um esquadrão de reconhecimento. Ele me enviou um manual e alguns gráficos, desde que eu prometesse não vender eles aos russos. — Eddie observa o maior mapa na parede, uma Projeção de Mercator do globo terrestre: o Pacífico no meio, as Américas à direita e o resto dos outros continentes à esquerda. Marian desenhou as rotas nele.

---

1 Urso-polar. Na mitologia inuíte, acredita-se que o Nanook é o mestre dos ursos, o urso dos ursos que decide se os caçadores serão bem-sucedidos em uma caçada ou não [N. da T.].

— Eu queria falar com você antes de traçar mais rotas — diz Marian, atrás dele.

Eddie solta um suspiro evasivo, inclinando-se para analisar a linha desenhada a lápis e os pedaços de terra conectados por ela. Ele passa o dedo no oceano vazio, abaixo da Cidade do Cabo.

— Eles nem incluem a Antártida no mapa.

— Não sei como poderiam, na verdade, num mapa plano.

— Eles colocam às vezes um pedaço branco, não é? Para lembrar às pessoas que a Antártida existe.

Da bagunça da mesa, Marian tira um mapa da Antártida, quase todo em branco, com apenas algumas elevações espalhadas, alguns trechos de montanhas.

— Esse é o mapa. — Ela se vira, examinando a sala. — Tenho alguns gráficos melhores em algum lugar.

— Achei que sua bagunça era organizada.

— Às vezes não tanto quanto eu gostaria.

Eddie estuda o grande pedaço branco. Por fim, diz:

— Não tem nada para beber nessa casa, não?

Os dois levam gim e água tônica para o quintal e retiram folhas caídas das espreguiçadeiras acolchoadas à beira da grama. Marian colhe um limão-taiti da árvore de seu vizinho que está com os galhos pendurados na cerca e o corta em fatias com um canivete.

Eddie bate o seu copo contra o de Marian.

— Aos amigos reunidos.

Eles bebem. A luz dourada se foi. Marian não consegue pensar no que dizer, nem por onde começar. Os dois nunca estiveram juntos sem Ruth, e sua ausência prevalece entre eles, um vazio, que também é a única coisa que os permeia.

— Sabe — diz Eddie —, realmente estou nervoso. Não parece que somos recém-casados ou algo do tipo? Num casamento arranjado?

— Também estou nervosa. Eu não sabia…

— Se as coisas seriam como antes? Não vão ser. Nada é. Mas agora você terá que me aguentar por meses e meses. Como está o avião?

Na primavera, Marian foi para Auckland, Nova Zelândia. Ela examinou uma fileira de seis Dakotas, excedentes de guerra aparentemente idênticos, nariz achatado e verde-militar, mas um deles se destacou clara e obviamente. Ela o reconheceu imediatamente como seu.

— Alguns arranhões — responde Marian a Eddie —, mas nada grave. A maioria foi na Nova Guiné.

— Já tem um nome?

— Eu estava te esperando, mas estava pensando em *Peregrine*. O que acha?

Eddie balança a cabeça, satisfeito.

— Gostei do nome. Uma hora depois do nosso casamento arranjado, e já somos pais.

O carinho que Marian sente por Eddie é um alívio, a comprovação de que nem tudo havia sido perdido ou irreversivelmente destruído. Ela não tinha certeza se podia confiar na lembrança do quanto gostava dele.

— Eddie — diz ela —, eu queria te agradecer.

— Pelo quê?

— Por concordar em vir.

— Fiquei lisonjeado com o convite.

— Não, é sério. Fico agradecida. Não tem mais ninguém em quem eu possa confiar.

— Espero que você não se engane. Ultimamente, não estou muito animado em desbravar o desconhecido. — Na Flórida, Eddie havia sido copiloto da National Airlines, rodando entre Miami, Jacksonville, Tallahassee, Nova Orleans, Havana. Nova York, de vez em quando.

— Parte disso é porque confio em você para confiar em mim — afirma Marian. — Apesar de nunca termos voado juntos, não acho que você seja do tipo que tentaria assumir o controle ou me trataria como uma novidade.

— Não — fala Eddie baixinho. — Eu nunca faria isso.

A frente fria está chegando. Marian sente frio, mas gira o gelo no gim e toma um gole. — Na verdade, não achei que você concordaria.

— Em ir com você?

Marian acena com a cabeça.

— Por que você disse sim?

— Eu não tinha nenhum outro lugar melhor para ir.

— Qual é!

— É verdade. Primeiro, tentei voltar para casa, no Michigan, depois, tentei Chicago, em seguida, fui para Miami. Nada deu certo. — Eddie coloca mais gim no copo de Marian, depois, no seu. — Talvez eu esteja impaciente. Não me diga que voltou da guerra e se ambientou logo, sossegou.

— Não, eu não diria isso.

De certo modo, Marian havia desertado. Dois meses após o Dia da Vitória na Europa, no verão de 1945, ela levou um avião para a França e, em vez de tomar o avião-táxi de volta para a Grã-Bretanha, pegou uma carona para Paris e partiu de lá. Mesmo porque a ATA não precisava mais dela. Recolheu seu pequeno pé de meia, fruto de suas economias e do contrabando, escondendo as notas na mochila e por baixo das roupas. Marian rumou para o leste da Alemanha, caminhando e pegando carona pelas regiões completamente destruídas, povoadas por pessoas cadavéricas e maltrapilhas e cadáveres carbonizados de tanques e caminhões, por vilas e aldeias, até mesmo cidades, que pareciam intocadas. Soldados vestidos com uniformes rasgados e famílias carregando todos os seus pertences caminhavam ao longo das estradas. As zonas de ocupação ainda estavam desorganizadas, e ela foi até Berlim e viu mulheres com lenços removendo os escombros.

Da Alemanha, Marian rumou para a Suíça, idílica em sua neutralidade imperturbável, esplendorosa com as cores de outono. Ela passou o inverno na Itália, cruzou o Mediterrâneo, passou um ano percorrendo os desertos e savanas da África, ao longo de rios caudalosos e lamacentos.

No antigo Protetorado de Bechuanalândia, Marian se deitou com um homem. Certa noite, no deserto do Namibe, eles observavam uma fila de elefantes caminhando ao longo da beira de uma duna de areia. Atrás deles, os animais e o céu estavam vermelhos de poeira. Marian se pegou saboreando a possibilidade de montar acampamento, beber uma bebida, fazer uma fogueira e ir para a cama com o homem. Como uma doçura tomou conta de seu corpo, sabia que havia finalmente saído da guerra. Não estava livre dela, mas nunca estaria.

Ela seguiu para a Cidade do Cabo e foi de navio para Nova York. Quando o navio zarpou, Marian ficou no convés, olhando para o Sul, na direção da Antártida, maravilhada com o fato de que a única coisa entre ela e o continente era a água.

— Levei um tempo para retornar — diz Marian a Eddie —, mas isso é outra história. Quando finalmente voltei, fui a Missoula, para procurar um amigo e, em vez disso, me deparei com as cartas de Matilda. Elas estavam no correio. — Havia também uma carta de Seattle, de Sarah. Após saber que Jamie tinha uma filha, ela dobrou os papéis novamente e os jogou longe, atônita com a intensidade de sua dor. Foi até a cabana de Caleb. É óbvio que ele era o amigo que ela procurava, mas Caleb estava no Havaí há meses. Ninguém sabia se ele planejava voltar.

— Então seu corpo retornou, mas sua mente já quer fugir de novo — fala Eddie.

— Não sei se eu chamaria de fuga.

— É o quê, então? Por que quer fazer esse voo?

— Todo mundo quer saber o porquê, mas eu não sei.

— Fala sério!

Caso tivessem uma sorte sobrenatural e não fizessem nada além de tomar as melhores decisões possíveis em todos os momentos, eles concluiriam a jornada planejada. Ou fracassariam. Ou morreriam, o que é diferente de fracasso. Ocorreria um último choque contra alguma montanha em algum lugar ou uma dura planície de areia ou uma geleira rachada à deriva ou, bem provavelmente, eles se chocariam contra a superfície do oceano, letal em sua resistência e suavidade, engolindo tudo e escondendo as evidências. Às vezes ela acha que inventou de empreender tal voo como uma forma de suicídio elaborado. Às vezes ela acha que é imortal.

Marian bebe.

— Ok. O melhor que posso fazer é isso: quando Matilda me perguntou o que eu queria, a primeira coisa que me passou pela cabeça foi isso… a *vista lá de cima,* de sobrevoar os polos. Sempre que eu pensava nisso, sentia meus nervos à flor da pele, como se eu estivesse tocando em uma corrente elétrica. Mas só vou admitir isso para você. Quando escrevi para Matilda e disse o que eu queria, nunca esperei que ela fosse *topar.* Agora, realmente tenho que fazer esse voo.

Com cuidado, Eddie fala:

— Você não tem que fazer nada. Não mesmo. Você pode mudar de ideia.

— Não, não posso. Você pode, eu ia entender, de verdade. Mas eu não posso.

— Você pode. Matilda pode muito bem vender o avião.

— Não estou preocupada com Matilda. É a corrente elétrica viva. Ainda posso sentir ela. Talvez seja como um aguilhão elétrico para gado. Quero fazer o voo, mas estou morrendo de medo. Sempre fico pensando no que pode dar errado. Tanta coisa pode dar errado, e agora estou te levando junto nessa enrascada.

— Tenho livre-arbítrio. Ninguém me obrigou a vir.

— Mas… — Marian não sabe se quer que Eddie a isente ou confirme sua culpa. — Depois do que aconteceu com Ruth… — Ela quer lhe dizer que não suportaria se algo acontecesse com ele também, pois claramente seus destinos estão vinculados. Se algo acontecer com ele, ela provavelmente não terá que suportar nada, porque também acontecerá com ela.

Eddie coloca sua bebida de lado.

— Vamos conversar agora e deixar claras as coisas como um fato consumado e mutuamente entendido. De qualquer forma, não podemos deixar isso entre nós, esta é a verdade. Marian, a morte de Ruth não foi culpa sua. Não digo isso para ser gentil. Já pensei muito a respeito. Até te culpei às vezes, mas isso não faz o menor sentido.

— Se ela tivesse ficado na Inglaterra…

— Ela teria caído com um avião diferente ou morrido em um acidente de carro ou teria sido alvejada por uma bomba alemã V-1. No ano passado, aconteceu isso com um monte de gente. Não tem como você saber o que teria acontecido. Olha só, ela era uma mulher adulta que fez as próprias escolhas. Se você começar a achar que pode provocar a morte de uma pessoa sempre que desapontar ela, você não vive mais. Você sabe quantos homens mataram acidentalmente seus amigos na guerra? Quantas pessoas morreram por causa de escolhas casuais e aleatórias? — Marian está encarando o pequeno gramado remendado. Tudo parece estranhamente imóvel em meio ao nevoeiro. — Quero que isso seja uma condição para a prestação de meus serviços como copiloto: eu também amava ela. E estou dizendo para você deixar isso para lá. Ok? Diz que sim, e não vamos mais falar sobre isso.

Marian percebe que ninguém pode absolvê-la da culpa. Ela diz que sim.

No fim, era uma coisa simples para começar.

— MARIAN GRAVES

Do Aeródromo de Whenuapai, Auckland, Nova Zelândia, para Aitutaki, Ilhas Cook
36° 48′ ao Sul, 174° 38′ a Leste, 18° 49′ ao Sul, 159° 45′ a Oeste
30 de junho de 1949
1.752 milhas náuticas percorridas

Antes do amanhecer, o lento abastecimento dos tanques de combustível, a checagem das listas de verificação, o motor de partida tossindo e depois o outro, o estrondo da preparação, a intensidade da aceleração para a decolagem. Um círculo sobre os triângulos de interseção das pistas de decolagem e de taxiamento do aeródromo, o mergulho das asas. Matilda Feiffer no pátio de manobras do hangar, acenando com os dois braços ao lado de um enxame de repórteres jornalísticos e fotógrafos, convocados por ela, encolhendo-se. Ela apareceu um dia, sem avisar, enquanto Marian e Eddie voltavam de um voo de teste. Estava esperando no aeródromo com um cinegrafista, para documentar a aterrissagem, angariar alguma publicidade para o tal documentário. Eles ficaram sorrindo desajeitadamente ao lado do avião enquanto a câmera gravava, depois, Matilda os levou para jantar em seu hotel, em Auckland.

À medida que eles sobem, a cidade se estende para o Sul; baías e enseadas devoram o longo dedo da Ilha do Norte. Fazendas delimitadas por cinturões de amieiros e eucaliptos passam abaixo, montanhas baixas e verdejantes, a costa com seus imensos vincos provocados pelas ondas. Depois, água, apenas água.

Marian e Eddie partem no Ano-Novo. Contudo, eles atravessarão a dimensão temporal no caminho para as Ilhas Cook, voltando a 1949. Cada um leva somente uma pequena valise macia consigo, a fim de economizar peso. Eddie comprará roupas de inverno no Alasca, e os equipamentos adicionais para a Antártida foram enviados para a África do Sul. O macacão de pele de rena de

Marian está enfiado atrás de um dos tanques de combustível, para auxiliar na fuselagem.

Agora, o avião é prateado: sua pintura verde-militar fora substituída pela cor prata. A fim de economizar 500 kg de peso, as janelas de vidro foram substituídas por vidro acrílico, e as peças de borracha artificial, trocadas por material natural, que não racha tão facilmente quando exposto ao frio. Inúmeras outras mudanças. ("É realmente um luxo", falou Matilda Feiffer ao ver a nova cobertura prateada e lustrosa do avião.)

Ventos moderados. Nuvens inofensivas espalhadas livremente no céu como pipocas derramadas no chão. Eddie se movimenta entre a mesa, a cabine do piloto e a cúpula de vidro acrílico, observando os locais e fazendo seus cálculos com a tranquilidade de um tenista profissional. Ele captura o Sol no sextante, entrega notas com ajustes de rota, tem nas mãos a Ilha Norfolk, depois a cidade Nadi nas Ilhas Fiji, depois Apia na Ilha Samoa. Lagoas parecem amebas turquesas. Os pedaços de terra espalhados pelo Pacífico são tão esparsos que a existência de cada ilha parece espantosa, desconcertante, quase perturbadora. *Como este pedaço de terra veio parar no meio de tanta água sozinho? O que acontecerá com ele?*

Os dois já haviam feito um voo anterior e sem incidentes para as Cooks, e, como Eddie já está familiarizado com aquela extensão do oceano, ele tem uma sensação de ir mais fundo do que o curso traçado em seu gráfico a lápis. Ele conhece o avião, seu estrondo ensurdecedor e seu fedor de gasolina. Conhece a forma do cotovelo e do joelho de Marian, visíveis através da porta da cabine. Ele documenta seu registro de horas e cálculos de forma organizada, atualizando a distância percorrida, a hora em que chegarão. Distância é igual à velocidade multiplicada pelo tempo. O tempo é igual à distância dividida pela velocidade. Eddie sente as linhas latitudinais deslizando abaixo, como os degraus de uma escada, observa a crista espumosa das ondas no medidor de deriva, calculando a diferença entre aonde estão indo e aonde pretendem ir. Aí é que está a vida, neste triângulo de discrepância.

A concessionária, bem no centro da cidade de Raleigh, foi fácil de encontrar. HALLIDAY CADILLAC, dizia a grande placa.

— Gostaria de testar o azul — disse ele para Leo. — O Coupé.

— Boa escolha, senhor — disse Leo. — Por favor, aguarde um momento, vou pegar as chaves. — Bruce Halliday era o sogro de Leo.

Todos em Stalag Luft I quase morreram de fome em 1945 e teriam morrido se não fossem as parcas rações da Cruz Vermelha. À medida que a explosão da artilharia se aproximava cada vez mais do Leste, os alemães fizeram os *kriegies* cavarem fossas e trincheiras. Havia boatos de que seriam suas covas.

Mas, então, em uma manhã de maio, antes do amanhecer, ouviu-se uma voz estadunidense vindo de um alto-falante: *qual é a sensação de serem livres, homens?* Os alemães haviam ido embora; os russos estavam a 5 km de distância. Todo mundo correu para fora dos alojamentos. Eddie encontrou Leo no meio do alvoroço, deu-lhe um abraço forte, sussurrando que o amava. Aparentemente, Leo não ouviu.

Os russos estavam alucinados e completamente bêbados: eles vinham em carroças repletas com roupas de cama, porcelanas e pratarias saqueadas. Vasculhavam cada casa pelo caminho, tomando o que bem entendessem, quebrando os retratos de Hitler à coronhadas. Eram acompanhados por garotas que faziam shows de dança para os *kriegies*.

— Me colocaram de lado — falou Leo, assistindo a três garotas russas vestidas com minissaias, rebolando e rebolando em um palco improvisado enquanto um homem tocava um pequeno acordeão, todos batendo palmas e tudo misturado aos uivos ensandecidos dos *kriegies*, como se tudo fosse se incendiar a qualquer momento.

— Mais para mim — falou Eddie.

Leo sorriu superficialmente.

— Você acha mesmo que eles vão nos aceitar?

— Defina *eles*.

Leo parecia atônito e fez um gesto vago, sinalizando todo o mundo além da cerca da prisão parcialmente derrubada e das torres de guarda demolidas.

— Pois eu diria que conquistamos o direito de fazer o que quisermos a partir de agora.

— Isso seria ótimo — falou Leo, e o medo tomou conta de Eddie.

Eles foram evacuados por um helicóptero para um acampamento militar transitório, nos arredores de Le Havre. Leo estava distante, evitando Eddie. Um dia ele simplesmente desapareceu, provavelmente tomou um navio para casa. Logo, Eddie foi mandado de volta também.

Qual é a sensação de serem livres, homens?

Um ano depois, quando morava em Nova York, Eddie recebeu um bilhete pelo correio. Leo estava se casando com a namorada do colégio e indo trabalhar para o pai dela. Ele lamentava não ter tido a chance de se despedir.

— Por que você veio aqui? — perguntou Leo, quando Eddie e ele saíram do Halliday Cadillac no Coupé azul.

— Estou somente de passagem. Consegui um emprego na Flórida, em uma companhia aérea.

— Mas, assim, o que você *quer*? Vira à esquerda.

— Gostaria que você tivesse me informado que era isso que estava planejando. Para que toda essa mentira entediante?

— *Você* tem uma esposa.

— Tinha, ela morreu. Em um acidente de avião. Fiquei sabendo quando voltei para casa. E você bem sabe que nosso casamento era diferente.

Leo tocou seu ombro, apenas por um segundo.

— Sinto muito. Eddie, lamento *imensamente*.

— Não precisamos entrar nesse assunto.

— Encosta aqui. Ninguém pega essa rua.

Os dois pararam em uma estrada estreita ladeada por uma floresta. Eddie, alto demais para o carro, curvou-se o máximo que pôde, a fim de olhar para Leo vestido com um terno brega, o prendedor de gravata, a aliança de casamento e o corte de cabelo curto, quase militar.

— Sua esposa sabe?

Leo olhou pela janela, encarando as árvores.

— Ela é uma mulher boa, leal. Temos duas menininhas. — Ele se remexeu no assento, puxando a carteira do bolso de trás e tirando uma foto: duas criancinhas usando vestidos e sandálias.

— Elas são lindas — disse Eddie, devolvendo a foto.

— Sim.

— Acho que só queria te ver de novo. — Eddie deslizou a mão pelo assento e parou antes de tocar em Leo. — Você tem razão. As coisas não mudaram. Não do jeito que eu esperava. Todo mundo está tão desesperado para fingir que, há tão pouco tempo, não estávamos nos matando a torto e a direito, que não tem espaço para nada além de uma vidinha pacata e suburbana e carrinhos de bebê. Vamos arreganhar os dentes e ser felizes.

— Basicamente.

— Você nem está surpreso. Eu invejo isso. Gostaria de nunca ter alimentado esperanças.

Leo colocou a mão em cima da mão de Eddie.

— Quem diria que eu ia me divertir tanto em um campo de concentração alemão para prisioneiros?

— Você não pode dar uma escapada? De apenas alguns dias?

Leo vacilou. Justamente quando estava prestes a responder, um carro passou por eles, e Leo puxou a mão. Ele perguntou:

— Você não quer comprar um carro, *né*?

• • •

A pista de pouso feita em cima dos corais em Aitutaki fora construída durante a guerra, muito longa, com um radiofarol.

— Fácil demais — diz Eddie quando pousam. — Talvez não seja uma aventura daquelas.

— Não vai ser assim durante toda a jornada.

— Não — concorda Eddie.

Eles têm quartos reservados em uma pequena estalagem de junco e palafita em uma lagoa, onde se hospedam após o voo.

— Vão sair hoje à noite? — pergunta o dono da estalagem. — Véspera de Ano-Novo? Tem um pub descendo a estrada. — Ele havia sido um Seabee da Marinha, ajudou a construir a pista e retornou depois da guerra. *É o paraíso,* explicou ele, incrédulo, qualquer um perguntaria por quê.

Eddie recusa o pub.

Ao pôr do sol, Eddie nada na lagoa. A superfície é plana e cristalina, refletindo o lúgubre céu rosa e roxo, as primeiras estrelas. Ele consegue enxergar de longe a vibração das ondas se quebrando no recife e ouvir, abafado e atrasado, o oceano bradando, querendo entrar na lagoa. O fundo tem pontas de corais mortos e é povoado com tantos pepinos-do-mar negros que é praticamente impossível dar um passo sequer sem sentir um esguicho sob os pés.

Eddie vendeu para algum advogado espertalhão da Califórnia o Coupé azul, que agora deve estar pirulitando tranquilamente por Long Beach, amuleto de um amor perdido.

Eddie fica com a água na altura da cintura e fecha os olhos. Bebera um pouco de rum antes de nadar. Agora, acha que pode sentir o planeta girando. A imensidão do oceano o perturba. É algo que não pode dizer a Marian. Na guerra, seu pior medo, pior do que morrer queimado, pior do que uma queda de paraquedas, era se afogar.

Ele tenta pensar qual seria o próximo pedaço de terra na direção que está encarando, mais ou menos para o Leste. Talvez alguma ilhota, provavelmente na América do Sul, a milhares de quilômetros de distância.

Um copiloto, afirmava o manual do Army Air Corps, *pilota uma aeronave de um lugar para outro sobre a superfície da Terra, uma arte chamada navegação aérea*. Ele gostava da palavra *arte,* como havia sido sublinhada. Gostava da ideia de ele próprio *pilotar* uma aeronave. Mal-humorado, transferido para uma sala de aula de navegação depois de sair do treinamento de piloto, Eddie ouviu mais palavras de que gostou. Observação celestial. Cálculo de posição estimado. Deriva. Orientação. Ponto de reconhecimento.

Os símbolos salpicavam os mapas. Cidades. Aeródromos. Ferrovias e ferrovias abandonadas. Lagos e lagos secos. Circuitos ovais automobilísticos e guindastes *derrick* de petróleo. Estrelas vermelhas para faróis piscantes. Reduções organizadas, agradavelmente simples. Até ser abatido, Eddie acreditava em sua arte, em uma verdadeira relação entre o espaço tridimensional e os mapas impressos, na possibilidade de afirmar precisamente: *estou aqui*. No entanto, depois da guerra, não importava o quão longe viajasse, sentia-se preso, ilhado, imóvel. Talvez haja outra rota que ele ainda não encontrou, mais equações além das que conhece, outra dimensão inatingível, subjacente ao mundo mapeável.

Inevitavelmente, descartaremos quase tudo. Ao voar ao longo da África, por exemplo, cobriremos somente uma faixa tão larga quanto nossas asas, vislumbraremos apenas um conjunto de horizontes. A Arábia, a Índia e a China passarão despercebidas ao Leste, assim como a monstruosa besta soviética se espreguiçando com seu focinho europeu e cauda asiática. Não veremos nada da América do Sul, nada da Austrália ou da Groenlândia, ou da Birmânia ou da Mongólia, nada do México ou da Indonésia. Na maioria das vezes, veremos água, líquida e congelada, porque isso é a maior parte do que existe.

— MARIAN GRAVES

Oahu, Havaí
21° 19′ ao Norte, 157° 55′ a Oeste
3 de janeiro de 1950
4.141 milhas náuticas percorridas

Caleb deixara o cabelo crescer novamente, mas agora faz um rabo de cavalo, em vez de uma trança, fios soltos esvoaçantes ao redor do rosto enquanto dirige sua caminhonete pela costa ventosa, cantarolando para si mesmo. Marian não consegue entender as palavras. Lá fora, da janela dela, uma mistura de rocha de lava negra caminha até o mar, transformando as ondas em pedaços brancos. Ela estende a mão, e o vento faz com que ela arqueie as costas como um felino. Do lado de Caleb: uma parede de rocha com ranhuras, a íngreme encosta verdejante da montanha da ilha.

Mauka. Em direção à montanha. *Makai*. Em direção ao mar. Caleb ensina palavras havaianas à Marian.

Eddie e ela pensaram que poderiam voar todo o trajeto de Aitutaki para o Havaí, mas decidiram parar no meio do caminho na Ilha Christmas, nas Ilhas da Linha, um enorme atol achatado, quase nu, exceto pelas palmeiras, algumas aldeias, uma pista de pouso da guerra. Caranguejos terrestres andam por toda parte. Os dois pernoitaram, partindo antes do amanhecer. Marian fica grata por Oahu ter volume e peso, uma exuberante aura verde e felpuda.

Caleb está levando Marian para conhecer a fazenda onde trabalha como um vaqueiro havaiano, um paniolo. Quando veio pela primeira vez, havia trabalhado em uma plantação de taro, no entanto, preferia ser vaqueiro. Na casa dele, ela percebeu uma foto de Caleb montando um cavalo, com uma guirlanda de flores rosas enrolada no chapéu.

Caleb para em uma porteira, e Marian sai para abri-la, fechando-a atrás da caminhonete. Quando ela sobe no veículo, ele diz:

— Eddie parece ser uma boa pessoa.

Eddie alegou que queria tirar um cochilo e ficou para trás na casa de Caleb, uma pequena casa azul sobre palafitas, quase na beira da água. Marian acha que ele está lhes dando espaço, porém, também acha que não está ansioso para passar um tempo com o homem que Marian escolheu em vez de Ruth.

— Eu estaria perdida sem ele — fala Marian, satisfeita consigo mesma.

— Ah, piadinha de copiloto. A que ponto chegamos. — Um homem a cavalo cruza a estrada de terra à frente deles e levanta a mão. Sua sela de vaqueiro é pequena e plana, acolchoada com um cobertor de lã. — Aquele cara ali estava na Praia de Utah — conta Caleb à Marian. — Veja que o chapéu dele fica estranho na cabeça porque ele levou um tiro na orelha. — Todos os paniolos são nativos havaianos, segundo Caleb, mas ele é tolerado porque tem jeito com os cavalos e é apenas meio branco. E também porque sua fama na guerra se espalhou.

A casa da fazenda, pequena e comprida, construída com blocos de coral e coberta com telhas vermelhas, fica aos pés das montanhas, em um gramado verdejante intenso, vigoroso. Os galhos das frondosas árvores-da-chuva se estendem, formando abóbadas perfeitas.

Caleb passa por um vale estreito e, atravessando um labirinto de cerca, entra em um celeiro.

Caleb coloca os arreios de corda nos cavalos, mas nenhuma sela. Ele tira as botas antes de montar e obriga Marian a fazer o mesmo. Ela entende por que quando, depois de cavalgar pelo caminho que vieram, *makai*, e cruzar a estrada para a praia, Caleb cavalga direto para o mar. Sentada no lombo de pelugem branca e vermelha de sua égua baixinha e obstinada, Marian sente os movimentos do animal. Os pés de Marian balançam abaixo da barriga da égua enquanto o animal começa a galopar apressadamente, tomando impulso, ansiando não ser deixada para trás, relinchando para o cavalo de Caleb, perseguindo-o na água. Marian não montava desde que fugira de Barclay. Ela cavalga meio torta, mas logo se endireita. A égua atravessa o suave quebrar das ondas, lutando contra a força do mar, os respingos salgados contra o peito. Quando fica submersa até a cintura, Marian sente o animal flutuar. A parte inferior de seu corpo se levanta, esticando-se pelo dorso do animal, com as rédeas soltas, segurando apenas sua crina acobreada. A cabeça da égua fica fora da água, e o animal relincha suavemente ao ritmo de suas patas.

— Ela está nadando! — grita Marian para Caleb, toda boba.

Ele se vira. O bom e velho jeito divertido de Caleb se destaca sob o chapéu, a certeza de que Marian o ama.

— Nossa, quem te contou esse segredo?

Marian consegue sentir as costelas e os músculos da égua, as batidas do coração, aquela sensação tão familiar da infância, há muito esquecida. Ela ainda é aquela menina, subindo no dorso do querido e velho Fiddler, sozinha ou com o corpo pressionado contra o de Jamie, cujo coração também bate e respiração acelera. Seu outro eu está completamente submerso no frio do Oceano Pacífico: a gentileza da água puxando-a insistentemente, levantando-a do cavalo, separando-a do animal que nada tão intensa e diligentemente. Para onde a égua quer ir? Para qualquer lugar aonde o cavalo de Caleb esteja indo. Eles nadam paralelamente à costa. Logo Caleb vai voltar.

Seu corpo marca uma encruzilhada. Em direção ao mar. Em direção à montanha. Em direção ao céu. Em direção ao cavalo. Em direção ao homem.

O quarto de Caleb fica no andar de cima, em um telhado pontiagudo, vigas expostas. Lá fora, as longas e pesadas folhas das palmeiras balançam ao vento. O mundo escuro abraça a pequena casinha da ilha.

— Você acha que fiquei mole? — pergunta Caleb.

Marian se acomodou horizontalmente na cama, apoiada nos travesseiros, de lado, nua, sentindo a brisa que entra pelas janelas venezianas. A cabeça de Caleb repousa na curva de seu quadril.

— Depois de passar por uma guerra, acho que todos ficamos moles.

Foram três anos. Três anos no inferno sem sofrer um arranhão sequer — Norte da África, Itália, Dia D, França, Alemanha. Era uma sorte tão milagrosa que se transformou no fardo e na tristeza de uma maldição. Os soldados novos o tocavam na esperança de atrair qualquer proteção vodu assombrosa que Caleb pudesse ter e que pudesse ser passada para eles. Mas, então, na batalha, simplesmente morriam, às vezes bem ao seu lado. Ele disse a Marian que o seu corpo incólume lhe parecia uma coisa ignominiosa. Ao menos, se tivesse levado um tiro ou explodido por causa de uma bomba, poderia ter parado, vivo ou morto. No entanto, Caleb continuou e prosseguiu, nem mesmo sofreu de *trench foot*[1], esperando pelo fim. Ficou imprudente, mas isso não fez diferença alguma. A guerra se recusava a engoli-lo ou cuspi-lo.

Marian acrescenta:

— Não vejo problema em ser mole.

— Às vezes, sinto falta da guerra e me odeio por isso.

— Muitas pessoas sentem.

— Você sente?

— Às vezes.

Se não fosse a guerra, Caleb lhe diz, ele provavelmente teria passado a vida inteira em Montana, caçando. Nunca teria lhe ocorrido ir embora. Só que, quando retornou, descobriu que não gostava mais de andar entre as montanhas. Não gostava mais de sentir frio, dormir ao ar livre ou atirar em coisas. Estava farto de tudo isso. Às vezes, ficava confuso.

— Às vezes, eu estava caçando alces — conta ele — e, depois de um instante, estava encolhido em algum lugar, me escondendo dos alemães, confuso entre o presente e o passado.

— Hora do *makai*.

Caleb ri.

— *Tá* vendo? Você é praticamente uma local. Sim, acho que era hora mesmo. Já te disse por que vim pra cá?

— Não.

— Eu estava bebendo muito, esse tipo de coisa, mas também lia muito, porque não tinha mais nada para fazer. Daí, por acaso, peguei um livro da biblioteca que tinha o desenho das ilhas daqui e, de repente, senti que *tinha*

[1] Pé de trincheira. Os soldados ficavam com os pés vermelhos ou azuis, por conta das condições insalubres e da umidade das trincheiras [N. da T.].

que vir para o Havaí. Eu *tinha* que vir. — Seus dedos percorrem o tornozelo de Marian. — Fiz uma mala, peguei um trem, depois um navio. Foi isso.

— Sinto inveja de você — fala Marian. — Encontrar um lugar onde você possa ficar, permanecer. Estar feliz em algum lugar.

— Sente nada. Se sentisse, também encontraria um. Você nem se abre para essa possibilidade.

Marian acha que Caleb não está falando especificamente sobre lugares.

— Talvez um dia — diz ela.

A aurora se estende por grandes faixas de céu em um piscar de olhos. Num momento, um arco de luz pende de horizonte a horizonte, sangrando até as estrelas; em instantes, desaparece. Você sente que está recebendo mensagens de um remetente desconhecido, de significado indecifrável, mas de autoridade inquestionável.

— MARIAN GRAVES

De Barrow, Alasca, para Longyearbyen, Svalbard
71° 17′ ao Norte, 156° 46′ a Oeste e 78° 12′ ao Norte, 15° 34′ a Leste
31 de janeiro a 1° de fevereiro de 1950
9.102 milhas náuticas percorridas

Eddie e Marian esperam em Barrow por quatro dias. Quando chega uma previsão de tempo favorável, eles partem ao anoitecer com o intuito de chegar ao arquipélago de Svalbard ao meio-dia, no momento em que o céu meridional brilhará com o pôr do sol azul do Ártico. O Sol não nascerá por mais duas semanas, mas pelo menos eles não terão que pousar na escuridão total. O que é uma vantagem em relação à programação atrasada deles, aos dezesseis dias que passaram no Havaí em vez dos dois planejados: mais luz no Norte. Por outro lado, Marian se preocupa com as consequências de chegar à Antártida tão tarde no verão meridional, supondo que cheguem ao continente.

O *Norsel*, o navio que leva a Expedição Antártica Norueguesa-Britânica-Sueca (e também o combustível do *Peregrine*) para a Terra Rainha Maud, na Antártida Oriental, sofreu um atraso, custando à expedição pelo menos duas semanas, provavelmente mais. Chegou um telegrama para Marian no aeroporto de Honolulu. Resultado: sem pressa.

Podemos muito bem ficar aqui mais um pouco, Eddie e ela disseram um ao outro, fingindo mais relutância do que sentiam. Eddie encontrara seu próprio alojamento em Honolulu, em vez de ficar na casinha de Caleb. Foi ele que mencionou o fim da Noite do Ártico como um motivo para se divertir por aí.

Os dois acharam que provavelmente teriam que percorrer todo o trajeto de Barrow até o continente norueguês pressionando os limites do *Peregrine*, já que não havia nenhum aeródromo de verdade em Svalbard e poucos auxílios à navegação, mas, com condições climáticas favoráveis e um pouco de crepúsculo, eles teriam uma chance melhor. Marian aproveitaria aquela oportunidade, disse a si mesma, enquanto permanecia na cama de Caleb, pois não tinha escolha a não ser ficar.

Enquanto o *Peregrin*e decola de Barrow, pesado com combustível, subindo com relutância, a borda de terra congelada é indistinguível do início do mar congelado. A escuridão repousa no Norte, cravejada de estrelas. Auroras verdes ondulam como raios de luz por meio da água em movimento.

Em geral, o frio extremo desmotiva o tempo nublado, mas, ainda assim, eles têm sorte. Durante boa parte do voo, o céu não estava somente límpido, sem nuvens, como estava tão transparente que parecia não haver ar. No polo, as estrelas pairam sobre a escuridão do universo. Abaixo, um oceano congelado, iluminado pela luz das estrelas e pela mais fina luz da Lua, sua superfície de platina empurrada para cima em dunas fragmentadas, sombras reverberando nas trincheiras entre elas. Onde as marés abriram fendas no gelo, canais estreitos de mar aberto exalam névoa ao congelar. Marian nunca havia visto uma paisagem tão inundada de silêncio, tão monocromática e desprovida de vida.

Aquela mulher marcando seu mapa em Long Beach parece tão distante, tão tola, irreconhecível como ela mesma, essa outra mulher voando por uma vastidão de claridade escura. O que aquele mapa tem a ver com este lugar?

Se caírem, sobreviver será impossível, mas existem também outros perigos. Bem ao Norte, a bússola vagueia. Linhas de longitude se comprimem como barras no topo de uma gaiola. Para dar sentido ao lugar, é necessário se desapegar da ideia de Norte verdadeiro, das maneiras pelas quais eles se orientavam anteriormente em relação àquele planeta esquecido. Eles devem sair da gaiola, e a navegação deve ser feita por gráficos especializados sob uma grade achatada na qual o Norte é definido artificialmente e as linhas de longitude são paralelas.

Em Kodiak, eles colocaram esquis no avião. Em Fairbanks, compraram para Eddie uma parca de rena, e, quando Marian olha para trás, enxerga a silhueta marrom e desgrenhada de Eddie curvada sobre a mesa, como se, neste sonho de noite polar, seu único companheiro tivesse sido magicamente transformado em um monstro peludo. Quando saíram do Havaí, Eddie meio que estava com o olho roxo, tristonho, algo tão ilusório e onírico quanto o resto da pausa tropical dos dois. Marian não sabe por que ele está com o olho roxo. Os rapazes de reconhecimento de Fairbanks, que voam em altas latitudes quase diariamente, davam a Eddie algumas dicas, mas ele pouco parecia acatá-las, sem se preocupar. Aparentemente, não se incomoda com as armadilhas e enganos do Ártico. Ele lida com seus gráficos, tabelas e bússola astronômica com a serenidade tranquila de um padre preparando a comunhão.

À medida que se aproximam do arquipélago Svalbard, longas pontas pretas e tortuosas de água aberta rompem o gelo em um quebra-cabeça de prata de gumes afiados de blocos flutuantes. Ainda assim, as condições meteorológicas são favoráveis. É quase meio-dia; ao Sul, o horizonte é iluminado por uma estreita faixa de luz fraca das águas. As formas das ilhas aparecem, sombra contra sombra.

Certa tarde, no Havaí, Caleb convenceu Marian a levá-los para Big Island. Um amigo dele, Honi, um cara mais jovem que tinha estado no Pacífico e também era paniolo, pegou-os no pequeno aeroporto de Kona e os levou com seu barco velho e enferrujado. À noite, enquanto navegavam para o mar, bebendo cerveja, Honi lhes deu máscaras e *snorkels* roubados da Marinha.

— Eles gostam desse local — disse ele, sinalizando para a água escura. Marian sabia que deveria perguntar quem eram *eles*, mas não perguntou e mergulhou.

Lá embaixo, o vazio, cobalto se desvanecendo em preto. Caleb agarrou o pulso de Marian, amarrando-a a ele. Um feixe de luz brilhante afundou: Honi apontava uma grande lanterna para a água, atraindo as partículas flutuantes do mar. Alguns peixes prateados cintilavam nas profundezas, como moedas em um poço. A primeira arraia manta apareceu ondulando nas águas escuras, bem abaixo, quase imperceptível. Ela se curvava para cima, subindo, a boca se abrindo, as guelras se contraindo, a parte inferior brilhando de branco. À medida que se arqueava, barriga com barriga, a água oscilava entre elas, como o vento. Descendo, tornou-se uma sombra alada, desaparecendo brevemente antes de voltar a subir. A arraia deu repetidas voltas na luz da lanterna, alimentando-se, e Marian caiu em uma brecha temporal, sentiu a leveza vertiginosa dos *loops* que fazia com o biplano Stearman.

Eddie lhe escreve um bilhete. *Isfjord Radio talvez esteja ao alcance. Vou tentar.*

Quando comunicou o plano de voo de Barrow à estação, prometeram à Marian toda a assistência possível de Svalbard, e agora a operadora está dizendo a Eddie que o céu está límpido e todos em Barentsburg e Longyearbyen acenderam as luzes para eles.

Os nazistas haviam tomado Svalbard duas vezes, por causa das estações meteorológicas. Os noruegueses livres haviam planado sobre as geleiras em esquis, perseguindo sinais de rádio que iam e vinham como fogos-fátuos, às vezes encontrando e matando os alemães, outras, não. Cada vez mais, alemães vinham, depositados nas ilhas do norte por submarino. Os últimos a se renderem na guerra estavam em Svalbard. Quatro meses após o Dia da Vitória, na Europa. Eles teriam se rendido antes, mas ninguém se preocupou em ir buscá-los.

Marian se aproxima do Oeste, voo rasante no mar, passando pela boca congelada de Isfjord, flanqueada por montanhas brancas de cumes planos. Eles passam pelas luzes do assentamento de mineração soviético em Barentsburg. A superfície congelada do fiorde brilha irregularmente onde a neve se dissipou. Eles tentarão pousar em um vale acima de Longyearbyen, em Adventdalen, onde a Luftwaffe construiu uma pista de pouso.

Quando Caleb a levou para ver as arraias mantas, ele disse que a amava. Ele sabia como dizer as coisas para ela, como ela poderia escutá-lo. Marian e Eddie partiram em 20 de janeiro, dia em que receberam a notícia de que o atrasado *Norsel* havia finalmente cruzado o círculo da Antártida, aproximando-se do continente. Caleb estava trabalhando na fazenda quando ela foi para o aeroporto. Sem se despedir, claro. O amor dos dois era tudo, mas não mudava nada. Seus caminhos seguiriam, insubmissos a ele.

Marian desce uma pequena enseada fora de Isfjord, passa sobre as aglomeradas luzes amarelas de Longyearbyen, as estruturas de madeira frágeis e os cabos que sustentam os bondes de mineração. O trânsito pelo Polo Norte, as estrelas e auroras e o gelo já assumiram a estranheza desintegradora de um sonho.

O estreito vale é nebuloso. Uma fogueira de carvão ainda queima em uma das minas, acesa por um projétil de um navio de guerra alemão. Eles pousam na neve lisa marcada por potes de sinalização em chamas. Uma multidão se reuniu para cumprimentá-los.

Quando você está realmente morrendo de medo, sente um desejo intenso de se separar do seu corpo. Você quer se afastar daquilo que lhe causará dor e pavor, mas o aquilo é você. Você está a bordo de um navio que está afundando, mas é o próprio navio. Porém, ao voar, não se deve deixar o medo entrar. Habitar-se plenamente é sua única esperança e, além disso, fazer com que o avião seja parte de você também.

— MARIAN GRAVES

Malmö, Suécia
55° 32′ ao Norte, 13° 22′ a Leste
2 de fevereiro de 1950
10.471 milhas náuticas percorridas

Eddie está na cama, em um quarto de hotel escuro, debaixo de um edredom branco de penas de ganso. Por algum milagre, está são e salvo, aquecido e vivo. Pela janela, a neve cai em uma pequena praça da cidade, uma camada lisa crescendo, iluminada pela luz amarelo-manteiga da rua. Os edifícios são estreitos, com telhados íngremes e fileiras bem organizadas de janelas, com neve nas soleiras.

O plano deles era ir para Oslo, mas uma tempestade impossibilitava o pouso. “Onde mais?”, gritou Marian por causa da queda e do barulho do avião, e ele consultou seus gráficos e colocou a ponta do dedo em Malmö, no extremo sul da Suécia. Pelo menos, não estavam sobre a água. Caso se acidentassem, pensava Eddie, por favor, que fosse no solo. Por rádio, por meio de ondas de estática, ele percebeu que as condições meteorológicas em Malmö eram péssimas, mas não letais. Sem saber como, Eddie havia encontrado um aeródromo. E Marian pousou o avião, ninguém sabe como. Aeroporto Bulltofta. Ele se recorda de ouvir rumores sobre bombardeiros danificados fazendo pousos forçados ali durante a guerra, em vez de voar de volta para a Inglaterra.

Os flocos de neve caindo gentilmente, pequeninos pedaços de renda congelada passando pelos postes de luz, parecem tão delicados, tão inocentes, porém, são emissários de uma violência cega e sem igual que, mesmo agora, pairava sobre os telhados ordenados, as torres piedosas e o relógio meticuloso. Eddie havia visto os flocos caindo e pipocando ao redor do avião, lançando-se maliciosamente contra a aeronave, mas, agora, eles flutuam pacificamente na praça, acumulando-se como poeira inofensiva lançada do céu.

Eddie acha que seu corpo deveria ter alguma cicatriz da tempestade, algum machucado além do frio persistente dentro dele. Ficou sentado por uma hora em um banho quase escaldante. Como dois lugares podem existir tão próximos, um empilhado sobre o outro? Todas as coisas ao seu redor, a roupa de cama, a água quente, os interruptores de luz e os aquecedores, eram parte de uma ilusão elaborada, agradavelmente convincente e totalmente sem nexo de segurança, de consequências.

Em Honolulu, Eddie havia encontrado um hotel barato nos arredores de Chinatown. Âncoras desbotadas e garotas de hula cobriam as janelas dos estúdios de tatuagem. Mercearias e lojas de especiarias exibiam raízes retorcidas e potes de pós desconhecidos, placas em letras estrangeiras. Um cheiro fétido tomava conta da atmosfera úmida e tropical: fruta podre, um rastro de esgoto do rio.

Um barman disse a Eddie que ele deveria ter visto o lugar durante a guerra. O mar cuspindo uma multidão de marinheiros que bebiam a rodo, filas em todos os bordéis, todo mundo pintando o sete em plena luz do dia.

— Tinha que ser assim, por causa dos apagões. Mas os bordéis foram fechados. Agora, tem cafetões por aí, o que não é nada bom *pra* mim, mas eu poderia te apresentar a uma garota legal, se você quiser.

— Não, obrigado — dispensou Eddie, olhando bem nos olhos do barman. — Não é a minha praia.

O cara abaixou a voz, aproximando-se.

— Vá ao Coconut Palm, se quiser coisas diferentes.

Na segunda vez em que foi ao Nut, como as pessoas chamavam, Eddie voltou com um cara para o hotel. O cara, Andy, que havia perdido a mão esquerda no Dia D, estava indo para a Universidade do Havaí com o dinheiro do governo e ofereceu-se para mostrar a cidade a Eddie. Eles deitaram em praias de areia branca, escalaram colinas de terra vermelha para ver as casamatas da guerra, comeram panquecas grossas de nozes de macadâmia com molho de maracujá.

— Por que você está mesmo dando a volta ao mundo? — perguntou Andy, quando os dois estavam tomando Sol em cima de uma das casamatas, com as costas nuas sobre o concreto quente. Andy estava com os braços erguidos sobre a cabeça. A visão de sua careca ainda pegava Eddie de surpresa às vezes.

— Ela precisava de um copiloto. E eu estava entediado.

— Entediado. Sei. As pessoas vão ao cinema quando ficam entendidas. Você realmente quer fazer isso?

Abaixo, o oceano se espalhava até o horizonte. Eddie tinha medo dos longos voos sobre a água que restavam: para Kodiak, para a Noruega, para a Antártida, para a Nova Zelândia.

A humanidade carece daquele sexto sentido que parece orientar as aves marinhas por milhares de quilômetros de oceano, sem trilhas. Era a primeira frase do manual do Army Air Corps. Mas houve momentos em que Eddie suspeitava, em seu íntimo, que ele poderia ter aquele sentido que faltava aos homens. No ar, tinha certeza de onde estava, embora não pudesse ter como provar ou explicar como sabia.

— Eu queria fazer algo bem difícil — respondeu a Andy —, mas de um jeito técnico e prático, e não emocionalmente humano. Você sempre *está* em algum lugar, só precisa descobrir onde. O lugar aonde você quer ir *existe*. Basta achá-lo.

Uma noite, depois que saíram do Nut, um bando de marinheiros os seguiu. Eddie disse a Andy para não se virar. Ele mesmo não se viraria, mas um dos marinheiros atirou uma garrafa que o atingiu nas costas, então Eddie foi o único a se virar. Andy fugiu, não que Eddie o culpasse por isso.

Eddie até conseguiu acertar uns bons socos, a julgar pelo estado de suas mãos, porém, um dos marinheiros o acertou na cabeça com algo pesado, e ele acordou algum tempo depois, deitado em um beco imundo entre uma livraria chinesa e uma peixaria. Ao abrir as pálpebras inchadas, viu um borrão verde que lentamente se transformou no reflexo de um papagaio néon em uma poça fedendo a peixe, embora não tivesse sido capaz de pensar na palavra *papagaio* ou compreender por que alguém estaria brilhando no chão.

Na tempestade, quando estavam voltando de Svalbard, Eddie sentiu medo, mas achava que nunca mais sentiria o medo que sentiu quando acordou perdido naquele beco de Chinatown. Na tempestade, estava seguro na rede de longitude e latitude que mantinha o planeta conectado, porém, no beco, estava tão desorientado que poderia muito bem ter sido enrolado, acorrentado e jogado na água escura, sua perdição absoluta. A tempestade, mesmo se o tivesse matado, nunca teria o poder que o beco tinha sobre ele.

Ele começa a cair no sono e acorda sobressaltado de um sonho de luzes verdes que podem ser a aurora ou podem ser o papagaio néon.

De manhã, sua única preocupação será com o banho e o café, com o tipo de geleia sueca que passará na torrada. Ele se lembrará de uma forma destacada e desbotada, como o gelo cresceu sobre o avião como uma armadura indesejada, uma maliciosa camisa de força cristalina, como o *Peregrine* ficou lento e pesado, como seus motores funcionaram laboriosamente. A situação deles era tão precária que parecia que o peso de somente mais um floco de neve poderia colocar tudo a perder, mas, em vez disso, eles pousaram em Bulltofta. Depois, o hotel aconchegante, a cama branca, a neve inocente.

Eddie ficou uma semana se recuperando em seu quarto medíocre em Honolulu antes de ver Marian, pois já estaria melhor, apenas um pouco machucado em volta de um olho e incomodado por dores de cabeça que percorriam imprevisivelmente seu cérebro. Marian olhou para ele com preocupação, perguntou se estava bem e o deixou em paz. Eddie achava que ela estava preocupada com Caleb. Não voltou para Nut nem viu Andy novamente.

De Malmö, eles voarão para Roma e, de Roma, até Trípoli, depois, para o Sul, em um calor equatorial úmido, com dias cada vez mais longos.

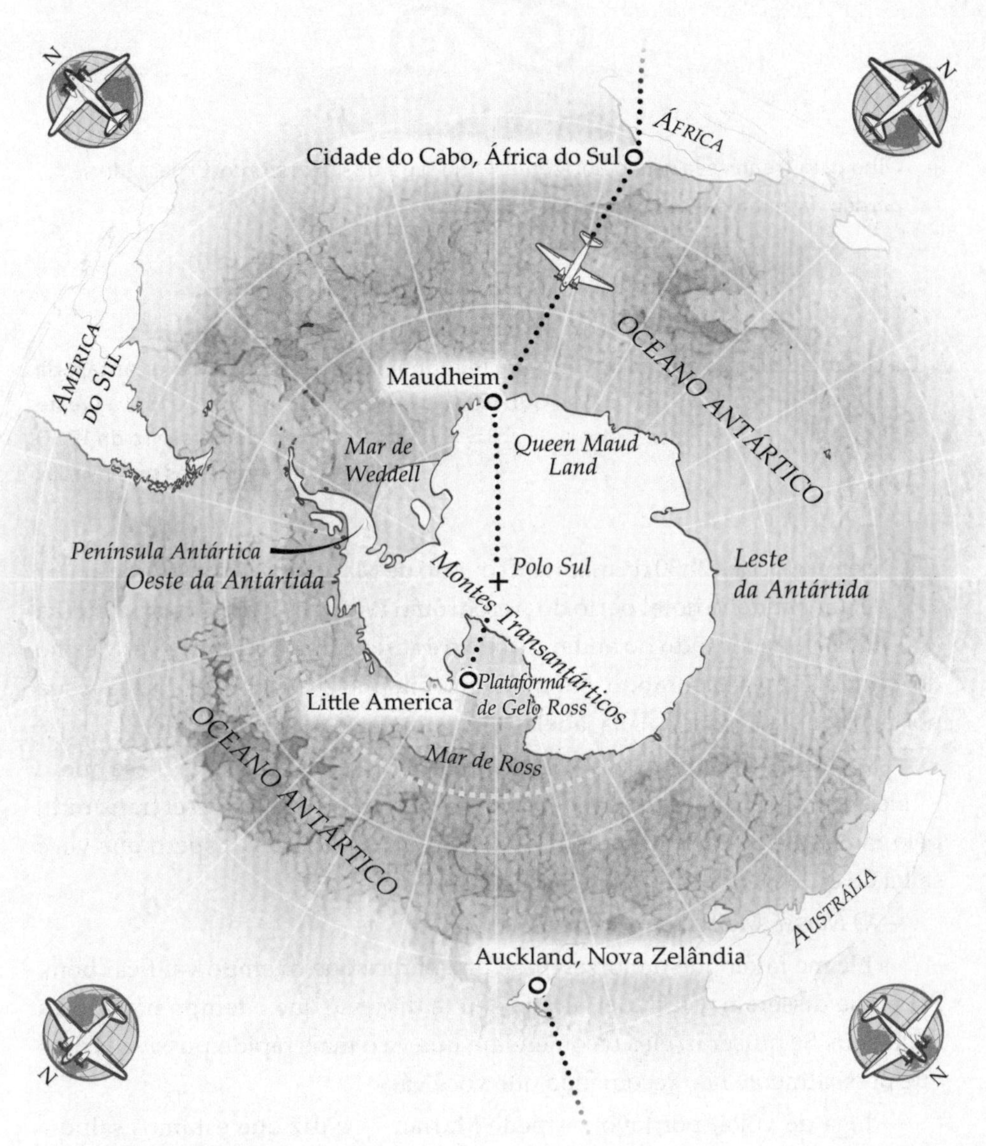
N
N
África
Cidade do Cabo, África do Sul
América do Sul
Oceano Antártico
Maudheim
Mar de Weddell
Queen Maud Land
Península Antártica
Oeste da Antártida
Polo Sul
Montes Transantárticos
Leste da Antártida
Little America
Plataforma de Gelo Ross
Mar de Ross
Oceano Antártico
Austrália
Auckland, Nova Zelândia
N
N

Antártida

Olho para frente, e lá está o horizonte. Olho para trás. Horizonte. O passado se perdeu. Já estou perdida para o meu futuro.

— MARIAN GRAVES

Da Cidade do Cabo, África do Sul, para Maudheim, Queen Maud Land, Antártida
33°54′ ao Sul, 18°31′ a Leste 71°03′ ao Sul, 10°56′ a Oeste
13 de fevereiro de 1950
18.331 milhas náuticas percorridas

O telefone toca às 2h30 da manhã. O quarto de Marian fica no segundo andar de um pequeno hotel perto do Aeródromo Wingfield, mas o som distante do telefone tocando no andar de baixo é suficiente para acordá-la. Mesmo dormindo, estava esperando. No momento em que o funcionário bate na sua porta, ela já está vestida. Pela janela, vê-se uma noite clara de verão.

— O cara do aeródromo ligou — repassa o funcionário. — Ele disse que… — Ele encara um pedaço de papel na mão. — Ele disse que o morsel transmitiu pelo rádio que o tempo está bom. — Ele ergue os olhos. — Espero que você saiba do que se trata, porque foi isso que ele disse.

— O *Norsel*. Mais alguma coisa?

— Ele me falou que o morsel disse que parece que o tempo vai ficar bom. Foi o que disseram. Mas queriam que eu te dissesse que o tempo não estava nada bom. Se quiser ir, eles recomendam que vá o mais rápido possível. Disse que pessoalmente não recomenda que você vá.

— Liga de volta, por favor — pede Marian — e diz que estamos saindo. Peça a ele também para tentar contatar algum navio rumo ao Sul, para ver se consegue alguma coisa sobre as condições meteorológicas.

Com a língua no canto da boca, o funcionário faz uma anotação e desce as escadas. O quarto de Eddie é ao lado, e Marian encosta o ouvido na parede, tentando escutar qualquer atividade. Ele com certeza deve ter acordado, mas o silêncio reina absoluto. Por favor, ela pensa, quase ora, por favor, esteja aí dentro.

Os dois haviam chegado à Cidade do Cabo em 9 de fevereiro, e a Expedição Antártica Norueguesa-Britânica-Sueca, após ser impedida pelo gelo inúmeras vezes, chegou finalmente à costa, no dia seguinte. Antes disso, quando passaram em Roma, Trípoli, Libreville e Windhoek, Eddie começou a sumir. Marian acha que a tempestade vinda de Svalbard o abalou, ou talvez a mudança repentina tenha alguma coisa a ver com o que quer que tenha acontecido em Honolulu, já que Eddie estava com o olho roxo. No Alasca, ele parecia bem, navegando pelo Polo Norte, mas, desde Malmö, tem escapulido dos alojamentos, passando a noite fora às vezes. Marian nunca tem certeza se ele voltará.

Ela até tentou envolvê-lo nas últimas tarefas de planejamento rumo à Antártida, quis saber sua opinião sobre seus intermináveis ajustes afobados em relação aos cálculos de carga e combustível (os esquis e seu arrasto geravam um incômodo desconhecido), mas as respostas dele eram sempre superficiais, indiferentes, até mesmo sucintas, como se ela o estivesse importunando com preocupações frívolas e irrelevantes. Aparentemente, Eddie não se importava mais com ela, seus gráficos e anotações, porém, na Cidade do Cabo, Marian lhe disse que ele tinha que parar de sumir. A estação estava acabando, e eles precisavam estar preparados para partir a qualquer momento.

Marian bate à sua porta.

— Pode entrar — diz Eddie de uma vez. Ele está sentado na cama, totalmente vestido. A cama não está desarrumada.

— Você dormiu? — pergunta Marian da porta.

— Não sei. Não. Não tenho dormido muito. E esta noite tive um pressentimento. Está na hora?

— O tempo vai melhorar.

Eddie encara o chão, apertando suas grandes mãos.

— Por enquanto, sim. Três horas até sairmos, provavelmente. Talvez mais treze horas no ar. Talvez esteja ventando e nevando muito até chegarmos. Visibilidade zero. Pode acontecer qualquer coisa.

Marian tenta controlar sua impaciência. Será que Eddie acha que ela não sabe disso?

— Em algum ponto, vamos ter que saltar de paraquedas.

Eddie encara Marian, taciturno, suplicante.

— Não sei se consigo, Marian.

— Então, não quer ir? — Marian está atônita.

Ele balança a cabeça.

— Não sei se consigo achar a rota.

Marian entra no quarto e se senta ao lado dele.

— Se tem alguém que consegue achar uma rota, esse alguém é você.

— Não temos tanta certeza disso.

— Nunca tivemos. Tivemos que aceitar que tanto eu quanto você poderíamos fracassar.

— Fiquei abalado.

— Por causa da tempestade?

— A tempestade só piorou, as coisas se acumulam. Achei que fosse me acostumar com os longos voos sobre a água, mas não me acostumei. — Eddie pressiona os dedos com cuidado ao lado da cabeça. Parece que a dor irradia por todo o seu rosto.

— Está tudo bem mesmo?

— É só uma dor de cabeça. Já, já passa. — Ele tira um frasco de aspirina do bolso e mastiga duas.

— Você foi tão bem em Svalbard — fala Marian, como se lembrasse a uma criança teimosa que ela havia gostado de determinada comida no dia anterior.

— Foi diferente.

Marian não pode negar. Perto do Polo Norte, as regras de navegação simplesmente não eram as mesmas, porém, eles ainda tinham gráficos decentes, um punhado de conselhos, transmissão de rádio de Barrow e Thule do Sul, pessoas que lhes esperavam em Longyearbyen. Contaram com a sorte para voar em céus límpidos, com estrelas aparentes pelas quais Eddie poderia se orientar. Mas, no Sul, os mapas pouco ajudariam, não haveria faróis nem estrelas, apenas o Sol, que provavelmente seria obstruído com frequência por condições climáticas traiçoeiras, que mudavam repentinamente.

— Ando pensando muito sobre o que pode dar errado. Mas também ando pensando no que acontecerá se tudo der certo. Você pensa no depois? — pergunta Eddie.

— Estou tentando lidar com uma coisa de cada vez. Com cada trecho, cada pouso. — Marian sente que Eddie está prestes a ter um colapso, mas não consegue entender a gravidade do problema, já que uma falha estrutural no avião pode ou não representar um desastre, dependendo dos esforços exercidos. Eddie está sentado, as mãos grandes segurando sua cabeça. — Te botei numa enrascada, *né*?

— Não. — Ele balança a cabeça novamente. — Não, a escolha foi minha. Eu precisava... precisava de algo, por isso, vim.

— Já chegamos tão longe — disse Marian baixinho, implorando. — É apenas mais um voo. Água, terra, gelo, o mesmo de sempre.

É uma mentira, é claro. Os dois fariam um voo perigosíssimo. Eddie sabe disso tão bem quanto Marian, mas ela pouco se importa. Nem passa pela cabeça dela se importar. Estava irredutível por dentro, como gelo. A única coisa que importava era voar.

Marian sabe que Eddie sabe que ela está mentindo, mas ele fala:

— Você tem razão.

Ela está impaciente para ir ao aeródromo.

— Você está pronto?

Eddie levanta a cabeça. Ele parece exausto.

— Pronto, como sempre estive.

Ao amanhecer, eles decolam, voando em um arco para o Sul, vislumbrando pela última vez a Table Mountain, banhada pelos raios de sol do amanhecer. Uma grande migração de ondas com espumas brancas ondula pelo mar. O *Peregrine* balança com o vento. Quando ganham um pouco de altitude, Marian sente muito calor, já que está com roupas de lã. Ali, não consegue imaginar a necessidade de uma parca de pele de rena, das botas *finnesko* e das grossas meias, tudo empilhado no assento do copiloto. Mas, em breve, não será capaz de se imaginar sem tudo aquilo.

Após duas horas, um fino véu de névoa se materializa abaixo, dissipando-se em alguns lugares. À frente, uma parede de nuvens se ergue, cinza e sólida, alta demais para ser escalada. Eles atravessam a escuridão clara.

De vez em quando, Eddie entrega uma nota com uma correção de rota. Marian não consegue perceber nada em sua expressão impassível. Ela tenta lhe falar palavras de estímulo e de confiança: ele consegue encontrar a rota. Talvez, quando completarem o círculo, os cacos quebrados de Eddie possam ser colados de volta.

Após seis horas, as nuvens começam a se dissipar, mas, então, uma chacoalhada brusca, branca, um magnífico salto no céu aberto, a barriga do avião deslizando pelo branco. Eddie lhe passa uma nota: *PSV-30*. Ponto sem volta em 30 minutos.

Ele não está sugerindo que retornem, apenas lhe informando, como é prática padrão, que qualquer oportunidade de voltar logo se perderá. Contudo, Marian já passou há muito desse ponto. O começo e o fim deles se aproximam.

As nuvens se dissipam mais uma vez. O PSV se foi. Lá embaixo, uma superfície azul-escura, estriada pela ondulação do mar. No avião, a temperatura cai. Marian se senta em um tédio confortável, o transe familiar de estar voando, observando os instrumentos e os motores, mudando de um tanque de combustível para o outro, seguindo as recomendações de Eddie. Isso é tudo que pode fazer.

O primeiro iceberg aparece, uma ilha com o cume plano do tamanho de um quarteirão, cavernas azuis esculpidas nas laterais por ondas. Pássaros brancos voam ao redor. Uma borda de água brilhante de gelo surge debaixo d'água. Claro que o iceberg ainda se estende grandioso para baixo. Era só a ponta.

A bússola começa a divagar, confusa com a abundância do Sul. A calefação do *Peregrine* não consegue dar conta do frio intenso. Marian e Eddie vestem suas parcas. Em algum momento, após onze horas, uma mancha branca e brilhante aparece acima do horizonte: um *iceblink*, o céu nublado refletido no gelo que eles ainda não conseguem enxergar. Agora, as águas são negras, brilhando intensamente como obsidiana, e logo uma faixa de gelo aparece, uma confusão de lama e placas e icebergs. Em alguns lugares, a água está salpicada de discos translúcidos de gelo, como águas-vivas aglomeradas. Um grupo de focas está amontoado em uma massa de gelo, elas se mexem e remexem, atentas ao barulho do avião. Outra massa de gelo está salpicada de pinguins, como se fossem sementes de papoula.

O céu os empurra para baixo, para 120m. Eddie está calado, curvado sobre a mesa, fazendo cálculos e recálculos. Partículas de gelo se acumulam nas asas, aglomerando-se como bolinhas de papel molhadas que foram sopradas pelas nuvens. Marian infla as bolsas pneumáticas nas pontas das asas, a fim de romper as crostas de gelo. Doze horas e meia.

Algo esquisito surge entre o negro do mar e o branco das nuvens: uma fina linha prateada, estriada verticalmente como uma emenda de cola, correndo até onde Marian alcança a vista, em todas as direções. Ela chama Eddie e dá um tapinha em seu ombro quando ele vem ver. A plataforma de gelo. Marian não esperava aquele comportamento de Eddie: um homem encarando o lado de fora, testemunhando algum milagre sagrado. Os olhos de Eddie estão vidrados. Marian supõe que ele se preparou com tanta violência contra o que poderia dar errado neste voo que é tomado pela admiração.

Eles sobrevoam a plataforma. Após vinte minutos, em resposta às repetidas transmissões de rádio de Eddie, eles conseguem contatar a base da expedição, Maudheim. Os expedicionários colocaram bandeiras em uma pista de pouso. Após quarenta minutos: um navio atracado no gelo, pilhas e mais pilhas de cargas e fileiras de cães acorrentados, trilhas na neve do navio até o local onde os abrigos estão sendo erguidos, pequenos vultos, braços balançando no ar. Bandeiras e uma biruta sinalizam uma faixa plana de neve. Marian circula e sobrevoa, abaixando os esquis.

O som do vento se tornou minha ideia de silêncio. O verdadeiro silêncio pesaria nos meus ouvidos, como o peso de uma sepultura.

— MARIAN GRAVES

De Maudheim, Queen Maud Land, para Little America III, Plataforma de Gelo Ross
de 71° 03′ ao Sul e 10° 56′ a Oeste a 78° 28′ ao Sul e 163° 51′ a Oeste
13 de fevereiro - 4 de março de 1950
20.123 milhas náuticas percorridas

Eddie e Marian são convidados a se hospedar no *Norsel*, mas o fedor de carne de baleia misturado ao cheiro de cachorro e dos homens é tão acentuado que eles ficam mais do que felizes em partir depois do jantar, armando uma barraca perto do avião, ancorado por cabos, perto de blocos de neve empilhados nos esquis, por precaução. Na primeira expedição de Richard Byrd em 1929, um avião Fokker foi desamarrado, arrastado pela força dos ventos, arremessado ao mar. Se tal coisa acontecesse com o *Peregrine* depois que eles partissem de Maudheim, Marian não via outra alternativa a não ser se deitar na neve e esperar. Um resgate não fazia parte de seus planos, pois seria impossível. Por causa do peso, eles só levavam comida suficiente para um ou dois períodos prolongados de condições desfavoráveis.

O corpo de Marian ainda vibra ao lembrar dos motores. Antes de mergulhar em um sono profundo, ela contempla a vista mais uma vez. A luz do dia ainda brilha, claro, embora já seja tarde da noite. As nuvens se dissiparam, e um miasma de cristais de gelo cintila ao redor do avião. A Antártida sempre lhe pareceu utópica, mas, agora, parece o único lugar possível. O resto do mundo se desvanece como um sonho bizarramente sinistro.

À noite, um barulho parecido com um tiro de rifle os acorda. Depois de um momento, Eddie fala com os olhos arregalados:

— São apenas as placas de gelo se movimentando.

Ele estava alegre no jantar, tão parecido com o jovem encantador que conhecera em Londres que Marian ficou desconcertada, quase com medo. Os pilotos que voaram até a Antártida haviam lhe alertado sobre as famosas *fata morganas*[1], cadeias de montanhas fantasmas ou icebergs que podem flutuar acima do horizonte, dobrando ou ampliando alguma característica menor da paisagem, e Marian se pergunta se Eddie é um outro tipo de miragem.

Pela manhã, o Sol desaparece. As nuvens estão muito baixas. O meteorologista diz para esperar.

Eles ajudam como podem nas construções de Maudheim. Os membros da expedição içam caixotes e engradados, equipamentos e barris de combustível da Liberty Oil para fora do navio, colocando-os em tratores recauchutados que percorrem o gelo, rangendo e moendo, até chegar ao local das barracas. Os homens constroem bases de gelo em cima de escoramentos de madeira. Cavam cavernas para armazenamento e oficinas, construindo corredores com caixotes e lonas, empilhando barris de combustível que servem como quebra-vento. Em breve, a neve engolirá tudo. Dezenas de cães de trenó estão presentes, um coro constante de latidos e uivos.

O líder da expedição conta a Marian que nunca tinha visto cachorros tão felizes quando atracaram. Na viagem marítima, os pobres animais foram acorrentados, colocados no canil do convés, à mercê de todos os respingos do mar e do sangue escorrendo da carne de baleia amontoada e de suas próprias fezes. Quando finalmente sentiram o gelo, rolaram na neve para se limpar, latindo e brincando. Eram cachorros novos. Talvez Eddie não fosse uma miragem; talvez ele estivesse simplesmente revigorado pela pureza do lugar.

Depois de um dia e uma noite de nuvens, o céu fica claro. Os homens levam os barris de combustível, abastecendo os tanques do *Peregrine*. No café de manhã, os motores são descongelados sob lonas e alimentados com óleo quente.

Apesar da carga pesada e da rigidez do manete por conta do frio, os esquis se erguem, livres da neve. Marian vira o avião para longe dos homens que acenam e dos cães que latem, para longe do mar, rumo ao nada.

---

[1] De origem italiana, *Fata Morgana* é o efeito ou miragem relatado por alguns pilotos e marinheiros. O nome significa Fada Morgana, referência à suposta irmã do Rei Arthur que, segundo as lendas, conseguia realizar poderosos feitiços, visando enganar viajantes e marinheiros ao projetar imagens irreais [N. da T.].

Em uma hora, eles passam por montanhas que não aparecem nos mapas. Provavelmente ninguém mais as viu. Cumes íngremes de rochas negras e *nunataks* solitários se projetam do gelo.

Em seguida, uma surpreendente infinidade de branco.

A superfície do gelo tem uma textura em constante mutação, como o mar. (Marian supõe que é uma espécie de mar, só que parado, com milhares de pés de profundidade.) As *sastrugi*, formadas pela erosão da neve, serpenteiam como ondas congeladas do mar; rachaduras percorrem o gelo como correntezas. Mesmo com óculos de sol, o brilho perfura seus olhos. Após quatro horas, uma película de névoa se forma, ficando mais densa: um alívio da luz, mas também um problema. O gelo salpica as asas. Marian sobe a 12 mil pés de altitude, ar puro, somente 3 mil pés ou mais acima de um platô de neve, erguendo-se continuamente em direção ao polo. O Sol projeta a sombra do avião em uma nuvem diáfana, uma miniatura perfeita, cercada por um arco-íris — uma glória, como se chama. Segundo o protocolo, eles deveriam estar usando o oxigênio, porém, Marian decide racioná-lo. Ninguém sabe quanto tempo o nevoeiro durará, o quão alto terão que subir.

Polo Sul agora, ela lê a nota que Eddie lhe passa um pouco mais tarde. *PSV-30.* Ele está sorrindo, exalando entusiasmo. Parece até mesmo eufórico. O fim do mundo surge vagamente em meio ao nevoeiro, branco e sem trilhas, indistinguível de todo o resto também branco e impossível de rastrear. Sem emoção, Marian encara o fim do mundo. O único lugar para onde quer ir é adiante, para longe. Agora, compreende que este lugar, imenso e sem vida, também representa a própria morte.

O manômetro de óleo está muito baixo, mas o instrumento provavelmente falhou devido ao frio, enquanto os motores ainda zumbem. A calefação também se rendeu ao frio, e o metal na cabine está gelado o suficiente para queimar a pele exposta.

Ela hesita, pensando no PSV. Mas por que hesita?

Não tem nada de errado.

Marian grita para Eddie:

— O que você acha?

Ele faz cara de paisagem, respondendo:

— Sobre o quê?

— Devemos prosseguir?

Eddie a espia por cima do capuz de sua parca de rena.

— E por que não prosseguiríamos?

— Só checando.

Eddie sorri e faz um sinal de joia com a mão.

— Tudo tranquilo.

Será possível que ela tenha imaginado aquele homem amedrontado no hotel na Cidade do Cabo, encarando-a como se ela estivesse levando-o até a forca? Como poderia aquele homem ser igual a este, destemido e cheio de entusiasmo? No entanto, Eddie está sendo lógico: é melhor avançar do que voltar. A visibilidade não está perfeita, mas certamente poderia ser pior. Não tem nada de errado com o avião. Se voltassem, supondo que conseguissem chegar à base de Maudheim, não teriam combustível para tentar novamente e teriam que esperar a estação acabar, contar com os suprimentos e a hospitalidade dos expedicionários, serem resgatados por navio.

Outro salto no ar. Vá contra seus instintos, Trout havia lhe dito. Ceda quando quiser resistir, ela dissera a Eddie em Londres. Resista quando quiser ceder. Marian voa céu adentro.

Céu e gelo se fundem em uma concha perfeita, não podem ser separados. É como voar em uma tigela de leite, falavam os pilotos. Não existe mais horizonte. Ao seu redor, tanto acima quando abaixo, há um espaço vazio, mas Marian não sabe mensurar a dimensão deste espaço. O altímetro informa que eles estão a 11 mil pés de altura, acima do nível do mar. Ela não tem ideia da espessura do gelo. Eles podem estar a apenas 300m acima dele. Não consegue ver nada além de um vago redemoinho de neve. Eddie está inclinado ao seu lado, observando tudo.

Certa vez, no Alasca, Marian levou um homem para uma mina de cobre, um cara da cidade, um executivo de São Francisco que foi fazer uma inspeção. Eles ficaram presos numa nuvem, não conseguiram passar por baixo ou por cima, mas tinham que atravessá-la. Depois de um tempo, Marian percebeu que o cara continuava beliscando o lóbulo da orelha entre dois dedos. Ao perguntar se seus ouvidos doíam, ele admitiu, em um sussurro seco, que estava tendo uma sensação estranha. O tal homem não parava de pensar que eles haviam caído e morrido, pois aquele branco monótono e disforme poderia ser o purgatório. Ou seja, se ele se beliscasse, se sentiria mais confiante de que ainda estava vivo.

Agora, ela entende. Onde reside a fronteira entre a vida e o nada? Por que alguém deveria presumir que a reconhece?

Marian faz uma curva, voando rasante, recuando, na esperança de ter uma visibilidade melhor. Ela acha que teve um vislumbre do gelo abaixo, mas, em instantes, tudo desapareceu. Eles precisam pousar logo e sem desperdiçar combustível. Quase às cegas, quase na velocidade de estol, Marian desce mais o avião. Os ventos não dão trégua. Os motores reclamam. Uma rajada de vento, e ela vê o gelo, então sobe de novo. Um solavanco e choque horríveis, o avião girando para os lados.

A barraca de Marian e Eddie flutua em meio ao nada. O vento assobia sem descanso, podendo rasgar a lona a qualquer momento. Marian quer chamar o vento de impiedoso, mas, ali, piedade é um conceito desconhecido, irrelevante.

Lá fora, o vento sopra à deriva, sufocante. Tudo é branco. Marian tem a impressão de estar suspensa, já que não consegue distinguir se a neve está no ar ou ao seu redor. Não consegue enxergar onde o avião está enterrado pela neve, amarrado por cordas, só espera que não tenha sido levado pela força do vento. Não pode sair do lugar. Caso desse mais um passo em direção ao branco, nunca encontraria o caminho de volta para a barraca.

É praticamente um milagre eles terem sobrevivido ao pousar somente com uma hélice, que estava curvada, e um esqui danificado. No Alasca, Marian havia dobrado milhares de vezes uma hélice, sabia bem como martelá-las, como prendê-las e como amarrar e remendar um esqui. É quase um milagre que a nevasca ainda não tivesse atingido sua força total quando pousaram, que eles tivessem conseguido (após um esforço hercúleo) proteger o avião, montar uma barraca e acender o fogareiro, de modo que pudessem silenciosamente sofrer a dor excruciante de descongelar os pés e as mãos.

Ambos dormem e acordam dentro de seus sacos de dormir de pele de rena, dormem e acordam, permanecem em silêncio quando estão acordados. Após dois dias, quando o vento finalmente dá uma trégua, a única preocupação de Marian é o avião. Silenciosamente, tentando não acordar Eddie, ela rasteja para fora da tenda. Existe apenas uma forma tênue de neve onde o avião estivera. Ela começa a correr, com suas botas pesadas, mas provavelmente não dá uma dúzia de passos, pois a neve se move bem abaixo de seu pé direito.

Marian instintivamente joga seu peso para a esquerda e cai de joelhos, antes de entender o que aconteceu.

Um espaço negro se abre onde ela pisou, como se tivesse tropeçado em alguma abertura, um mundo branco que se abre em um vazio subterrâneo. Alguns metros de gelo vertical brilham em azul na fenda. Lá embaixo, a escuridão familiar. Aquela mesma escuridão que a acompanha desde seu primeiro voo para o Canadá, talvez desde o naufrágio de *Josephina*. Ela está sentada em uma membrana fina, entre o vazio branco e o vazio negro. Duas metades de uma mesma esfera, cada uma feita de ausência: a ausência de cor, a ausência de luz.

Marian rasteja de volta para a barraca, apoiando-se nas mãos e nos joelhos. Eddie se mexe quando ela entra, murmurando que o vento está dando uma trégua. A única coisa que ela consegue articular é um som gutural que sai da sua boca, esperando que Eddie tenha entendido. Do lado de fora, o abismo os espreita, submerso como um crocodilo. O avião, presumindo que ainda esteja lá, pode estar descansando em um precipício. Talvez a barraca esteja no topo de uma ponte de neve que pode desabar a qualquer momento. Pensando no pequeno buraco negro na neve, Marian sente medo, mas também pena de seu corpo — sua vulnerabilidade desventurada e atrapalhada, sua pequenez, seu peso estúpido. Por ora, não pode fazer nada. Mais uma vez, o vento volta a soprar com toda a força. Ela se refugia no sono.

A neve se acumula, enterrando a barraca, isolando-os. Marian e Eddie escavam a entrada com as próprias mãos, a cada poucas horas, retirando a neve, a fim de ter certeza de que não estão sendo sepultados. Quando Marian lhe contou sobre a descoberta da fenda, Eddie permaneceu firme, como uma versão-Antártida de si mesmo. Tudo o que podem fazer agora é tomar cuidado, disse ele, e, quando a tempestade diminuísse, eles veriam o que era para ser visto. Se o avião sumiu, sumiu. Mas Eddie acredita que provavelmente a aeronave ainda está lá, só que enterrada.

O tempo há de melhorar, mesmo neste lugar inóspito. O Sol e o céu voltariam a aparecer. Marian não para de repetir isso a si mesma, ainda que não acredite. Ela se recorda mais uma vez do passageiro que levou no Alasca, tentando se convencer de que ainda não estava morto. Será que Eddie e ela estavam mortos? Tudo parece possível, mas também nada parece possível além do branco e do frio. Não, pensa Marian, o vazio é puro, e a presença deles macula a pureza do lugar. Eles são a partícula de imperfeição que comprova a continuidade da vida.

Embora tenham comida e querosene, após uma semana, a morte começa a se aproximar, não depressa, mas vagarosamente. Como um roedor, o frio está sempre mordiscando as mãos e os pés de Marian, buscando um modo de se infiltrar, uma brecha em suas defesas. A insensibilidade não significa a ausência de sentimentos, e, sim, a ausência sentida. Se eles ficam muito tempo do lado de fora, seus rostos são congelados pelo frio, como máscaras mortuárias brancas. Marian e Eddie esfregam as bochechas, nariz e dedos dos pés, suportando a dor lancinante de retornar à vida.

Suas respirações condensadas se acumulam, transformando-se em flocos de neve nos sacos de dormir e também nas paredes da barraca, que devem ser escovadas duas vezes por dia. Sem querer, Eddie deixa uma meia úmida no chão, e, quando a pega, ela se desmancha, tão crocante como uma barra de chocolate.

O frio trilhou seu próprio caminho até o âmago de Marian, e, uma vez estabelecido, é quase impossível se desvencilhar dele. Ela tem manchas amarelas incrustadas no nariz e na bochecha, das quais não consegue se livrar, sua mente está entorpecida — a morte se entranhou dentro dela, esperando; a morte se agrupa em suas fronteiras. Marian tem sonhos tresloucados e coloridos, que mais parecem pequenas rebeliões intensas contra o nada envolvente.

Às vezes, ela pensa em visitar Jamie depois do voo. Mas, quando se recorda da verdade, sente uma fúria de tristeza.

— Sei que não fez sentido — diz Marian a Eddie, dentro de seu saco de dormir —, mas às vezes a morte do meu irmão me dá coragem. Me pego pensando que, se ele morreu, se ele conseguiu suportar, eu também consigo, embora obviamente eu não tenha escolha, e isso não é algo que alguém *suporte*. Na verdade, é o oposto.

— Acho que você deve tirar coragem de qualquer lugar que conseguir — fala Eddie. — Que mal há nisso?

A gratidão que Marian sente por Eddie é ilimitada, mas há momentos em que ela deseja que o companheiro vá embora. Ela sente que, para encontrar a essência da Antártida, deve confrontá-la sozinha. Talvez, a essência daquele mundo gélido seja grande e vazia demais para que qualquer pessoa entenda, não importando o quão difícil seja o confronto. Ou, quem sabe, esse seja o apelo da Antártida, sua atração. Na sua cabeça, Marian imagina Jamie retratando a infinitude do espaço, mesmo sabendo que tal infinitude nunca poderia ser retratada em uma tela.

Ao saírem da barraca, quando os ventos se acalmam, Eddie fica de costas para ela, encarando o disco branco, parecendo não ouvi-la quando ela fala.

De volta para a barraca, ele fala que gosta da Antártida, pois o território não fora tocado pela guerra. Gosta do fato de que, lá, não se tem nada para reconstruir.

— Tanto a reconstrução quanto a destruição me deprimem. Pelo menos, os escombros eram verdadeiros — diz ele.

Marian se lembra das cidades reduzidas a meras manchas empoeiradas de um rosa-acinzentado, massas desordenadas de escombros. Acha que o que Eddie quer dizer é que, independentemente das promessas sinceras de paz que foram feitas, dos cacos recolhidos e colados de volta, os mortos não voltarão. O retorno ao mundo como ele era é impossível; a única escolha é construir um novo. Mas criar um mundo novo parece deprimente e exaustivo.

Quando o céu clareia, Marian e Eddie não param de cavar a neve, exumando o corpo prateado e sem vida do *Peregrine*. Eles conseguem expor uma asa e a maior parte da cauda. O interior do avião também está tomado pela neve. Apesar de suas mãos estarem em carne viva, mesmo com as luvas, eles precisam cavar mais. Eddie fez um levantamento cuidadoso da fenda, sondando com uma vara da barraca, marcando um caminho seguro. Ele acha que o gelo à frente do avião é sólido. Eles cavam febrilmente, esperando que o tempo não piore.

As nuvens fecham-se, espalham-se, voltam a fechar. Eles ficam o dia inteiro removendo a neve, já que não podem parar, pois o suor de suas roupas pode congelar. Assim que libertam o avião, retiram a neve de dentro e golpeiam a lâmina da hélice em linha reta o suficiente, remendam o esqui como podem.

Finalmente, tudo que lhes resta é quebrar o resto da neve sólida da carenagem dos motores e esperar, temerosamente, enquanto eles esquentam. Tudo que querem é uma boa noite de sono, mas a nevasca pode retornar a qualquer momento e por todos os seus esforços a perder.

As hélices giram fracamente, parando. Marian remenda o multiplicador de pressão. Os tubos de combustível tossem; os motores ganham vida; as hélices giram, continuam girando. No momento oportuno, ela tem que acelerar com toda a força para liberar os esquis do gelo. Seu braço está exausto do esforço. A neve passa cada vez mais rápido pelas janelas da cabine. Eles balançam e quicam, e Marian reza para não se chocarem contra nenhum *sastrugi* grande ou uma fenda. Eles pairam; estão subindo. O pedaço de gelo que os sustentava e a fenda escondida debaixo deles desaparecem imediatamente, indistinguíveis do resto do branco.

Eddie estuda a rota, mostra no gráfico onde eles estiveram. Um ponto em branco, como todos os outros. Sua adrenalina estala, enquanto o voo a acalma. Ela é dominada pela sonolência. Sua cabeça pende de um lado para o outro.

Os Montes Transantárticos rasgam a pele branca do continente: picos piramidais, cordilheiras serrilhadas pretas e campos azuis de gelo despedaçado. Marian voa a 4 mil metros de altitude, entre as passagens. Tenta usar oxigênio, pensando que pode acordá-la, mas uma válvula está congelada e fechada. Charles Lindbergh ficou acordado por mais de cinquenta horas quando atravessou o Atlântico, ela se lembra. Mas uma parte de si tomada de autopiedade contra-argumenta, pois ele não teve que desenterrar um avião da neve.

O combustível está acabando rapidamente. Ela espia ao redor e avista um spray opalino se espalhando atrás da asa. Sonolenta, não percebeu quando o vazamento começou, mas agora não há nada a fazer, a não ser esperar que não piore. Pousar para consertá-lo está fora de questão. Talvez algum cabo tenha se soltado na aterrissagem forçada ou alguma coisa rachou com o frio.

Os dois rumam em direção à geleira Axel Heiberg. Além, lá abaixo, uma camada de nuvem se estende até o horizonte. A preocupação reanima Marian. Eddie lhe passa um ajuste de curso, e eles trocam olhares solenes. O que pode ser dito? Sob a nuvem, a geleira desce mais de 2.700m das montanhas até a Plataforma de Gelo Ross, uma camada flutuante de gelo maior que a Espanha. Eles enxergam apenas um manto baixo de cinza.

Ultrapassar a borda de gelo é a melhor chance dos dois. Eles voam sem parar, o combustível está acabando, até chegar em mar aberto. Ao sinal de Eddie, ela entra em uma nuvem, voando cada vez mais baixo, atravessando a cegueira branca. Mas, então, uma escuridão surge de baixo, e agora eles voam na claridade, sobrevoando águas negras, enevoadas com a fumaça do mar. Não muito longe, um enorme iceberg se eleva quase à altura da nuvem. Marian vira o avião, e lá está a borda da plataforma de gelo, a barreira, uma parede azul transparente emergindo do mar. Eddie ajustou a rota com precisão.

Este é o lugar onde Roald Amundsen construíra sua base em Framheim, antes de partir em esquis para o Polo Sul. Este é o lugar onde os alojamentos de Richard E. Byrd, os Little Americas de I a IV, estão afundados na neve, labirintos subterrâneos de espaços vivos, laboratórios e oficinas com depósitos de combustível e suprimentos. Marian havia se correspondido com homens que participaram das expedições; Eddie havia feito um mapa das localizações das bases. Eles formularam suposições sobre o que ainda poderia estar se sobressaindo da neve, o que deveriam procurar.

Contudo, o gelo não para de se mover, expulsando, pela massa amontoada de si, o interior do continente, sempre rumo ao mar, quebrando, flutuando. Marian avista os restos da Little America IV perto da borda do gelo, mais perto do que esperava, vertiginosamente perto, os topos das cabanas Quonset erguidas em 1947 para uma operação da Marinha que comportou 4.700 homens, 13 navios e 17 aviões. Mas, em vez disso, ela voa em direção a um conjunto de ventiladores e mastros alguns quilômetros a Nordeste: a Little America III.

É estranho estar aquecida. Eddie e Marian ficam tão perplexos quando o gerador ressuscita que começam a dar pulos de alegria e medo, rindo e chorando, exauridos, desabando no chão do túnel de gelo. Eddie havia girado a manivela apenas para tentar, sem esperanças, quase uma piada, mas, pelo visto, os homens do Almirante Byrd devem ter deixado querosene na robusta máquina, porque ela chacoalhou, roncou e começou a trabalhar, mesmo se queixando. A principal estrutura fora projetada de modo que o gerador soprasse ar quente entre duas camadas de um piso duplo, e rapidamente o frio perdia sua severidade. Acampada no platô, Marian tinha começado a considerar qualquer mínima trégua do frio como calor, mas isto, estar deitada em um beliche depois de um sono interminável, é calor de verdade.

Conforme ancoravam o avião e cobriam os motores, tentando adivinhar onde cavar, Marian se sentia tão translúcida quanto a névoa do mar. Nunca mais queria cavar neve. Suas mãos pareciam um pedaço de carne ensanguentado, que congelava e descongelava. Um veterano das expedições de Byrd havia lhe enviado um diagrama esboçado da base, e, usando isso, os dois cavaram e escavaram o covil subterrâneo de cabanas e túneis de gelo, encontraram o gerador, derreteram neve para água, encontraram beliches, desmaiaram em seus sacos de dormir.

Marian acorda em plena escuridão. Aos poucos, privada de todos os outros sentidos, primeiro sente a dor lancinante de seus braços e costas, a ardência das mãos; depois, muita sede e uma vontade incontrolável de urinar. Em seguida, sente um leve embalo, quase imperceptível: a plataforma de gelo se contraindo, flutuando na agitação do mar. Marian acende uma lanterna de querosene. Seu relógio de pulso marca quatro horas, mas ela não sabe se é dia ou noite.

— Boa tarde — fala Eddie de algum lugar próximo.

— Já é tarde? Quando fomos dormir?

— Acho que ontem à noite — responde Eddie.

Eles estão em uma sala abarrotada de beliches e suprimentos, equipamentos desordenados, pilhas de lã descartadas e botas gastas, itens abandonados de 33 homens. Os livros estão abertos exatamente onde foram deixados há dez anos. As paredes e vigas estão esculpidas com nomes e mensagens enigmáticas. Modelos pin-ups fazem poses e riem. Ali, não ocorreu nenhuma catástrofe, mas uma atmosfera assombrada ronda o lugar. O frio faz isso, mantém tudo intacto, evita a decomposição. Não existe água para enferrujar, nem pragas para roer e mordiscar, nem apodrecimento, nada que sinalize a passagem do tempo. Um dos túneis havia desabado, e o telhado, cedido um pouco, mas, se você olhasse bem, diria que o lugar fora abandonado ontem.

Marian sobe à superfície e, pela primeira vez, fica satisfeita ao ver as nuvens baixas. Os dois ainda estão tão esgotados e exaustos que ela duvida muito que consigam suportar a tarefa de se prepararem para partir.

No subsolo, túneis de gelo conduziam a cabanas e iglus remotos. Eles encontram a oficina mecânica, a sala de esqui, a cabana do rádio. Em outro cômodo, uma pilha de carcaças de focas evisceradas espera para ser cortada. Engradados de comida e latas de querosene se estendem ao longo dos túneis. No túnel onde ficavam os cachorros, quando passa sua lanterna sobre eles pela primeira vez, Marian acha que os cocôs congelados são sapos marrons enormes e brilhantes.

Com uma abundância de ingredientes ultracongelados, perfeitamente preservados, os dois cozinham uma refeição de presunto e milho na espiga (cultivado em 1938, segundo a embalagem). Eddie continua se aventurando pelos túneis, retornando com tesouros inesperados. Ele encontra um charuto, depois uma vitrola, interpreta Benny Goodman e Bing Crosby. A música ecoa pelas vigas e atravessa as paredes nuas, reverberando no gelo, sendo ouvida pelas focas que nadam embaixo deles.

O céu está encoberto. Sempre que Marian sobe para verificar o tempo, há nuvens, às vezes nevasca. Seria uma mentira alegar que ela se sente apenas decepcionada. Quando se está no subsolo, é fácil esquecer que sua estadia não pode se estender mais, que eles devem voar novamente. O gelo range para lembrá-la disso.

Eles acabam encontrando barris de combustível e abastecem o avião. Todo santo dia, retiram a neve que se acumula sobre a aeronave. Os dois verificam todas as mangueiras, válvulas e juntas, provavelmente eliminaram todos os possíveis vazamentos, mas a dúvida incomoda Marian. E Eddie está se comportando de forma esquisita de novo. Ele passa mais tempo lá em cima do que ela, vagando e contemplando a paisagem, mas, quando desce, fica agitado e determinado, arrumando as cabanas e conferindo os suprimentos.

O espírito da Antártida é traiçoeiro. Em determinados ângulos, uma montanha a quase 2 km de distância se transforma em um monte de neve da altura dos ombros a 15m. Certa vez, uma horda de vultos altos e negros marcharam na direção de Eddie e de Marian, saindo do nevoeiro: eram cinco pinguins-de--adélia, da altura de seus joelhos, amplificados e multiplicados por uma espécie de miragem atmosférica, estendidos ao longo de um horizonte invisível como se fossem um exército.

Os dois estão dentro do *Peregrine* quando Eddie diz a Marian que não partirá com ela. As condições são favoráveis, e eles acabaram de terminar, de novo, de retirar a neve que entrou pelas fendas. Marian nem ouve o que ele fala, pois está pensando em tudo que deve ser feito e verificado.

— A questão é que — fala Eddie, assim, de repente —, mesmo se eu fosse, acho que não vamos conseguir, e não quero morrer afogado. A única coisa pela qual agradeço na guerra é não ter me afogado.

Distraída, Marian pensa que ele está fazendo alguma piada de mau gosto.

— Quê?

— Vou ficar aqui.

Incrédula, intrigada, Marian diz a ele que não, claro que ele não pode ficar ali, pois ela precisa dele. Claro que eles conseguirão. Por que não conseguiriam? Até consertaram o vazamento, chegaram tão longe.

— Não — afirma Eddie, com tranquilidade. — Não acho que vamos conseguir. Para mim, o risco não vale a pena.

— Nossa, você está falando da *premonição* que teve?

— Pressentimento. Chame do que quiser.

Ainda tentando identificar alguma brincadeira ou piada de mau gosto, Marian pergunta por que ele se deu ao trabalho de limpar o avião se não estava indo com ela, e Eddie diz, ainda sereno, que achava que ela tentaria mesmo assim, mesmo sozinha.

— Mas você acha que não vou conseguir, acha que vou morrer afogada.

— Você pode ficar aqui também.

— Não posso. Mas do que você está falando? Tipo, ficar aqui, até um navio nos resgatar? Vai levar muito tempo por causa da estação. Teríamos que esperar um ano. Não temos motivos para esperar tanto.

— Não estou falando disso. Sei bem que você vai partir. Mas não quero ir. Sei o que vai acontecer comigo se eu ficar aqui.

Marian está atordoada, indignada, desesperada.

— Você vai congelar ou morrer de fome, ou despencar em uma fenda e, aí, sim, congelar ou morrer de fome.

— Talvez — fala Eddie. — Ou vou esperar até o inverno e depois sair à noite, em uma noite clara, e me deitar sob a aurora.

Marian começa a berrar com Eddie, dizendo-lhe que ele perdeu o juízo, enlouqueceu, que está descumprindo uma promessa, condenando-a à morte, e ele a deixa terminar antes de explicar que não gosta da confusão do resto do mundo, que não quer mais fazer parte disso.

— Você está se vingando? — pergunta Marian. — Por causa do que aconteceu com Ruth?

— Por favor, não me insulte dessa forma — responde Eddie, baixinho.

Marian se acalma, falando com muito cuidado:

— Tem uma vida esperando por você depois que terminarmos. Você vai encontrar ela. A Antártida não vai fazer você se sentir menos solitário.

— Mas não estou solitário aqui. Esse é o ponto. E, lá, não tem vida para mim se eu voltar. — Ele aponta para a água, para a parte norte do planeta. — Não uma vida que eu queira. Eu tentei, tentei de tudo. Tentei mesmo. Não sou capaz de encontrar um caminho.

— Claro *que é*! Você é um copiloto.

— Isso não passa de um trabalho, de uma tarefa.

Marian lhe diz que não pode ser piloto e copiloto ao mesmo tempo. Não em um voo como aquele, não naquelas circunstâncias. Ela não consegue sem ele.

— É isso que você quer? — pergunta Marian.

— Não faz diferença o que eu quero.

— Como assim?

— Não vamos conseguir, Marian. O final é o mesmo, a diferença é que não quero morrer afogado.

— Vamos conseguir, *sim*. Temos que *tentar*. Por que você não termina esse voo comigo e pensa nessas coisas depois? Você pode encontrar um pedacinho de terra em qualquer lugar e viver lá tranquilamente, se é isolamento que deseja.

Eddie a encara com simpatia.

— Marian, não vai ter um depois. Sinto muito, sei que isso é difícil para você, mas estou escolhendo meu rumo. Você também pode escolher o seu. E quero ver como é ficar sozinho aqui. Tenho saudades disso.

Ela entende o sentimento. Na verdade, Eddie está lhe dando tudo que ela pensava que queria: voar sozinha. Mesmo assim, ela fala:

— Essa é a coisa mais egoísta que já ouvi.

Talvez, fala Eddie. Contudo, na Antártida, ele se sente dono de si mesmo, pois não há nada ali. Ou não haverá, quando Marian partir. Ele até já fez todas as rotas para ela; Marian pode segui-las tranquilamente; mas, como ele fala, é o final da linha para eles. Ela pode morrer na Antártida ou no Oceano Antártico.

— Você faz as próprias escolhas. Eu já fiz a minha.

Marian exige saber por que Eddie concordou em acompanhá-la naquela viagem, se ele apenas iria abandoná-la, sabotá-la.

Até o momento, diz ele, ele tinha acreditado que eles conseguiriam, mas estava apavorado. Agora sabe que eles não conseguirão, e seus medos foram embora. Tudo sempre esteve levando-o até esse momento. Ele teria que sentir muito medo, assim, saberia quando não sentisse mais.

Marian lhe diz que morrerá por conta de sua teimosia supersticiosa, que tudo bem ele desejar morrer ali, mas ela não tem nada a ver com isso, mesmo porque Ruth nunca gostaria que ele fizesse isso. Por fim, Marian diz com a voz embargada que Eddie não pode simplesmente abandoná-la.

— Nunca te abandonei. É você que vai me abandonar — fala Eddie.

Marian escreve uma última entrada no seu diário de bordo, esbaforida, rabiscando. *Tinha prometido a mim mesma que minha última descida não seria desgovernada ou sem rumo: eu mergulharia incisivamente, de cabeça, como um alcatraz.* Se conseguisse chegar à Nova Zelândia, deixando Eddie para trás no gelo, ela não teria nada a dizer a respeito do voo, mesmo terminando de contornar o círculo máximo. Não diria nada, pois não suportaria que alguém lesse algo vergonhoso como aquilo.

Repetia a si mesma que Eddie não havia lhe dado escolha alguma, mas ficava se perguntando se não era boa o bastante com as pessoas, se, por isso, não havia conseguido persuadi-lo. *Não me arrependo de nada,* escreve Marian, *mas vou, se me deixar levar. Só consigo pensar no avião, no vento e na beira-mar, tão distante, onde a terra começa novamente.*

Se morresse, desejaria que alguma versão da história fosse contada, por mais fragmentada e incompleta que fosse, ainda que as chances de alguém encontrá-la fossem remotas. *Consertamos o vazamento da melhor forma possível.* Marian hesita, mas finalmente escreve um eu, e não um nós. *Partirei em breve.*

Provavelmente o gelo se transformaria em uma camada imensa, levando a Little America para o mar, junto com seu diário de bordo.

O que fiz foi loucura; não tive escolha senão fazê-lo.

Provavelmente, seu diário será enterrado por tanta neve, tão profundamente, que nunca será encontrado.

Ninguém deveria ler isso. Minha vida é a única coisa que me pertence.

Provavelmente.

E apesar disso, e ainda assim.

Marian fecha o diário, embrulha-o no colete salva-vidas de Eddie, deixando-o em um beliche da Little America III.

Até o dia de sua morte, ela se perguntará se poderia ter conseguido persuadi-lo a partir com ela. Até o dia de sua morte, Marian se recordará da pequena figura de Eddie no gelo, lá embaixo, acenando para ela com os dois braços enquanto voava em círculos no céu. Marian sempre terá medo de que, em algum momento em que ela estava longe demais para perceber, o discurso de despedida dele tenha se transformado em uma súplica para que ela voltasse.

SITTING-IN-THE-WATER-GRIZZLY

VINTE

Bati na porta da casa azul. Joey Kamaka abriu e caiu na gargalhada. Ele ria tanto que se curvou com as mãos nas coxas.

— É você mesmo! — disse, quando se recuperou. — Eu tinha certeza de que alguém estava tirando uma com a minha cara.

Joey era magro e estava descalço, tinha cerca de 60 anos, vestia um short e uma camiseta e prendia os cabelos grisalhos em um rabo de cavalo curto. Uma garotinha de talvez 8 anos, também com rabo de cavalo, estava com os braços em volta da cintura dele por trás e me espiava com olhos gigantes e arregalados, como se fosse um coelhinho de desenho animado.

— Essa é minha netinha Kalani — falou Joey. — Ela só assistiu o primeiro *Archangel*, porque os outros ficaram muito assustadores para a idade dela, mas ela tem todos os DVDs de Katie McGee. Ela *ama* a Katie McGee.

Ele fez sinal para que eu entrasse, e eu tirei meus chinelos, deixando-os numa pilha com outros, perto da porta. A casa era pequena, mas iluminada, com paredes e tetos de tábuas pintadas de branco. O chão era de tábuas escuras e velhas. Era a primeira vez que eu pisava em um lugar em que Marian Graves também havia pisado. Todos os outros eram cenários. Havia uma sala de estar apinhada de brinquedos com um tapete trançado e um sofá surrado pelo uso de frente para uma grande TV de tela plana. Por uma porta, avistei um banheiro e, por outra, um cômodo caótico, rosa e roxo, provavelmente o quarto de Kalani. Escadas conduziam a um alçapão aberto, com uma pintura de paisagem pendurada ligeiramente torta na parede: montanhas em ângulos acentuados, ladeada com árvores e sombras. Inclinei-me para olhar mais de perto.

— Essa pintura é de... — perguntei.

— De Jamie Graves — respondeu Joey. — Caleb trouxe dos Estados Unidos. Sei que vale uma grana. Eu deveria vender ou, pelo menos, arranjar um alarme de segurança ou algo do tipo, mas ela meio que sempre esteve aí. Ainda sinto que pertence a Caleb, não a mim.

Na noite anterior, em uma versão mais espaçosa e agradável daquela casa que algum locatário havia encontrado, eu havia gravado uma cena em que Marian e Eddie estavam hospedados na casa de Caleb, durante uma noite de tempestade. Marian traía Eddie, deitando-se com Caleb, e os dois trepavam enquanto Eddie fingia estar dormindo no quarto de baixo. Assim, o ator de Caleb e eu, usando pequenos adesivos cor de pele em nossas virilhas, fingimos estar nos pegando intensa e apaixonadamente, enquanto um monte de pessoas estava ao nosso redor, segurando suportes de luz e refletores. O coordenador de intimidade, coreógrafo do sexo, ficava me dizendo coisas como *Hadley, você se sentiria mais à vontade se ele estivesse com as mãos na sua cintura em vez de pegar no quadril*? Bart começou uma discussão: talvez a cena ficasse melhor, mais autêntica, se eu mostrasse os seios. Quase concordei, pois era o que eu sempre fazia mesmo, mas, em vez disso, falei:

— Ninguém precisa ver os peitos de Marian, Bart. — E a discussão acabou aí.

Ainda bem que eu não havia lido a caixa de cartas de Adelaide Scott até quase terminarmos as gravações, porque, naquele momento, eu tinha que interpretar em dois níveis: (1) como Marian, de uma forma que fosse coerente com o roteiro, e (2) como se eu não soubesse o que sabia, que Eddie era gay e que Marian estava apaixonada pela esposa dele.

Na sala de estar de Adelaide, eu havia primeiro espalhado as cartas no chão como um enorme quebra-cabeça e, depois, li tudo, até altas horas da noite, adormecendo no sofá dela. Algumas cartas haviam sido endereçadas à Marian, outras, ela que enviou.

> Parece-me uma armadilha horrível. Eu disse a ele que mal posso me imaginar tendo um filho, não tão cedo, e achei que ele havia entendido, mas — não, ele não entende. Ele simplesmente não se importa. Ele quer me capturar com unhas e dentes, como uma presa em uma armadilha.

Por favor, continue a me escrever, ainda que minhas cartas sejam tão minguadas quanto esta. No momento, não me sinto eu mesma.

O médico me disse que estou bem, e não bebo há um mês. Sei que isso não é muita coisa, mas espero que meu pequeno sucesso seja mais do que nada.

Sei que você e Caleb tinham uma história, mas acho que você sentia saudades de um homem, no final das contas.

Estou lhe escrevendo porque fiquei sabendo que meu falecido marido, Lloyd Feiffer, permitiu que seu pai fosse responsabilizado por um grande erro.

Joey me levou a uma cozinha apertada com armários de madeira compensada e uma velha geladeira bege.

— Estou terminando o almoço de Kalani — disse ele. — Depois, podemos conversar. Quer beber algo? — Ele se abaixou, olhando a geladeira. — Você quer água, ponche de frutas, leite ou uma cervejinha?

— Adoraria tomar uma cervejinha, mesmo de dia — falei. Não era bem uma piada, mas ele riu enquanto me entregava uma latinha, abrindo uma também. A risada dele parecia ter saído de dentro de alguma superfície, de tão estrondosa. O almoço de Kalani foi servido em um prato de plástico compartimentado: um sanduíche cortado em triângulos, algumas cenouras e uma porção de alguma coisa roxa. Joey deu o prato à neta e me levou para fora.

A *lanai* tinha móveis de vime com almofadas desbotadas, estampadas com grandes folhas verdes. No teto, um ventilador girava meio que desfalecido. O quintal irrisório e pequeno era delimitado por uma cerca de arame cultivada com alguma espécie de trepadeira, e uma bicicleta rosa com pneus brancos estava encostada ao lado de uma casinha de brinquedo de plástico, rosa e desbotada. No canto, uma roupa de mergulho estava jogada sobre um arbusto de hibisco. Mais além, havia uma costa de rocha negra, ondas baixas e espumosas, uma imensidão de água.

— Aliás, minha esposa tinha tanta certeza de que estavam tirando sarro da minha cara que foi para o Costco. Ela me disse que não queria estar aqui para testemunhar minha humilhação — falou Joey, rindo, uma risada retumbante misturada a uma espécie de aviso, antes de explodir. Ele se jogou em uma poltrona. — Espero que ela volte a tempo de te conhecer, senão ela nunca vai acreditar em mim.

Kalani estava parada na porta, segurando o prato com as duas mãozinhas, ainda me admirando, um misto de cobiça e medo, como se ela fosse o Indiana Jones, e eu, um lendário artefato potencialmente amaldiçoado. Joey deu um tapinha na almofada ao lado dele.

— Kalani, vem se sentar aqui, com o vovô. Hadley não morde. — E, virando-se para mim, disse: — Não aparecem muitas estrelas de cinema por aqui.

Acenei com um dedo para Kalani, e ela saiu correndo para dentro da casa, deixando para trás um rastro de cenouras. Joey quase morreu de "alegria".

— Minha nossa — disse ele, por fim. — Veja o tipo de reação que você tem quando conhece sua heroína. Fugir.

— Ela mora com você?

— Por enquanto. — Ele ficou meio melancólico. — Os pais dela estão passando por alguns problemas.

— Sinto muito.

— Imagina, a vida é assim. Então, você está interpretando Marian Graves?

— Que nada, Caleb nunca se casou — falou Joey. — Ele não era o tipo de cara para isso. Mas teve algumas namoradas legais. Caleb namorou uma garota hippie por um tempo, amiga da minha mãe. Só que, quando eu estava no segundo ano do ensino médio, minha mãe resolveu fugir com um cara para o Arizona. Daí, comecei a me meter em confusão. Acho que foi nos anos 70. Talvez, 1971. Caleb e Cheryl me acolheram, me mostraram um outro caminho. Eles se separaram depois de alguns anos, e Cheryl foi embora, mas eu fiquei. Tínhamos nossos problemas, mas, como nunca tive um pai presente, sempre fomos como um time, sabe? Só fui embora depois de me casar. Mas, quando ele ficou doente, eu, minha esposa e meus filhos voltamos, para ajudar ele. Mesmo assim, nunca vou poder retribuir o que ele fez por mim. — Joey apontou para o mar. — Joguei as cinzas dele bem ali.

— Você deve sentir saudades — falei.

— Sim, às vezes, mesmo depois de 21 anos. A ficha não cai até a pessoa morrer, sabe? Daí, você sente falta dela.

Lembrei de Mitch.

— Sei bem como é.

Joey me olhou, curioso.

— Então, Adelaide Scott te contou sobre a… *conexão* dela com Jamie Graves?

Eu balancei a cabeça.

— Ela me disse que veio aqui uma vez.

— Nossa, sim, faz muito tempo. Ela estava tentando descobrir coisas sobre a família. Ter certeza do que tinha acontecido.

— Tipo o quê?

— As mesmas coisas de sempre. Tipo, quem eu sou? O que eu deveria fazer com a minha vida? Eu era muito novo, não tinha muito jeito para fazer perguntas às pessoas, tipo, ficar sondando, então nem fiquei pressionando ela. Além do mais, eu tinha uma queda absurda por ela, porque ela era bem bonita e intimidadora. Parecia uma adulta, mas acho que deveria ter vinte e poucos anos. É super bem-sucedida agora, *né*? Uma artista? Ela teve mais contato com Caleb, não comigo. O que poderíamos ter em comum? Nada.

Eu nem conseguia pensar o que perguntar. Bebi minha cerveja com o intuito de disfarçar meu acanhamento. Ter lido as cartas de Adelaide me dava uma sensação boa — a emoção de descobrir as coisas, quase um desejo. Acho que era desejo. Desejo de saber mais. Mas agora a verdade a respeito de Marian parecia muito ampla e confusa de se entender. A verdade se espalhava como escombros de um naufrágio, um monte de destroços que aparentemente não tinham conexão alguma.

Pelo visto, Joey não percebeu que eu estava sem palavras.

— Caleb era um homem digno. Era severo, mas não ficava fingindo estar de bom humor quando não estava, era honrado, sabe. Um homem de confiança. Ele se divertia e bebia demais às vezes, mas acho que ele meio que pensava: sobrevivi à guerra, que se foda. Trabalhou em uma fazenda até ficar bem velhinho e, depois, se dedicou aos livros, trabalhou em uma livraria. Gostava de ler. Apesar de não falar muito sobre a guerra, dizia que ela o empurrou para os livros. Quando ficava doente, ficava sentado aqui, o dia inteiro, lendo. Mas, daí, ficou doente demais para ler, então, simplesmente segurava um livro sobre o colo e ficava admirando o mar. Quando me acolheu, Caleb já não era novo, devia ter a mesma idade que tenho agora. — Joey olhou para dentro de sua casa, na direção em que Kalani tinha ido. — A vida é cheia de surpresas, não é mesmo?

— Ele falava de Marian Graves?

— Olha, honestamente, Caleb não era um sujeito falador. Ele realmente não compartilhava as coisas. Mas ela aparecia aqui de vez em quando. Ele vivia dizendo que ela era muito corajosa e uma piloto excelente. Assisti um programa de TV sobre ela uma vez e até tentei ler o livro, mas não consegui entender muito, sabe? Não sou de ler. Caleb vivia tentando me fazer ler. Marian deixou suas coisas pessoais com Adelaide Scott, mas o dinheiro, que não era muito, deixou para Caleb. Ele também recebeu os *royalties* do livro dela, quando o encontraram no Polo Sul, não sei bem onde. Tipo, aí era uma boa soma. Eu só soube da quantia depois da morte dele. No testamento, ele me deixou uma boa soma de dinheiro, e eu fiquei pensando, de onde *veio essa grana*, gente? Os advogados me disseram que era do livro, acho que foi isso mesmo que aconteceu na época. Veio em boa hora, porque meu filho queria ir para a faculdade no continente, e agora temos Kalani.

— Ele já te disse se ele e Marian se… envolveram? — perguntei. — Tipo, romanticamente?

Pensativo, ele suspirou, inflando as bochechas, encarando o ventilador de teto.

— Acho que não, mas eu não ficaria surpreso. Por quê? Eles se envolveram?

Contei-lhe sobre as cartas de Adelaide. Não havia muitas de Caleb, certamente não cartas apaixonadas, mas eu sabia que ele tinha ido vê-la no Alasca, e a carta de Ruth sugeria que um homem interrompeu o relacionamento dela com Marian. Carol Feiffer dera à Marian e Caleb um romance, e os irmãos Day estavam transformando-o em um filme, mas tudo aquilo parecia mais especulação do que qualquer outra coisa. Enquanto eu falava, Kalani apareceu sorrateiramente, sentando-se ao lado de Joey, sem olhar para mim. Ela estava brincando com uma boneca de sereia de plástico.

— Não brinca? — falou Joey quando terminei. Ele soltou uma bela risada. — Aquele puto velho! Sabe, agora que você me disse isso, fiquei pensando… Ele nunca parecia estar procurando uma companheira, uma parceira. Tinha esses relacionamentos que duravam um ou dois anos e eram meio casuais, mas também intensos, e, depois, tudo acabava. Ele ficava sozinho por um tempo e, depois, se envolvia com outra mulher, quando tinha vontade. No final da vida, teve umas namoradas. Elas vinham aqui, ficavam com ele, faziam o jantar. Talvez esse envolvimento com Marian fosse mais do mesmo. Tipo, se eles se cruzassem, ótimo, retomariam de onde tinham parado. — Ele puxou Kalani para seu colo. — Ou talvez ela tenha roubado o coração dele. Vai que ele nunca sossegou com ninguém porque não queria substituir ela.

— Me parece loucura se comprometer com alguém que já morreu há décadas.

— Talvez ele sempre tenha sentido falta dela. Sempre me perguntei por que ele nunca sossegou com alguém.

— Você nunca perguntou *pra* ele o porquê?

— Não. Ele teria feito uma piada ou outra. Bom, gostaria de saber mais coisas para te contar, mas não sei. Agora, se você quiser ver, tenho algumas coisas dele guardadas. Deixei separadas, depois que você me mandou o e-mail. — Colocando Kalani no chão, ele se levantou, entrou na casa, seguido pela garotinha, e retornou com uma caixa de papelão aberta.

A primeira pilha da caixa de Joey era uma bagunça de fotos sem ordem específica. Vi uma por uma, fazendo outra pilha. Sentado ao meu lado, ele apontou para uma em preto e branco de um homem de cabelos escuros e aparência levemente asiática, vestido com um uniforme do exército, sentado em um muro de pedra.

— Esse aí é o Caleb — disse-me Joey.

Virei a foto. Estava escrito *Sicília* em preto, no verso.

— Vai brincar, Kalani — falou Joey, empurrando a garotinha em direção ao quintal. Ela disparou a correr, direto para a casinha de brinquedo de plástico, como se fosse um esquilinho veloz se enfiando num buraco.

Havia fotos coloridas também, mas desbotadas: Caleb montado em um cavalo, seu chapéu enfeitado com flores fúcsia. Caleb com uma mulher na praia, com outra mulher no que parecia ser uma recepção de casamento, sentado com uma terceira mulher em uma estrutura de cimento em uma encosta, as pernas balançando.

— Essa é a Cheryl, de quem falei. — Joey apontou para ela, que tinha cabelos longos e ondulados. — Essa é uma estação de vigilância, uma casamata da guerra. Ainda está lá.

Caleb cavalgando um cavalo, com a água do mar até o peitoral. Uma antiga foto de um estúdio preto e branco, com uma garota pálida cujo cabelo escuro estava penteado em um coque, em uma moldura de prata manchada. Ela usava um vestido com gola de renda, e a imagem era fantasmagórica e desbotada pelo tempo.

— Acho que essa é a mãe de Caleb — informou Joey. —Tudo que ele me disse é que ela era alcoólatra e não tinha sorte.

Uma foto com três crianças sentadas, sem sorrir, em uma cerca, todas de macacão: Caleb, Marian e Jamie. Nada atrás. Outra foto de Joey adolescente, sorrindo, vestido com uma camiseta listrada, cuidando de um churrasco, enquanto Caleb olhava, segurando uma cerveja. Uma foto em preto e branco de Caleb, vestindo um uniforme, com um cigarro em uma das mãos, recostado em uma barraca de couro. Copos de coquetel brilhando com o flash de uma máquina fotográfica. Marian Graves, vestida com seu uniforme azul da ATA, estava ao lado dele, desviando o olhar. No verso: Londres, 1944.

Debaixo das fotos, havia um maço de cartas, cuidadosamente amarrado com um cadarço. Joey as pegou, envergonhado.

— Essas são minhas. Quando Hanako e eu ficamos um mês no continente, eu escrevia para Caleb todos os dias.

Debaixo do maço de cartas, havia uma pasta de papelão, meio corroída pelo tempo. Dentro, havia recortes de jornal sobre o voo de Marian, tanto antes do voo quanto depois de seu desaparecimento, dobrados aleatoriamente.

— Caleb colecionava esses recortes — falou Joey. — Fiquei surpreso quando achei eles. Normalmente, ele não curtia guardar as coisas.

Comecei a abrir a pasta esfarelada.

— Pois eu acho que às vezes as pessoas guardam as coisas esperando que alguém junte as peças, que tudo fique claro.

— Você está tentando fazer isso?

— Nem sei o que estou tentando fazer — falei a Joey.

A mesma foto aparecia repetidamente nos jornais: Marian e Eddie parados ao lado do *Peregrine*, antes de saírem de Auckland, sorrindo, quase acanhados, ambos com os braços cruzados. Mais tarde, depois que os repórteres reviraram o passado de Marian, eles publicaram a foto antiga de Addison Graves carregando os gêmeos pela passarela do *SS Manaus*. Havia uma outra foto de Marian, vestida com seu uniforme da ATA, subindo em um caça Spitfire. E havia uma foto do casamento dela, ao lado de uma coluna de fofocas, falando de sua nova vida "maravilhosa".

Fechei a pasta. No fundo da caixa, havia um certificado de agradecimento da biblioteca onde Caleb havia trabalhado e a data de sua cerimônia fúnebre.

Mais ao fundo, havia uma revista, com uma página marcada: um artigo sobre a fazenda onde Caleb trabalhou, com uma foto dele cavalgando no mar.

Bem mais ao fundo, havia um envelope branco endereçado a Caleb, com vários selos estrangeiros. O endereço do remetente era uma caixa postal na Nova Zelândia.

— Você se importa se eu...

— Claro que não — disse Joey. — Nunca consegui entender isso. Por algum motivo, esse envelope estava no cofre onde Caleb guardava a certidão de nascimento e coisas importantes. Nem sei por que guardei ele.

Abri o envelope: tinha um pedacinho de papel, outro recorte de jornal amarelado, dobrado. Comecei a desdobrá-lo, alisando-o, pois estava esfarelando. Era uma foto de um jornal chamado *Queenstown Courier.* Datava de 28 de abril de 1954. A foto retratava quatro homens com chapéus, sentados e esparramados em um morro gramado, cada um segurando uma garrafa de cerveja. Ao fundo, ovelhas pastavam. "Pastores da região desfrutando um refresco mais do que merecido após o trabalho", dizia a legenda. Com uma caneta preta, alguém desenhou uma flecha que apontava para um dos homens e escreveu algo na margem. Era uma letra quase ilegível, mas aquele estilo específico de ilegibilidade era tão familiar que pulei sobressaltada, como se tivesse levado um susto. *Sitting-in-the-Water-Grizzly.* Quando coloquei o recorte na mesa, o papel se enrolou novamente, fechando-se em suas linhas de dobra, como se estivesse vivo. Eu o ajeitei mais uma vez, alisando-o.

— *Sitting-in-the-Water-Grizzly* — falei a Joey. — Você sabe o que significa isso?

— Não faço ideia — respondeu ele. — Pesquisei na internet uma vez, e tudo que consegui encontrar foram histórias sobre uma mulher indígena que vivia como se fosse um homem. Não me lembro dos detalhes.

O homem, apontado pela flecha, estava apoiado sobre um cotovelo, com as pernas longas e finas esticadas, desviando o rosto da câmera, escondido pela sombra do chapéu. Eu não sabia se deveria contar alguma coisa ou não a Joey, mas não consegui me conter. Peguei meu celular, ampliando uma foto que tirei de uma das cartas que Marian havia escrito para Ruth. Virei a tela, de modo que as linhas com os garranchos retorcidos de Marian se alinhassem com a nota rabiscada.

— Olha isso.

Joey deu a volta para ficar atrás de mim e inclinou-se para estudar meu celular.

— O que é?

— É uma carta que Marian Graves escreveu.

— Não brinca! — exclamou ele, entendendo. — *Não pode ser!*

— É a mesma caligrafia, não? — perguntei. — Ou estou imaginando coisas?

— Parece muito, muito mesmo.

— Você sabe se ele já recebeu cartas da Nova Zelândia?

— Caramba, ele *foi para lá*! Ele foi para lá um monte de vezes! Não te falei antes porque achei que ele simplesmente gostava de passear na Nova Zelândia! Tipo, as pessoas amam a Nova Zelândia. — Joey despencou no sofá, com as mãos na cabeça, perplexo. — Não pode ser! — exclamou novamente.

Senti um frio na barriga, uma ansiedade intensa que se espalhava pelo meu corpo. Senti que meu esqueleto estava visível, brilhando através da minha pele.

— Quando ele foi *pra* lá?

— Não me lembro de datas específicas, mas ele meio que costumava ir depois de terminar os namoros. Não toda vez que terminava, mas acho que a cada cinco anos ou mais? Sei que foi para lá algumas vezes, antes de eu me mudar. Nunca levava ninguém para acompanhar. Falava que gostava de viajar sozinho e, sim, recebia outras cartas de lá também, mas não as guardava. Acho que ele até *queimava* as cartas, porque me lembro de ver pedaços de papel queimado na lata de café que ele usava como cinzeiro. Na época, achei meio dramático, porque ele não costumava queimar as correspondências.

— Você já perguntou quem escrevia para ele ou por que ele ia para a Nova Zelândia?

— Ele apenas me dizia que tinha um amigo de guerra que morava lá.

— Você se recorda de mais alguma coisa? Ele tirava fotos lá?

— Não, nada de fotos. Me deixa pensar um pouco.

Ele fechou os olhos, e eu esperei. O Sol estava branco no oceano. Kalani me espiava da janela de sua casinha de brinquedo, recuando quando eu olhava de volta para ela. Finalmente, Joey abriu os olhos e balançou a cabeça.

— Não, me desculpa. Não me lembro de mais nada. Revi todas as coisas dele quando ele faleceu, e você viu quase tudo que guardei. Faz mais de vinte anos. Você acha mesmo que ele ia *visitar ela*?

O que eu tinha para corroborar aquela história? A foto de um pastor sem rosto, de 60 anos atrás, a referência escrita de, talvez, uma indígena que pode nunca ter existido. *Partirei em breve*, escrevera Marian no final de seu diário de bordo. *Partirei*. Nunca havia parado para pensar que era um Eu Partirei, e não um Nós Partiremos. Mas e Eddie? E o avião? Como Marian poderia ter chegado à Nova Zelândia sem ninguém saber? Era mesmo possível se passar por um homem? E quanto à Adelaide Scott? Se Marian tivesse sobrevivido, ela teria escolhido nunca mais ver a sobrinha.

— Nem sei mais o que acho — falei.

As folhas das palmeiras balançando ao sabor da brisa e o som das ondas do mar conferiam ao silêncio um clima instável e aveludado.

— O que você vai fazer? — perguntou Joey.

— O que você acha que eu deveria fazer?

— Eu sei lá, viu. Vamos supor que você saia daqui e comece a contar às pessoas que tem uma teoria maluca de que Marian sobreviveu. E depois? Se você estiver certa, ela claramente não queria que ninguém soubesse. Se estiver enganada, vai parecer uma doida que só quer chamar atenção da mídia, coisas desse tipo. Acho que meu primeiro impulso seria não arrumar sarna para me coçar.

Kalani saiu correndo da casinha de brinquedo, ao encontro de uma mulher baixinha, com os cabelos grisalhos e um chapéu de sol enorme, que carregava uma grande caixa de plástico com *pretzels* debaixo de um braço e uma enorme caixa de *waffles* congelados debaixo do outro.

— Joey — chamou ela —, você pode me ajudar com essas caixas, por favor?

— Tudo bem — gritou ele de volta —, mas você vai ter que dar atenção para a visita!

Ela ergueu os olhos e me viu. Ficou de queixo caído, totalmente abismada, e pude perceber o quanto ela não acreditava que seria possível eu estar ali, na sua varanda. Mas lá estava eu. Joey caiu na gargalhada.

O VOO

Nosso voo se rebela contra o Sol e sua travessia cotidiana. Venha para Oeste, o Sol chama. Ele nos puxa pela mão, foge correndo como uma criança, tentando nos incitar a segui-lo. Mas devemos rumar para o Norte, deixando a luz para trás.

— MARIAN GRAVES

Da Little America III, Plataforma de Gelo Ross, rumo à Ilha Campbell
de 78° 28′ ao Sul, 163° 51′ a Oeste para 52° 34′ ao Sul, 169° 14′ a Leste
4 de março de 1950
21.785 milhas náuticas percorridas

A pior parte de seu suplício, nas primeiras horas, é que Marian acha que chegará à Nova Zelândia. O dia está azul e quase todo límpido. Eddie havia lhe dado gráficos nos quais já havia assinalado orientações e ângulos para o sextante. Deu-lhe também um abraço apertado e um beijo forte na bochecha, apertando sua mão, enviando-a para o que ele acreditava ser sua morte certa. Eddie fez Marian prometer que não enviaria ninguém para resgatá-lo, na hipótese improvável de ela chegar em terra. Disse-lhe que seria inútil, que deveria contar às pessoas que ele havia caído em uma fenda. Marian fica pensando nele deitado na neve em uma noite clara, esperando pela morte. Ela se lembra de Barclay quase sucumbindo à neve, na noite em que se conheceram. Recorda-se de Caleb perdido na nevasca, quando era apenas um menino. Os dois quase se renderam ao frio, mas haviam mudado de ideia. No entanto, Marian espera que Eddie não mude de ideia, espera que ele seja seduzido pelas estrelas e pelas auroras. Talvez ela tivesse largado o diário de bordo para abandonar a verdade junto com Eddie.

No momento em que seu combustível começa a acabar rapidamente, Marian já havia passado há muito do PSV. O vapor flui por baixo de sua asa esquerda. De início, sente apenas um alívio. Eddie conseguiu fugir do destino que mais temia.

Incisivamente, de cabeça, como um alcatraz. Lembra-se do que escreveu. Marian observa o combustível acabar cada vez mais rápido, mas decide cumprir com sua palavra. Decide e continua voando. Ela compreende, então, que quer viver? Tal memória permanecerá como uma estranha lacuna em branco, resistindo às suas tentativas de lhe arrancar a verdade. Posteriormente, Marian chegará à conclusão de que teve muitos desejos antagônicos: viver e morrer, retornar e viver sua vida novamente, mudar tudo, viver sua vida novamente e não mudar absolutamente nada.

Marian não sabe quanto tempo se passou, antes de começar a se preparar e reunir coragem. Não pensa em nada, somente empurra o manche para baixo, mergulhando. Os motores esgoelam. A água se eleva para encontrá-la.

No dia em que Marian pensou que se chocaria com um Spitfire contra o mar, Jamie, mesmo morto, havia lhe dito para não fazer aquilo. Ela o ouviu e, por esse motivo, testemunhara o fim de uma guerra. Por isso, também havia testemunhado com os próprios olhos os escombros, os rios e os elefantes nas dunas vermelhas. Havia visto arraias mantas e calotas polares. Em Oahu, havia se deitado na cama com Caleb para ouvir os ventos alísios. Não há voz alguma agora, nada além do lamento dos motores, das rajadas de vento, mas ela puxa para cima. O avião nivela não muito acima das ondas. As grandes aves planadoras, os albatrozes de enormes asas, rasgam o ar. Marian não é como os pássaros. Ela sobe de volta ao céu. Suas mãos tremem. Marian puxa os gráficos para o colo.

O indicador de combustível pouco se importa se ela mudou de ideia. Marian tem cada vez menos. O vapor continua a fluir por baixo da asa. Ela procura as marcações a lápis de Eddie no papel azul quadriculado em busca de uma passagem secreta de volta à vida. Primeiro, encontra a Ilha Macquarie, com 32 km de comprimento, orientação quase perfeita de Norte a Sul. Ela sabe que há uma estação meteorológica lá, sendo operada o ano todo. O problema é que a ilha fica muito a Oeste, contra o vento. O combustível acabará. Mais ao Norte, mais ao Leste, há outra mancha: a Ilha Campbell.

O Polo Sul ainda seduz sua bússola. O oceano vazio a rodeia. E ainda que estivesse em dia com suas habilidades de navegação, seria difícil encontrar a ilha. Poderia fracassar, mas tentaria do mesmo jeito.

Durante as próximas horas, ela se lembrará de capturar o Sol no sextante, rabiscando cálculos, agitando-se e discutindo consigo mesma. Seu medo é reduzido a quase nada, ofuscado pela necessidade de ter foco e agir.

Marian não se recordará de como chegou à conclusão de que o próprio avião deveria ser perdido, sacrificado, que deveria tentar, se pudesse, viver em segredo, que o único meio de enfrentar uma vida futura é criar uma vida nova. Essas decisões se tornarão simples fatos de seu passado, mudanças em sua trajetória que alterariam o curso de seu destino. Qualquer indecisão, quaisquer contra-argumentos em que possa pensar serão perdidos na poeira do tempo, apagados pela imutabilidade de seus atos.

Quando, sob um céu encoberto, a silhueta da ilha aparece no horizonte, Marian tira o casaco de pele de rena, colocando o paraquedas e o colete salva-vidas Mae West. A ilha se aproxima cada vez mais. Ela faz o melhor que pode para segurar o manche de direção. *Basta* o avião se estabilizar um pouco, ela só precisa de alguns minutos. Quando o solo se aproxima, Marian vai para a parte de trás da fuselagem, abre a porta e pula.

Marian nunca havia saltado de paraquedas. Com orgulho, vivia falando para si mesma que pousava os aviões que lhe eram incumbidos, ao passo que os outros pilotos saltavam de paraquedas. Mas, agora, em queda livre, acha que praticar teria sido útil. Ela puxa a corda, e, com um empurrão violento, o paraquedas se abre.

O *Peregrine* continua voando, alheio à sua nova independência, à iminência de seu fim no mar. Que emoção! Ela desvia o olhar. Abaixo de seus pés, uma montanha gramada e coberta de tufos de plantas.

Verdade seja dita: ela prefere se esconder, deixar de ser Marian Graves, em vez de encarar o que fez com Eddie. Não se importa mais com o Círculo Máximo, nem em completá-lo; isso não a envergonha. Mas ela acredita que ocasiona a morte de todos aqueles ao seu redor. Antes de partir, fora a Seattle, para conhecer a filha de Jamie. Pensava que visitaria a garota de tempos em tempos, após o voo, conhecê-la melhor conforme ela crescia, mas, agora, ela sabe que isso só traria azar à criança. Que Adelaide seja uma pessoa totalmente diferente. Que ela não seja uma Graves.

O vento leva Marian por uma comprida e estreita enseada de água negra. Um albatroz passa rasgando o ar, virando a cabeça para inspecioná-la. Conforme descia, vira esses pássaros fazendo ninhos na montanha coberta de tufos: aves enormes de um branco ofuscante pousavam por entre a grama soprada pelo vento, como flocos de neve. A água negra e brilhante entra em suas botas. Marian puxa a alça do paraquedas, tentando manobrar, porém, o vento a arrasta com firmeza em direção à boca da enseada, rumo ao mar. Na saída de uma praia rochosa, não querendo ser arrastada para longe da costa, ela solta o cinto e pula.

O frio daquela água. Um frio cortante. Apesar de tudo, mergulhou incisivamente como um alcatraz, mesmo que mergulhando na água pelos pés, e não de cabeça. Ela vê uma escuridão turvada, um teto prateado. Atordoada como um peixe capturado, observa tranquilamente a superfície recuar até que se lembra de que deve puxar as cordas de seu colete Mae West, para inflá-lo.

Marian se lembrará do ar e das ondas, de como suas botas estavam pesadas, do frio entorpecente, do salto assustador de um pequeno pinguim para fora d'água. Do quebrar das ondas. As longas algas marinhas são como cordas pretas, grossas como mangueiras de bombeiro, que se contorcem ao ritmo do mar enquanto ela se choca contra as pedras — Marian se recorda apenas de flashes: a espuma das ondas, um impacto forte. Seu colete Mae West foi perfurado, seu rosto está muito machucado, e seu nariz, quebrado. Marian cambaleia, tombando. Finalmente, sente a areia entre os dedos.

Ela se arrasta para fora da água, permitindo-se ficar imóvel por um momento com suas roupas ensopadas, até que seus dentes começam a bater, dizendo-lhe que deve andar. Arbustos densos e frágeis ficam agarrados em seus tornozelos, a lama entra em suas botas. (Teve sorte com a maré. Mais tarde, quando já está na ilha há algum tempo e refaz esse caminho, não haverá praia alguma, apenas um penhasco.) Marian se senta e descansa muitas vezes, pois está cambaleando, tropeçando e sofrendo de hipotermia. Mas, então, avista uma cabana com uma antena de rádio e um anemômetro girando, a fumaça subindo de uma chaminé. Com o que lhe resta de forças, Marian bate na porta.

UM MERGULHO DETERMINADO

VINTE E UM

Quando retornei para Los Angeles, antes de filmar o acidente, tive outra aula de voo. Desta vez, a instrutora era uma mulher, prática, usando uma calça jeans Wrangler, com um cabelo laranja, corte estilo bob e óculos de sol.

— Já fiz uma aula de voo antes — falei, enquanto ela me conduzia para o avião, explicando o funcionamento de tudo. — Mas surtei quando foi minha vez de voar.

— Como assim surtou? — perguntou ela.

— Eu não queria voar. Soltei os controles, assim. — Levantei as mãos, como se alguém apontasse uma arma para mim.

— Tem certeza de que quer fazer isso?

— Talvez não, mas quero tentar — falei.

— Legal — disse ela.

Desta vez era tarde, e não havia camada marinha, apenas céu aberto, encardido de poluição. A Ilha de Santa Catalina flutuava no mar; o horizonte do oceano estava suave e nebuloso. A cidade se espalhava e se estendia em todas as direções. Os aviões imensos que decolavam do LAX, o Aeroporto Internacional de Los Angeles, com seus narizes no ar, quase me fizeram sentir pena de nosso pequeno e destemido Cessna.

— Ok — disse a piloto enquanto voávamos energicamente em direção a Malibu. — Vai em frente e pega o manche. Basta ter firmeza e voar nivelado.

No Havaí, quando saí da casa de Joey Kamaka, retornei para o meu hotel, joguei-me de cara na cama e desatei a chorar. Chorei porque Marian Graves não havia morrido afogada e, pelo menos, para uma pessoa, ela não estava desaparecida. Chorei por causa da doçura de Joey, porque senti inveja de Kalani ter uma infância, conseguir ser criança, chorei porque eu era uma imbecil que sentia inveja de uma garotinha cujos pais não podiam cuidar dela. Chorei por Mitch e pelos meus pais. Chorei porque eu estava partindo, e, às vezes, você apenas tem que controlar as lágrimas.

Para além da minha varanda, além da praia de Waikiki, no meio do Pacífico, o Sol estava se pondo. Os surfistas salpicavam a água, sentados em suas pranchas. As crianças brincavam nas águas rasas. Num filme, esse seria o momento em que eu correria para fora e mergulharia catarticamente no mar. Neste mergulho recente, que me mudaria para sempre, eu flutuaria de costas, sorrindo beatificamente para o céu.

Como não tinha uma ideia melhor, vesti meu maiô. Peguei o elevador espelhado até o saguão ao estilo *tiki* chique e corri para fora com meus chinelos, abrindo caminho pela areia fina e perfeita. Tirei o robe do hotel, entrei na água e mergulhei.

Lá embaixo, na água, de olhos fechados, balançando ao ritmo do mar, imaginei a areia se afastando na escuridão, em desertos submersos, desfiladeiros e cadeias de montanhas, erguendo-se novamente nas bordas de todos os continentes. Imaginei navios, aviões e ossos sendo consumidos pela ferrugem e por pequenas criaturas, corais e esponjas crescendo, caranguejos se movimentando em volta. Pensei no *Peregrine* e em como ninguém jamais o encontraria. Porque ninguém saberia onde procurar. Quando subi à superfície, uma onda me ergueu e me empurrou de volta para a areia. Nadei novamente. De alguma forma, havia me esquecido que o Sol era fogo, que estava derretendo, até que fiquei observando o reflexo de seus raios nas águas, ondulando em vermelho, quase transbordando para trás do mar.

A água escureceu; as nuvens enrubesceram. Eu não sabia o que faria depois que o filme acabasse. Ocorreu-me que poderia ir para a Nova Zelândia ou para a Antártida, bancar a detetive, mas, não, eu não precisava saber de toda a história, porque nenhuma história é completa. Ao pesquisar sobre *Sitting-in-the-Water-Grizzly*, descobri que ele morreu depois que alguém o apunhalou, cortando um pedaço de seu coração. Mas seu corpo não havia se decomposto, como se, sem uma parte do coração, ele não pudesse mais se transformar, nem mesmo em pó. Eu esperava que Marian tivesse morrido com o coração intacto.

Peguei o manche. O plástico estava quente do Sol, e eu podia sentir a vibração do motor. A piloto me mostrou quais instrumentos verificar, o que era o horizonte e o que eram as asas, como alinhá-las.

— Está tudo bem? — perguntou ela.

— Acho que sim — respondi.

— Se você recuar um pouquinho, o nariz vai subir.

Recuei. À minha frente, a cabine foi tomada pelo céu.

LOS ANGELES, 2015

VINTE E DOIS

Quando o avião se choca contra a água, o som é cortado, exceto por um leve zumbido. Antes, havia vento e os motores e minha respiração amplificada, mas, então, no momento do impacto, tudo se dispersa. Visto à distância: um esguicho imenso em um mar vazio. O avião balança nas ondas. O nariz mergulha; o resto é engolido depois. O mar se fecha em si mesmo. Enormes pássaros brancos planam ao longo das ondas, e você ouve aquele toque alto e contínuo, baixo o suficiente para parecer meio imaginário. Depois, estamos debaixo d'água, Eddie e eu nos entreolhamos na cabine. Bolhas saem do meu nariz; meu cabelo curto de Marian flutua ao redor do meu rosto. Eddie está inconsciente, com a testa ensanguentada. Inclino-me para frente, olhando para a superfície que recua, pensativa, mas decidida. Fecho os olhos. Então, como se quisesse ter privacidade enquanto me afogava, cortamos a cena para uma tomada do *Peregrine* de cima, submerso, afundando na escuridão.

Fico esperando a tomada se desvanecer em preto, contudo, em vez disso, a luz transpassa o escuro, correndo e tomando conta de tudo como um bolor.

— Isso aí foi ideia do Bart — fala Redwood, sussurrando, embora sejamos os únicos na sala de cinema. — O branco. — A música começa a tocar aos poucos. Os créditos finais aparecem.

O rosto de Redwood brilha com a luz refletida. Ele aponta para a tela.

— Veja! — Seu nome aparece e desaparece na tela.

Falo que não vi o meu.

— Pronto? — pergunto, e nós nos levantamos e saímos por uma porta lateral na tarde que cega nossos olhos.

Não é nenhuma proeza, mas não surtei quando voei no Cessna, subi e desci com o avião, virei à esquerda e à direita. Acho que encarnei Marian Graves, pois, por um breve instante, senti-me livre.

FINAL

Agora, ela está no mar, onde sempre deveria estar. A maior parte de Marian descansou, suas cinzas repousam no leito gélido do Oceano Antártico. Alguns de seus fragmentos pequenos e mais leves, poeira flutuante, ainda estão sendo levados pelas correntezas. Os peixes comeram algumas de suas pequenas partículas, e um pinguim comeu um desses peixes, regurgitando-o para alimentar seu filhotinho. Mas uma partícula ínfima de Marian retornou à Antártida por um tempo, como guano em um ninho de seixos, até que uma tempestade a varreu para o mar.

Marian morreu duas vezes. Sua segunda morte ocorreu 46 anos após a primeira. Ela morreu no Oceano Antártico e, depois, em uma fazenda de ovelhas, na região de Fjordland, na Nova Zelândia.

O homem que abre a porta da cabana na Ilha Campbell se chama Harold, e ele é, como ele mesmo diria, um adepto das meias-verdades. Ele fica um pouco surpreso ao se deparar com uma mulher semiconsciente e encharcada à sua porta. Ela resmunga, balbucia palavras sem nexo. O que Harold consegue entender é que ela está lhe implorando para que ele não conte a ninguém que ela está lá. *Mas quem é você?*, pergunta Harold, levantando-a, conduzindo-a para dentro de casa. Naquele momento, ela não consegue mais falar.

Na ilha, há outro homem, John, e uma cachorrinha da raça *border collie* que se chama Swift. A cabana e algumas pequenas dependências foram construídas durante a guerra para abrigar vigilantes costeiros, despachados para lá a fim de alertar o continente se avistassem navios inimigos. Eles nunca avistaram nenhum navio, mas as observações meteorológicas dos dois se revelaram tão úteis que, depois da guerra, a estação continuou funcionando. Um posto atribuído para um certo tipo de homem que teria que permanecer lá por um ano.

John e Harold: homens cautelosos e meticulosos, que não precisavam viver em meio a muita gente, que se contentavam em realizar as mesmíssimas tarefas todo santo dia, os mesmíssimos cálculos, em registrar os mesmíssimos dados, traduzir esses dados em Código Morse e enviá-los a algum destinatário invisível, para serem usados por pessoas que eles nunca conheceriam e preferiam não conhecer.

O fato de Harold e John serem homens com essas características seria de suma importância à Marian.

Marian passa dias e mais dias delirando de febre. Quando começa a recuperar os sentidos, fica com medo das figuras caladas e barbudas que percebe ao seu redor, fica pensado no que homens como aqueles, isolados em uma ilha deserta por meses, fariam com uma mulher. Mas Harold e John só a tocam de forma comedida, pois estão preocupados — uma mão na testa, uma troca de curativo no rosto, onde as pedras a machucaram, um apoio sob o pescoço enquanto ela toma um pouco de sopa —, nunca a tocam com malícia ou de forma mais demorada, mesmo quando eles a ajudam a urinar em um balde ao lado da cama. Ambos têm esposas e filhos na cidade de Christchurch, mas, com o tempo, Marian passa a suspeitar que eles preferem a ilha, ficam satisfeitos com seus barômetros, cata-ventos e balões meteorológicos. Quando recupera um pouco da força, Marian lhes conta um pouco de sua história, e depois tudo, pois acha que será mais provável que eles guardem seu segredo se puderem inspecionar toda a paisagem circundante, decidir por si mesmos se ela pode ficar ou não. A única coisa que não suporta lhes contar é ter deixado Eddie para trás. Ela conta que seu copiloto caiu em uma fenda, corando de vergonha em vez de febre.

Harold e John ouvem tudo seriamente, sem comentários, e se retiram para conversar entre si. Quando voltam, contam que receberam, uma semana antes de sua chegada, um alerta de rádio para relatar qualquer avistamento de um C-47 Dakota, perdido. Eles perguntam quem sentiria falta dela. Marian alega que ninguém sentira sua falta. Caleb perdoaria a mentira. Afirma que não tem marido, nem filhos, nem pais, nem irmão. Eles falam que respeitarão a vontade de Marian, não reportarão que ela está na ilha, mas o navio que os trouxe só retornará em janeiro, quase dez meses. Ela pode mudar de ideia até lá. Por ora, nenhum dos dois têm objeções à sua permanência.

Marian se sente envergonhada mais uma vez. Invadiu e atrapalhou a vida daquela pequena colônia de dois, corrompeu um ano de paz que ambos teriam.

Ela promete ser útil, e eles acenam com a cabeça, despreocupados. Quando pergunta sobre comida, eles lhe dizem que deve haver suficiente e que, se necessário, há aves marinhas e ovos, alguns repolhos numa horta e também ovelhas, resquícios de um experimento fracassado em que o governo havia arrendado a ilha para alguns fazendeiros. Segundo eles, Marian não atrapalharia em nada.

Será que eles acham que ela está errada em tentar se esconder? Ambos trocam olhares insondáveis. Por fim, Harold fala:

— Isso é problema seu, não nosso.

Contudo, Marian lhes pergunta o que acontecerá quando o navio atracar. Eles teriam que reportá-la. Ela seria descoberta, e tudo seria em vão. Ambos falam que isso é algo para se pensar depois. Não há motivo para pressa.

Em relação ao formato, a Ilha Campbell se assemelha a uma folha de carvalho comida por insetos, sua costa recortada por enseadas e baías, com dois portos longos e estreitos: o Perseverance Harbour, em cuja boca Marian emergiu, e Nordeste. Apesar de as encostas da ilha parecerem suaves, é difícil caminhar por causa da touceira, da lama e dos densos arbustos que John, o mais botanicamente inclinado dos dois, ensina Marian a chamar de *Dracophyllum longifolium*. Além dos seres barbudos, Harold e John, e da cadelinha Swift e dela mesma, a ilha é ocupada por ovelhas, roedores, gatos selvagens, leões-marinhos, focas, elefantes-marinhos, a ocasional foca-leopardo, várias espécies de albatroz, outras aves marinhas e pássaros terrestres, e dois tipos de pinguins: o abundante pinguim-de-penachos-amarelos, que faz ninhos nas rochas, e o mais reservado, o pinguim-de-olho-amarelo, que faz ninho no mato, visto geralmente subindo as encostas de modo furtivo.

Marian fica se perguntando se Eddie mudou de ideia. Se tivesse mudado, ele poderia resistir por um bom tempo, sobreviveria com os suprimentos da Little America, caçaria focas e pinguins. Fica se perguntando se ele estaria esperando que ela lhe enviasse ajuda, se ele tinha mesmo tanta certeza de que ela não sobreviveria. Fica se perguntando se ele já morreu.

Lamenta a tristeza que infringirá à Matilda e a Caleb, e talvez à Sarah de Jamie, mas ela acha que eles também podem lamentar, porque ela se foi.

Harold diz a Marian que os leões-marinhos machos iriam embora no decorrer do ano. Mas as fêmeas permaneceriam para cuidar dos filhotes, e Marian as encontra com frequência, rugindo dos arbustos, onde escondem seus bebês, ou descendo as colinas, deslizando em suas barrigas por trilhas lamacentas, em direção ao mar. Harold faz um levantamento dos albatrozes-reais-do-sul, e Marian o acompanha para contar os ninhos e filhotes e ajudar a segurar os enormes pássaros nos braços, uma mão apertada firmemente em torno do bico, enquanto ele coloca anéis identificadores nos tornozelos rosados e coriáceos.

Os dois percorrem toda a trilha, enfrentando os ventos invernais, registrando o total de 938 pássaros no livro de Harold. No chão, os pássaros se movimentam de forma desajeitada, são fáceis de apanhar. Os adultos são magnificamente brancos, com olhos pretos bem-humorados, bicos grossos e rosados, com envergadura do tamanho de dois homens.

Quando ela chega à ilha, os pássaros ainda estão sentados, protegendo os filhotes, mas, aos poucos, as crias se transformam em montes famintos de penugem branca, fortes o bastante para serem deixados sozinhos enquanto os pais vão para o mar se alimentar. Ao desenvolverem as penas, os filhotes se levantam e esticam as asas ao vento e, finalmente, na hora em que Marian vai embora, os primeiros voam, dando saltos experimentais ao vento, cambaleando. Segundo Harold, uma vez emplumados, os bichanos não pisarão na terra por anos. Eles percorrerão a Antártida, retornando um dia a Campbell, pela direção oposta, para se reproduzirem.

Marian começa a se interessar especialmente pelas ovelhas. Antes da guerra, a agricultura na ilha havia sido considerada pouco rentável, e as ovelhas foram abandonadas lá, vagando livremente. Ela se sente atraída por aqueles animais que sobrevivem e se reproduzem, pois são robustos e inteligentes. A cadela Swift compartilha o mesmo interesse de Marian pelas ovelhas, e, aos poucos, com muitos fracassos, as duas começam a aprender como pastoreá-las de um lugar para outro, para ver se dá certo.

Em uma das estruturas abandonadas da fazenda, Marian encontra lâminas de corte antigas. Ela conserta um curral que está caindo aos pedaços, labuta pacientemente com Swift por dias, até que conseguem pastorear uma única ovelha. John havia trabalhado com ovelhas quando jovem e acaba lhe oferecendo sugestões de pastoreio e tosquiamento. A tosquia de ovelhas é um trabalho árduo. Marian comete inúmeros erros antes de pegar o jeito. Apesar de não haver nenhum motivo para tosquiar as ovelhas selvagens de Campbell, Marian percebe que precisará adquirir uma habilidade diferente de pilotar aviões, se quiser se tornar uma nova pessoa.

Após seis meses na ilha, os barbudos conversam com ela e lhe dizem que talvez exista uma forma de levá-la ao continente, sem que ninguém saiba.

— Queríamos te contar — fala John —, peço mil desculpas, mas não sabíamos quem você realmente era quando apareceu.

O irmão de Harold, ao que parece, é um bom velejador e havia comentado sobre navegar até a Ilha Campbell, no início do verão, para lhe fazer uma visita, antes que o navio anual chegasse em janeiro, trazendo novos barbudos e levando os velhos. Ela poderia, talvez, se o irmão concordasse, retornar com ele. Ambos não queriam perguntar aquilo ao irmão de Harold pelo rádio, por causa da privacidade, assim teriam que esperar para ver o que ele achava, caso viesse. Se ele não concordasse, ou se Marian não concordasse, eles arrumariam outro jeito.

— Você tem certeza mesmo que não quer mais ser você? — pergunta Harold.

Marian tem certeza, e o irmão (que se revelou ainda mais taciturno do que Harold) concorda em levá-la. Depois de muitos apertos de mão silenciosos, despedindo-se dos barbudos, ela deixa a Ilha Campbell e chega finalmente à cidade de Invercargill, em janeiro de 1951.

Após dez meses usando as roupas emprestadas dos barbudos, parece natural continuar se vestindo como homem. Marian se sente como quando era uma adolescente, perambulando por Missoula de macacão, boné para esconder o rosto, embora agora seu disfarce seja mais convincente, já que seu nariz está quebrado, e a pele, enrugada; as mãos estão ásperas, e os ombros ficaram robustos de tanto tosquiar ovelhas.

Ela ruma para o Norte, para a região do Monte Cook, e arranja um trabalho como pastor de ovelhas, nas montanhas. Marian não atrai atenção, o que é fácil de fazer, já que mora em uma cabana na encosta de uma montanha, pastoreando um rebanho insubmisso e teimoso de ovelhas Merinos. Por mais que aquelas não sejam tão ariscas e resistentes quanto as de Campbell, elas não são nem um pouco dóceis. Marian fica cada vez melhor em lidar com os cães pastores, com o tosquiamento, ainda que não seja muito rápida. Ela aguenta beber bastante e fica na sua, não se queixa e, assim, passa a ser respeitada. Como havia aprendido o *kiwinglish* com os barbudos, passa a falar o sotaque neozelandês naturalmente. No caso de qualquer estranheza, acaba explicando às pessoas que sua mãe era estadunidense, o que não deixa de ser verdade. Mais tarde, algumas pessoas alegariam ter suspeitado de seu gênero, mas, na época, ninguém falou nada, pelo menos, não explicitamente. Marian é alvo de piadas maliciosas por causa de sua figura delicada e esbelta — o pessoal do barracão de tosquia a chama de Twig —, porém, o nariz quebrado, a aura de piloto junto a todas as cicatrizes de queimaduras de frio no rosto, conseguidas na costa rochosa da Ilha de Campbell, conferem-lhe um ar marrento. Como sempre teve seios pequenos, nada que uma faixa de elástico e algumas camisetas não consigam esconder. Agora, ela se chama Martin Wallace.

Ela acredita que merece viver em isolamento, passando desapercebida, pois a solidão é um castigo mais do que merecido. Com o tempo, sua determinação começa a desmoronar. Ela passa a se recriminar menos. Marian já trabalhava como pastora há três anos, quando uma foto sua (o rosto escondido pela sombra) aparece em um jornal de Queenstown e, num impulso, ela a recorta e a envia para Caleb. *Sitting-in-the-Water-Grizzly*, escreve na margem, perguntando-se se ele ainda se recorda da história que uma vez lhe contou. Não consegue lhe contar a dura verdade, preferindo deixar as coisas a cargo do destino. De certo modo, ela começou a perder a noção do que constituía a verdade, pois, às vezes, é pega se lembrando de Eddie caindo em uma fenda, embora isso nunca tenha acontecido. Ou talvez tivesse, mais tarde. O que ela realmente se lembra é do estalo da neve debaixo de seu pé, tentando se equilibrar entre um nada branco e um nada escuro.

Caleb vai visitá-la no Natal de 1954, e uma brecha se abre entre suas duas vidas. Quando o navio dele atraca em Auckland, é a primeira viagem dela à cidade desde que partiu para Aitutaki, nas Ilhas Cook, com Eddie. Assim, acaba completando finalmente o círculo, sem alarde, cinco anos depois de ter iniciado aquela jornada. Com Caleb, por duas semanas, ela retorna ao seu corpo. Não há dúvidas, como nunca houve, de que ele ficará, mas também há a mesma certeza de que ele retornará.

No Havaí, Marian havia lhe dito que invejava como Caleb havia encontrado um lugar que sufocasse sua inquietação. Nunca achou que também encontraria algo assim para si mesma, mas este lugar passou a ser a Nova Zelândia. Talvez sua paz seja inerente à terra, ou talvez ela simplesmente estivesse esgotada. Marian deseja pilotar um avião novamente, porém, não quer voar além do horizonte. Ela meio que se castiga, querendo expiar os pecados por ter deixado Eddie para trás. Nunca mais colocará a mão num manche de um avião nem conhecerá a filha de Jamie.

A presença de seu próprio livro em sua estante é uma piada macabra. Nunca tivera a intenção de escrevê-lo, mas lá está ele, com sua sobrecapa mostarda. Se tivesse sido bem-sucedida, se tudo tivesse corrido conforme o planejado, e se eles tivessem retornado, pousado triunfantemente em Auckland, ela nunca teria permitido que o livro fosse publicado daquele jeito. Ela o havia abandonado na Antártida como um gesto de rebeldia, um sinal de sua existência, como um dólmen. O problema é que não fora bem-sucedida, tampouco havia morrido.

Nos anos anteriores à descoberta de seu diário de bordo, Marian raramente pensava nele. Mas, então, ele apareceu em um artigo de jornal, em 1958, nas mãos enluvadas de um cientista que empreendia pesquisas na Little America III. Estava atônita e com muito medo diante da possibilidade de uma propaganda implacável, de sua foto ser impressa e reimpressa em todos os jornais, de todo mundo se lembrar de que Marian Graves existiu um dia. Por anos, temia ser reconhecida, mas, como se verificou, ninguém a reconheceu. E outra, sua aparência havia mudado bastante, e ela estava morando em um canto remoto do globo onde as pessoas não davam a mínima para mulheres estadunidenses desaparecidas.

Quando o livro foi encontrado, Marian se perguntou se Eddie também seria. Ficava se questionando se havia alguma probabilidade de ele ainda estar vivo após oito anos, pois, mesmo se Eddie tivesse conseguido se alimentar e se manter aquecido, teria sucumbido à extrema solidão. Mas aquilo era irrelevante, já que Eddie não queria sobreviver.

Com teriam sido seus últimos dias? Quantos dias ele teria passado lá? Eddie teria sobrevivido até o inverno? Ele tinha caído mesmo em uma fenda? Porque seu corpo não estava dentro da Little America, senão os cientistas teriam-no encontrado. Se estivesse lá, teria feito o que ele lhe disse que faria: caminharia em meio à noite de inverno, para longe do alojamento, se deitaria na neve, sob as estrelas e a aurora. Ou talvez não — não havia lhe passado desapercebido que havia fracassado e, por isso, escolhera duas vezes a morte. Havia escrito em seu diário de bordo que sua vida era a única coisa que lhe pertencia. Assim, mantinha-a guardada a sete chaves.

Em 1963, a tripulação de um navio quebra-gelo da Marinha avistaria alojamentos esmagados, como um recheio de sanduíche, no meio de um iceberg, à deriva, a 500 km de distância da Plataforma de Gelo Ross: a Little America III, seus beliches e vitrola e excrementos de cachorro congelados e sabugo de milho, tudo arrastado para o mar.

Eddie também, seja lá onde estivesse, seria lançado no Oceano Antártico, navegando para o Norte a bordo de sua grande balsa de gelo funerária, uma pira que não queimaria, mas derreteria. Eddie desembocaria no oceano, mas ele já sabia disso.

Caleb vai visitá-la na Nova Zelândia pela segunda vez. Os dois acabam brigando por causa de dinheiro. Ele quer que Marian fique com todos os *royalties* do livro. Finalmente, ela o convence a ficar com 40%. Com sua nova fortuna, por mais moderada que seja, ela consegue mudar de identidade de novo. Parte para a Ilha do Norte e fica por lá por quase um ano, torna-se uma mulher novamente, chama-se Alice Root. Todos os documentos de que precisa, Marian consegue com um falsificador em Auckland. Quando se sente segura, retorna para a Ilha do Sul, compra a própria fazenda, sendo muito bem-sucedida. Treina cavalos e cães pastores. Contrata as mãos certas. É uma das primeiras a usar um helicóptero para pastorear as ovelhas — o terreno é acidentado; as ovelhas encontram o caminho que antes levariam dias para percorrer — permitindo-se a indulgência de voltar a voar.

Em geral, as pessoas não a reconhecem ou não têm certeza o bastante para lhe perguntar, mas, vez ou outra, ao se deparar com alguém que a conheceu quando era um pastor de ovelhas, que diz que ela se parece com um homem chamado Martin Wallace, Marian até admite, informalmente, que, sim, passou-se por um homem durante um tempo, pois precisava trabalhar e queria aprender o ofício de criar ovelhas. Algumas pessoas ficam escandalizadas; já outras, após breve surpresa, passam a admirar sua coragem. No entanto, pouco a pouco, a notícia se espalha pela comunidade de ovinos, e todo mundo fica sabendo. Embora algumas almas hipócritas se recusem a fazer negócios com ela, fazendo o possível para disseminar boatos injuriosos a seu respeito, a essa altura, Marian já está bem estabelecida, independente o suficiente para não sofrer consequências negativas importantes. As histórias de mulheres que se disfarçam de homem para ser soldados ou marinheiros, até mesmo piratas, não são de hoje. Quem é que se importa com uma pastora solitária?

Os cordeiros nascem, são enviados para o abate, as ovelhas são tosquiadas, as lãs são vendidas. No final de 1960, começam a ser oferecidos cruzeiros de aventura para a Ilha Campbell, e, em 1974, Caleb e ela vão para lá. Quando o navio entra no Perseverance Harbour, ela aponta para onde foi atirada contra as rochas, onde havia caminhado ao longo da encosta antes de encontrar os barbudos. Caleb vê as focas e os pinguins. Na época, ainda havia ovelhas na ilha, mas, na década de 1980, as últimas seriam abatidas, tirando um grupo que foi levado para o continente, a fim de ser estudado geneticamente. Elas são tão resistentes, tão robustas. Marian e Caleb se sentam juntos na grama, entre os turistas, vestindo jaquetas anoraques, e observam grupos de jovens albatrozes reais se exibindo, asas abertas, piando com seus bicos rosados, apontados para o céu. Isso se chama *gamming*, ela diz a Caleb, palavra usada quando os navios baleeiros costumavam se aproximar uns dos outros no mar para uma conversa.

Marian tem 60 anos.

Ela mostra a Caleb a direção em que viu o *Peregrine* voar pela última vez, o horizonte sobre o qual ele havia passado e, em algum lugar, invisível, mergulhado no oceano. Então, ela volta para outro começo, fechando outro círculo.

Marian fica satisfeita, conforme envelhece, por não ter uma série de descendentes com quem se preocupar. Não deixara no mundo uma gota de seu sangue. Ao descobrir que consegue localizar as pessoas na internet, Marian procura Adelaide Scott e descobre que ela é uma artista. Ela acha que Jamie teria ficado satisfeito.

Caleb vai visitá-la pela última vez quando Marian tem 75 anos. Anos depois, ele escreve para lhe dizer que está doente. Ele não irá, diz Caleb, dizer adeus.

Às vezes, Marian sente palpitações no peito. Seus ossos estão frágeis. A gravidade parece mais gananciosa do que antes, ansiosa para atirá-la contra o chão. O acidente final. Em seu testamento, ela deixa sua herança a uma mulher, a administradora da fazenda, que trabalha para ela há mais tempo do que qualquer outra pessoa. Como a gerente da fazenda sempre quis conhecer a Antártida, Marian lhe deixa um dinheiro para uma viagem ao Mar de Ross, junto com um pedido para que, em algum lugar ao sul da Ilha Campbell, ela jogue suas cinzas do navio.

Marian consegue imaginar suas cinzas sendo levadas pelo vento oeste, sobrevoando o Oceano Antártico, os pedaços de dentes e ossos afundando ao mesmo tempo, uma película cinza e destemida se fixando na superfície até ser levada pelas ondas. No entanto, ela não sabe o que acontecerá com aquela parte que não é o seu corpo. Sempre que se avizinhou da morte, nunca pensou no que poderia vir depois. Mas, agora, ela pensa nisso. Supõe que não haverá nada. A seu modo, acha que cada um de nós destrói o mundo. Basta fechar os olhos para apagarmos tudo o que um dia existiu e tudo o que existirá.

Mas, se pudesse escolher, pediria uma carona. Gostaria de conseguir se levantar e subir em um avião com Trout, gostaria de sentir aquela sensação, como da primeira vez: achar que está suspensa no céu por mero acaso, pronta para *ver tudo*.

AGRADECIMENTOS

Esta é a terceira obra que escrevo em parceria com a editora da Knopf, Jordan Pavlin, e minha gratidão e admiração pelo seu jeito inimitável, um misto de total disponibilidade com rigor incisivo, só aumentam a cada livro. Transformar um manuscrito volumoso de mil páginas neste exemplar não foi um processo nada fácil. Mas eu não poderia ter desejado ou esperado uma conselheira melhor do que Jordan.

Agradeço à minha agente, Rebecca Gradinger, profunda e meticulosa. Sua amizade, apoio, paciência e colaboração têm sido vitais para o meu trabalho e para a minha vida há muitos anos. Agradeço também à Fletcher & Co., obrigada ao único Grainne Fox, farol acalentador que dissipa a frivolidade, e à Melissa Chinchillo, Christy Fletcher, Veronica Goldstein, Liz Resnick e Brenna Raffe. Meus sinceros agradecimentos à Michelle Weiner da CAA.

Agradeço profundamente à minha mãe, a primeira e mais devotada leitora desta obra cuja crença passei a usar como um verdadeiro escudo nos momentos difíceis. Agradeço ao meu irmão, Matthew, meu eterno piloto que, embora não voe mais, analisou um mapa comigo há quase sete anos, fazendo uma careta para as opções de rota de uma circum-navegação Norte-Sul em 1950, sugerindo o Douglas C-47 Skytrain. Agradeço a meu pai por seu orgulho ferrenho e sua lista sinalizando meus erros de digitação, e a meu tio Steve por sua ansiedade comovente em ler meu livro e seu apoio incondicional às façanhas de Marian.

Sou grata por ter a Editora Knopf como parceira, durante a era do falecido e lendário editor-chefe Sonny Mehta. Agradeço, também, por estar presente no início da era de seu digno sucessor, Reagan Arthur. Agradeço a Paul Bogaards, Emily Reardon, Sara Eagle, Ruth Liebmann, Cameron Ackroyd, Nicholas Thomson, Cassandra Pappas, Kristin Fassler e Ellen Feldman. Kelly

Blair desenhou uma linda jaqueta pela qual todos se apaixonaram de imediato, um feito impossível. Minhas sinceras e acanhadas desculpas e eternos agradecimentos à preparadora de texto Karla Eoff e às revisoras Annette Szlachta-McGinn e Susan VanOmmeren.

Obrigada à Jane Lawson da Doubleday no Reino Unido por seu entusiasmo, energia e *insights*, e a Bill Scott-Kerr da Transworld por sua confiança, bem como a Tabitha Pelly, Ella Horne e Laura Ricchetti. Obrigada a Jo Thomson pelo design épico desta capa.

Tive a felicidade de trabalhar com muitos editores geniais de revistas que me ensinaram muitíssimo sobre uma boa escrita e me enviaram em missões de longa distância, contribuindo enormemente com a minha experiência de mundo e com a criação deste romance. Meus agradecimentos à Jesse Ashlock, Lila Battis, Jeffries Blackerby, Erin Florio, Deirdre Foley-Mendelssohn, Jacqui Gifford, Pilar Guzman, Alex Hoyt, Chris Keyes, Thessaly LaForce, Michelle Legro, Peter Jon Lindberg, Nathan Lump, Alex Postman, Julian Sancton, Melinda Stevens, Flora Stubbs, John Wogan e Hanya Yanagihara.

Durante o tempo em que passei redigindo e editando esta obra, tive a sorte de receber o apoio essencial de bolsas *fellow*, residências e uma apresentação do escritor visitante do National Endowment for the Arts, Brush Creek, Bread Loaf, The Arctic Circle e da Universidade do Tennessee. Tive a sorte também de estar visitando o Museum of Mountain Flying no aeroporto de Missoula, em uma tarde, quando dois caras estavam subindo para dar uma volta em um Travel Air 6000 de 1929 e me convidaram para ir junto. Infelizmente, não sei o nome deles, mas sou grata por aquele voo inesperado e imensamente proveitoso.

Gostaria de expressar meus agradecimentos à Instituição Hoover em Stanford por salvaguardar as documentações e evidências de muitas mulheres aviadoras da Segunda Guerra Mundial, incluindo as pilotos estadunidenses da ATA Ann Wood-Kelly, Roberta Sandoz e Jane Spencer. O acesso às cartas delas foi inestimável para mim. Minhas pesquisas também foram auxiliadas pelo Montana Memory Project e pelo documentário da PBS de Brian Lanker, *They Drew Fire*, onde encontrei pela primeira vez as pinturas das Ilhas Aleutas de William F. Draper durante a guerra. Consultei muitos livros e inúmeros outros recursos, mas os essenciais foram: *Aloft: Thoughts on the Experience of Flight*, de William Langewiesche, *Spitfire Women of World War II*, de Giles Whitell, *The Flying North*, de Jean Potter, *Little America* e *Alone*, de Richard E. Byrd, *Those Wonderful Women in Their Flying Machines*, de Sally Van Wagenen Keil,

Spreading My Wings, de Diana Barnato Walker, *The Stars at Night,* de Jacqueline Cochran, *Lindbergh,* de A. Scott Berg, *Fly the Biggest Piece Back,* de Steve Smith, e *Antarctica,* de David Day. Caso encontrem erros ou discrepâncias, elas são minhas, somente minhas.

Talvez seja esquisito agradecer a uma entidade inanimada, mas eu não poderia ter superado os desafios organizacionais desta obra sem o aplicativo de escrita Scrivener.

Nesses últimos anos, eu andaria sem rumo sem a amizade de outros escritores. Aprecio a conversa diária sobre textos de Manuel Gonzales e de Margaret Lazarus Dean, e, Ted Thompson, eu estaria perdida sem sua inteligência e percepção. Meus agradecimentos à Aja Gabel, Emma Rathbone, Joe Waechter e Erica Lipez por serem o centro da minha vida em Los Angeles, e à Kirstin Valdez Quade e Jennifer duBois por serem eternas amigas.

Por fim, agradeço, profundamente e sempre, a Rodney Russ, que me deu a Antártida.

SOBRE A AUTORA

Maggie Shipstead fez o Iowa Writers' Workshop, ex-Wallace Stegner Fellow da Universidade de Stanford e recebeu uma bolsa do National Endowment for the Arts. Seu primeiro livro, *Os Últimos Preparativos*, foi best-seller do *New York Times* e vencedor do Dylan Thomas Prize e do Los Angeles Times Book Prize de Primeira Ficção.